Kate Jans

Sweet Poison

Tödliche Magie

IMPRESS

© privat

Kate Jans wurde 1993 in Hamburg geboren. Inspiriert von ihren liebsten Büchern begann sie 2008 mit dem Schreiben ihrer eigenen Geschichten. Notizbücher und Caramel Macchiatos sind seitdem ihre treuen Wegbegleiter. In ihrer Freizeit zeichnet die Autorin digitale Bilder, ist als Make-up Artistin tätig, schaut Serien (am liebsten Animes) und führt auf Instagram einen Account rund um Bücher, das Schreiben und den alltäglichen Wahnsinn.

Für Leoni
Glaub an dich. Du bist wundervoll.

PROLOG

»Geh mir aus dem Weg, Giftnatter!«

Madison hatte die Worte kaum ausgesprochen, da spürte ich auch schon ihren spitzen Ellenbogen zwischen meinen Rippen. Ich sog scharf die Luft ein, stolperte zur Seite und knallte mit der Hüfte gegen einen der Tische. Sofort stöhnten die Mitglieder des Weißen Achats auf, so als wäre ich absichtlich gegen ihren dämlichen Tisch gelaufen.

Ich wurde geschubst, hätte ich am liebsten geschrien, schluckte die Worte aber herunter. Es brachte sowieso nichts.

Mein Gesicht glühte vor Wut und Scham, während ich zusah, wie Madison ihr schwarzes, geflochtenes Haar nach hinten warf und meinen Platz in der Schlange einnahm.

Im Raum wurde es still. Unzählige Blicke klebten an mir. Jeder hatte es mitbekommen, aber keiner der anderen Schüler sagte etwas. Natürlich nicht. Das taten sie nie, wenn Madison Woods mich schikanierte. Sie war die Königin der St. Argentum School, wurde vergöttert, geliebt und vor allem gefürchtet. Diese Mischung machte sie nahezu unantastbar. Sogar die Jungs aus den höheren Klassen gingen ihr aus dem Weg, aus Angst, sie könnte es ihrem älteren Bruder erzählen. Keiner wollte selbst als Opfer dastehen, vielleicht weil sie alle im Wohnkomplex der Schule übernachten mussten. Sie reisten aus allen Teilen der Welt an, um auf die renommierteste Schule für Magier zu gehen. Ich jedoch hatte das Privileg, dass meine Eltern hier in der Nähe arbeiteten und ich nach dem Unterricht einfach nach Hause konnte. Verständlich also, dass man keine Lust hatte, seine Zahnbürste im Klo wiederzufinden oder mit abrasierten Haaren aufzuwachen. Trotzdem wünschte ich mir manchmal etwas Hilfsbereitschaft. Und wenn es nur ein Wort war. Irgendwas. Aber auch heute waren die anderen still.

Mit geballten Fäusten stampfte ich auf Madison zu. Sie verfolgte meine Schritte wie eine Löwin. Ihre roten Lippen verformten sich zu einer fiesen Grimasse.

»Möchtest du mir etwas sagen, Natter?«, fragte sie mit honigsüßer Stimme.

Natter. Diesen Spitznamen hatte sie mir wegen meiner Gabe verpasst. Als könnte ich etwas dafür, dass ich in den Grünen Clan hineingeboren worden war. Gäbe es die Möglichkeit, meine Magie gegen eine andere zu tauschen, hätte ich sie schon längst ergriffen, aber das war unmöglich. Man konnte seine Kräfte nicht umtauschen wie ein zu enges Paar Schuhe.

»Das ist mein Platz, Spinne.« Meine Stimme vibrierte. »Stell dich hinten an, wie jeder andere auch.« Ich deutete ans Ende der Schlange.

Ihre beste Freundin Amber ließ neben meinem Ohr ihre Kaugummiblase platzen. »Wie redest du mit Madison? Hast du vergessen, woher sie stammt? Wer sie ist?«

Ein leises Schnauben entfuhr mir. Nein, wie sollte ich? Jeden Tag wurde es mir aufs Neue unter die Nase gerieben, wenn ich den Klassenraum betrat. Sie gehörte der Schwarzen Witwe an, einem gefährlichen Clan, dessen Aufgabe allein darin bestand, Verbrecher zu jagen, die gegen das Magische Gesetz verstießen.

Hunter. So nannte man sie. Sie waren skrupellos. Eiskalt. Und es wäre wohl das Beste, ich hätte genauso viel Respekt vor Madison wie die anderen. Aber aus irgendeinem Grund ging mir ihre Herkunft ziemlich am Arsch vorbei. Hunter hin oder her, ich würde nicht klein beigeben, während sie mich fertigmachte. Das konnte sie vergessen!

Ich lachte bitter und bewegte meine Hände in Ambers Richtung. Sie wich sofort zurück. Auch die Schüler um uns herum rückten von uns ab. Sie mieden mich, aus Angst, ich könnte sie mit meinen Fingernägeln vergiften.

Nur Madison stand wie angewurzelt da. »Wovor fürchtet ihr euch?« Sie griff nach meinem Handgelenk und hielt meinen Arm in die Höhe, als wäre er ein Siegerpokal. »Sie trägt Handschuhe, Leute. Kein Grund zur Panik. Sie ist so gefährlich wie ein Hund mit Maulkorb.«

Ich erstarrte, während alles in mir brannte. Aus Scham, aber auch aus Wut, weil Madison recht hatte. Keiner der anderen Schüler musste seine Magie verstecken. Ich bildete mal wieder die Ausnahme.

Ich hasste Madison Woods! Ich hasste diese Schule! Und ich hasste meine Gabe!

Madison beugte sich vor. Ihre grauen Augen waren kalt wie Beton. »Weißt du, was dein Problem ist? Du atmest! Tu uns allen einen Gefallen und hör auf damit.«

Ihre Worte waren wie ein Weckruf. Im nächsten Moment gewann ich meine Fassung zurück und entriss mich ihrem Griff. Am liebsten hätte ich mich selbst geohrfeigt, weil ich mich so von ihr provozieren ließ.

Ich beugte mich ebenfalls ein Stückchen vor und setzte ein bittersüßes Lächeln auf. »Du kannst mir auch einen Gefallen tun.« Ich deutete auf ihre Zähne. »Du hast da Lippenstift. Nicht sehr prinzessinnenhaft.«

Sie knurrte und hielt sich ihre Hand vor den Mund. Das war mein Stichwort. Ich griff nach meinem Rucksack, der bei dem Stoß auf den Boden gefallen war, und verließ die Cafeteria. Obwohl ich wirklich schrecklichen Hunger hatte, wollte ich keine Sekunde länger in der Cafeteria bleiben. Madison war jetzt erst recht in Fahrt gekommen und wie ich sie kannte, würde sie gleich vollkommen ausrasten. Meine Eltern waren dieses Jahr schon mehrmals in die Schule berufen worden, weil Madison und ich uns so lautstark gestritten hatten, dass sich Lehrer einschalten mussten. Der enttäuschte Gesichtsausdruck meiner Mutter war jedes Mal kaum zu ertragen. Von meinem legendären Vorschlag, mich privat unterrichten zu lassen, wollte sie nichts hören. Dabei war meine Idee genial. Keine Madison mehr, die mir ständig auf den Keks ging. Etwas Schöneres konnte ich mir kaum vorstellen!

Apropos Madison. In diesem Moment konnte ich ihren stechenden Blick förmlich zwischen meinen Schulterblättern spüren. Hätte sie die Fähigkeit, Pfeile mit ihren Blicken zu verschießen, wäre ich bereits bei unserer Einschulung elendig gestorben. Aber dazu war sie glücklicherweise nicht in der Lage. *Pech gehabt, Prinzessin!*

Als ich den leeren Schulhof betrat, wurde der Druck auf meiner Brust schwächer. Zum ersten Mal, seit der Unterricht heute Morgen angefangen hatte, konnte ich durchatmen. Leider gab es solche Tage viel zu häufig. Ich konnte es kaum erwarten, meinen Abschluss in der Tasche zu haben und diesen Ort nie wieder betreten zu müssen.

Ich lief über den Sportplatz, an der Tribüne vorbei bis zu dem angrenzenden Wäldchen. Erschöpft ließ ich mich ins Gras fallen, streifte meine Handschuhe von den Fingern und lehnte meinen Kopf gegen den Stamm meines Lieblingsbaumes. Der Ahorn war das Wahrzeichen unseres Staates Vermont. In Montpelier gab es kaum eine andere Baumart und googelte man unser Städtchen, so bekam man die Ahorne in den schönsten Farben zu sehen. Natürlich färbten sich die Blätter nur im Herbst für wenige Wochen so bunt, trotzdem lockte es viele Touristen in unser Land.

Ich lehnte den Rucksack gegen eine herausragende Wurzel und öffnete den Reißverschluss, um das Schachbrett herauszuholen. Vorsichtig untersuchte ich es und atmete erleichtert auf, als ich keine Schäden feststellen konnte. Ein Glück, es war nicht kaputtgegangen. Ich breitete das Brett vor mir aus und platzierte die Figuren auf den richtigen Feldern.

Für viele war Schach etwas für Nerds. Für mich war es eine Flucht aus meinem Leben. Ein Rückzugsort. Man verlor sich in dem Spiel wie Alice in ihrem Wunderland.

Als ich sieben war, hatte mein Großvater mir das Schachspielen beigebracht. An dem Tag war ich das reinste Nervenbündel gewesen, weil meine Eltern wieder keine Zeit für mich hatten. Sie waren begnadete Wissenschaftler, die die meiste Zeit in ihrem Labor verbrachten, um Gegenmittel für giftige Schlangenbisse herzustellen.

Damals machte mir mein Großvater eine heiße Schokolade, holte das Schachbrett heraus und erklärte mir die Regeln. Von da an spielten wir beinahe täglich gegeneinander. Er gewann fast jede Partie. Wir hatten ein wunderbares Verhältnis und er war immer für mich da, wenn ich jemanden zum Reden brauchte. Letztes Jahr im Frühling starb er an Herzversagen. Verkalkte Blutgefäße, hatte meine Mutter gesagt, als sie mich weinend in die Arme nahm. Es war der schlimmste Tag in meinem Leben gewesen, aber ich war froh, dass ich mich überwunden hatte auf seine Beerdigung zu gehen. Statt einer Rose hatte ich den König in sein Grab geworfen.

Ich lächelte traurig bei der Erinnerung an ihn und stellte die letzte Figur auf das schwarze Feld.

Ein Schatten breitete sich über mir aus und im nächsten Moment tauchten abgetragene dunkelblaue Converse in meinem Blickfeld auf. Ein Stern war mit einem schwarzen Edding ausgemalt worden und vorne auf der weißen Stelle prangte ein rosafarbener Kussmund. Das Mädchen, das diese dreckigen Schuhe geküsst hatte, musste verrückt gewesen sein. Verrückt, verliebt oder betrunken. Vielleicht sogar alles zusammen.

»Ist hier noch frei?« Die Stimme klang weich und männlich. Anders als die Jungen aus meiner Klasse, die mitten im Stimmbruch waren und sich anhörten wie quietschende Gummienten. Der Kerl trug eine verwaschene Hose und seine Hände steckten in der Tasche seines schwarzen Hoodies, auf dem das Wort »Hangry« in übergroßen Buchstaben geschrieben stand. *Irgendwie witzig*, dachte ich, ließ mir aber nichts anmerken. Er sollte bloß nicht denken, dass ich die Nächste war, die ihm die Schuhe küsste.

Als ich mein Kinn reckte, um sein Gesicht zu betrachten, blendete mir die Sonne entgegen. Enttäuscht wandte ich mich ab. Mir konnte es im Grunde egal sein, wie der Kerl aussah – es spielte sowieso keine Rolle. Trotzdem kribbelte es in meiner Magengegend. Ich betete, dass es nur Bauchschmerzen waren, weil ich nichts gegessen hatte. Alles, bloß keine Schmetterlinge!

Die Sekunden verstrichen, aber der Typ machte keine Anstalten zu gehen. Seltsam. Eigentlich kam nie jemand hierher. Ich hatte das kleine Wäldchen immer für mich allein. Es fühlte sich an, als wäre der Typ mitten in mein Zimmer geplatzt, ohne vorher an die Tür zu klopfen.

»Hast du schon mal was von Privatsphäre gehört?«, fragte ich genervt. Meine Laune war offiziell am Tiefpunkt angelangt. Es war mir egal, dass ich mich wie ein pubertierender Teenager anhörte, denn genau das war ich! Ein hungriges, gereiztes dreizehnjähriges Mädchen!

»Ich wusste nicht, dass der Wald dir gehört«, sagte er. »Tut mir leid, dich gestört zu haben.«

In dem Moment, als er sich umdrehte und zurück zum Schulgebäude ging, bereute ich meine pampige Art. »Warte«, rief ich und wunderte mich selbst über meinen plötzlichen Sinneswandel. »Du kannst dich setzen, wohin du willst.«

Er blieb stehen. Ganz langsam kam er auf mich zu, so als würde er darauf warten, dass ich mein Angebot doch noch zurückzog. Aber als ich nichts weiter erwiderte, ließ er sich direkt mir gegenüber ins Gras fallen. Dann schlug er seine Kapuze zurück und wuschelte sich durch sein wirres Haar, das die Farbe von salzigen Lakritzbonbons hatte.

Als sich unsere Blicke begegneten, stockte mein Atem. Ich kannte den Jungen. Er war drei Jahrgänge über mir und der mit Abstand begehrteste Junge unserer Schule. Seine magische Kraft übertraf die der anderen Schüler bei Weitem.

Ich betrachtete sein Gesicht. Seine Haut war gebräunt, die Nase gerade und schön. Mit seinen kantigen Gesichtszügen raubte er vielen Mädchen den letzten Nerv. Jedenfalls las ich jede Woche neue Geschichten über ihn an den Wänden der Mädchentoilette, weil er wieder eine hatte abblitzen lassen.

Trotzdem sah man ihn nie mit Freunden. Er war ein Außenseiter. Jemand, der das Alleinsein mochte und es nicht für nötig hielt, zwischenmenschliche Beziehungen aufzubauen. Nur mit seiner Schwester verbrachte er manchmal Zeit. Die Schwester, die mir rein zufällig das Leben zur Hölle machte. Fuck.

»Ich bin Jaden Woods. Mitglied der Schwarzen Witwe«, stellte er sich unnötigerweise vor, so als wüsste nicht die gesamte Schule, wer er war und zu welchem gefährlichen Clan er gehörte. Im Mittelalter war die Schwarze Witwe für ihre vielen Attentate bekannt gewesen. Und auch wenn sie heutzutage für die Goldene Krone arbeiteten und Verbrecher jagten, genossen sie kein gutes Ansehen. Erst letzte Woche hatten wir den Magischen Krieg durchgenommen, der vor mehr als fünfhundert Jahren stattgefunden hatte. Während sich alle anderen Clans der Goldenen Krone unterworfen hatten, hatte die Schwarze Witwe bis zum Schluss Widerstand geleistet. Am Ende brachte es ihnen nichts außer Tod und Verderben. Seither galten für sie besondere Auflagen. Eine davon war, als Hunter zu arbeiten. Dafür genossen sie von klein auf eine spezielle Ausbildung, die irgendwo in Litauen stattfand. Es war also eine Sensation gewesen, als er und seine Schwester auf unsere Schule kamen.

»Ich heiße Anastasia Emily Corwell. Grüner Efeu.« Ich wusste nicht, warum ich meinen vollen Namen nannte. Aber diese Situation war so absurd. Was wollte er von mir?

Er musterte mich interessiert. Dann hielt er mir seine Hand entgegen. »Freut mich sehr, Ana.«

Einige Sekunden schwebte seine Hand über dem Schachbrett, das sich zwischen uns befand. Ich starrte sie wortlos an, ohne sie zu ergreifen. Hatte er mir nicht zugehört?

»Grüner Efeu«, wiederholte ich meine Worte mit Nachdruck und hob meine Augenbrauen so hoch, dass sie bereits in meinem karamellbraunen Haaransatz verschwinden mussten.

»Das erwähntest du schon, aber da, wo ich herkomme, gibt man sich zur Begrüßung die Hand.«

»Und da, wo ich herkomme, meidet man mich.« Ich wackelte mit den nackten Fingern. »Falls du es noch nicht mitbekommen haben solltest. Ich bin giftig.«

Und das war nicht gelogen. Jeder Magier meines Clans hatte die Gabe, Gift zu erzeugen. Einige durch ihren Speichel, andere durch ihre Zähne oder – wie in meinem Fall – durch die Fingernägel. Zwar waren wir nur giftig, wenn wir unsere Magie entfachten, aber gefährlich war es trotzdem. Jedenfalls bei mir. Als Tochter des Clanoberhaupts war meine Magie am mächtigsten. Kein anderer Mitschüler des Grünen Efeus musste diese dämlichen Handschuhe tragen.

Jaden sah mich so intensiv an, dass ich Mühe hatte, seinem Blick standzuhalten. Das Grau seiner Augen wirkte dunkel, wie ein Stein, der nass geworden war. »Verstehe«, murmelte er und ließ die Hand endlich sinken. Beinahe hätte ich vor Erleichterung aufgeatmet. Der Kerl war wirklich hartnäckig.

Ich wartete darauf, dass er aufstand und verschwand, aber das tat er nicht.

Stattdessen kramte er einen Apfel aus seinem Rucksack und rollte ihn zu mir herüber. Als wäre ich ein wildes Tier, das gezähmt werden musste.

Ich rollte den Apfel wieder zurück. Er tat dasselbe. »Du kannst ihn haben, wenn du möchtest. Ich bin satt.«

»Dann iss ihn doch einfach, wenn du wieder hungrig bist.«

»Aber dann habe ich keine Lust mehr darauf. Ich bin ziemlich wählerisch.«

Ich runzelte die Stirn und hob den Apfel vorsichtig auf. Nachdenklich drehte ich ihn hin und her. Etwas von Madisons Bruder anzunehmen war, als würde ich dem Feind meine Seele verkaufen. Andererseits knurrte mir der Magen, weil ich den ganzen Tag nichts gegessen hatte. Vielleicht hatte er gesehen, dass seine Schwester mich aus der Schlange geschubst hatte und ich ohne Mittagessen hinausgestürmt war? War er mir deshalb hierher gefolgt, weil er Mitleid hatte?

Mein Stolz schrie mich förmlich an, den Apfel gegen seinen hübschen Kopf zu werfen. Aber ich hatte Hunger und war tatsächlich dankbar irgendwas Essbares zu haben. Also polierte ich den Apfel mit dem Ärmel meiner Jeansjacke und biss hinein. Ich spürte Jadens Blick auf mir, aber als ich aufsah, betrachtete er lächelnd das Schachbrett.

Eine schwarze Strähne fiel ihm dabei in die Stirn. »Ich habe noch nie ein Mädchen gesehen, das gegen sich selbst Schach spielt. Das ist irgendwie ...«

»Erbärmlich? Traurig? Lächerlich?«

»Faszinierend«, korrigierte er mich.

Ich hörte einen Moment auf zu kauen, weil mich seine Antwort so überraschte.

»Kann ich mitspielen?«

Ich sah mich um, konnte Madison aber nirgends entdecken. »Deine Schwester wird nicht begeistert sein, dass wir miteinander reden.« Und das war noch untertrieben. Madison hasste mich abgrundtief. Ich zählte eins und eins zusammen. »Möchtest du ihr eins auswischen, weil du dich mit mir unterhältst?«

Er betrachtete weiterhin das Schachbrett, aber seine Mundwinkel zuckten belustigt. »Vielleicht. Vielleicht macht es mir aber auch einfach nur Spaß, dich im Schach plattzumachen.«

Ich hob eine Augenbraue. Er spielte mit mir und damit meinte ich nicht Schach. Ich hätte ihm den Apfel wirklich gegen seinen Kopf werfen sollen. Madison würde mich umbringen, wenn sie uns zusammen sah. Ich war sowieso schon ihr liebstes Opfer. Warum sollte ich sie dann noch zusätzlich provozieren?

»Das Leben ist voller Entscheidungen«, hatte meine Mutter vorgestern zu mir gesagt, als ich mich zwischen einem Himbeer- und einem Schokoladeneis nicht entscheiden konnte. Nur dass das hier keine Eissorte war. Das war mehr.

Ich biss ein weiteres Mal von dem Apfel ab. Die süße Flüssigkeit breitete sich wie Gift in meinem Mund aus. Schließlich sah ich meinem Verderben tief in die Augen und setzte den ersten Zug. »Weiß beginnt.«

***

Die Zeit verflog schneller, wenn man glücklich war. Jedenfalls kam es mir so vor, seit ich vor einigen Wochen Jaden begegnet war. Es fühlte sich an, als würde er eine Fernbedienung in den Händen halten, die mein Leben steuerte. Außerhalb der Schule verlangsamte sich die Zeit ins Unerträgliche, während sie bei unseren Treffen nur so dahinraste. Ich wünschte, es wäre genau umgekehrt.

Ich starrte auf das Schachbrett, das sich zwischen uns im Gras befand. Als könnte ich mithilfe meiner Gedanken seinen nächsten Zug beeinflussen. *Setz das Pferd oder einen der Bauern. Aber nicht den schwarzen Läufer, bloß nicht den schwarzen –*

»Schachmatt«, sagte er triumphierend, während er mit seinem Läufer meinen König vom Spielfeld beförderte.

Ich verschränkte beleidigt die Arme und warf ihm einen Wer's-glaubt-wird-selig-Blick zu. »Du hast geschummelt. So schnell wurde ich noch nie besiegt.«

»Schummeln? Ich? Das würde ich nie wagen.« Jaden lachte und zwinkerte mir zu. »Es gibt immer ein erstes Mal, Babe. Vielleicht hast du einfach deinen Meister gefunden.«

»Als ob.« Die Worte kamen zu schnell über meine Lippen. Babe. So nannte er mich manchmal, als wären wir nicht bloß Freunde. Hoffentlich sah er mir nicht an, wie sehr er mich mit diesem kleinen Wort durcheinanderbrachte.

»Das war pures Glück«, fügte ich kleinlaut hinzu. »Früher wäre mir so ein Fehler nie unterlaufen.«

»Und warum passiert er dir jetzt?«, fragte er neugierig und krempelte sich die Ärmel seines Hoodies über die gebräunten Unterarme.

»Ich war abgelenkt«, murmelte ich und versuchte dabei so gleichgültig wie möglich zu klingen. »Mein Magen knurrt schon seit einer halben Stunde.«

»Sag das doch gleich.« Jaden zog zwei eingepackte Brote aus seiner Tasche. »Käse oder Nussnougat?«

Am liebsten hätte ich vor Erleichterung geseufzt. Wie es aussah, glaubte er mir tatsächlich. Obwohl, ganz gelogen war es nicht, ich hatte wirklich Hunger. Schließlich aß ich nur noch selten in der Cafeteria zu Mittag, um noch mehr Zeit mit Jaden zu verbringen zu können. So weit, so gut, wenn ich nicht mindestens zweimal die Woche mein Essen zu Hause vergessen würde.

Ich sah hin und her und zeigte schließlich auf das Nussnougatbrot. Jaden nickte zustimmend. »Gute Wahl.«

Ich stellte mich darauf ein, dass er es mir rüberwarf, aber er hielt es mir entgegen. Das tat er jedes Mal, wenn er mir etwas mitbrachte. Langsam müsste ich mich doch daran gewöhnen, dass es auch jemanden gab, der keine Angst vor meiner Nähe hatte. Vor meinen Berührungen.

Während ich das Brot verschlang, sah ich zum Schulgebäude. Es war Mittagspause und in einiger Entfernung gingen andere Schüler über das Gelände, eingehakt, lachend. Und eins hatten sie alle gemein – sie blickten zu uns herüber.

Sie waren neugierig. Niemandem auf der Schule war entgangen, dass wir uns in jeder Mittagspause trafen. Zwei Einzelgänger, die sich gefunden hatten. Ich, die sich Freunde wünschte, aber keine bekam. Und Jaden, der jeden als Freund haben könnte, aber niemanden wollte. Niemanden außer mir. Die Tatsache bescherte mir Bauchkribbeln.

»Die Leute werden immer einen Grund haben, über uns zu reden«, sagte er und knüllte das Papier seines Brotes zusammen, um es in seine Tasche zu stopfen. »Ob wir nun Freunde sind oder nicht.«

Ich nickte lächelnd. Früher hatte ich immer gedacht, allein zu sein wäre okay, würde mir nichts ausmachen. Aber jetzt, wo ich Jaden hatte, sah ich erst, wie falsch ich gelegen hatte. Es war schön, mit jemandem zu reden. Es war schön, einen Freund zu haben.

»Wie läuft es mit meiner Schwester?«, fragte er plötzlich.

Das Lächeln auf meinen Lippen verschwand. Ich ließ das Brot sinken. »Wie meinst du das?« Doch als ich die Worte ausgesprochen hatte, fiel der Groschen. Madison ärgerte mich seit Wochen nicht mehr. Seit Jaden und ich uns täglich in der Mittagspause oder nach der Schule zum Schachspielen verabredeten.

»Ich habe ihr gesagt, dass sie netter zu dir sein soll«, beantwortete er meine unausgesprochene Frage.

»Du hast was getan?!« Mir klappte der Mund auf. Jetzt würde mich Madison erst recht auf dem Kieker haben. Ich konnte in ihren Augen sehen, wie wütend sie war, wenn sich unsere Blicke kreuzten. Angestaute Wut, die nur darauf wartete, entfesselt zu werden.

»Ich möchte deine Hilfe nicht! Du brauchst dich nicht einmischen.« So nett er es auch meinte, er würde alles nur noch schlimmer machen. Dafür kannte ich Madison gut genug. Mein Gesicht klebte hundertprozentig bereits auf einer Dartscheibe, auf die sie täglich wutentbrannte Pfeile abfeuerte.

Er stellte die Figuren wieder auf das karierte Brett. Die Dame behielt er in der Hand, drehte und wendete sie. »Madison kann echt anstrengend sein. Das weiß ich am besten, schließlich ist sie meine Schwester. Aber sie hat auch ihre guten Seiten.«

»Und die wären?« Ich hob eine Augenbraue, weil ich mir Madison in keiner Hinsicht gut vorstellen konnte. Lieber würde sie kleine Welpen treten, als anderen zu helfen oder auch nur im Ansatz nett zu sein.

Jaden schmunzelte. »Niemand hat nur schlechte Seiten. Wir sollten mal zu dritt abhängen. Vielleicht lernt ihr euch dann besser kennen und –«

»Auf gar keinen Fall!«, fiel ich ihm ins Wort. Als ob ich freiwillig mit diesem

Miststück meine Zeit verbringen würde. Vorher würde Hekate auferstehen – und zur Info – *das* würde niemals passieren.

Jaden setzte die Dame auf das Schachbrett. Dabei schüttelte er grinsend den Kopf. »Ihr habt euch echt nicht gern, was? Aber glaub mir, vor dem Tod unserer Eltern war Madison wirklich netter. Du hättest sie gemocht.«

Ich erstarrte. »Eure Eltern sind ... tot?« Das war mir tatsächlich neu. All die Wochen, in denen wir unsere Zeit zusammen verbracht hatten, hatte ich ihn nie nach seiner Vergangenheit gefragt. Ich war einfach davon ausgegangen, dass seine Eltern wie die der anderen Schüler am anderen Ende der Welt lebten und ihm täglich eine Nachricht schrieben oder anriefen.

Als er nicht antwortete, plapperte ich drauf los. »Tut mir leid, ich wollte dir nicht zu nahe treten ...«

Er lächelte schwach. »Ach, schon gut. Es ist lange her. Manchmal vergesse ich sogar ihre Gesichter.« Er lehnte sich nach hinten und starrte die Ahornbäume an, die sich um uns herum befanden. »Sie sind bei einem ihrer Einsätze gestorben. Als Hunter hat man immer das Risiko, bei der nächsten Festnahme abzukratzen. Nicht jeder Magier hat Lust, wehrlos vor den Magischen Gerichtshof zu treten.«

Ich öffnete leicht den Mund, fand aber nicht die passenden Worte, also schloss ich ihn wieder. Jaden tat mir leid. Und auch wenn ich Madison aus tiefstem Herzen verabscheute, empfand ich auch für sie Mitleid. Vielleicht war sie deshalb so, wie sie war. Weil sie ohne Eltern aufwuchs, die ihr sagten, was sie zu tun und zu lassen hatte. Weil sie innerlich kaputt war wie eine Vase mit Sprung und die Wut der Sekundenkleber war, um alles zusammenzuhalten.

Und wenn ich mir vorstellte, dass Jaden ebenfalls als Hunter arbeiten musste, sobald er achtzehn wurde ... In meinem Hals schnürte sich alles zu. Trotzdem hatte ich Hoffnung.

»Sag mir, dass du nicht als Hunter arbeiten musst.« Meine Stimme überschlug sich beinahe. »Ihr seid etwas Besonderes. Niemand anderes von der Schwarzen Witwe geht auf unsere Schule. Das muss doch etwas bedeuten!«

Sein Blick verriet mir, dass seine nächsten Worte nicht das waren, was ich mir wünschte. »Du weißt, dass jeder aus meinem Clan ein Hunter wird, egal ob Junge oder Mädchen. Wir können uns das nicht aussuchen.«

Ich vergrub meine Hand im Gras und zog wütend daran. »Wieso seid ihr dann hier? Ihr habt doch gar nicht das Training, das die anderen der Schwarzen Witwe erhalten.«

»Wir sind hier, weil es so beschlossen worden ist. Meine Tante hat wohl mit der Goldenen Königin persönlich gesprochen und darum gebeten. Vielleicht damit Madison nicht mehr in der Umgebung aufwachsen muss, in der sie alles an unsere Eltern erinnert. Aber abgesehen davon erhalten wir Extraunterricht und halten uns fit.« Im nächsten Moment hob er sein T-Shirt hoch und präsentierte mir seine Bauchmuskeln. Für einen Moment starrte ich auf einen verfluchten Sixpack. Und ja, es waren tatsächlich sechs Muskeln, die sich deutlich unter seiner Haut abzeichneten.

»Beeindruckt?«, fragte Jaden lachend und ließ sein T-Shirt wieder fallen.

Ich schluckte schwer. Ich war mehr als nur beeindruckt.

Jadens Lachen verstummte. Plötzlich wirkte er ernst. »Glaub mir, ich werde mich nicht umbringen lassen.«

»Dann versprich es.« Ich hielt ihm den kleinen Finger entgegen. »Schwöre, dass du nicht stirbst.«

Er zögerte keine Sekunde. Sofort verschränkte er seinen Finger mit meinem. Dabei sah er mir so tief in die Augen, dass ich darin ertrank. Dieser Schwur war heilig. Er bedeutete alles. »Ich schwöre es. Ich werde mich nicht ermorden lassen.«

Als ich zufrieden meine Hand zurückziehen wollte, sprach er weiter. »Und ich schwöre, dass ich dich beschützen werde.« Mit diesen Worten ließ er meinen Finger los.

Einen Augenblick sah ich ihn verwirrt an. »Was hat das eine mit dem anderen zu tun?«

»Gar nichts. Ich wollte es trotzdem schwören.«

Ich konnte mir ein Schmunzeln nicht verkneifen. »Und vor wem willst du mich beschützen?«

»Vor allen Arschlöchern da draußen.«

Ich schüttelte grinsend den Kopf, bevor ich meinen ersten Zug mit einem Bauern setzte. Zwei Felder nach vorn. »Klingt nach einem ziemlich großem Versprechen.«

»Das ist mir bewusst.« Er setzte sich aufrecht hin. Seine Augen funkelten entschlossen. »Aber für dieses Versprechen werde ich noch härter trainieren.«

Spinner ...

Eine Weile beobachtete ich, wie er über seinen ersten Zug nachdachte. Der Zeigefinger ruhte auf seiner weichen Unterlippe. Der andere schwebte über dem Brett. Manchmal verharrte er einige Minuten in dieser Position. Und manchmal, nur manchmal, konnte ich dann nicht aufhören ihn anzustarren. Als wäre er ein Rätsel, das ich lösen wollte. Und ich sprach nicht von Sudoku-Rätseln, die man wöchentlich in der Zeitung fand. Ich sprach von Steinkreisen und Pyramiden. Von Nazca-Linien und dem Bermudadreieck.

Als er erneut an der Reihe war, ließ ich mich rückwärts in das weiche Gras fallen und beobachtete die Umgebung. Es war ein wunderschöner Sommertag, alles blühte und am Himmel hing keine einzige Wolke. Und doch gab es etwas, das mich störte.

Mein Mund verzog sich zu einer harten Linie. Jaden entging das nicht. »Gefällt es dir hier nicht?«, fragte er und folgte meinem Blick.

»Doch, ich mag Montpelier. Es ist nur die Jahreszeit, die mich stört. Alles ist so ... grün.« Ich verzog das Gesicht und setzte mich wieder in den Schneidersitz.

Jaden erwiderte nichts. Stattdessen streckte er eine Hand nach mir aus und berührte mich sanft an der Schulter. »Schließ deine Augen.«

»Warum?« Meine Stimme klang zu hoch, zu schrill.

»Mach es einfach.« Er beugte sich zu mir herüber. Sein Gesicht war meinem so nah. Ich starrte direkt in seine betongrauen Augen, die eine Tiefe verbargen, die ich nicht benennen konnte. Mein Herz schlug so schnell, dass ich glaubte, es würde zerspringen.

»Vertrau mir, Ana.« Er streifte mit seiner Nasenspitze meine Wange und erhöhte den Druck seiner Finger, die auf meinem Schulterblatt ruhten.

Ein warmer Schauer glitt über meine Haut. Dann noch einer. Langsam schloss ich die Augen, während meine Gedanken Karussell fuhren. Wollte er mich ... küssen? Ich hatte viel über den ersten Kuss in Zeitschriften gelesen. Aber ich konnte mich an keinen einzigen Tipp mehr erinnern. Lippen schließen? Leicht öffnen? Spitzen? Und was war mit der Zunge? Gott, was tat ich mit der verfluchten Zunge?!

»Alles in Ordnung bei dir?« Jaden klang besorgt. Er musste meine Unsicherheit bemerkt haben. Wie peinlich. Jetzt glaubte er, ich sei ein unerfahrenes Kind – was ich rein theoretisch auch war, nur musste ich es ihm ja nicht gleich auf die Nase binden. Ich biss mir auf die innere Wange. »Wieso zögerst du es so lange hinaus?! Ich warte und warte und –«

»Du darfst sie wieder öffnen.«

»Was?«

»Deine Augen. Du kannst sie wieder öffnen.« Er nahm seine Hand von meiner Schulter. Kälte breitete sich an der Stelle aus, die er gerade noch berührt hatte. »Und hör auf so angestrengt zu gucken.« Seine Stimme klang leicht amüsiert. »Sonst bekommst du noch Falten.«

»Ich habe gar nicht angestrengt geguckt«, protestierte ich und schlug die Augen auf. Jaden lehnte gegen den Stamm des Ahorns und musterte mich neugierig und ... belustigt.

Die Erkenntnis traf mich so unerwartet wie der Ball, der mir letzte Woche beim Sport gegen den Kopf geflogen war. Nur dass das hier schmerzlicher war. Viel schmerzlicher. Jaden hatte nie vorgehabt mich zu küssen. Meine Wangen wurden warm, weil ich davon ausgegangen war, dass er mir meinen ersten Kuss schenken wollte. Aber was sollte das Ganze dann?

»Was wolltest du mir ...?« Ich verstummte, als plötzlich etwas sanft zwischen uns zu Boden glitt. Ein Blatt. Es leuchtete in einem kräftigen, intensiven Rotton.

Ich sah fragend zu Jaden, der mit einer Kopfbewegung nach oben deutete. Ganz langsam wanderte mein Blick den Ahorn hinauf, während weitere Blätter hinabsegelten. Bei dem Anblick, der sich vor mir auftat, blieb mir der Mund offen stehen. Die Blätter meines Lieblingsbaumes strahlten leuchtend rot. Auch die der anderen Ahorne waren in die buntesten Farben getaucht.

Gelb, Orange ... Als hätte jemand einen Pinsel genommen und sie angestrichen; so intensiv, wie man sie von den bearbeiteten Stockbildern aus dem Internet kannte, wenn man unsere Stadt googelte.

Ich kam aus dem Staunen nicht mehr heraus. Sogar die Luft war frisch und klar. Wie ein sonniger, kalter Tag im Herbst. Nur dass wir eigentlich Sommer hatten.

Sprachlos sah ich zu Jaden. Er zuckte mit den Schultern, so als hätte er nicht gerade den schönsten Herbsttag in der Geschichte unseres Landes erschaffen. »Besser?«

»Besser? Das ist ... unglaublich! Du bist unglaublich!«, verbesserte ich mich und sah mich immer noch begeistert um. Mein Blick wanderte zum Schulgebäude und ein schlechtes Gewissen überkam mich. »Du musst meinetwegen keine Illusion erschaffen. Du könntest Ärger kriegen.« Und das war noch untertrieben. Es war verboten, Magie außerhalb des Unterrichts auf dem Schulgelände anzuwenden. Seine Schwester hatte diesbezüglich schon zwei Schulverweise bekommen. Ich wollte nicht, dass Jaden wegen mir auch einen bekam.

»Ach, lass das mal meine Sorge sein. Du hast so traurig geguckt.« Er nahm das heruntergefallene Blatt zwischen seine Finger. »Außerdem ist es manchmal besser, in einer Illusion zu leben, als der Wahrheit ins Auge zu blicken.«

»Shakespeare?«

»Nein, das kommt von mir.« Er grinste. Ein Grübchen bildete sich auf seinem Kinn. Das war mir vorher nie aufgefallen. Ich notierte es auf meiner imaginären Liste, die ich über ihn führte. Grübchen am Kinn. Check. Den Punkt »Erster Kuss mit Jaden« entfernte ich schnell wieder.

Gott, wie blöd konnte ich nur sein? Jaden hatte seine Gabe entfacht und ich hatte geglaubt, er wolle mich küssen. Wir waren Freunde. Und Freunde küssten sich nicht. Auch die Tatsache, dass ich verliebt war, änderte nichts an der Freundschaft, die uns beide verband. Sie war wertvoll und schön und mehr wert als ein dämlicher Kuss.

»Kannst du alles mit deiner Gabe erschaffen?«, fragte ich, um mich von meinen bescheuerten Gedanken abzulenken.

Jaden ließ das Blatt zu Boden gleiten. »So gut wie. Ich muss es mir nur vorstellen können. Am besten wird eine Illusion aber, wenn ich sie schon einmal erlebt oder gesehen habe.« Er strich sich nachdenklich durch die dunklen Haare und wirkte plötzlich ernst. »Wieso magst du keine grünen Bäume?«

Ich zuckte mit den Schultern. »Nur so.«

»Nur so?« Er hob eine Braue. »Dein Clan trägt die dieselbe Farbe. Sollte es nicht deshalb deine Lieblingsfarbe sein?«

»Vielleicht liegt es ja genau daran«, sagte ich und bereute meine Worte sofort. Nicht zu seinem Clan zu stehen war ein schweres Vergehen. Früher waren Mitglieder deswegen erhängt oder verbrannt worden, weil man befürchtete, sie könnten dem Clan Schaden zufügen und Geheimnisse an andere Clans weitergeben.

Doch wir befanden uns weder im Mittelalter noch im Krieg. Und Jaden war mein Freund. Ich würde ihm alles sagen. *Außer dass du in ihn verliebt bist,* meldete sich meine innere Stimme zu Wort. Ich ignorierte sie.

»Ich wäre manchmal gern jemand anderes«, gestand ich. »Mit einer anderen Fähigkeit, wie der des Weißen Achats mit ihren heilenden Kräften. Oder der des Roten Drachens mit der Macht, sich in Tiergestalten zu verwandeln. Deine Fähigkeit ist ebenfalls wunderschön. Meine Gabe hingegen ist nichts Besonderes.« Ich blickte zu meinen Händen, betrachtete meine giftigen Nägel, die ich dunkelrot lackiert hatte. »Ich bringe nur den Tod.«

Blitzartig griff Jaden nach meinem Handgelenk und verschränkte seine Finger mit meinen, als wäre es das Natürlichste der Welt. Das Grau in seinen Augen glitzerte wie schäumende Wellen auf einer stürmischen See. »Meine Gabe kann genauso tödlich sein wie deine«, sagte er mit fester Stimme. »Eine Täuschung kann sogar grausamer sein als der Tod. Vor allem wenn man hinterher daraus aufwacht und erkennt, dass alles eine Lüge war.«

»Das glaube ich nicht«, murmelte ich und löste meine Finger aus seinen. Wie sollte eine so wundervolle Gabe den Tod bescheren? Etwas, das so Schönes erschaffen konnte, würde nie jemanden umbringen.

Wir wandten uns wieder dem Spiel zu. Mein Mund verzog sich wie von selbst zu einem Lächeln, als Jaden die bunten Blätter um uns herum zum

Tanzen brachte. Ich wünschte mir, dass unsere Partie Schach ewig andauern würde. Dass ich nie wieder aus dieser wunderschönen Illusion erwachen würde.

Aber wenn ich eins wusste, dann, dass nichts für immer war.

***

»Du bist erbärmlich!« Madison kickte das Schachbrett über den Rasen. Die Spielfiguren verteilten sich überall im Gras.

»Muss das sein?«, murmelte ich genervt und hievte mich auf die Beine, um mit Madison gleichauf zu sein. Sie trug ein schwarzes Maxikleid, das ihre dünne Taille zur Geltung brachte. Neben ihr stand Amber und kaute laut auf einem Kaugummi herum. Meine Güte, gab es die beiden nur im Doppelpack?

»Jaden wird nicht kommen«, trällerte Madison fröhlich. »Euer kleines Was-auch-immer hat jetzt ein Ende.«

Die Worte trafen mich wie ein Schlag ins Gesicht. Ich versuchte gelassen zu wirken, obwohl innerlich ein Sturm tobte. »Und das bestimmst du, weil …?«

»Ich ich bin.« Sie drehte sich unschuldig eine glänzende Locke um den Finger. »Weißt du, ich möchte nur das Beste für meinen Bruder. Und – Überraschung – das bist nicht du.«

»Du bist Abschaum«, ergänzte Amber mit angewidertem Gesichtsausdruck. »Jeder von uns hat eine besondere Gabe. Meine rettet Leben. Und deine nimmt sie!«

Ich ignorierte sie und wandte mich an Madison. Meine Stimme bebte vor Wut. »Was hast du zu ihm gesagt?«

Sie lachte. »Ich musste gar nichts sagen. Er hat eingesehen, dass du seine Zeit nicht wert bist. Schließlich hat er Besseres zu tun, als mit einer Natter Schach zu spielen. Im Ernst, dachtest du wirklich, er könnte jemanden wie dich mögen? Vielleicht sogar lieben?«

Ihre Worte bohrten sich wie tödliche Pfeile in meine Haut. »Das ist eine Lüge! Du lügst!«

Madison seufzte theatralisch. »Glaub mir oder glaub mir nicht. Es kommt auf dasselbe hinaus. Er hat kein Interesse mehr an dir. Und du bist wieder … allein.«

»Sei still!« Ich schloss die Augen, um meine Tränen zu unterdrücken. Jaden und ich waren Freunde. Er würde mich nicht einfach wegwerfen. Er hatte gesagt, er würde für immer mein Freund sein.

»Oh, habe ich da etwa einen wunden Punkt getroffen?« Madison lachte boshaft. »Mal sehen, wie aufgebracht du bist, wenn ich noch mehr Salz in die Wunde streue.« Sie machte eine bedeutungsschwere Pause. »Mein Bruder hat eine Freundin.«

Für einen Moment hörte die Welt auf sich zu drehen. Jaden hatte eine Freundin? Ich schüttelte langsam den Kopf, während etwas in mir zerbrach. Mein Herz.

Das … das konnte nicht sein. Jaden hätte mir davon erzählt, wenn er jemanden kennengelernt hätte. Wir verbrachten so viel Zeit miteinander. Ich hätte etwas merken müssen, wenn es jemanden in seinem Leben gab.

»Ich wusste, dass du mir nicht glauben würdest. Deshalb habe ich ein Foto für dich.« Sie hielt mir ihr Handy entgegen. Darauf zu sehen war Jaden, der seinen Arm um ein anderes Mädchen gelegt hatte. Sie war wunderschön, hatte rosige Wangen und blickte Jaden an, als wäre er das Kostbarste auf der Welt. Und das war er auch – für mich, verdammt!

Tränen stiegen mir in die Augen. Ich wandte mich wortlos ab und sammelte die Figuren ein.

»Ich habe eh nie verstanden, was er an dir fand. Du bist nichts Besonderes. Weder deine Kräfte noch dein Aussehen. Ich meine, sieh dich doch mal an.« Sie deutete auf mein dunkelblaues Halstuch. »Du läufst rum, als wärst du Mitglied bei den Pfadfindern. Deine blonden Strähnchen sind katastrophal gefärbt. Sie erinnern mich an ein Streifenhörnchen. Und du bist viel zu kurvig für dein Alter. Gib es zu, du stopfst dir die Brüste aus.«

Mein Gesicht wurde heiß. Es stimmte, ich war kurviger als andere Mädchen in meinem Alter. Ich hasste es, mich wieder von den anderen Schülern zu unterscheiden.

Als ich die letzte Spielfigur aufsammeln wollte, war Madison schneller. Sie trat mit ihrer Römersandale auf den Turm. Drehte ihren Fuß, als würde sie eine Zigarette ausmachen.

»Wir sind noch nicht fertig«, zischte sie und griff nach meinem Oberarm. Ich spürte ihren süßlichen Atem an meinem Ohr, war aber zu aufgewühlt, um sie wegzustoßen. »Du magst doch Spielchen, oder? Wie wäre es mit einem Spiel?« Dunkelheit umfasste uns. Sie war aalglatt und kalt.

»Hör auf, Madi«, murmelte Amber neben uns. Ich hatte bereits vergessen, dass sie auch anwesend war. »Wenn uns ein Lehrer sieht, dann ...«

»Ach, sei kein Feigling. Niemand sieht uns. Dafür werde ich schon sorgen.« Sie ließ mich los und ging ein paar Schritte zurück. Dann spreizte sie eine Hand und formte die Dunkelheit, die uns umgab. Es wurde so finster, dass ich nichts mehr erkennen konnte. Einige Sekunden vergingen, dann klärte sich die Dunkelheit auf. Die Sonne schien plötzlich so stark, dass ich mehrmals blinzeln musste, bis sich meine Augen an das Licht gewöhnt hatten. Ich hob eine Hand an die Stirn, um besser sehen zu können.

Schockiert blickte ich mich um. Sand. Überall war Sand. Wo war ich? Ich befand mich nicht mehr auf dem Schulgelände. Verflucht, ich befand mich nicht mal mehr im Staat Vermont!

Weit und breit war nichts zu sehen. Nur Sanddünen. Und ... Madison, die mir mit einem riesigen Sonnenhut entgegenlachte, als wäre sie einem Katalog für Sommermode entsprungen.

»Wo bin ich?«

»Afrika. In der Wüste Ägyptens, um genau zu sein. Hier war ich vor Jahren mal im Urlaub. Es war ziemlich öde, aber ich dachte, für dich wäre es perfekt.«

»Du hast mich in eine Illusion gesperrt? Bist du verrückt geworden?!« Ich schnappte nach Luft. »Das ist verboten!«

Sie fächerte sich mit ihrer Hand Luft zu. »Jaja, ich weiß. Aber Regeln sind da, um gebrochen zu werden. Und die Illusionen von meinem Bruder fandest du doch immer besonders schön.«

Ich brauchte mehrere Sekunden, um ihre Worte zu verarbeiten. Mein Magen zog sich schmerzlich zusammen. Jaden hatte ihr davon erzählt. Von den Illusionen, die er für mich erschaffen hatte. Es waren unsere Momente gewesen! Wieso hatte er es ihr erzählt? Um sich über mich lustig zu machen? Ich hoffte, er hatte seinen Spaß gehabt!

Bevor ich weiter darüber nachdenken konnte, wurde es wieder dunkel. Im nächsten Moment befand ich mich auf einem Hochhaus. Meine Haare wehten mir ins Gesicht und der starke Wind brachte meine Augen zum Tränen.

Madison war wenige Meter von mir entfernt. Der Sommerhut flog ihr vom Kopf, aber sie machte keine Anstalten, ihm auch nur hinterherzusehen. Ihr Blick lag stechend auf mir. »Du und dein Clan. Ihr seid erbärmliche Kreaturen. Gift. Es ist nichts Besonderes. Sogar eine Schlange hat deine Fähigkeit. Warum also glaubst du, du seist besser als wir? Warum hat deine Familie bei der Silbernen Waage so ein hohes Ansehen, obwohl mein Clan die Drecksarbeit für sie und das Goldene Pack erledigt?«

Wovon sprach sie, verflucht? Ich hielt mir die Haare aus dem Gesicht. »Ich weiß nicht, was du meinst.«

»Ach nein?« Wütend verzog sie ihre roten Lippen. »Soweit ich gehört habe, unterstützen sie deine Eltern finanziell bei ihren bescheuerten Forschungen. Kostenlose Gegenmittel für alle – dass ich nicht lache. Als wärt ihr beschissene Heilige.«

»Sie wollen nur helfen«, erklärte ich mit stockendem Atem. Langsam bekam ich wirklich Angst. »Und jetzt hör auf, lass mich aus deiner Illusion! Du bekommst nur wieder einen Schulverweis.« Ich versuchte das Zittern in meiner Stimme zu unterdrücken. Es gelang mir nicht.

»Der Verweis ist mir egal.« Sie kam auf mich zu und schubste mich nach hinten. »Ich lasse dich erst gehen, wenn ich es will. Ich bestimme die Regeln.« Sie schubste mich ein weiteres Mal.

Ich wusste, dass das hier nicht echt war. Trotzdem schlug mein Herz beängstigend schnell, als ich sah, wie tief es hinunterging. Wir mussten uns auf einem Wolkenkratzer befinden. Mindestens fünfzig Stockwerke hoch.

»Hör auf«, brachte ich atemlos hervor. Mein Blick glitt hinter mich. Nur noch wenige Meter, dann würde ich fallen.

»Ich bin die Prinzessin der Illusionen. Du dagegen bist nur die giftige Natter.« Sie betrachtete ihre pink lackierten Nägel. »Sag mir also, was bitteschön ist so toll an dir, dass sich sogar mein Bruder um dich geschert hat?«

»Madi, du sollest wirklich …«

»Halt dich da raus, Amber. Das geht nur sie und mich etwas an.«

Ich blickte mich um. Ich hörte Ambers Stimme, aber ich konnte nicht zuordnen, woher sie kam. Diese Illusion war nur in meinem Kopf. Ich sah das, was ich sehen sollte. Und Amber war kein Teil dieses Spielchens. Und genau das war es, ein Spiel, eine Illusion. Nicht mehr. Bloß eine Einbildung in meinem Kopf.

Ich schloss die Augen und versuchte nicht völlig in Panik zu geraten. *Beruhig dich, Ana. Es ist nur eine Illusion.*

Vielleicht konnte ich mich selbst daraus befreien. Nur wie? Ich ärgerte mich, dass ich Jaden nie danach gefragt hatte. Aber aus seinen Illusionen hatte ich auch nie ausbrechen wollen.

Ich öffnete meine Augen und blickte in Madisons grinsendes Gesicht. Anscheinend amüsierte sie sich köstlich über mich. »Versuchst du wirklich gerade dagegen anzukämpfen?« Ihr Grinsen wurde noch breiter. »Dummkopf, das ist zwecklos. Ich lasse dich erst gehen, wenn *ich* es will. Du bist viel zu schwach, um es allein zu schaffen. Abgesehen davon«, sie ließ ihren Blick hinter mich schweifen, »kannst du dir gern einreden, dass es nur eine Illusion ist. Aber früher oder später glaubst du daran. Du wirst glauben, dass sie echt ist.«

»Niemals«, sagte ich, obwohl ich wusste, dass sie recht hatte. Ich glaubte bereits daran.

»Niemals?«, wiederholte Madison abfällig und hob die linke Hand. Keine Sekunde später verfinsterte sich der Himmel. Schwarze Wolken verdeckten das sorglose Blau, verschluckten die Sonne in einem Meer aus unendlicher Dunkelheit.

Ein Blitz zuckte über uns hinweg. Ich umklammerte panisch meine Oberarme. Angst breitete sich in mir aus, ließ mich kaum noch denken. Kaum noch atmen. Ich schüttelte unnachgiebig den Kopf. *Wach auf. Wach auf. Wach auf.*

»Du hast lange durchgehalten, das muss ich dir lassen.« Sie ging einen weiteren Schritt auf mich zu. »Wenn du mich lieb bittest, stoße ich dich nicht.«

»Bitte«, keuchte ich panisch. Mein Stolz war mir mittlerweile völlig egal. Ich wollte nicht sterben! Nicht hier. Nicht so.

»Lauter.«

»Bitte, verdammt!«

Sie lachte und kehrte mir den Rücken zu. Der Himmel klärte sich wieder auf. Sogar der Wind hörte auf zu wehen.

Ich atmete erleichtert aus und stützte meine Hände auf den Oberschenkeln ab, so als wäre ich einen Marathon gelaufen. »Danke«, keuchte ich. »Ich wusste, dass du nicht so bist.«

Madison blieb abrupt stehen. Mit geballten Fäusten drehte sie sich zu mir um. Ihr Gesicht war wutverzerrt. »Ich weiß nicht, was mein Bruder über mich erzählt hat. Aber glaub ja nicht, dass du mich kennst, Natter.«

Sie stand nun direkt vor mir. Ihr Atem ging genauso schnell wie mein eigener. »Du glaubst, dass ich nicht so sein kann? Dass ich tief in meinem Innersten gut bin?« Sie lachte bitter. »Du irrst dich. Das Leben war nie gut zu mir. Und ich werde jetzt nicht anfangen, gut zum Leben zu sein.«

Dann stieß sie zu.

Ich verlor das Gleichgewicht. Panisch griff ich um mich und bekam Madisons Unterarm zu fassen. Mit aller Kraft hielt ich mich daran fest.

Sie schrie auf. Schrill. Hysterisch. Ein Schrei, den ich noch nie zuvor von ihr gehört hatte. Dann fielen wir gemeinsam vom Dach. Wind peitschte uns entgegen. Ich schloss die Augen, aber der Aufprall kam früher als erwartet.

Unsanft landete ich im Gras. Ich schlug die Lider auf und starrte direkt gegen die grünen Blätter des Ahornbaums. Madison lag auf mir. Erschöpft schob ich sie von mir herunter und rieb mir über mein Gesicht. Der Nebel um uns herum hatte sich aufgelöst, doch meine Gedanken waren wie in Watte gehüllt. Als wäre ich noch nicht wirklich im Hier und Jetzt angekommen und würde zwischen zwei Welten schweben.

»Was hast du?« Amber versuchte ihrer besten Freundin aufzuhelfen, aber es gelang ihr nicht. Madison rührte sich nicht.

Amber sah mich schockiert an. »Verfluchte Scheiße! Du Monster, was hast du ihr angetan?!«

»Was ich ihr angetan habe? Ich habe ihr nichts …« Ich sah auf die Stelle, die ich berührt hatte. Tiefe Kratzer befanden sich auf ihrem Arm. Panisch fuhr ich über meine Hände, wollte den Sitz meiner Handschuhe überprüfen, doch ich fühlte keinen Stoff.

Nein. Nein. Nein. Nein. Nein. Das … das kann nicht sein. Ich musste sie ausgezogen haben, bevor Madison und Amber gekommen waren.

Ich stolperte nach hinten, konnte mich kaum noch auf den Beinen halten. Ich hatte Madison gekratzt und meine Magie aus Panik entfesselt. Ich konnte förmlich zusehen, wie sich mein Gift durch ihre Blutbahn schlängelte. Ihr Gesicht war kreidebleich. Weißlicher Schaum trat aus ihren Mundwinkeln.

»Madison! Madison!« Amber berührte mit einer Hand ihren Arm und mit der anderen eine Wurzel, die aus dem Boden ragte. Sofort färbten sich die Blätter meines Lieblingsbaumes braun, als sie ihm die Lebensenergie entzog, um sie zu Madison zu leiten. Vertrocknete Blätter fielen wie ein Regenschauer auf uns herab.

»Ich kann sie nicht heilen! Es funktioniert nicht!« Amber keuchte verzweifelt.

»Ich …« Ich konnte nicht klar denken. Meine Beine wurden weich und ich lehnte mich gegen den Stamm des Ahorns. Ich wusste nicht, wohin ich sehen sollte, alles wirkte verschwommen. Nur eine Tatsache hämmerte gegen meinen Verstand: Ich hatte sie vergiftet.

»Tu doch was!«, schrie Amber mich an. Aber ich konnte nichts tun. Ich konnte es nicht rückgängig machen. Meine Eltern konnten es, aber ich war noch nicht so weit. Ich würde sie nur noch mehr verletzen.

»Hilfe, Hilfe!« Amber schrie um sich und auch in ihr Handy, das sie gezückt hatte. Keine Minute später wimmelte es hier von Magiern, die versuchten Madison das Leben zu retten. Ich sank zu Boden, kraftlos, hilflos. Abgenutzte Converse schoben sich in mein Blickfeld.

»Verfluchte Scheiße, was ist passiert?!« Jaden sank zu Boden und untersuchte die geschwollenen Kratzer an Madisons Haut. Sein Blick glitt zu mir. »Hast du sie vergiftet?«

»Ich … ich wollte nicht …«

»Verflucht, Ana!« Er bekam die Worte kaum heraus. Er wirkte, als hätte ich ihm einen Dolch ins Herz gestoßen. »Ana!«

Einen Moment blieb die Zeit stehen, doch Jadens Stimme brachte mich in die Realität zurück. Ich schüttelte meinen Kopf. Der Nebel in meinen Gedanken war verschwunden. Ob das Auswirkungen der Illusion gewesen waren? Ganz egal! Wir durften keine Zeit mehr verlieren!

»Sie muss in das Labor, in dem meine Eltern arbeiten. Sie können ihr das Gift entziehen! Es ist ganz in der Nähe! Beeil dich!«

Jaden nahm seine Schwester in die Arme. Dann ging er rückwärts. Mit jedem Schritt entfernte er sich weiter von mir. Dabei sah er mir tief in die Augen. Seine Wut verbrannte mich. Sein Hass zerstörte mich. Und seine nächsten Worte vernichteten mich.

»Wenn sie stirbt, wünschst du dir, niemals existiert zu haben.«

1. KAPITEL

Sechs Jahre später.

Mehrmals schaute ich in den Rückspiegel und wusste, dass mich jemand verfolgte. Seit ich vor zehn Minuten mein Zuhause in Southampton verlassen hatte und in meinen BMW gestiegen war, war mir der schwarze Geländewagen nicht mehr von der Seite gewichen. Der grimmig wirkende Fahrer hatte sich nicht mal die Mühe gemacht, auf Abstand zu gehen, und bog in die Straßen ein, in die auch ich einbog. Ich war sogar absichtlich eine andere Route gefahren, als ich sie sonst nahm – über die Seitenstraßen, in denen die luxuriösen, millionenschweren Villen standen. Aber ich konnte den Verfolger nicht abschütteln. Als ich in einem Blumenladen verschwand, hielt er direkt hinter mir. Ich ließ mir extra viel Zeit, bevor ich mit einem bunten Tulpenstrauß das Geschäft verließ und auf den Bürgersteig trat.

Der Fahrer lehnte lässig an meiner Motorhaube. Ich schätzte ihn auf Ende zwanzig. Er war einen Kopf größer als ich und trug einen maßgeschneiderten Anzug, darunter ein weißes Hemd und dunkelbraune Lackschuhe. Mit verschränkten Armen sah er mir zu, wie ich über den gepflasterten Weg direkt auf ihn zukam. Je mehr ich mich ihm näherte, desto einschüchternder wirkte er. Auf seinem Hals befand sich eine Tätowierung aus Wirbeln und Ranken, die von seinem markanten Kiefer abwärts unter seinem Hemdkragen verschwand. Auch seine Handrücken waren vollständig tätowiert – eine schwarze Rose auf der linken und eine Totenkopfmotte auf der rechten Hand. Kleinere Symbole zierten seine Fingerknöchel und rundeten den Heiß-aber-gefährlich-Look perfekt ab.

Auf der einen Seite wirkte er wie ein Model für verruchte Männermagazine, auf der anderen wie ein bedrohlicher Kerl aus einer Gang, der jederzeit jemanden umlegen konnte, wenn ihm sein Boss den Befehl erteilte. Charmant war anders.

Ich blieb zwei Meter vor ihm stehen. Sicher war sicher. »Gibt es einen Grund, warum Sie sich gegen mein Auto lehnen?«, fragte ich bissiger, als ich es eigentlich vorgehabt hatte. Aber der Typ stand da, als wäre es das Normalste der Welt.

Er grinste frech und entblößte eine Reihe weißer, gerader Zähne. »Kommt drauf an.«

Kommt drauf an? Ich hob eine Augenbraue. Der Kerl war ein wandelndes Bad-Boy-Klischee. Tattoos? Check. Arrogante Art? Check. Raue Stimme? Check. Fehlte nur noch ein Motorrad. Obwohl ... Sein Geländewagen hatte getönte Scheiben, also passte auch der ins Schema. Wieso geriet ich an so einen Typen? Und auch, wenn ich es hinterher bereuen würde, fragte ich genervt: »Worauf kommt es an?«

Sein Blick glitt nur kurz über das hellblaue Sommerkleid, das ich heute trug. Es reichte mir bis zu den Knien und war farblich perfekt auf meine Handschuhe abgestimmt. Ohne eine Miene zu verziehen, sah er mir wieder in die Augen. Ich wusste nicht, ob ihm gefiel, was er sah. Und es war mir auch ziemlich egal.

»Bist du Anastasia?«

Ich zuckte für den Bruchteil einer Sekunde zusammen, als ich meinen ersten Vornamen hörte. Ihm entging es nicht, denn in seinen braunen Augen lag ein Fragezeichen. Aber ich dachte gar nicht daran, mich zu erklären.

»Also, bist du es?«, hakte er nach, weil ich noch immer nicht geantwortet hatte.

Ich entspannte meine verkrampften Schultern, die ich beim Klang meines Namens angespannt hatte. »Wenn ich Nein sage, nimmst du deinen Arsch dann von meiner Motorhaube?« Ich duzte ihn ebenfalls, weil ich mir ansonsten blöd vorgekommen wäre. Ein verwunderter Ausdruck trat in sein Gesicht. Anscheinend hatte er nicht damit gerechnet, dass ich ihm eine freche Antwort entgegenfeuern würde. *Tja, da habe ich dich wohl beeindruckt, was?*

Seine Lippen teilten sich zu einem spöttischen Lächeln. »Ich sitze nicht drauf, ich lehne mich bloß an.«

»Macht das einen Unterschied?«

»Definitiv.« Sein Lächeln wurde anzüglicher. »Wenn du möchtest, kann ich dir den Unterschied gern zeigen.«

Für einen Moment stellte ich mir vor, wie sich dieser stämmige Kerl halb nackt auf meiner Motorhaube rekelte und seine Muskeln spielen ließ, die sich definitiv unter seinem teuren Anzug verbargen.

»Bitte nicht«, antwortete ich und verkniff mir ein Schmunzeln, was ihm nicht entging. Er versuchte in meinem Gesicht zu lesen, was ich dachte. Ich war froh, dass es keine Magie gab, die dazu imstande war. Ansonsten wäre das ziemlich peinlich geworden.

»Bist du nun Anastasia?«

Mein Lächeln verschwand. Schon wieder dieser Vorname ...

»Ja, bin ich«, gab ich zu und öffnete die Beifahrertür, um meine Tasche und den Blumenstrauß auf dem Sitz zu verstauen. Dann schloss ich die Tür wieder und lehnte mich neben ihm an mein Auto. Dabei achtete ich darauf, mehrere Zentimeter Platz zwischen uns zu lassen. »Du kannst mich Emily nennen. Anastasia heiße ich schon lange nicht mehr. Hat Matthew dich nicht informiert?«

»Woher weißt du, dass mich Matthew engagiert hat?« Er wirkte überrascht. »Ich könnte auch ein kranker Stalker sein. Schließlich bin ich dir zehn Minuten gefolgt.«

»Ein Stalker, der nicht mal weiß, wie sein Opfer genau heißt oder aussieht?« Ich schüttelte den Kopf. Meine schulterlangen Haare kitzelten dabei meinen Hals. »Du bist weder ein Stalker noch ein Kidnapper«, schlussfolgerte ich und sah einem Fahrradfahrer hinterher, der an uns vorbeiraste. »Ansonsten wärst du ziemlich beschissen in dem, was du tust. Für gewöhnlich lauert man seinem Opfer nicht gegen Mittag vor einer gut besuchten Einkaufsstraße auf.«

Ich deutete auf die Geschäfte, die direkt vor unserer Nase lagen. Einige Passanten gingen an uns vorbei. Die Blumenverkäuferin erstellte gerade einen Strauß für eine Kundin und vor dem Modegeschäft rauchte jemand eine Zigarette. »Hier sind zu viele Zeugen. Würdest du mir etwas antun wollen, würde es mindestens eine Person mitbekommen. Abgesehen davon, dass wir uns in den Hamptons aufhalten. Keiner wäre so dämlich hier ein krummes Ding zu drehen. Jedenfalls kein Magier bei klarem Verstand.«

»Nicht schlecht. Deine Tipps notiere ich mir«, scherzte er und beobachtete kurz die Umgebung, bevor er wieder zu mir sah. »Was bin ich deiner Meinung nach dann?«

»Ziemlich nervig.« Meine Antwort entlockte ihm ein weiteres Lächeln. Ein Grübchen bildete sich an seinem Kinn. Ich starrte einen Moment darauf, bevor ich ihn aufklärte. »Ich schätze, Matthew hat dich geschickt, um mich zu *beschatten*.« Ich betonte das Wort absichtlich, um ihn zu ärgern, weil er darin ziemlich versagt hatte. Schließlich hatte ich ihn bereits bemerkt, als ich von zu Hause losgefahren war.

Er pfiff anerkennend. »Stimmt. Dein Ziehvater hat mich beauftragt, ein Auge auf dich zu werfen, bis die jährliche Feierlichkeit vorbei ist. Was hat mich verraten?«

»Der Anzug mitten im Hochsommer und die Tatsache, dass du Mitglied der Goldenen Krone bist.« Ich deutete auf sein linkes Handgelenk. Die Clantätowierung blitzte unter seinem Hemdärmel hervor – eine geschwungene Krone, eingeschlossen in einem feinen Kreis. Die Tätowierung war nicht größer als ein Penny. Jeder von uns trug solch ein Erkennungszeichen, an genau derselben Stelle. Und je nachdem, zu welchem Clan man gehörte, war ein anderes Symbol abgebildet. »Außerdem hast du keine Schusswaffe bei dir. Die hätte sich unter deiner Kleidung abgezeichnet. Deine Magie muss also gefährlicher sein als eine gewöhnliche Kugel.«

»Du hast mich ja genau abgecheckt«, sagte er rau und löste sich endlich von meinem Auto. *Träum weiter.*

Ich erwiderte nichts darauf, weil mir seine Antwort zu zweideutig rüberkam. Das Letzte, was ich wollte, war mit dem Sicherheitspersonal zu flirten.

»Wenigstens bist du nicht auf den Kopf gefallen«, sagte er lobend und entfernte einen imaginären Fussel von seinem Anzug. »Die Letzte, die ich beschattet habe, konnte nicht so gut schlussfolgern.«

Ich rollte mit den Augen. »Du hast jemanden vor mir bewacht? So unprofessionell, wie du dich benimmst, dachte ich, du wärst ein Praktikant.«

»Als ob der zweitmächtigste Magier unserer Zeit einen Praktikanten anheuern würde, um auf sein Pflegekind aufzupassen.« Er blickte kurz hinter mich, dann wieder zu mir. »Doch das Babysitten gehört tatsächlich nicht zu meinen liebsten Aufgaben. Aber was tut man nicht alles fürs Geld? Und darin ertrinkt dein Pflegevater ja geradezu.«

»Babysitten?« Wütend schnaubte ich. »Ich bin kein Kleinkind mehr, sondern neunzehn Jahre alt! Ich kann wunderbar auf mich selbst aufpassen. Deine Dienste sind also überflüssig.« Ich machte eine abfällige Bewegung mit der Hand. Wenn ich eins nicht gebrauchen konnte, dann einen arroganten Arsch, der mir auf die Nerven ging.

»Wirklich?« Sein Blick inspizierte kurz die Umgebung, bevor er sich ohne Vorwarnung zu mir drehte und direkt vor mir stehen blieb. Seine Hände stützte er links und rechts am Kotflügel ab, sorgte so dafür, dass ich meinen Rücken gegen das Auto presste. Mein Herz hämmerte in meiner Brust. Gott, das war nah. Viel zu nah. Ich war so perplex, dass ich einen Moment nur starr in sein Gesicht blicken konnte. Das Sonnenlicht brachte das Braun seiner Augen zum Strahlen. Es sah aus wie flüssiger Bernstein.

Provozierend funkelte er mir entgegen. »Was tust du jetzt? Ich könnte dir mit meiner Magie wehtun. Sehr wehtun. So wie viele andere Magier, die jetzt auf dem Weg hierher sind.« Er lehnte sich leicht in meine Richtung. Dabei hüllte mich sein Duft ein. Er roch nach etwas Vertrautem. Etwas, das mich an bessere Zeiten erinnerte. Er berührte meine goldene Kette, die ich immer um meinen Hals trug, spielte mit ihr.

»Ich kann das Gold alles machen lassen, was ich möchte. Deine Kette zu einer Schlinge formen. Sie gegen deine Kehle pressen, bis dein Herz aufhört zu schlagen. Alles, ohne überhaupt einen Finger zu rühren. Was tust du also, um dich aus dieser misslichen Lage zu befreien?«

Mein Atem ging flach und ich schluckte hart, ohne zu antworten. Meine Hände hielt ich hinter meinen Körper gepresst. Seine Worte standen im harten Kontrast zu seinem Lächeln, das immer intensiver wurde.

Mehrere Wimpernschläge vergingen. Dann ließ er meine Kette los. Er wirkte enttäuscht. Anscheinend hatte er gehofft, dass ich ihm mit meinem

Gift drohen würde. Aber da konnte er lange warten. »Durchgefallen, Kleines. Du würdest keine zehn Minuten überleben, wenn es drauf ankommt.«

Ich gewann meine Fassung zurück und beugte mich unter seinem Arm hindurch, ohne ihn mit meinen Händen zu berühren. »Du hast mich überrumpelt. Mach das nie wieder, wenn dir deine Eier lieb sind!«

Er grinste noch breiter. *Idiot.*

»Würdest du mich bitte entschuldigen? Ich habe noch etwas zu erledigen. Du hast mir bereits zu viel Zeit geraubt.« Ich stampfte an ihm vorbei, setzte mich in mein Auto und zog die Tür schwungvoll zu.

Er folgte mir und klopfte gegen meine Scheibe, die ich stöhnend runterließ. »Was denn noch?«

»Matthew hat mir erzählt, dass du ungern mit anderen Leuten zusammen im Wagen fährst. Trotzdem solltest du ab morgen bei mir mitfahren. Ich kutschiere dich herum – zu deinen Shoppingtrips und dem ganzen Quatsch.«

Genervt biss ich mir auf die Innenseite meiner Wange. Hatte der Kerl mir nicht zugehört? »Wie schon gesagt, nicht nötig. Auf deine Hilfe kann ich gut verzichten.« Ich startete den Motor.

»Wie du meinst, aber bereue es später nicht.« In seine Augen trat etwas Düsteres, Unergründliches. »Die Welt der Magier ist gefährlich. Wenn du nicht aufpasst, verschlingt sie dich.«

***

Die gesamte Fahrt krallte ich meine Finger in dem Lenkrad fest. Vor allem weil der Kerl immer noch hinter mir herfuhr. Wäre auch zu schön gewesen, aber so leicht wurde ich ihn anscheinend nicht los. Ich würde Matthew sagen, dass mir sein neuer Aufpasser ziemlich auf die Nerven ging. Dabei hatten wir keine zehn Minuten miteinander gesprochen. Ich kannte noch nicht mal seinen dämlichen Namen.

An einer Ampel blickte ich in den Rückspiegel. Er winkte mir grinsend entgegen. Ich winkte ihm mit meinem Mittelfinger zurück. Er lachte. *Argh.*

Erst als ich auf das Gelände des Magischen Gerichtshofs zusteuerte und vor dem eisernen Tor stehen blieb, fuhr der Geländewagen weiter. Ich brauchte nicht einmal hinterherzusehen, um zu wissen, dass er sich in der Nähe einen Parkplatz suchen würde, um das Gebäude zu beobachten. Wenigstens kam er nicht mit rein.

Meinen Ärger schluckte ich herunter, als Mike, der kräftige Wärter, aus seinem Häuschen kam und gegen meine Scheibe klopfte. Ich ließ das Fenster herunter und reichte ihm meinen Ausweis. Er warf nur flüchtig einen Blick darauf, bevor er das Tor öffnete und mich durchwinkte.

Auf dem überfüllten Parkplatz suchte ich mir eine Lücke und checkte meine Handschuhe mehrmals, bevor ich den Motor abstellte und ausstieg. Die Mittagssonne strahlte mir entgegen und eine leichte Brise wehte vom Strand herüber, während ich auf das eindrucksvolle Gebäude zusteuerte, das mehrere Millionen gekostet haben musste. Die Hausfassade war aus hellem Stein erbaut und schimmerte sauber im Sonnenlicht. Vier Marmorsäulen säumten den Eingangsbereich und erinnerten an einen griechischen Palast. Das Bauwerk wirkte erhaben und auf eine besondere Art friedlich. Aber ich wusste, dass dort drin Dinge getan wurden, die alles andere als friedlich waren.

Ich hielt an einer weiteren Kontrolle vor dem Eingang. Mariah durchwühlte wie jeden Dienstag meine Tasche auf Schusswaffen und andere Gegenstände, mit denen ich Schaden anrichten oder Gefangene befreien konnte, die sich im Keller des Gerichtshofs befanden und auf ihr Urteil warteten. Wie alle Sicherheitskräfte gehörte sie der Goldenen Krone an und nahm ihren Job sehr, sehr ernst.

Als sie nichts Verbotenes fand, machte sie eine Handbewegung in Richtung Tür, die sich wie von Zauberhand öffnete. »Einen schönen Tag, Ms Corwell«, wünschte sie mir und widmete sich dem nächsten Magier, der bereits hinter mir wartete.

Ich schnappte mir meine Tasche und betrat das Gebäude. Die Eingangshalle bestand aus einem großen Saal, von dem mehrere Türen und Flure abgingen. Zwei geschwungene Treppen führten in den Kellerbereich und in die obere Etage des Gerichtshofs. Ich steuerte auf die halbrunde Treppe zu und blieb für einen Moment am Geländer stehen, um die riesige weibliche

Statue zu betrachten, die sich im hinteren Teil des Gebäudes befand. Hekate – die Mutter der Magie. Jeder Magier kannte ihre Geschichte. Man behauptete, sie sei die erste Magierin gewesen, die vor tausend Jahren das Licht der Welt erblickte. Die Menschen vergötterten und verehrten sie. Und obwohl sie so geliebt wurde, war Hekate zu Lebzeiten unglücklich. Aus Einsamkeit entsandte sie ihre Magie in alle Teile der Welt und verwandelte in einer einzigen Nacht zahlreiche Menschen in Magier.

Eine lange Zeit war alles friedlich, bis einige Magier nach Macht strebten, sich für etwas Besseres hielten und ein unerbittlicher Krieg ausbrach. Unzählige Seelen starben einen qualvollen Tod. Auch Menschen lehnten sich auf, wollten ihr Schicksal nicht akzeptieren. Es kam zur Hexenverfolgung und dem ganzen Mist. Selbst Hekate hatte den Krieg nicht stoppen können. Und die Menschen, die sie so vergöttert hatten, verbrannten sie an lebendigem Leib. Sie wehrte sich nicht einmal, als sich das Feuer durch ihre Haut fraß. Sie fühlte sich schuldig, weil sie das Unheil über die Welt gebracht hatte. Und inmitten der Flammen entsandte sie ein letztes Mal ihre Kraft und erschuf Magier, die in der Lage waren, Magie auszulöschen – die Silberne Waage. Sie hatten den Frieden gebracht, der bis heute anhielt. Auch wenn die Goldene Krone über alle Clans herrschte, wusste jeder, dass sie nichts ohne die Silbernen waren. Es kam nie zu Aufständen, weil Matthew und seine Leute da waren, um für Gerechtigkeit zu sorgen.

Die Statue von Hekate trug eine goldene Krone auf dem Kopf. In ihrer einen Hand hielt sie eine silberne Waage, in ihrer anderen ein goldenes Schwert. Zu ihren Füßen waren die Symbole aller restlichen Clans aufgeführt, die es weltweit gab: Der verführerische Lotus stand für den Blauen Clan, der heilende Achat für den Weißen. Der wandlungsfähige Drache für den Roten und der friedvolle Ginkgo für den Gelben Clan. Am Rand der Statue waren die letzten beiden Symbole aufgeführt – der giftige Efeu für den Grünen und die trügerische schwarze Witwe für den Schwarzen Clan.

Allen Clans standen eigene Berufszweige zu, in die sich kein anderer einmischen durfte. Passend zur Magie natürlich. Und weil die Menschen nichts mehr von unserer Existenz wussten, gab es einen Haufen Regeln, die zu beachten waren, damit es auch so blieb.

Die Flügeltür, die zum großen Gerichtssaal führte, wurde aufgeschleudert. Erschrocken zuckte ich zusammen. Mehrere Silberne traten heraus. Sie trugen lange Roben, auf denen eine Waage eingestickt war. Sie machten einen Schritt zur Seite, um ein Mädchen vorbeizulassen, gefolgt von zwei Goldenen Wachen. *O nein … Nicht schon wieder …*

Das Mädchen war höchstens fünfzehn Jahre alt. Ihr blondes Haar hing strähnig herunter und auf ihrem Shirt waren dunkle Flecken, als hätte sie im Dreck gewühlt. Ihr Gesicht war rot und verheult, die Mascara um die geschwollenen Augen verschmiert. »Bitte, lasst mich gehen. Ich habe nichts verbrochen!«, flehte sie den kräftigeren Wärter an, der keinerlei Regung zeigte. Der linke von ihnen redete leise auf sie ein. Wahrscheinlich beruhigende Worte wie: Alles wird gut. Dir wird nichts passieren. Die ganze Leier eben. Doch das Mädchen wollte ihm nicht zuhören. Sie flehte andere Magier an, an denen sie vorbeikamen. Aber niemand sah auch nur in ihre Richtung. Sie gingen einfach weiter, als würden sie so etwas tagtäglich mitansehen.

Ich wusste, dass Matthew und der Silberne Clan nur ihre Arbeit machten, dass sie für Gerechtigkeit sorgten. Trotzdem war es kaum zu ertragen. *Sie hat etwas verbrochen, sonst wäre sie nicht hier,* versuchte ich mir ins Gewissen zu reden. *Die Silbernen wissen, was sie tun.*

Sie kamen direkt auf mich zu. Ich wollte die Stufen hinaufgehen, doch meine Beine gehorchten mir nicht mehr. Meine Kehle schnürte sich zu, als sich unsere Blicke trafen.

»Hilf mir!«, flehte sie und hielt die goldenen Handschellen hoch, die um ihre Handgelenke gekettet waren. »Ich habe nichts Unrechtes getan! Ich schwöre!«

Ich schluckte und wusste nicht, was ich erwidern sollte. Ich konnte ihr nicht helfen, niemand konnte das. Sie wollte sich an meinem Kleid festhalten, doch der Wärter hielt sie davon ab. »Sei still! Das Gericht wird deine Strafe bestimmen«, sagte er schroff, als wären diese Worte schon tausend Mal über seine Lippen gekommen.

Wie von selbst zogen die Handschellen sie in Richtung Treppe. Sie stemmte sich dagegen, aber die Magie der Wärter war stärker. Ohne überhaupt einen Finger zu krümmen, bugsierten sie sie zur Treppe. Die Sohlen ihrer Sneakers quietschten auf dem Marmorboden, als sie sich erneut mit aller Kraft nach hinten warf. Es war zwecklos. Sie konnte nicht entkommen.

»Sei vernünftig und hör auf dich zu wehren. Du machst es dir nur schwerer«, flüsterte der linke Wärter ruhig. Ich sah weg, als sie sie in das Kellergewölbe führten. Ihr Geschrei wurde leiser. Erst als ich nichts mehr hörte, hatte ich wieder Kontrolle über meine Beine. Es war bereits das zweite Mal in diesem Monat, dass ich so etwas mitbekam. Eigentlich fanden die Verhandlungen morgens statt, doch seit einigen Wochen gab es mehr Prozesse als sonst. Ich packte mit zittrigen Händen das Geländer und zog mich langsam die Stufen hinauf. Schritt für Schritt.

***

Als ich vor dem Eingang meines Labors stehen blieb, brauchte ich drei Anläufe, um meine Zugangskarte gegen das Lesegerät zu halten und den fünfstelligen Code einzugeben. Drei verdammte Anläufe! Dabei war ich eigentlich besser darin, meine Gefühle hinter einer Maske zu verstecken. Doch jetzt überrannten sie mich wie das erste Mal, als ich mich hierher hatte begeben müssen. Ich versuchte mich zu beruhigen und das Mädchen auszublenden, das in dem dunklen Kellergewölbe eingesperrt war und auf ihren Urteilsspruch wartete. Wenn sie Glück hatte, würde sie freigesprochen werden. Wenn nicht ... Eine Gänsehaut überkam mich und ich schob den Gedanken beiseite. *Bitte gebt dem Mädchen eine zweite Chance. Bitte.*

Während ich leise für die fremde Magierin betete, fiel mein Blick auf das silberne Schild, das an der Wand hing. Für gewöhnlich blendete ich es aus, ignorierte es. Aber selbst das gelang mir heute nicht.

Laborantin für Gifte – Emily Corwell

Die Tapete drum herum war zerkratzt. Das einzige Überbleibsel, das an meinen Wutausbruch vor zwei Jahren erinnerte. Als ich zum ersten Mal seit meiner eigenen Verhandlung das Gebäude betreten hatte und vor diesem

Laboreingang stand. Eigentlich hätte mich Freude überströmen müssen, dass Matthew es mir ermöglicht hatte, das Werk meiner Eltern fortzusetzen. Stattdessen hatte ich nach meinem Schlüssel gegriffen und wie besessen meinen ersten Vornamen herausgekratzt, bis er nicht mehr zu sehen war. Erst dann hatte ich wieder klar denken können. Atmen können.

Anastasia. Ich empfand bei diesem Namen nur Leid, Schmerz, Wut und alles dazwischen. Er gehörte zu meinem früheren Leben. Einem Leben, das es so nicht mehr gab.

Ich holte tief Luft und tippte ein letztes Mal den Code ein, weil ich wieder zu lange gebraucht hatte, um die Rautetaste zu drücken. Während sich die Schlösser entriegelten, blickte ich über die Schulter. Der Flur war gespenstisch leer. Lediglich am Ende des Ganges liefen Mitglieder der Silbernen Waage gestresst durch das obere Stockwerk. Keiner von ihnen schaute in meine Richtung. Sie waren viel zu sehr mit ihrer Arbeit beschäftigt. Als zweitmächtigster Clan entschieden sie über Leben und Tod. Nicht mal die Goldene Königin hatte Mitspracherecht, wenn es um das Magische Gericht und die Urteilsverkündung ging.

Die Deckenleuchten schalteten sich ein und tauchten alles in ein steriles Licht. Das Labor war nicht sonderlich groß, aber das störte mich nicht. Es bestand aus einem Schreibtisch, einer Liege und mehreren Schränken aus Metall.

Ich schlüpfte in den weißen Kittel, den ich letzte Woche unachtsam auf die Stuhllehne geschmissen hatte, und band meine schulterlangen karamellbraunen Haare zu einem Knoten. Dann blickte ich abwechselnd zu der Wanduhr über der Tür und dem Blumenstrauß, der in meiner Tasche lag. Es war kurz vor zwölf. Ich hatte also noch zehn Minuten, bevor Matthew mit den Proben auftauchen würde. Das Letzte, was ich wollte, war ihm weiteren Kummer zu bereiten. Er hatte mich schon oft genug aus meiner Traurigkeit gezogen. Mittlerweile reichte mein schlechtes Gewissen bis zum Mond. Mindestens.

Ich legte meine Tasche auf den Boden und holte die Blumen heraus, die ich vorhin gekauft hatte. Dann ging ich zu der Kommode hinter meinem Schreibtisch. Es war ein kleiner Schrein inmitten von Papierbergen und Reagenzgläsern, Gefäßen und Instrumenten. Ich nahm den vertrockneten Blumenstrauß aus der Vase und tauschte ihn gegen den frischen aus. Meine Hände verkrampften sich einen Moment um den Tulpenstrauß, bevor ich ihn in die Vase fallen ließ.

Es gab Augenblicke, die ein ganzes Leben veränderten. Mein altes Leben hatte vor genau sechs Jahren geendet, als Madison Woods aufgrund ihrer Vergiftung starb. Eine Vergiftung, die ich ihr zugefügt hatte. Ich starrte auf meine Hände – auf meine Gabe, die ich unter meinen Handschuhen versteckte. Niemals wieder wollte ich jemanden durch meine Magie verletzen. Auch wenn Madisons Vergiftung keine Absicht gewesen war, änderte das nichts an der Tatsache, dass ich ihr Leben beendet hatte. Und wenn ich eins hatte erfahren müssen, dann, dass man alles, was man säte, früher oder später zurückbekam. Oder in meinem Fall – am selben gottverdammten Tag.

Ich ging einen Schritt zurück und betrachtete das Bild, auf dem meine Eltern mit anderen Giftmagiern zu sehen waren. Sie trugen weiße Kittel und lächelten ausgelassen in die Kamera.

Ich versuchte die Erinnerungen an sie auszublenden, weil mich meine Gefühle jedes Mal überrollten wie ein entgleister Expresszug. Ich wünschte, die Zeit würde meine Erinnerungen ausradieren. Mich vergessen lassen. Aber Zeit heilte nicht alle Wunden. Man versuchte nur mit dem Schmerz zu leben. Damit klarzukommen. Und ich kam klar. Irgendwie. Es gab Tage, an denen es besser funktionierte. Und Tage, die schwierig waren. Unerträglich. An denen ich weinte, mich mehr hasste, als ich es sonst schon tat.

Heute war so ein Tag. Ich spürte, wie mir Tränen in die Augen stiegen. Ich wollte nicht weinen. Nicht hier. *Reiß dich zusammen, Emily. Du schaffst das.*

»Ich vermisse sie auch.« Matthew stand hinter mir und legte eine Hand auf meine Schulter. Erschrocken wischte ich mir die Tränen von den Wangen, bevor ich mich zu ihm umdrehte. Ich hatte nicht mitbekommen, wie er ins Labor getreten war.

Er trug wie üblich seine bodenlange dunkelgraue Richterrobe, darunter ein weißes Hemd und eine Krawatte. Die kleinen Fältchen um seine blauen Augen wurden tiefer, als er mich mitfühlend ansah.

»Ihr Unfall ist schon sechs Jahre her«, murmelte ich und versuchte meine

Stimme unter Kontrolle zu bringen. »Manchmal fehlen sie mir so sehr, dass ich kaum atmen kann.«

»Ich weiß.« Er nahm mich in den Arm, wie er es jedes Mal tat, wenn er mich weinen sah. Sein ergrauter Dreitagebart kitzelte meine Stirn, während ich mich einen Moment meiner Trauer hingab. Nach etlichen Sekunden löste er sich von mir und sah lächelnd zum Blumenstrauß. »Deine Mutter hätte die Tulpen geliebt.«

Zittrig holte ich Atem und nickte. »Es waren ihre Lieblingsblumen. Die meines Vaters kenne ich leider nicht. Sonst hätte ich sie dazugestellt.«

»Die kenne selbst ich nicht«, sagte er aufmunternd. Auch wenn sein Lächeln nicht bis zu seinen Augen reichte, war ich froh darüber, dass er es meinetwegen tat. Denn nicht nur ich hatte jemanden bei der schrecklichen Gasexplosion vor sechs Jahren verloren. Meine Eltern hatten ihm ebenfalls viel bedeutet. Sie waren seit der Schulzeit befreundet gewesen. Und dass ich nicht in Manhattan gelandet war, verdankte ich allein ihm. Er war es, der sich für mich eingesetzt hatte. Der mich bei sich aufgenommen hatte, als niemand vom Grünen Efeu zum Gerichtstermin erschienen war. Der mich mit in die Hamptons nahm und mir ein Dach über dem Kopf schenkte.

»Geht's wieder?«, fragte Matthew sanft und stellte die Kühltasche mit den Giften auf den Schreibtisch.

»Klar«, sagte ich und wischte mir ein letztes Mal das Gesicht trocken. Für heute hatte ich genug geweint und in Erinnerungen verweilt. »Erzähl mir lieber, welche Gifte du heute mitgebracht hast.«

Matthew wirkte froh über den Themenwechsel. Verschwörerisch öffnete er die Kühlbox und zog eine Ampulle hervor. Die gelbe Flüssigkeit schimmerte im Licht. »Das Gift einer Kobra. Sie ist für den Tod vieler Menschen verantwortlich. Du weißt ja, wie wenig Antiseren weltweit vorhanden sind und was die Menschen für die wenigen Dosen verlangen.«

»Ein verdammtes Vermögen«, erwiderte ich kopfschüttelnd und legte mich auf die Liege, die an der Wand stand. Menschen verlangten oftmals mehrere Tausend Dollar pro Spritze. Dabei war nicht einmal klar, ob das Serum überhaupt half, weil zu viele Gegengifte minderer Qualität auf dem

Markt waren – wenn sie überhaupt vorrätig waren. Für die Pharmaindustrie lohnte sich die Herstellung der Gegengifte nicht, obwohl sie so dringend gebraucht wurden. 100.000 Menschen starben jährlich an Schlangenbissen. Dunkelziffer unbekannt. Meine Eltern hatten Abhilfe schaffen wollen und mithilfe von Matthew ein Unternehmen gegründet, um Menschen auf der ganzen Welt kostenlos mit Antiseren zu versorgen. Leider war das Projekt nach dem Tod meiner Eltern eingestellt worden. Jedenfalls der Teil, in dem sie kostenlos waren.

»Es ist ein Verbrechen, wenn du mich fragst«, sagte Matthew und füllte das Gift vorsichtig in eine Spritze. »Deshalb bin ich so froh, dass du das Werk deiner Eltern fortsetzt, auch wenn es von allen Seiten nur belächelt wird.«

Das war noch milde ausgedrückt. Die anderen Clans hatten meine Familie für ihre Großzügigkeit schon immer gehasst. Sie hielten nichts von kostenlosen Gaben an die Menschen. Für sie zählte nur der Profit, der mit Magie gemacht werden konnte. Auch in meinem Clan wurde es nicht von allen gutgeheißen. Doch selbst jetzt waren sie zu Feige, ihren Arsch hierherzubewegen und sich zu beschweren. Keiner von ihnen wollte sich einen Streit mit Matthew erlauben.

Ich krempelte den Ärmel meines Kittels nach oben und entspannte meinen Arm. Matthew setzte die Kanüle an meine Haut und sah mir noch mal prüfend in die Augen. Nickend gab ich ihm die Erlaubnis, mir das Gift zu spritzen. Im nächsten Moment vermischte sich das tödliche Gift der Kobra mit meinem Blut. Gewöhnliche Menschen würden jetzt Unwohlsein spüren. Dann Herzrasen, Atemnot und Lähmungserscheinungen. Bei dieser Menge an Gift wären sie spätestens nach zehn Minuten ohne passendes Gegenmittel tot. Ich hingegen spürte … nichts. Die Magie in mir reagierte sofort. Noch bevor sich das Gift ausbreiten konnte, hatte mein Blut die passenden Antikörper gebildet.

»Alles in Ordnung?«, fragte Matthew besorgt und legte die Spritze auf den Beistelltisch. »Irgendwelche Beschwerden?«

Ich lächelte. »Mach dir keine Sorgen, mir geht es super.«

Er gab ein erleichterndes Seufzen von sich und nahm mir vorsichtig Blut ab. »Es fasziniert mich immer wieder, was für eine atemberaubende Fähigkeit deine Familie besitzt. So viel ausgeprägter als bei anderen deines Clans. Es ist eine Schande, dass du die letzte weibliche Angehörige bist.«

Ich wusste, was er meinte. Die ausgeprägte Magie wurde bei uns nur weiblichen Familienmitgliedern vererbt und war in meiner Familie am stärksten, weshalb wir schon seit Jahrhunderten den Grünen Efeu regiert hatten. Bis vor sechs Jahren, als meine Eltern durch den Unfall gestorben waren und ich aufgrund von Madisons Tod aus der Erbfolge gekickt worden war. Jetzt war eine andere Familie an der Macht und regierte den Grünen Efeu mehr schlecht als recht. Jedenfalls hatte mir Matthew davon erzählt. Ich selbst hielt keinen Kontakt mehr zu ihnen, trotz dessen, dass ich Mitglied bei ihnen war. Am liebsten wäre ich ausgetreten, wenn es möglich gewesen wäre. Aber kein Magier war ohne Clan. Man konnte auch nicht plötzlich einem anderen beitreten, weil es im eigenen gerade schwierig war oder einem etwas nicht passte.

Als mehrere Röhrchen mit meinem Blut befüllt waren, zog Matthew die Kanüle aus meinem Arm und reichte mir ein Pflaster. Ich klebte es auf die Einstichstelle, anschließend sah ich ihm dabei zu, wie er die Proben sicher verwahrte, um sie einem ausgebildeten Forschungsteam zukommen zu lassen, das daraus das Gegengift entwickeln würde. Unser Ziel war es, irgendwann ein Gegenmittel für alle Schlangenarten zu entwickeln. Mithilfe meiner Magie würden wir es schaffen. Wie vielen Menschen wäre dann geholfen? Der Gedanke zauberte mir ein Lächeln auf die Lippen. Und wenn wir das Ziel erreicht hatten? Dann würden wir andere Gifte erforschen, wie das des Pfeilgiftfrosches oder der Seewespe. Es gab also noch einiges zu tun.

Matthew nahm weitere Reagenzgläser aus den Regalen und platzierte sie nebeneinander auf dem Schreibtisch. Mein Herz fing an zu rasen. Die Aufregung, die eben noch von Traurigkeit überschattet gewesen war, drängte sich in mein Bewusstsein zurück. Ich erhob mich von der Liege und setzte mich auf einen der Stühle, die vor dem Schreibtisch standen.

»Hier.« Matthew reichte mir eine Wasserflasche. »Trink erst mal etwas, während ich alles vorbereite.«

Dankbar trank ich einen Schluck. Matthew wusste, wie schwer mir der nächste Teil fiel. Wir legten ihn deshalb immer auf denselben Tag. Ein Grund, weshalb ich Dienstage nicht ausstehen konnte.

»Du weißt, was jetzt kommt.« Matthew setzte sich auf den Bürostuhl mir gegenüber und verzog das Gesicht zu einer mitfühlenden Miene. »Bitte ziehe deine Handschuhe aus.«

Langsam schaute ich herunter. Es war beinahe zum Lachen. Früher war ich genervt gewesen, dass ich meine Fähigkeit verstecken musste. Heute verachtete ich sie. Nur die Sitzungen mit Matthew brachten mich dazu, mein Gift einzusetzen und die Handschuhe abzulegen, die ich sonst nur beim Duschen auszog.

Ich hielt den Atem an und zog den Stoff über meine Hände. Es war, als würde ich ein Pflaster abziehen. Sofort fühlte ich mich nackt und hilflos. Nun kam der schwierigste Part. Meine Magie benutzen. Matthew gab sich alle Mühe, mir nicht dabei zuzuschauen, wie ich sie entfesselte. Er griff wie jedes Mal nach seiner Zeitung, um sich in der nächsten Stunde damit zu beschäftigen. Als wollte er mir sagen: »Lass dir Zeit. Wenn was ist, bin ich bei dir.«

Ich ignorierte das widerliche Kribbeln auf meiner Haut, nahm das erste Reagenzglas in die Hand und steckte meinen Zeigefinger hinein. Mir wurde fast übel, während ich meine Magie entfachte und spürte, wie das Gift durch meine Fingernägel in das Reagenzglas tropfte.

Mein Gift war nicht grün, wie man es vielleicht am Namen meines Clans vermutet hätte. Es war farblos und so klar, als hätte man Glas eingeschmolzen.

Die Ampulle füllte sich nach und nach mit der klaren Flüssigkeit. Unterdessen schlich sich das Mädchen von vorhin wieder in meine Gedanken. »Ich habe heute miterlebt, wie eine junge Magierin abgeführt wurde«, murmelte ich.

Matthew sah überrascht von seiner Zeitung auf. Dabei fiel ihm eine grau melierte Strähne in die Stirn. »Das tut mir leid. So etwas solltest du eigentlich nicht mitbekommen.«

»Schon gut.« Ich stieß nachdenklich mit meinem Fingernagel gegen das Reagenzglas, bis ich nach dem fünften Mal den Mut fand, meine Frage zu stellen. Eigentlich hielt ich mich aus allem heraus, was das Gericht anging.

Ich wusste, dass es Matthew lieber war, nicht damit konfrontiert zu werden. Vieles war streng geheim. Trotzdem brannte mir etwas auf der Seele. »Warst du bei ihrer Verhandlung anwesend?«

Er legte die Stirn in Falten und kurz dachte ich, er würde mir nicht antworten. Doch dann schüttelte er leicht den Kopf. »Du sprichst von der jungen Heilerin aus dem Weißen Clan? Nein, bei ihrem Prozess war ich nicht dabei. Mika hat sich um die Anhörung gekümmert.«

Mika war einer seiner engsten Vertrauten und gehörte ebenfalls der Silbernen Waage an. Ich war ihm mehrmals begegnet, als ich noch bei Matthew gewohnt hatte. Er war mir nie ganz geheuer gewesen, wirkte kalt und verschlossen.

»Weißt du, warum sie hier ist? Was sie verbrochen hat?«

Matthew seufzte leise und ließ die Zeitung nun ganz sinken. »Möchtest du das wirklich wissen?« Die Härte in seiner Stimme jagte mir einen Schauer über den Rücken. Trotzdem nickte ich.

»Ich bin in ihren Fall nicht involviert, Emily. Aber wenn sie das Goldene Gesetz missachtet hat, wird sie dafür belangt. So wie jeder andere Magier auch.«

»Sie ist doch noch so jung ...«

Sein Blick wurde weicher. »Ich weiß, dass du dir Sorgen machst. Und es tut mir leid, dass du das mitansehen musstest. Aber mach dir bitte keine Gedanken. Mika wird ein gerechtes Urteil fällen.«

Hoffentlich behielt er recht. Ich wollte noch etwas erwidern, doch dann klopfte jemand energisch gegen die Labortür. Beinahe hätte ich das Reagenzglas fallen lassen.

Matthew ging zum Spion und stöhnte leise, bevor er die Tür öffnete. Herein kam Taylor – oder, wie ich ihn nannte, Legolas, denn seine langen weißblonden Haare und dieser legendäre Grätenzopf hatten etwas von dem Waldelben aus *Herr der Ringe*.

Er hasste diesen Spitznamen. Zweimal hatte er mir deshalb Strafarbeiten in Magischer Geschichte aufgegeben, weil ich ihn während seines Unterrichts so genannt hatte. Aber er war nicht nur in den vergangen sechs Jahren mein Privatlehrer gewesen, sondern eine von Matthews persönlichen Leibwachen. Legolas stammte vom Weißen Achat ab, hatte Matthew die Treue geschworen und damit seinem Clan den Rücken gekehrt – was eine ziemliche Grauzone war, weil man offiziell seinen Clan nicht verlassen durfte. So etwas kam bei Magiern vor, die mit besonderem Talent oder ausgeprägten Fähigkeiten glänzten. Sie wurden von ranghöheren Magiern anderer Clans abgeworben und zu lebenslanger Treue verpflichtet. Wiederum erhielten sie vielversprechende Aufgaben, Geld oder Macht.

Er lächelte mich zur Begrüßung an, bevor er sich an Matthew wandte. »Die Königin ist eingetroffen und wartet in Ihrem Büro auf Sie. Es geht um den Ball. Anscheinend gibt es noch Unklarheiten bezüglich … der Sache.« Der Sache? Ich hob eine Augenbraue, was ihm nicht entging. Doch er erklärte mir nicht, was es damit auf sich hatte.

»In Ordnung«, erwiderte Matthew und rückte sich die dunkelgraue Robe zurecht. »Richte der Königin aus, dass ich gleich da bin.«

»Jawohl.« Er verneigte sich, bevor er sich erneut räusperte. »Da ist noch etwas. Ich sollte Ihnen Bescheid geben, wenn ich weiß, wann die ersten Clans in den Hamptons eintreffen.« Er zögerte kurz, bevor er weitersprach. »In einer Stunde landet der Privatjet des Blauen Lotus. Danach die der anderen Clans.« Er sah zu mir, dann wieder zu Matthew. »Wir sollten sie nach Hause bringen, bevor es auf den Straßen nur so von Magiern wimmelt.«

»Aber die Ampullen sind noch nicht befüllt«, mischte ich mich ein. So sehr ich diesen Prozess hasste, ohne mein Gift würde die Forschung ins Stocken geraten.

Matthew schüttelte den Kopf. »Wir sind fertig für heute. Die meisten Flugzeuge landen bereits und ich möchte nicht, dass du einem der Magier begegnest.«

»Aber –«

»Keine Widerrede. Lass dich von Elias nach Hause bringen. Er wartet vor dem Tor auf dich. Du müsstest ihn heute Morgen kennengelernt haben.«

Ich hob eine Braue. Elias hieß der Kerl also. Ich setzte in Gedanken einen weiteren Haken hinter Klischeename. Check.

»Wenn du den nervigen Kerl im Anzug meinst, dann schon.« Ich zog meine Handschuhe über.

Matthew lachte. »Seltsam. Über dich hat er dasselbe gesagt. Dann scheint ihr euch ja prima zu verstehen.«

Er hatte sich über mich beschwert? Schockiert öffnete ich den Mund, um ihn direkt wieder zu schließen. Was für ein Idiot.

»Wenn nicht, musst du mir das sagen. Es ist zwar schwierig, so kurzfristig jemand Neues aufzutreiben, der qualifiziert genug ist, um dich im Ernstfall zu beschützen, aber –«

»Schon okay«, unterbrach ich ihn. Matthew hatte mit der Organisation der Feier genug um die Ohren, da musste ich ihm nicht noch zusätzliche Probleme bereiten. Ich zog den Kittel aus und hängte ihn über die Stuhllehne. »Wird schon irgendwie gehen. Es ist ja nur für ein paar Tage. Und ich muss ihn ja nicht ins Haus lassen.« Der Kerl konnte sich schön im Auto verkriechen. Ich würde ihn nicht hereinbitten.

2. KAPITEL

»Kang Cheol ist so scharf.« Niki starrte gebannt auf den Fernseher. Langsam griff sie in die Popcornschale, die wir frisch in der Mikrowelle zubereitet hatten. »Ich würde auch gern in seine Welt gezogen werden.«

»Sicher?«, fragte ich skeptisch und warf mir ebenfalls eine Handvoll Popcorn in den Mund. »Euch wäre ständig ein Killer auf den Fersen.«

»Das wäre mir egal!« Sie wickelte eine rosafarbene Haarsträhne um ihren Finger. »Für ihn nehme ich dieses Risiko in Kauf.«

Warum war mir das irgendwie klar gewesen? Ich schüttelte lächelnd den Kopf, was sie nicht bemerkte, weil ihre Aufmerksamkeit wieder bei der Serie lag, die wir seit einer Woche jeden Abend suchteten.

Niki war fünf Jahre älter als ich, immer gut gelaunt und eine geborene Optimistin. Sogar in den dunkelsten Momenten entlockte sie mir mit ihrer Fröhlichkeit ein Lächeln. Sie war wie die Schwester, die ich nie hatte. Ich verdankte ihr und Matthew so viel. Die beiden waren es gewesen, die mich nicht aufgegeben hatten, als ich ein Wrack gewesen war. Emotional kaputt. Am Boden zerstört. Mit Vorwürfen vollgestopft. Sie hielten meine Launen aus und bauten mich wieder auf. Und das, obwohl Niki erst zwei Monate vor mir von Matthew aufgenommen worden war und mit ihren eigenen Dämonen zu kämpfen hatte.

Ich zog die Decke näher an meine Brust und betrachtete Niki traurig von der Seite. Ihr eigener Vater – Oberhaupt des Roten Drachen – hatte sie verstoßen. Niki hatte mir die Gründe nie verraten wollen, doch ich war nicht blöd. Ich wusste, dass es zum einem an ihrem fehlenden Talent lag. Sie konnte ihre Gestaltwandlerfähigkeit kaum kontrollieren, was sie in den Augen ihres Vaters zu einem Schandfleck der Familie machte. Kaum ein anderer Clan war so auf Perfektionismus aus wie der Rote Drache. Aber der Auslöser musste die Sache mit ihrem damaligen Freund Francesco gewesen sein, den sie an die Silberne Waage verraten hatte. Ihr Ex hatte ziemlich viel Dreck am Stecken gehabt, was Niki herausfand und nicht hinnehmen konnte. Sie erzählte es Matthew, der Francesco verurteilte und nach Manhattan verbannte – den Ort, an den man alle Verbrecher sperrte.

Nikis Vater musste sich hintergangen gefühlt haben und verbannte sie. Denn eine unausgesprochene Regel war, den Clan und die Mitglieder nicht zu verraten – selbst wenn sie sich damit strafbar machten. Nur das Oberhaupt sollte Verbrechen melden. Niki war den direkt Weg gegangen und hatte alles verloren. Zum Glück hatte Matthew sie bei sich aufgenommen und ihr ein neues Zuhause geschenkt.

Ich streckte die Arme von meinem Körper, bevor ich die Kuscheldecke beiseiteschlug und mit meiner leeren Tasse in die Küche schlenderte. Während ich darauf wartete, dass der Wasserkocher heiß wurde, schweifte mein Blick durch die offene Küche. Vor einem Jahr waren Niki und ich zusammen in diese Stadtvilla gezogen. Niki hatte Matthew kreischend umarmt, nachdem er uns dieses Geschenk an Weihnachten gemacht hatte. »Das wird so krass«, hatte sie gerufen und war wie ein Gummibär auf Zaubertrank um den geschmückten Weihnachtsbaum gehüpft. Danach erstellte sie sofort eine Pinterest *Dreamhouse-in-the-making*-Pinnwand, auf der sie alle Einrichtungsideen festhielt. Schlussendlich hatten wir uns für einen gemütlich-rustikalen Landhausstil entschieden.

Matthew hatte ebenfalls gestrahlt, sie so glücklich zu sehen. »Es ist zwar immer noch in den Hamptons und keine zehn Minuten von mir entfernt, aber so habt ihr etwas mehr Privatsphäre. Ihr seid schließlich keine Kinder mehr.«

Auch wenn ich Matthew ungern in seiner Villa allein ließ, weil er weder Frau noch eigene Kinder hatte, war ich ebenfalls froh nicht mehr von Bediensteten umgeben zu sein. Vor allem die Besprechungen des Silbernen Clans, die jede Woche im Esszimmer stattfanden, waren mir auf die Nerven gegangen. Da wollte man kurz im Schlafanzug in die Küche und zack, starrten einen zehn Männer in langen Roben an. Unangenehmer ging es kaum.

Als der Wasserkocher piepte, goss ich mir eine Tasse ein. Der Pfefferminzbeutel entfaltete seinen Duft. Genussvoll roch ich daran und schlenderte mit dem heißen Tee zurück zu Niki. Bevor ich mich wieder aufs hellgraue Sofa lümmelte, ging ich ans Fenster. Vorsichtig schob ich einen der Vorhänge beiseite.

Wir wohnten am Ende der Bellows Lane, direkt in einer Sackgasse. Es war eine ruhige Gegend mit viel Grünfläche, gestutzten Büschen und hohen Bäumen. Wir hatten keine unmittelbaren Nachbarn neben uns, bloß ein einzelnes Haus gegenüber, dessen Bewohner ich noch nie zu Gesicht bekommen hatte. Trotz der idyllischen Lage befanden wir uns ziemlich zentral in Southampton, um schnell mit dem Auto von A nach B zu gelangen.

Hier war alles so ... friedlich. Der Himmel färbte sich in zarten Pastelltönen, als die Sonne langsam hinter den Baumkronen verschwand. Ich pustete in meinen Tee und blickte unauffällig auf die Straße. Der Kerl – Elias – lehnte mit verschränkten Armen an seinem Geländewagen, den er an der Straße abgestellt hatte. Wie die Tage zuvor trug er einen maßgeschneiderten schwarzen Anzug und wirkte inmitten der Grünanlagen wie ein bedrohlicher Fremdkörper.

»Gibt es einen Grund, warum du wie eine Oma aus dem Fenster starrst?«, fragte Niki neugierig.

Mein Tee schwappte beinahe über, als ich ertappt den Vorhang losließ und herumwirbelte. »Ich bestaune nur den Sonnenuntergang.« Den Sonnenuntergang?! Gott, das kaufte sie mir niemals ab. Meine Stimme klang viel zu hoch.

»Verstehe ...« Niki schaltete den Fernseher aus und kam grinsend auf mich zu. Sie trug einen lilafarbenen Zweiteiler, der einen Spalt ihres Bauches freigab. Ihre zierliche Gestalt und ihre geschmeidigen Bewegungen erinnerten mich an die einer Katze – was gar nicht so weit hergeholt war, schließlich war es das Tier, in das sie sich verwandeln konnte – wenn es denn mal klappte.

»Ich glaube ja, es liegt an dem heißen Kerl, der seit drei Tagen unser Haus beschattet.«

Fast hätte ich mich an meinem Tee verschluckt. »Natürlich nicht«, schoss es aus mir heraus. »Und so heiß ist er nicht.«

»Er ist megaheiß«, korrigierte sie mich und trat ans Fenster, um ihn ebenfalls anzustarren. »Als hätten Brad Pitt und Ian Somerhalder ein Baby gezeugt.«

»Ich sehe da keinen Brad oder Ian.«

»Dann hast du was mit den Augen. Wir sollten ihn reinbitten.«

Im nächsten Moment klopfte sie wie eine Irre gegen die Scheibe und winkte ihm zu, als stünden wir auf der Titanic und das Schiff würde gerade auslaufen. Fehlte nur noch, dass sie das Fenster aufriss und ihm zurief.

Sein Blick schoss alarmiert zu uns hoch. Er entfernte sich einen Schritt von seinem Auto, kam auf uns zu. Schnell hob ich meinen Finger an die Schläfe und machte eine Sie-ist-verrückt-Geste, damit er wusste, dass Niki gerade nicht um Hilfe schrie und in ernsthaften Problemen steckte.

»Was sollte das?«, keifte ich sie an.

Niki grinste. »Wonach sah es denn aus? Ich will Elias reinbitten. Dann brauchst du ihn nicht immer vom Fenster aus anzustarren.«

»Nein!« Ich schob die Vorhänge zu und hakte mich bei ihr unter, um sie aufs Sofa zu ziehen. Gemeinsam landeten wir auf den weichen Polstern. »Erstens«, erklärte ich mit ruhiger Stimme, »starre ich ihn nicht an. Und zweitens kann er uns draußen besser bewachen als hier drin. Woher kennst du überhaupt seinen Namen?«

Sie band sich die rosafarbenen Haare zu einem Dutt und lehnte sich nach hinten. »Ich habe ihn danach gefragt. Matthew hat ihn uns ja nicht persönlich vorgestellt.«

»Du hast mit ihm gesprochen? Wann?«

Niki betrachtete scheinheilig ihre bunt lackierten Nägel. »Heute Morgen. Ich habe ihm einen Kaffee nach draußen gebracht, als du noch geschlafen hast. Er ist wirklich nett. Ich weiß gar nicht, warum du dich so über ihn beschwerst.«

Nett? Meine Augenbrauen wanderten so weit nach oben, dass sie bereits in meinem Haaransatz verschwinden mussten. Unter nett verstand ich definitiv etwas anderes. Erst gestern hatte er wieder mehrere blöde Sprüche abgelassen, als ich einkaufen gefahren war.

Niki beobachtete mich aufmerksam. Ein neugieriges Funkeln trat in ihre Augen. »Er regt dich echt auf, was? So habe ich dich ja noch nie wegen eines Kerls gesehen.«

Ich atmete genervt aus. »Wenn du meinst, dass ich mich verknallt habe, muss ich dich enttäuschen. Er ist nur nervig.« Bevor sie etwas erwidern konnte, sprach ich weiter. »Ich verstehe bloß nicht, warum er vor unserem Haus herumlungern muss.«

Für gewöhnlich begleitete uns das Wachpersonal bloß zum Magischen Gerichtshof oder zu Matthews Anwesen. Schließlich war unser Haus mit den teuersten Schutzzaubern belegt, die man kaufen konnte. Kein Magier außer Matthew, Niki und mir kam hier herein. Dafür sorgte die goldene Kette um unseren Hals. Gleißende Magie war darin eigesperrt worden. Sie funktionierte wie ein Schlüssel und ließ uns die magische Barriere passieren, die an Fenstern und Türen gezogen worden war. Ich konnte die Magie zwar nicht mit dem bloßen Auge erkennen, doch meine Armhaare stellten sich jedes Mal auf, sobald ich hindurchging.

Nur wenige Magier waren in der Lage, eine Barriere aus Magie zu errichten. Entsprechend teuer waren die Schutzzauber. Doch selbst wenn man sich den Schutz leisten konnte, gab es keine Garantie, dass man ihn auch erhielt. Jede Barriere musste von der Goldenen Königin abgesegnet werden. Und nicht jeder erhielt eine Genehmigung. Es musste ein akuter Grund vorliegen, warum man sich schützen wollte. Und vor wem.

»Das finde ich auch seltsam«, gestand Niki und kuschelte sich in die Decke ein. »Eigentlich reichen die Schutzzauber vollkommen aus, solange wir nicht das Haus verlassen.«

»Oder?« Ich presste eines der grauen Sofakissen gegen meine Brust. »Matthew hat sich am Dienstag komisch benommen. Vielleicht gibt es einen Zusammenhang.«

»Was meinst du mit komisch?« Sie richtete sich alarmiert auf. Kurz überlegte ich, ob ich sie damit belasten sollte. Niki war sofort besorgt, wenn es um Matthew oder mich ging.

»Du kannst es mir erzählen«, drängte sie und machte eine Kopfbewegung in Richtung Fenster. »Elias kann uns auch nicht hören, falls es dir deshalb schwerfällt. Er ist viel zu weit weg und alle Fenster sind geschlossen.«

»Na schön«, sagte ich geschlagen. »Ich habe gedacht, dass er sich wegen der bevorstehenden Feier seltsam benommen hat. Aber ich glaube, dass mehr dahintersteckt.« Gedankenverloren zupfte ich an dem Stoff meiner Handschuhe. »Es gibt mehr Verhandlungen als sonst und die Königin wollte ihn sehen. Es ging um irgendeine Sache, die wegen morgen Abend besprochen werden musste. Und es klang nicht nach der Auswahl der Luftballons oder des Desserts.«

Niki sah mich einen Moment stillschweigend an, was für sie gar nicht üblich war. Dann veränderten sich ihre Ohren, wurden länger und spitzer. Wie die einer Katze.

»Du verheimlichst mir etwas«, sagte ich und zeigte mit dem Finger auf sie. »Du weißt was!«

Niki schüttelte heftig den Kopf. »Stimmt nicht! Ich verheimliche nichts ...«

Ich deutete auf ihre flauschigen Ohren, die sie erschrocken berührte. Niki hatte ihre Magie nie unter Kontrolle, sobald sie starken Gefühlen ausgesetzt war. Dann verwandelte sich ihre Nase in eine Schnauze, ihre Hände in Pranken oder ihr Gesicht in das einer getigerten Katze. Heute waren es ihre Ohren, die sie verrieten.

»Leugnen ist zwecklos. Wenn du weißt, was Matthew so bedrückt, solltest du es mir sagen.«

»Na gut, ich verrate es dir ja.« Niki ließ ihre Ohren los und starrte auf den Boden. Sie rang sichtlich um Fassung. »Ich glaube, es geht um die Serienmorde.«

»Serien ... WAS?« Meine Stimme klang heiser und ich konnte meinen geschockten Gesichtsausdruck nicht verbergen.

»Serienmorde«, wiederholte sie mit zittriger Stimme. »In Manhattan schlachtet jemand seit drei Monaten Magier ab. Die MEE ermittelt, findet aber nichts Brauchbares heraus. Der Täter ist also noch auf freiem Fuß.«

Ich schluckte schwer. Die Magische Elite-Einheit, kurz MEE, war das FBI der Magierwelt. Wenn der Täter sogar ihnen durch die Lappen ging, musste das schon was heißen.

»Vielleicht ist es ein Bandenkrieg? Wäre nicht wegzudenken, bei den ganzen Verbrechern, die dort leben«, überlegte ich laut.

Niki schüttelte den Kopf. »Nein, das wurde bereits ausgeschlossen. Es muss ein einzelner Täter sein, der sich dem Raster der MEE entzieht. Er sucht die Opfer wahllos aus.« Sie zog die Beine an ihre Brust und umklammerte sie. »Es sterben Mitglieder verschiedenster Clans – Frauen und Männer. Der Killer soll etwas am Tatort zurücklassen. Was es ist, wurde nicht bekanntgegeben. Wahrscheinlich um Nachahmer zu vermeiden.«

Großer Gott … Ich musste die Informationen erst einmal sacken lassen. Soweit ich mich erinnerte, war es zwar schon vorgekommen, dass Magier Morde begingen, aber eine ganze Mordserie? Das war neu.

»Woher weißt du das alles? Hat Matthew mit dir darüber gesprochen?«, fragte ich, als ich den ersten Schock überwunden hatte. Es würde mich nicht wundern, wenn er sie eingeweiht hatte. Schließlich war sie seit Jahren für den Silbernen Clan im IT-Bereich tätig. Sie hatte sich in unzählige Computer und Handys gehackt, um an Informationen zu gelangen, die für laufende Gerichtsprozesse von Bedeutung waren. Man wollte niemanden zu Unrecht verurteilen, also prüfte man alle Vorwürfe gründlich.

»Nein, Matthew war es nicht«, flüsterte sie und warf mir einen Blick zu, der nichts Gutes bedeuten konnte. »Und auch kein anderer von der Silbernen Waage.«

Mir klappte der Mund auf, als mir bewusst wurde, *wer* ihr das alles erzählt hatte. »Sag mir nicht, dass du immer noch mit Francesco Kontakt hast!« Meine Stimme klang schrill. Als sie nickte, sprang ich fassungslos vom Sofa und lief durch das Wohnzimmer, um nicht völlig auszurasten.

»Beruhig dich«, flehte sie mich an und rannte mir hinterher. Aber ich wollte mich gar nicht beruhigen.

»Ich dachte, du hast die Beziehung zu deinem Knastfreund beendet! Du hast es mir versprochen!«

»Ich wollte es beenden, wirklich. Aber wir lieben uns.«

»Liebe?!« Abrupt blieb ich stehen und lachte so laut, dass ich mich beinahe daran verschluckte. »Du warst es doch selbst, die ihn nach Manhattan gebracht hat.«

»Er hatte damals krumme Dinge am Laufen. Aber er hat dafür gebüßt.« Sie verzog das Gesicht. »Er versteht, warum ich ihn verraten musste.«

Am liebsten hätte ich sie geschüttelt, doch stattdessen umklammerte ich meine Oberarme. »Das ist unfassbar leichtsinnig und dumm. Du weißt, dass jeglicher Kontakt zu den Inhaftierten verboten ist. Wenn das jemand erfährt, kommst du vor das Magische Gericht!«

»Denkst du, das weiß ich nicht?« Sie rang ebenfalls nach Atem. »Mir ist das alles mehr als bewusst.«

»Anscheinend nicht bewusst genug. Du bekommst die verfluchte Todesstrafe, genauso wie er, sobald jemand davon Wind bekommt.« Meine Stimme vibrierte. »Diese Beziehung kann dir doch nicht dein Leben wert sein!«

Sie verwandelte ihre Nase in eine Katzenschnute, die sie beleidigt verzog. »Francesco bedeutet mir alles.«

»Ach ja?« Mein Lachen triefte vor Spott. »Und wie stellst du dir euer gemeinsames Leben vor? Er darf nie wieder die Stadt verlassen. Wer einmal nach Manhattan kommt, bleibt dort. Für immer. Ihr habt keinerlei Zukunft.«

»Ich weiß, dass du es nicht verstehen kannst, und das verlange ich auch gar nicht von dir.« Ihr Blick wurde flehend. »Aber bitte akzeptiere es einfach. Du bist die Einzige, die davon weiß, und –«

»Womit du mich zu einer Mitwissenden gemacht hast«, fiel ich ihr ins Wort und atmete hörbar aus. Wahrscheinlich würde mir ebenfalls ein Prozess bevorstehen. Allein schon weil ich es nicht meldete. »Wie kannst du jemanden wie ihn überhaupt lieben? Er ist ein Verbrecher.«

Niki knurrte und ihre nächsten Worte schrie sie beinahe. »Ich liebe dich doch auch und du bist eine Mörderin!«

Ich verzog das Gesicht, als hätte sie mich geschlagen. Denn genau so fühlte es sich an. Wie ein Schlag ins Gesicht.

Nikis Schnauze verwandelte sich zurück in ihre perfekte kleine Stupsnase.

Entschuldigend kniff sie die Augenbrauen zusammen. »Ich wollte das nicht sagen. Es tut mir leid.«

Einen Moment kehrte Stille zwischen uns ein. Als sie erdrückend wurde, fragte ich leise: »Liebst du ihn wirklich so sehr, dass du die Todesstrafe auf dich nehmen würdest, wenn das mit euch herauskommt?«

Langsam nickte sie, und das mit einer Bestimmtheit in den Augen, die mir den Atem raubte.

»Ich kann das zwischen euch beiden weder verstehen noch gutheißen. Es ist leichtsinnig und gefährlich.« Ich seufzte. »Aber wenn du ihn so sehr liebst, akzeptiere ich es.«

Sie atmete erleichtert auf und sprang mir um den Hals. »Danke. Mehr wollte ich gar nicht, Schwesterherz.«

Ich erwiderte ihre stürmische Umarmung. In Gedanken betete ich dafür, dass ihr Geheimnis niemals ans Licht kommen würde. Niki bedeutete mir alles.

»Schreibt ihr euch immer noch Briefe, so wie früher?«, wollte ich wissen und setzte mich zurück auf das Sofa. Ich fühlte mich völlig erschöpft von unserer Auseinandersetzung.

Eigentlich stritten wir uns nie. Das letzte Mal war vor einem Jahr gewesen, als ich einen seiner Briefe in ihrem Zimmer fand. Sie hatte mir damals erzählt, was ich hören wollte – es käme nie wieder vor. Sie würde ihm nicht mehr antworten. Es wäre vorbei. Die ganze Leier eben. Und so naiv, wie ich war, hatte ich ihr geglaubt. Langsam griff ich nach meiner halbvollen Tasse, die ich auf dem Couchtisch abgestellt hatte. Der Pfefferminztee war mittlerweile lauwarm. Tatsächlich mochte ich ihn so am liebsten.

Niki setzte sich neben mich. »Er schreibt mir Briefe, die er an die Adresse des verlassenen Hauses gegenüber schickt.«

»Und die Briefe werden nicht von den Goldenen abgepasst?«, fragte ich und trank einen Schluck.

Sie schüttelte den Kopf. »Bislang nicht.«

Das klang wirklich riskant. »Warum schreibt ihr euch keine SMS? Wäre das nicht sicherer?«

»Das wollten wir machen, bevor die Mordserie angefangen hat. Jetzt ist es zu gefährlich, weil alle Kommunikationswege stärker überwacht werden. Aber ... er hat mir seit drei Wochen auch nicht mehr geschrieben. In seinem letzten Brief hat er über alles berichtet, was ich dir erzählt habe, und dann kam nichts mehr.«

Niki war den Tränen nahe. Ich hatte sie noch nie so zerstreut gesehen. »Ich mache mir Sorgen um ihn«, gab sie zu und vergrub die Hände in ihren rosa Haaren. »Ich habe Angst, dass ihm etwas zugestoßen ist. Dieser Killer ist in seiner Stadt und ...«

»Beruhig dich«, sagte ich und streichelte sanft ihren Rücken. »Vielleicht schreibt er dir bloß nicht, weil es einfach zu gefährlich ist.«

»Kann sein, aber ich ertrage die Ungewissheit nicht länger.«

Ein schlechtes Gewissen breitete sich in mir aus. Ich lebte mit Niki zusammen und hatte ihre Zerrissenheit kein einziges Mal bemerkt. Doch jetzt verstand ich, warum wir seit Wochen Serienmarathons veranstalteten. Es war pure Ablenkung. Gott, ich war wirklich die schlechteste Schwester der Welt.

Mich überkam der Drang, ihr helfen zu wollen. Ich wollte sie nicht unglücklich sehen. »Was ist mit den Kameras? Auf irgendeiner wird er doch zu sehen sein?«

»Leider nicht. Ich habe mir so viel Bildmaterial angesehen. Er war nirgends drauf. Wie vom Erdboden verschluckt.«

»Was ist mit Matthew? Können wir ihn nicht darauf ansprechen?« Als Oberhaupt der Silbernen Waage wusste er mit Sicherheit über den Serienmörder Bescheid.

Niki schnappte nach Luft. »Auf gar keinen Fall! Er würde uns sofort fragen, woher wir das wissen. Es sind streng vertrauliche Informationen, die jemanden den Kopf kosten werden. Wessen Namen willst du ihm nennen?«

»Vielleicht den von Elias.«

»Das ist nicht lustig.« Niki stupste mich mit ihrem Bein an. »So was kannst du nicht mal als Scherz bringen. Außerdem wissen wir nicht, ob Matthew wirklich über die Zustände in Manhattan Bescheid weiß. Aber ...« Sie strich die Decke glatt, die auf ihren Oberschenkeln lag. »Es gibt eine Möglichkeit, an Informationen zu gelangen. Sie ist jedoch riskant und leichtsinnig.«

Ich ließ meine Tasse sinken. »Lass hören.«

SCHACHFIGURENMÖRDER

Sieben Tage.

So viel Zeit gebe ich dem Abschaum, bevor ich ihn holen komme. Die Frau vor mir heißt Natasha. Sie ist weder hübsch noch hässlich. Im ersten Moment wirkt sie uninteressant. Unscheinbar. Nett. Aber sie weiß so gut wie ich, dass sie das nicht ist. Keiner kommt nach Manhattan, der rein ist.

Ich packe sie an den Haaren, zerre sie durch das winzige Zimmer des schäbigen Motels. Das durchtriebene Miststück wollte sich vor mir verstecken, genau wie ihre Vorgänger. Aber das ist sinnlos. Ich finde sie alle.

»Bitte ... bitte nicht.« Sie zittert, fleht um ihr Leben, dessen Tage bereits gezählt sind. Ich genieße ihre Angst, inhaliere sie wie Sauerstoff. Ich verspüre kein Mitleid.

Ein Lächeln umspielt meine Lippen. Sie sieht es nicht, weil mein Gesicht unter einer Maske steckt. »Tut mir leid, meine Teure«, flüstere ich ihr zu, ohne meinen Blick von ihr zu nehmen. Das Messer mit der gebogenen Klinge halte ich spielerisch in der Hand. »Aber deine Zeit ist abgelaufen.«

Bevor sie etwas erwidern kann, ramme ich ihr die Klinge zwischen die Rippen. Ihr Schrei ist wie eine Liebkosung.

»Warum ... tust ... du das?«, fragt sie schwer atmend, während ihr Körper langsam in sich zusammensackt. Blut tritt aus den vielen Wunden, die ich ihr in den letzten Minuten zugefügt habe.

Ich schaue mit kalten Augen auf sie herab. »Durch deinen Tod wird die Welt zu einem besseren Ort.«

»Die MEE ... wird dich finden.« Sie kann kaum noch ihre Augen offen halten. Blut rinnt aus ihrem Mundwinkel. »Sie werden dich ... finden und ... töten.«

»Nicht bevor ich jeden Einzelnen von euch ausgelöscht habe.« Ich hocke mich zu ihr herunter und ziehe die Klinge aus ihrem Fleisch. »Einen nach dem anderen.«

»Wer … bist du?«, haucht sie und berührt meine weiße Maske beinahe zärtlich. Ich beuge mich an ihr Ohr und flüstere ihr meinen Namen wie ein Geheimnis zu. Sie wird ihn mit ins Grab nehmen.

Sie öffnet leicht den Mund, möchte etwas erwidern. Doch mehr als ein letzter abgehackter Atemzug kommt nicht über ihre Lippen. Leblose Finger gleiten von meiner Maske zu Boden.

Ich greife nach ihrem Kleid und wische das Messer sauber. Mein Souvenir lege ich ihr in die rechte Hand. Dann lasse ich die Schultern kreisen und knurre, als mein Blick zur Uhr gleitet. Dieses verlogene Miststück hat mich viel Zeit gekostet. Schließlich muss ich auf eine Party.

3. KAPITEL

»Okay, die Luft ist rein, ich höre ihn nicht mehr«, flüsterte mir Niki vom offenen Fenster aus zu. Mit ihren Katzenohren horchte sie konzentriert in die Dunkelheit.

Ich stand hinter ihr und suchte ebenfalls die Umgebung ab. Bei Nacht konnte ich nicht wirklich viel erkennen, aber Elias' Geländewagen stand nicht mehr an der Straße. Gut, er war also wirklich darauf reingefallen. Nachdem mir Niki von ihrem Plan erzählt und ich mich entschlossen hatte ihr zu helfen, waren wir den gesamten nächsten Tag damit beschäftigt gewesen, Elias von unserem Haus fortzulocken. »Es war echt nicht leicht, ihn hier wegzubekommen«, stöhnte ich und band meinen beigefarbenen Trenchcoat zu.

Niki schloss das Fenster und zog den Vorhang zu. »Aber es hat geklappt. Und jetzt sollten wir uns beeilen. Keine Ahnung, wie viel Zeit wir noch haben, bevor er zurückkommt.«

Sie griff nach meiner Hand und führte mich mit ihren Katzenaugen sicher durch unser dunkles Erdgeschoss. Vor dem Durchgang zur Garage blieben wir stehen.

»Und du bist sicher, dass du das immer noch machen möchtest?«, fragte sie mich eindringlich. »Wenn du es dir anders überlegt hast, ist es gar kein Problem und –«

»Schon okay«, unterbrach ich sie. »Ich habe gesagt, dass ich mich auf die Feier schleichen werde, um Informationen zu sammeln. Also tue ich es auch. Ich mache jetzt keinen Rückzieher.« Schon gar nicht, nachdem ich mich halb zum Affen gemacht hatte, um Elias von hier wegzubekommen. Abgesehen davon würde sich Niki auf die Feier schleichen, wenn ich es nicht tat. Und das war noch absurder. Ihre Eltern würden sie sofort wittern, wenn sie einen Fuß in das Gebäude setzte.

»Okay«, flüsterte sie und legte mir den Autoschlüssel in die Hand. Dann spürte ich ihre Lippen auf meiner Wange. »Danke, Emi. Pass auf dich auf. Und viel Glück.«

Ich lächelte. »Du auch auf dich. Bleib einfach zu Hause. In spätestens vier Stunden bin ich wieder zurück.« Mit diesen Worten ließ ich Niki stehen und hastete in die Garage zu meinem BMW. Wir hatten schon zu viel Zeit vertrödelt.

Ich startete den Motor und sah ungeduldig zu, wie sich das Garagentor quälend langsam öffnete. Unruhig trommelte ich mit meinen Händen gegen das Lenkrad. Der Stoff meiner weißen Handschuhe raschelte bei der Bewegung.

Als das Tor endlich ausreichend hochgefahren war, drückte ich mit meinem Turnschuh auf das Gaspedal und raste mit durchdrehenden Rädern von unserem Grundstück.

Ich fuhr deutlich über den vorgegeben 30 km/h und musste mich regelrecht zusammenreißen, nicht mit Vollgas durch unsere Straße zu jagen. In den meisten Häusern, an denen ich vorbeikam, brannte noch Licht. Auf gar keinen Fall wollte ich die Cops an der Backe haben, weil mich einer der Menschen wegen zu schnellen Fahrens verpfiff. Ich war schließlich auf einer Mission.

Mein Blick huschte zum Bordstein. Kurz stockte mein Atem, als ein Mann von seinem Grundstück kam, der seinen Hund Gassi führte. Ein Glück, es war nicht Elias.

Nach etwa zweihundert Metern wurde ich langsamer und bog rechts ein, um das letzte Stück auf der Bellows Lane zu meistern. Dann würde ich auf die Old Town Road abbiegen und von dort aus endlich auf die Hauptstraße gelangen. Es war zwar schon nach neun, aber auf der Hamptons Road waren mit Sicherheit genug Autos unterwegs, um sich unauffällig –

Eine schwarze Gestalt stand urplötzlich mitten auf der Straße. Ich machte eine Vollbremsung. Quietschend kam der Wagen zum Stehen. Mein Herz rutschte mehrere Etagen tiefer, als die Scheinwerfer das Gesicht der Gestalt anstrahlten. *Sein* Gesicht.

Verdammt! Es war nur noch ein kleines Stück gewesen.

Einen Moment überlegte ich Elias einfach umzunieten. Der Kerl war mehr als lästig. Aber mein Gewissen schaltete sich ein und scheuchte den kleinen Teufel von meiner Schulter.

Wir starrten einander an, während er langsam auf mich zukam. Mit jedem Schritt klopfte mein Herz etwas schneller. Fieberhaft überlegte ich mir eine Ausrede. *Denk nach. Denk nach. Denk nach.* Warum hatte ich mir für diesen Fall keine Ausrede zurechtgelegt?

Elias klopfte gegen die Scheibe, die ich nur widerwillig herunterließ. Zähneknirschend betrachtete ich sein Gesicht, auf dem ein selbstgefälliger Ausdruck lag. Game over.

»Was machst du hier?«, wollte ich wissen. Der gereizte Unterton in meiner Stimme war kaum zu überhören.

»Das fragst du mich?« Elias' spöttisches Lachen zog meine Laune nur noch mehr in den Keller. »Ich habe deine Tampons besorgt, wie du es gewünscht hast.« Er warf mir die Packung auf den Schoß.

Ich starrte ihn ungläubig an. »So schnell konntest du gar nicht zum Supermarkt. Der nächste ist fünfzehn Minuten entfernt.«

»Ich war auch nicht dort, sondern habe bei euren Nachbarn geklingelt.« Er deutete auf das Haus neben uns. »Die neunte Familie hatte welche.«

»Du hast *was*?!«

Er grinste. »Irgendwie hatte ich ein schlechtes Gefühl dabei, euch allein zu lassen. Und siehe da, mein Bauchgefühl hatte recht.«

Was für ein Mist! Ich seufzte laut. »Na schön. Du hast mich erwischt.« Widerwillig legte ich den Rückwärtsgang ein, doch Elias griff mir ins Lenkrad.

»Was machst du da?«

»Ich wende, um zurück zum Haus zu fahren.«

»Nicht nötig. Fahr rechts ran und stell den Motor ab.«

»Wie bitte?«

Er deutete auf den Straßenrand. »Parken. Jetzt.«

Ich verdrehte die Augen, tat aber, was er von mir verlangte. Dann stieg ich aus und ließ die Schlüssel in seine geöffnete Hand fallen. Eine kalte Brise jagte durch die verlassene Straße. Ich zog meine Jacke enger an meinen Körper und schlang die Arme ineinander. Es war frischer, als ich angenommen hatte. »Ist das meine Strafe?«, fragte ich mit zitternder Stimme. »Ein Spaziergang im Dunkeln, während ich mir den Arsch abfriere?«

»Keine schlechte Idee«, erwiderte er amüsiert. »Etwas frische Luft würde dir sicher guttun, aber das machen wir ein andermal. Heute fahren wir mit meinem Wagen.« Er deutete mit einem Nicken auf den Geländewagen, der mehrere Meter hinter uns stand. Perplex blinzelte ich. Das Auto hatte noch nicht dort gestanden, als ich daran vorbeigefahren war, da war ich mir ziemlich sicher.

Stirnrunzelnd folgte ich Elias. Er hielt mir die Beifahrertür auf, ehe er selbst einstieg und sich hinter das Steuer setzte.

»Du musst hier dringend aufräumen, bevor du ein Mädchen in dein Auto lässt«, entgegnete ich entsetzt. Und das war noch nett ausgedrückt. Leere Pizzaschachteln und Energydosen lagen im Fußraum verteilt. Eine Dose quietschte, als ich aus Versehen drauftrat. Gott, was für eine Müllhalde.

Elias zuckte mit den Schultern. »Sorry, aber ich habe heute keinen Damenbesuch erwartet.«

»Und ich habe nicht drum gebeten, hier zu sein«, erinnerte ich ihn und blickte über die Schulter. Hinter mir entdeckte ich ein großes Kissen und eine Decke. »Du schläfst hier drin?« Ich hatte angenommen, er würde nachts in einem Hotel schlafen und morgens wieder vor unserem Haus parken.

Er steckte den Schlüssel in die Zündung. »Meine Aufgabe ist es, euch zu beschützen. Da bin ich lieber in eurer Nähe.«

»Und wo gehst du duschen?« Elias sah nicht ungepflegt aus, roch sauber und trug frische Kleidung.

»Im Hotel. Ich habe ein Zimmer, auch wenn ich mich nur wenige Minuten am Tag dort aufhalte.«

»Du könntest dich auch einfach mit einem Kollegen abwechseln, wenn du dir solche Sorgen um uns machst«, schlug ich vor, was nicht weit hergeholt war. Die letzten Jahre hatten uns immer abwechselnd zwei Leibwächter bewacht.

Elias' dunkle Augen glänzten unergründlich. »Ich arbeite lieber allein.«

Okaaaay. Dann konnte ich ihm auch nicht helfen. Wenn er einen auf Samariter machen wollte, bitte schön. Ich hielt ihn nicht davon ab. Die Überstunden bekam er sicherlich bezahlt.

Elias schaltete die Zündung ein, ohne den Motor zu starten. Mir kam es gelegen, dass wir noch einen Moment an Ort und Stelle verweilten. So hatte ich wenigstens ein paar Augenblicke länger Zeit, mich abzureagieren. Ich blickte starr aus dem Fenster in die Dunkelheit. Am liebsten hätte ich vor Wut aufgeschrien. Was sollte ich Niki gleich sagen? »Sorry, aber ich habe nicht einmal das Ende unserer Straße erreicht. Jetzt musst du leider weiterhin im Ungewissen bleiben, ob deine große Liebe noch am Leben ist oder bereits zerstückelt in irgendeiner Gasse liegt.«

Weitere Sekunden vergingen, aber Elias fuhr nicht los. Stattdessen griff er in das Handschuhfach, das sich vor mir befand, und angelte eine CD heraus, auf der mit einem Edding *2000er* geschrieben stand. Eine CD? Im Ernst? Aus welchem Jahrhundert kam er denn?

»Du wolltest also auf die Feier?«, fragte er mit spöttischem Unterton.

Mein Kopf schoss in seine Richtung. »Warum glaubst du das?«

»Ich kann eins und eins zusammenzählen«, sagte er und schob die CD in das Laufwerk. Im nächsten Moment drang leise *7 Days* von *Craig David* aus den Lautsprechern. »Du und Niki habt euch den ganzen Tag seltsam verhalten, wart mehrmals draußen und habt komische Fragen gestellt, um mich von euch wegzulocken. Und dann die Sache mit den Tampons.« Er schüttelte amüsiert den Kopf. »Da wäre selbst der Dümmste draufgekommen, dass etwas nicht stimmt.«

Verblüfft starrte ich ihn an. So schnell hatte er uns durchschaut?

»Okay, ich wollte hin«, gab ich schließlich zu. Warum sollte ich es leugnen, wenn er sowieso davon ausging? »Vielleicht war das nicht der schlauste Plan, aber einen besseren hatten wir nicht.«

»Habe ich gemerkt.« Er lehnte seinen Kopf gegen die Stütze. »Und wie wolltest du ungesehen auf die Feier kommen?«

»Ich soll dir jetzt wirklich von meinen Vorhaben erzählen?«

Er nickte. »Warum nicht? Mich interessiert es, wie man sich ungesehen auf etwas schleichen möchte, wo es nur so von Wachen und Bodyguards wimmelt. Ich meine, niemand Geringeres als die Königin wird anwesend sein. Abgesehen von den ganzen Clanoberhäuptern, ihren verwöhnten Sprösslingen, den –«

»Schon gut, ich wollte mich als Dienstmädchen ausgeben«, unterbrach ich seine Ansprache. Ich öffnete den Trenchcoat und zeigte ihm das Kostüm, das Niki besorgt hatte. »Jeder Angestellte wird heute so etwas tragen. Genau wie die Maske, die sich in meiner Tasche befindet.«

Er pfiff anerkennend. »Nicht schlecht. Ich frage erst gar nicht, von wem ihr das Zeug gestohlen habt.«

»Besser nicht«, murmelte ich und schloss die Jacke wieder. Niki hatte es aus Matthews Haus entwendet, als sie ihn zuletzt besucht hatte. Damit war klar, dass sie schon länger überlegt hatte, sich auf die Feier zu schleichen.

»Und wie wolltest du an den Wachen vorbeikommen?«

»Es hätte sich schon eine Möglichkeit ergeben.« Langsam wurde mir seine Fragerei lästig. Ich wollte einfach nur nach Hause und meine Wunden lecken.

»Also hattest du im Endeffekt gar keinen Plan.« Er trommelte gegen das Lenkrad. »Warum willst du überhaupt da hin? Für einen kleinen Nervenkitzel ist es zu gefährlich.«

»Ich will nicht wegen eines dämlichen Nervenkitzels dorthin.«

»Warum dann?«

Ich antwortete nicht. Auf keinen Fall würde ich ihm vom Serienmörder erzählen und damit Niki in Gefahr bringen.

»Hast du gar keine Angst, dass der Schwarze Clan dort ist? Aus diesem Grund stehst du doch unter Schutz.«

Bei der Erwähnung des Schwarzen Clans schnürte sich meine Brust zu. Angespannt zog ich am Saum meines Handschuhs. »Die Schwarze Witwe wurde nie zu solchen Veranstaltungen eingeladen und falls sich daran etwas geändert haben sollte, habe ich die Gästeliste überprüft. Sie stehen nicht mit drauf.«

Einen Augenblick wurde es still, als würde er mit sich ringen. Dann atmete er laut aus. »Es gibt zwei Möglichkeiten«, fuhr er fort und startete den Motor.

»Entweder fahre ich dich nach Hause – was für alle Beteiligten das Beste wäre. Oder ich fahre dich zur Feier.«

Irritiert starrte ich ihn an. »Du willst mir … helfen? Warum solltest du das tun?«

Er zuckte mit den Schultern. »Ich bin nicht dein Daddy, der dir etwas verbietet. Und wenn du dich amüsieren möchtest, nur zu. Würde ich wie ein Gefangener leben, würde ich mich auch nach etwas Action sehnen.« Das dachte er? Dass ich mich einfach nur amüsieren wollte? »Aber eins kann ich dir versprechen«, fuhr er fort. »Du wirst Dinge sehen, die dir nicht gefallen werden. Dinge hören, die dir das Blut gefrieren lassen. Wenn du auf die Veranstaltung gehst, gibt es kein Zurück.« Ein geheimnisvoller Ausdruck trat in seine Augen. »Die Entscheidung liegt bei dir.«

Seine Worte klangen beinahe nach einer Drohung. Wusste er über den Serienmörder Bescheid? Und dass heute vielleicht diesbezüglich Dinge besprochen werden würden? Oder gingen da ganz andere Dinge ab, von denen ich keine Ahnung hatte? Am liebsten hätte ich ihn danach gefragt, aber ich wollte mein Glück nicht überstrapazieren.

»Wirst du nicht gefeuert, wenn du mir hilfst? Warum solltest du das Risiko auf dich nehmen? Wir kennen uns nicht einmal.«

»Du bist misstrauisch. Das ist gut«, sagte er anerkennend und strich über das Lenkrad. »Natürlich gibt es ein *Aber.*« *Natürlich, was auch sonst?* »Weil es für mich auch ein gewisses Risiko mit sich bringt, ist mein Angebot an eine Bedingung geknüpft.«

»Die da lautet?«

»Ich werde dir eine Frage stellen, die du mit Ja beantworten musst.«

»Was?« Perplex blinzelte ich. »Habe ich das richtig verstanden? Du fragst mich etwas und ich soll Ja sagen?«

Er nickte. »Ganz einfach. Wenn du den Deal eingehst, fahre ich dich nicht nur hin, sondern bringe ich dich auch unbemerkt rein. Falls du kneifen möchtest, fahre ich dich nach Hause. Keiner wird je von dem heutigen Abend erfahren. Auch wenn ich verpflichtet bin es deinem Ziehdaddy zu melden, werde ich es nicht tun. Du hast mein Wort.«

Meine Alarmglocken schrillten in allen Tonlagen. Das klang zu einfach. »Was wirst du mich fragen?«

»Das ist ein Geheimnis.«

Und da war auch schon der Haken. Wäre auch zu schön gewesen.

»Du wirst aber keine ekelhaften Dinge von mir verlangen, oder?« Ich musste wenigstens einen Anhaltspunkt haben, in welche Richtung es ging.

Er schnaubte humorlos. »Du glaubst wirklich, ich würde so etwas von dir verlangen?«

»Nein ... Doch? Vielleicht?« Ich wusste es nicht.

»Wow, du traust mir echt alles zu.« Kurz sah er enttäuscht aus, bevor sich ein gefährliches Lächeln auf seine Lippen legte. »Um eins klarzustellen«, raunte er kehlig, beugte sich zu mir herüber und griff nach meinem Sicherheitsgurt. »Würde ich dich auf diese Weise rumkriegen wollen, bräuchten wir keine Abmachung treffen. Du würdest es aus freien Stücken wollen.« Er zog den Gurt über meine Brust. Sein Atem kitzelte meinen Hals. »Und du würdest es nicht bereuen.« Mit einem Klicken rastete der Anschnaller ein.

Augenblicklich durchflutete mich ein warmes Prickeln. Mein Atem beschleunigte sich und der Gurt auf meiner Brust kam mir plötzlich viel zu straff vor.

Elias war mir so nah, dass ich keinen vernünftigen Gedanken mehr fassen konnte. Er berührte mich nicht, doch ich spürte seine Hitze überall. Seine Worte hingen wie eine süße Versuchung in der Luft. Eine Versuchung, von der ein Teil von mir gern gekostet hätte. Gott, ich zweifelte keine Sekunde daran, dass der Sex mit ihm fantastisch sein musste. Alles an ihm schrie nach heißen Stunden auf dunklen Laken und –

Bei Hekate. Ich unterbrach meine hormongesteuerten Gedanken und verpasste Elias einen Hieb mit dem Ellbogen, was ihn zurück auf seinen Sitz beförderte. »Träum weiter, Casanova.«

Er lachte kehlig und rieb sich die Flanke. »Das habe ich wohl verdient.«

»Und ob du das hast!«, sagte ich immer noch atemlos und betete, dass ihm nicht aufgefallen war, wie er mich gerade durcheinandergebracht hatte. Am liebsten wäre ich im Erdboden versunken. Was war bitte mit mir los? Hatte ich mir gerade ernsthaft vorgestellt, wie der Sex mit ihm war?

»Wann stellst du mir diese Frage, die ich mit Ja beantworten muss?«, lenkte ich das Gespräch wieder in die richtige Bahn und versuchte das Feuer in mir zu löschen, das er mit seiner Anspielung entfacht hatte.

Sein dunkler Blick durchbohrte mich. »Glaub mir, du wirst wissen, wenn es so weit ist.«

Wow. Was sollte das schon wieder heißen? Definitiv nichts Gutes. »Und ich muss dich auch nicht heiraten?«, bohrte ich weiter nach.

Er lachte über meine Frage. »Nein, natürlich nicht.« Dann schüttelte er amüsiert den Kopf. »Also, was ist? Bist du dabei? Mehr werde ich dir nicht verraten.«

Einen Moment überlegte ich. Ich kannte Elias viel zu wenig, um mit ihm so einen Pakt einzugehen. Andererseits war das die einzige Chance, auf die Feier zu gelangen. Was wiederum nicht bedeuten musste, dass ich tatsächlich etwas Sinnvolles herausfinden würde. Vielleicht würde alles völlig umsonst sein. Trotzdem wollte ich dieses Risiko für Niki eingehen. Sie hatte in den vergangen Jahren auch viel für mich getan.

»Du bringst mich auf diese Feier und ich beantworte irgendwann irgendeine deiner Fragen mit einem Ja«, fasste ich das Angebot zusammen.

Er nickte. »Haben wir einen Deal?«

Ich zögerte noch einen Moment, bevor ich schließlich einwilligte. »Okay. Deal.«

Warum fühlte es sich an, als hätte ich einen Pakt mit dem Teufel geschlossen? *Niki, ich habe definitiv etwas gut bei dir!*

***

Unruhig zog ich am Saum meines Handschuhs herum. Wir waren seit fünf Minuten unterwegs und mit jeder davon wurde die Aufregung in meinem Bauch größer. Verstohlen betrachtete ich Elias von der Seite. Sein Anzug verschmolz förmlich mit der Dunkelheit. Er lehnte entspannt in seinem Sitz, aber sein Blick lag konzentriert auf der Straße. Immer wieder sah er in den

Rückspiegel und überprüfte, ob uns niemand folgte. Dann fanden seine Augen meine. Ein verschmitztes Lächeln schlich sich auf seine Züge, bevor er wieder nach vorne sah.

»Langsam fühle ich mich beobachtet.«

Peinlich berührt sah ich weg. »Sorry, ich wollte nicht starren. Ich bin bloß nervös«, erklärte ich und hoffte, dass er mir die Halbwahrheit abnahm. »Ich frage mich, wie du so entspannt bleiben kannst? Schließlich steht für dich auch etwas auf dem Spiel, wenn ich erwischt werde. Deine Kündigung beispielsweise.«

»Ich glaube nicht, dass ich gekündigt werde. Und wenn ... Der Job macht sowieso keinen Spaß. Wenn ich ihn also verliere, weil ich dir geholfen habe, dann ist das so.«

Seine Antwort bereitete mir ein schlechtes Gewissen, weil ich vielleicht der Grund für seine Entlassung sein würde. Gleichzeitig weckte sie meine Neugier. »Er macht dir keinen Spaß? Ich dachte immer, dass der Personenschutz oder die MEE das sind, wonach alle Goldenen streben.«

»Es ist das, was man aufgebrummt bekommt, nicht das, was alle Magier meines Clans gern ausüben wollen«, erklärte er tonlos. »Wir haben eben nicht viele Möglichkeiten. Personenschutz, Goldschmiede oder der MEE beitreten, wenn man für gut befunden wurde. Und die Prüfung ist richtig übel. Die wollen keine Amateure. Die wollen Profis.«

»Aber du bist doch gut in dem, was du tust. Andernfalls hätte Matthew dich gar nicht erst eingestellt. Es wäre also schade, wenn du den Job wegen mir verlierst.«

»Gut heißt nicht gleich Spaß.«

Okay, da war was dran. »Was würde dir denn Spaß machen?«

Er überlegte einen Moment, während die Lichter der Straßenlaternen über sein Gesicht zogen. »Wenn ich die freie Wahl hätte? Irgendwas mit Menschen, vielleicht im Altersheim.«

Seine Antwort überraschte mich. Er war ein ausgebildeter Leibwächter. Alles an ihm versprühte Kraft und Dominanz. Wieso sollte ausgerechnet er mit alten Menschen arbeiten wollen? Doch irgendwie wünschte ich mir für ihn, dass er seinen Wunschjob ausüben durfte. Auch wenn ich wusste, dass das niemals möglich sein würde. Schließlich gehörte das Altersheim nicht in den Bereich der Goldenen Krone.

Schweigend fuhren wir weiter, während ich dem Song lauschte, der gerade lief. Ich kannte das Lied, weil ich es damals oft gehört hatte. *Breakeven* von *The Script*.

»Die Blumen, für wen waren sie?«, fragte Elias plötzlich, ohne seinen Blick von der Straße zu nehmen.

»Welche Blumen?«

»Bei unserer ersten Begegnung.«

Daran konnte er sich noch erinnern? Ich lächelte schwach. »Für meine verstorbenen Eltern. In meinem Labor habe ich eine Art Schrein für sie errichtet.«

Seine ernste Miene veränderte sich nicht, aber seine Stimme wurde sanfter. »Wie sind sie ums Leben gekommen?«

»Durch eine Explosion in ihrem Institut.« Überrascht sah ich ihn an. »Hast du von dem Unfall nicht gehört? Du müsstest doch eine Akte meiner Vergangenheit bekommen haben.«

»Glaubst du denn, dass es ein Unfall war?«, erwiderte er, ohne auf meine Frage einzugehen.

»Ich weiß es nicht«, gestand ich und wusste nicht einmal, warum ich ehrlich zu ihm war. Schließlich bewegte ich mich auf sehr dünnem Eis. Einen anderen Clan zu beschuldigen, einen Anschlag verübt zu haben, war nicht ungefährlich. Seltsamerweise vertraute ich Elias. Und wenn ich ehrlich war, hatte ich mir schon seit Jahren darüber Gedanken gemacht, auch wenn ich sie nie laut geäußert hatte, um Matthew keine Probleme zu bereiten.

Madison starb am 16. August. Am selben Tag, nur wenige Stunden später, passierte der Unfall auf der Forschungsstation – eine hochmoderne, erst fünf Jahre alte Einrichtung. Ein Gasleck sollte die Explosion ausgelöst haben. Sie hatte einen Teil des Gebäudes in Schutt und Asche gelegt. Und das Feuer hatte sich durch die restlichen Räume gefressen wie ein ausgehungertes Tier. Zwölf Forscher des Grünen Efeus waren ums Leben gekommen. Darunter meine Eltern. Laut den Untersuchungen der MEE hätte es an jedem anderen Tag passieren können. Ein Zufall also, dass es ausgerechnet an diesem Tag geschehen war. An dem Tag, an dem ich Madison Woods das Leben genommen hatte.

Mein Magen verkrampfte sich. Ich glaubte nicht an Zufälle. Und ein Gasleck? Im Ernst? Als hätte jemand nach der unspektakulärsten Mordmethode überhaupt gegoogelt. Die Untersuchungen hatten nichts in diese Richtung ergeben. Aber ich wusste, dass sich jemand gerächt hatte. Es musste so sein.

In den vergangenen Jahren hatte ich viele Theorien in diese Richtung aufgestellt, war aber zu keinem eindeutigen Entschluss gekommen. Vielleicht war es der Schwarze Clan gewesen, weil ich eine von ihnen ermordet hatte und meine Eltern nicht in der Lage gewesen waren, ihr das Leben zu retten. Vielleicht war es auch der Weiße Achat gewesen, dem wir schon lange ein Dorn im Auge waren, weil wir uns mit den Gegengiften in ihrem Territorium bewegten. Aber vielleicht war es sogar jemand aus unseren eigenen Reihen gewesen, der an die Macht wollte, indem er meine Eltern stürzte. So etwas wäre nicht zum ersten Mal vorgekommen. Es gab immer diejenigen, die sich unterdrückt fühlten und zu allen Mitteln griffen, um aufzusteigen.

Aber vielleicht war es auch … er gewesen. Ich traute mich nicht seinen Namen zu sagen. Ihn überhaupt zu denken. Er. Der Junge, dem ich die Schwester genommen hatte. Der mir geschworen hatte Rache zu üben. Nein, er konnte es nicht gewesen sein. Er war damals erst sechzehn. *Und du dreizehn,* erinnerte mich eine kleine Stimme in meinem Kopf. *Und trotzdem bist du eine Mörderin.*

»Wir sind da.« Elias' Stimme riss mich aus dem Berg an Gedanken, der auf mich eingestürzt war wie eine Lawine.

»Jetzt schon?« Perplex blinzelte ich und starrte aus dem Fenster. Wir standen hinter drei schwarzen Limousinen, die darauf warteten, das Tor passieren zu dürfen.

»Ich brauche dein Handgelenk«, sagte er plötzlich und griff in seine Hosentasche, um etwas herauszuholen. Es war ein feingliedriges goldenes Armband.

Er bemerkte das riesige Fragezeichen auf meinem Gesicht. Seine Augen blitzten belustigt. »Deine Eintrittskarte. Ohne wirst du nicht reingelassen.«

»Im Ernst?« Gut, mit so etwas hätte ich rechnen können. Niki und ich waren wirklich schlecht vorbereitet gewesen. Aber das warf eine weitere Frage auf. Skeptisch betrachtete ich das Armband, das er in seinen Fingern hielt. »Und wieso hast du das Armband einfach so in deiner Hosentasche? Die sind doch bestimmt abgezählt.«

»Nennen wir es eine dunkle Vorahnung.« Er schob sanft meinen Handschuh nach hinten. Seine Fingerspitzen berührten nur leicht meine Haut, trotzdem breitete sich ein wohliger Schauer aus. Verdammt, warum hatte er solch eine Wirkung auf mich? Meine Hormone spielten in seiner Gegenwart völlig verrückt – und das gefiel mir gar nicht.

Elias legte mir das Armband um und ließ schließlich mein Handgelenk los. Hinter uns hupte jemand. Ohne sich davon beeindrucken zu lassen, fragte er: »Bereit?«

Ich atmete tief durch und nickte. »Bereit.«

Am Tor leuchteten drei Magier mit Taschenlampen durch die Scheiben des Geländewagens. Ich blickte mit Absicht zu Boden und hätte mich am liebsten unsichtbar gemacht. Zwar war Mike nicht unter ihnen, trotzdem bestand die Gefahr, dass mich jemand erkannte.

Sekunden verstrichen, in denen ich immer nervöser wurde. Elias hatte das Fenster heruntergelassen, sprach mit jemandem vom Wachpersonal. Ich stellte mich drauf ein, auch etwas sagen zu müssen, und überlegte mir fieberhaft einen falschen Namen, um nicht meinen richtigen nennen zu müssen. Doch so weit kam es nicht, denn im nächsten Moment sprang das eiserne Tor vor uns auf und wir wurden durchgewunken.

Einfach … so? Verwundert blickte ich ihm nach, während Elias direkt vor der Tür parkte und anschließend ausstieg, um mir die Tür aufzuhalten. »Solltest du das Auto nicht auf dem Parkplatz abstellen?«, fragte ich und setzte meine Maske auf.

»Nicht nötig«, flüsterte er mir zu. »Ich bringe dich rein und verschwinde gleich wieder.«

»Und wie komme ich von hier weg?«, krächzte ich panisch und schaute ihn hilflos durch die Maske an. Ich hatte angenommen, er würde mit auf die Feier gehen.

Er zwinkerte mir zu. »Dir fällt bestimmt etwas ein.«

Wirklich? Was für ein Arsch.

Ich wollte ihm noch eine Bemerkung an den Kopf werfen, aber da sah ich, wer am Eingang stand, und die Worte blieben mir im Halse stecken. Verflucht, es war Mariah – die Dame, die jeden Dienstag meine Tasche kontrollierte. Neben ihr stand ein weiterer Magier vom Wachpersonal, der sich mit einer anderen Frau unterhielt, die ein elegantes Abendkleid trug. Überhaupt war mehr Wachpersonal anwesend, als ich es jemals erlebt hatte. Im Abstand von einem Meter standen sie in einer Reihe an der Hauswand und scannten mit wachsamen Blick die Umgebung.

Völlig verunsichert stoppte ich kurz, aber Elias zog mich auf den Eingang zu. Mit wackeligen Beinen blieb ich vor Mariah stehen. Aber ihre Aufmerksamkeit lag nicht auf mir, sondern auf Elias. Er berührte sie leicht an der Schulter und flüsterte ihr etwas zu, woraufhin sie kicherte. Moment Mal, sie kicherte? Verwundert sah ich die beiden an. Flirtete er etwa mit ihr? Als ob das was bringen würde ...

Plötzlich nickte er in meine Richtung, woraufhin sie sich mir zuwandte. Sie griff nach meinem Handgelenk und betrachtete das goldene Armband, das daran baumelte. Mein Puls beschleunigte sich und ich sah ängstlich zu Elias, der die Ruhe selbst war. Eins musste ich ihm lassen, er hatte Nerven aus Stahl.

Dann wanderte ihr Blick über mein verhülltes Gesicht. Ich wartete darauf, dass sie mir die Maske vom Gesicht reißen würde. Doch einen Augenblick später zückte sie einen goldenen Stift aus ihrer Brusttasche und berührte das Armband mit dessen Spitze. Das Armband zitterte einen Moment unter der magischen Berührung. Dann ließ sie mein Handgelenk los und winkte mich durch.

Natürlich. Für den heutigen Anlass war das Gebäude zusätzlich mit Magie gesichert worden. Ohne Erlaubnis durfte niemand eintreten. Irritiert setzte ich mich in Bewegung, bevor sie es sich anders überlegen konnte. Keine Ahnung, was Elias gerade getan hatte, aber ich war drin. Er zwinkerte mir mit einem selbstgefälligen Grinsen zu. Dann fiel die Eingangstür ins Schloss.

Er hatte seinen Teil der Abmachung erfüllt. War nur die Frage, wann ich meinen einlösen musste.

4. KAPITEL

Meine Augen brauchten einen Moment, um sich an das helle Licht in der Eingangshalle zu gewöhnen. Etwas verunsichert stellte ich mich an der Garderobe an, um meinen Trenchcoat abzugeben. Während der Wartezeit schaute ich mich unauffällig um. Man hatte die Eingangshalle festlich geschmückt – riesige Banner hingen von der Decke herab, auf denen die Symbole der Clans abgebildet waren. An den Wänden reihten sich antike Blumenkübel, in denen sattgrüne Buchsbaumkugeln blühten, und sogar einen roten Teppich hatte man ausgelegt, der direkt in das Herzstück des Gebäudes führte – den Gerichtssaal. Die Flügeltüren waren geschlossen, aber ich wusste, dass dort die Feier stattfand.

Nachdem ich meinen Trenchcoat und meine Tasche abgegeben hatte, ging ich durch den Eingangsbereich und versuchte nicht verunsichert zu wirken. Mehrere Magier hatten sich in kleineren Grüppchen zusammengetan, um sich ausgelassen zu unterhalten. Sie beachteten mich nicht, als ich an ihnen vorbeiging, trotzdem schlug mein Herz beängstigend schnell.

Zuletzt hatte ich während der Schulzeit so viele Magier gesehen. Ansonsten begegnete ich überwiegend den Magiern der Silbernen Waage und ein paar Wachen der Goldenen Krone. Die anderen mieden diesen Ort, führten hier weder Geschäfte noch besaßen sie in den Hamptons Villen oder Grundstücke. Es lag einfach zu nah an Manhattan. Und wem konnte man es verübeln, nicht neben Verbrechern wohnen zu wollen?

Flüchtig betrachtete ich die Magier aus dem Augenwinkel. Die weiblichen Gäste trugen elegante Abendkleider in den Farben ihrer Clans. Die männlichen hingegen trugen ausnahmslos schwarze Anzüge. Sie alle gehörten der High Society an, hatten mehr Geld, als sie ausgeben konnten, und wahrscheinlich genauso viel Dreck am Stecken.

Die Feierlichkeiten verteilten sich auf der unteren Ebene. Die Treppen, die in das Obersowie in das Kellergeschoss führten, waren mit Bändern abgesperrt.

So ein Mist. Eigentlich hatte ich mein Labor als Rückzugsort auserkoren, falls ich erwischt werden sollte oder es brenzlig wurde. Die Zugangskarte hatte ich extra in meinen BH gesteckt. Aber den Plan konnte ich somit vergessen.

Bevor ich mich in den Saal begab, folgte ich einer Bediensteten in die Kantine im linken Flügel des Gebäudes.

Hier herrschte das reinste Chaos! Überall schwirrten Kellner herum wie kleine Bienen, nahmen sich entweder ein Tablett mit Häppchen oder Aperitifs, die auf den Tischen bereitgestellt waren. Wenigstens trugen wir alle das gleiche dämliche Kostüm, das mich an ein Halloween-Hausfrauen-Outfit erinnerte – natürlich nicht ganz so freizügig, aber auf eine gewisse Art billig. Vielleicht würde ich Matthew einen unauffälligen Tipp zukommen lassen, dass er die Kleiderwahl im kommenden Jahr noch mal überdenken sollte.

Die weißgoldenen venezianischen Masken, die das gesamte Gesicht bedeckten und nur Augen und Nasenlöcher freigaben, waren ebenfalls identisch. Irgendwie war es unheimlich, in die gleichen ausdruckslosen Gesichter zu starren.

Um nicht aufzufallen, passte ich mich dem Mädchen vor mir an und schnappte mir eines der Tabletts, auf dem Sandwiches kunstvoll in kleinen Türmchen drapiert worden waren. Dann verschwand ich wieder aus der Kantine und bediente eine Gruppe Magier, die sich an der Hekatestatue versammelt hatten. Sie bestaunten sie und hätten am liebsten Fotos gemacht, wenn nicht striktes Handyverbot gegolten hätte. Leider hörte ich aus ihren Gesprächen keine Informationen heraus, die mit den Morden in Manhattan zu tun hatten.

Ich verweilte noch weitere Minuten im Eingangsbereich, bevor ich den Mut aufbrachte, mich dem Hauptanhörungssaal zu nähern. Meine Schritte wurden langsamer. Es war sechs Jahre her, seit ich ihn das letzte Mal betreten hatte. Damals war es meine eigene Anhörung gewesen. Und als Matthew den

Freispruch verkündet hatte, starrte ich bloß ins Leere und dachte an meine Eltern. An Madison. An ihn.

Ich atmete tief ein und war froh, dass die Maske meine Gesichtszüge verbarg. Aber ich wusste auch, dass die Magier des Roten Drachen Angst wittern konnten. Also schluckte ich meine Gefühle herunter.

Ich durchquerte die Flügeltür und staunte nicht schlecht. Der Saal war für den heutigen Tag komplett umgestaltet worden. Runde Tische mit prunkvollen Blumengestecken waren in u-Form aufgestellt worden, an denen die jeweiligen Clanoberhäupter mit ihren wichtigsten Mitgliedern saßen. An der Decke waren riesige Stoffbahnen befestigt, die quer durch den Saal verliefen, und etliche Kronleuchter aus Glas tauchten alles in ein sanftes, geheimnisvolles Licht. Ein Orchester spielte in der hinteren Ecke ein ruhiges Stück, dessen Klänge die Lautstärke der Gespräche überdeckte.

Um es kurzzufassen: Es war ziemlich dunkel, laut und voll. Ich grinste in mich hinein. Perfekt! Ich würde kaum auffallen und konnte ungestört den Gesprächen lauschen, die im Saal geführt wurden. Bis Mitternacht musste ich meine Tarnung aufrechterhalten, um der Ansprache der Goldenen Königin beizuwohnen. Danach würde ich von hier verschwinden, am besten mit dem Strom. Elias würde irgendwo auf mich warten und mich nach Hause fahren – das hoffte ich jedenfalls. Ansonsten würde ich mir ein Taxi nehmen.

Hoffentlich hatte ich bis dahin brauchbare Informationen gesammelt, ob es einen weiteren Mord gegeben hatte oder der Täter schon gefasst worden war. Immerhin waren drei Wochen vergangen, seit Niki die Informationen von Francesco erhalten hatte. Die MEE bestand aus begnadeten Magiern. Vielleicht hatten sie den Killer bereits dingfest gemacht?

Mein Herz machte einen kleinen Sprung, als mein Blick in den hinteren Teil des Saals glitt. Matthew saß auf einem Podium, mittig an einem langgezogenen Tisch. Zu seiner Rechten saßen seine engsten Verbündeten, die ich aus den Besprechungen in Matthews Haus kannte. Er trug wie die anderen der Silbernen Waage eine bodenlange dunkelgraue Richterrobe mit Samtbesatz und Jabots aus weißer Spitze. Matthew bestand darauf, keine besondere Tracht zu tragen, die ihn als Clanoberhaupt hervorhob.

»Bei der Silbernen Waage sind alle gleich«, hatte er mir einmal erklärt, als ich ihn danach gefragt hatte. Zu seiner Linken saß die gesamte goldene Königsfamilie, zwischen Matthew und ihnen war ein Platz frei. Er war eindeutig für die Königin bestimmt, die sich gerade wahrscheinlich irgendwo die Nase puderte und auf ihren großen Auftritt um Mitternacht wartete. Hinter ihnen an der Wand prangte das Emblem der Goldenen Krone in überdimensionaler Größe und weiter unten das der Silbernen Waage. Damit auch ja keiner der Anwesenden vergaß, wer hier das Sagen hatte.

Etliche Leibwachen hatten sich an den Wänden positioniert, die Hände vor ihren Körpern verschränkt. Goldene Abzeichen funkelten auf Brusthöhe und verrieten ihren hohen Rang. Auch wenn keiner von ihnen sich bewegte, wusste ich, dass sie allesamt Tötungsmaschinen waren, die sofort eingriffen, sollte jemand der königlichen Familie dumm kommen.

Auch Matthews Leibwachen entdeckte ich unter ihnen. Legolas fuhr durch seine langen Haare und wirkte fast schon gelangweilt, während Chung – der andere treue Leibwächter von Matthew – grinsend durch den Saal blickte. Er erhielt reichlich Aufmerksamkeit, da sein Gesicht entstellt war. Eine lange Narbe zeichnete ihn, die von der Stirn bis zu seinem Mundwinkel verlief. Die Verletzung war so schlimm gewesen, dass sogar sein linkes Auge durch eines aus Glas hatte ersetzt werden müssen. Nikis Vater hatte ihm diese Verletzung als Strafe zugefügt, als Chung ihm erklärt hatte, dass er in Matthews Dienste trete. Warum er sich die Narben nicht von Legolas entfernen ließ, blieb mir ein Rätsel. Jedenfalls musste ich bei Chung aufpassen, dass er nicht meine Fährte aufnahm. Niki hatte mir zwar erklärt, dass er bei so vielen Gerüchen kaum meinen herausriechen konnte, trotzdem würde ich mich nicht in seiner Nähe aufhalten.

Auch im vorderen Bereich befanden sich Leibwächter, die den Saal beobachteten. Als ich einen Blick auf mir spürte, tapste ich an einen der Tische. Dabei ahmte ich die Bewegungen der anderen Bediensteten nach, um keinen Verdacht zu erregen. Sie machten immer eine kleine Verbeugung, wenn jemand etwas von ihrem Tablett nahm oder darauf abstellte. Nach kurzer Zeit hatte ich den Dreh raus und spielte meine Rolle perfekt. Ich achtete darauf, die Tische zu umgehen, an denen der Grüne Efeu saß. Auch die stehenden Gäste, die sich überall im Saal verteilt hatten und ausgelassen miteinander plauderten, behielt ich im Blick. Sah ich etwas Grünes, machte ich eine unauffällige Drehung und ging in eine andere Richtung. Zwar glaubte ich nicht, dass mich jemand erkennen würde, aber ich wollte es auch nicht darauf ankommen lassen.

Eine volle Stunde bediente ich die Gäste und lief mehrmals in die Kantine, um Nachschlag zu holen. Was ich bisher herausgefunden hatte? Dass Käseschnitten am beliebtesten waren, dicht gefolgt von Käse-Weintrauben-Spießen.

Wow, Emily, ganz großes Kino. Ich hatte mir das Aushorchen irgendwie leichter vorgestellt. Wie in Filmen, in denen man sich einfach nur nah genug an jemanden stellte und alle düsteren Geheimnisse belauschen konnte. Aber die Magier hielten nur oberflächlichen Smalltalk oder redeten von ihren Geschäften. Es war zum Haareraufen. Dabei hatte ich gedacht, dass ein Serienmörder das Thema Nummer eins sein würde. Aber Pustekuchen. Entweder wusste niemand etwas oder sie durften nicht darüber sprechen. Vielleicht war es ihnen aber auch schlichtweg egal, dass jemand Verbrecher ermordete.

Als mein Tablett zum x-ten Mal in den vergangenen zwei Stunden leergefegt war, beschloss ich eine Pause einzulegen. Mir taten bereits die Füße weh und meine Arme waren mittlerweile so schwer, dass ich morgen mit einem üblen Muskelkater aufwachen würde.

Erschöpft hielt ich das Tablett vor meinen Bauch und lehnte mich gegen die Wand, um die Vorstellung zu verfolgen, die sich in der Mitte des Saals abspielte. Ein Mann, der sich in einen Wolf verwandelte, umkreiste eine wunderschöne junge Frau, die mit ihrem lieblichen Gesang Rosen zum Wachsen brachte. Ein weiterer Magier ließ flüssiges Gold durch die Luft gleiten wie eine windige Schlange.

Die Show hatte etwas von einem Zirkus. Fasziniert schaute ich ihnen eine Weile zu, bis mich jemand energisch zu sich schnippte. Ich zuckte beinahe zusammen, als ich sah, wer mich rief. *Bitte nicht …*

Widerwillig lief ich zu Amber, die an einem der runden Tische saß. Ich hatte sie seit dem Vorfall nicht mehr gesehen. Bilder von jenem Tag blitzten vor meinem inneren Auge auf und schnürten mir die Kehle zu. Amber, die versuchte Madison das Leben zu retten. Amber, die panisch um Hilfe schrie. Amber, die mir unter Tränen eine feuerte, als Madison abtransportiert wurde.

Mit aller Mühe sperrte ich die Erinnerungen zurück in die Kiste, in der ich sie all die Jahre sicher vor mir selbst verwahrt hatte. *Du packst das. Reiß dich zusammen.*

Ich presste das leere Tablett fester gegen meinen Bauch und stellte mich an ihren Tisch. Amber trug ein eng anliegendes weißes Kleid, das ihre schmale Taille und die ausladende Oberweite perfekt in Szene setzte. Ihr blondes Haar fiel in weichen Wellen über ihre Schultern. Neben ihr saßen weitere Mitglieder des Weißen Achats, darunter ihre Eltern und ihre älteren Geschwister, die ich noch aus der Schulzeit kannte. Es war nicht schwer zu erraten, welches Elternteil das Sagen hatte. Mein Blick huschte zu ihrer Mutter, die so viele Achate am Hals trug, dass kaum Haut zu sehen war. Alle anderen trugen nur wenige Steine, die in Armbändern oder Ohrringen verarbeitet worden waren.

»Stehst du nur zur Dekoration herum oder machst du dich auch nützlich? Gott, ist dieser Laden ätzend.« Amber deutete genervt mit ihren spitz gefeilten Nägeln vor sich. »Kannst du das Geschirr wegräumen oder wie lange soll ich noch vor meinem leergegessenen Teller sitzen?«

Ich verzog das Gesicht, was sie unter meiner Maske nicht sehen konnte. Amber hatte sich wirklich kaum verändert. Sie war immer noch ein hübsches, unausstehliches Miststück. Wenigstens lösten ihre frechen Bemerkungen meine innere Anspannung ein wenig. Sie erkannte mich nicht. Ein Glück.

Ich fing an die Teller zusammenzuräumen. Währenddessen wandte sich Amber ihrer Mutter zu, die zu ihrer Linken saß. »Kann ich nicht ins Hotel gehen? Es ist verdammt öde hier.«

Ambers Mutter schüttelte den Kopf. Die weißen Steine um ihren Hals folgten der harten Bewegung. »Nicht vor Mitternacht. Was würde das für ein Licht auf uns werfen, wenn meine geliebte Tochter nicht bis zur Ansprache der Königin bleiben würde?« Sie tupfte sich vornehm den Mundwinkel mit einer Servierte ab und legte sie gefaltet auf den leergegessenen Teller, den ich ihr sofort abnahm. »Außerdem wurde ausdrücklich darum gebeten, der Ansprache beizuwohnen. Es wird also eine wichtige Ankündigung geben, die niemand verpassen darf.«

Ich grinste. Das war doch endlich mal etwas Interessantes. Also lag Niki mit ihrer Vermutung nicht falsch. In weniger als einer halben Stunde würde die Königin mit ihrer Ansprache beginnen und hoffentlich die Infos liefern, auf die ich den ganzen Abend so gehofft hatte.

Amber stöhnte und warf ihre blonde Mähne nach hinten. »Natürlich, Mutter.«

Einen Moment herrschte Stille zwischen den beiden, bevor ihre Mutter erneut das Wort ergriff. »Aber wenn du so viel Langeweile hast, wie wäre es, wenn du dich mit deinen ehemaligen Schulfreunden unterhältst? Das würde ...«

»Ein gutes Licht auf unseren Clan werfen.« Amber klang alles andere als begeistert. »Doch ich muss dich enttäuschen, ich habe bereits mit allen gesprochen, die für unsere Beziehung von Nutzen sein könnten.«

Mit einer eleganten Bewegung griff ihre Mutter nach einem Champagnerglas und nippte daran. Lippenstift klebte am Rand des Glases, als sie es wieder abstellte. »Was ist mit dem Jungen der Schwarzen Witwe, der so unfassbar talentiert ist? Wie hieß er noch gleich? Jacob? Jason? Ja –«

»Jaden?! Er ist hier?!«, sprudelte es aus Amber heraus. Sie richtete sich kerzengerade auf. »Bist du dir sicher?«

Mir fiel das Glas aus der Hand, das ich auf das Tablett stellen wollte. Es zersplitterte, genau wie mein Inneres.

Amber zuckte neben mir auf. »Pass doch auf, verdammt!«

Ich war viel zu überrumpelt, um mich bei ihr zu entschuldigen. Mit zitternden Fingern hob ich die Scherben auf, während mein Blick panisch nach links und rechts glitt.

Wieso war er hier?! Ich hatte die Gästeliste gesehen, er stand nicht drauf. Er durfte nicht hier sein! Unmöglich!

»Ich habe gehört, dass er kommen soll«, trällerte Ambers Mutter. »Gesehen habe ich ihn jedoch nicht.«

Ambers Freude schwang augenblicklich um. Enttäuscht stützte sie ihre Hand auf ihre Wange und atmete laut aus. »Nichts als Gerüchte. Er besucht solche Veranstaltungen nicht. Du weißt doch, dass er als Hunter auf der Jagd nach Verbrechern ist. Er hat gar keine Zeit, sich mit so etwas«, sie ließ ihren Arm abfällig durch den Raum schweifen, »abzugeben.« Dann sah sie zu mir. »Gibt es einen Grund, weshalb du hier immer noch herumstehst? Bring das Geschirr weg. Na los.«

Ich nickte mehrmals und hob das schwere Tablett in die Höhe. Beinahe hätte ich hysterisch angefangen zu lachen. Es ging bloß um Gerüchte, um alberne, dämliche Gerüchte, nichts weiter. Das hätte ich mir gleich denken können. Matthew würde niemals erlauben, dass Jaden in meine Nähe kam. *Aber Matthew weiß nicht, dass du hier bist.*

Nein, Amber hatte recht. Er wurde zu solchen Veranstaltungen nicht eingeladen. Ich sollte meine Tarnung also nicht auffliegen lassen, nur weil Ambers Mutter an Gerüchte glaubte, die sie irgendwo aufgeschnappt hatte.

Ich schüttelte entschlossen den Kopf und warf damit die Angst über Bord, die sich wie Gift durch meinen Verstand gefressen hatte.

Als ich das Geschirr aus dem Saal tragen wollte, grabschte mir plötzlich jemand an den Po. Und das so ungeniert, dass es mich für einen Moment sprachlos machte. Ich stoppte mitten in der Bewegung und drehte mich mit dem vollen Tablett um. »Hast du mich gerade angefasst?«, fauchte ich und blickte den Kerl direkt an, an dem ich gerade vorbeigelaufen war. Er war jünger als ich, hatte stahlblaue Augen und ein weiches, gepflegtes Gesicht, in das ich am liebsten hineingeschlagen hätte.

»Du kannst ja sprechen?«, nuschelte er und nahm einen großzügigen Schluck aus seinem Glas, das mit etwas Alkoholischem gefüllt sein musste. Er lächelte abfällig. »Ich dachte, ihr Bediensteten müsst eure Klappe halten, solange ihr die Maske tragt.« In seiner Stimme schwang ein starker osteuropäischer Akzent mit.

»Für dich mache ich gern eine Ausnahme«, erwiderte ich bissig, senkte aber meine Stimme, um keine Aufmerksamkeit zu erregen. Mein Blick huschte zur Seite. Keiner der Leibwächter schaute in unsere Richtung. Ich wusste nicht, ob ich das gut oder schlecht finden sollte.

Er ließ seinen gierigen Blick über mich wandern und leckte sich den Mund. »Wer so etwas Kurzes trägt, muss sich nicht wundern, wenn er begrapscht wird. Es lädt geradezu ein.«

»Wie bitte?« Meine Stimme zitterte vor Wut und ich stellte das schwere Tablett auf dem Tisch neben mir ab, an dem momentan niemand saß. »Was ich trage, ist total egal. Und wenn ich nackt vor dir stehe, gibt es dir nicht das Recht, mich anzufassen, Arschloch!«

Er trank das Glas leer und klatschte es ebenfalls auf den Tisch. »Du bist eine beschissene Bedienstete, ein Nichts. Ich kann dich so oft anfassen, wie ich will. Siehst du?« Seine Hand schnellte erneut zu meinem Po, doch bevor er mich wieder begrapschen konnte, packte ich sein Handgelenk und drückte zu.

»Fass mich noch einmal an und ich breche dir den Arm.«

»Na hallo. Du hast ja richtig Temperament«, hauchte er mir entgegen und zog mich an sich heran. Sein Atem roch nach Zigaretten und Whiskey. Dabei sah er mir tief in die Augen. »Wollen wir nicht auf den Parkplatz in meinen Benz? Wir würden so viel Spaß zusammen haben. Vertrau mir, Süße.«

Ein widerliches Gefühl legte sich auf meine Haut, als er mir mit seiner Magie seinen Willen aufzwängen wollte. Ich versuchte mich dagegen zu wehren, aber seine blauen Augen hielten mich gefangen. »Na komm schon, es wird auch nicht lange dauern. Ich bin nämlich schon echt heiß und –«

Plötzlich packte eine starke Hand den Arm des Kerls und riss ihn nach hinten. Angeekelt schüttelte ich die Magie von mir ab und hätte mich am liebsten übergeben. Als ich mich einigermaßen gefangen hatte, starrte ich verwundert in das Gesicht eines anderen Typen, der den Perversling am Schlafittchen gepackt hielt.

»Er weiß noch nicht, was sich gehört«, sagte er mit dem gleichen starken Akzent an mich gerichtet. Er hatte rotbraunes Haar, trug einen sündhaft teuren Anzug und hatte ebenfalls diesen abartig stechenden Blick, der einen in tiefste Abgründe ziehen konnte.

Er wandte sich wieder dem Grabscher zu und ließ ihn los. »Vlad, dein Benehmen schädigt unseren Ruf«, sagte er in sachlichem Tonfall. »Du enttäuschst mich.«

Vlad schüttelte heftig den Kopf. Angst stand in seinem Gesicht. »Das Miststück hat es nicht anders gewollt.«

Wie bitte? Dieser Vlad hatte nicht mehr alle Latten am Zaun, so viel stand fest.

»Falsche Antwort«, sagte der Rothaarige und rammte ihm ohne Vorwarnung die Faust in den Magen. Vlad fiel in seine Arme und verzog schmerzerfüllt das Gesicht. Ihm blieb aber keine Zeit, um nach Luft zu schnappen, denn er wurde sofort wieder auf die Beine gestellt. Der Rothaarige umfasste grob Vlads Kinn und zwang ihn ihn anzusehen. Blaue Augen starrten in blaue Augen. »Als Wiedergutmachung brichst du dir zwei Finger. Welche ist mir egal.«

Vlad kämpfte gegen den Befehl an und verlor. Hypnotisiert griff er nach seiner linken Hand und drückte zu. Ein lautes Knacken war zu hören, als der Mittelfinger brach. Dann folgte ein weiterer Knochen. Diesmal war es der Zeigefinger.

Ich verzog das Gesicht und ging angesichts der Gewalt einen Schritt zurück. Mehrere Bodyguards kamen in unsere Richtung, aber der rothaarige Kerl hob nur lässig eine Hand. Die Leibwachen blieben tatsächlich stehen.

Ich sah mich hektisch um. Gott, das hier erregte viel zu viel Aufmerksamkeit. Ich wusste, dass die Herrscherfamilie des Blauen Clans für ihre Grausamkeit bekannt war. Sie liebten es, Leute, die nicht nach ihren Regeln tanzten, zu verprügeln oder mithilfe ihrer Magie zu zwingen, sich selbst zu verletzen. In den Casinos, die sie weltweit führten, wurde andauernd jemand zusammengeschlagen. Jedenfalls erzählte mir das Matthew, wenn er sich wieder darüber aufregte, wie gewaltbereit sich die mächtigste Familie des Blauen Lotus zeigte.

»Entschuldige dich bei ihr und verschwinde von dieser Party, für die du anscheinend noch nicht reif genug bist.« Seine höflichen Worte standen in hartem Kontrast zu der rohen Gewalt, die er gerade demonstriert hatte. »Wir sprechen uns später noch mal.«

Vlad hielt sich unter Tränen die verletzte Hand und murmelte eine Entschuldigung. Dann verschwand er aus dem Saal. Sprachlos sah ich ihm nach, bis er nicht mehr zu sehen war.

»Mein Name ist Iwan Romanow, ältester Sohn der Herrscherfamilie des Blauen Lotus«, stellte sich mein brutaler Retter freundlich vor. So als hätte er gerade nicht jemanden gezwungen sich die eigenen Finger zu brechen. »Und ich möchte mich ebenfalls bei dir entschuldigen. Mein kleiner Bruder muss wohl zu viel getrunken haben. Jeder weiß doch, dass man einer Frau nicht einfach zu nahe kommt. Vor allem keiner so gefährlichen.«

Mein Magen zog sich zusammen. Wusste er, wer ich war? Trotz der Maske? Panisch überlegte ich, was mich verraten haben könnte. Die anderen Bediensteten trugen ebenfalls weiße Handschuhe. Es war nicht das exakt gleiche Modell, doch der Unterschied war so minimal, dass es niemandem hätte auffallen dürfen. Da lag ich wohl falsch.

Sein Lächeln war breit und wurde noch riesiger, als er auf etwas blickte, das hinter mir lag. Plötzlich legte sich eine warme Hand auf meine Schulter, die mich sanft zur Seite schob. Ich atmete erleichtert auf, als ich sah, dass sie Elias gehörte. Aber was machte er hier?

Er sah mich nicht an, sondern wandte sich direkt an Iwan. »Gibt es ein Problem?«

»Nein, gar keins«, trällerte Iwan fröhlich und betrachtete uns beide mit interessiertem Blick. »Einer meiner Leute hat sich danebenbenommen. Aber ich habe es geklärt.«

»Aha.« Elias' Kiefermuskel zuckte. Er sah wirklich wütend aus, obwohl Iwan nicht derjenige war, der mich begrabscht hatte. »Würdest du uns jetzt entschuldigen? Du hältst die Dame bei ihrer Arbeit auf.«

»Aber selbstverständlich.« Iwan verneigte sich vor mir und griff nach meiner behandschuhten Hand, um einen Kuss daraufzuhauchen. »Bis bald.«

Irritiert wischte ich mir den Handschuh am Kleid ab, während mich Elias von Iwan wegbugsierte. Was für ein seltsamer Kerl. »Was machst du hier? Ich dachte, du wolltest nicht reinkommen?«, flüsterte ich Elias im Gehen zu.

»Ich habe es mir anders überlegt«, war die knappe Antwort. Er sah mich prüfend von der Seite an. Sein wütender Blick wurde sanfter. »Geht es dir gut?«

Bevor ich antworten konnte, sprang ihm Amber wie ein Klammeräffchen um den Hals. Dabei stieß sie mich mit ihrer Hüfte ein gutes Stück zur Seite.

»Sag nicht, dass du wirklich da bist«, quietschte sie aufgeregt. Ihre Stimme überschlug sich mehrmals. »Es ist so schön, dich wiederzusehen.«

Stirnrunzelnd betrachtete ich das Schauspiel. Die beiden kannten sich. Ziemlich gut sogar, denn Amber erdrückte ihn beinahe aus Freude.

»Hallo, Amber«, sagte Elias unterkühlt. Ihm schien die Situation unangenehm zu sein.

»Gott, wie lange haben wir uns nicht mehr gesehen?«, trällerte sie. »Ist es fünf oder sechs Jahre her, dass –?«

»Sechs«, unterbrach er sie und befreite sich aus ihrem Griff. »Ich habe leider keine Zeit.«

Amber ignorierte seinen kleinen Hinweis, sich aus dem Staub machen zu wollen, und quasselte fröhlich weiter. »Jedenfalls bin ich so stolz, was aus dir geworden ist. Wer hätte gedacht, dass du dich nach alldem so gut entwickeln würdest?« Sie fasste sich betroffen an ihre üppige Brust. »Du hast so viel Scheiße erlebt und alles nur wegen dieser miesen kleinen Giftna –«

»Es reicht«, unterbrach er sie. Seine Stimme war eiskalt.

In meinem Kopf drehte sich alles. Ihre Worte waren wie ein Weckruf. Und zum zweiten Mal an diesem Abend kämpfte ich gegen eine Magie an.

Giftnatter, hauchte ich in mich hinein. *Nein … Das kann nicht …* Die Illusion zerplatzte wie eine Seifenblase.

Mir blieb die Luft weg, als ich in das Gesicht des Jungen blickte, den ich einst geliebt hatte.

5. KAPITEL

Nein. Nein. Nein.

Sein Blick zog mich in denselben Abgrund, aus dem ich mich vor Jahren herausgekämpft hatte. Einen Abgrund, der mich erdrückte, mich erstickte. Mich zerstörte.

Mein Herz schmerzte, als sich die Gefühle befreiten, die ich all die Jahre unter Verschluss gehalten hatte. Sie kamen mit solch einer Gewalt an die Oberfläche, dass ich rückwärts stolperte und gegen jemanden stieß – Schmerz, Trauer und Sehnsucht brachen wie eine Welle über mir zusammen.

Die Illusion war zerplatzt. Elias war Jaden. Er war es die ganze Zeit gewesen. Er hatte mich getäuscht. Und ich war nicht in der Lage gewesen, es zu merken. Es gab so viele Anzeichen, die ich übersehen hatte. Dass Niki und ich ihn unterschiedlich wahrnahmen. Dass ich seinen Geländewagen übersehen hatte. Der vertraute Duft, der mich an früher erinnerte … All diese Dinge hätten mir die Augen öffnen sollen – nein, müssen. Bei Hekate, ich war so wütend auf mich selbst.

Ich musste mich zusammenreißen, um nicht auf der Stelle loszurennen und damit die Aufmerksamkeit aller auf mich zu lenken. Mit so viel Selbstbeherrschung, wie ich aufbringen konnte, ging ich an den beiden vorbei und verließ den Saal. Ich wusste, dass Jaden mir folgte, spürte seinen stechenden Blick zwischen meinen Schulterblättern. Gut, denn wir hatten einiges zu klären.

Keine der Wachen hielt mich auf, als ich mich der Treppe näherte und unter dem Absperrband hindurchkletterte. Sie sahen noch nicht einmal in meine Richtung, auch dann nicht, als ich provozierend langsam die Stufen hinaufging. Ich war mir sicher, dass auch hier Jaden seine Finger im Spiel haben musste. Wahrscheinlich hatte er sich in ihre Köpfe gepflanzt und mich unsichtbar gemacht. Ein dumpfes Gefühl beschlich mich, dass er das vielleicht schon den ganzen Abend getan hatte, um mich vor den Blicken wachsamer Leibwächter zu schützen. Immerhin hatte mich niemand der Security bemerkt, mit mir gesprochen oder war misstrauisch geworden, nicht einmal bei der Auseinandersetzung mit Vlad.

Oben angekommen bog ich in den linken Korridor ein, der nur sporadisch beleuchtet war, und fischte meine Karte im Gehen aus meinem BH. Ich hörte Jadens Schritte hinter mir, die langsam näherkamen und sich meinem Tempo anpassten. Er blieb sogar mit gebührendem Abstand stehen, während ich den 5-stelligen Code eingab und darauf wartete, dass sich die Schlösser entriegelten. So als würde er mir die Möglichkeit geben, die Labortür hinter mir zu verrammeln, sobald ich hindurchgehuscht war. Doch genau das hatte ich nicht vor. Ich ließ die Tür absichtlich einen Spalt offen stehen, durchschritt den Raum und lehnte mich am gegenüberliegenden Ende an die Kommode. Die Maske nahm ich langsam von meinem Gesicht und warf sie auf den Schreibtisch vor mir.

Keine Sekunde später öffnete sich die Tür. Mein Herzschlag beschleunigte sich, als er hereinkam, die Tür hinter sich schloss und im Türrahmen stehen blieb. Er rührte sich nicht von der Stelle, aber seine Präsenz erfüllte den gesamten Raum. Auf seinem Gesicht lag ein amüsierter Ausdruck.

Mir fehlten für einen Moment die Worte, als ich ihn betrachtete – seine rabenschwarzen Haare, die markanten Züge und diese betongrauen Augen. Unwillkürlich stiegen mir Bilder ins Gedächtnis, wie wir gemeinsam Schach gespielt hatten. In einem anderen Leben. In einer anderen Zeit.

Ich verdrängte meine Erinnerungen, schob sie zurück in den dunkelsten Winkel meines Seins. Jaden war nicht mehr der nette Junge von damals. Alles an ihm versprühte Kraft, Dominanz und Überlegenheit.

»Gefällt dir dein Aussehen so wenig oder wieso hast du dich als jemand anderes ausgegeben?«, fragte ich eingeschnappt. Nur die dunklen Tätowierungen an seinem Hals und seinen Händen waren geblieben. Alles andere hatte er mir ins Hirn gepflanzt.

»Ich bin eigentlich ganz zufrieden«, antwortete er selbstgefällig und verschränkte die Arme ineinander. Seine Stimme war rau und samtig zugleich.

Eine Stimme, die ich immer erkennen würde, egal wie viele Jahre auch vergangen waren. Doch leider hatte er selbst die verstellt, um mich in die Irre zu führen. Ein bitterer Geschmack legte sich auf meine Zunge.

»Und was machst du hier? Soweit ich weiß, bist du nicht eingeladen worden.«

»Da muss ich dich leider enttäuschen.« Er schob seinen Hemdärmel ein Stückchen nach hinten. Ein goldenes Armband baumelte an seinem Handgelenk. »Ich wurde eingeladen.«

Natürlich. Hätte ich mir gleich denken können, dass er selbst die Gästeliste gefälscht hatte.

Sein Blick glitt zu dem Bild meiner Eltern, das hinter mir hing. Ein trauriger Ausdruck trat in seine Augen, bevor er wieder zu mir sah. »Aber um deine erste Frage zu beantworten: Ich wollte sehen, wie es dir ergangen ist.«

»Und das musstest du als Elias machen?« Meine Worte trieften vor Spott. »Hättest du nicht einfach anklopfen können?«

Er schnaubte abfällig. »Als ob Matthew das erlaubt hätte. Er sperrt dich weg wie ein Tier.«

»Das tut er nicht«, widersprach ich heftig. »Ich kann gehen, wohin ich will!«

»Ja, aber nur mit Leibwachen.« Er ließ seinen Blick durch den Raum schweifen und schüttelte den Kopf. »Du musst sogar in diesem Labor arbeiten.«

»Ich *muss* nicht, ich *möchte.*« Ich grub meine Fingernägel in die Kommode. Aus seinem Mund hörte sich das alles an, als wäre ich eine Gefangene und müsste Sklavenarbeit verrichten. Dabei hatte Matthew mich gerettet. Es machte mich wütend, dass er so dachte. So über ihn sprach. »Matthew war für mich da, als es niemand anderes war.«

»Dann hattest du eine Person mehr, als ich sie hatte.«

Seine Anspielung traf mich genau da, wo einmal mein Herz gesessen hatte, bevor es in tausend Teile zersprungen war. Ich biss mir auf die Unterlippe. Ich war wütend auf ihn, weil er mich getäuscht hatte, und schämte mich gleichzeitig für das, was ich seiner Schwester angetan hatte.

Jaden konnte meinen inneren Konflikt sehen, den Kampf, den ich mit mir selbst austrug. Sein Blick war so kalt, dass ich wegschauen musste. »Hast du jetzt Gewissensbisse, Ana?«

»Ich heiße nicht mehr Ana, sondern Emily«, korrigierte ich ihn, ohne auf seine Frage einzugehen, denn die Antwort lag auf der Hand. Meine Gewissensbisse waren größer als der Mount Everest. Und das wusste er. Jaden hatte schon immer in mir lesen können wie in einem offenen Buch.

Er schnaubte abfällig. »Glaubst du wirklich, ein neuer Name kann das, was du getan hast, rückgängig machen?«

Mörderin. Das Wort hing auf seinen Lippen, aber er sprach es nicht aus. In mir schnürte sich alles zusammen.

»Nein«, flüsterte ich. »Aber es macht es erträglicher.«

»Erträglicher?« Er lachte spöttisch und löste sich vom Türrahmen, um einen Schritt in den Raum zu treten. »Das ist nur feige, sonst nichts. Du läufst vor deiner Vergangenheit davon.«

»Ich laufe nicht davon«, sagte ich und funkelte ihn an. »Nicht vor dir!« Die Worte rutschten mir heraus, ehe ich sie zurückhalten konnte. Wieso provozierte ich ihn?

Jaden hob eine dämonische Braue. »Ach, hast du deshalb nicht um Hilfe geschrien? Weil du dich mir stellen willst?« Mein Schweigen entlockte ihm ein freudloses Lachen. »Du glaubst also, dass ich mich an dir rächen will? Und trotzdem hast du mich hierhergeführt. Das ist nicht nur dumm, sondern auch verflucht naiv.«

»Nenn es, wie du willst, es ist mir egal! Ich habe keine Angst vor dir.«

»Nein?« Sein dunkler Blick durchbohrte mich förmlich und war so intensiv, dass es mir den Atem raubte. Langsam kam er auf mich zu. Jede seiner Bewegungen war selbstsicher, präzise und geschmeidig. Ich rührte mich nicht von der Stelle, obwohl all meine Alarmglocken schrillten.

»Wenn sie stirbt, wünschst du dir, niemals existiert zu haben!« Seine Worte hämmerten auf mich ein. Wieder. Und wieder. Und wieder.

Nein, Jaden würde mir nichts tun. Keine Ahnung, woher diese Gewissheit kam, aber ich klammerte mich an sie wie ein Ertrinkender an einen Rettungsring.

»Würdest du meinen Tod wollen, dann würde ich nicht mehr hier stehen«, erklärte ich heiser, ohne ihn aus den Augen zu lassen. Je näher er kam, desto lauter schlug mein verräterisches Herz. Ich hasste es, dass er immer noch so eine Wirkung auf mich hatte.

»Äußerst scharfsinnig. Aber was ist, wenn das Teil meines Spiels ist? Wenn das mein erster Zug war? Was tust du dann?« Er umrundete den Schreibtisch, strich mit seinen Fingerspitzen zärtlich über das Holz. Unwillkürlich stellte ich mir vor, wie er mich mit diesen Händen berührte. Ich schluckte schwer, was ihm nicht entging. Gefährlich lächelnd trat er den letzten Schritt auf mich zu und blieb so dicht vor mir stehen, dass wir uns fast berührten.

»Schach«, flüsterte er, als ständen wir mitten in einer Partie – und er wäre am Gewinnen. Aber in diesem Spiel gab es keinen Gewinner, nur gebrochene Herzen und Schmerz.

Mein Atem ging flach. Wenn ich überhaupt noch atmete. Hitze breitete sich in mir aus und machte jeden vernünftigen Gedanken unmöglich. Wie gebannt starrte ich auf die Tätowierung, die von seinen markanten Kieferknochen seinen Hals abwärts verlief und unter dem Hemdkragen verschwand. Es waren keine Ranken, wie ich zuerst angenommen hatte, sondern ein wunderschönes schwarzes Spinnennetz. Am liebsten hätte ich meine Finger danach ausgestreckte und wäre die Konturen an seiner Kehle entlanggefahren.

»Was ist dein nächster Zug?«, lenkte er meine Aufmerksamkeit zu seinem Mund, der nur wenige Zentimeter von meinem entfernt war. Ein verführerisches Grinsen lag auf seinen Lippen. »Angriff oder Rückzug?«

Er wartete auf meine Entscheidung. Ich wählte das *Oder.*

Langsam wackelte ich mit meinen Fingern vor ihm herum, genau so, wie ich die Kinder damals in der Schule davon abgehalten hatte, sich mir zu nähern. »Ich könnte dich vergiften, wenn ich wollte. Schließlich hast du dich gerade in meine unmittelbare Nähe gebracht. Nicht sehr schlau, wenn du mich fragst.« Es war eine leere Drohung, die Jaden keineswegs aus der Ruhe brachte. Ganz im Gegenteil, es schien ihn zu belustigen.

»Deine Hände stecken in Handschuhen, Ana. Du solltest sie erst ablegen, bevor du mir drohst.« In der nächsten Sekunde umfasste er spielerisch meine

Handgelenke und drückte sie gegen die Kommode. Einige Herzschläge vergingen, ohne dass etwas passierte. Er sah mich nur an, als müsste er sich jeden meiner Züge einprägen. Als suchte er in meinem Gesicht etwas. Ich war mir nicht sicher, ob er es fand.

»Du hast dich verändert.« Seine Miene war unergründlich. »Aber wie ich sehe, bist du weit gekommen. Immerhin ist dein neuer Daddy das Oberhaupt der Silbernen Waage.« Er lachte grausam. »Mit seiner Hilfe hättest du mehr Macht als die meisten Magier. Darauf warst du doch aus, oder?«

Mein Puls raste. Sprach er hier tatsächlich von Macht? MACHT?! Ich wollte mich bei ihm entschuldigen. Das war das Mindeste, das ich tun sollte. Aber ich konnte nicht. Ich konnte einfach nicht. Wut packte mich und übernahm die Kontrolle. Ich versuchte mich aus seinem Griff zu befreien, doch seine Hände gaben keinen Zentimeter nach. Seine Oberschenkel verhinderten, dass ich nach ihm treten konnte.

»Für wen hältst du dich? Du glaubst, du stehst über allem, wie deine Schwester. Dann tue es doch einfach«, schleuderte ich ihm die Worte entgegen. »Wenn es dich glücklich macht, dann sperr mich in eine Illusion, wie Madison es getan hat. Und dann lach darüber, wie ich um mein Leben flehe.«

Er verzog das Gesicht, als hätte ich ihn geschlagen. Das Grau seiner Augen wurde so dunkel wie ein Himmel bei Sturm. Aber er fing sich wieder. Langsam beugte er sich vor. Eine süßlich herbe Holznote streichelte meine Sinne. Mein Atem stockte, als seine Lippen meine Haut streiften und für einen Moment an meiner Schläfe verweilten. Ich war kaum imstande klar zu denken. Die Wut in meinem Bauch vermischte sich mit etwas genauso Gefährlichem. Verlangen.

»Ich hasse dich, Anastasia Emily Corwell«, raunte er an meinem Ohr. Seine Stimme klang wie die eines Liebhabers, aber seine Worte waren mit Gift versetzt.

Er ließ mich los und drehte sich um. Ich sah ihm nach und rutschte die Kommode hinunter, während sich die Wut in meinem Bauch langsam auflöste und in Bitterkeit verwandelte.

Ich mich auch, dachte ich. *Mehr als du dir vorstellen kannst.*

***

Als ich die Treppe wieder herunterging, schlug mein Herz immer noch ungleichmäßig. Die Begegnung mit Jaden war erst wenige Minuten her, aber ich wollte mich nicht weiter im Labor verkriechen und im Selbstmitleid ertrinken. Auch wenn ich noch ziemlich durcheinander war, würde es doch einer Niederlage gleichen. Und wenn ich eins hasste, dann zu verlieren. Abgesehen davon würde die Ansprache jeden Augenblick beginnen. Nur deshalb war ich überhaupt hier.

Die Magier im Saal hatten ihre Plätze an den Tischen eingenommen. Natürlich waren die Sitzplätze für die wichtigsten Magier reserviert. Das Personal stand abseits an den Wänden. Ich gesellte mich zu einem bärtigen Leibwächter und einer Bediensteten mit langen schwarzen Haaren.

Von hier aus hatte ich eine perfekte Sicht auf den Saal, die einzelnen Tische, das Plateau und – wie sollte es auch anders sein – auf Jaden. Er stand am gegenüberliegenden Ende an der Wand und blickte direkt zu mir herüber. Auf seinem Gesicht lag ein amüsierter Ausdruck, der mich sofort wieder auf die Palme brachte.

Wollte er mich verarschen? Es waren keine zehn Minuten seit unserer Auseinandersetzung vergangen und er hatte nichts Besseres zu tun, als direkt Runde zwei einzuläuten?

Der Stoff meiner Handschuhe spannte um meine Hände, als ich sie zu Fäusten ballte. Ich wollte ja wegschauen und mich nicht auf sein Spielchen einlassen, aber ich konnte nicht. Dafür war ich noch viel zu geladen.

Zum Glück wurde in diesem Moment ein Mikrofon angetippt, was unser kleines Blickduell unterbrach. Die Stimmen im Saal verstummten augenblicklich. Ich warf Jaden einen letzten Du-kannst-mich-mal-Blick zu, ehe ich ebenfalls zur Bühne schaute.

Eine bildhübsche Frau – vielleicht Ende vierzig – stand vor dem Mikrofon. Sie war geschminkt wie Kleopatra, auch ihre glatten schulterlangen Haare mit geradem Pony erinnerten an die ehemalige ägyptische Herrscherin. Ein funkelndes Diadem hing an ihrer Stirn, in das Steine in Farben aller Clans eingefasst waren. Anstelle eines Kleides trug sie einen Hosenanzug, dessen

Stoff im Licht der Kronleuchter schimmerte. Über ihr schwebte eine gezackte Krone aus Gold wie ein Heiligenschein. Und jeder ihrer Finger steckte in einem vergoldeten Fingerhut, dessen spitz zulaufende Form an die Pranken einer Raubkatze erinnerte.

Bevor sie etwas sagte, schweifte ihr Blick durch die Menge. Es brauchte keinen Ansager, um sie vorzustellen, und auch ohne Krone hätte jeder gewusst, wer sie war. Ihre Präsenz reichte aus, um jeden in Ehrfurcht erstarren zu lassen.

»Magier und Magierinnen, ich freue mich, dass ihr so zahlreich erschienen seid.« Die Stimme der Königin war zart, aber gleichzeitig so scharf wie eine gewetzte Klinge. Ihr Goldschmuck ließ sie erhaben wirken. Nahezu einschüchternd. Jeder wusste, dass sie das Gold mithilfe ihrer Magie verflüssigen und nach Belieben verformen konnte. Es waren nicht wenige Fälle bekannt, in denen sie Finger, Füße und andere Körperteile zu Gold erstarren ließ, weil Magier aufsässig geworden waren. Man behauptete sogar, dass sie in ihrem Atelier eine stattliche Sammlung von genau diesen Körperteilen besitze und wie Kunstobjekte ausstelle. Bei dem Gedanken lief es mir kalt den Rücken herunter.

Ich war ihr nur ein einziges Mal begegnet und das war vor über zehn Jahren gewesen. Meine Mutter hatte mich mitgenommen, als sie auf ihr Anwesen in Toronto berufen worden war. Ich hatte nicht gewusst, worum es ging, aber meine Mutter war kreidebleich aus ihrem Anwesen gestürmt. Die gesamte Autofahrt nach Hause hatte sie kein Wort gesprochen.

Die Königin räusperte sich. »Heute vor genau 530 Jahren starb Hekate, die Mutter der Magie, für ein größeres Wohl. Unser Wohl. Sie beendete den grausamen Krieg, der zwischen den Clans herrschte, und schenkte uns Frieden.« Ein freudvolles Jubeln ging durch den Saal. Sie duldete es mehrere Sekunden, bevor sie die Hand hob und damit alle zum Schweigen brachte. »Diesen Frieden zu bewahren ist auch heute unser größtes Ziel. Ein Clan, der viel dazu beiträgt, ist die Silberne Waage.« Wieder ertönte Applaus, auch wenn ich den Jubel nicht jedem abkaufte. Sie klatschten, weil sie klatschen *mussten*. Viele wären froh, wenn es die Silbernen nicht gäbe, davon war ich mehr als überzeugt. Der ein oder andere Clan hätte sich dann gegen die Königin aufgelehnt und sie vielleicht sogar zu Fall gebracht. Seit so vielen Jahren lebten wir in einer Monarchie. Es gab genügend Magier, die das für veraltet hielten. Die lieber in einer Demokratie leben würden, wie es viele Länder der Menschen taten.

»Bevor ich weiterfahre, möchte ich Sie in einen Genuss bringen, den Sie sonst nur selten erleben.« Sie sah zur Tür und machte eine kleine Bewegung mit ihrem Finger. Wie von Zauberhand schwang sie auf.

Das Klatschen verstummte. Alle Blicke glitten nach hinten. Ich konnte in ihren Gesichtern ablesen, wie überrascht sie waren. Auch ich sah gespannt zum Eingang.

Dann betrat Matthew den Saal. Verwirrt sah ich zu seinem Platz. Mir war gar nicht aufgefallen, dass er nicht mehr dort saß. Was hatte das zu bedeuten? Wieso kündigte die Königin ihn als einen *Genuss* an?

Matthew schritt durch den Saal, gefolgt von Legolas und Chung. Doch da war noch eine weitere Person. Als ich erkannte, wer es war, erstarrten meine Gesichtszüge unter der Maske. Es war das Mädchen, dem ich vor einigen Tagen nach der Gerichtsverhandlung begegnet war. Das Mädchen, das mich angefleht hatte ihr zu helfen.

Sie trug goldene Handschellen um ihre Gelenke, den Blick starr auf den Boden vor sich gerichtet. Dieses Mal flehte sie niemanden an, während sie durch den Saal geführt wurde, als wäre sie eine Kirmesattraktion.

Ich versteifte mich, hörte kurz auf zu atmen. Warum führte Matthew sie herein? Ein ungutes Gefühl breitete sich in meinem Bauch aus. Es war so stark, dass mir schlecht wurde.

Der Rundgang endete vor dem Podest. Alle vier verneigten sich vor der Goldenen Königin, die den Gruß ebenfalls mit einem Kopfnicken erwiderte. Dann drehte man das Mädchen in unsere Richtung und zwang sie nach oben zu schauen. In ihrem freizügigen Kleid war ihr Körper unversehrt, doch ich konnte in ihrem Ausdruck sehen, dass sie innerlich zerbrochen war. Dass ihr Kampfgeist erloschen war, den ich vor wenigen Tagen noch zu spüren bekommen hatte. Ich wusste, dass Matthew und der Silberne Clan ihr nichts angetan hatten. Doch das Kellergewölbe, in dem man die Gefangenen festhielt, bis die Entscheidung über deren Schicksal getroffen wurde, war katastrophal. Es war kalt, dunkel und verflucht einsam.

»Ich kann die Zustände dort unten leider nicht ändern. Es hat seine Gründe, warum es dort nicht wie in einem Hotel zugeht«, hatte mir Matthew damals erklärt, als ich ihn darauf ansprach. Und die Gründe brauchte er mir nicht aufzuzählen. Ich wusste, dass es als Einschüchterung diente. Im Falle eines Freispruchs waren danach nur noch wenige so bescheuert, erneut gegen das Gesetz zu verstoßen.

Die Königin lächelte. »Zum Anlass unseres Festes erlaube ich Ihnen das Spektakel mitzuerleben. Viele von Ihnen sind gerade erst erwachsen geworden und haben nie miterlebt, wie ein Urteil der Silbernen Waage vollstreckt wird. Das ändert sich nun.«

Urteil vollstreckt ... Mir blieb die Luft weg. Sollte das heißen, sie würden das Mädchen hier ...

»Die Magierin Nancy Fass ist nach eingehender Prüfung gerecht verurteilt worden. Heute werden Sie Zeuge einer Magieauslöschung sein.«

Irgendwo hörte ich ein Schluchzen. Es kam aus der Ecke der Bediensteten. Anscheinend kannte jemand das Mädchen. Meine Beine drohten unter mir nachzugeben. Irgendwer musste doch etwas tun! Sie konnten ihr doch nicht vor aller Augen die Magie nehmen.

Hilflos sah ich zu Jaden. Unsere Blicke trafen sich. Sein Gesicht verriet nichts, war wie eine Statue aus aalglattem Eis. Wie konnte er so ruhig bleiben, während so etwas Schreckliches vor seinen Augen passierte? *»Du wirst Dinge sehen, die dir nicht gefallen werden.«* Hatte er das damit gemeint? Hatte er gewusst, was hier vor sich gehen würde? Abgesehen davon war er ebenfalls hier, was nur bedeuten konnte, dass die Königin ihn persönlich eingeladen hatte.

Eine Hand berührte mich sanft am Arm. »Du schaffst das«, sagte die schwarzhaarige Bedienstete neben mir, die meine Panik bemerkt haben musste. »Es ist gleich vorbei.«

Ich brachte ein Nicken zustande, weil meine Stimme versagte. Musik wurde eingespielt, doch ich nahm sie kaum wahr. Auch Matthews Worte flogen an mir vorbei, waren bedeutungslos. Alles, was ich sah, war das Mädchen, das sich hinkniete und auf ihre Vollstreckung wartete.

Als es nach quälend langen Minuten so weit war, sah sie nach oben. Sah zu der Decke, als könnte sie den Sternenhimmel sehen, der sich darüber befand. Matthew stellte sich vor sie hin. Dann berührte er ihr Gesicht. Finger für Finger bedeckte er ihre Wangen, die Augen und die Stirn. Schließlich hüllte seine Handfläche ihre Nase und den Mund ein. Keine drei Sekunden später kippte sie um. Wenn sie das nächste Mal die Lider aufschlug, würde sie ohne Erinnerung, ohne Vergangenheit und ohne Magie sein. Man würde ihr eine neue Identität beschaffen und ihr ein neues Leben ermöglichen.

Trotzdem sträubte sich alles in mir. Ich hatte Matthews Magie erst einmal erlebt, als er mich in eine seiner Verhandlungen mitnahm, nachdem ich ihm wochenlang damit in den Ohren gelegen hatte. »Es ist ganz simpel«, hatte er mir vorher erklärt. »Die Fähigkeit der Silbernen ist wie ein Magnet. Legen wir unsere Hände auf die Gesichter anderer Magier, verlieren sie innerhalb von Sekunden ihre Kraft und das Gedächtnis.« Danach hatte ich nie wieder mitgewollt.

Die Mehrheit im Saal war ebenfalls geschockt. Doch als die Königin klatschte, stimmten die anderen nach und nach mit ein. Irgendwer pfiff sogar. Chung trug das Mädchen aus dem Saal. Matthew folgte ihnen nicht, sondern schritt das Podest hinauf und setzte sich auf seinen Platz. Auch in seinem Gesicht konnte ich nichts erkennen. Als hätte er nicht gerade einer Magierin ihre Gabe genommen.

»Geht's wieder?«, fragte die Bedienstete neben mir, als könnte sie mein blasses Gesicht unter der Maske ausmachen. Erst jetzt fiel mir auf, dass sie noch immer meinen Arm hielt.

»Alles in Ordnung«, log ich und versuchte so viel Überzeugung in die drei Worte zu legen, wie ich aufbringen konnte. Ich durfte keine Aufmerksamkeit auf mich lenken, auch wenn ich am liebsten aus dem Saal gestürmt wäre.

Ein Moment verging, dann löste sie sich von mir und sah wieder zum

Podest. Ich folgte ihrem Blick, während ich innerlich einen Konflikt austrug. *Es war richtig, sie hat gegen das Gesetz verstoßen,* redete ich mir ein. *Matthew weiß, was er tut.*

Die Königin drehte sich kurz zu Matthew um, bevor sie sich wieder zum Publikum wandte. Die Steine auf ihrer Stirn klimperten bei jeder Bewegung. »In der Vergangenheit ist es uns gut gelungen, den Frieden zu erhalten. Nicht nur wegen der Silbernen Waage, sondern auch aufgrund unserer gut durchdachten Gesetze, unserer Goldenen Wächter und natürlich der MEE, die weltweit für Ordnung sorgt.« Wieder ein Klatschen, woraufhin einige der Goldenen Wachen verlegen in den Saal nickten. Anscheinend waren sie so viel Aufmerksamkeit gar nicht gewohnt. »Und durch Manhattan hat sich dieser Kreis perfekt geschlossen.« Ein Lächeln legte sich über ihre makellosen Gesichtszüge. »Das magische Gefängnis ist unser ganzer Stolz. Es war bloß ein Experiment, das meine verstorbene Mutter ins Leben rief. Nun ist es so viel mehr als das. In Manhattan dürfen die Magier ihre Kräfte behalten und ein neues, friedliches Leben beginnen. Wir gestatten ihnen eine zweite Chance. Das Konzept ist perfekt. Doch auch etwas Perfektes hat seine Tücken und nichts währt für immer.« Sie machte eine dramatische Pause. »Ich möchte Ihnen nicht länger vorenthalten, dass sich seit mehreren Wochen eine tragische Mordserie in Manhattan ereignet. Ein Serienmörder, der es auf Magier verschiedener Clans abgesehen hat. Er möchte genau das zerstören: unseren Seelenfrieden, den wir uns all die Jahre so mühselig erkämpft haben.«

Im Saal wurde die Luft scharf eingesogen. Aufgebrachtes Gemurmel aus allen Ecken war zu hören.

»Ich weiß, wie erschütternd das klingen muss. Keiner von Ihnen wusste davon.« Die Königin seufzte betroffen, aber ihre Blicke schweiften wie eine Klinge durch den Saal. »Die MEE ermittelt auf Hochtouren, doch bislang nur mit mäßigem Erfolg. Ihnen das so offen mitzuteilen fällt mir sehr schwer. Um die Angelegenheit schnellstmöglich aus der Welt zu schaffen, um des Friedens willen, sehen wir in einer Zusammenarbeit die höchste Erfolgschance. Deshalb habe ich beschlossen ein Team zusammenzustellen, das in Manhattan zur Unterstützung fungiert. Bestehend aus einem Mitglied jedes Clans.«

»Wie sollen wir das verstehen, Hoheit?«, fragte Nikis Vater spöttisch. »Die MEE scheitert und wir sollen es ausbaden?«

Er war der Erste, der seit Beginn der Ansprache das Wort an sie richtete. Und auch wenn ich ihn für das, was er Niki angetan hatte, nicht ausstehen konnte, beeindruckte mich seine furchtlose Art.

Einige Oberhäupter murrten zustimmend, was der Königin nicht entging. Ihre Lippen verzogen sich zu einer schmalen Linie. Langsam legte sie ihre Finger um den Mikrofonständer, kratzte mit ihren goldenen Krallen an der Stange, als würde sie eine Kehle durchtrennen. »Ich weiß, so etwas hat es noch nie gegeben, aber die Umstände sprechen für sich. Ihnen liegt doch auch daran, den Mörder schnellstmöglich zu fassen. Schließlich sind es Ihre Mitglieder, die ermordet werden. Und auch ein Mitglied, das sie alle umbringt.«

Das war kein Vorwurf, sondern eine Warnung. Unendliche Augenblicke lang herrschte angsterfüllte Stille. Die Botschaft war angekommen. Sie würde jeden, der nicht kooperieren wollte, als Mittäter anprangern lassen.

»Hat noch jemand eine Frage?« Sie wartete einen Moment, aber keiner war so dumm, erneut das Wort an sie zu richten. Sie setzte ein zufriedenes Lächeln auf. »Dann kommen wir zu den Auserwählten. Wie bereits erwähnt, wird ein Mitglied jedes Clans die Ehre haben, nach Manhattan zu reisen. Die, die ich für diese wichtige Aufgabe erwählt habe, heben jetzt nacheinander die Hand.«

Sie machte eine schlichte Bewegung mit ihrem Zeigefinger, woraufhin der erste Arm in die Höhe schoss. Es war Iwan, der rothaarige Kerl von vorhin. Seine Eltern jubelten, als hätte er einen Pokal gewonnen. Und auch er freute sich über die Erwählung, lächelte gelassen in die Runde.

Kurz darauf hob sich die Hand eines Magiers des Gelben Ginkgos. Ich schätzte ihn auf Mitte zwanzig. Er war groß, kräftig gebaut und trug eine auffallend gelbe Tunika, die so gar nicht zu der Kleiderordnung des Abends passte. Die Magier um ihn herum nickten, verloren aber kein Wort darüber, ob sie mit der Erwählung zufrieden waren oder nicht. Ambers Arm war der nächste, der sich meldete. Ihre Mutter klatschte aufbrausend in die Hände, aber Amber sah alles andere als glücklich aus. Ich konnte mir beim besten Willen nicht vorstellen, wie sie einen Mörder festnagelte. Sie kannte doch nichts anderes als schicke Kleider und teure Partys, da war ich ziemlich sicher.

Der nächste Arm, der sich hob, gehörte einem Jungen vom Roten Drachen. Er war schlaksig und wirkte jünger als die anderen, sodass ich mich unwillkürlich fragte, wonach die Königin bei ihrer Auswahl gegangen war. Und dann wurde es mir klar: Sie alle waren Kinder der Oberen. Nur wieso?

Die Aufmerksamkeit lag jetzt auf den Tischen des Grünen Efeus. Ich ertappte mich dabei, wie ich ebenfalls gespannt in ihre Richtung schaute. Wenn ich mit meiner Einschätzung richtig lag, müsste sich jetzt Chloe melden. Sie war die Tochter der neuen Oberen. Es vergingen einige Sekunden, doch ihr Arm hob sich nicht. Gemurmel brach los, als weitere Sekunden vergingen, ohne dass sich jemand meldete.

Plötzlich bewegte sich das goldene Armband um mein Handgelenk. Verwirrt starrte ich es an, betete, dass ich mir das nur eingebildet hatte. Doch dann zupfte es erneut an mir, so als würde ein unsichtbarer Finger das Armband anheben. Eine schlimme Vorahnung beschlich mich.

Hektisch versuchte ich das Armband zu öffnen, mir von der Hand zu reißen, aber es klappte nicht! Schlagartig verwandelte sich das Zupfen in ein Ziehen. Das Mädchen neben mir sah mich verdutzt an, während ich versuchte meinen Arm unten zu halten. Mit aller Kraft drückte ich ihn runter, krallte mich an meinem Bein fest. Aus dem Ziehen wurde ein Reißen. Es trieb mir Tränen in die Augen, als das Armband in meine Haut schnitt, trotzdem gab ich nicht nach. Ich lehnte mich mit meiner ganzen Kraft gegen die Magie auf, die in dem Armband schlummerte. Und dann verlor ich den Kampf. Ohne dass ich es verhindern konnte, schoss mein Arm in die Höhe.

6. KAPITEL

Verzweifelt starrte ich meinen Arm hinauf, der so hoch in der Luft hing, dass es mich bereits auf die Zehenspitzen trieb. Wohin wollte dieses Armband mit mir? Zum Mond? Ich unterdrückte einen wütenden Schrei, weil ich mich ausgeliefert fühlte. Machtlos. Wie eine Marionette.

Die Gäste hatten mich noch nicht bemerkt, weil ihre Blicke auf die Tische des Grünen Efeus geheftet waren. Doch die Bedienstete neben mir tat ihr Übriges, als sie in den Saal rief: »Hier ... meldet sich jemand.« Damit lenkte sie die Aufmerksamkeit aller in meine Richtung.

Zuerst herrschte Stille, dann trat wildes Geplapper ein. »Was hat das zu bedeuten? Eine Bedienstete wurde erwählt?«

Danach ging alles ganz schnell. Der Leibwächter neben mir packte meinen Arm und weitere Leibwachen umzingelten mich.

»Bringt sie her«, hörte ich die Stimme der Königin über das Getöse hinweg rufen. Das Armband zog mich jetzt in ihre Richtung. Neben mir liefen Leibwächter, als bestünde die absurde Möglichkeit, der Macht der Königin zu entfliehen.

Trotzdem lehnte ich mich nach hinten, hörte meine Schuhe auf dem Parkett quietschen, als ich ein letztes Mal Widerstand leistete. Ein Magier schnaubte und zerrte an meinem Arm, um meinen kleinen Kampf zu beenden. Vor dem Plateau blieben wir stehen. Die Königin erhob sich von ihrem Platz.

»Wer bist du?«, wollte sie wissen. Augenblicklich riss mir ein Leibwächter die Maske vom Gesicht. Ich unterdrückte ein Fluchen, weil er mir dabei mehrere Haare vom Kopf gerupft hatte.

Als ich nicht antwortete, schubste man mich näher an das Plateau heran. »Emily Corwell«, sagte ich und versuchte mein rasendes Herz unter Kontrolle zu bringen. »Grüner Efeu.«

Hinter mir hörte ich einige Magier laut die Luft einziehen, weil ihnen mein Name etwas sagte. Von der Schule. Von dem Prozess vor sechs Jahren. Es hatten viele mitbekommen, dass mich Matthew aufgenommen hatte. Und nur die wenigsten hatten sich getraut Kritik an seiner Entscheidung zu äußern.

Ich versuchte die vielen Blicke zu ignorieren, die auf mir lagen. Irgendwo hinter mir hörte ich eine Stimme »Giftnatter« rufen. Es kam eindeutig von Amber.

»Emily?« Matthew sprang von seinem Stuhl und starrte mich entsetzt an. »Tretet beiseite und lasst sie los!«, befahl er den Wachen im nächsten Moment. Sofort lösten sich die Hände um meine Oberarme. Ich konnte förmlich sehen, wie er um Fassung rang. Er war verflucht sauer. Gott, das würde Ärger geben. Wieso war ich nicht einfach im Labor geblieben?

Die Goldene Königin sah uns abwechselnd an. Ein überraschter Ausdruck trat in ihr Gesicht, ehe sich die Magie in meinem Armband auflöste. Ich war froh wieder Kontrolle über meinen Arm zu haben.

»Was hat das zu bedeuten?«, fragte sie mich. »Warum trägst du ein Armband, das gar nicht für dich bestimmt war?«

»Ich weiß es nicht«, gab ich kleinlaut zu und rieb mir das Handgelenk. Rote Abdrücke hatten sich darauf gebildet.

»Du weißt es nicht?«, wiederholte sie argwöhnisch. »Die Armbänder wurden im Vorfeld verteilt, doch nur sechs wurden am Eingang mit Magie gekennzeichnet. Sechs Auserwählte, die von mir bestimmt waren. Und du gehörtest nicht dazu.«

»Es muss eine Verwechslung sein, Hoheit«, antwortete Matthew für mich. Der Schock stand ihm ins Gesicht geschrieben. »Es war nicht ihre Absicht, das Armband zu erhalten. Am besten, wir geben es demjenigen, für den es bestimmt war, und vergessen die Angelegenheit.«

Das war ein guter Plan. Ich hatte nicht vor nach Manhattan zu gehen und einem Mörder hinterherzujagen.

»Ich kann das erklären«, sagte eine allzu vertraute Stimme neben mir. Ich musste nicht hinsehen, um zu wissen, dass sie zu Jaden gehörte. Wütend biss ich die Zähne zusammen. War klar, dass er damit zu tun hatte.

Jaden verbeugte sich elegant vor der Königin. »Ich habe dafür gesorgt, dass ihr Armband am Eingang mit Magie gekennzeichnet wird.«

Damit war die Bombe geplatzt. Ich sah ihn sprachlos an. Mein Mund öffnete und schloss sich wieder.

»Wie bitte?!«, fauchte ich. Obwohl er einige Meter entfernt war, wusste ich, dass er mich gehört hatte. Dass jeder mich gehört hatte, denn im Saal war es totenstill. Als hätten alle gleichzeitig den Atem angehalten.

Chloes Vater stand empört auf und zeigte auf Jaden, als wäre er der Ursprung allen Bösens. »Du hast dafür gesorgt, dass unsere gesamte Abendgarderobe in ein anderes Zimmer geliefert wurde! Es hat Stunden gedauert, sie zu finden!«

Jaden machte sich nicht einmal die Mühe, darauf zu antworten. Auf seinen Lippen lag ein süffisantes Lächeln. Natürlich. Er hatte dafür sorgen müssen, dass Chloe nach mir auf die Feier kam. Sonst wäre sein Plan nicht aufgegangen. Was wiederum bedeutete, dass die Königin ihn im Vorfeld eingeweiht haben musste, wer die Auserwählten waren.

Die Königin legte den Kopf schief. »Wieso hast du das getan?« *Ja, das wüsste ich auch gern!*

Jaden rückte lässig den Kragen seines Hemdes zurecht, völlig unbeeindruckt von den Hunderten Augenpaaren, die auf ihn gerichtet waren. »Weil ich mich nicht mit einer Chloe zufriedengäbe.« Der Spott in seiner Stimme war kaum zu überhören. Irritiert starrte ich ihn an, während sich mein Bauch zusammenzog. Was sollte das schon wieder heißen?

Chloe stöhnte schockiert angesichts der Ablehnung ihrer Person. Ihr Vater schlug auf den Tisch. Gläser klirrten. »Willst du damit sagen, meine Tochter sei nicht gut genug für den Auftrag? Du beleidigst uns.« Er bekam einen hochroten Kopf. Wütend blickte er zu mir, als hätte ich mir absichtlich dieses verfluchte Armband umgelegt und mit Magie kennzeichnen lassen. Dabei war ich hier das Opfer.

Jaden beachtete ihn gar nicht und wandte sich wieder der Königin zu. »Sie haben mir die Leitung des Teams zugeteilt. Ana hat die stärkste Magie aus ihrem Clan. Sie wäre eine Bereicherung.«

Darum ging es also. Um meine dämliche Magie. Und ausgerechnet er würde das Team leiten? Das wurde ja immer besser. Obwohl es mich nicht überraschen sollte. Er war schließlich eine verfluchte Sensation. Nicht einmal mir war entgangen, dass er in den letzten Jahren mehr Magier eingebuchtet hatte als je ein Hunter vor ihm.

Ich schnaubte, doch Jaden ignorierte mich eiskalt. »Sie wäre eine Bereicherung«, wiederholte er nachdrücklich. »Aber die Entscheidung liegt bei Ihnen, Hoheit.«

Die Königin sah überrascht zu mir und dann wieder zu ihm. »Ist das dein Wunsch? Dass sie an deiner Seite ermittelt?«

Matthews Gesichtsausdruck wechselte von sprachlos zu schockiert. Als wäre es die absurdeste Idee, die Jaden je hätte vorschlagen können. Und ein kleiner Teil von mir war beleidigt, dass er mir das nicht zutraute.

»Das ist mein Wunsch«, wiederholte Jaden.

Endlich erwachte ich aus meiner Starre. Wütend packte ich seine Schulter und drehte ihn zu mir herum. Mir war egal, dass es nun eine Szene gab, von der Amber geträumt hatte. »Bist du verrückt geworden? Was habe ich denn damit zu tun?«

Jadens Kiefermuskeln zuckten. »Was du damit zu tun hast? Du bist auch eine Magierin. So wie ich. So wie die anderen. Glaubst du wirklich, dass du von dieser Aufgabe freigestellt wirst, nur weil dein Pflegedaddy ein Silberner ist?«

Ich schnappte nach Luft. »Du ...«

»Sie wird nicht mitgehen!« Matthews Stimme hallte durch den Saal. So aufgebracht hatte ich ihn noch nie erlebt. Dann waren wir schon zu zweit!

Die Goldene Königin sah ihn verwundert an. »So kenne ich dich ja gar nicht. Kommen da etwa elterliche Gefühle auf?«

»Emily ist wie meine eigene Tochter«, erklärte er trocken.

»Und was ist mit unseren Kindern?«, rief Nikis Vater. »Sie wurden auch auserwählt.«

Amber räusperte sich so laut, dass ich es bis zu mir hören konnte. »Wenn sie nicht muss, will ich auch nicht hin.«

Ein wildes Durcheinander brach los. Die Oberhäupter schrien sich gegenseitig an und warfen sich Dinge vor. Im Saal wurde es so laut, dass ich kaum noch was verstehen konnte. Wortfetzen drangen zu mir durch, die gar nichts mit der Erwählung zu tun hatten.

»Ruhe«, brüllte die Königin und schlug auf den Tisch. Ihr Geduldsfaden war gerissen. Augenblicklich verstummten alle.

»Wir können ja Ana fragen«, schlug Jaden vor und sah zu mir, als die Königin nickend ihre Einwilligung erteilte. »Ich stelle dir eine Frage. Beantworte sie mit Ja oder Nein. Möchtest du ein Teil des Teams sein?«

Es war *die* Frage. So ein mieser ... In Gedanken beleidigte ich ihn mit allen möglichen Schimpfwörtern, die mir gerade in den Sinn kamen. Jadens Mundwinkel hoben sich. Er wusste genau, was ich gerade dachte, und es amüsierte ihn.

»Ja«, presste ich schließlich hervor, auch wenn es mich all meine Selbstbeherrschung kostete.

»Na schön«, sagte die Königin. »Ich genehmige es. Emily Corwell wird für den Grünen Efeu nach Manhattan gehen.«

»Was?« Matthew entglitten alle Gesichtszüge, während er zur Königin starrte. »Er wird sie töten! Er wird ihr –«

»Ich verstehe dein Unbehagen, doch mir ist wichtig, dass die Angelegenheit schnell geklärt wird. Emily wird die Ermittlungen voranbringen.«

»Aber ...«

»Es ist entschieden!« Sie wandte sich von ihm ab und sah jedem einzelnen Auserwählten fest in die Augen an. »Ihr werdet morgen abreisen, Uhrzeit und Treffpunkt werden euch noch mitgeteilt. Weitere Informationen folgen in Manhattan.«

Damit war mein Schicksal besiegelt.

***

»Was hast du dir nur dabei gedacht?!« Matthew stampfte wütend durch sein Büro. Seine Robe wehte hinter ihm her, selbst die Blätter auf seinem Schreibtisch bewegten sich bei dem Wind, den er durch seine zornigen Schritte erzeugte.

Ich saß auf einem der Stühle, die sich vor seinem Schreibtisch befanden, und rührte mich nicht von der Stelle. Seit einer halben Stunde hörte ich mir die Standpauke meines Lebens an. Tränen rannen mir über die Wangen. Jetzt, wo die Wut verraucht war, kam die Scham an die Oberfläche. Ich hatte Matthew enttäuscht und hintergangen. Ich hatte mich nicht nur auf die Feier geschlichen, sondern war auch auf Jaden hereingefallen. Dass ich nur mit einem Ja geantwortet hatte, weil er mich hereingelegte, verriet ich Matthew nicht. Schließlich wollte ich ihn nicht noch mehr aufregen.

Unter uns feierten die Gäste weiter. Die Musik des Orchesters drang leise durch die geschlossene Tür. Es war bereits zwei Uhr nachts, ich war müde, erschöpft und von mir selbst enttäuscht.

»Du weißt gar nicht, auf was du dich da eingelassen hast. Der Mörder ist skrupellos und kaltblütig. Keiner von der MEE konnte ihm bislang das Handwerk legen. Wie willst du es dann schaffen? Und das, ohne deine Gabe zu benutzen?«

»Es tut mir leid«, sagte ich und sah auf meine Hände. Ich wusste selbst, wie gefährlich es war. Und ich war wütend auf mich, dass ich mich ein weiteres Mal von Jaden hatte hereinlegen lassen. Er hatte alles geplant, hatte die Frau am Eingang mit seiner Illusion getäuscht, sie sich wahrscheinlich vorstellen lassen, dass ich Chloe sei, damit sie das Armband mit Magie versah. Er hatte mir alle Leute vom Hals gehalten, die mich auf der Feier hätten entlarven können. Und dann hatte er mich im Auto schwören lassen, seine bescheuerte Frage mit Ja zu beantworten. All das gehörte zu seinem Plan, mich nach Manhattan zu bringen. In dem Moment, als ich eingewilligt hatte auf die Feier zu gehen, war mein Schicksal besiegelt gewesen. Und trotzdem war da etwas, das ich Matthew fragen musste. »Wieso hast du das Mädchen vor den Augen aller ...?« Meine Stimme versagte.

Matthew wusste sofort, worauf ich anspielte. Seine Züge wurden weicher. Er kniete vor mir nieder und nahm meine Hände in seine. »Du solltest das nicht sehen, Emily.« Er machte eine Pause, bevor er weitersprach. »Das Urteil von Nancy Fass wurde bereits vorgestern gefällt. Die Königin empfand es als eine gute Möglichkeit, es vor den Augen aller hochrangigen Magier zu vollstrecken. Ich habe dem zugestimmt.«

»Um deine Macht zu demonstrieren?«

Matthew löste seine Hände von meinen und richtete sich seufzend auf. »Nicht nur meine Macht, sondern die meines gesamten Clans. Und damit auch die Macht der Goldenen Königin, der wir treu ergeben sind. Es ist wichtig, die Magier hin und wieder zu erinnern, wer das Sagen hat und was die Konsequenzen für einen Verstoß sind.«

Chung murrte zustimmend. Er lehnte mit gefalteten Händen an der Wand. Ich hatte fast vergessen, dass er sich ebenfalls im Raum befand. Von seinem Kollegen fehlte jede Spur. Als es an der Tür klopfte und sie aufschwang, wusste ich auch wieso. Legolas trat in den Raum und führte die einzige Person herein, die mir gestohlen bleiben konnte. »Jaden Woods, Sir, wie Sie gewünscht haben.«

Wenn man vom Teufel sprach ... Jaden blieb mittig im Raum stehen und wandte sich an Matthew. »Der Waldelb hat mich abgefangen, um mich herzubringen. Also, hier bin ich.«

Obwohl ich stinksauer auf ihn war, musste ich schmunzeln.

»Waldelb?«, wiederholte Legolas empört. Er machte einen Schritt auf Jaden zu, der ihn frech angrinste. »Nenn mich noch einmal Waldelb und ich werde –«

»Genug.« Matthew hob seine Hand und brachte Legolas damit zum Schweigen.

»Natürlich, Sir.« Er verbeugte sich tief und unterwürfig. Dann stellte er sich neben Chung an die Wand und setzte eine gleichgültige Miene auf. Doch ich konnte ihm ansehen, dass er Jaden innerlich mit Flüchen bombardierte.

Jadens Blick glitt zu mir. Er sah mein verheultes Gesicht und die Wimperntusche, die ihre Bahnen über meine Wangen gezogen haben musste. Seine Züge wurden hart und das Lächeln, das eben noch auf seinen Lippen gelegen hatte, wurde eiskalt. Schnell wischte ich mir über das Gesicht.

»Bringen Sie gern Frauen zum Weinen?«, fragte er Matthew schließlich. Seine Stimme triefte vor Spott und die Dreistigkeit verschlug mir die Sprache. Ich hatte noch nie jemanden so respektlos mit Matthew reden hören. Als wüsste Jaden nicht, wen er da vor sich hatte.

Ich öffnete den Mund, um Matthew zu verteidigen, doch als ich in sein wütendes Gesicht blickte, blieben mir die Worte im Halse stecken.

Matthew schnaubte und trat langsam auf Jaden zu. Er blieb so nah vor ihm stehen, dass sich ihre Kleidung berührte. »Ich weiß nicht, warum du meine Tochter unbedingt dabeihaben möchtest, aber eins verspreche ich dir: Solltest du ihr ein Haar krümmen, werde ich dich vernichten. Ich werde dir deine Kraft nehmen. Dann dein mickriges Leben. Und selbst in der Hölle werde ich auf dich warten.«

Jaden sah ihn mit hochgezogener Augenbraue an. »Das ist eine harte Unterstellung. Dabei habe ich die ganze Zeit so toll auf sie aufgepasst. Und wie Sie sehen, lebt sie noch.«

Ich konnte Matthew ansehen, wie er verstand, worauf Jaden hinauswollte. Dann platzte ihm der Kragen.

»Du hast es gewagt …«, knurrte Matthew. Sein Brustkorb zitterte vor Zorn. »Du hast es gewagt, *mich* zu täuschen?« Er hob die Hand und spreizte seine Finger, einen nach dem anderen. Bedrohlich hielt er sie vor Jadens Gesicht. Doch dieser zeigte keinerlei Regung. Er wich nicht zurück, obwohl jeder andere Magier es getan hätte. Alle wussten, was es bedeutete, wenn ein Silberner einen mit gespreizten Fingern berührte und dabei seine Gabe entfesselte. Und trotzdem lag keine Furcht in Jadens Blick, mit dem er Matthew ansah.

Mehrere Herzschläge vergingen. Die Luft vibrierte vor Anspannung und Wut, die sich beide Männer entgegenbrachten.

O Gott, das würde in einer Katastrophe enden!

Im nächsten Moment sprang ich vom Stuhl auf und packte Matthew am Arm, schob ihn von Jaden weg, bevor die Situation vollkommen eskalierte. Augenblicklich erlangte er seine Fassung wieder. Er trat einen Schritt zurück und fuhr sich mehrmals durch sein grau meliertes Haar. Seine Leibwächter waren ebenfalls in Alarmbereitschaft, rührten sich jedoch nicht von der Stelle. Chungs gesundes Auge verengte sich und kurz wirkte er enttäuscht, dass Matthew sich seiner Wut nicht hingegeben hatte. Er liebte Konfrontationen, auch wenn es mit den Jahren nachgelassen hatte. Anfangs war er immer für einen Streit zu haben gewesen, doch Matthew hatte ihm mehr als deutlich klargemacht, dass er sich zurücknehmen musste, wenn er weiterhin als Leibwächter fungieren wollte. Die Drohung hatte ausgereicht, denn wenn Matthew seine Dienste nicht länger benötigte, müsste Chung zum Roten Drachen zurück und damit zu dem Mann, dem er sein entstelltes Gesicht verdankte.

Matthew richtete seine Robe und strich den Stoff an Armen und Bauch glatt. »Die Täuschung wird Konsequenzen haben«, sagte er mit ruhiger Stimme, doch sein Atem ging noch immer schnell. »Du kannst eigentlich direkt in Manhattan bleiben.«

Jaden war von der Drohung wenig beeindruckt. »Wenn das alles ist, würde ich gern gehen. Morgen ist ein wichtiger Tag.«

Wieder verstrichen mehrere Sekunden. Dann lockerte Matthew seine Haltung. Auf seinem Gesicht lag nun der gutmütige Ausdruck, den ich sonst von ihm gewohnt war.

»Natürlich«, entgegnete er freundlich, als hätte er sich eben nicht fast vergessen und Jaden seine Magie genommen. »Meine Leibwächter werden dich begleiten, damit du sicher den Weg hinaus findest.«

Sofort lösten sich beide Leibwächter von der Wand und hielten Jaden die Tür auf. »Warum nicht«, erwiderte Jaden gleichgültig. »Wenn die beiden nichts Besseres zu tun haben, können sie mich nach draußen begleiten.« Mit diesen Worten drehte er sich um, sah aber noch einmal über die Schulter. Direkt in meine Augen. »Wir sehen uns morgen, Poison.«

Poison?! War das sein verdammter Ernst?! Er hatte mich reingelegt, getäuscht und in eine Sache verwickelt, in der ich nichts zu suchen hatte! Und nun nahm er sich die Frechheit heraus, mir einen Spitznamen zu verpassen?

Dieser ... Mich kostete es alle Willenskraft, ihm nicht hinterherzurennen und ihn die verdammten Stufen hinunterzuwerfen. Bei Hekate. Ich verfluchte Jaden Woods.

7. KAPITEL

»Ich habe so ein schlechtes Gewissen«, sagte Niki und drückte meine Hand zum zehnten Mal, seit wir von zu Hause losgefahren waren. »Hätte ich nicht gewollt, dass du dorthin gehst, dann wäre das niemals passiert.«

»Es ist nicht deine, sondern Jadens Schuld. Er hat mich reingelegt, nicht du.«

»Trotzdem.« Niki löste ihre Hand von meiner, um in den nächsten Gang zu schalten. »Du wirst doch deine Kraft benutzen, richtig?«

Ich verzog das Gesicht zu einer Grimasse. »Nein.«

»Was?!« Niki riss schockiert die Augen auf. Ihr Blick zuckte mehrmals zu mir. »Wie willst du dich dann wehren?«

»Ganz einfach. Die MEE und die Goldenen Wächter sind vor Ort«, erklärte ich ruhig. »Wahrscheinlich werde ich keine Sekunde allein sein. Und falls es doch gefährlich werden sollte, wird mir schon was einfallen.«

Sie sah nicht überzeugt aus. »Versprich mir, dass du dein Gift benutzt, sobald es brenzlig wird.« Ich antwortete nicht, was ihr einen kleinen Verzweiflungsschrei entlockte. »Der Killer wird nicht so gnädig mit dir sein. Du solltest dein Trauma hinter dir lassen! Wenigstens in Manhattan!«

»Ich werde es versuchen.« Mehr würde sie von mir nicht bekommen. Niki wusste nicht, wie schwierig es war, etwas zu tun, vor dem man sich fürchtete. Es verabscheute. Matthew hatte mich früher zur Therapie bei einer Magierin vom Weißen Achat geschickt, aber selbst dort konnte ich mich nicht öffnen. *»Du musst deine Gabe einfach öfter benutzen, dann wird das schon wieder.«* Solche Aussagen hatte ich mir anhören dürfen.

Nein! Das war kein Schalter, den ich umlegen konnte. Nichts, das man trainieren konnte. Es war eine Mauer, die ich einreißen musste. Eine Mauer, die so hoch und massiv war, dass ich daneben aussah wie eine winzige Ameise. Das war die harte Realität!

Ich sah in den Rückspiegel. Niki folgte meinem Blick. »Matthews einäugiges Schoßhündchen fährt hinter uns her«, bestätigte sie das, was ich dachte. »Seit wir von zu Hause los sind, hat er sich an unsere Fersen geheftet. Für den Fall, dass es Probleme gibt.«

»Probleme, verstehe.« Ich löste meinen Blick wieder von dem schwarzen Toyota hinter uns. »Aber mit nach Manhattan werden sie nicht kommen, oder?« Zugegeben, etwas Hoffnung hatte ich noch, dass Matthew diesen Punkt hatte durchsetzen können. Aber dieser Funke erlosch, als Niki ihr Gesicht verzog.

»Da bist du auf dich allein gestellt.« Sie biss sich auf die Unterlippe. »Hat Paps sich heute Morgen eigentlich noch bei dir gemeldet?«

Ich schüttelte traurig den Kopf. Matthew war immer noch wütend auf mich und ich konnte ihm nicht einmal verübeln, dass er sich nicht verabschiedet hatte. Schließlich hatte ich riesigen Mist gebaut. »Vielleicht sagst du ihm noch mal, dass es mir leidtut?«, bat ich und seufzte leise.

»Mach ich, wenn du auch etwas für mich tust.« Ihre Ohren verwandelten sich augenblicklich in die einer Katze.

»Deine Ohren!« Ich deutete mit dem Zeigefinger panisch darauf. Sofort zog sie sich die Kapuze ihrer Jacke über, bevor es ein anderer Autofahrer bemerken konnte.

»Verflixt. Ich bin echt ein hoffnungsloser Fall. Aber darum soll es nicht gehen.« Sie holte tief Luft. Ihre Hände verkrampften sich um das Lenkrad. »Kannst du Francesco besuchen, wenn du dort bist?«

Die Bitte überraschte mich nicht. Ich war in unmittelbarer Nähe ihrer großen Liebe. Und auch wenn ich gegen ihre Beziehung war, wollte ich ihre Bitte nicht abschlagen. »Was soll ich ihm ausrichten?«

»Du machst es also?« Sie quietschte vor Freude. »Sag ihm, dass ich ihn vermisse. Und dass er auf sich aufpassen soll. Und überreiche ihm meine Geschenke.«

»Was für Geschenke?«

»Die Geschenke in deinem Koffer.«

»Deswegen habe ich ihn kaum zubekommen«, schimpfte ich und lehnte mich zurück in den Sitz. Es war heute Morgen ein Akt der Unmöglichkeit gewesen, meinen Koffer zu schließen. Jetzt wusste ich auch wieso. »Und was ist mit deinem Bruder? Soll ich ihm auch etwas ausrichten? Ich meine, ihr habt euch so lange nicht gesprochen und ich werde mit ihm zusammen auf Killerjagd gehen.«

Sie versteifte sich und für einen kurzen Moment verwandelte sich ihre Nase zu einer Schnauze, die sie beleidigt verzog. »Ich habe ihm nichts zu sagen!«

»Gar nichts?« Niki tat so, als wäre ihr diese Frage gleichgültig, doch ich wusste, dass es nicht so war. Ihr Bruder war der Einzige aus ihrer Familie, über den sie ab und zu sprach. Meistens wenn sie etwas an ihn erinnerte, wie ein Song, ein Ort oder ein Film, der sie beide verband.

Als sie den Kopf schüttelte, fragte ich: »Und wenn ich dir etwas von ihm ausrichten soll?«

»Das wird nicht passieren.« Sie lachte bitter und sah starr auf den Straßenverkehr. »Mein Bruder tut das, was mein Vater ihm befielt. Das war schon immer so und wird sich auch nicht ändern. Er würde sich niemals gegen ihn stellen. Und sein Befehl lautet, mich zu behandeln, als wäre ich eine Tote. Und das tut er, genau wie der Rest meiner *Familie*. Nur mit dem kleinen Unterschied, dass ich keine Blumen bekommen habe.«

Autsch. Ich wusste, das Nikis Familie den Kontakt zu ihr abgebrochen hatte. Aber das noch mal aus ihrem Mund zu hören versetzte mir einen traurigen Stich.

Schweigend fuhren wir weiter. Nach knapp zwei Stunden kamen wir am Treffpunkt an. Zum Glück war Nikis Laune wieder umgeschlagen. Traurig wollte ich sie auf keinen Fall zurücklassen. Vor allem wenn ich die Person war, die ihr das eingebrockt hatte!

»Pass auf dich auf, Schwesterherz«, hauchte sie und beugte sich über die Mittelkonsole, um mich stürmisch zu umarmen. »Tritt dem Killer in seine fünf Buchstaben!«

Ich lächelte und drückte sie ebenfalls fest an mich. »Ich versuche es. Pass auch auf dich auf.«

Damit stieg ich aus dem Auto, fischte meinen Trolley aus dem Kofferraum und winkte Niki zu, bis sie um die Kurve gebogen war. Ich würde sie definitiv vermissen. Allein die Vorstellung, mehrere Wochen von ihr getrennt zu sein, machte mir Angst. Mit ihr konnte ich über alles reden, was mich bedrückte. Das würde nun komplett wegfallen.

Mein Blick huschte zu dem schwarzen Wagen, der immer noch nicht losgefahren war. Einige Autos hupten bereits, weil er die rechte Fahrbahn blockierte. Seelenruhig stieg Chung aus. Wie immer trug er einen Anzug, der um seine Arme spannte. Warum Matthew ihm nie passende Kleidung kaufte, war mir ein Rätsel. Chung hatte mir mal erklärt, dass er schnell an Gewicht und Muskeln zunehme, weshalb er so lange einen Anzug trug, bis es nicht mehr gehe. Dieser Tag war defektiv bald gekommen. Neben mir wirkte er wie ein verdammter Hunne!

»Solltest du nicht Niki hinterherfahren?«, fragte ich, als ich mich zu ihm begeben hatte. »Wenn sie mit ihren Ohren von den Cops angehalten wird, kann das –«

»Keine Panik«, unterbrach er mich. »Ein weiteres Auto folgt ihr.«

»Noch eins?« Ich schluckte, weil ich nicht mitbekommen hatte, dass uns mehrere Fahrzeuge gefolgt waren. Mich beschlich das dumpfe Gefühl, dass der Abend mehr Konsequenzen für uns bedeutete, als zunächst angenommen. Wir würden keinen Schritt mehr ohne Bodyguards gehen dürfen. Jedenfalls nicht bevor die anderen Clans wieder abgereist waren. Eine beklemmende Schwere legte sich auf meine Brust.

»Ist Matthew noch immer sauer?«

»Etwas.« Chung sah mich missbilligend an. »Aber das ist nicht der Grund, warum er nicht hier ist. Es würde ein schlechtes Licht auf dich werfen, wenn dein Vormund dich bis hierher begleitet. Keiner der anderen Elternteile hat das getan. Einige kamen nicht einmal mit Bodyguards an.«

»Wow. Ihr beschattet wirklich alles und jeden.«

»Die anderen Clans tun es auch.« Chung deutete auf jemanden, der auf einer Parkbank saß und Zeitung las. »Ein Magier vom Weißen Achat. Er wird Mrs Hill sofort Bericht erstatten, sobald du die Brücke überquert hast.« Er sah zur Brooklyn Bridge, die vor uns lag. »Sie wollen sehen, ob du Schwäche zeigst. Matthew hat gestern Abend viel riskiert, als er sich für dich eingesetzt hat. Dafür hat er dich nicht genug bestraft, aber das ist ein anderes Thema.« Er zog etwas aus der Innentasche seines Jacketts und überreichte es mir. Der Gegenstand war in ein weißes Tuch gewickelt, trotzdem konnte ich erfühlen, worum es sich handelte. Ein Taschenmesser. Schnell steckte ich es in meine Umhängetasche.

»Ein Geschenk von Matthew. Für den Fall, dass du dich wehren musst, benutze es.« Sein gesundes Auge verengte sich. »Erinnerst du dich an alles, was ich dir beigebracht habe?«

Ich nickte, obwohl ich mir nicht sicher war, ob ich wirklich jemanden abstechen konnte. Auch wenn Chung und ich das Kämpfen mit Messern geübt hatten, war das eine ganz andere Sache als ein Ernstfall. Beim wöchentlichen Training hatte ich nie auf ein lebendiges Wesen einstechen müssen.

»Danke«, murmelte ich. Weitere Fahrzeuge hupten. Chung nickte mir zum Abschied zu, bevor er sich in das Fahrzeug setzte und sich wieder in den Straßenverkehr einpendelte. Kurze Zeit später war auch sein Auto verschwunden. Mein Blick glitt zu dem Mann auf der Bank. Wie viele Magier hier wohl noch lauerten, um jeden meiner Schritte zu verfolgen? Weil der Gedanke mir eine Gänsehaut bescherte, beschloss ich nicht weiter hier herumzustehen. Von den anderen Auserwählten war keiner zu sehen. Wahrscheinlich waren sie bereits am Treffpunkt und genau dort sollte ich mich jetzt auch hinbegeben.

Ich marschierte auf die Brooklyn Bridge zu. Ich kannte sie aus Filmen, aber in der Realität war sie um einiges beeindruckender. Sie verlief über dem East River und verband die Stadtteile Brooklyn und Manhattan miteinander. Unzählige Seile waren an den Seiten entlang zum Himmel emporgespannt.

Ich atmete einmal tief durch, bevor ich die Brücke betrat. Meinen Koffer zog ich hinter mir her. Mit jedem Schritt wurden meine Knie weicher. Mein Blick glitt beim Gehen auf die rechte Seite zu einer weiteren Brücke, die einige Kilometer entfernt ebenfalls den East River überspannte. Insgesamt verbanden zweiundzwanzig Brücken Manhattan mit der Außenwelt. Doch die Brooklyn Bridge war der einzige Übergang, den Magier benutzen durften.

Manhattan war auf der anderen Seite der Brücke zu sehen. Unter einem grauen Himmel reihten sich die monströsen Wolkenkratzer am Wasser entlang. Irgendwie hatte ich angenommen, dass jedes Bauwerk in Manhattan riesig sei, doch die meisten hohen Gebäude befanden sich auf der linken Seite. Dort wo sich der Financial District befinden musste.

Zugegeben, die Karte von Manhattan hatte ich nicht hundertprozentig im Kopf. Schließlich hatte ich erst vor einigen Stunden angefangen sie zu studieren. Auch im Auto hatte ich ein paar Minuten damit verbracht, mir die vielen Stadtteile, die Straßen und wichtigsten Gebäude einzuprägen.

Ich wich einem Pärchen aus, das sich mit der Skyline im Hintergrund fotografierte und mitten im Weg stehen blieb. Vielleicht hätte ich das auch getan, wenn ich mein Handy nicht hätte zu Hause lassen müssen. Eine der Anweisungen, die man mir in einem Briefing mitgeteilt hatte. Handys zur Verständigung in unserem Team sollten wir vor Ort erhalten, durften aber keinen Kontakt zur Außenwelt aufnehmen.

Mein Koffer sprang mehrmals über den unebenen Boden, der seine besten Jahre bereits hinter sich hatte. Nach wenigen Minuten erreichte ich einen der beiden Granittürme, die mich an riesige Bogenfenster erinnerten.

Das war unser Treffpunkt. Ich atmete tief durch und setzte eine selbstbewusste Miene auf. Doch als ich mich umblickte, fehlte von den anderen jede Spur.

Mehrmals drehte ich mich um meine eigene Achse und fühlte mich mehr als verloren, weil ich nicht mal ein dämliches Handy besaß, um jemanden anzurufen.

Plötzlich erfasste mich ein solch intensives Gefühl, dass ich einen Moment alles vergaß. Als würde ich in einer weichen Wolke aus Zuckerwatte schweben. Es kam aus der Richtung, die mich weiter auf die Brücke führen würde. Der Wind wehte mir durchs Haar, ein verführerischer Duft lag urplötzlich in der Luft. Und dann sah ich es. Nicht einmal fünf Meter entfernt vibrierte unter einem der Bogenfenster die Luft, kräuselte sich und schimmerte wie die Schale einer Perlmuschel. Es war reine, wunderschöne Magie, für das menschliche Auge nicht sichtbar. Nicht fühlbar.

Einer nach dem anderen lief hindurch, ohne zu ahnen, dass sich vor ihnen eine gewaltige magische Mauer befand.

Im nächsten Moment bewegten sich meine Beine wie von selbst. Je näher ich kam, desto stärker wurde das wohlig-warme Gefühl. Es ließ mich kaum noch atmen. Kaum noch denken. Ich wollte es berühren. Das Verlangen war so überwältigend, dass mich eine Gänsehaut erfasste, die fast schon wehtat. Langsam hob ich die Hand. Die Magie kräuselte sich heftiger. So als *wollte* sie berührt werden.

Eine Hand packte mich an der Schulter und zog mich ruckartig zurück. Fast wäre ich über meinen Koffer gestolpert. Ich zuckte zusammen, als hätte mich jemand aus dem Tiefschlaf gerissen. Verwirrt drehte ich mich um und blickte direkt in Jadens finsteres Gesicht.

Ich brauchte einen Augenblick, um meine Stimme wiederzufinden. »Was sollte das?«

Genervt sah er mich an, so als wäre die Antwort mehr als offensichtlich. »Wenn du da durchgehst, bist du tot.« Er deutete auf die Magische Wand, die vor uns lag.

»Ich ... Was?!« Schockiert starrte ich ihn an. »Du meinst, sie hätte mich getötet?«

Das war mir tatsächlich neu. Noch nie hatte ich von einer Magischen Wand gehört, die tödlich war. Für gewöhnlich konnte man bloß nicht hindurch, so als wäre dort eine unsichtbare Tür, die verschlossen war. Aber tödlich?

Jaden führte mich ein paar Meter weiter. Erst als ich mich gegen ein Geländer lehnte, merkte ich, wie erschöpft ich war. Jaden tat es mir gleich und sah zu den Autos hinunter, die auf der unteren Ebene der Brücke entlangfuhren. »Es ist die Mauer, die Manhattan vom Rest der Welt trennt. Sie besteht aus reiner Magie, die von der Königin selbst erschaffen wurde.«

Ich runzelte die Stirn und rechnete in Gedanken nach. »Aber das Gefängnis feiert seinen hundertsten Geburtstag. Dann müsste sie ja noch älter sein. Das ist unmöglich.«

Jaden seufzte tief. »Die Magische Wand muss beim Thronwechsel neu erschaffen werden, weil die Magie beim Tod erlischt.« Er schüttelte den Kopf. »Du hättest echt besser in der Schule aufpassen sollen, dann wüsstest du das. Gehört irgendwie zur Allgemeinbildung.«

Ich ignorierte seinen Seitenhieb und hielt mir eine Hand vor die Stirn, um nach oben zu blicken. Selbst die Luft des Himmels kräuselte sich. Vögel flogen durch die Wand und kamen unversehrt auf der anderen Seite wieder heraus. Wie weit die Magie wohl reichte? Bis auf den Meeresgrund? Möglich wäre es, schließlich hatte es noch nie einen Ausbruch gegeben.

»Sie ist aber nicht unangenehm«, überlegte ich laut. Ich hatte mir die Mauer immer anders vorgestellt. Irgendwie abstoßend und bedrückend. Dass sie die Magier davon abhielt, sich ihr zu nähern. Wie ein riesiges blinkendes Warnschild. Aber sie war nicht unangenehm, vielmehr wie eine heiße, duftende Badewanne, in der man nach einem langen Arbeitstag versinken wollte.

»Nicht unangenehm, aber tödlich«, erklärte Jaden, ohne von der Fahrbahn aufzublicken, auf die er hinuntersah. »Es ist wie eine Fliegenfalle. Je näher du kommst, desto stärker wird das Gefühl, sie berühren zu wollen. Und wenn du diesem Verlangen nachgibst ... Puff.«

»Puff?« Ich hob beide Augenbrauen, als er mir mit einem Nicken deutlich machte, dass er tatsächlich das meinte, was ich mir gerade vorstellte. Mir klappte der Mund auf. »Man verpufft im wahrsten Sinne des Wortes?«

Er nickte erneut. »Keine schöne Angelegenheit.«

O Gott, diese Mauer war tödlicher als jedes Gift dieser Welt. Doch seine Aussage schockierte mich ebenfalls. »Du hast es gesehen?«

»Zweimal.« Er hob die Schultern, als wäre das keine große Sache. Ich hingegen war verstört. »Gehört zu meinem Beruf«, erklärte er, als er meinen entsetzten Gesichtsausdruck sah. »Ich bin ein Hunter, da kommt es schon mal vor. Einige Magier, die nicht nach Manhattan wollen, bringen sich hier um. Sie zerfallen zu Staub und werden auf das Meer hinausgetragen. Hast du noch nie davon gehört?«

Ich schüttelte heftig den Kopf. Matthew hatte mir nie davon erzählt. Auch in der Schule war das Thema nicht aufgekommen.

Einen Moment kehrte Stille ein. Nur der Lärm der Autos und der der

Menschen um uns herum war zu hören. Eigentlich hatte ich mir vorgenommen kein Wort mit Jaden zu wechseln, aber ich entschied mich es doch auf das Nötigste zu reduzieren.

»Wo sind die anderen?« Ich blickte mich um, entdeckte aber noch immer niemanden aus unserem Team.

Jaden hob eine Augenbraue, die mir so viel bedeutete wie: *Hast du das gerade wirklich gefragt?*

»Was ist jetzt schon wieder?«, wollte ich wissen und bereute es bereits, mein Schweigen gebrochen zu haben.

Jaden sah mich an, als wollte ich ihn tatsächlich verarschen. »Die anderen sind schon vor einer Stunde los.«

»Was? Warum?«

»Weil du zu spät bist.«

»Wieso zu spät?« Ich starrte auf meine Armbanduhr und hielt sie Jaden vor die Nase. »Ich bin sogar zu früh.« Tatsächlich hatte ich noch fünfzehn Minuten Zeit. Mehr als genug, um mich als pünktlich einzustufen.

»Dann hast du nicht richtig gelesen.«

»Natürlich habe ich das! Auf meinem Zettel stand, dass ich mich um zwölf hier mit euch treffen soll. Ich würde ihn dir ja gern zeigen, wenn du mir nicht glaubst, aber wir mussten ihn ja sofort nach dem Lesen vernichten.«

»Das stand da drauf?« Jadens Gesichtsausdruck wurde unergründlich. Er umfasste die Brüstung etwas fester. »Hoffen wir, dass du dich geirrt hast. Denn wenn nicht …«

Ich brauchte eine Sekunde, um zu verstehen, worauf er hinauswollte. »Du meinst, jemand *wollte,* dass ich allein herkomme und diese Mauer berühre?« Wenn das stimmte, hatte es jemand auf mich abgesehen.

Ein Räuspern erklang hinter uns. Perplex drehte ich mich um und starrte in das Gesicht einer Frau mittleren Alters. Sie trug ein helles Businessoutfit, weiße Pumps und an ihrer Brust hing eine Brosche. Eine goldene Krone. Die Frau war weder besonders groß noch kräftig, aber ihre ganze Haltung versprühte eine so ungeheure Überlegenheit, dass ich mich augenblicklich klein und schwach fühlte.

»Wer sind Sie?«, fragte ich eingeschüchtert.

Sie verzog keine Miene, während sie mich gründlich musterte. »Ich bin Susann Smith, die Goldene Gouverneurin. Ich bin für Manhattan zuständig. Und du musst Emily Corwell sein. Darf ich fragen, warum du behauptest etwas anderes auf dem Brief gelesen zu haben?«

»Weil es so draufstand.« Meine Antwort klang fast nach einer Frage, weil meine Stimme mehrere Oktaven nach oben schoss.

»Unmöglich«, dementierte sie meine Aussage ungerührt. »Ich habe die Briefe selbst verfasst. In jedem stand die gleiche Uhrzeit. Oder glaubst du, ich hätte dich vorsätzlich zu einer anderen Uhrzeit herbestellt?«

»Natürlich nicht«, antwortete Jaden unnötigerweise für mich. Auch wenn die Gouverneurin mich immer noch einschüchterte, konnte ich für mich selbst sprechen. »Die Nacht war wohl einfach zu lang für das kleine Prinzesschen.«

Wie bitte? Die Goldene Gouverneurin bedachte mich eines prüfenden Blickes. Am liebsten hätte ich seine dämliche Aussage dementiert, doch ich biss die Zähne zusammen und ließ es im Raum stehen. Ansonsten hätte ich mir eine bessere Ausrede einfallen lassen müssen. Und wie es aussah, glaubte sie seinen Worten.

»Dann ist ja gut, dass du dich bereiterklärt hast auf sie zu warten«, sagte sie schließlich an Jaden gewandt.

Erhatte auf mich gewartet? Ich wollte ihn gerade dazu befragen, als sich die Goldene Gouverneurin umdrehte und uns aufforderte ihr zu folgen. Vor einer großen Tafel blieben wir stehen. Mehrere Touristen hatten sich davor versammelt, gingen aber weiter, als sich die Goldene direkt davorstellte und damit die Sicht aller Beteiligten versperrte.

»Das ist die Gedenktafel der verstorbenen Arbeiter, die ihr Leben bei dem Bau dieser Brücke ließen. Sie dient uns ebenfalls als Namenstafel der Insassen.«

Verwirrt sah ich zu der Gedenktafel, konnte aber keine Namen finden, die auf Magier schlossen. Doch je näher ich herantrat, desto deutlicher erkannte ich feine Linien, die sich zu bewegen schienen.

»Nicht anfassen«, mahnte mich die Goldene Gouverneurin streng. »Die Schrift besteht aus der gleichen Magie wie die der Magischen Wand.« Mehr brauchte sie nicht zu sagen, damit ich auf Abstand ging. Sie fuhr fort. »Die Armbänder, die ihr gestern auf der Feier erhalten habt, gestatten euch eine Art Besucherrecht. Damit dürft ihr einmalig in das Gefängnis und auch wieder hinaus. Kehrt ihr vor Auftragsende nach Hause zurück oder geht auch nur einen Schritt durch die Magische Wand, dürft ihr nicht mehr zurück. Merkt euch das. Ansonsten –«

»Puff.« Das Wort rutschte mir heraus, bevor ich es zurückhalten konnte.

»Was hast du gesagt?«

»Nichts.« Ich senkte meine Stimme, als eine Gruppe Touristen an uns vorbeiging. »Und ohne Ihre Erlaubnis kommen wir nicht rein?«

»Richtig«, antwortete sie und griff nach Jadens Handgelenk. Sie zückte einen goldenen Stift und berührte erst sein Armband, dann die Gedenktafel, um seinen Namen daraufzuschreiben. Dasselbe tat sie bei mir. »Außer der Goldenen Königin habe nur ich die Befugnis, das zu genehmigen«, erklärte sie weiter. »Und jetzt folgt mir.«

Sie näherte sich dem Zauberschleier, der sich wie ein Vorhang vor ihr teilte. Ohne zu zögern, schritt sie hindurch, so als könnte sie nicht zu Staub zerfallen. Bestimmt war sie schon so oft hindurchgegangen, dass sie keine Angst mehr hatte, pulverisiert zu werden. Anders als ich. Unruhig kaute ich auf meiner Unterlippe herum.

Jaden machte mit seiner rechten Hand eine ausschweifende Geste, die so viel bedeutete wie: »Nach dir.«

Im Ernst? Er wollte, dass ich als Erstes hindurchging? Am liebsten hätte ich ihm gesagt, dass er mich mal könne. Und zwar richtig. Doch sein herausforderndes Lächeln hielt mich davon ab. Mit gestrafften Schultern und erhobenem Kinn stapfte ich an ihm vorbei. Ein leises Lachen erklang neben mir. Idiot. Er wusste ganz genau, dass mein Herz gerade vor Angst mehrere Etagen tiefer rutschte. Wie er so entspannt bleiben konnte, war mir wirklich ein Rätsel, schließlich war es auch sein erstes Mal.

Langsam näherte ich mich der Wand. Das Verlangen, meine Hand nach der rohen Magie auszustrecken, war noch immer da. Aber ich hielt mich zurück. Ich ging einen weiteren Schritt auf sie zu. Nun stand ich direkt vor der gleißenden Magie. Wie bei der Goldenen Gouverneurin teilte sie sich. Ich kniff die Augen zusammen, zählte bis drei runter und setzte mich in Bewegung. Als ich die Lider wieder aufschlug, war ich bereits auf der anderen Seite. Ein kleiner Junge sah mich an, als hätte ich nicht mehr alle Tassen im Schrank. Wie könnte ich es ihm verübeln? Für Außenstehende musste mein Zögern ziemlich seltsam gewirkt haben.

Als Jaden ebenfalls hindurchgegangen war, fiel der Vorhang zu. Es fühlte sich an, als wären wir freiwillig in die Höhle des Löwen gegangen. Und ich befürchtete, dass ich damit nicht ganz falsch lag. Schließlich trieb hier ein Mörder sein Unwesen, konnte an jeder Ecke auf sein nächstes Opfer warten, um es kaltblütig zu ermorden.

Ein Hubschrauber flog über uns hinweg, als wir den zwanzigminütigen Fußmarsch über die Brooklyn Bridge antraten. Es war so viel los, dass ich beinahe Platzangst bekam. Die Goldene lief mehrere Meter voraus und blickte nicht einmal über die Schulter, um zu sehen, wo wir blieben.

Ich zog meinen Koffer hinter mir her. »Wieso hast du auf mich gewartet?«, wollte ich von Jaden wissen.

Erzuckte mit den Schultern. »Ich hatte es wohl im Gefühl, dass du dich verspätest. Auch wenn Amber meinte, dass du dich heulend zu Hause verkriechen würdest.«

Ich verkniff mir ein Augenrollen. War klar, dass Amber so von mir dachte. Und ja, ich wollte nicht hier sein. Was mich zur wichtigsten Frage zurückbrachte. »Warum bin ich hier?«

»Gut, dass du das fragst«, sagte er mit dem Tonfall eines Lehrers, der einem Schüler eine offensichtlich dumme Frage beantwortete. »Du bist hier, um einen Mörder zu fassen.«

»Sehr witzig«, erwiderte ich humorlos und schnaubte genervt. »Wieso hast du mich auserwählt?«

Jaden sah einen Moment zum Meer, in dem sich die Mittagssonne reflektierte. Auf der anderen Seite konnte man die Freiheitsstatue sehen. Irgendwie grotesk, wenn man es mit Manhattan verband. Für Menschen bedeutete es Freiheit, für Magier eine lebenslängliche Gefangenschaft.

»Diese Frage habe ich gestern schon beantwortet und ich habe keine Lust, mich zu wiederholen«, sagte er fast schon gleichgültig. Seine Augen blitzten mich höhnisch an. »Und sag nicht, ich hätte dich nicht gewarnt. Du hattest die Möglichkeit, einfach zu Hause zu bleiben. *Du* wolltest auf die Feier. Ich habe dich nicht gezwungen. Jetzt leb mit den Konsequenzen.«

»Das ist keine Antwort auf meine Frage«, erwiderte ich gereizt. Es war zum Verrücktwerden! Warum wollte er mir nicht sagen, wieso er mich so unbedingt dabeihaben wollte? An meiner Magie konnte es nicht liegen. Zwar wusste er nicht, dass ich sie nicht mehr benutzte, trotzdem musste ihm doch in den vergangenen Tagen klar geworden sein, dass ich nicht die Richtige für diesen Job war.

Wütend umklammerte ich den Griff meines Koffers fester. »Willst du dich an mir rächen? Ist es das?«

Er lachte tonlos. »Du vertraust mir echt nicht, was?«

»Hast du mir denn einen Grund dazu gegeben? Du hast dich als jemand anderes ausgegeben, schon vergessen? Übrigens nett, dass du heute wieder Jaden und nicht Elias bist.«

Jadens Mundwinkel hoben sich leicht, bevor er wieder nach vorn sah. »Wenn ich deinen Tod gewollt hätte, hätte ich dich eben einfach die Magie berühren lassen können.«

Darauf wusste ich keine Antwort. Er hatte recht. Trotzdem war mir schleierhaft, warum er mich ausgewählt hatte. Jaden war mir ein Rätsel. Schon immer.

Schweigend gingen wir weiter. Am Ende der Brücke waren mehrere Bäume gepflanzt worden. R'n'B-Musik wurde aus kleinen Boxen gespielt, die jemand auf die Geländer gestellt hatte. Wir kamen an Straßenkünstlern vorbei, die selbst gemalte Bilder, Capes und Schals verkauften. Einer von ihnen rief uns ein »Dollar, ein Dollar« entgegen. Jaden schob mich an ihnen vorbei, weil ich tatsächlich stehengeblieben war.

Eine junge Frau stellte sich uns in den Weg. Sie trug ein neongelbes Top, in das zwei kreisrunde Löcher auf Brusthöhe geschnitten worden waren. Darunter schimmerte ein pinker Sport-BH durch, der farblich zu ihrem bodenlangen Rock passte, auf dem sich wirre Muster befanden. Ich verstand nicht viel von Mode, aber selbst ich erkannte, dass das Outfit ziemlich gewagt war.

»Soll ich ein Bild von dem verliebten Pärchen malen?« Sie deutete auf die Staffelei, die zwei Meter entfernt stand. Erst jetzt fiel mir auf, dass ihre Arme mit Farbe bekleckert waren. »Dauert eine halbe Stunde und macht hundert Dollar.«

»Oh, was? Nein, wir sind nicht, also …«, stotterte ich herum, als wäre ich dreizehn.

»Wirklich nicht? Ihr habt so vertraut ausgesehen.«

»Das waren wir auch mal«, erwiderte Jaden mit ausdrucksloser Miene. »Aber das ist schon eine Ewigkeit her.«

Seine Worte trafen mich, obwohl sie stimmten. Wir waren mal Vertraute gewesen. Beste Freunde.

Das Lächeln der Malerin erstarb, als die Gouverneurin neben uns trat. »Victoria, halte die beiden nicht von der Arbeit ab. Du siehst doch, dass sie mit mir unterwegs sind.«

»Natürlich«, murmelte sie und verzog den pink bemalten Mund zu einer schmalen Linie. Sofort blickte ich auf ihr Handgelenk und bereute es nicht früher getan zu haben. Die Malerin war eine Magierin. Auf ihrer Haut prangte das Symbol des Weißen Achats. Eine Heilerin also.

Sie kehrte uns den Rücken zu und warf ihren Pinsel lautstark in den Eimer. Anscheinend hatte sie etwas gegen die Goldene Gouverneurin, die uns nun aufforderte weiterzugehen.

Am Ende der Brooklyn Bridge hielt ein gelbes Taxi an. Ein Fahrer mittleren Alters stieg aus und hielt erst der Goldenen, dann mir und Jaden die Tür auf, bevor er unser Gepäck in den Kofferraum beförderte und sich ans Steuer setzte. An seinem Handgelenk befand sich ebenfalls eine Tätowierung. Eine Goldene Krone.

Kurz war ich irritiert, warum wir mit einem stinknormalen Taxi abgeholt wurden statt mit einer schwarzen Limousine, wie man es aus den ganzen FBI-Filmen kannte.

Das Fahrzeug setzte sich in Bewegung. Nervös vergrub ich meine Hände zwischen meinen Oberschenkeln und versuchte meine Atmung ruhig zu halten. War ich der Aufgabe wirklich gewachsen? Abgesehen davon, dass ich keine Ahnung hatte, wie wir einen Mörder fassen sollten, würde ich die gesamte Zeit meine Magie nicht benutzen. Ich wusste zwar, wie ich mich körperlich verteidigen konnte, wenn es darauf ankam. Aber sobald Magie ins Spiel kam, würde mir das auch nichts mehr nützen. Noch dazu würde ich täglich Jaden über den Weg laufen, was die ganze Sache nicht einfacher gestaltete. Er war pure Ablenkung. Selbst jetzt kreisten meine Gedanken um ihn, obwohl er genau neben mir saß. Aus dem Augenwinkel betrachtete ich ihn verstohlen. Er lehnte entspannt im Sitz und blickte aus dem Fenster. Seine tätowierten Finger trommelten auf seinem Knie im Gleichtakt meines Herzens. Bam. Bam. Bam.

»Werden Sie uns zur MEE bringen?«, erkundigte ich mich vorsichtig, als nach drei Minuten immer noch niemand etwas gesagt hatte.

»Nein, werden wir nicht.« Die Goldene Gouverneurin drehte sich zu uns um. »Ich habe es eurem restlichen Team bereits erzählt, aber ich wiederhole mich gern noch mal.« Sie machte einen Gesichtsausdruck, der verriet, dass sie ganz und gar nicht erfreut war. »Die MEE ist heute Morgen abgereist.«

»Was? Wieso?«, schoss es aus mir heraus.

Die Gouverneurin seufzte. »Ein Befehl der Königin. Sie möchte euch freie Hand bei den Ermittlungen lassen.«

Meine Augen weiteten sich. Die MEE war nicht mehr in Manhattan? Ich hatte angenommenen, dass wir gemeinsam den Fall bearbeiteten. Dass immer einer von ihnen dabei war, wenn wir durch die Stadt streiften.

»Die MEE ist zwar abgereist, aber die Goldenen Wächter und ich sind selbstverständlich weiterhin vor Ort«, fuhr sie fort, als sie meinen geschockten Gesichtsausdruck sah. »Aber wir haben die Anweisung erhalten, uns ebenfalls nicht in die Ermittlungen einzumischen und nur unserem Tagesgeschäft nachzugehen.«

»Das ergibt doch keinen Sinn«, stotterte ich heiser. »Wir haben doch überhaupt keine Erfahrung.«

Auf der Stirn der Gouverneurin bildete sich eine Sorgefalte. »Ich verstehe es auch nicht. Doch die Königin ist anderer Meinung. Enttäuscht sie nicht.«

Bei Hekate, wir waren wirklich auf uns allein gestellt! Mein Blick schoss zu Jaden. Er lehnte immer noch entspannt im Sitz und wirkte kein bisschen überrascht. Wie es aussah, war er nicht nur bei der Auswahl des Teams eingeweiht worden.

Die Goldene Gouverneurin überreichte mir einen braunen Umschlag. »In diesem Umschlag befinden sich vertrauliche Informationen, abgespeckt und kompakt zusammengefasst.«

Jaden schnaubte. Es war die erste Reaktion von ihm, seit wir in das Auto gestiegen waren. »Also haben wir keinen vollen Zugriff auf die Akten?« Wie es aussah, hatte die Königin ihm *diese* Information vorenthalten.

Die Gouverneurin schüttelte den Kopf. Ihr strenger Zopf folgte der Bewegung. »Nicht ganz, nein. Wir haben natürlich noch etliche Unterlagen in eure Unterkunft bringen lassen, doch das meiste hat die MEE mitgenommen.«

»Aha«, war alles, was Jaden erwiderte, bevor er zurück in den Sitz sank. Und auch ich war irritiert. Es war fast so, als wollte die MEE nicht, dass wir den Fall lösten.

»Sie sind gekränkt, weil ihnen der Auftrag entzogen wurde«, beantwortete die Gouverneurin meine unausgesprochene Frage. »Für sie seid ihr bloß verwöhnte Kinder, ein arroganter Überflieger und eine vorbestrafte Mörderin. Warum solltet ihr den Täter schnappen können und sie nicht?«

Aus ihrem Mund klang es noch absurder, als es eigentlich war. Und etwas Bitteres legte sich auf meine Zunge, weil es irgendwie stimmte. Warum sollten ausgerechnet wir den Täter schnappen, wenn es nicht mal ausgebildete Profis schafften?

»Noch ein paar Regeln, die wir zusammen durchgehen sollten. Denn hier in Manhattan läuft einiges anders«, fuhr sie fort. »Eigentlich ist die Anwendung von Magie nur an bestimmten Orten erlaubt, in speziellen Bars und Clubs, in die nur Magier Zutritt haben. Aber da ihr keine Häftlinge seid, habt ihr natürlich ein paar Sonderstellungen und dürft Magie auf offener Straße praktizieren.« Sie machte eine kleine Pause, bevor sie weitersprach. »Passt nur auf, dass euch kein Mensch dabei beobachtet oder euch eine Kamera aufzeichnet.«

Das klang logisch. Auch außerhalb Manhattans musste man aufpassen nicht beobachtet zu werden. Spezielle Orte, an denen Magie angewendet werden durfte, waren mir dagegen neu.

»Euch ist es verboten, Kontakt zur Außenwelt aufzunehmen. Keine Anrufe, keine SMS, nichts. Auch dieses Vergehen wird bestraft.« Sie sah Jaden und mich abwechselnd an. »Wir haben Handys in eurer Unterkunft hinterlegt, mit denen ihr euch untereinander verständigen könnt. Eine weitere Nummer ist abgespeichert. Wählt sie nur, wenn ihr den Täter habt.«

Augenblicklich hielt das Taxi an. »Sind weitere Fragen offen? Wenn nicht, dürft ihr jetzt aussteigen. Die Hausnummer eurer Unterkunft lautet 325.«

Ich umfasste den Türgriff, doch hielt noch einmal inne. »Ich habe noch eine Frage«, gestand ich mit belegter Stimme. »Was ist, wenn wir es nicht schaffen, den Täter zu fassen?«

Die Goldene Gouverneurin verzog keine Miene. »Dann wird das Experiment Manhattan offiziell für gescheitert erklärt.«

SCHACHFIGURENMÖRDER

»Sie werden nicht eingreifen. Zu keinem Zeitpunkt.« Ich schließe die Augen und lausche auf die ungleichmäßige Atmung der Königin. Gut so. Sie versteht die Dringlichkeit meiner Bitte. Ich kann ihre Angst fast schon schmecken. Dabei bin ich in Manhattan und sie in Southampton.

»Greifen Sie nicht ein und ich werde Ihnen nichts tun«, wiederhole ich mich. »Ziehen Sie Ihre Wachen ab und lassen Sie die Kinder das Spiel führen.«

Die Königin holt zittrig Luft. »Ich habe das Team schon nach Ihrem Willen ausgewählt! Wieso noch eine Bitte?«

Die Königin klingt verzweifelt. Nun ja, das wäre ich an ihrer Stelle auch. Schließlich sitzt sie tief in der Scheiße. Sie ertrinkt beinahe darin. Ich habe die Macht, sie zu Fall zu bringen. Und sie würde tiefer fallen als bloß in die Hölle, aus der sie gekrochen kam.

»Die Clans sind alles andere als begeistert«, versucht sie mir weiter ins Gewissen zu reden. Doch wenn ich eins nicht habe, dann ein Gewissen.

Langsam gefällt es mir, die Königin an der kurzen Leine zu haben. Ach was, ich liebe es. »Ich habe Ihre Rede gehört. Sie klang sehr überzeugend.«

»Sie waren da?« Das Zittern in ihrer Stimme ist kaum zu überhören. Wenn der Rest der Magierschaft sehen könnte, was für ein feiges Miststück über sie herrscht, würden sie ihr nicht mehr so blind folgen. Die Königin denkt nur an ihr eigenes Wohl, aber mir kommt das gerade recht.

»Die MEE hatte lange genug Zeit, mich zu fassen. Nun ist ihre Zeit abgelaufen.«

Die Königin schluchzt. Weint sie etwa? Angewidert ramme ich mein Messer in die Tischplatte. Weinen bringt nichts, das wird sie noch früh genug erfahren.

Mein Blick klebt auf dem Bildschirm vor mir. Langsam werde ich ungeduldig. »Sind wir uns einig? Oder muss ich Sie daran erinnern, was auf dem Spiel steht, *Eure Majestät*?«

»Nein, ich weiß, was auf dem Spiel steht, aber –«

»Es gibt kein Aber«, unterbreche ich sie harsch. »Ich führe dieses Spiel. Und wir spielen nach meinen Regeln.« Eine kleine dramatische Pause, bevor ich weiterspreche. »Sehe ich auch nur einen Goldenen an dem Fall arbeiten, vernichte ich Sie. Sie und alle, die mit drin stecken.« Ich starre wieder auf die Aufnahme der Überwachungskamera und grinse. »Die Einzigen, die mich noch zu Fall bringen dürfen, sind das Team. Nur ihnen gebe ich die Erlaubnis, mich zu töten.«

Eine schockierende Stille folgt am anderen Ende der Leitung. Dann ein hartes Schlucken. »Wer ... sind Sie nur?«

Sie hat wirklich keine Ahnung. Das macht die Sache noch interessanter. Wie lange wird sie brauchen, bis sie es herausgefunden hat?

Die Schlinge um ihren Hals zieht sich zu.

8. KAPITEL

Wir befanden uns in einer der teuersten Gegenden Manhattans – der Upper East Side. Unsere Unterkunft lag in der 5th Avenue, nahe des Central Parks. Hier reihten die Apartments dicht aneinander, sodass die Ziegel nahezu miteinander verschmolzen. Kleine Büsche säumten die Hausfassaden, und die hellen Steintreppen, die zu den höhergelegenen Eingangstüren führten, erinnerten mich an die Wohnung von *Carrie* aus *Sex and the City*. Genau vor so einer Wohnung hatte uns die Goldene Gouverneurin abgesetzt. Ich hatte mich nicht mehr getraut zu fragen, was ihre letzten Worte zu bedeuten hatten. Vielleicht hatte ich nicht gefragt, weil ich sie nicht hören wollte. Vielleicht aber auch, weil ich die Antwort bereits kannte. Sie würden die Insassen umbringen. Jeden einzelnen. Das Risiko wäre viel zu groß, den Serienkiller ebenfalls aus Manhattan zu bringen, sollte man sich dazu entscheiden, die Insassen irgendwo anders hinzuverlegen. Und mit jedem weiteren Mord wuchs die Wahrscheinlichkeit, dass der Täter die Magierwelt offenbarte und die Menschen von unserer Existenz erfuhren. Damit lasteten die Leben aller Häftlinge auf unseren Schultern.

»Hier wohnen wir also«, sagte ich, um mich von der Bürde abzulenken, die mich zu erdrücken schien.

»Sieht so aus«, erwiderte Jaden gelassen und warf sich seine Reisetasche über die Schulter. Er blieb an der untersten Stufe stehen und deutete mit einer Kopfbewegung auf meinen Koffer. »Soll ich dir helfen?«

Sein Tonfall klang mehr genervt als höflich. Und irgendwie schwang eine Spur Belustigung mit, die mich rasend machte. Als wäre ich ein hilfloser Welpe, den man ausgesetzt hatte.

»Ich brauche deine Hilfe nicht. Weder jetzt noch überhaupt«, antwortete ich bissig. »Du musst auch nicht versuchen freundlich zu mir zu sein. Wir fassen den Täter und gehen dann wieder getrennte Wege.«

Jaden hob eine dunkle Augenbraue, ließ sie aber im nächsten Moment wieder sinken. »Verstehe.«

»Gut, dann ist das ja geklärt«, sagte ich und stampfte die Stufen hinauf. Vor der weißen Eingangstür blieb ich stehen und stellte den Koffer neben mir auf der Fußmatte ab. Dann drückte ich auf die Klingel. Und wartete … und wartete.

»Es macht keiner auf«, murmelte ich mehr zu mir als zu Jaden. Aber er musste es gehört haben, denn er räusperte sich.

»Gibt es ein Problem, Poison?«

Poison. Wieder dieser dämliche Spitzname. »Nenn mich nicht so«, sagte ich und fischte den Schlüssel aus dem Umschlag, den uns die Goldene überreicht hatte.

»Wie dann? Ana darf ich dich nicht nennen. Und Emily werde ich dich nicht nennen.«

Ich rollte mit den Augen und umfasste den Türknauf, doch bevor ich etwas Gescheites erwidern konnte, erfasste mich eine Druckwelle und stieß mich nach hinten – direkt gegen Jadens Brust, dem ein kurzes schmerzvolles Zischen entwich.

Sofort trat ich einen Schritt zurück. »Sorry, diese verdammten magischen Barrieren«, murmelte ich mit warmen Wangen. Jaden erwiderte nichts, sondern berührte vorsichtig seine Schulter, gegen die ich gestoßen war.

»Hast du Schmerzen?«, fragte ich verwirrt. Anscheinend hatte ich ihn heftiger erwischt als angenommen.

»Alles in Ordnung«, erwiderte er knapp und ging an mir vorbei, um den Schlüssel aufzuheben, den ich fallengelassen hatte. Falls er Schmerzen hatte, ließ er es sich nicht mehr anmerken. Er trat an die Tür. Ohne Probleme steckte er den Schlüssel in das Schloss und öffnete sie.

»Wieso kannst du sie öffnen und ich nicht?«, platzte es aus mir heraus.

Jaden sah mich grinsend an. »Brauchst du doch meine Hilfe? Und das schneller als erwartet.«

Ich streckte ihm die Zunge entgegen, was ihn nur noch mehr amüsierte. »Sicher nicht.«

»Wie du meinst. Ich hoffe, dir gefällt es draußen.« Er drehte sich um und ging durch die Tür, die er sperrangelweit aufließ. Es war eine stille Provokation. *Komm doch herein, wenn du es schaffst. Ach ja, du weißt nicht wie.*

»Ich werde einfach Matthew anrufen. Der regelt dieses Problem hoffentlich.«

»Und mit welchem Telefon? Die Handys befinden sich hier drin. Abgesehen davon würde ich ihn nicht anrufen.« Er stellte seine Tasche auf den Boden. »Außer du möchtest direkt den nächsten Bus nach Hause nehmen.«

Ich hielt inne. So ein Mist, diese Regel hatte ich total verdrängt. Kein Kontakt zur Außenwelt, nicht mal zu Matthew. »Und die Nummer der Goldenen, die uns eben abgesetzt hat? Sie ist bestimmt noch nicht weit weg und könnte umkehren.«

Er schnalzte mehrmals mit der Zunge, als wäre ich ein ungehorsames Kind. »Nur anrufen, wenn wir den Namen des Täters haben. Und, weißt du ihn schon?«

Verflucht, er hatte recht. Die Goldene würde durchdrehen, wenn ich die Regel wegen so einer Belanglosigkeit brechen würde. Ich verschränkte die Arme vor der Brust und sah Jaden dabei zu, wie er genüsslich seine Jacke auszog. Er trug darunter ein schwarzes T-Shirt, auf dem D R E A M S in fetten Buchstaben geschrieben stand. Also stand er immer noch auf diese Statement-Shirts.

»Ich sollte die Tür schließen, die Nachbarn gucken schon.« Langsam schloss er sie. Am liebsten hätte ich meinen Fuß dazwischengeschoben, wäre da nicht diese dämliche Druckwelle, die mich die Treppe hinunterbefördern würde.

»Warte«, sagte ich schließlich und seufzte geschlagen. »Du hast gewonnen. Wie komme ich herein?«

Als hätte er nur darauf gewartet, öffnete er die Tür wieder und griff nach meinem Handgelenk. Bei jedem anderen wäre ich zusammengezuckt, aber bei Jaden fühlte sich die Berührung nicht falsch an. Was wiederum *sehr* falsch war.

Er schob den Saum meines Handschuhs ein Stückchen zurück. Bevor ich ihn daran hindern konnte, ihn mir komplett abzustreifen, hielt er inne und holte etwas aus seiner Hosentasche. Einen goldenen Kugelschreiber.

Entsetzt riss ich meine Augen auf. »Ist das etwa der Stift der Gouverneurin? Hast du ihn ihr abgezogen?«

Jadens Finger streiften meine Unterarme. Eine leichte Gänsehaut breitete sich darauf aus.

»Natürlich nicht«, sagte er und legte die Stiftspitze an das Armband. »Die Goldene hat ihn mir zugesteckt, als du bereits ausgestiegen warst. Dieser Stift ist nur für den Schutz dieser Unterkunft bestimmt. Und jetzt habe ich die Macht zu entscheiden, wer hereindarf und wer nicht.«

Natürlich hatte man ihm diese Aufgabe erteilt. Schließlich war er der Teamleiter. Vorsichtig streckte ich meinen Arm ins Innere und sprang durch den Türrahmen, bevor sich die Magie dazu entscheiden konnte, mich doch nicht hereinzulassen.

Ich ließ meinen Koffer neben der Haustür stehen und streifte mir die Sneakers von den Füßen, um keinen Dreck hereinzutragen. Dann sah ich mich um und betrachtete einen Moment sprachlos den Einrichtungs- und Baustil, der mehr Glamour versprühte, als ich jemals zu Gesicht bekommen hatte. Der Flur war hell und bestand überwiegend aus glänzendem weißen Marmor, in dem sich das Licht spiegelte. Eine breite, geschwungene Treppe führte in die obere Etage sowie in den Kellerbereich des Anwesens. Das Geländer war golden und erinnerte an Äste, die sich verspielt kreuzten. Die Treppe nahm fast die gesamte linke Wand ein, während sich auf der rechten ein riesiger antiker Kamin befand, über dem das Wort *Forever* in überdimensionalen Buchstaben mal rosa, blau oder weiß leuchtete. Ein orientalischer Wandteppich hing wie ein Bild neben der einzigen Tür, die von dem Flur abging.

Wow. Wenn mich bereits der Flur so umhaute, wollte ich gar nicht wissen, was mich in den anderen Räumen erwartete.

»Beeindruckt?«, fragte Jaden, der mir langsam gefolgt war.

»Du nicht? Ich meine, sieh dich doch mal um!«

Er sah zu dem blinkenden *Forever*-Zeichen. »Nicht wirklich. Ich war schon in etlichen solcher Anwesen.«

Eine Anspielung auf seinen Beruf. Wie viele Magier er wohl aus solchen

Gebäuden gezerrt hatte, um sie vor das Magische Gericht zu stellen? Unwillkürlich fragte ich mich, ob er etwas fühlen musste, wenn er sie aus ihren Wohnungen holte? Sein kalter Gesichtsausdruck kam mir wieder in den Sinn, als Nancy Fass ihrer Magie beraubt worden war. Was mir meine letzte Frage selbst beantwortete. Jaden war nicht mehr der Junge von damals. Er fühlte rein gar nichts. Und das musste ich endlich kapieren!

Plötzlich streifte ein weißer Kater mein Bein. Ich ging in die Hocke, um das Tier zu streicheln. »Wer bist du denn?«

Der Kater schnurrte genüsslich, was mir ein Lächeln entlockte. Mit dieser Begrüßung hatte ich wirklich nicht gerechnet. Zu wem gehörte er?

Jaden bedachte mich mit einem spöttischen Blick. »Du solltest nicht so viel mit dem Kater kuscheln.«

»Warum nicht? Er ist doch niedlich. Sieh dir nur seine kleinen Pfötchen an.« Er leckte mich am Arm, als hätte er verstanden, was ich gerade gesagt hatte.

In dem Moment, als ich den Bauch des Katers kraulte, erklang ein wütendes Geschrei aus dem Nebenzimmer. Ich legte meine Handtasche auf meinem Koffer ab und folgte dem energischen Tonfall einer weiblichen Stimme. Schlagartig kehrte die Aufregung zurück, als mir bewusst wurde, wer dort sprach. Verflucht, Amber hatte ich völlig vergessen!

Ich öffnete die bogenförmige Tür und lugte vorsichtig in das Wohnzimmer, aus dem das Geschrei kam. »Wieso kriegst du das Zimmer? Ich hab es definitiv mehr verdient!« Amber lief quer durch das moderne Wohnzimmer, umrundete mehrmals die beige Sofalandschaft und den freistehenden länglichen Kamin, in dem ein künstliches Feuer brannte. Bei dem Esstisch, an dem mindestens zwölf Personen sitzen konnten, wirbelte sie herum. Ihr weißes Kleid folgte der Bewegung in einem perfekten Kreis. Gereizt stemmte sie ihre Hände in die Hüften und blieb direkt vor einem hochgewachsenen Typen stehen, der sie stumm beobachtet hatte. Ich kannte ihn von der Feier. Er war der Auserwählte des Gelben Ginkgos – ein Clan, der durch seinen Gesang Pflanzen zum Wachsen bringen konnte. Nicht umsonst gehörten ihnen die Berufsfelder rund um die Natur, die Landwirtschaft und das Klima.

Der Kerl gab ein genervtes Grummeln von sich, wirkte aber ansonsten ziemlich unbeeindruckt von ihrem Wutausbruch.

Amber reckte ihr Kinn in die Höhe. Trotz ihrer zehn Zentimeter High Heels war sie ein gutes Stück kleiner als er. »Dann nenn mir einen Grund, warum ausgerechnet *du* das größte Zimmer bekommen solltest«, zischte sie selbstgefällig. Als er wieder nur grummelte, lachte sie boshaft. »Ach richtig, ich vergaß: Du darfst ja nicht sprechen, weil die Pflanzen auch ohne Gesang den Klang deiner Stimme so unfassbar berauschend finden. Obwohl ich mir schwer vorstellen kann, das aus deinem Mund etwas Berauschendes kommt.« Sie bedachte seinen breiten Körper mit einem abfälligen Blick und seufzte frustriert, als er sich ihren Provokationen nicht hingab.

»Pech für dich. Wenn du nichts erwidern möchtest, habe ich die Diskussion wohl gewonnen. Ich räume dein Zeug jetzt raus. Du kannst es dann von der Straße aufsammeln.«

Sie drehte sich schwungvoll um und ließ ihr Kaugummi in dem Moment platzen, als sie mich erblickte. »Was machst du denn hier?«, zischte sie überrascht. »Sag nicht, du hast doch keinen Rückzieher gemacht? Dabei hatte ich mich schon so gefreut, als du nicht beim Treffpunkt erschienen bist.« Als ich nicht sofort antwortete, riss sie ihre Hände in die Höhe. »Das wird ja immer besser! Gott, ich hasse es jetzt schon, eine Auserwählte zu sein.«

Sie stürmte an mir vorbei und knallte eine Zimmertür zu, die sich ein paar Meter weiter befand – wahrscheinlich das Zimmer, um das es in ihrem Streit gegangen war.

Ich sah von der Zimmertür zu ihrem vorherigen Opfer. Der Kerl vom Gelben Ginkgo war nicht nur groß, sondern auch breit gebaut und hätte locker eine Karriere als Profi-Basketballspieler starten können. Seine dunklen Haare waren kurz geschoren, der Kinnbart gepflegt und an seinem Hals baumelte eine bunte Perlenkette in den Farben seiner Heimat. Ein auffälliges Muster befand sich am Kragen und an der Knopfleiste seiner äußerst eleganten Tunika. Mit einem Mal fühlte ich mich in dem schlichten Oberteil und der einfachen Jeans unwohl. Vielleicht hätte ich für den ersten Tag wirklich etwas Schickeres anziehen sollen.

»Hallo, ich bin Emily«, stellte ich mich vor und lächelte etwas verkrampft. »Und du musst Jamaal sein, oder?« Ich hoffte, dass ich mich richtig an seinen Namen erinnert hatte. Als er nickte, atmete ich erleichtert auf. »Freut mich dich kennenzulernen«, plapperte ich weiter. »Ach ja, und das ist Jaden.« Ich drehte mich nach ihm um, aber er war mir nicht ins Wohnzimmer gefolgt.

Jamaal nickte erneut und setzte sich auf das hintere Polster der Sofalandschaft. Eins musste man ihm lassen, er war die Ruhe selbst. Ich wäre nicht so entspannt, wenn ich wüsste, dass Amber gerade mein Zeug aus dem Fenster schmiss.

Jemand kam aus der angrenzenden Küche. Ich erkannte den Magier mit den rotbraunen Haaren sofort, der mir geholfen hatte seinen Bruder in die Schranken zu weisen.

»Schön, dass du dabei bist, Emily. Du bist eine Bereicherung für unsere Gruppe«, sagte Iwan und es schien, als meinte er seine Worte tatsächlich ernst.

»Bereicherung? Das ich nicht lache!«, ertönte es neben mir. Amber war wieder zu uns gestoßen. Vielleicht weil niemand ihr ins Zimmer gefolgt war, um sie zu trösten. Sie studierte ihre spitz gefeilten Nägel. »Du bist sicher keine Bereicherung, eher eine –« Sie stoppte mitten im Satz, als sie aufsah und ihre Aufmerksamkeit auf etwas fiel, das hinter mir lag. Auch die Blicke der anderen schossen in die gleiche Richtung. Ich brauchte mich nicht umzudrehen, um zu wissen, dass Jaden der Grund sein musste. Er hatte schon immer eine gewisse Anziehung auf andere Magier gehabt.

Amber hielt einen Moment ihren Mund, um ihn stattdessen zu einem umwerfenden Lächeln zu verziehen. »Jaden, endlich bist du da. Wir haben schon sehnsüchtig auf dich gewartet.«

»Ja, sehr sehnsüchtig«, äffte Iwan sie nach und boxte Jaden gegen die Schulter, als würde er einen Freund begrüßen.

Jaden zog die Luft ein, was Iwan mit einer übertrieben bestürzten Miene zur Kenntnis nahm. »Sag nicht, sie haben dich gestern nicht vollständig geheilt, nachdem sie dich zusammengeschlagen haben.« Seine Stimme passte nicht zu dem Grinsen, das sich auf seinen Mund ausbreitete. »Deine Nase haben sie jedenfalls besser hingekriegt als vor dem Bruch.«

Was?! Jaden war zusammengeschlagen worden? Wann?

Iwan fasste meine Gedanken in Worte. »Ich habe es auf dem Weg zum Auto mitbekommen, als ich die Feier verlassen wollte. Ich musste aufpassen, dass sein Blut meinen Anzug nicht vollspritzt. Eine echte Herausforderung.«

Jaden gab ein Knurren von sich. »Schade, ich hätte mich gern auf deinem Anzug verewigt.«

Ich ratterte die vergangene Nacht durch; dann wurde mir klar, wer ihm das zugefügt hatte. Mir klappte die Kinnlade herunter. »Waren das Lego – Taylor und Chung?«

Jaden sah mich unverwandt an. »Wenn so die beiden Lakaien deines Daddys heißen – ja.«

O Gott, meine Befürchtung hatte sich bestätigt. Ich hatte ja gewusst, dass Chung sich gern gewaltbereit zeigte, aber ich dachte, das gehörte der Vergangenheit an. Und Legolas hatte ihn unterstützt und Jaden mehr oder weniger geheilt, nachdem sie ihn verprügelt hatten.

»Wenn das Matthew wüsste, dann –«

Jadens vibrierendes Lachen ließ mich verstummen. »Natürlich weiß er das. Du warst doch dabei, als er den Befehl gab.«

»Er hat das nicht befohlen!«, fuhr ich ihn an. »Sie müssen gegen seinen Willen gehandelt haben. Matthew ist weder grausam noch gewalttätig. Und sein Wortlaut hieß nicht Schlagt ihn zusammen , sondern Bringt ihn vor die Tür .«

Jaden sah mich ungerührt an. Nein. Er musste sich täuschen. Ich würde Matthew darauf ansprechen, wenn ich wieder zu Hause war.

»Ich kann das heilen«, quietschte Amber und wollte auf ihn zurennen, doch Jaden hob abwehrend eine Hand.

»Es ist nur eine Prellung. Das heilt von selbst.«

Iwan entfernte sich einen imaginären Fussel von seinem Hemd. »Aber es wundert mich schon, dass die Königin dich nach deinem Auftritt nicht in eine Statue verwandelt hat.«

»Da muss ich dich wohl enttäuschen. Leider gehöre ich noch nicht zur Inneneinrichtung unserer geliebten Königin.« Seine Stimme triefte vor Spott. »Vielleicht erfüllt sich dein Wunsch ja bei der nächsten Feierlichkeit.«

»Vielleicht müssen wir gar nicht so lange warten.« Iwan spannte seine Muskeln an. Auch wenn er weitaus schlaksiger war als Jaden, wusste ich, dass er eine Menge draufhatte. Ich erinnerte mich an den grausamen Befehl an seinen eigenen Bruder, den dieser willenlos ausgeführt hatte. Beim Gedanken an das Geräusch brechender Knochen zuckte ich kurz zusammen.

»War das eine Drohung?«, wollte Jaden wissen. Er wirkte keineswegs eingeschüchtert, und das obwohl er mit seiner Verletzung definitiv im Nachteil war.

Einen Moment wurde es still, bevor Iwan anfing zu lachen. »V rot mne nogi. Natürlich nicht. Ich denke nur, du solltest aufpassen, dass dich der Mörder nicht als Erstes erwischt. Du weißt ja, wie schnell die Magier in Manhattan abkratzen.«

»Danke für den Rat. Den ich übrigens nur zurückgeben kann.«

Wow, die beiden konnten sich wirklich nicht leiden. Und so wie es aussah, mussten sie sich schon länger kennen. Jedenfalls konnte die schlechte Stimmung zwischen ihnen nicht bloß vom gestrigen Abend einhergehen.

»Kommt, Jungs, nicht streiten«, sagte Amber und hakte sich bei Iwan unter, um sich mit ihm auf das Sofa zu setzen. Zum ersten Mal war ich froh, dass sie hier war. Ich wollte auch nicht mitansehen, wie es zwischen Jaden und Iwan eskalierte.

»Da jetzt alle versammelt sind, können wir ja loslegen.« Jaden sah entschlossen in die Runde. »Wir haben einiges zu besprechen.«

»Aber es fehlt doch noch jemand.« Ich blickte mich um.

»Wir sind vollzählig«, gab Amber zurück. »Nicht wahr, du süßes kleines Kätzchen?« Sie sah zu dem Kater, der sich schnurrend an meinem Bein rieb. Moment mal. Bedeutete das etwa, dass der Kater …?

»Ich bin kein Kätzchen«, fauchte er, machte einen Satz auf den Esstisch und verschwand schließlich in der angrenzenden Küche. Es rumpelte kurz, dann hörte man Kleidung über den Boden schleifen und angestrengtes Atmen. Zog er sich an?

Amber sah ungeduldig Richtung Küche. »Hast du es bald?«

»Bin schon da«, rief er und kam zurück ins Wohnzimmer. »Tut mir leid, dass ihr warten musstet.« Er verbeugte sich leicht und schloss dabei die letzten Knöpfe seines Hemdes. Dann umrundete er den Esstisch und stellte sich etwas abseits von uns hin, um sich erneut zu verbeugen. »Mein Name ist Kaito Lee. Ich komme vom Roten Drachen und freue mich sehr mit euch zusammenarbeiten zu dürfen.«

Wow. Mit so viel Höflichkeit hatte ich nicht gerechnet. Nach allem, was mir Niki erzählt hatte, war ihr Clan grausam und streng. Es gab mehr Regeln als bei sonst einem Clan, die kompromisslos befolgt wurden. Und trotzdem wirkte ihr Bruder nicht, als wäre er ein kaltherziges Arschloch. Er erinnerte mich mit seinen weichen, femininen Gesichtszügen, den dunklen Haaren und den leicht schrägen Augen eher an einen koreanischen Filmstar als an einen gewissenlosen Magier, der blind die Befehle seines Vaters ausführte.

Ich nickte nur knapp in seine Richtung und murmelte meinen Namen herunter, um nicht total unhöflich zu wirken. Dann kamen mir die Bilder hoch, wie ich Kaito gekrault hatte, und ich errötete. »Wieso hast du dich an mich geschmiegt?«

Amber machte ein angewidertes Gesicht. »Das wüsste ich auch gern. Klebt an ihrer Hose Katzenminze oder was?«

»Tut mir leid«, sagte er und fuhr sich verlegen durch sein dunkles Haar. »Ich war wohl zu sehr in meiner Rolle.«

Schon wieder entschuldigte er sich. Höflichkeit war ihm wirklich wichtig. Ich atmete meinen Ärger weg und setzte mich stattdessen auf die Sofalehne.

Amber gähnte gelangweilt. »Können wir das Theater jetzt über die Bühne bringen? Mal ehrlich, was interessiert uns, was sich hier in Manhattan abspielt? Die können sich meinetwegen gegenseitig zerfleischen.«

»Wie bitte?«, fragte ich und warf meinen Vorsatz über Bord, mich nicht mehr streiten zu wollen. »Wie kannst du so kalt sein? Es sind Magier, die hier ums Leben kommen!«

Ein zuckersüßes Lächeln lag auf ihren vollen Lippen. »Hast du etwa Mitleid mit den ganzen Straftätern? Natürlich, fast hätte ich es vergessen, du bist ja selbst eine.«

»Wie oft willst du mich noch daran erinnern?«, knurrte ich.

Ambers Grinsen verschwand. Sie zog ein neues Kaugummi aus der Schachtel und steckte sich den Streifen in den Mund. »Möchtest du damit sagen, dass man einer Mörderin nicht ewig vorhalten sollte, dass sie ein Leben auf dem Gewissen hat? In diesem Fall das Leben meiner besten Freundin?«

Ich öffnete den Mund, doch kein einziger Ton kam heraus. Auch wenn Amber nervig war – Gott, sie war zu einer Madison mutiert –, hatte sie dennoch recht. Das, was ich getan hatte, konnte man nicht ungesagt lassen. Ganz gleich, ob es ein Versehen gewesen war oder wie viele Jahre vergangen waren.

»Es reicht jetzt«, schaltete sich Jaden ein. »Lass sie einfach in Ruhe. Wir haben keine Zeit für das Theater.«

Amber zog beide Augenbrauen nach oben, bis sie fast in ihrem blonden Haaransatz verschwanden. »Stört es dich gar nicht, dass sie die Mörderin deiner Schwester ist?«

Alles im Raum wurde still. Ich hörte bloß das Ticken der Uhr. Jeder sah zu Jaden, wartete gespannt auf seine Antwort. Auch ich starrte ihn an. Doch sein Mund verzog sich nur zu einer harten Linie. Und sein Schweigen sagte mehr, als Worte es hätten jemals ausdrücken können. Ein Kloß bildete sich in meinem Hals.

Amber ließ ihre Kaugummiblase wie eine Bombe platzen. »Natürlich stört es dich. Und deshalb wolltest du auch unbedingt, dass sie mitkommt, nicht wahr? Um Gleiches mit Gleichem zu vergelten. Blut mit –«

»Seid ihr bald fertig?«, unterbrach Iwan sie genervt. »Es gibt Wichtigeres als eure Vergangenheit.«

Ich sah ihn dankbar an, dass er das Thema wechseln wollte.

»Und das wäre?« Amber rüttelte sich ihre Curtain Bangs zurecht, die wie ein Vorhang ihr Gesicht umrahmten.

»Ty ser'yezno?!«, murmelte Iwan auf Russisch und sah verärgert aus. »Vielleicht das nächste Opfer retten? Den Täter schnappen? Klingelt da etwas in deinem hübschen Kopf?«

»In deinem Kopf wird gleich –«

Plötzlich beugte sich Jamaal vor und legte eine Hand auf ihren Scheitel. Für einen Moment fiel Amber in eine Art Schockstarre, bevor sie seine Hand wegschlug. »Was soll das? Nimm deine dreckigen Pfoten von mir.«

Weitere Wortgefechte wurden ausgetauscht, bevor sich Jaden übertrieben laut räusperte. »Wenn alle so weit sind«, sagte er und hielt den Umschlag in die Höhe, der uns im Auto überreicht worden war, »würde ich gern loslegen.«

9. KAPITEL

»Wir haben Unterlagen erhalten.« Jaden klatschte den braunen Umschlag in die Mitte des Wohnzimmertisches.

Ich griff danach und öffnete ihn. Den Inhalt breitete ich vor uns aus. »Sind das …?«

»Bilder und Daten der Opfer«, beendete er meinen Satz.

»Aber wieso sind es so viele?« Irritiert nahm ich eins der Blätter in die Hand, an dem das Foto einer älteren Frau angehängt war. Auf dem Dokument standen ihre Personalien: *Michelle Landon. Fünfzig Jahre. Weißer Achat. Das Opfer wurde tot in ihrem Pool gefunden. Mehrere Schnittverletzungen am Oberkörper führten zum Tod.*

»Es sind mehr Opfer, als bekanntgegeben wurde.« Jaden starrte auf die Unterlagen. »Es sind elf.«

»Was?!« Schockiert sah ich ihn an. »Elf Opfer?! Wie konnte das vor uns geheim gehalten werden?« Mir war klar, dass man als Serienmörder mehr als einen Magier getötet haben musste, aber elf? Ich war von vier oder fünf Morden ausgegangen.

Jadens Blick verfinsterte sich. »Sie wollten wohl keine Massenpanik auslösen.«

»Wie überaus fürsorglich«, spottete Iwan. Auch Jamaal schüttelte fassungslos den Kopf.

»Gib das her.« Amber beugte sich vor und riss mir die Unterlagen aus der Hand. Entsetzt starrte sie auf das Foto von Michelle. Anscheinend kannte sie das Opfer, denn ihre Augen wurden glasig.

»War das eine Bekannte von dir?«, fragte Kaito vorsichtig und sah sie mit seinen walnussbraunen Augen mitfühlend an.

»Nein, nicht wirklich«, erwiderte sie tonlos und warf das Foto zurück zu den anderen. »Aber wieso wusste ich nichts davon? Jemand aus meinem Clan stirbt und keiner redet mit mir? Dass das niedere Volk nichts davon erfährt, ist ja verständlich. Aber *ich*? Ich bin die Tochter der Clanführerin, verdammt. Ich werde den Laden irgendwann leiten und werde nicht einmal mit solch einer Sache betraut?«

Ich rollte mit den Augen. »Niederes Volk? Aus welchem Jahrhundert kommst du denn?«

»Aus einem, in dem du nichts zu suchen hast.«

»Ihr habt euch echt gern, was?«, fragte Iwan amüsiert und nahm einen Schluck aus seinem Glas. Die goldene Flüssigkeit darin war definitiv kein Apfelsaft.

Ich ignorierte die beiden und wandte mich wieder Jaden zu, der sich mittlerweile mir gegenüber neben Jamaal gesetzt hatte. »Was wissen wir noch?«

Er massierte nachdenklich seine tätowierten Finger. »Der Täter hat es ausschließlich auf Magier abgesehen. Geschlecht, Alter, Herkunft oder Rang spielen keine Rolle.«

»Wurden die Überwachungskameras gecheckt? Ich meine, es muss doch etwas zu sehen sein. Irgendwas Auffälliges?«

Er schüttelte den Kopf. »Laut den Unterlagen der MEE bleibt der Täter auf allen Kameras unentdeckt. Man geht aber von einer einzelnen männlichen Person aus.«

»Und was ist mit den Opfern?«, klinkte sich Kaito in das Gespräch ein. »Gibt es dort Zusammenhänge?«

Wieder schüttelte Jaden den Kopf. »Nur dass der Täter bei jedem seiner Opfer einen Gegenstand hinterlässt.«

Einen Gegenstand? Mein Atem stockte, als ich auf das Bild sah, das Jaden hochhielt. Darauf zu sehen war eine Schachfigur. In mir zog sich alles zusammen. Das war also das Erkennungszeichen, von dem Niki gesprochen hatte.

»Wie viele Figuren gibt es beim Schach?«, fragte Kaito.

»Sechzehn schwarze und sechzehn weiße«, antwortete ich, ohne meinen schockierten Blick abzuwenden.

»Es sind elf Morde«, fuhr Jaden fort. »Die Dame, der König, ein Springer und beide Türme wurden noch nicht gefunden. Außerdem hat der Täter bislang ausschließlich weiße Figuren bei seinen Opfern zurückgelassen. Wenn er tatsächlich Schach spielt, werden noch fünf weitere Morde folgen.«

»Und dann? Geht es mit den schwarzen Figuren weiter? Das ist doch krank.« Amber rümpfte ihre Nase. Ja, das war es.

»Woher weißt du das alles?«, wollte ich von Jaden wissen. Er konnte all die Fragen beantworten, ohne in die Unterlagen geschaut zu haben. Wie auswendig gelernt.

Er ließ seine verletzte Schulter kreisen. »Die Königin hat mich vor meiner Ankunft in den Hamptons bereits in das meiste eingeweiht.«

»Eine Sonderbehandlung für unseren Starhunter.« Iwan lachte abfällig. Ohne Jaden aus den Augen zu lassen, trank er sein Glas in einem Zug leer. Den Alkohol leckte er sich genüsslich von den Lippen. »Hat sie dir das erzählt, während oder nachdem du in ihr drin warst?«

Meine Finger krampften um das Blatt in meiner Hand, während ich darauf wartete, dass Jaden die Aussage dementierte. Mit einem gleichgültigen Blick musterte er Iwan. Doch kein Wort kam über seine Lippen. Kein einziges.

Bedeutete das ... Jaden und ... die Königin? Ich hatte davon gehört, dass die Königin ihre Liebhaber wöchentlich wechselte, aber dass er auch zu ihnen zählte ...

Mein Bauch zog sich fest zusammen. Verflucht, mir sollte es egal sein, mit wem er ins Bett stieg. Ich hatte vor einem Jahr auch einen Freund gehabt, mit dem ich all die ersten Male erlebt hatte. All die ersten Male, die ich damals nur mit Jaden hatte erleben wollen.

Iwan sah zu dem Blatt, das ich halb zerknüllt hatte. Ich versteckte es schnell unter einem anderen, bevor es noch jemand weiteres mitbekam. Zum Glück hielt Iwan seine Klappe.

»Das ist doch nichts Neues«, sagte Amber gelangweilt. »Die Königin hat gefühlt mit jedem etwas, der jung, männlich und unter dreißig ist. Mach dir lieber Gedanken, warum sie dich nicht in ihrem Bett haben will.«

Ich schluckte die Gefühle herunter, was auch immer sie zu bedeuten hatten, und lächelte gleichgültig. »Sehe ich auch so. Können wir wieder zu den wichtigen Themen kommen, die nichts mit Sex zu tun haben?«

Jadens Blick schweifte zu mir. Auf seinem Lippen lag ein amüsierter Ausdruck, der mein Mir-egal-mit-wem-du-schläfst-Pokerface fast ins Wanken brachte. Aber nur fast, denn im nächsten Moment unterbrach er unseren Blickkontakt, um mehrere Handys auf den Tisch zu legen.

Amber quietschte vor Freude und beugte sich nach vorn, um danach zu greifen. Aber Jaden schob sie von ihr weg.

»Was soll das?«, zischte sie energisch.

»Das sind Handys, die uns die Goldene Gouverneurin zur Verfügung stellt«, erklärte er. »Jeder von uns erhält eins. Darauf sind die Nummern der jeweils anderen Handys abgespeichert sowie die Nummer der Goldenen Gouverneurin. Sobald wir wissen, wer der Täter ist, melden wir uns bei ihr. Und nur dann. Die Goldenen werden uns weder bei Notfällen noch bei Sonstigem helfen. Wir sind hier komplett auf uns allein gestellt und vollständig abgeschnitten von der Außenwelt. Wenn jemand dagegen verstößt, wird die Sache sofort abgeblasen und ihr würdet dem Ruf eurer Eltern und eures Clans schaden.« Er reichte Amber ein Handy. Sie nahm es entgegen und wirkte alles andere als begeistert.

»Wie lange müssen wir dem Täter hinterherjagen, bis wir wieder aus dem Drecksloch herausgeholt werden?«, fragte sie.

»Wir haben drei Wochen Zeit. Je früher wir ihn schnappen, desto eher sind wir hier raus. Also sollten wir uns schnell einen Plan zurechtlegen, wie wir das Ganze angehen wollen.«

»Vyperdysch, nicht nötig«, fluchte Iwan auf Russisch und richtete sich auf. »Wenn ihr mich fragt, ist es ganz klar Illusionsmagie. Der Killer zeigt den Opfern irgendwelche krankhaften Bilder und schwupp, kratzen die ab.«

»Es gibt keine Illusionsmagier in Manhattan«, warf Kaito ein. »Auch keine Häftlinge der Goldenen Krone und der Silbernen Waage. Für sie wird ein anderes Verfahren angewandt.«

»Na ja, einen Magier der Schwarzen Witwe sehe ich.« Iwan starrte direkt zu Jaden, der eine dunkle Braue hob.

»Willst du behaupten, ich sei es gewesen?« Jaden schnaubte und erhob sich ebenfalls vom Sofa, als Iwan provozierend langsam nickte. »Und wie soll ich hier reingekommen sein?«

»Vielleicht hast du ja eine Nachtschicht bei der Königin eingelegt.« Er grinste provokant. »Abgesehen davon ist es kein Geheimnis, dass dein gesamter Clan ein Psychoverein ist. Wann wirst du deinen Illu-Trip haben?«

Ich runzelte die Stirn. *Illu-Trip*? Davon hörte ich zum ersten Mal. Klang fast wie eine Droge.

Dieses Mal blieb Jaden nicht gelassen. Er knurrte und machte einen Schritt auf Iwan zu. »Als ob dein Clan besser wäre. Soweit ich weiß, zwingt ihr anderen mit euren Blicken Dinge auf.« Er hielt das Foto einer ermordeten Magierin hoch. »Wahrscheinlich hat sie sich die Schnittverletzungen selbst zugefügt wie eine willenlose Marionette.«

»Was für eine Kinderscheiße«, mischte sich Amber ein und rollte mit den Augen. »Wie alt seid ihr? Fünf?«

Iwan sah sie emotionslos an. »Sagt die Richtige. Wie viele Fälle von Folterungen sind bekannt, in denen ihr Magiern Verletzungen zufügt und anschließend wieder heilt? Stand dein Daddy nicht erst letztens deswegen in der Kritik?«

»Halt meinen Vater da raus. Er hat mit solchen Dingen nichts zu tun! Doch wenn ihr mich fragt, ist der Kerl hier ziemlich verdächtig.« Amber zeigte auf Jamaal, der mit geschlossenen Augen auf dem Sofa saß. »Er und sein ganzer Clan sind mir nicht geheuer. Vielleicht schweigt er ja nur, weil er niemanden von seinen Leuten verraten möchte.«

Als Jamaal nicht reagierte, ging sie vor ihm in die Hocke und zog an seiner bunten Kette. »Bist du eingeschlafen?«

Jamaal griff blitzschnell nach ihrer Hand. Langsam öffnete er die Augen und sah sie mit einem solch durchdringenden Blick an, dass sie wie zuvor in eine Schockstarre geriet. Es war faszinierend, was für eine Wirkung er auf sie hatte.

»Du schläfst ja doch nicht.« Sie räusperte sich und befreite sich aus seinem Griff. Ein rosiger Ton färbte ihre Wangen.

Iwan deutete derweil auf Kaito. »Wenn wir sowieso jeden Clan beschuldigen, vielleicht war es einer von seinen Leuten.«

»Haltet meinen Clan da bitte raus. Wir haben mit den Morden nichts zu tun.« Kaito klang auf eine sehr höfliche Art aufgebracht. Unwillkürlich fragte ich mich, ob er jemals geflucht hatte. Und wenn ja, mit welchen Schimpfwörtern?

Dann folgte ein lautes Durcheinander mit noch mehr Anschuldigungen. Das musste in einer Katastrophe enden! Sie gingen alle aufeinander los, als wollten sie sich gleich zerfleischen. Teamarbeit sah definitiv anders aus.

Mein Geduldsfaden riss. Mit meiner flachen Hand schlug ich auf die Tischplatte. Für einen Moment wurde es tatsächlich still. »Hört auf zu streiten! So wird das nichts! Wir können den Täter schneller fassen, wenn wir an einem Strang ziehen und nicht gegeneinander arbeiten!«

»Oder es pusht uns«, gab Iwan hochmotiviert zurück. »Wer ist besser? Schneller? Stärker?«

Jaden schnaubte. »Du möchtest dich messen? Ernsthaft?«

»Eigentlich ist das keine schlechte Idee. Ich bin auch dafür, dass jeder sein eigenes Ding durchzieht«, mischte sich Amber ein. »Wenn wir ehrlich sind: Wer den Täter zuerst schnappt, erhält den Ruhm. So einfach ist das.«

»Das hier ist kein Wettstreit«, sagte ich mit fester Stimme. »Hier geht es um so viel mehr als um Ansehen.« Mein Blick haftete wieder auf den Bildern der Opfer. Wir mussten den Täter schnappen, bevor es einen weiteren Mord gab.

»Es tut mir leid, aber Amber hat recht«, murmelte Kaito. »*Zu viele Kapitäne fahren das Schiff gegen den Berg*. Das ist ein koreanisches Sprichwort, an das ich mich halten werde.«

Jamaal brummte ebenfalls zustimmend und erhob sich vom Sofa. Die anderen, die sich mittlerweile wieder hingesetzt hatten, taten es ihm gleich. Nur ich blieb auf meinem Platz sitzen und verstand nicht, was gerade passiert war. Wir hatten unser eigenes Grab geschaufelt.

10. KAPITEL

Zwei Tage vergingen, in denen ich nichts anderes tat, als die Akten durchzusehen. Das Wohnzimmer wurde in eine Art Zentrale umfunktioniert – Bilder der Opfer hingen an der Wand und auf dem Esstisch waren Unterlagen verteilt.

Schachfigurenmörder. So hatte ihn die MEE bezeichnet. Ich ballte die Hand zur Faust, bis der Stoff meiner Handschuhe spannte. Elf Magier hatte er auf dem Gewissen. Und trotzdem war er unauffindbar. Zähneknirschend sah ich auf das Papier, auf dem ich die wichtigsten Infos zusammengefasst hatte.

- Opfer kommen aus unterschiedlichen Clans. Alter von 23 bis 56 Jahre, keine Gemeinsamkeiten bekannt.
- Der Täter attackiert seine Opfer mit mehreren Schnittverletzungen, bis eine zum Tod führt.
- Alle Schnittwunden mit derselben Tatwaffe vollstreckt (einem Karambit - krallenförmige Klinge).
- Keine Anzeichen von Gewalt durch Magie, jedoch nicht ausgeschlossen!
- Die Morde wurden überwiegend in geschlossenen Räumen verübt (Hotelzimmer und Wohnungen).
- Stadtteile der Tatorte ergeben kein Muster!
- Keine Augenzeugen!
- Tatmotiv nicht bekannt (Kein Opfer wurde ausgeraubt oder vergewaltigt.).
- Nur weiße Schachfiguren, keine schwarzen!
- Besonderheiten: Details aus 24-karätigem Gold und Sterling Silber zieren die Figuren. Kern aus massiver Bronze. Es gibt

nur wenige Exemplare weltweit. Die Herkunft konnte nicht zurückverfolgt werden. Letzter Stand: Schwarzmarkt vor acht Jahren.

Über den Täter gab es keinerlei Informationen. Außer dass er mit hoher Wahrscheinlichkeit männlich sowie groß und kräftig gebaut war. Die MEE vermutete, dass er allein agierte und es noch mindestens fünf weitere Morde geben würde. Was danach geschah, stand in den Sternen.

Verflucht, das war alles so frustrierend! Ob die anderen bereits mehr hatten herausfinden können? Seufzend faltete ich das Blatt in der Mitte zusammen, erhob mich vom Stuhl und machte mich auf den Weg in mein Zimmer.

Das Licht der Nachmittagssonne drang durch das große Fenster am Ende des Ganges. Außer meinen Schritten war nichts zu hören. Stille. Keiner der anderen befand sich im Anwesen. Jaden hatte ich seit zwei Tagen nicht mehr gesehen. Nicht dass es mir etwas ausmachte. Aber er kam nicht mal zum Schlafen her. Auch die anderen ließen sich nur kurz blicken, um gleich in ihren Zimmern zu verschwinden. Alle verfolgten ihre eigenen geheimen Pläne. Und ich saß hier herum und hatte keine Ahnung, wie ich vorgehen sollte. Einen Magier zu schnappen, der nicht mal von der MEE aufgespürt werden konnte, grenzte an ein Wunder. Gott, die anderen machten daraus einen dämlichen Wettstreit und verstanden den Ernst der Lage kein bisschen. Hier ging es um Leben!

In meinem Zimmer ließ ich mich auf das monströse Bett fallen und betrachtete das Taschenmesser, das auf meinem Nachttisch lag. Der Griff war aus rotem Korallenholz und die matte Klinge zierten wunderschöne Kirschblüten. Matthews Lieblingsbaum. In seinem Garten hatte er unzählige pflanzen lassen, weil sie die Zerbrechlichkeit und Schönheit des Lebens repräsentierten. Wahrscheinlich wollte er mir damit sagen: Benutze das Messer weise. Jedes Leben ist kostbar.

Ich wandte meinen Blick ab, faltete den Zettel wieder auf und ging die Informationen erneut durch. Doch auch nach einer weiteren Stunde fand ich keine hilfreichen Details und hatte auch keinen Aha-Moment, der mir die Augen öffnete.

Ein Geräusch riss mich aus meiner Grübelei. War das … ein Song von Britney Spears? Perplex schoss mein Kopf in die Richtung, aus der ich *Oops! … I Did It Again* erkannte.

Sofort sprang ich vom Bett und durchwühlte meinen vollen Koffer, den ich noch nicht ausgepackt hatte. Den Inhalt kippte ich achtlos auf dem Boden aus. Dabei fiel ein Handy aus einem gefalteten Handtuch heraus. Ich blickte auf das Display. *Agent N.* Bevor das Telefon verstummte, drückte ich auf annehmen. »Hallo? Wer ist da?«

»Wer kann wohl Agent N sein?«

»Niki?!« Mir klappte die Kinnlade herunter. »Hast du mir das Handy untergejubelt?«

»Sorry, Schwesterherz, aber irgendwie muss ich ja mit dir Kontakt halten.«

Ich schnappte nach Luft. »Bist du verrückt geworden?! Wenn das jemand mitkriegt, sind wir –«

»Vollkommen am Arsch, ich weiß. Aber das wird nicht passieren. Das Handy ist abhörsicher.«

»Ist es das?«

»Hundert Prozent. Ich habe es von einem befreundeten Hacker auf dem Schwarzmarkt erworben, der es noch mehr drauf hat als ich. Dieses Teil hat mich ein Vermögen gekostet!«

Ich räumte die Wäsche mit der freien Hand wieder in den Koffer. »Und wofür das Ganze? Nur um mir zu helfen? So schnell hättest du es gar nicht auftreiben können.«

»Scharf kombiniert. Ich habe es schon seit einem Monat bei mir herumliegen und wollte auf eine Gelegenheit warten, es Francesco zukommen zu lassen, damit wir ungestört telefonieren können. Die hat sich nun angeboten.«

Ich seufzte laut. War klar, dass Niki so etwas geplant hatte. »Also möchtest du, dass ich es ihm gebe?«

»Zum Schluss schon. Aber gerade brauchst du mich dringender als er. Hoffe ich zumindest.«

Ich klemmte das Handy zwischen Ohr und Schulter, um den Reißverschluss des Koffers zu schließen. »Immer noch kein Lebenszeichen von ihm?«

Einen Moment sagte sie nichts, bevor sie ein »Nein« hauchte. »Er wird sich bestimmt bald melden. Außerdem wirst du ja bei ihm vorbeischauen und nach dem Rechten sehen.«

Stimmt, da war ja was. Ich schob den Koffer wieder an die Wand. »Und wo wohnt er jetzt?«

»Emi, du hast seine Adresse doch auswendig gelernt, wie kannst du sie jetzt wieder vergessen haben?«

Das Auswendiglernen bezog sich auf die Autofahrt zur Brooklyn Bridge. Nachdem ich zugestimmt hatte ihren Freund zu besuchen, musste ich seine Adresse mehrmals wiederholen. Aber das war zwei Tage her und in meinem Kopf flogen in der Zwischenzeit mehr Informationen herum, als ich behalten konnte.

»Auf deinem Stadtplan habe ich dir seine Adresse noch mal notiert. Na los, schau nach!«

Ich tat, was sie von mir verlangte, und blätterte ihn durch, bis ich ihre kritzelige Schrift entdeckte. »Chinatown ...«

»Nimm am besten ein Taxi und bezahl bar. Dann kann keiner zurückverfolgen, dass du dorthin gefahren bist«, schlug sie vor. »Ansonsten behauptest du, es hätte mit deinem Fall zu tun, falls dich ein Goldener fragen sollte.«

Ich starrte auf die Adresse. Mal sehen, wann ich die Zeit fand, bei ihm vorbeizuschauen.

»Zum Glück wurde dein Koffer nicht gefilzt.«

»Zum Glück?«, wiederholte ich kopfschüttelnd. »Im Ernst! Du hättest mich einweihen müssen.«

»Ich habe dir extra nichts gesagt, damit du wirklich keine Ahnung hast, sollten sie dich danach fragen«, stotterte sie kleinlaut in den Hörer. »Dann wäre es glaubwürdiger.«

Ich ließ ihre Antwort einen Moment sacken und flüsterte dann: »Das Handy ist trotzdem zu gefährlich.«

»Aber so kann ich dir helfen!«

»Und wie möchtest du das anstellen? Du bist nicht mal in Manhattan.«

Ein Schmunzeln erklang am anderen Ende der Leitung. »Ich werde versuchen hier an Informationen zu kommen. Die gesamte High Society ist noch in den Hamptons, bis ihr euren Auftrag erledigt habt. Keiner darf vorher abreisen.«

»Niemand?« Ich runzelte irritiert die Stirn.

»Niemand«, bestätigte sie. »Selbst die Königin ist noch hier. Anscheinend verdächtigt sie die Clans etwas mit den Morden zu tun zu haben.«

Das war übel, erklärte aber auch, warum die Königin aus allen Clans eins der Kinder der Oberen auserwählt hatte. Wir waren ein Druckmittel; auch wenn sich mein Clan nicht für mich interessierte, sah es bei den anderen Auserwählten anders aus. Jeder Einzelne würde in Zukunft den Posten als Oberer erhalten. Und nicht jeder hatte Geschwister, die den Platz einnehmen konnten, falls uns etwas zustoßen sollte.

»Ja, total crazy, oder? In den kommenden Tagen finden noch einige Veranstaltungen statt, auf die ich mich schleichen werde. Ich versuche so viel herauszubekommen wie möglich.«

Ein ungutes Gefühl breitete sich in meiner Magengegend aus. »Ist das nicht zu riskant?«

»Nicht riskanter als das, was du tust, Schwesterherz.«

Bei meinem Kosenamen schoben sich meine Mundwinkel wie von selbst nach oben. »In Ordnung, aber sei vorsichtig.«

Sie schnalzte mit der Zunge, als hätte ich sie beleidigt. »Natürlich bin ich das!« Dann wurde es einen Moment ruhig, bevor sie flüsterte: »Ist es sehr schlimm dort?«

»Ich habe noch nicht viel von Manhattan oder den Verhältnissen gesehen, unter denen die Häftlinge leben.«

»Verstehe ... Und wie ist dein Team?«

»Na ja, sagen wir es so: Jaden ist eine Nervensäge und Amber wie immer unausstehlich. Die anderen sind alle ganz nett, aber das war nur der erste Eindruck. Als *Team* kann man uns jedenfalls nicht bezeichnen.«

»Sag nicht, dass jeder für sich kämpft?« Ich hörte ein Schnauben, als ich ihre Frage bejahte. »Mich würde es nicht wundern, wenn sie genau das von ihren Eltern befohlen bekommen haben. Die Clans haben bereits Wetten am Laufen, wer von euch den Täter schnappt. Die Mitglieder der Goldenen Krone sind gegen euch alle. Die Silberne Waage enthält sich wie immer. Und der Rest … Sagen wir es so, Jaden steht hoch im Kurs und auf dich hat fast niemand gesetzt.«

Na das waren ja tolle Neuigkeiten. Aber es erklärte Ambers plötzliches Jeder-kämpft-für-sich-allein-Gehabe. Ihre Mutter war immer auf den größtmöglichen Erfolg aus. Den anderen Clanoberhäuptern wurde etwas Ähnliches nachgesagt.

»Apropos Jaden.« Nikis Stimme klang plötzlich aufgeregt. »Er soll wohl übel zusammengeschlagen worden sein. Chung und Taylor haben sich darüber unterhalten, wie er einen Schlag nach dem anderen kassiert hat, ohne sich zu wehren.«

»Das habe ich auch schon – Warte. Er hat sich nicht gewehrt?«, fragte ich perplex. Jaden sah nicht aus wie jemand, der kampflos aufgab.

»Haben sie jedenfalls behauptet.« Sie machte eine kleine Pause, um das Thema zu wechseln. »Hast du schon einen Plan?«

Ich brauchte einen Moment, um meine Gedanken von Jaden zu lösen. »Nein, noch nicht«, gab ich schließlich kleinlaut zu. »Aber ich werde mir einen überlegen.«

»Ist gut, ich –« Ein Rascheln war zu hören. Dann Stimmen. »Ich muss Schluss machen. Ich ruf dich wieder an. Täglich um achtzehn Uhr. Wenn du da nicht kannst, drück mich weg!« Ihre Stimme überschlug sich.

»Niki, warte, ich –« Doch sie hatte bereits aufgelegt.

»Verflucht«, schimpfte ich laut über ihren Leichtsinn, mir ein Handy untergejubelt zu haben. Aber vielleicht konnte sie mir tatsächlich weitere Informationen beschaffen. Jemanden außerhalb zu haben, auf den man sich verlassen konnte, war nicht schlecht. Und Nikis Fähigkeit, Leute zu belauschen, konnte wirklich nützlich sein. Jedenfalls versuchte ich mir so das Ganze schönzureden, um mein Gewissen zu besänftigen.

Als ich mich umdrehte, lehnte Jaden am Türrahmen.

»Gott«, sagte ich atemlos und presste meine Hand an die Brust. »Wie lange stehst du schon da?« Ich konnte den ängstlichen Unterton in meiner Stimme nicht verbergen. Hatte er uns belauscht? Ich war doch durch das gesamte Haus gelaufen. Niemand war dort gewesen. Niemand!

Er legte den Kopf schief. »Lang genug, um zu wissen, dass du gerade keine Selbstgespräche geführt hast.« Er sah zu meinem Handy, das ich dummerweise nicht hinter meinem Körper versteckt hatte.

Verflucht! Ich biss mir auf die Unterlippe, bevor ich flüsterte: »Es zu leugnen hat wohl keinen Zweck mehr.«

»Du kannst es gern probieren«, antwortete er verführerisch. »Vielleicht glaube ich dir ja.«

»Ha, ha, ha. Sehr witzig.« Ich verschränkte die Arme vor der Brust. »Na schön, ich habe telefoniert.«

»Mit deiner Schwester?«

Ich wollte gerade fragen, wie er darauf kam, als mir einfiel, dass ich ihren Namen ausgesprochen hatte. Gott, wie viel vom Gespräch hatte er mitgehört? Ihr Name war zweimal gefallen, am Anfang und am Ende des Telefonats. Ich hasste mich dafür, dass ich ihn ausgesprochen hatte. *Notiz an mich selbst: Keine Namen verwenden!* Innerlich betete ich, dass er nur den Schluss mitbekommen hatte.

»Erwischt«, sagte ich schließlich und hielt das Handy in die Höhe. »Ich habe mit Niki telefoniert. Sie wollte nur Hallo sagen.«

»Nur Hallo?« Er hob eine Augenbraue. »Weiß Niki nicht, dass der Kontakt nach Manhattan verboten ist?«

»Doch, schon«, antwortete ich und versuchte nicht in Panik zu verfallen. Niki stand gerade viel zu sehr im Mittelpunkt. Jaden hatte nicht nur etwas gegen mich, sondern auch gegen sie in der Hand.

Er lächelte mich an. »So wie ich das verstanden habe, hat sie dir das Handy in die Tasche geschmuggelt.«

Mir entglitten alle Gesichtszüge. Das hatte er mitgekriegt? Fieberhaft überlege ich, was ich alles in dem Telefonat mit Niki noch erwähnt hatte. Francescos Name war zum Glück nicht gefallen. Chinatown schon. Jaden ließ sich nicht anmerken, ob er diesen Teil des Gesprächs ebenfalls mitbekommen hatte. Doch das dämonische Lächeln auf seinem Mund betätigte die Tatsache, dass ich so oder so vollkommen am Arsch war.

Jaden betrachtete mich weiterhin mit diesem spöttischen Ausdruck in den Augen, bei dem ich mir wie ein Idiot vorkam. Dann fragte er: »Sie wird dir bei den Ermittlungen helfen?«

Ich seufzte geschlagen. Lügen hatte keinen Zweck mehr. »Sie wird sich auf den Versammlungen umhören und mich auf den neusten Stand bringen.«

»Sie soll sich auch in den Räumlichkeiten von Matthew und im Gericht umsehen. Vielleicht findet sie dort Unterlagen, die uns weiterhelfen können.«

Ich blinzelte überrascht. »Du wirst uns nicht verraten?«

»Auf diese Frage kriegst du keine Antwort, Poison.«

Einen Moment sagte keiner von uns etwas. Dann fiel mein Blick auf seine Schulter. »Wie geht es deiner Prellung?«

Er lehnte seinen Hinterkopf gegen den Türrahmen. Eine rabenschwarze Strähne fiel ihm dabei in die Stirn. »Sorgst du dich um mich oder hast du Schuldgefühle, weil dein Daddy es war, der den Befehl dazu gab?«

»Er hat das nicht befohlen«, korrigierte ich ihn wieder, was ihm ein freudloses Lachen entlockte. Trotzdem hatte ich ein schlechtes Gewissen.

»Ich entschuldige mich dafür«, plapperte ich drauflos und wusste selbst nicht, was in mich gefahren war. »Im Namen von Matthew und –«

»Ich brauche keine Entschuldigung von dir«, unterbrach er meine aufopferungsvolle Rede so abrupt, dass ich ihn einen Moment nur fassungslos anstarren konnte.

Gut, dann eben nicht. Beleidigt verschränkte ich die Arme ineinander. »Wieso hast du dich nicht gewehrt?«

Er hob gleichgültig die Achseln, so als gäbe es die Verletzung nicht mehr. Vielleicht hatte Amber ihn mittlerweile geheilt. »Sie wollten ihre Nummer durchziehen und ich habe es ihnen erlaubt.«

Er hatte es ihnen *erlaubt*? Okay, das klang mehr als selbstgefällig und leicht masochistisch. Aber ich zweifelte keine Sekunde, dass er es mit beiden hätte aufnehmen können, wenn er es darauf angelegt hätte.

Plötzlich löste er sich vom Türrahmen und kam auf mich zu. Er zog beim Gehen einen Wrap aus seiner Jackentasche und reichte ihn mir. Sein Blick wurde weicher. »Wie ich dich kenne, hast du seit heute Morgen nichts gegessen.«

Verwirrt starrte ich auf den Wrap in seiner Hand, bevor ich ihn entgegennahm. Diese Geste hatte etwas von früher. Und tatsächlich hatte ich Hunger. »Danke«, murmelte ich.

Langsam biss ich hinein, ohne Jaden aus den Augen zu lassen. Dass er etwas gegen mich in der Hand hatte, gefiel mir gar nicht. Aber wenn er es für sich behielt, kam mir das nur gelegen. Hoffentlich änderte er seine Meinung nicht.

Als ich ein weiteres Mal abbiss, lächelte er zufrieden. Dann ging er zurück zur Tür. »Wenn du aufgegessen hast, können wir los.«

»Los? Wohin?«, fragte ich und hörte auf zu kauen.

Jaden zog den Reißverschluss seiner Jacke zu. »Nach Midtown. Wir gehen auf Spurensuche.«

11. KAPITEL

Der Times Square war brechend voll. Unzählige Menschen schlenderten an den hohen Hausfassaden entlang, an denen riesige Reklametafeln in den grellsten Farben strahlten und die neuste Werbung zeigten. Ich konnte nicht glauben, dass ich tatsächlich mitgegangen war. Zwar hatte Jaden mir die Wahl gelassen abzulehnen, aber ich wollte nicht riskieren, dass er die Sache mit dem Handy an die Goldene weitergab. Ich glaubte zwar nicht, dass er das tatsächlich tun würde, trotzdem wollte ich auf Nummer sicher gehen. Abgesehen davon hatte ich noch immer keinen Plan, wie ich vorgehen sollte, um den Täter zu schnappen. Da kam mir sein Angebot mehr als recht, obwohl ich immer noch nicht nachvollziehen konnte, wieso er mich überhaupt dabeihaben wollte.

»Warum bin ich noch mal hier?«, fragte ich schließlich, als wir aus dem Taxi stiegen.

Jaden reichte dem Taxifahrer mehrere Scheine und wandte sich dann mir zu. »Weil wir ab sofort ein Team bilden.«

»Tun wir das?«

»Zusammen lässt sich ein Serienkiller leichter aufspüren«, erklärte er mir, während wir uns unter die Menge mischten.

Dagegen hatte ich tatsächlich nichts einzuwenden. Auch wenn ich mir eine Zusammenarbeit mit ihm nur schwer vorstellen konnte, war sie doch sinnvoll. »Und wie lautet dein Plan?«

Wir überholten ein paar Passanten, die im Schneckentempo vor uns liefen. »Die inhaftierten Magier sind nicht gut auf die MEE zu sprechen. Wenn wir Informationen erhalten wollen, müssen wir sie selbst befragen.«

Klang logisch, aber trotzdem ... »Ist das eine gute Idee?«

»Die beste, die mir einfällt.« Er sah mich einen Moment lang an. »Alles in Ordnung, Poison? Du siehst angespannt aus.«

»So viele Leute habe ich noch nie auf einem Haufen gesehen«, gab ich zu. Überall tummelten sich Menschen auf der Straße, liefen den breiten Gehweg ab oder blieben vor einem der Schaufenster stehen. Weder in den Hamptons noch in Montpelier war so viel los. Die Aufgabe, hier einen Mörder zu fassen, kam mir immer unmöglicher vor.

Jaden stupste mich beim Gehen leicht in die Seite. »Versuch dich zu entspannen.«

»Wie kannst du so locker bleiben? Der Schachfigurenmörder könnte sich gerade genau hier aufhalten und uns beobachten. Vielleicht sogar angreifen.« Wie aufs Stichwort ertönte eine Polizeisirene, die meine Einwände dramatisch untermalte.

Jaden brachten meine Argumente kein bisschen aus der Ruhe. »Glaube ich nicht. Der Mörder hat sich bisher bedeckt gehalten und nur Häftlinge getötet. Kein einziger Goldener Wächter wurde verletzt. Warum sollte er uns dann angreifen?«

Da war etwas dran. Trotzdem war ich nicht überzeugt. »Und was ist mit den Magiern, die hier eingesperrt sind? Du hast doch mehr als alle anderen Hunter eingebuchtet.« Je länger ich darüber nachdachte, desto absurder kam es mir vor, dass ausgerechnet er für den Auftrag auserwählt worden war. Man hatte ihn wie eine lebendige Zielscheibe nach Manhattan geschickt.

Sein überraschter Blick traf mich. »Davon hast du gehört?«

»War nicht schwer. Im Gericht fiel dein Name öfter, als mir lieb war.« Tatsächlich hatten die Silbernen oft über ihn gesprochen. Irgendwann hatte ich die Kantine gemieden, in der ich mir gern vor der Sitzung ein Brötchen gekauft hatte. Jaden war nicht nur der erfolgreichste Hunter, sondern würde auch als jüngster in die Geschichtsbücher eingehen.

»Keiner wird so blöd sein sich an mir zu rächen«, sagte er ruhig, ohne auf meinen Seitenhieb einzugehen. »Jeder weitere Verstoß bedeutet die Todesstrafe. Das wissen die Häftlinge.«

»Beruhigend klingt das nicht. Und ich kann hier auch keine Goldenen Wächter sehen, die eingreifen würden, falls etwas passiert«, sagte ich beim Umschauen.

Jaden schnaubte. »Die Goldene Gouverneurin hat es wohl ernst gemeint, als sie sagte, dass sie uns nicht helfen wird.«

Wir gingen ein Stückchen weiter und drängten uns an einer Gruppe von Menschen vorbei, die mitten im Weg stehengeblieben war. Plötzlich hielt Jaden vor einem Geschäft an. »Mikes Spielzeugwaren« stand in einer verschnörkelten Schrift über dem Eingang. »Wir werden hier reingehen.«

»Und was wollen wir hier?« Fragend sah ich zwischen ihm und dem Spielwarenladen hin und her.

Jaden umfasste das Geländer der Treppe und sah zu dem Geschäft hinauf. »Wir besuchen einen alten Freund von mir.«

Ich runzelte überrascht die Stirn. »Einen alten Freund? Und dafür sollte ich mitkommen?«

Er zuckte mit den Schultern. »Du kannst auch hier unten stehenbleiben. Deine Entscheidung.«

Charmant wie eh und je. Augenrollend folgte ich ihm die fünfstufige Treppe hinauf. Nicht nur weil ich wirklich keine Lust hatte, auf ihn zu warten. Insgeheim war ich gespannt, wer dieser alte Freund war.

Die Klingel über der Tür spielte ein fröhliches Kinderlied, als wir den Laden betraten. Mikes Spielwaren war eng, verwinkelt und bis oben hin vollgestellt mit allem, was Kinderherzen höherschlagen ließ – Puppen in schönen Kleidern, sportliche Miniaturautos und bunte Bauklötze. Eine Holzeisenbahn verlief mittig durch den Raum. Unwillkürlich stieg mir ein Lächeln ins Gesicht. Ich wusste nicht, wann ich zuletzt in einem Spielzeugladen gewesen war.

»Ich wollte eigentlich gerade schließen«, sagte ein älterer Herr hinter der Kasse, die neben einer schmalen Wendeltreppe stand. Er trug ein grün-weißes Outfit, das mich an die Kleidung eines Wichtels erinnerte. Seine Tätowierung am Handgelenk zeigte einen Achat. Auf seinem Namensschild stand Mike Hobbs. War dieser Mann wirklich sein Freund? Jedenfalls sah es nicht danach aus, als ob er Jaden kannte.

»Es geht ganz schnell«, versicherte Jaden ihm. »Wir sind auf der Suche nach einem Schachbrett.« Er hielt Mr Hobbs ein Foto vor die Nase. »Der Kern der Figuren besteht aus massiver Bronze und sie alle haben Details in

24-karätigem Gold und Sterling Silber. Ein echtes Sammlerstück mit einem Wert von hunderttausend Dollar. Es gibt nur wenige Exemplare weltweit. Das letzte wurde vor mehreren Jahren bei einer Auktion ersteigert. Der Käufer wollte anonym bleiben.«

Okay, ein Verhör hatte ich jetzt nicht erwartet. Mr Hobbs wohl auch nicht, denn das Lächeln auf seinen Lippen erstarb.

»Da muss ich euch enttäuschen. So etwas Extravagantes führen wir nicht. Das hier ist ein einfacher Laden.«

»Ein einfacher Laden in einer teuren Gegend. Wie hoch ist die Miete? Zehntausend Dollar? Höher?«

Mr Hobbs verzog die faltige Stirn. »Das geht euch nichts an. Wie gesagt, wir führen nicht das, was ihr sucht. Versucht es doch in der 5th Avenue bei FAO Schwarz.«

»Ich glaube, wir sind hier goldrichtig.« Jaden drehte mehrmals an einem Globus. Die Kugel quietschte laut, während sie schwungvoll kreiste.

Mr Hobbs schluckte mehrmals. Auf seinem Gesicht breitete sich Angst aus. »Ihr solltet jetzt besser gehen«, forderte er uns auf, was Jaden nicht im Geringsten zu interessieren schien.

»Erinnerst du dich gar nicht an mich?« Er hielt den Globus mit seiner Fingerspitze an. Auf seinen Lippen lag ein süffisantes Lächeln. »Dabei haben wir uns so gut unterhalten.«

Mr Hobbs blickte mehrmals zur Seite. »Keine Ahnung, wovon du redest. Da muss eine Verwechslung vorliegen.«

»Na, na, na.« Jaden schnalzte mit der Zunge, als wäre er ein ungehorsamer Junge. »Wenn ich mich richtig erinnere, lag vor vier Jahren ein Haftbefehl gegen dich vor. Ich habe dich in deinem damaligen Spielzeugladen aufgelesen. In der Vitrine steckte genau dieses Schachbrett. Gut ausgeleuchtet und hinter dickem Panzerglas.« Jaden nahm ein Stofftier aus dem Regal und betrachtete es interessiert. »Dann haben wir beide uns auf der Fahrt zum Magischen Gericht doch noch über das Schachspielen unterhalten.«

»Mein Laden wurde schon durchsucht«, stotterte Mr Hobbs ängstlich. »Und es wurde nichts gefunden.«

»Natürlich nicht.« Jaden setzte das Stofftier auf die Kassentheke und lächelte. »Du hast es ja auch nicht mehr.«

Jetzt war ich baff. Darauf hatte Jaden also hinausgewollt. Er wusste, dass Mr Hobbs das Spielbrett gehabt hatte.

Augenblicklich wurde der alte Mann bleich im Gesicht. »Wer weiß alles davon?«

»Bislang nur wir drei.« Jadens Lächeln wurde breiter. »Ich könnte natürlich auch mit der Goldenen Gouverneurin darüber sprechen und –«

»Bitte nicht.« Seine Augen weiteten sich. »Sie wird denken, ich sei der Mörder.«

»Dann erzähl uns, was passiert ist. Du hast die Wahl.«

»Das ist Erpressung.«

Jaden hob die Schultern. »Ich bin nicht derjenige, der dich in diese missliche Lage gebracht hat. Das warst allein du.«

»Na schön, wartet hier«, lenkte Mr Hobbs ein und verriegelte die Eingangstür. Er schaute mehrmals aus dem Schaufenster, bevor er sich wieder zu uns begab. »Es wurde mir gestohlen.«

»Wann?«

»Vor ungefähr drei Monaten. Ich hatte den Laden früher geschlossen, weil ich noch einige Termine hatte. Als ich am nächsten Morgen wiederkam, war die Vitrine zerstört und das Schachbrett weg.« Er deutete auf den freien Platz hinter seiner Kassentheke, an dem vorher die Vitrine gestanden haben musste. Die Tapete war an der Stelle dunkler.

Ich blinzelte schockiert. »Sie bewahren so etwas Teures gut sichtbar hinter Glas auf?!«

»Panzerglas«, korrigierte er mich.

»Trotzdem! Dass es früher oder später geklaut wird, war doch nur eine Frage der Zeit.« Mir verschlug es fast die Sprache. Das Schachbrett war zehntausende Dollar wert und er stellte es gutgläubig in seinem Laden aus?

»Es war zusätzlich mit einem Schloss gesichert. Außerdem hielten es die Kunden nicht für echt.«

Jaden gab ein Seufzen von sich, das einem Knurren gleichkam. »Wo ist die Vitrine jetzt? Vielleicht lassen sich noch Fingerabdrücke nehmen.«

Mr Hobbs lächelte entschuldigend. »Die habe ich entsorgt.«

Jetzt knurrte Jaden wirklich. »Das war verdammt unklug.«

»Das weiß ich jetzt auch!«

»Sie hätten den Diebstahl von Anfang an melden sollen«, sagte ich und starrte ihn vorwurfsvoll an.

»Unmöglich.« Er schüttelte den Kopf. »Was sollte ich auch sagen? Dass mir ein Schachbrett gestohlen wurde, das ich herschmuggeln ließ? Damit habe ich gegen das Gesetz verstoßen.«

Jaden schnaubte. »Was dir zu diesem Zeitpunkt scheißegal war.«

»Es kam nur einmal vor, ich schwöre.« Er fasste sich verzweifelt in die grauen Haare. »Nur für dieses besondere Brett.«

Ich seufzte leise. Auch wenn er falsch gehandelt hatte, bekam ich Mitleid mit diesem alten Mann.

Jaden lehnte sich mit verschränkten Armen gegen die Kassentheke. »Hast du die MEE deshalb belogen, als sie vor Wochen vor deiner Tür standen und nach dem Brett fragten?«

»Ich hatte keine andere Wahl.« Mr Hobbs schluckte mehrmals. »Sie zeigten mir die Figuren, fragten, ob sie zuvor in meinem Besitz gewesen seien. Ich bekam Panik. Hätte ich nicht verneint, hätten sie mich als Täter hingestellt.«

»Also bist du es nicht?«, hakte Jaden weiter nach.

»Nein! Ich habe mit den Morden nichts zu tun. Ich schwöre.«

»Und du hast auch keine Ahnung, wer es war?«

Als Mr Hobbs die Frage erneut verneinte, konnte ich förmlich zusehen, wie Jadens Euphorie immer weiter schrumpfte. Er hatte wirklich geglaubt hier auf Antworten zu stoßen.

»Haben die Überwachungskameras etwas aufgezeichnet?«, schaltete ich mich ein.

Mr Hobbs lächelte gequält. »Die Überwachungskameras wurden zerstört und das Videomaterial entwendet.«

»Wenn der Täter durch den Hauptgang gekommen ist, müsste ihn doch jemand gesehen haben, wie er die Tür aufgebrochen hat«, überlegte ich laut.

»Wir befinden uns mitten auf dem Times Square. Hier ist es nie dunkel und immer voller Touristen!«

Mr Hobbs deutete zu einer Tür. »Der Einbrecher ist nicht durch den Haupt-, sondern durch den Hintereingang gekommen. Dort befinden sich keine Kameras.«

»Und dein Sicherheitssystem hat nicht angeschlagen?«

»Ich muss es manuell anschalten. Anscheinend habe ich es an diesem Abend vergessen.«

Jaden knurrte laut. Ich ergriff das Wort, bevor er Mr Hobbs beschimpfen konnte. »Die Aufnahmen vom Laden fehlen also. Und die von draußen?«

Mr Hobbs nickte eifrig. »Die ist noch hier. Aber sie ist nicht sehr hilfreich. Sie zeigt nicht auf die Seitengasse.« Als er in Jadens genervtes Gesicht blickte, machte er eine hektische Bewegung. »Natürlich könnt ihr sie euch trotzdem anschauen.«

Wir folgten ihm in ein kleines Nebenzimmer. An der Tür stand: *Staff only*. Eine Dreiviertelstunde verging, in der wir die Aufnahmen durchgingen. Mr Hobbs war wieder in den Verkaufsbereich zurückgekehrt und sortierte Regale. Leider hatte er recht. Die Kamera zeigte bloß den Haupteingang. Und dort waren so viele Leute vorbeigekommen. Einige blieben stehen, um den Laden zu betreten oder ins Schaufenster zu schauen. Aber keiner von ihnen wirkte wie ein durchgeknallter Serienkiller. Die Identität jeder einzelnen Person herauszufinden würde Monate dauern. So viel Zeit hatten wir nicht. Und wer weiß? Vielleicht hatte der Killer auch schon Wochen oder Monate vorher geplant das Schachbrett zu stehlen?

»Es hat keinen Zweck, wir sollten die Aufnahmen mitnehmen und sie in der Unterkunft weiter durchsehen. Niki werde ich auch Bescheid geben. Sie soll die Überwachungskameras der umliegenden Geschäfte checken.«

Jaden stimmte mir wortlos zu. Zehn Minuten später verließen wir den Laden durch den Hinterausgang, um uns dort noch einmal umzusehen. Wir befanden uns in einer schmalen Seitengasse, in der mehrere Mülltonnen, Kartons und schwarze Müllsäcke gerade so Platz fanden. Etliche Türen der umliegenden Geschäfte führten hier hinaus. Der Täter hatte also mehr als eine Möglichkeit, aus der Gasse zu gelangen.

Wir verweilten noch weitere Minuten dort, bevor wir auf die Hauptstraße zuliefen. »Wirst du ihn an die Goldene Gouverneurin ausliefern?«

Jaden verstaute seine Hände in seinen Jackentaschen. »Nein, ich halte mein Wort.«

»Wirklich? Und du wirst auch nicht erzählen, dass der Mörder die Figuren von ihm hat?«

»Ebenfalls nein. Das eine würde zum anderen führen. Außerdem war die Ansage der Goldenen Gouverneurin klar. Wir sollen sie nicht kontaktieren, bevor wir den Mörder haben.«

Ehe ich etwas erwidern konnte, entdeckte ich jemanden. »Die kennen wir doch«, sagte ich und deutete auf die andere Straßenseite. Dort saß die Malerin, die wir am Tag unserer Ankunft gesehen hatten. Wir überquerten die Straße und blieben vor ihrem Stand stehen, an dem sich gerade kein anderer aufhielt. Sie trug wie vor zwei Tagen ein neongelbes Top und einen bodenlangen Rock mit wirren Mustern. In ihrer rechten Hand hielt sie einen Pinsel, mit dem sie gezielte Striche auf die Leinwand brachte.

Ich tippte sie an, woraufhin sie einen ihrer Kopfhörer aus dem Ohr nahm, aus dem laute Musik drang. »Ich kenn dich doch von der Brooklyn Bridge«, sagte sie grinsend. Dabei blitzte ein Piercing über ihren Frontzähnen hervor, an dem ein Achat hing. »Möchtest du doch ein Bild kaufen?«

»Deswegen sind wir nicht gekommen«, antwortete Jaden und lenkte ihre Aufmerksamkeit auf sich.

Die Malerin sah zwischen uns beiden hin und her. »Was wollt ihr dann von mir, wenn ihr kein Bild kaufen wollt?«

»Wir haben ein paar Fragen an dich. Bist du öfters hier?«

»Ab und zu. Falls ihr damit ein Problem habt: Es steht mir frei zu malen, wo und wann ich möchte. Solange mich die Cops nicht vertreiben. Von den Goldenen habe ich die Erlaubnis.« Sie kramte einen Zettel hervor, auf dem tatsächlich eine Genehmigung ausgestellt war.

»Und vor drei Monaten? Zufällig am Abend des 18. Mais?«

Sie verstaute den Zettel wieder in ihren Rucksack und starrte uns an. »Warum wollt ihr das wissen?«

»Im Laden gegenüber gab es einen Einbruch«, erklärte ich und deutete auf die schmale Gasse, auf die die Malerin von ihrem Platz aus einen perfekten Blick hatte. »Der Täter ist wohl durch die Hintertür in den Laden gelangt. Vielleicht ist dir etwas aufgefallen?«

»Es gab einen Einbruch?« Sie sah mich einen Moment an, bevor sie sich wieder ihrem Gemälde widmete. »Ich kann mich leider nicht daran erinnern, etwas gesehen zu haben.«

»Gar nichts? Vielleicht ist dir eine Gestalt aufgefallen, die nicht hierhergehört. Es muss ein Magier gewesen sein.«

»Hmm, leider nicht.« Sie tunkte ihren Pinsel in die rote Farbe, die neben ihrer Leinwand stand. »Und ich habe auch keine Zeit mehr für weitere Fragen. Wenn ihr kein Bild kaufen wollt, geht weiter.«

Fassungslos starrte ich sie an. »Aber es geht um die Serienmorde. Wenn wir den Dieb finden, dann haben wir mit großer Wahrscheinlichkeit auch den Mörder!«

Sie malte schwungvoll einen roten Strich auf die Leinwand. »Nicht mein Problem.«

»Falls du das nächste Opfer bist, ist es dein Problem«, sagte Jaden. Seine Stimme war so kalt wie sein Blick.

Die Malerin lachte, als hätte er einen Witz gemacht. »Verschwindet.« Sie steckte sich ihren Kopfhörer wieder ins Ohr. Das Gespräch war beendet.

Jaden knurrte und für einen Moment glaubte ich, er würde ihr die Dinger aus den Ohren ziehen. Doch dann schob er mich weiter. »Es hat keinen Zweck. Sie wird uns nichts erzählen.«

Sein Handy klingelte. Er nahm das Gespräch an und hielt sich ein Ohr zu, um die Stimme am anderen Ende der Leitung besser verstehen zu können. »In Ordnung, wir sind gleich da.«

Jaden legte auf. Seine Gesichtszüge waren wie versteinert, als er sagte: »Das war Iwan. Es gab einen weiteren Mord.«

12. KAPITEL

Wir kamen als Letztes beim Tatort an. Das Motel befand sich in Greenwich und machte nicht den besten Eindruck: Die Fassade war heruntergekommen und brüchig, beim Treppengeländer fehlten mehrere Sprossen und in den ungepflegten Beeten lagen Abfall und Müll. Vor einem der Zimmer war ein Goldener positioniert. Er reichte uns Latexhandschuhe und Schuhüberzieher, bevor er unsere Armbänder berührte, damit wir durch die Barriere kamen, die aufgestellt worden war.

Drei Goldene Wächter waren vor Ort, darunter auch die Goldene Gouverneurin. Sie alle trugen einen weißen Tyvek-Anzug und waren damit beschäftigt, Spuren zu sichern.

Iwan, Kaito und Jamaal kamen gerade aus dem Motelzimmer. Sie nickten uns zur Begrüßung zu, während Iwan noch ein Zwinkern in meine Richtung hinterherschob.

Geschockt sah ich mich im völlig verwüsteten Zimmer um. Tapeten und Polster waren aufgeschlitzt worden, Bilderrahmen lagen zersprungen auf dem Boden und Möbel standen nicht mehr da, wo sie hingehörten. Der süßliche Geruch nach Verwesung hing in der Luft. Ich hielt mir mein T-Shirt vors Gesicht und unterdrückte ein Würgen. Jaden ging voraus, blieb aber sofort wieder stehen und versperrte mir die Sicht auf das, was sich hinter dem Bett verbarg.

»Willst du das wirklich sehen? Die Leiche befindet sich noch dort.« Seine einfühlsame Frage und der weiche Blick verunsicherten mich einen Moment. Und obwohl sich alles in mir wehrte, eine Leiche anzusehen, die wahrscheinlich genauso aussah wie der Rest des Zimmers, nickte ich knapp, bevor ich es mir anders überlegen konnte.

Jaden sah mich noch einen Moment prüfend an und trat dann einen Schritt beiseite. Die Leiche lehnte an der Wand neben dem Bett. Es war ein

Frauenkörper. Tiefe Schnitte zeichneten sich auf ihrer Haut ab, die unter der zerfetzten Kleidung zu sehen war.

»Das ist grauenvoll«, murmelte ich und konnte meine Augen nicht von der Szenerie abwenden. »Wer ist sie?«

»Bei dem Opfer handelt es sich mit großer Wahrscheinlichkeit um Natasha Petrow vom Blauen Lotus«, antwortete die Goldene Gouverneurin, die eine Schutzmaske trug. Sie reichte Jaden und mir eine.

Dankend setzte ich sie auf. Sofort war es erträglicher, dennoch versuchte ich weiterhin nicht durch die Nase zu atmen. »Wie lange ist sie tot?«

Sie sah zu der Leiche, während sie sprach. »Der geschätzte Todeszeitpunkt liegt zwei bis drei Tage zurück. Das Blut in ihren Adern ist bereits geronnen und zeichnet sich deutlich ab. Auch die verfärbte Haut und der Fäulnisgrad weisen darauf hin.«

Okay, das war zu viel. Mit weichen Knien wandte ich mich ab und benötigte jede Willenskraft, um nicht augenblicklich aus dem Zimmer zu stürmen.

Jaden übernahm das Wort. »Wer hat die Leiche entdeckt?«

Die Gouverneurin strich ihren Schutzanzug glatt. »Eine Angestellte des Motels fand sie heute Morgen. Ihrer Aussage nach hatte sie einen seltsamen Geruch wahrgenommen.«

»Erst heute?«, wollte er wissen. »Werden die Zimmer nicht täglich gereinigt? Es hätte doch früher auffallen müssen.«

»Eigentlich schon, aber sie hat die Anweisung erhalten, die Zimmer eine Woche lang weder zu putzen noch zu betreten.«

Er runzelte die Stirn, schien genauso verwirrt zu sein wie ich. »Wer hat das in Auftrag gegeben?«, wollte er schließlich wissen.

Die Gouverneurin umfasste ihre Ellbogen und blickte erneut zu Natashas Leichnam herunter. »Das Opfer selbst. Warum wusste die Angestellte auch nicht. Sie hat nicht weiter gefragt, weil sie ein fettes Trinkgeld erhalten hatte.«

Jaden begutachtete das verwüstete Zimmer. Sein Blick schweifte über den eingeschlagenen Fernseher und blieb bei der aufgeschlitzten Bettmatratze hängen. »So wie es hier aussieht, muss es heftig zur Sache gegangen sein. Der Krach hätte von jemanden gehört werden müssen.«

»Leider nicht«, antwortete die Gouverneurin. »Die angrenzenden Zimmer waren alle vom Opfer gebucht worden.«

Jaden pfiff. »Ein Ablenkungsmanöver.«

Sie nickte mit ernster Miene. »Wahrscheinlich ist Natasha hier untergetaucht.«

»Und man taucht nur unter, wenn man befürchtet, dass etwas Schlimmes passiert«, murmelte ich, als ich mich wieder einigermaßen gefangen hatte. Natasha hatte also geahnt, die Nächste zu sein. Ich sah zu der Goldenen. »Wieso erzählen Sie uns das alles? Ich dachte, Sie halten sich ab sofort aus allem heraus, was diesen Fall betrifft?«

Sie hob ihre Schultern. »Tun wir auch. Doch in diesem Fall haben wir grünes Licht von der Königin erhalten. Die Leiche kann nicht einfach hier herumliegen. Es wäre zwar nicht das erste Mal, dass Magier von Menschen gefunden werden, dennoch versuchen wir es zu vermeiden. Nicht umsonst haben wir mehrere Goldene Wächter bei den Cops eingeschleust, um genau so etwas zu verhindern.« Sie klappte den Koffer zusammen, in dem sich alle möglichen Utensilien befanden. »Die Spuren sind gesichert. Meine Leute säubern jetzt den Tatort und räumen dann zusammen. Ich lasse euch unsere Ergebnisse in die Villa bringen, damit ihr sie anschauen könnt.«

Dieser Mord war grauenvoll. Natasha musste um ihr Leben gekämpft haben. Und hatte verloren. Ich sah mir die Spielfigur an, die sich in einer der Tüten befand. Ein Springer. Und damit stieg die Zahl der Morde auf zwölf an.

Als wir wieder herausgingen, nahm ich die Maske ab und schlang die Jacke um meinen Oberkörper. Ich wusste nicht, ob ich wegen des Schocks oder der kalten Abendluft fror. Aber mir war verdammt kalt. Amber und Iwan unterhielten sich auf dem Parkplatz miteinander. Jamaal sammelte den Müll auf, den irgendwer achtlos ins Gebüsch geschmissen hatte. Wie die Tage zuvor trug er eine auffallende Tunika – heute in apfelgrün, mit weißen Wirbeln im Brust- und Ärmelbereich. Er nickte uns knapp zu, als wir an ihm vorbeigingen. Er wirkte ebenfalls betroffen, aber ich wusste nicht, ob es wegen der Leiche oder des vielen Mülls war. Sein Clan verehrte Bäume und Pflanzen wie etwas Göttliches. Verständlich also, dass ihm die Zustände hier missfielen.

Wir blieben bei Amber und Iwan auf dem Parkplatz stehen.

»Es wundert mich, dass du angerufen hast«, sagte Jaden an Iwan gerichtet.

Iwan hob die Schultern. »War nicht meine Idee. Bedanke dich bei Amber. Sie wollte dich unbedingt dabeihaben. Ich hätte auf deine Anwesenheit gut verzichten können.«

»Kommt runter, es gibt Wichtigeres als eure Streitereien«, mischte sich Amber ein. Sie betonte den Satz mit Absicht, weil Iwan etwas Ähnliches an sie gerichtet hatte.

»Ich wollte dich tatsächlich dabeihaben. Aber was macht sie hier?« Sie sah uns beide abwechselnd an. »Sag nicht, dass ihr zusammen unterwegs wart.«

»Genau das waren wir.« Jaden schlang den Arm um mich und zog mich an seine Brust. »Poison und ich sind jetzt ein Team.«

Augenblicklich stieg mir Hitze in die Wangen. Es war, als wären wir Freunde. Und dieses *Wir* ... Ich hätte niemals für möglich gehalten, dass es das noch mal geben würde, in welcher Form auch immer.

»Wirst du etwa rot?«, fragte Amber lachend, als sie mein Gesicht sah. Warum hatte ich nur die Maske abgenommen?

Ich löste mich aus seiner Umarmung und lächelte Amber zuckersüß an. »Das ist nicht der erste Arm, den ich um meine Schultern gelegt bekomme. Also nein.«

Jaden beugte sich zu mir herunter. Sein Atem kitzelte mein Ohr, als er fragte: »Und welcher Arm liegt dort sonst?« Seine Stimme klang dunkel und bescherte mir einen wohligen Schauer. Doch in seinen Augen konnte ich Spott lesen. Etwas Bitteres verteilte sich in meinem Mund. Glaubte er nicht, dass mich jemand mögen könnte?

Amber rümpfte die Nase. »Das wüsste ich auch gern.«

»Leider geht es euch nichts an«, sagte ich mit bissigem Unterton. Tatsächlich war ich nicht so unerfahren, wie die anderen annahmen. All meine ersten Male hatte ich mit Toby Robertson erlebt, einem Magier vom Goldenen

Clan. Unsere Beziehung hielt nicht lange. Und auch wenn ich nie Herzrasen bekommen hatte, würde ich die Zeit nicht missen wollen.

Unwillkürlich fragte ich mich, mit wie vielen Frauen Jaden bereits zusammen gewesen war. Es würde mich nicht wundern, hätte er noch andere außer der Königin gehabt. Immerhin sah er verdammt gut aus und hatte einen gefährlichen Job, der auf viele anziehend wirkte. Wahrscheinlich hatte er in jeder Stadt eine andere Freundin. Ich schob den Gedanken beiseite und ignorierte das ziehende Gefühl in meiner Magengegend.

»Na, auch egal«, sagte Amber, als ich ihr keinen Namen nannte. »So sehr interessiert es mich auch nicht.«

Jaden wirkte, als wollte er noch etwas erwidern, doch seine Lippen blieben geschlossen. Seine grauen Augen hingegen durchbohrten mich. Ihn interessierte es wirklich. Und das verschaffte mir eine bittersüße Genugtuung.

Amber warf ihre blonde Mähne nach hinten und pfiff in Kaitos Richtung, der sich mit einem Goldenen Wächter unterhielt. Tatsächlich beendete er das Gespräch und stieß kurz darauf zu uns.

»Pfeifen ist respektlos«, wies er sie freundlich zurecht. »Bitte rufe beim nächsten Mal einfach meinen Namen.«

»Sogar wütend bist du höflich«, erwiderte sie lachend. »Meine Mutter wäre stolz, wenn ich deine Manieren hätte.«

»Ich glaube, bei dir hilft keine Schule mehr«, warf Iwan ein, woraufhin Amber ein »Tzz« von sich gab.

Kaito räusperte sich, um die Aufmerksamkeit auf sich zu lenken. »Wie kann ich helfen?«, fragte er fast schon sanft. Kaum vorstellbar, dass er Nikis Bruder war. Niki, die sich noch nie um Höflichkeit geschert hatte, dafür aber das größte Herz besaß, das ich kannte.

»Ich verrate es dir.« Amber drehte eine blonde Strähne um den Finger, als könnte sie Kaito damit hypnotisieren. »Kannst du mit deiner Schnüffelnase eine Spur aufnehmen und uns so zum Täter führen?«

»Der Gedanke ist gar nicht verkehrt«, gab ich zu und war überrascht, dass ihr Vorschlag mal nicht vollkommen hirnrissig war. »Niki kann das jedenfalls.«

Sobald ich ihren Namen ausgesprochen hatte, bereute ich es. Ich erwartete einen abfälligen Blick, doch etwas anderes lag in Kaitos Augen, mit denen er mich betrachtete. Schmerz?

»Genau wie Nikita kann ich Teile meines Körpers verwandeln«, erklärte er schließlich mit ruhiger Stimme. »Aber hier wird das nicht mehr möglich sein. Die Leiche liegt seit mehreren Tagen in dem Zimmer. Es riecht so stark nach Verwesung, dass der Geruch alles überdeckt.«

»Dann musst du da wohl durch«, sagte Amber leichtfertig.

Kaito schüttelte seufzend den Kopf. »Auch wenn der Baum seine Ruhe haben möchte, hört der Wind nicht auf.«

»Wie?«

»Ich werde das nicht tun, weil es keinen Sinn macht.« Er verbeugte sich leicht vor ihr. »Es tut mir leid.«

Wieder ein Sprichwort. Und wieder eine Entschuldigung. Langsam wurde es zu seinem Markenzeichen.

»Du wolltest noch nicht mal in das Zimmer, weil es zu sehr gestunken hat«, warf Iwan kopfschüttelnd ein. »Dann verlang von ihm doch nicht so ne Scheiße.«

Ein Taxi kam herangefahren und hielt vor uns an. »Schon gut. Macht, was ihr wollt. Ich verschwinde von hier.« Sie öffnete die hintere Tür. »Ich weiß, dass ich es bereuen werde, aber möchte jemand mit?«

Sie rief die Worte, obwohl wir alle neben ihr standen. Alle außer Jamaal, der noch immer mit Müllaufsammeln beschäftigt war. Ihr Blick glitt in seine Richtung. Doch als er sich nicht umdrehte, stieg sie seufzend ein. Iwan war der Einzige, der ihr ins Taxi folgte. Verwirrt sah ich zu, wie der gelbe Wagen auf die Straße bog und davonfuhr. Wenn mich nicht alles täuschte, interessierte sich Amber für Jamaal. Jedenfalls benahm sie sich ziemlich auffällig, auch wenn sie versuchte es sich nicht anmerken zu lassen. Jaden sah aus, als ob er gerade genau das Gleiche dachte.

»Ich werde auch gehen«, murmelte Kaito, der sich allem Anschein nach kein Taxi mit den anderen teilen wollte. Ich konnte es ihm nicht verübeln. Er lächelte Jaden und mir zu, bevor er den Parkplatz zu Fuß verließ.

Jadens Blick glitt zu dem Motelzimmer hinauf. »Ich werde mir den Tatort noch mal ansehen, bevor er gereinigt wird.«

»Ohne mich. Ich bleibe hier und warte auf dich.« Jaden war solche Szenarien vielleicht gewohnt, aber ich nicht. Abgesehen von dem beißenden Geruch war der Anblick der Leiche auch kein Zuckerschlecken. Der kurze Moment hatte ausgereicht, um mir lebenslange Albträume zu bescheren.

»Okay, warte hier. Ich bin gleich wieder zurück.« Mit diesen Worten ging er die ausgeleuchteten Stufen hinauf.

Einen Moment stand ich wie angewurzelt da und überlegte, was ich in der Zeit machen sollte. Dann entdeckte ich Jamaal, der immer noch an den Pflanzen zu schaffen war.

»Darf ich mitmachen?«, fragte ich ihn vorsichtig und deutete auf den Müll, den er bislang aufgesammelt hatte. Ich wollte ihm auf keinen Fall auf die Nerven gehen, falls er keine Gesellschaft wollte.

Jamaal sah mich einen Moment lang an. Dann wurde sein ernster Gesichtsausdruck weicher und er nickte schließlich. Erleichtert griff ich nach dem Müllsack, den er mir hinhielt. Meine Handschuhe würde ich zwar einsauen, aber das war es mir wert. Nicht nur der Umwelt zuliebe, sondern auch weil ich bislang noch nicht viel mit Jamaal zu tun gehabt hatte. Nicht dass uns Müllsammeln zu besten Freunden machen würde, aber es war wenigstens ein Anfang. Schließlich hatte ich die Hoffnung nicht aufgegeben, dass wir doch noch als ein Team zusammenarbeiten konnten.

Zwanzig Minuten vergingen, in denen ich den Müll aus den Büschen zog und vom Boden aufsammelte. Jaden war immer noch am Tatort, um nach weiteren Hinweisen zu suchen. Mittlerweile war die Sonne untergegangen. Ein kalter Windstoß fegte über den Platz. Plötzlich spürte ich einen Blick auf mir. Es war ein ekelhaftes Gefühl, das mir einen Schauer über die Haut jagte. Sofort beschleunigte sich mein Puls. Mein Kopf schoss nach links und rechts. Auf der anderen Seite ging eine Frau zügig mit ihrem Kinderwagen die Straße hinauf. Ein Stückchen weiter schlenderte ein Pärchen entlang. Zwischen uns lag eine gut befahrene Straße. Keiner sah in meine Richtung. Niemand starrte mich an.

Jemand berührte meine Schulter. Ich zuckte zusammen. Die Hand gehörte Jamaal. Ein Fragezeichen lag in seinen dunklen Augen. Er musste meine Unruhe bemerkt haben.

»Es ist nichts«, erklärte ich hastig und blickte mich erneut um. Ich wusste nicht, ob ich ihn oder mich mit den Worten beruhigen wollte. Der Täter wäre nicht so lebensmüde, in die Nähe des Tatorts zurückzukehren. Hier wimmelte es von Goldenen Wächtern. Das wäre leichtsinnig. Und der Täter war alles andere als das, sonst hätte man ihn längst gefasst. Das ungute Gefühl in meiner Magengegend jedoch blieb.

SCHACHFIGURENMÖRDER

Ich knurre. Dieses Miststück hält sich nicht an unsere Abmachung. Welchen Part von »nicht eingreifen« hat sie nicht verstanden?

Wütend trommele ich auf dem Glastisch herum. Die Schachfiguren beben auf dem Marmorbrett. Glück für die Königin, dass sich der Mord am Tag der Feier abgespielt hat und somit vor unserer Abmachung liegt. Das ist der einzige Grund, warum ich nicht augenblicklich zum Hörer greife und ihr den Boden unter den Füßen gleichmache. Sollen ihre kleinen Helfer die Leiche wegschaffen. Sollen sie ein letztes Mal Spuren sammeln. Sie werden nichts finden, was auf mich schließen lässt.

Ich greife nach einem der weißen Türme auf dem Feld. Die goldenen und silbernen Details glänzen im schummrigen Licht des Hotelzimmers. Was für eine Ironie. Ein besseres Schachbrett hätte ich für meine Zwecke nicht auftreiben können. Es ist perfekt.

Meine Armbanduhr piept, um mich daran zu erinnern, dass die Show weitergehen muss. Ich schalte das Licht aus, bewege mich zum Fenster und öffne leicht den Vorhang. Wie die Wochenenden zuvor hält der dunkelrote Wagen kurz vor 23 Uhr an, in dem mein nächstes Opfer sitzt. Sekunden vergehen, bis sie den Mut aufbringt, den Motor abzustellen. Weitere Sekunden, bis sie endlich aussteigt.

Sie trägt einen langen Mantel, der ihr bis zu den nackten Waden reicht. Ihr schwarzes Kostüm blitzt darunter hervor, als der Wind den Stoff gewaltsam wegschiebt. Mit einer Hand hält sie sich die wehenden Haare aus dem Gesicht, während sie mit der anderen etwas aus ihrer Manteltasche holt.

Ich verziehe das Gesicht, als ich erahne, was es ist. Ein beschissenes Pfefferspray. Als würde mich so etwas aufhalten.

Mehrmals sieht sie sich um, checkt den Gehweg und die umliegenden Geschäfte ab. Sie sucht mich.

Ich bin hier, Kleines. Sieh nach oben. Doch ihr Blick trifft mich nicht. Sie überreicht den Autoschlüssel dem Portier und verschwindet im Inneren eines luxuriösen Wolkenkratzers, von denen es im Financial District nur so wimmelt.

Ich werfe den Turm in die Luft und fange ihn wieder auf. Es wird Zeit, ihr mein Präsent zu überreichen.

13. KAPITEL

»Ihr habt eine Leiche gesehen?« Nikis Stimme überschlug sich beinahe am Telefon, als ich ihr vom gestrigen Tag erzählte. »Aber nicht von –«

»Gott, nein!«, schoss es aus mir heraus. Ich hörte sie erleichtert ausatmen. Warum hatte ich nicht sofort gesagt, dass es sich dabei nicht um ihren Freund handelte?

Einen Moment war es still am Telefon. Dann fragte sie: »Wie heißt das Opfer?«

»Natasha Petrow, vom Blauen Lotus.« Es regnete in Strömen. Die Tropfen prasselten auf den Regenschirm und rannen wie kleine Wasserfälle zu Boden, der bereits matschig war.

»O Gott, und ich bin nicht da, um dir Beistand zu leisten.«

»Leider nicht.« Tatsächlich fehlte mir Niki sehr. Seit sechs Jahren hatte es keinen einzigen Tag gegeben, an dem wir uns nicht gesehen hatten.

»Warum ist es so laut bei dir?«, fragte sie verwundert.

»Sorry, ich bin im Central Park und es regnet«, erklärte ich. »Aber im Apartment möchte ich nicht mit dir sprechen. Kaito oder einer der anderen könnte uns belauschen.«

»Und was ist mit den Goldenen Wächtern?«

»Hier ist niemand.« Ich sah mich um. Die Laternen sprangen an, obwohl die Sonne erst in etwa zwei Stunden untergehen sollte. Das Unwetter hatte jegliches Tageslicht verschluckt. »Hier sind nur zwei Leute mit ihren Hunden und ein übermotivierter Jogger unterwegs. Anscheinend mögen New Yorker keinen Regen.«

»Ist es dort denn so beeindruckend wie auf den Fotos?«

Ich lächelte. »Besser!« Und das war nicht gelogen. Der Central Park versprühte seinen ganz eigenen Charme. Die Gehwege waren sauber. Auch die

Grünanlagen, Büsche und Beete waren gepflegt. Weiter hinten konnte man die Wolkenkratzer erkennen, die in den Himmel ragten. Die grauen Wolken hingen so tief, dass sie die oberen Stockwerke verschluckten.

Außer dem Regen war nichts weiter zu hören. Keine Autos, Sirenen oder Menschen. Nicht einmal ein Vogel zwitscherte. Es schien, als wäre man in einer anderen Welt. Okay. Vielleicht nicht ganz so dramatisch, aber es fühlte sich nicht an, als wäre man in Manhattan. Es erinnerte mich hier eher an mein altes Zuhause in Montpelier. Ein trauriges Gefühl breitete sich in mir aus, während ich an früher dachte. Sofort schob ich es beiseite.

»Du musst etwas für Jaden und mich erledigen.«

»Für EUCH?! Läuft da was zwischen euch?« Ihre Stimme klang jetzt piepsig und hoch. Vergessen war der Schock von vor wenigen Augenblicken. Ich bewunderte, dass sie ihre Laune innerhalb von Sekunden umschalten konnte.

»Nicht so, wie du denkst. Jaden hat uns beim Telefonieren erwischt. Er weiß, dass wir beide Kontakt haben.«

Niki zog die Luft ein. »Ach du Scheiße.«

»Genau das habe ich auch gedacht. Er verpfeift uns nicht, dafür muss ich ein Team mit ihm bilden. Keine Ahnung, was er sich davon erhofft.«

»Vielleicht will er dir näherkommen? Ich meine, ihr seid ja so etwas wie Sandkastenfreunde.«

Ich blieb stehen, um die Regentropfen zu beobachten, die von den Blättern rannen. »Wir sind keine Freunde mehr und mit dreizehn habe ich auch nicht im Sandkasten gespielt.«

Niki stöhnte ins Handy. »Du weißt, was ich meine. Euch verbindet etwas.«

»Ja, der Tod seiner Schwester zum Beispiel.«

»Das meine ich nicht.« Sie pustete genervt in den Hörer. »Ich spreche von etwas, das euch vor ihrem Tod verbunden hat. Warum wollte er sonst, dass du mitkommst?«

Jetzt war ich diejenige, die genervt ausatmete. »Keine Ahnung, Niki. Und es ist mir auch egal. Lass uns einfach über wichtigere Dinge sprechen, okay?«

Dass es mir egal war, war natürlich eine Lüge, aber ich hatte wenig Lust, über Jaden zu reden. Niki und ich hatten nur begrenzt Zeit, um miteinander zu telefonieren, und die wollte ich nicht mit diesem Thema verschwenden.

Die nächsten Minuten erzählte ich ihr von dem Besuch bei Mr Hobbs und dem gestohlenen Schachbrett. In Gedanken versunken lief ich tiefer in den Central Park hinein.

»Also muss der, der die Spielfiguren gestohlen hat, auch der Täter sein«, schlussfolgerte Niki nachdenklich.

Meine Finger krampften um den Knauf des Regenschirms. »Wenn wir den Dieb haben, haben wir den Mörder.«

»Ich kann die umliegenden Kameras checken.« Sie grübelte laut vor sich hin. »Das dauert nur etwas. Wir haben zwar den Tag und die ungefähre Uhrzeit des Einbruchs, aber der Times Square ist nicht gerade ein unbeliebter Platz. Da tummeln sich täglich Tausende Menschen drauf herum.«

»Bis zu 360 Tausend. Ich habe es gegoogelt.«

»Also eine echte Herausforderung. Auf was soll ich achten?« Niki klang plötzlich hochmotiviert.

Die Antwort lag mir bereits auf der Zunge, doch eine heftige Gänsehaut überkam mich. Es war dasselbe Gefühl wie gestern Abend, ein seltsames Kribbeln, das mir den Rücken entlangkroch und mich frösteln ließ. Mein Atem stockte. Keine fünf Meter entfernt war etwas. Ein dunkler Schatten, direkt am Gebüsch.

Was ... war das? Es kostete mich jede Überwindung, einen Schritt vor den anderen zu setzen, aber ich tat es. Direkt auf den Schatten zu. Keine Ahnung, woher ich den Mut nahm. Vielleicht weil Niki am anderen Ende der Leitung war?

Einen Meter vor dem Gebüsch blieb ich abrupt stehen. Dort war ... niemand. Nur ein einsamer Regenschirm hing im Gestrüpp. Ich blickte mich um. Weit und breit war keine Seele zu sehen. Fast hätte ich angefangen zu lachen.

»Emi? Bist du noch dran?«

»Ja, sorry. Ich dachte, ich hätte jemanden gesehen. Aber es war nur ein Regenschirm.«

»Wer lässt denn seinen Regenschirm im Park zurück?«, schimpfte sie. Ich konnte deutlich vor mir sehen, wie sie ihren Kopf schüttelte.

»Es ist windig. Wahrscheinlich ist er jemandem aus der Hand geflogen.«

»Diese New Yorker. Von Hinterherlaufen und Aufheben haben die auch nichts gehört. Umwelt? Was ist das?«

Ich grinste und zerrte den Regenschirm aus dem Gebüsch. »Also, wo waren wir stehengeblieben?«

»Du wolltest mir gerade erzählen, worauf ich bei der Sichtung der Aufnahmen achten soll.«

»Ach ja, genau.« Ich klemmte mir das Handy zwischen Schulter und Ohr, um den verwaisten Regenschirm zusammenzufalten. Dann schlüpfte ich mit meiner Hand durch die Schlaufe und ließ ihn an meinem Handgelenk baumeln. »Du sollst auf Unstimmigkeiten achten. Vielleicht ist da jemand, der öfters vor dem Schaufenster stand oder den Laden betreten hat. Der Täter wusste, dass sich das Schachbrett dort befindet.«

»Noch was?« Ich hörte eine Tastatur im Hintergrund klackern.

Entsetzt verzog ich das Gesicht. »Schreibst du gerade mit?«

»Damit ich nichts vergesse. Lösche ich natürlich wieder.«

»Hoffentlich. Es wäre eine Katastrophe, wenn das jemand anderes zu Gesicht bekommt.« Ich wich einer großen Pfütze aus, auf deren Oberfläche der Regen Kreise zog.

»Schon klar«, sagte sie und wartete darauf, dass ich fortfuhr.

»Außerdem wäre es gut, wenn du die Kameras der umliegenden Geschäfte prüfst, deren Hinterausgang in die gleiche Gasse führt wie die von Mikes Spielzeugwarenladen. Gut möglich, dass der Dieb durch einen dieser Läden entkommen ist.«

»Mach ich.« Sie rang mit sich, bevor sie aussprach, was ihr auf der Seele brannte. »Du warst noch nicht bei ihm, oder?«

Auch ohne dass sie seinen Namen nannte, wusste ich, von wem sie sprach. Francesco. »Bisher hatte ich noch keine Zeit. Aber ich versuche es die nächsten

Tage, versprochen. Ich muss bloß einen Zeitraum abpassen, in dem Jaden nicht bei mir ist. Er würde sonst Fragen stellen. Und wenn er davon erfährt, hat er noch mehr gegen uns in der Hand.«

»Gegen mich, meinst du.«

»Nein, uns. Ich bin eine Mitwissende, schon vergessen?« Ich sah den Regenschirm an, der an meinem Handgelenk baumelte, und blickte mich erneut um. »Ich gehe besser wieder zur Unterkunft. Jaden wartet bereits auf mich mit den Aufnahmen. Wir werden parallel mitschauen. Gemeinsam finden wir bestimmt schneller etwas heraus.«

»Okay, dann mache ich mich auch an die Arbeit. Ich melde mich morgen zur gleichen Zeit. Hoffentlich mit Infos.«

»Ich danke dir. Und sei vorsichtig.«

»Du auch.«

Wir legten auf. Ich steckte das Handy in die Tasche meines Trenchcoats, der trotz des Regenschirms durchnässt war. Sofort fühlte ich mich allein. Und erst jetzt bemerkte ich, wie tief ich in den Park gelaufen war. Ein ungutes Gefühl stieg in mir auf, als mir bewusst wurde, wie leichtsinnig ich gerade handelte. Ein Mörder lief frei herum. Würde er mir hier begegnen, würde niemand meine Schreie hören, geschweige denn mir zur Hilfe eilen.

Ich presste den Schirm näher an meine Brust und trat den Rückweg an. Beim Zurücklaufen blickte ich mich mehrmals um. Auch jetzt war niemand zu sehen. Hier und da raschelte etwas im Gebüsch. Doch diesmal kontrollierte ich nicht, was sich dahinter verbarg.

***

»Hast du alles erledigt?«, wollte Jaden wissen, als ich mich zu ihm ins Wohnzimmer begab.

Ich nickte und richtete meinen grauen Zweiteiler, in den ich eben geschlüpft war. Vor einer halben Stunde war ich zurückgekehrt und sofort in meinem Zimmer verschwunden, um mich aus den nassen Klamotten zu befreien. Das Handy hatte ich zwischen meiner Unterwäsche versteckt.

Jaden wusste, dass ich gerade mit Niki telefoniert hatte. Das Unwetter war perfekt für unser Telefonat gewesen. Keiner der anderen hatte Verdacht geschöpft. Vielleicht war ihnen nicht mal aufgefallen, dass ich fort gewesen war. Und so wie es aussah, waren wir auch nicht vollzählig. Jamaal fehlte. Vielleicht hielt er sich gerade irgendwo anders im Haus auf. Platz, um sich nicht zu begegnen, war genug vorhanden. Amber lief ich trotzdem immer über den Weg.

Glücklicherweise ignorierte sie mich heute und warf sich mit einer Zeitschrift auf das Sofa. Neben ihr lagen mehrere Shoppingtüten. Jaden hob eine Tüte in die Höhe.

»Du warst einkaufen? Wirklich?«

»Warum schaust du mich so vorwurfsvoll an? So schnell werde ich nicht wieder nach Manhattan kommen. Und ein paar Pausen darf man sich zwischendurch ruhig gönnen.«

Jaden schüttelte den Kopf und wandte sich dann mir zu. »Komm mit, ich habe alles vorbereitet.«

Amber sah von ihrer Zeitschrift auf. Ich konnte ihr ansehen, wie sehr es sie interessierte, worüber wir sprachen. Und wie sehr es sie nervte, dass Jaden und ich ein Team gebildet hatten. Das war tatsächlich eine kleine Genugtuung für mich.

Ich folgte Jaden in den Keller. Das war der einzige Bereich, in dem ich mich noch nicht umgeschaut hatte. Wenn ich eins nicht mochte, dann waren es dunkle, feuchte Kellerräume, wo in jeder Ecke eine Spinne saß. Zu meiner Überraschung war das aber nicht der Fall. Der schlauchförmige Kellergang war hell und sauber. An den Wänden standen moderne Skulpturen und andere Kunstwerke, von denen ich nicht gleich erkannte, was sie eigentlich darstellen sollten. Mehrere Türen gingen im hinteren Teil ab, die vermutlich in Heizungs- und Abstellräume führten. Doch als Jaden auf eine der Türen zusteuerte und sie öffnete, kam ich aus dem Staunen nicht mehr heraus. Ich hatte so was von danebengelegen.

Wir befanden uns in einem verfluchten Heimkino! Breite Ledersessel waren in drei Sitzreihen aufgestellt worden und eine große Leinwand nahm die gesamte hintere Wand ein. Es gab kein Fenster, durch das Tageslicht hereindrang. Nicht einmal Matthew besaß so einen Raum.

»Beeindruckt?« Als ich nickte, legte er den Kopf schräg. »Ich dachte, du wärst an so einen Luxus gewöhnt?«

Ich hob eine Braue. Das klang ja fast nach einem Vorwurf. »Nur weil ich in den Hamptons lebe, heißt das nicht, dass wir auch einen Kinoraum besitzen. Was ist eigentlich mit dir?« Ich deutete mit meinem Kinn auf ihn. »Du scheinst im Gegensatz zu mir überhaupt nicht beeindruckt zu sein.«

»Sorry, Poison. In mein Apartment passt kein Kinoraum rein. Dann müsste ich das Schlafzimmer leerräumen.«

Augenrollend setzte ich mich in die mittlere Reihe. Jaden ging stattdessen nach vorn, um die Fernbedienung zu holen. Bei jedem Schritt bewegte sich seine Rückenmuskulatur, die sich deutlich unter dem Shirt abzeichnete. Dann setzte er sich auf den Platz neben mir und zog einen Laptop unter dem Sitz hervor, den er im nächsten Moment aufklappte.

»Was machst du da?«, fragte ich neugierig.

»Ich öffne die Dateien, die wir jetzt brauchen. Alles Weitere habe ich schon vorbereitet, als du weg warst.«

Überrascht blinzelte ich. »Du willst *hier* die Aufnahmen durchsehen?«

»Wieso nicht?«, antwortete er konzentriert, ohne vom Laptop aufzusehen. »Wenn wir schon so einen Raum zur Verfügung haben, sollten wir ihn auch nutzen.«

Das klang nicht verkehrt. Auf einer Leinwand würde man mit Sicherheit mehr erkennen als auf einem Laptopbildschirm. Trotzdem fühlte es sich seltsam an, hier mit ihm zu sitzen. Fast als hätten wir ein Date in einem Kino.

»Fehlt nur noch Popcorn«, sagte ich scherzhaft, um die Anspannung aufzulockern, die sich in mir breitmachte.

»Kannst ja welches besorgen.«

»Süß oder salzig?«, wollte ich wissen.

Er sah zu mir hoch. Auf seinem Mund lag ein verführerisches Lächeln. »Salzig, Poison. Immer salzig.«

Ich atmete schwer, weil ich mir augenblicklich Bilder schwitzender eng umschlungener Körper vorstellte. Gott, wieso musste sich auch alles, was er sagte, so verflucht anzüglich anhören?

Sein Grinsen wurde breiter, als er seinen Blick wieder auf den Laptop richtete. Ja, er wusste genau, welche Fantasien er in meinem Kopf auslöste. Und wie es aussah, gefiel es ihm, mich aus der Fassung zu bringen. Idiot.

Ich lehnte mich in dem Ledersessel zurück und beobachtete Jaden eine Weile. Konzentriert tippte er auf dem Laptop herum und stellte mit der Fernbedingung den Projektor ein.

»Wo liegt dein Apartment eigentlich?«, fragte ich und versuchte so gelangweilt wie möglich zu klingen. Dabei war das eine Frage, die ich mir schon viele Jahre stellte.

Er sah kurz zu mir hoch, bevor er wieder zum Bildschirm schaute. »Ich habe keinen festen Wohnort. Mir werden überall auf der Welt Wohnungen gestellt. Je nachdem, wo ich gebraucht werde.«

Natürlich, das hätte ich mir denken können. Als Hunter lohnte es sich nicht, irgendwo sesshaft zu werden. Trotzdem klang es traurig. »Also bist du nirgends richtig zu Hause.«

Er sah mich überrascht an. »Aus deinem Mund klingt das nach etwas Schlechtem. Dabei sehe ich es vielmehr als ein Abenteuer an.«

Ich schnaubte bitter. »Ein schönes Abenteuer, bei dem du ständig in Gefahr schwebst.«

Er beugte sich leicht in meine Richtung. Das Grau seiner Augen wurde dunkel. »Das haben Abenteuer so an sich, Poison. Sie sind gefährlich. Aber auch unglaublich reizvoll.«

O Mann. Schon wieder diese Doppeldeutigkeit. Ich ignorierte das Kribbeln in meinem Bauch. »Wie viele hast du bereits überführt?«

Sein Blick wurde undurchdringlich. »Ich zähle nicht mehr mit. Aber ich kann es dir zeigen.« Er zog den runden Halsausschnitt seines T-Shirts ein wenig nach unten. »Ich habe es mir tätowieren lassen.«

Ich starrte auf das schwarze Spinnennetz, das seinen gesamten Hals bedeckte. Und dann verstand ich. Entsetzt sah ich seine Tätowierung an. »Du meinst, jeder Strich steht für einen Magier?«

Als er leicht nickte, fing ich an die Striche grob zu überfliegen. »Das sind mindestens 250.«

»Langsam geht mir der Platz aus, was?«, scherzte er trocken und drehte sich wieder zurück in seinen Sitz. »Ich habe vor sechs Jahren angefangen. Ich bat die Königin mich früher in den Dienst als Hunter zu stellen.«

Er musste mir nicht sagen, was der Auslöser gewesen war. Ich wusste es auch so. Der Tod seiner Schwester.

Jaden schaltete das Licht aus. Die Dunkelheit war seltsam tröstend. Im nächsten Moment öffnete sich ein Video auf der Leinwand. Zu sehen war der Times Square. Dann drückte er auf *Play*. Damit begann die Arbeit.

***

Drei Stunden vergingen, in denen wir die Aufnahmen der Überwachungskameras ansahen. An besagtem Tag konnten wir niemanden aus der Gasse hinein- oder hinausgehen sehen. Wir spulten die Bänder mehrmals vor und zurück, doch ohne Erfolg. Es war zum Verrücktwerden.

»Das ist hoffnungslos«, murmelte ich erschöpft. Mittlerweile brannten meine Augen und mein Nacken schmerzte.

Jaden starrte konzentriert zur Leinwand. Eine Hand ruhte auf seiner Schläfe, während die andere die Armlehne umfasste. Ich hatte die letzten Stunden darauf geachtet, ihn nicht mit meinem Arm zu berühren.

»Vielleicht hat er sich im Datum geirrt?«, überlegte ich laut. »Sonst hätten wir doch schon etwas finden müssen.«

»Nein, das ergibt keinen Sinn«, lenkte Jaden ein, ohne von der Leinwand zu sehen. »Er liebt das Brett viel zu sehr, als dass er den Tag vergessen könnte, an dem es gestohlen wurde. Und mir fällt auch kein Grund ein, warum er uns belügen sollte.«

Er hatte recht. Trotzdem war es seltsam, dass wir nichts Brauchbares fanden. Ob Niki mehr Erfolg hatte?

Ein lautes Klopfen brachte mich aus meiner Grübelei. Keine Sekunde später kam Iwan herein. Er trug einen Sportanzug, der weiße Streifen an den Ärmeln und Seiten der Hose hatte.

»Klopf, klopf«, sagte er fröhlich und setzte sich hinter uns in einen der breiten Sessel. Dann warf er seine Füße auf die Lehne gegenüber – Jadens

Lehne – und pfiff beeindruckt, als sein Blick durch den Raum schweifte. »Nicht schlecht, dass es hier sogar einen verfluchten Kinosaal gibt.«

»Verschwinde.« Jaden schob seine Füße mit einem Ruck von der Lehne und dimmte anschließend das Licht mit der Fernbedienung etwas hoch.

»Autsch«, schnurrte Iwan, bevor sein Blick auf die Leinwand fiel. »Eine Videoaufnahme vom Times Square? Sagt nicht, dass ihr den Täter unter den Tausenden Menschen sucht. Dort jemanden aufzuspüren wird Jahre dauern. Da könnt ihr gleich das nächste Taxi nach Hause nehmen.«

»Warum so pessimistisch?«, warf ich ein. »Manchmal springt einem schneller etwas ins Auge als gedacht.«

»Und warum glaubt ihr ihn auf dem Video identifizieren zu können? Wisst ihr denn schon, wie er aussieht? Ansonsten ist eure Aktion wirklich sinnlos.«

Jaden gab ein Knurren von sich. »Versuchst du gerade ernsthaft etwas aus uns herauszubekommen, damit du den Täter vor uns schnappen kannst?«

»Schon gut, ich habe es verstanden.« Er hob abwehrend beide Hände. »Ich sollte euch nicht stören. Ihr wisst sowieso nichts.«

Es klingelte an der Haustür. Dank Iwan, der die Zimmertür sperrangelweit offen gelassen hatte, konnten wir es bis nach unten hören. Im nächsten Moment rief Kaito von oben: »Der Lieferdienst ist da.«

»Lieferdienst?«, fragte ich verwundert.

»Ich bin gleich zurück.« Jaden drückte auf Pause, sprang von seinem Sessel und jumpte über die hintere Sitzreihe. Ich sah ihm nach, bis er durch die Tür verschwunden war.

»Was läuft da zwischen euch?«, wollte Iwan wissen, der noch immer in der hinteren Reihe saß. Seine Stimmte klang neugierig und gleichzeitig alarmiert.

»Nichts«, antwortete ich etwas zu schnell und drehte mich auf meinem Sitz zu ihm um.

Ein warnender Ausdruck huschte über sein markantes Gesicht. »Du solltest dich von ihm fernhalten. Er bedeutet nur Ärger.«

Einen Moment sah ich ihn verblüfft an. Mit dieser Warnung hatte ich nicht gerechnet. Klar, die beiden verstanden sich nicht besonders gut, trotzdem wirkte Iwan nicht wie jemand, der einen auf großen Bruder machte und mit solchen Ratschlägen um sich warf.

»Wie meinst du das?«, fragte ich vorsichtig.

Eine rötliche Braue wanderte ungläubig in die Höhe. »Ich sehe doch, wie du ihn anschaust. Du machst dir Hoffnungen.«

»Mache ich mir nicht«, protestierte ich sofort, obwohl ich nicht sicher war, ob ich mich damit selbst belog. Schließlich konnte ich das Prickeln nicht leugnen, das er bei jeder Berührung auf meiner Haut auslöste.

Iwan ließ die Braue wieder sinken. »Gut, denn Jaden ist ein nachtragendes Arschloch. Er wird dir nie verzeihen können, was du seiner Schwester angetan hast.«

Seine Worte trafen mich mitten in die Magengrube. Unerwartet und mit voller Wucht, sodass ich mir unweigerlich den Bauch hielt. »Woher … willst du das wissen?«

Iwan beugte sich vor und umschlang mit seinen Armen die vordere Lehne, um sein Kinn darauf abzustützen. »Glaub mir, ich weiß, wovon ich rede. Er kann nicht mal mir verzeihen.«

»Was hast du getan, das er dir verzeihen muss?«

»Ich war mit ihr zusammen.«

»Mit wem?«

»Mit Madison.«

Mir fiel alles aus dem Gesicht, als ich ihren Namen hörte. Schockiert öffnete ich den Mund und blickte Iwan mit großen Augen an. Die beiden waren ein Pärchen gewesen? Ich hatte keine Ahnung gehabt. Für mich war Madison immer die Tyrannin der Schule gewesen. Nie hatte ich Iwan an ihrer Seite gesehen, geschweige denn gehört, dass sie verliebt gewesen war.

»Wir wollten immer zusammen durchbrennen, wenn die Schule vorbei war. Weg von all den Fesseln der Gesellschaft«, erklärte er mir, als er meinen geschockten Gesichtsausdruck sah. »Die Königin hatte ein Auge auf sie und Jaden geworfen. Madison wollte ihr Schicksal als Sklavin der Krone nicht akzeptieren, auch wenn wir das doch alle irgendwie sind. Wer von uns hat schon wirklich eigene Rechte?«

»Ich wusste nicht, dass sie einen Freund hatte«, erklärte ich, nachdem ich meine Stimme wiedergefunden hatte. »Ich meine, sie war doch erst dreizehn.«

»Und ich fünfzehn. Man kann sich auch als Kind verlieben und wissen, dass es für immer ist. Oder eben nicht.« Ein bitteres Lächeln glitt über seinen Mund. »Als Madison und ich uns getroffen haben, wusste ich jedenfalls, dass sie es ist. Sie war das schönste Wesen, das ich jemals gesehen habe, mit den faszinierendsten Augen. Augen, die viel durchgemacht haben.« Er machte eine kleine Pause und blickte starr zur Leinwand. »Weißt du, man hat die beiden in einem kleinen Dorf in Litauen gefunden. Sie hat mir nie erzählt, was vorgefallen ist. Aber es muss schrecklich gewesen sein. Jaden hat sie beschützt, wie es nur große Brüder tun können, die Schreckliches gesehen haben. Schreckliches erlebt haben. Für ihn war Madison alles. Er hatte sonst niemanden mehr.«

»Aber er hat doch noch seine Tante.«

Iwan lachte, als hätte ich einen schlechten Witz gerissen. »Du hast ihm die Lüge geglaubt? Es gab nie eine Tante.«

»Deshalb kam sie auch nicht zu Besuch«, flüsterte ich schockiert. Dass mich Jaden angelogen hatte, machte mich genauso fassungslos wie die Tatsache, dass er niemanden mehr hatte. Wirklich niemanden mehr.

»Bingo.« Er lehnte sich in den Sitz zurück.

»Und was hat Jaden gegen dich? Er kann doch schlecht wütend auf dich sein, weil du seine Schwester geliebt hast.« Das klang mehr als absurd, selbst für Jaden.

Iwans Miene wurde zu einer traurigen Maske. Einige Sekunden vergingen, ehe er mir leise antwortete: »Er kann mir nicht verzeihen, dass ich nicht auf ihrer Beerdigung war.«

»Du warst nicht dort?«, schoss es aus mir heraus. Ich konnte mich noch genau erinnern, wie die Beerdigung zeitgleich mit der meiner Eltern stattgefunden hatte. Wie alle schwarz getragen hatten. Trauer und Wut hatten in der warmen Sommerluft gehangen. Aber die Sonne hatte geschienen. Der Himmel war blau gewesen. Und das Leben war einfach weitergegangen.

»Ich war nicht stark genug«, gab er zu und verzog schmerzvoll das Gesicht. »Ich habe nach ihrem Tod einfach meine Sachen gepackt und bin nach Hause geflogen.«

Okay, das erklärte einiges. Jaden hatte seine Schwester sehr geliebt. Sie war alles, was er hatte, bevor ich es ihm genommen hatte.

»Und du hasst mich nicht? Ich habe deine große Liebe ...« Ich konnte den letzten Satz nicht aussprechen. Gott, das wurde ja immer schlimmer. Ich hatte nicht nur Jaden die Schwester, sondern auch Iwan die Freundin genommen.

»Nein, tue ich nicht. Es war ein Unfall.« Er beugte sich ein Stückchen vor. Seine eisblauen Augen sahen mich direkt an. »Nimm dir meinen Tipp zu Herzen. Halt dich einfach von ihm fern. Mach dein Ding, so wie wir alle. Jaden verfolgt seine eigenen Ziele, auch wenn er es nicht unbedingt heraushängen lässt. Vergiss nicht, dass er ein Hunter ist und für die Königin arbeitet. Wer weiß, was sie ihm aufgetragen hat.«

Jaden kam wieder herein. In seiner Hand hielt er einen Pizzakarton.

»Ich habe keinen Hunger«, sagte ich und schluckte schwer. Nach dem Gespräch war mir der Appetit vergangen.

Leichte Enttäuschung lag in Jadens Zügen, als er sich neben mich setzte. Er hielt mir die Schachtel entgegen. »Öffne sie, vielleicht bekommst du ja doch Appetit.«

Ich sah einen Moment den Pizzakarton an, während mein Magen vor sich hin grummelte. Gut, vielleicht konnte ich doch ein Stück essen. »Na schön, überredet.« Ich nahm ihm den Karton ab und klappte den Deckel auf. Der Geruch von warmer Pizza kam mir entgegen.

»Das ist ja Hawaii«, sagte ich und konnte mir das Lächeln nicht verkneifen, das sich auf meinen Lippen ausbreitete.

Jaden legte den Kopf schief. »Ich dachte, du magst sie vielleicht noch. Früher haben wir oft Pizza bestellt, wenn wir bei dir zu Hause waren.«

»Daran kannst du dich noch erinnern?« Es waren mehr als sechs Jahre her, dass wir unsere Freizeit zusammen verbracht hatten – während der Pause, nach der Schule oder am Abend. Ich erinnerte mich noch, wie wir eines Nachmittags bei mir im Garten saßen und uns etwas bestellt hatten. Meine Eltern waren wie so oft noch nicht von der Arbeit zurückgekehrt und wir hatten ziemlichen Hunger. Damals hatten wir uns eine halbe Stunde nicht entscheiden können, welche Pizza wir bestellen sollten. Ich war für Hawaii und er war für Prosciutto e Funghi. Natürlich hatten wir diese Entscheidung mit Schnick, Schnack, Schnuck ausgetragen.

Iwan trat leicht gegen meinen Sitz, was so viel heißen sollte wie: *Hör auf in dämlichen Erinnerungen zu schwelgen und denk lieber an meine Worte.*

Ich ignorierte ihn und nahm mir ein Stück. Aber er hatte recht, ich sollte nicht mehr an Vergangenes denken, bis wir den Fall abgeschlossen hatten. Vielleicht würde ich Jaden bei Gelegenheit auf seine Tante ansprechen. Vielleicht auch nicht. Doch bis dahin sollte ich es in dem hintersten Winkel meines Seins schieben. Es galt einen Mörder zu fassen. Da hatten Gefühle keinen Platz.

Ich biss von dem Stück ab und schloss dabei meine Augen. Der Geschmack von warmer Ananas und heißem Käse lag auf meiner Zunge. »So lecker!«, murmelte ich mit vollem Mund und biss erneut hinein. Kurz darauf war ich schon beim zweiten Stück.

»Dafür dass du gerade keinen Hunger hattest, haust du ganz schön rein«, stellte Jaden amüsiert fest und nahm sich auch etwas.

»Hawaii-Pizza ist einfach göttlich!«

Amber kam die Marmortreppe herunter. Man hörte ihre Absätze bei jedem Schritt. Klack. Klack. Klack.

Ich unterdrückte ein Seufzen und wappnete mich schon für unsere nächste Auseinandersetzung.

»Was macht ihr alle hier unten?« Sie blieb im Türrahmen stehen. Ihr Blick heftete sich auf die halbleere Pizzaschachtel. Sofort stolzierte sie zu uns. »Esst ihr etwa ohne mich Pizza?«

»Sieht wohl so aus«, antwortete ich und konnte mir ein Lächeln nicht verkneifen.

»Du hättest ruhig fragen können, ob ich auch etwas abhaben möchte«, sagte sie vorwurfsvoll an Jaden gerichtet.

»Das ist ein Teamessen«, antwortete er. »Wenn du wieder ein Teil davon sein möchtest, brauchst du es nur zu sagen.«

»Sicher nicht. Auf das Team kann ich verzichten. Aber etwas von eurer Pizza nehme ich mir trotzdem.« Sie klaute ein Stück und verschlang es. »Ich liebe Hawaii-Pizza.«

»Emily auch«, entgegnete Iwan belustigt.

Amber sah mich entgeistert an. »Nicht im Ernst. Jetzt muss ich mir eine neue Lieblingspizza suchen.«

Ich rollte mir den Augen. »Was würde ich nur ohne deine tägliche Dosis Blödsinn machen?«

»Blödsinn? Du solltest dir eine neue –« Sie hörte auf zu reden und sah irritiert zur Leinwand, auf der die nächste Aufnahme lief. »Gott, was hat die denn an?«, fragte sie mit vollem Mund und deutete auf jemanden unten rechts im Bild. »Das ist ja so was von Retro.«

Ich ließ Pizzastück Nummer drei langsam sinken und lehnte mich nach vorn. Auf der Leinwand war eine junge Frau zu sehen, die vor einer Staffelei saß. Sie trug ein schwarzes Netzshirt, unter dem ein BH hervorblitzte.

»Ist das …?«

Jaden rüttelte vor Freude an der vorderen Kopfstütze. »Richtig, unsere kleine Freundin. Die Malerin.«

14. KAPITEL

Die Malerin schwang gerade den Pinsel, als wir am darauffolgenden Tag bei ihr ankamen. Die Sonne verschwand bereits hinter den Dächern der Hochhäuser und tauchte den Himmel über dem Times Square in ein orangefarbenes Licht. Meine Füße taten mir weh, weil wir den Times Square stundenlang abgelaufen waren, bis wir die Malerin schließlich am Ende eines Bürgersteigs gefunden hatten. Sie saß auf einem Klappstuhl vor ihrer Staffelei und malte an einem neuen Kunstwerk. Hinter ihr klebten ein paar ihrer Werke an der Hausmauer. Mehrere Menschen hatten sich um sie versammelt und schauten ihr begeistert zu. Jaden stellte sich provokativ neben ihre Staffelei und verdeckte mit seinem Ellbogen einen Teil der Leinwand.

Die Malerin rollte genervt mit den Augen und nahm die Kopfhörer aus den Ohren. »Ihr schon wieder.«

Jaden sah die Menschen an, die uns neugierig beobachteten. »Geht weiter, hier gibt es nichts zu sehen.«

Tatsächlich gehorchten die Passanten, obwohl man ihnen ansehen konnte, dass sie sich für die Auseinandersetzung interessierten, die jeden Augenblick stattfinden würde. Aber mit Jaden wollten sie sich dann doch nicht anlegen. Verständlich. Er trug heute eine ausgewaschene Hose und ein lässiges T-Shirt, dessen V Ausschnitt ziemlich weit nach unten reichte und einen Teil seiner tätowierten Brust freigab, auf die ich heute nicht bloß einmal gestarrt hatte. Die schwarze Lederjacke und sein genervter Gesichtsausdruck rundeten den Bad-Boy-Look perfekt ab.

»Hey, du vertreibst mir alle Kunden!«, maulte die Malerin.

»Es ist besser, wenn sie nicht mithören.« Jaden verschränkte die Arme vor der Brust, auf die ich jetzt schon wieder starrte – verflucht, verflucht, verflucht.

Herrgott, Emily, reiß dich zusammen! Ja, Jaden sieht verdammt heiß aus, aber wir befinden uns mitten in einer wichtigen Befragung!

Ich konzentrierte mich auf die Malerin, die uns wütend anfunkelte. »Was wollt ihr? Ich habe euch doch schon gesagt, dass ich nichts weiß.«

Jaden holte ein Foto aus seiner Jacke hervor. »Rate mal, wen wir auf einer Aufzeichnung einer Sicherheitskamera entdeckt haben, am Tag, als das Schachspiel gestohlen wurde? Das Schachspiel, dessen Spielfiguren der Serienmörder nach seinen Taten bei seinen Opfern hinterlässt.«

Sie ließ den Pinsel langsam sinken und starrte das Bild an, das Jaden ihr entgegenhielt. »Na und, dann bin ich eben da drauf. Was spielt das für eine Rolle?«

»Eine ziemlich große.« Er verstaute das Foto wieder.

»Mir ist nichts aufgefallen, wenn du darauf hinauswillst.«

»Lügnerin.« Jaden deutete mit einem knappen Nicken die Straße hinauf, in der sich Mr Hobbs Laden befand. »Mikes Spielwarenladen wurde an dem Abend ausgeraubt, an dem du gegenüber von ihm gemalt hast. Also erzähl mir nicht, dass dir nichts aufgefallen ist!«

Die Malerin starrte auf Jadens Handgelenk und schnurrte wie ein Kätzchen. »Vielleicht habe ich ja doch etwas gesehen. Aber die Antwort ist nicht umsonst.«

»Du möchtest eine Gegenleistung, obwohl uns deine Information vielleicht zu dem Täter führt?«, fragte ich schockiert. Das klang in meinen Ohren mehr als berechnend.

Die Malerin tunkte den Pinsel in das braune Wasserglas. »Nichts ist umsonst in Manhattan. Hier muss man einen Gefallen mit einem Gefallen begleichen. Das ist die Währung, die wir Magier untereinander haben.«

Jaden schnaubte, während das Grinsen der Malerin breiter wurde. »Wie viel?«, fragte er genervt und holte sein Portemonnaie heraus. Als sie nicht sofort antwortete, hielt er ihr einen Hundert-Dollar-Schein vor die Nase.

Sie hob spöttisch eine schmal gezupfte Augenbraue. »Als ob ich mit Geld bezahlt werden will. Es kommt schließlich nicht alle Tage vor, dass ich einem Magier der Schwarzen Witwe begegne. Wenn ich mich recht entsinne, ist mir das nur ein einziges Mal passiert und da wurde ich eingebuchtet.« Sie grinste, als hätte sie mit Jaden den Hauptgewinn gezogen.

»Komm auf den Punkt«, forderte er sie auf.

Die Malerin streichelte die Borsten ihres nassen Pinsels über ihre Handfläche. »Ich möchte einen Trip.«

Jadens Miene verhärtete sich. »Zehn Minuten.«

»Eine Stunde.«

»Eine halbe.«

»In Ordnung«, sagte sie und grinste breit. Ich wusste, das mit Trip keine herkömmlichen Drogen gemeint waren. Es ging um Jadens Magie. Um eine Illusion.

»Und wie soll er aussehen?«, wollte er wissen. Sein Miene war eiskalt, aber das schien die Malerin nicht zu stören.

Sie tunkte den Pinsel in den roten Farbtopf, der neben ihr auf dem Boden stand. »Wie wäre es mit Hawaii? Kriegst du das hin?«

»Sicher, dafür stellen wir dir aber drei Fragen.«

»Abgemacht.« Sie widmete sich wieder ihrem Gemälde.

Ich stellte die Frage, die Jaden und ich im Vorfeld besprochen hatten. »Was hast du in der Nacht gesehen, als das Schachbrett gestohlen wurde?«

»An besagtem Abend nichts, doch ein paar Tage zuvor ist mir etwas Seltsames aufgefallen. Ich entsorge meinen Müll oft in der Gasse gegenüber. Als ich gerade dabei war, gegen Mitternacht die leeren Farbeimer in die Tonnen zu quetschen, sah ich einen dunklen Schatten am Ende der Gasse. Dort stand ein hochgewachsener Mann, der in einem schwarzen Mantel gehüllt war und einen altmodischen Hut trug. Er rauchte eine Zigarette.« Sie blickte zu Jaden. »Deine Größe kommt hin.«

Ich schluckte schwer. »Konntest du sein Gesicht erkennen?«

»Das war Frage Nummer zwei.« Sie tunkte den Pinsel in die Farbe. »Nein. Die Gasse war dunkel und weder sah der Kerl in meine Richtung noch war ich so lebensmüde mich ihm zu nähern. Aber wer weiß, vielleicht ist es auch gar nicht die Person, die ihr sucht.«

Das klang mal nach etwas! Zwar konnte der Kerl auch ein Drogendealer sein, der dort auf Klienten wartete, trotzdem würden wir diesem Hinweis nachgehen. Wenn wir Glück hatten, handelte es sich tatsächlich um denjenigen, den wir suchten! Und jemanden mit Mantel und Hut würde man in den Aufnahmen schnell wiedererkennen.

Ich stellte die letzte Frage, die mir nicht mehr aus dem Kopf ging. »Was hast du damit gemeint, als du sagtest, dass es hier schlimmere Monster gebe als den Serienkiller?«

Sie stoppte mitten in der Bewegung. Die Farbe tropfte von der Pinselspitze. »Es kommt hier schon seit Jahren zu unerklärlichen Vorfällen.«

»Wie meinst du das?«, bohrte Jaden weiter nach.

»Für eine weitere halbe Stunde verrate ich es euch.«

»Natürlich.« Jaden stieß ein Seufzen aus, das einem Knurren gleichkam. Wie es aussah, hatte er wenig Lust darauf, seine Magie gegen Antworten einzutauschen. Ich war froh, dass sie nichts dergleichen von mir verlangte. Auf keinen Fall hätte ich meine Handschuhe ausgezogen und meine Magie eingesetzt. Abgesehen davon, würde ich mich in Schwierigkeiten bringen. Wer wusste schon, ob sie jemanden damit vergiften würde?

»Sehr schön«, säuselte sie zufrieden und setzte gezielte Striche auf das Bild, das langsam Form annahm.

»Um deine Frage zu beantworten: Ich weiß nur, dass mehr Leute verschwunden sind als die, die ermordet wurden.«

»Es verschwinden Leute?«, schoss es aus mir heraus.

Sie nickte bedrückt. »Schon seit Jahren. Angeblich haben sie alle an der Magischen Wand Selbstmord begangen.«

»Aber du glaubst nicht, dass das stimmt.«

Sie schnaubte. »Nein. Natürlich kommt es immer wieder vor, dass jemand die Magische Wand berührt, um seinem Leben ein Ende zu setzen. Aber meiner Meinung nach sind es zu viele Fälle, die jährlich als Selbstmord abgestempelt werden. Und ich habe auch noch nie jemanden über die Brooklyn Bridge gehen sehen, der das vorhatte.«

»Wie verschwinden diese Leute deiner Meinung nach dann?«, fragte Jaden mit ernstem Blick. Sein Gesicht war verschlossener denn je.

»Keine Ahnung. Aber vielleicht fragt ihr die Goldene Gouverneurin. Schließlich ist das ihre Stadt.«

Sofort kam mir Francesco in den Sinn. Nicht dass auch er auf diese Weise verschwunden war. *Bitte nicht.*

»Ich habe meinen Teil der Abmachung erfüllt. Nun seid ihr dran.« Die Malerin packte ihre Sachen zusammen und setzte sich im Schneidersitz auf den Boden, der immer noch vom gestrigen Regenschauer feucht war.

Jaden hob ungläubig eine Braue. »Ich soll dir *hier* den Illu-Trip verpassen? Es wird bereits dunkel.«

»Am Times Square wird es nie dunkel«, korrigierte sie ihn und machte es sich an der Hausmauer bequem. »Abgesehen davon ist es hier sicherer als in einer Gasse. Und wer würde schon eine arme Straßenkünstlerin beklauen wollen?«

»Na schön. Wie du willst.« Jaden beugte sich zu ihr herunter. Dann berührte er sie am Arm, so leicht und zart, dass es wie eine Liebkosung wirkte. Irgendetwas in meinem Bauch zog sich fest zusammen. War ich gerade ... eifersüchtig? Der Gedanke brachte mich derart durcheinander, dass ich mich perplex umdrehte und eine Reklametafel anstarrte, auf der ein Parfüm abgebildet war.

»Wir können weiter«, sagte Jaden keine Minute später neben mir. Ich versuchte mir nicht anmerken zu lassen, wie aufgewühlt ich gerade war. Als ich mich zu der Malerin umdrehte, lehnte sie friedlich an der Hausfassade. Ihre Lider waren geschlossen.

»Warum wirkt es so, als würde sie schlafen?«, fragte ich, als wir den Times Square entlanggingen. Soweit ich mich erinnerte, war ich bei seinen Illusionen nie in einen Schlafzustand gefallen.

Jaden sah nach vorn, während er antwortete. »Es gibt verschiedene Arten von Illusionen, die ich erschaffen kann. Ein Illu-Trip ist eine vollständige Verzerrung der Realität.«

»Und du musst nicht in ihrer Nähe bleiben? Bricht deine Illusion nicht ab, wenn wir uns so weit wegbewegen?«

»So wie eine Funkverbindung?« Jadens Mundwinkel hoben sich, als ich kleinlaut nickte.

»Tatsächlich ist der Gedanke nicht komplett verkehrt«, sagte er belustigt.

»Du kannst es dir wie Fäden vorstellen, die ich in der Hand halte. Wenn ich die Verbindung einer bestimmten Illusion kappen möchte, lasse ich den Faden einfach los. Dann wacht derjenige auf und ist wieder in der realen Welt. Je weiter wir uns wegbewegen, desto schwerer wird es, die Fäden in den Händen zu behalten. Aber solange ich nicht kilometerweit entfernt bin, geht es.«

»Bedeutet das, dass du mehrere Personen gleichzeitig in eine Illusion schicken kannst, ohne überhaupt anwesend zu sein?«

Ein amüsierter Ausdruck trat in seine Augen, als er meine Verblüffung sah. »Es ist keine große Sache. Ich muss mich eben nur konzentrieren. Je mehr Illusionen, desto mehr muss ich mich darauf fixieren, um niemanden in der Illusion zu verletzen. Außer natürlich, das ist mein Ziel.«

»Verletzen?«

Sein Grinsen verschwand. »Ihre Psyche. Sie Dinge sehen zu lassen, die sie in den Wahnsinn treiben könnten.«

Ich erinnerte mich an die Illusion von Madison auf dem Hochhaus. Ein kalter Schauer glitt über meinen Rücken. Themenwechsel! Sofort!

Ich zupfte nervös an meinem Handschuh herum. »Glaubst du, die Malerin hat die Wahrheit gesagt? Verschwinden hier wirklich Leute? Und stecken die Goldenen mit drin?« Denn genau danach hatte es sich angehört. Und das war eine verflucht schwerwiegende Anschuldigung.

Jadens Miene war unergründlich. »Keine Ahnung.«

Ich wartete darauf, dass er mit seinen wilden Theorien loslegte, aber mehr als die zwei Worte brachte er nicht über seine Lippen, die er zu einer harten Linie verzogen hatte.

»Keine Ahnung?«, wiederholte ich ungläubig und runzelte die Stirn. »Mehr hast du dazu nicht zu sagen?«

»Die Malerin hätte uns alles erzählt, nur um einen Trip zu bekommen und Manhattan für einen Augenblick zu entfliehen.«

Klang logisch. Schließlich würde sie nie wieder einen anderen Ort betreten dürfen. Doch ihre Bedenken waren nicht unbegründet. Wenn wirklich Magier spurlos verschwanden, war das mehr als erschreckend.

»Wir sollten der Sache nachgehen.«

»Nein.«

Seine Antwort kam so plötzlich, dass ich abrupt stehen blieb. »Warum nicht?«

»Weil wir nicht einfach zu der Gouverneurin spazieren und sie beschuldigen können. Das handelt uns mehr Ärger ein, als die Sache wert ist.«

Mir blieb der Mund offen stehen. Das hatte er jetzt nicht wirklich von sich gegeben?!

»Wie kannst du so etwas sagen?« Ich tippte mehrmals mit meinem Finger gegen seine harte Brust. »Wir sind vielleicht an einer riesigen Verschwörung dran und dir ist es *den Ärger nicht wert*?«

Blitzschnell umfasste er mein Handgelenk und zog mich an den Rand des Bürgersteigs. Das Grau in seinen Augen war so dunkel wie ein Himmel bei Sturm. »Wir sind nicht hier, um einer Selbstmordverschwörung nachzugehen, sondern um einen verfluchten Killer zu fassen! Tu einfach das, wozu man dich hergebracht hat.«

»Manchmal muss man eben mehr tun!« Ich entriss ihm meine Hand und funkelte ihn wütend an.

»Sehe ich anders.« Seine Unterkiefer malmten. Er war genauso sauer wie ich. Die nächsten Sekunden lieferten wir uns ein Blickduell vom Allerfeinsten, bis Jaden ein abfälliges Geräusch von sich gab.

»Bleib hier stehen, ich hole mir etwas zu trinken.« Ohne auf meine Antwort zu warten, drehte er sich um und überquerte die Straße.

Ich stieß ein frustriertes Fauchen aus. Jaden war ein sturer Mistkerl! Wenn ihn die Selbstmorde nicht interessierten, bitte schön. Aber ich würde das nicht einfach unter den Tisch kehren, weil es nicht *zu unserer Aufgabe* gehörte.

Ich starrte den Kiosk an, in dem Jaden verschwunden war. Dann beschloss ich auf seine Anweisung, hier zu warten, zu pfeifen. Ich war nicht sein verfluchter Hund, dem er etwas befehlen konnte und der ihm brav gehorchte.

Ich mischte mich unter die Menschen und lief den Times Square entlang. Bei Mikes Spielzeugwaren blieb ich stehen und setzte mich auf die unterste Stufe. Ich wusste, dass Jaden und ich auf dem Weg hierher gewesen waren, bevor wir uns gestritten hatten. Zwar wartete ich jetzt auch irgendwie auf ihn, aber wenigstens nicht mehr an der blöden Stelle, an der er mich hatte stehen lassen.

Einen Augenblick beobachtete ich die Passanten, die zügig an mir vorbeigingen. Mittlerweile war es Abend geworden, aber kein bisschen dunkel. Dafür sorgten die riesigen Leuchtreklamen, die an den Hausfassaden hingen und mit ihrer Werbung den Platz erhellten. Neonlichter spiegelten sich in den Pfützen und Schaufenstern wider und selbst Balkone wurden in unterschiedlichsten Farben angestrahlt.

Plötzlich hörte ich es hinter mir poltern. Es musste vom Spielzeugladen kommen und es klang, als wäre etwas umgeworfen worden. Und ich sprach nicht von einem einzelnen Spielzeug, sondern von einem ganzen Regal!

Augenblicklich sprang ich auf und lief die Treppe hoch, doch die Tür war verschlossen. Mehrere Male klopfte ich dagegen, aber es kam keine Reaktion zurück. Ich hielt die Hände vors Gesicht, um besser durch das quadratische Glas schauen zu können. Doch ich entdeckte weder Mr Hobbs noch ein umgefallenes Regal. Dabei war ich mir sicher, dass ich mir den Knall nicht bloß eingebildet hatte. Ein ungutes Gefühl breitete sich in mir aus. Vielleicht war er bewusstlos?

Dann kam mir ein Gedankenblitz. Ich sprang die Stufen hinunter und bog in die danebenliegende Gasse ein. Die Tür zum Hintereingang war ebenfalls verriegelt, aber ein Fenster stand offen. Ich sah mich um, bevor ich hindurchstieg und in einem Lagerraum landete. Zwar sollte ich nicht einfach durchs Fenster klettern, aber es hörte sich an, als wäre etwas zu Bruch gegangen. Und wenn Mr Hobbs gestürzt war und unter einem Berg Spielzeug begraben lag, konnte er sich schlecht allein befreien. In Jadens Interesse musste es ebenfalls sein, denn Mr Hobbs war unsere heißeste Spur.

Ich kämpfte mich durch Kartons voller Puppen und Spielzeugautos, bis ich schließlich die Tür erreichte. Zum Glück war sie nicht auch verschlossen, denn dann hätte meine Rettungsaktion genau hier geendet.

Nun befand ich mich im Verkaufsraum. »Mr Hobbs?«, rief ich, als ich mich durch den Laden zur Theke bewegte. Doch ich konnte ihn nirgends entdecken. »Alles in Ordnung bei Ihnen?«

Dann hörte ich eine Etage höher wieder etwas zu Bruch gehen. Und noch etwas. Sofort lief ich die Treppe hinauf. Ich kam an Regalen mit Stofftieren vorbei, bevor ich eine Tür erreichte, die einen Spalt offen stand. Stimmen drangen zu mir durch. Aggressiv. Wütend.

»Bitte nicht«, hörte ich Mr Hobbs flehen.

»Was hast du ihnen gesagt?«, keifte eine fremde Stimme. »Ich dachte, wir hätten eine Abmachung!«

Vorsichtig lugte ich durch die Tür. Mr Hobbs stand zitternd in der Mitte eines weiteren Lagerraums, der deutlich größer war als der, durch den ich gekommen war. Er hielt den Kopf gesenkt und hatte die Hände zu einer flehenden Geste vor seinen Körper gestreckt. Um ihn herum befand sich ein Schlachtfeld aus zerbrochenen Porzellanpuppen und Kartons, deren Inhalte achtlos auf den Boden gekippt worden waren.

Dann trat ein hochgewachsener Mann in mein Sichtfeld. Fast schon haifischartig umrundete er Mr Hobbs. Er hatte die Statur eines Bären und Hände so groß wie Frisbeescheiben. Und das war noch untertrieben! Er verpasste Mr Hobbs einen Schlag in die Magengrube. Dieser krümmte sich vor Schmerzen.

Einen Moment war ich wie gelähmt angesichts der rohen Gewalt, die sich vor mir abspielte. Ein weiterer Schlag folgte. *Verflucht! Ich muss etwas tun!* Zwei Wimpernschläge lang wog ich meine Taktik ab. Reinplatzen oder zurücklaufen und Jaden holen? Ein boshaftes Lachen an meinem Ohr nahm mir die Entscheidung ab. Denn im nächsten Moment packte mich jemand grob an den Oberarmen. »Wen haben wir denn da?«

15. KAPITEL

Ich wurde in den Raum hineingedrängt. Lange Fingernägel bohrten sich in meine Oberarme, die dringend eine Maniküre gebraucht hätten.

»Boss, schau mal, welch fette Ratte ich gefunden habe.«

Ich versuchte mich von dem Kerl zu befreien, der nach Schweiß und Minzkaugummi stank, aber sein Griff war unnachgiebig.

Der Schläger sah überrascht zu mir und seinem Lakaien. Ich schätzte ihn auf Mitte vierzig. Er trug ein grün kariertes Holzfällerhemd, dessen Ärmel er über seine dicken Oberarme gekrempelt hatte. Graue Strähnen durchzogen seinen ungepflegten Vollbart und kleine Fältchen hatten sich um die wachsamen Augen gebildet, mit denen er mich musterte.

»Sieh an, sieh an, Anastasia Emily Corwell. Was für eine Ehre.« Er stieg mit seinen schweren Stiefeln über Mr Hobbs hinweg, der mittlerweile am Boden lag und sich nicht mehr rührte. Großer Gott!

Direkt vor mir blieb er stehen. Sein Blick glitt unangenehm langsam über meinen Körper. »Von dir haben wir gerade gesprochen. Der alte Mann möchte mir einfach nicht verraten, was er mit euch zu schaffen hat. Und siehe da, jetzt kann ich dich selbst fragen.«

»Wie soll er auch, wenn du ihn zu Brei schlägst?«, fauchte ich und versuchte mich erneut aus dem Griff zu befreien. Vergeblich.

Der Händedruck des Lakaien wurde fester. »Sprich nicht so respektlos mit dem Boss.«

»Schon in Ordnung.« Der Schläger hob eine seiner riesigen Hände. »Hätte er mit mir kooperiert, hätte ich das nicht tun müssen«, erklärte er sachlich, als meinte er es tatsächlich ernst. Doch etwas, das er zuvor gesagte hatte, schockierte mich nicht weniger.

»Woher kennst du meinen Namen?«

»Ich bin zwar ein Gefangener an diesem gottlosen Ort, aber ich bin nicht blind.« Er hakte beide Daumen in seine breiten Hosenträger ein, die stramm um seinen kräftigen Oberkörper gespannt waren. Dabei erhaschte ich einen kurzen Blick auf die Tätowierung an seinem Handgelenk.

Ein Drache. Kein Wunder, dass er mich an einen Bären erinnerte! Er war ein verfluchter Gestaltwandler! Es würde mich nicht wundern, wenn Mr Krallenhand ebenfalls einer war.

»Ich weiß, dass ihr hier seid – du und die anderen Kinder der Oberhäupter«, sprach er weiter. »Es ist die Anordnung der Königin, um diesem Goldenen-Pack unter die Arme zu greifen, das nichts gebacken bekommt.«

Meine Hände zitterten. Er wusste, wer und weshalb wir hier waren. »Wer … bist du?«

Er löste seine Daumen von den Hosenträgern und verbeugte sich. »Ach, wo bleiben meine Manieren? Wenn ich mich vorstellen darf, mein Name ist Alfredo Rossi. Aber den meisten bin ich als *Phantom* bekannt.«

Ich lachte bitter. »Weil du ungesehen auftauchst und verschwindest.« Keine Frage. Eine Feststellung. Und dann machte es Klick. »Du hast das Schachbrett geklaut.«

Als er lächelte, klappte mir der Mund auf. Das bedeutete, er … war der Serienkiller, der die Magierwelt seit mehreren Monaten in Atem hielt! Er hatte so viele Unschuldige auf dem Gewissen. So viele Leben beendet. Und da ich jetzt sein Geheimnis kannte, steckte ich in Schwierigkeiten. In verflucht großen!

Er würde mich umbringen. Die Erkenntnis traf mich wie ein Schlag. Augenblicklich überflutete mich blanke Panik. Mein Messer! Ich musste an mein Messer kommen, das sich in meiner Hosentasche befand! Keine Sekunde später führte ich meinen improvisierten Plan aus. Ich holte aus und trat mit aller Kraft nach hinten. Phantoms Komplize fluchte, als ich sein Schienbein zu fassen bekam. Für einen Moment lockerte sich sein eiserner Griff. Blitzschnell schoss meine Hand zu meiner Tasche. Allerdings schaffte ich es nicht rechtzeitig. Noch bevor ich das Messer erreichen konnte, wurde ich hart gegen ein silbernes Regal geschleudert. Die Spielzeuge klirrten. »Was willst du jetzt tun, du kleine –?«

»Na, na, na, wo sind deine Manieren geblieben?«, tadelte Phantom seinen Komplizen, der mich jetzt gegen die Wand presste und meine Beine fixierte. Verflucht, jetzt konnte ich mich gar nicht mehr bewegen!

»Es tut mir leid, Boss«, entschuldigte er sich sofort, machte aber keine Anstalten, den Druck zu verringern, mit dem er mich an Ort und Stelle hielt.

Phantom widmete sich mir zu. Seine verhornten Fingerkuppen strichen langsam über die Wange, die nicht gegen die Tapete gedrückt wurde. »Sei schön brav, dann tue ich dir nichts.«

Seine Berührung verdrängte die Panik in mir und löste stattdessen eine neue Welle brodelnder Wut aus. »Als ob ich dir das glaube!«, fauchte ich und riss meinen Kopf schlagartig zur Seite. Dabei bekam ich seine Hand zu fassen. So fest ich konnte, biss ich zu.

Die Reaktion, die darauf folgte, hatte ich nicht erwartet. Dieses Ekelpaket schrie weder auf noch zog er seine Hand zurück. In seinem Blick glänzte pure Erregung. Igitt!

»Mhh, dein Kampfgeist ist beeindruckend«, hauchte er und leckte sich über die spröden Lippen. »Unter anderen Umständen hätten wir viel Spaß miteinander haben können, aber dich zu verletzen würde den Ertrag mindern. Das wäre nicht gut fürs Geschäft.«

Den Ertrag? Nicht gut fürs Geschäft? Wollte der Kerl mich verkaufen?! Angewidert von ihm und seinen Worten spuckte ich seine Hand aus. Rote Abdrücke zeichneten seine Haut, aber ihn schien es nicht zu interessieren.

»Was genau hast du mit mir vor?«, knurrte ich.

Phantom lehnte sich neben mir an die Wand.

»Es gibt zwei Fraktionen. Die, die sich freuen, hier drin zu sein, und die, die um jeden Preis wieder herausmöchten.«

»Und lass mich raten, du gehörst zur zweiten Sorte.«

Er drehte seinen Kopf in meine Richtung. »Wieder richtig kombiniert. Der Silberne wird ein hübsches Sümmchen für deine Freilassung zahlen. Und ich komme endlich aus Manhattan.«

Deshalb das Ganze. Die Morde waren ein Lockmanöver gewesen, damit er einen von uns erwischen und seine Freiheit wiedererlangen konnte. Obwohl sein Plan ziemlich riskant war. Schließlich konnte er nicht wissen, dass ausgerechnet die Kinder der Oberhäupter nach Manhattan geschickt wurden.

Ich fletschte die Zähne. »Als ob du damit durchkommst! Die Goldenen werden dich nicht einfach herausspazieren lassen.«

Er lachte lautstark. »Ich bin mir sicher, dass sie das werden. Und mit dir habe ich den Hauptgewinn gezogen.«

»Ich höre etwas«, murmelte Phantoms Komplize alarmiert. »Es klingt nach einer einzelnen Person.«

Jaden! Gott, bitte lass es Jaden sein!

»Geh nachsehen«, befahl Phantom. »Lass das Mädchen hier.«

Der Kerl ließ mich los und verschwand durch die offene Tür nach unten. Phantom beobachtete mich mit wachsamen Augen, als ich zu Mr Hobbs eilte und seinen Puls nahm. Als ich das vertraute Pochen hörte, seufzte ich erleichtert auf. Er war nur bewusstlos! Ein Glück!

Im nächsten Moment kamen Schreie von unten. Phantom sah irritiert zur Tür. Das war meine Chance! Ich umfasste den Griff meines Taschenmessers, klappte es auf und stürmte auf ihn zu. Doch Phantom reagierte schnell. Mit einer gekonnten Umdrehung wich er meinen Angriff aus und rammte mir stattdessen seine Faust in die Magengrube. Ich hustete und krümmte mich vor Schmerzen zusammen.

»Wolltest du mich mit diesem Ding abstechen?, fragte er überrascht. Tadelnd schnalzte er mit der Zunge und warf mein Taschenmesser hinauf zu dem obersten Fach eines Regales, das bis zur Decke ging. Verdammt, da kam ich ohne weiteres nicht mehr dran.

»Das hättest du besser nicht tun sollen.« Phantom verwandelte sich. Seine schon massive Statur wurde noch breiter. Seine Gesichtsform veränderte sich. Die Nase wurde zur Schnauze, die Hände zu Pranken. Seine Kleidung zerriss, als sich sein Körper verformte. Braunes Fell überzog seine Haut.

Heilige Scheiße. Er hatte sich in einen Bären verwandelt. Dabei sprach ich nicht von Winnie Pooh. Vor mir stand ein verfluchter Grizzlybär!

Ich stolperte in die andere Ecke das Raumes. Er machte einen Schritt auf mich zu. »Jetzt wird der Silberne dich wohl mit zwei gebrochenen Händen zurückbekommen!«

»Das würde ich lieber lassen«, sagte eine mir vertraute Stimme, deren Besitzer Phantom mit seinem Körper verdeckte.

Phantom drehte sich so schnell herum, wie es sein Bärenkörper hergab, und gab so den Blick auf die Tür frei.

»Jaden«, keuchte ich überglücklich.

»Nightmare. Wie ich sehe, hast du auch endlich den Weg zu uns gefunden«, sagte Phantom beschwingt.

Nightmare? Diesen Spitznamen hörte ich zum ersten Mal.

Jaden deutete mit seinem Zeigefinger eine Etage tiefer. »Ich wurde aufgehalten. Entschuldige.«

»Immer diese Zwischenfälle ...« Phantom ließ sich auf seinen Bärenpo fallen. »Mein Mann ist tot, nehme ich an?«

»Wenn nicht er, dann wäre ich es.«

Ich schluckte schwer. Jaden hatte ihn umgebracht? Er sah keineswegs verstört aus. Unwillkürlich fragte ich mich, wie viele Magier er bei seinem Job schon aus Notwehr umgebracht hatte.

»Schade, ich habe ihn wirklich gemocht.« Phantom kratzte mit seinem Hinterbein sein rundes Ohr. »Aber ich freue mich dich zu sehen. Das letzte Mal war vor fünf Jahren, als du mich aus meiner Wohnung in Kalifornien gezerrt und vor das Magische Gericht gestellt hast.«

»Und was hast du jetzt vor?«, fragte Jaden gelassen, so als würde er einen Freund fragen, welches Spiel er gleich zocken würde.

»Das Mädchen werde ich an den Silbernen verkaufen. Was dich betrifft, dich werde ich quälend langsam umbringen.«

»Weil ich deinen Freund getötet habe? Hätte er mich nicht zerfleischen wollen, hätte ich es nicht tun müssen.«

Phantom fuhr mit einer Pranke über den Boden und hinterließ tiefe Furchen im Parkett. »Nicht wegen ihm. Sondern weil du mich vor Jahren in diese beschissene Illusion gesperrt hast. Ich träume noch immer davon. Seitdem kann ich keinen Horrorfilm mehr schauen.«

Horrorfilme? Langsam verstand ich, wieso er Jaden *Nightmare* nannte.

»Hm, ich glaube, da habe ich etwas gegen. Klingt nicht sehr verlockend.«

Jaden legte den Kopf schief. »Aber wenn du unbedingt möchtest, frische ich deine Erinnerung gern auf. Ich habe mittlerweile auch weitaus schlimmere Szenarien, die ich dir anbieten kann.«

»In meiner Bärengestalt funktioniert deine Magie nicht.«

Irritiert runzelte ich die Stirn. Davon hörte ich zum ersten Mal. Wenn das stimmte, waren wir wirklich geliefert.

Jaden nahm seine Anspielung unbeeindruckt zur Kenntnis. »Ich lasse es gern drauf ankommen.«

Phantom grinste so breit, dass man seine langen Eckzähne sehen konnte, mit denen er mühelos durch Haut und Fleisch kam. »Du bist so gut wie tot.«

Dann machte er einen Satz auf Jaden zu. Der reagierte blitzschnell. Er wich gezielt aus und rammte ihm mehrere Schläge in die Flanke. Seine Bewegungen waren geschmeidig und präzise.

Phantom lachte und klang wenig beeindruckt. »Mit Fäusten wirst du nicht weit kommen, Nightmare. Ich bin ein Grizzlybär. Doch ich kann dich mit meinen Pranken töten.«

»Dann wird es Zeit, dir die Krallen auszuschlagen.«

Jaden wich weiteren Hieben aus – was in diesem engen Raum eine echte Herausforderung darstellte. Mehrere Regale wurden umgestoßen und der Inhalt verteilte sich auf dem Fußboden.

Ich schleifte Mr Hobbs in die Ecke des Raumes. Es war so eng, dass Phantom ihm mühelos mit seinen dreihundert Kilo zerquetschen könnte, wenn er auf ihn treten würde.

Dann griff ich nach dem Erstbesten, was ich finden konnte, um mich auf Phantom zu stürzen. Aber Jaden warf mir einen Bleib-genau-da-stehen-Blick zu. So ein Idiot! Bei ihm zeigten sich bereits erste Müdigkeitsanzeichen. Wieso wollte er keine Hilfe?!

Im nächsten Moment bekam Phantom ihn auch schon zu fassen. Seine Pranke traf Jaden an der Schulter und schlitzte seine Lederjacke quer auf. Dann riss er ihn mit einem Biss in den Arm zu Boden. Mit einer Pfote fixierte er ihn.

»Sieht nicht gut für dich aus, Nightmare! Mal sehen, wie viel Gewicht du erträgst, bis deine Knochen brechen und deine Lungen zerdrückt sind.«

Verflucht, ich musste etwas tun! Mir blieben nur Sekunden, bevor er Jaden unter sich zerquetschen würde.

Ich rannte zu einem der umgekippten Regale und durchsuchte hektisch den Boden. Panisch schob ich das Spielzeug hin und her, bis ich auf einen metallischen Gegenstand mit Kirschblüten an der Klinge traf.

Ich warf mich auf den Grizzlybären und rammte ihm das Messer mit voller Kraft in den Rücken, versenkte es bis zum Anschlag. Dann ein weiteres Mal. Ein drittes Mal schaffte ich nicht, denn Phantom schüttelte mich von seinem Rücken ab. Ich landete unsanft auf pieksigen Legosteinen.

Augenblicklich hob Phantom seine schwere Pfote von Jadens Brust und versuchte das Messer aus seinem Rücken zu bekommen, das dort nach wie vor steckte. Aber er kam nicht heran.

Jaden krümmte sich zur Seite und schnappte nach Luft. Ein Glück, er lebte! Am liebsten wäre ich zu ihm gelaufen, doch Phantom versperrte mir den Weg. Im nächsten Moment verwandelte er sich in seine Menschengestalt zurück. Wütend und vollkommen nackt zog er sich das Messer aus dem Rücken. Das Blut leckte er von der scharfen Klinge, während er sich gemächlich auf mich zubewegte. Wie sehr ihn das erregte, konnte ich allzu deutlich sehen. Auch das Glühen in seinen Augen versprach nichts Gutes. »Jetzt bekommt Matthew dich erst recht nicht mehr in einem Stück zurück«, hauchte er grinsend. »Wenn ich mit dir fertig bin, werden dir ein paar Gliedmaßen fehlen. Ich fange mit deinem kleinen Finger an, den ich –«

Er verstummte in dem Moment, als Jaden sein Bein packte. Dann folgte ein greller Schrei.

Phantom fiel zu Boden und wälzte sich hin und her. »Lass mich raus. Lass mich hier raus«, schrie und flehte er.

Alles in mir zog sich zusammen. Ich sollte kein Mitleid haben, schließlich war er der Mörder. Und er hatte Jaden zerquetschen und mich zerstückeln wollen. Aber er flehte wie ich damals.

»Du hast so viele unschuldige Magier auf dem Gewissen.« Jedes Wort aus Jadens Mund war mit Gift versetzt. »Ich werde dich nicht gehen lassen.«

Phantom rollte sich zusammen. »Ich ... war's nicht! Ich habe die Morde nicht begangen.«

Jaden packte ihn an den Schultern. »Du lügst!«

»Nein, glaubt mir. Ich bin nicht der Serienmörder.«

»Er sagt die Wahrheit«, schaltete sich Mr Hobbs ein, der wieder bei Bewusstsein war. »Phantom ist ein räudiger Dieb, aber er ist nicht der Serienkiller. Sonst hätte er mich damals nicht am Leben gelassen.«

Jaden holte Phantom aus der Illusion. Dieser riss die Augen auf und untersuchte panisch seinen Körper, als vermutete er überall Verletzungen. Er schob sich zu einem Regal und lehnte sich erschöpft dagegen.

»Bist du der Serienmörder?«, fragte ich mit fester Stimme.

»Nein.«

»Aber du hast das Schachbrett gestohlen.«

»Ich habe bloß einen Auftrag erledigt«, erklärte er atemlos.

»Wer hat dich beauftragt?« Jaden beugte sich zu ihm herunter. »Erzähl schon, wer ist dein Auftraggeber?«

Phantom starrte schweigend ins Leere.

»Nenn uns den Namen! Na los! Oder soll ich dich wieder in die Illusion werfen?«

Die Drohung reichte aus, um Phantoms Schweigen zu brechen. »Ich kenne keinen Namen. Ich habe die Person nie gesehen. Wir haben über SMS kommuniziert und so einen Ort für die Übergabe ausgemacht. Ich bekam hunderttausend Riesen.«

»Wo ist dein Handy?« Jaden suchte nach Phantoms zerfetzter Kleidung. Als er seine Hose fand, durchsuchte er die Taschen.

Phantom schnaubte amüsiert. »Du kannst lange suchen. Es liegt bereits auf dem Grund des East Rivers.«

Jaden knurrte und warf die Stofffetzen auf den Boden zurück. »Dreckskerl.«

»Die hunderttausend Dollar bringen dir jetzt auch nichts mehr«, sagte ich trocken. »Du wirst vor das Magische Gericht kommen. Dort kannst du deine

Aussage machen. Und mit großer Wahrscheinlichkeit nimmt man dir deine Magie.«

Phantoms Mundwinkel schossen nach oben. Dann fing er an zu lachen, als hätte ich einen Witz gerissen.

»Was ist so komisch?«, wollte ich wissen.

»Dass ihr glaubt, dass ich mich ein zweites Mal vors Gericht zerren lassen. Ich werde nirgends hingehen.«

Noch bevor wir reagieren konnten, verwandelte er seine Hand zur Pranke und rammte sie sich ins eigene Herz. Ein erstickter Laut war zu hören. Dann war er tot.

Geschockt starrte ich auf die Leiche und taumelte mehrere Schritte nach hinten, stolperte fast über die Spielzeuge. Was ... war da gerade passiert?

»Verdammt!« Jaden schlug seine Faust gegen die Wand. Blut tropfte aus seinem verwundeten Arm.

Mr Hobbs rappelte sich hinter uns auf. »Ich werde die Goldenen Wächter kontaktieren und ihnen sagen, dass es ein Überfall war und ich mich wehren musste.« Er sah sich in seinem Laden um. »Hier sieht es sowieso nach Einbruch aus.« Er blickte zu Jaden. »Deine Wunden kann ich heilen. Gib mir nur einen Moment, damit ich zu Kräften komme.«

Meine Beine zitterten, als ich weiter auf die Leiche starrte. Ich wollte nur noch weg.

Jaden begleitete mich augenblicklich aus dem Laden und zog sich beim Gehen eine Jacke über, damit die vorbeilaufenden Passanten seine Verletzung nicht bemerkten. Ein Taxi hielt neben uns an. »Ich bleibe noch hier, bis Mr Hobbs mich geheilt hat, und helfe danach beim Aufräumen«, sagte er.

Ich nickte bloß, weil mir die Kraft zum Sprechen fehlte. Schweigend setzte ich mich in das Taxi und fuhr davon.

***

Sobald ich im Apartment ankam, verschwand ich ohne Umwege in meinem Zimmer und warf mich erschöpft aufs Bett. Mehrere Minuten starrte ich einfach nur die Zimmerdecke an, während vor meinem inneren Auge die letzten Stunden vorbeizogen wie in einer Endlosschlaufe. Ich hatte jemanden sterben sehen. Phantom war niemand, um den ich trauern würde, aber das bedeutete nicht, dass mich sein Tod minder schockiert hatte. Schließlich war ich hautnah dabei gewesen, als das Leben aus seinem Körper gewichen war. Ein Anblick, den ich so schnell nicht vergessen würde.

Nach einiger Zeit klopfte jemand an meine Zimmertür. Ich vermutete, dass es Jaden war, doch Kaito steckte seinen Kopf hindurch. »Darf ich hereinkommen?«

Überrascht sah ich ihn an. Wir hatten bislang nicht viel miteinander gesprochen. Niki zuliebe war ich ihm aus dem Weg gegangen. Trotzdem nickte ich.

Langsam schloss er die Tür hinter sich und blieb mit einem gebührenden Abstand vor meinem Bett stehen. »Alles okay?«

»Mir ging es schon Mal besser«, antwortete ich wahrheitsgemäß. »Warum möchtest du das wissen?«

»Weil du wie ein Zombie in deinem Zimmer verschwunden bist und Jaden nirgends zu sehen war.«

»Wir wurden angegriffen«, erklärte ich leise. Ich wusste nicht, warum ich ihm das erzählte. Vielleicht brauchte ich jetzt auch nur jemanden zum Reden.

»Von dem Täter?«

Ich schüttelte den Kopf. »Nein, von einem Häftling. Er wollte sich an Jaden rächen und mich gegen seine Freiheit und Kohle eintauschen.«

»Und ich dachte, dass mein Tag mies sei.« Er hielt sich die Flanke.

»Was ist dir passiert?« Jetzt, wo er es ansprach, sah er tatsächlich etwas mitgenommen aus.

»Während ich in meiner Katzengestalt durch die Straßen gejagt bin, hat man nach mir getreten und mich mit Müll beworfen. Anscheinend leben hier ein paar Menschen, die keine Katzen mögen. Aber wenigstens wollte mich niemand verkaufen oder ins Tierheim stecken.«

»Wenigstens etwas.« Aus irgendeinem Grund musste ich lächeln. »Dann hatten wir wohl beide einen miesen Tag.«

»Kommt vor.« Er verzog aufmunternd das Gesicht. »Nach dem Verlust einer Kuh repariert man den Stall.«

»Wieder ein Sprichwort aus Korea?«

Er nickte. »Das bedeutet so viel wie: Aus Schaden wird man klug. Du hast etwas dazugelernt. Und jetzt geht es weiter.«

Nun musste ich wirklich lächeln. Er war ganz anders als Niki und trotzdem hatten beide diese fürsorgliche, aufmunternde Art an sich, die einem das Herz erwärmte.

»Wie geht es Nikita?«, fragte er plötzlich.

Überrascht legte ich den Kopf schief. »Du erkundigst dich nach ihr? Ich dachte, sie wäre dir egal.«

Einen Moment versteifte er sich. Ich konnte Trauer und Schuldgefühle in seinen walnussbraunen Augen lesen. Sie waren größer als das Meer. Ich kannte diesen Blick, weil ich ihn selbst oft genug im Spiegel gesehen hatte, wenn es mir nicht gut ging.

»Nikita ist meine Schwester. Sie bedeutet mir viel.«

»Wieso hast du dann nie angerufen oder Kontakt zu ihr aufgenommen?« Auch wenn Niki es niemals zugeben würde, hoffte sie darauf, dass Kaito sich meldete. Sie sagte zwar, dass sie keinen Bruder mehr habe, aber ich wusste, dass sie es nicht so meinte. Dass sie verbittert war, was ihre richtige Familie anging. Trotzdem liebte sie ihn. »Ein Anruf hätte genügt.«

»Das ist nicht so einfach. Unsere Familie ist sehr streng. Neben den Goldenen Gesetzen, die für alle gelten, haben wir eigene Regeln. Und Nikita wurde verbannt.«

Ich atmete zischend aus. »Na und? Dann hättest du es eben heimlich tun sollen. Du bist schließlich ihr Bruder!«

Kaito verzog gequält das Gesicht. »Ich weiß.«

Sein Eingeständnis löste die Wut in mir auf. Anscheinend bereute er es wirklich. Und das sollte er auch. Niki war die wunderbarste Person, die ich kannte. Sie hatte es nicht verdient, dass man sie behandelte, als wäre sie tot.

»Ihr geht es gut«, antwortete ich schließlich auf seine Frage. »Sie ist lebensfroh, aufgeweckt und glücklich.«

Er ließ die Worte auf sich wirken. »Die Unwissenheit ist eine Nacht ohne Mond und ohne Sterne.« Er verbeugte sich lächelnd vor mir, wie ich es in einem koreanischen Drama gesehen hatte. »Für mich gab es viele solcher Nächte, seit Nikita fort ist. Jetzt weiß ich wenigstens, dass es ihr gutgeht und sie ihr Lachen nicht verloren hat. Danke.«

Ich bekam Gänsehaut. Seine Erleichterung, Niki wohlauf zu wissen, war herzzerreißend. Gleichzeitig bekam ich ein schlechtes Gewissen, weil ich sie in eine gefährliche Lage brachte. Wenn Kaito erfuhr, dass Niki mit mir Kontakt hielt, Videos für mich durchsah oder vor Ort Gespräche belauschte, würde er sich nicht mehr verbeugen. Dann müsste *ich* ihn um Verzeihung bitten.

»Ich gehe jetzt wieder«, sagte Kaito und verbeugte sich ein zweites Mal. Doch dieses Mal nur flüchtig und nicht so aufopferungsvoll. »Gute Nacht.«

»Gute Nacht und … danke fürs Vorbeischauen.«

Kaito nickte und schloss die Tür hinter sich. Ich war froh, dass er nicht nach weiteren Details gefragt hatte. Wie es aussah, hatte er ein gutes Gefühl dafür, wann er ein Thema vertiefen konnte und wann nicht. Einen Moment starrte ich gegen die Tür, bevor ich die Lampe auf dem Nachttisch ausknipste. Ich würde Niki von diesem Gespräch erzählen, wenn ich das nächste Mal mit ihr telefonierte. Auf ihre Reaktion war ich jetzt schon gespannt.

Ich kuschelte mich ins Bett und umarmte mein Kopfkissen. Als ich es fester an mich drückte, spürte ich plötzlich etwas unter meinem Handballen. Mit einem Schrei schlug ich die Decke beiseite und sprang von der Matratze. Hektisch tastete nach dem Lichtschalter. Als ich ihn endlich gefunden hatte, kniff ich meine Augen zusammen, weil das Licht verflucht grell war. Vorsichtig näherte ich mich meinem Bett und zog das Kissen ein Stückchen zurück, um zu sehen, was sich darunter verbarg. Wenn es irgendein ekelhaftes Krabbeltier war, dann –

Als ich erkannte, was dort lag, blieb mir die Luft weg.

Es war kein Krabbeltier, sondern eine Schachfigur.

Die weiße Dame.

16. KAPITEL

Am nächsten Morgen klatschte ich am Küchentisch die Spielfigur vor Ambers Nase. »Findest du das etwa komisch?«

Amber bestrich seelenruhig ihr Marmeladenbrot, bevor sie elegant das Messer an den Tellerrand lehnte und seufzend zu mir hochschaute. »Was machst du für einen Aufstand am frühen Morgen?«

Ich deutete mit hochgezogenen Augenbrauen auf die Spielfigur. Sie folgte meinem Blick, und dann folgte die schlechteste schauspielerische Leistung, die mir jemals untergekommen war.

»Ist das etwa eine Dame? Bedeutet das, dass du die Nächste auf der Liste des Killers bist?« Sie hielt sich betroffen die Brust. »Wie tragisch. Ein Monster weniger, das durch die Welt wandelt. Aber ich war es nicht, falls du darauf hinaus wolltest.«

»Wer soll es sonst gewesen sein? Irgendwer war gestern in meinem Zimmer! Wenn nicht du, wer dann? Jemand von außerhalb kann nicht in dieses Gebäude. Und die anderen sind nicht so verdammt geschmacklos.«

Amber ignorierte mich und griff nach der Kaffeekanne, die in der Mitte des Tisches stand. Dabei glitt ihr weißer Morgenmantel über ihre linke Schulter und entblößte ihren verspielten roten Spitzen-BH. Aber es schien sie kein bisschen zu stören. Im Gegenteil, sie setzte noch einen verführerischen Blick auf, der definitiv nicht an mich gerichtet war. Wow, sie machte wirklich keine halben Sachen.

Jamaal hörte für einen Moment auf zu kauen. Ohne auf ihre Verführungskünste einzugehen, sah er sie mit ernster Miene an. Wie immer wortlos. Doch seine Blicke sprachen mit ihr. Ich konnte sehen, wie sie verstand, was er ihr sagen wollte.

Mehrere Sekunden vergingen, dann stöhnte sie genervt auf. »Schön, ich war es. Zufrieden?« Sie zog sich den seidigen Stoff über die Schulter und knotete energisch den Morgenmantel zu.

Jamaal schüttelte den Kopf und widmete sich wieder seinen Cornflakes. Doch ich konnte ein kleines Lächeln auf seinem Mund ausmachen.

»Wenn du dich etwas mehr mit dem Fall beschäftigt hättest, wüsstest du, dass die Spielfiguren anders aussehen«, erklärte ich genervt.

Amber nippte von ihrer Kaffeetasse. »Wie langweilig, dich kann man auch gar nicht erschrecken.«

Ich schluckte meinen Zorn hinunter. Das war es mir wirklich nicht wert. Amber war ein unausstehliches Miststück. Aber wenigstens hatte sie ihre Tat zugegeben. Auch wenn Jamaal einen großen Teil dazu beigetragen hatte.

»Wo sind die anderen?«, wollte ich wissen. An ihrem Tisch saß nur Jamaal, der sich nun die zweite Schüssel Müsli einschüttete und dabei Zeitung las.

»Keine Ahnung.« Amber strich mit ihrer Fingerspitze über den Tellerrand. »Es interessiert mich auch nicht.«

Warum fragte ich überhaupt? Ich hätte mir gleich denken können, das sie mir keine hilfreiche Antwort liefern würde. Seufzend ließ ich die beiden allein. Wenn Jaden noch schlief, konnte ich mich davonschleichen, ohne dass er es bemerken würde.

Ich machte mich fertig, griff nach einer lockeren Strickjacke und verstaute die Präsente für Francesco in meiner Umhängetasche. Dann schlich ich mich aus meinem Zimmer, die Marmortreppe hinunter und öffnete die Haustür.

Perplex blieb ich auf der obersten Stufe stehen. Jaden saß auf der Treppe, mit dem Rücken zu mir. Verflucht! So viel zu meiner Raus-Schleich-Aktion.

»Du hättest warten sollen, wie ich es dir gesagt habe«, sagte Jaden, ohne sich nach mir umzudrehen.

Wunderbar. Nicht nur, dass er mich beim Rausschleichen erwischt hatte, er musste mir jetzt auch noch einen Vortrag halten. Seine selbstgefällige Art ging mir auf die Nerven. Und da ich sowieso schon aufgewärmt war, stapfte ich die Stufen herunter und blieb mit verschränkten Armen vor ihm stehen.

Er machte keine Anstalten, aufzustehen oder seinen Blick zu heben, der auf sein Handy geheftet war.

»Nur um das klarzustellen, ich bin nicht dein Hund. Und wenn ich das eine oder das andere Mal auf dich gehört hätte, wären entweder du oder Mr Hobbs jetzt nicht mehr am Leben!« Ich holte tief Luft. »Also dank mir gefälligst, dass ich dir nicht gehorcht habe, du Arsch!«

Eine gefährliche Stille legte sich zwischen uns. Wie die süßliche Ruhe vor einem bitteren Sturm.

Okay. Vielleicht hätte ich ihn nicht beleidigen sollen. Aber ich würde meine Worte definitiv nicht zurücknehmen. Sollte er doch wissen, wie wütend er mich machte.

Jaden schaltete das Display seines Handys aus. Ohne etwas zu erwidern, wanderte sein Blick langsam zu mir herauf, glitt über meine Füße, die in weißen Sneakers steckten. Über meine langen Beine und die empfindliche Stelle dazwischen, die sich nun fest zusammenzog.

Obwohl ich angezogen war, fühlte ich mich vollkommen nackt. Es gefiel mir nicht, was für eine Macht er über mich hatte. Nach all den Jahren. Nach all dem, was vorgefallen war.

Meine Atmung beschleunigte sich, während er seine Wanderung fortsetzte. Je höher er kam, desto schwieriger wurde es für mich stillzustehen. Aber ich wollte nicht zucken. Er sollte nicht sehen, wie mein Körper nur auf seinen Blick reagierte.

Als er bei meinem Gesicht angekommen war, starrte er auf meinen Mund, der leicht geöffnet war. Und zum ersten Mal, seit wir in Manhattan waren, dachte ich daran, wie er schmecken würde. Wie sich seine Lippen auf meinen anfühlen würden. Ich wollte meine Hand nach ihm austrecken und seine Wange berühren. Wollte ihn wegstoßen, anschreien und an mich drücken. Seinen Mund küssen. Ihn um Verzeihung bitten. Die Wunden heilen, die ich ihm zugefügt hatte. Er war so kaputt wie ich. Wir waren zwei zerstörte Seelen. Defekt. Vielleicht für immer.

Sein Mund teilte sich und das Wort, das er dann hauchte, brachte mich vollkommen aus dem Gleichgewicht. »Danke.«

Ungläubig starrte ich ihn an. Damit hatte ich wirklich nicht gerechnet.

Mein verdutzter Gesichtsausdruck brachte ihn zum Lachen. »Du verlangst ein Danke und bist dann überrascht, wenn du eins bekommst, Poison?«

Ich löste mich aus meiner Starre und setzte mich neben ihn auf die Stufe. »Wie geht es deiner Schulter?«, wollte ich wissen und überschüttete mich mit einem imaginären Eimer Eiswasser. Trotzdem spürte ich die Hitze noch auf meiner Haut. *Krieg dich wieder ein, Emily.*

Zu meiner Überraschung zog sich Jaden sein T-Shirt über den Kopf und grinste mich an. Gott, der Kerl machte mich fertig! Jetzt reichte ein Eimer Eis nicht mehr aus. Nun badete ich darin. Ich starrte mit schwerem Atem auf seinen trainierten Oberkörper und die dunklen Linien, die sich von seinem Hals über seine komplette Brust erstreckten. Ich hatte die Tätowierung noch nie vollständig gesehen. Es war faszinierend, wie sich das dunkle Spinnennetz auf seinem Hals mit den schwarzen Flammen auf seiner Brust verband.

»Alles wieder heile«, erklärte er und fasste sich an seine Schulter. An der Stelle war tatsächlich keine Wunde mehr zu sehen, keine aufgeschlitzte Haut oder ein Kratzer. Mr Hobbs hatte ganze Arbeit geleistet.

»Du hättest es mir nicht zeigen müssen«, sagte ich viel zu schnell und starrte wieder auf den Gehweg. Ein Mädchen lief an uns vorbei, die sich nach Jaden umdrehte. Ihn schien es nicht zu kümmern, seine ganze Aufmerksamkeit galt mir.

Ich griff nach seinem schwarzen T-Shirt, das auf seinen Oberschenkeln lag, und drückte es gegen seine harte Brust. »Zieh dich wieder an, Casanova. Die Leute gucken schon.«

Ein Grübchen breitete sich auf seinem Kinn aus, als er sich grinsend das T-Shirt überzog. Dann wurde sein Blick schlagartig ernst. »Hast du eben versucht dich herauszuschleichen?«

Die Frage überrumpelte mich. »Warum glaubst du das?«

»Weil du dich so verhalten hast. Ich bin ein Profi darin, so etwas zu erkennen. In meinem Job wollen andauernd Leute vor mir fliehen, um dem Gerichtsverfahren zu entkommen.« Er hob eine Braue. »Und du hast dich sehr verdächtig benommen.«

»Vielleicht wollte ich dir nur Kaffee rausbringen?«

»Wäre eine Möglichkeit. Doch dir fehlt der Kaffee.« Er legte den Kopf schief. »Du bist eine miserable Lügnerin, Poison.«

Plan B, Plan B, Plan B. »Okay, erwischt.«

»Das habe ich mir gedacht. Wohin willst du denn?«

Ich erhob mich von den Stufen und blickte die Treppe hinauf zum Anwesen. »Lass uns ein Stückchen gehen. Ich will nicht, dass die anderen uns hören.«

Jaden stand auf und folgte mir die Straße hinunter. So hatte ich genügend Zeit, mir eine Ausrede zusammenzureimen. Ich entschied, so nah an der Wahrheit zu bleiben, wie es ging, und trotzdem wichtige Fakten wegzulassen, die Niki belasten könnten. Wie sagte man so schön: Erst ein Funken Wahrheit verleiht einer Lüge die Glaubwürdigkeit.

»Ich habe Informationen von Niki erhalten«, erklärte ich schließlich. »Jemand wird vielleicht in Chinatown vermisst.«

»Vielleicht? Wie kann man vielleicht vermisst werden?«

Ich hob die Schultern. »Frag sie.«

»Und woher hat sie die Information?«

»Hat sie wohl aufgeschnappt. Du weißt doch, dass sie sich umhört.« Ich hoffte, Jaden würde mir meine Lüge abkaufen.

Ein Moment verging. Dann fragte er: »Du willst allein dorthin?«

»Wahrscheinlich ist es gar keine große Sache und ihre Info sowieso falsch.« Jedenfalls hoffte ich sehr, dass mich Francesco gleich bei ihm zu Hause begrüßen würde.

Jaden schnaubte. »Und wenn nicht? Wenn es gefährlich wird?«

»Warum sollte es das werden?«

»Du wurdest gestern fast verkauft und ich getötet, schon vergessen? Wer weiß, ob auf dem Weg nicht noch jemand lauert, der auch auf diese glorreichen Ideen kommt.«

Seine Einwände klangen nicht verkehrt. Es könnte wirklich irgendwo jemand auftauchen, der die gleichen kranken Pläne hatte wie Phantom. Okay, Planänderung die zweite!

»Ich wollte dich damit nicht belästigen. Aber jetzt, wo du sowieso eingeweiht bist, kannst du mich gern begleiten.« Ich würde Francesco einfach ein Zeichen geben, damit er sich nicht vor Jaden verriet und etwas über Niki erzählte.

Jaden stellte sich an die Straße und winkte. Ein Taxi blieb stehen. *Du bist eine miserable Lügnerin, Poison.*

Wenn er wüsste.

***

Eine Viertelstunde später kamen wir in Chinatown an. Das Taxi hielt eine Querstraße von Francescos Apartment entfernt. Es war besser, nicht direkt davor zu halten, um kein Aufsehen zu erregen. Während wir uns auf den Weg machten, kam ich aus dem Staunen nicht mehr heraus. Chinatown war anders, als ich es mir vorgestellt hatte, und trotzdem auf seine ganz eigene Art faszinierend.

Auf dem engen Bürgersteig kamen uns nur wenige Menschen entgegen und die meisten Geschäfte hatten ihre Rolltore verschlossen. Anscheinend war es noch zu früh am Morgen. Das blühende Leben in Chinatown begann wohl erst um die Mittagszeit, wenn die unzähligen Restaurants öffneten und die Straßen sich mit Leben füllten. Das bedeutete aber nicht, dass hier nicht schon kräftig gearbeitet wurde. Kisten mit Lebensmitteln wurden auf Rollwagen durch die Gegend transportiert, Müllsäcke auf die Straße geworfen und irgendwo hämmerte jemand etwas lautstark zusammen. Oder kaputt, da war ich mir nicht so sicher.

Wir kamen an einem Marktstand vorbei. Lebendige Fische, Krabben und Muscheln tummelten sich aufgereiht in den Kisten neben exotischen Früchten und Gemüsesorten. Über den Geschäften lagen die Wohnapartments, deren Fassaden in bunten Farben angestrichen worden waren. Gelbe, orange und pinke Lampions hingen an Seilen über der Straße, die man an den gegenüberliegenden Hauswänden angebracht hatte.

Es war eine bunte andere Welt. Ich hatte das Gefühl, dass jedes Stadtviertel in Manhattan sein eigenes kleines Reich war. Am liebsten hätte ich sie alle erkundet und ihren Zauber eingefangen. Aber deswegen war ich nicht hier. Es galt, einen Mörder zu fassen und keine Sightseeingtour zu unternehmen. Trotzdem war es schade, dass ich danach nie wieder an diese Orte zurückkehren würde. Hätte mir vor einer Woche jemand gesagt, dass ich so denken würde, hätte ich es nicht geglaubt. Ich mochte Manhattan und konnte mir sogar vorstellen, dass einige Häftlinge gern hier lebten. Es hätte sie definitiv schlimmer treffen können.

Wir warteten an der Ampel. Als sie auf Grün sprang, überquerten wir die Kreuzung und bogen in die Mott Street ein. Dann steuerten wir einen Apartmentkomplex an, der sich über einem chinesischen Café befand. Eine Feuerleiter schlängelte sich in Zickzackform an der roten Hausfassade entlang. Das Gebäude war vier, vielleicht fünf Stockwerke hoch. Vor dem Hauseingang blieben wir stehen und gingen die Namensschilder an den Türklingeln durch.

»Francesco Moretti«, las Jaden von der Türklingel ab, als ich darauf deutete. Sein Gesicht verfinsterte sich kurz.

»Kennst du ihn?«, fragte ich und versuchte mir nicht anmerken zu lassen, wie nervös mich seine Reaktion machte. Eingebuchtet konnte er ihn nicht haben, seine Inhaftierung lag über sechs Jahre zurück. Jaden war zu dieser Zeit noch zur Schule gegangen und hatte mit mir Schach gespielt.

»Nein«, antwortete er und betätigte die Klingel. »Ich kenne ihn nicht.«

Während wir warteten, wuchs meine Aufregung. Ich hoffte, dass Jaden die Wahrheit sagte. Aber warum sollte er lügen?

»Scheint nicht da zu sein«, murmelte Jaden und klingelte erneut. Wieder öffnete uns niemand die Tür.

»Vielleicht ist er auf der Arbeit und wir sollten es zu einer anderen Tageszeit versuchen?« Tatsächlich hatte ich keine Ahnung, welchem Beruf Francesco nachging. Ich hatte Niki nie danach gefragt und sie hatte es mir nie erzählt.

Jaden wischte mit seinem Handballen eines der quadratischen Fenster sauber. Dann sah er hindurch. »Der Briefkasten ist voll. Er muss länger nicht mehr hier gewesen sein.«

»Wirklich?« Beunruhigt trat ich mit einem Fuß auf den anderen. Wenn das stimmte, könnte er wirklich entführt worden sein. Oder der Täter hatte ihn bereits ermordet und seine Leiche war noch nicht gefunden worden.

Nein. Ich verbannte den Gedanken aus meinem Kopf. Es musste ihm gut gehen. Wie sollte ich es sonst Niki erklären?

»Und jetzt?«, fragte ich nach weiteren Sekunden. »Klingeln wir beim Nachbarn und fragen, ob sie etwas gesehen haben?«

»Ich habe einen besseren Plan. Komm mit«, sagte er und setzte sich in den nur drei Meter entfernten Außenbereich eines Cafés. »Wir frühstücken etwas.«

»Und schauen, ob er nach Hause kommt?« Das klang wenig plausibel. Wenn der Briefkasten so voll war, war die Wahrscheinlichkeit gering, dass wir ihn hier antrafen. Trotzdem gab ich der Sache eine Chance.

Jaden verschwand kurz im Café und kam mit mehreren Tüten sowie zwei To-go-Bechern wieder heraus. Er hatte verschiedene Gebäcksorten gekauft, von denen ich noch nie zuvor gehört hatte. Darunter Bohnen-Sesambrötchen, Kokosnuss-, Ananas- und Taro-Buns, die jeweils mit süßer Creme gefüllt waren. In meinem Becher befand sich nicht wie erwartet Kaffee, sondern Matcha Latte, ein köstlicher asiatischer Milchtee.

Immer wieder glitt mein Blick zur Tür. Eine halbe Stunde verging. Dann eine weitere. Wir waren bereits fertig mit dem Frühstück und hatten uns noch ein paar Mochis gekauft, um weiter dort sitzenbleiben zu können. Als ich den letzten Reiskuchen verdrückt hatte, war ich pappsatt. Seufzend lehnte ich mich im Stuhl zurück und hielt mir den Bauch.

»Das ist Zeitverschwendung. Er wird nicht kommen.«

»Essen ist nie eine Zeitverschwendung«, konterte Jaden. »Außerdem war das auch nicht mein Plan, auf ihn zu –«

Er hörte auf zu sprechen. Ein Paketbote näherte sich der Tür. Im nächsten Moment surrte es und der Mann verschwand im Inneren. Jaden sprang auf und war mit drei schnellen Schritten an der Tür, bevor sie ins Schloss fallen konnte.

»Was zum Teufel hast du vor?«, schimpfte ich, während ich ihm die schmale Treppe hinauffolgte. Der Paketbote kam uns im Treppenhaus entgegen. Wir machten ihm Platz und gingen weiter nach oben.

»Wonach sieht es denn aus?« Jaden suchte nach Namensschildern neben den Türen, fand jedoch keine.

»Nach einer verdammt miesen Aktion«, antwortete ich.

In der oberen Etage blieb er vor einer der Türen stehen und hob das Päckchen auf, das sich auf der Fußmatte befand. »Treffer.«

»Er hat etwas bestellt?«, quietschte ich leise. »Dann geht es ihm gut!«

»Nicht unbedingt.« Er deutete auf einen Aufkleber. »Das Paket lag mit Sicherheit seit Wochen beim Zoll.«

Meine Euphorie erlosch. »Und was machen wir jetzt?«

Als Antwort rüttelte er an dem Türgriff.

»Das kann nicht dein Ernst sein!«, flüsterte ich, als mir bewusst wurde, was er vorhatte. »Wir können doch nicht einfach dort einbrechen! Was ist, wenn uns ein Nachbar sieht? Ich meine ein Normalo? Dann ruft er die Polizei.«

»Uns wird niemand sehen«, erwiderte er. »Wir gehen rein, schauen uns um und verschwinden wieder. Abgesehen davon bist du doch erst gestern bei Mr Hobbs eingestiegen.«

»Das war etwas anderes!«, protestierte ich leise.

»Ach wirklich? Für mich ist es das Gleiche.« Jaden holte sein Portmonee hervor und fischte eine Karte heraus, um sie zwischen Tür und Rahmen zu schieben. Er bewegte sie hoch und runter. In der nächsten Sekunde machte es klack und die Tür sprang auf. Verblüfft starrte ich auf die offene Wohnungstür.

»Deshalb sollte man immer abschließen.«

»Sie war nicht abgeschlossen?«

»Nein, sonst hätte es mehr Aufwand benötigt. Und jetzt komm, bevor uns wirklich noch jemand hört.«

»Aber …«

Jaden drehte sich zu mir und umfasste meine Schultern. Mein verräterisches Herz machte sofort einen Hüpfer. »Beruhig dich. Falls es dir wirklich solche Gewissensbisse bereitet, kannst du auch draußen am Café auf mich warten.« Er ließ mich los und trat ins Innere der Wohnung.

Verflucht! Ich wollte hier wirklich nicht einbrechen, aber vor der Tür warten wollte ich auch nicht. Ich sah nach links und rechts. Als ich nichts Auffälliges im Treppenhaus erkennen konnte, folgte ich Jaden. Leise schloss ich die Tür hinter mir. Das Paket stellte ich auf der Kommode ab, bevor ich Jaden vorwurfsvoll ansah. »Mein Bauchgefühl sagt mir, dass das nicht richtig ist.«

»Dann mach dein Bauchgefühl einmal aus.«

»Witzbold«, murmelte ich augenrollend und folgte ihm in das aufgeräumte Wohnzimmer, wo er neben einem Sofa stehen blieb.

»Wir sollten die Wohnung durchsuchen. Vielleicht finden wir hier Hinweise auf seinen Aufenthaltsort.«

Klang nicht verkehrt. Vielleicht würden wir wirklich auf etwas stoßen. »Und nach was genau soll ich Ausschau halten?«

»Na ja, nach allem, was dir ungewöhnlich erscheint. Oder allem, was zu perfekt ist. Falls es hier einen Kampf gegeben hat, könnte der Täter die Wohnung wieder ordentlich hinterlassen haben. Aber sei vorsichtig. Wir dürfen keine Spuren hinterlassen, die auf uns zurückzuführen sind.«

»Ich trage Handschuhe«, erinnerte ich ihn und hielt meine Hände in die Höhe. »Da wird schon nichts auf mich zurückzuführen sein.«

Seine Miene verfinsterte sich, als er auf die Handschuhe starrte. »Ich werde mich im Schlafzimmer umsehen«, sagte er und steuerte die Tür an, die sich am Ende des Flurs befand. »Du übernimmst das Wohnzimmer und die Küche. Wenn du etwas findest, ruf mich.«

Schon wieder diese Befehle. Ich wollte ihm noch eine Bemerkung an den Kopf werfen, als er plötzlich im Türrahmen stehen blieb und über die Schulter auf meine Handschuhe blickte. »Ich finde, du solltest die Dinger nicht tragen.«

Wie bitte? Das war wohl ein schlechter Scherz! Bevor ich etwas erwidern konnte, verschwand er im Schlafzimmer. Irritiert starrte ich ihm nach. Wie konnte er so etwas sagen, nachdem meine Hände so etwas Grauenvolles getan hatten?

Ich versuchte nicht weiter darüber nachzudenken, und fing an die Wohnung nach Hinweisen zu inspizieren. Das Wohnzimmer sah nach einem typischen Junggesellenzimmer aus. Es waren bunt zusammengewürfelte Möbelstücke, die nicht miteinander harmonieren wollten. Auf der grünen Couch gab es undefinierbare Flecken und an einigen Stellen quoll der Dielenboden hoch. Ein Mountainbike lehnte an der Wand, an der ein meterhohes DVD-Regal stand. Ich überflog ein paar Titel. Das meiste davon waren Tierdokumentationen. Aber auch ein paar trashige Filme wie *Underworld* waren dabei.

In den Ikea-Schränken befanden sich Knabberzeug, Brettspiele und ein paar alkoholische Getränke.

Irgendwie hatte ich ein schlechtes Gewissen, Francescos Sachen zu durchwühlen und in seine Privatsphäre einzudringen. Und bis jetzt hatte ich nichts gefunden, was sein plötzliches Verschwinden erklären würde. Auch sonst sah die Wohnung nicht aus, als hätte hier ein Kampf stattgefunden.

Plötzlich hörte ich einen Schlüsselbund auf der anderen Seite des Flures. Im nächsten Moment wurde ich an eine warme Brust gedrückt.

»Es kommt jemand«, flüsterte Jaden an mein Ohr und hielt mir den Mund zu, weil ich gerade einen Schrei von mir geben wollte. Dann ließ er mich los, sprintete zum Fenster und rüttelte daran. Es klemmte.

»Scheiße! Verhalt dich ganz ruhig«, gab er mir die Anweisung. Leichter gesagt als getan! Mein Herz explodierte in meiner Brust und das Atmen fiel mir schwer.

»Wir müssen uns verstecken!« Ich sah mich hektisch um. Der Schlüssel wurde ins Schloss gesteckt. O Gott.

»Bleib einfach da stehen, wo du jetzt bist«, erwiderte er.

Schockiert sah ich ihn an. Das konnte unmöglich sein Ernst sein. Ich stand direkt neben dem Sofa. Da konnten wir der Person auch direkt die Tür öffnen und sie begrüßen!

»Was hast du vor?« Doch er antwortete nicht mehr, denn da fiel bereits die Tür ins Schloss und schwere Schritte näherten sich dem Wohnzimmer.

Ich erinnerte mich daran, mich nicht zu rühren, und starrte wie gebannt auf die Tür. *Bitte lass es Francesco sein. Bitte lass es –*

Meine Bitte wurde nicht erhört. Die Schritte gehörten nicht Francesco, sondern einem Mann, vielleicht Ende zwanzig. Er trug eine weite Jogginghose und ein schwarzes Tanktop. Ein Piercing glänzte zwischen seinen Nasenlöchern und seine hellbraunen Dreadlocks fielen in dicken Strähnen über seine Schultern. Er ließ sich neben mir auf das Sofa fallen, ohne mich eines Blickes zu würdigen. Und dann verstand ich, dass Jaden uns in eine Illusion gehüllt hatte. Natürlich ... Der Fremde konnte uns nicht sehen. Ich hatte vergessen, dass Jaden mittlerweile in der Lage war, kleinere Illusionen ohne Berührung zu erschaffen.

Der Fremde öffnete eine Packung Käseflips und schaltete den Fernseher ein. Wer war der Typ? Wohnte er ebenfalls hier oder warum benahm er sich, als würde ihm dieses Apartment gehören? Jedenfalls besaß er einen Haustürschlüssel.

Ich bekam plötzlich Schluckauf. Es war der unpassendste Moment meines ganzen Lebens. Die Lautstärke des Fernsehers übertönte mein Hicksen. Jedenfalls betete ich dafür. Mein Blick glitt zu Jaden, der mich mahnend ansah, sich aber auch nicht von der Stelle rührte. Ich verzog leicht den Mund. *Entschuldige.*

Die Fernbedienung flog von der Couch, direkt vor meine Füße.

O nein, bitte nicht ...

Der Typ bückte sich und tastete den Boden ab, doch er griff ins Leere. Am liebsten hätte ich die Fernbedienung zu ihm gekickt, aber dann wäre meine Tarnung vollkommen hinüber.

Ich sah zu der Fernbedienung und dann zu dem Fremden, der stöhnend Aufstand, um sie sich zu holen. Er ging direkt vor mir in die Hocke. Sein Kopf war vor meinem Schoß, während er den Boden nach der Fernbedienung abtastete. Er berührte meine Füße und ein kalter Schauer breitete sich auf meinem Rücken aus. Trotzdem rührte ich mich nicht und blieb wie eine Statue auf der Stelle stehen.

Als er wieder hochkam, war sein Gesicht direkt vor meinem. Der Kerl stand nun so dicht vor mir, dass ich seinen Atem spüren konnte. Und riechen. Irgendwie eine Mischung aus Käseflips, Redbull und Gras. Mein Herz raste und ich befürchtete, es könnte mich jeden Moment verraten.

Er streckte seine Hand nach mir aus und nahm eine braune Haarsträhne zwischen seine Finger. Das Verlangen, den Kerl wegzustoßen, war kaum auszuhalten. Aber ich riss mich zusammen und versuchte stattdessen herauszufinden, welche Magie der Dreadlock-Typ beherrschte. Seine Clantätowierung wurde jedenfalls von seinem *Metallica* Schweißband verdeckt, auf dem *Kill 'Em All* aufgedruckt war. Sympathisch.

Plötzlich veränderte sich sein Gesichtsausdruck. Er schien verwirrt zu sein. Keine Ahnung, in was mich Jaden verwandelt hatte, aber der Fremde war skeptisch. Im nächsten Moment summte er vor sich hin. Sein Lied verstummte und er erstarrte mitten in der Bewegung.

»Fuck«, sagte er plötzlich und sprang zur Seite. »Wer bist du denn?«

Verfluchte Scheiße! Meine Tarnung war aufgeflogen!

»Los, halt ihn fest«, rief Jaden mir entgegen. Doch meine Hände reagierten nicht, ich stand vollkommen unter Schock.

»Noch jemand?« Der Kopf des Fremden schoss hinter sich.

Augenblicklich entfesselte er seine Magie und sang ein Lied – aggressiver und gepresster als zuvor. Als würde man aus Schimpfwörtern eine Melodie komponieren.

Ein schmerzverzerrter Schrei erfüllte das Wohnzimmer. Jaden steckte mitten in einem Beet aus Kakteen, deren zentimetergroße Nadeln sich in seine Haut bohrten.

»Wer auch immer ihr seid, verpisst euch!«, keifte der Dreadlock-Typ, bevor er das Fenster mit einem kräftigen Ruck öffnete und über die Feuertreppe verschwand.

17. KAPITEL

Ich löste mich aus meiner Starre und lief zu Jaden. Er kämpfte sich gerade aus den Dornen heraus, die ihn umzingelt hatten. »Wieso hast du ihn nicht aufgehalten?!«

»Weil ich Panik bekommen habe«, stotterte ich und half ihm aus dem Kakteenmeer. »Tut mir leid.«

Er bedachte mich eines finsteren Blickes, bevor er zum offenen Fenster stürmte, durch das der Dreadlock-Typ verschwunden war. »Da läuft er!«

Sofort stieg er auf den Rahmen. Ich griff nach seinem Arm. »Warte, du bist verletzt! Wir sollten uns das erst ansehen!«

»Nein, wir müssen ihn verfolgen!« Er löste sich aus meinem Griff. »Na los, beeil dich!«

Ich wollte noch etwas erwidern, doch da war Jaden schon außer Hörweite.

»Du bist so ein sturer Mistkerl«, fluchte ich und folgte ihm notgedrungen die Feuerleiter hinunter.

Der Typ stieg auf einen Roller und fuhr davon. Jaden blieb fluchend auf dem Gehweg stehen. Mehrere Menschen starrten ihn an. Kein Wunder, sein T-Shirt bestand nur noch aus Fetzen, seine Haut darunter war mit blutigen Kratzern übersäht. Er pfiff, doch kein Taxi hielt an. Niemand wollte einen Kerl mitnehmen, der aussah, als hätte er gerade einen Kampf hinter sich. Was irgendwie verständlich war. Jaden probierte es trotzdem ungerührt weiter.

»Ich glaube nicht, dass wir ihn einholen können«, gab ich zu und starrte in die Richtung, in die der Typ verschwunden war. »Mit seinem Roller kommt er besser durch den Verkehr.«

Jaden ließ seine Hand sinken, mit der er noch immer versucht hatte ein Taxi heranzuwinken. »Wir müssen ihn nicht einholen«, sagte er schließlich.

Überrascht huschte mein Blick zu ihm. »Soll das heißen, du weißt, wohin er will?«

Ein wissendes Lächeln breitete sich auf seinen Lippen aus. »Wohin gehst du, wenn du die Magie der Pflanzen beherrschst und verfolgt wirst?«

»Nicht in die Innenstadt«, murmelte ich nachdenklich. »Eher dorthin, wo ich mich verteidigen könnte, wenn es drauf ankommt.«

»Genau!« Jaden nickte entschlossen und zog sich sein T-Shirt über den Kopf. »Er will zum Central Park!«

***

»Sag bitte nicht, dass wir uns jetzt aufteilen«, sagte ich, als wir im Central Park ankamen.

Jaden riss das Preisschild von dem T-Shirt ab, das wir unterwegs gekauft hatten, und zog es über seinen Kopf. »Zu gefährlich. Der Kerl hat unsere Gesichter gesehen. Das Beste wäre, wenn du zur Unterkunft zurückgehst und den anderen Bescheid gibst, dass sie hierherkommen sollen.«

Sicher nicht. Die anderen waren hundertprozentig gerade selbst unterwegs und das wusste Jaden. Meine Augenbraue wanderte nach oben. Wie es aussah, wollte er mich nicht dabeihaben. Und das, obwohl er im selben Atemzug sagte, wie gefährlich es sei, den Typen allein zu suchen.

»Ich schicke ihnen eine SMS«, sagte ich zuckersüß und tippte die Nachricht sofort in mein Handy. »Erledigt.«

Jaden entwich ein Seufzen. »Na schön, dann folg mir. Aber kein Gejammer, wenn dir die Füße wehtun. Wir werden heute viel laufen.«

Ich funkelte ihn herausfordernd an. »Gleichfalls.«

Nach den ersten Kilometern wusste ich, dass ich nicht so großkotzig hätte sein sollen. Meine Füße taten bereits weh. Und Jaden nahm keine Rücksicht auf mich, im Gegenteil – er erhöhte jedes Mal das Tempo, wenn er sah, dass ich langsamer wurde. Arsch.

Wir kamen an einer großen Rasenfläche vorbei, auf der es sich unzählige Leute mit Decken gemütlich gemacht hatten, um den warmen Sommertag zu genießen. Erst jetzt fiel mir auf, wie riesig die Anlage war. Bei meinem

Telefonat mit Niki hatte ich nicht einmal einen Zehntel gesehen, obwohl ich eine ganze Weile durch den Park gelaufen war. Im nördlichen Teil säumten schwarzlackierte Bänke den breiten Weg und bildeten eine Art Zaun, während unter einer Brücke jemand Dudelsack spielte. Der Sound hallte von den Wänden wider und verlieh unserer Verfolgungsjagd einen epischen Touch. Erst als wir ein ganzes Stück weitergegangen waren, verblassten die Klänge und verschwanden im Wind.

An einem See machten wir endlich Pause. Kleine Enten watschelten am Ufer entlang.

»Wir werden Tage brauchen, um ihn hier zu finden«, sagte ich atemlos und ließ mich erschöpft ins Gras fallen. »Das Gelände ist zu groß. Er könnte von überall aus dem Park verschwinden und in die Stadt zurückkehren.«

»Keine Nachricht von den anderen?«, wollte Jaden wissen, der sich neben mich gesetzt hatte und zum Ufer blickte.

Ich holte das Handy heraus und schüttelte den Kopf.

»Verflucht. Mit ihrer Hilfe würde es schneller gehen.« Er feuerte einen Stein ins Wasser. Dieser hüpfte mehrmals über die spiegelnde Oberfläche, bevor er schließlich versank.

»Vielleicht haben wir etwas übersehen?«, murmelte ich nachdenklich und strich mit meinem Handschuh über das Gras.

»Vielleicht hast du recht! Wir sind die Sache falsch angegangen!« Jaden sprang auf die Beine und tippte etwas in sein Handy ein. Dann fing er an zu lachen.

Verwirrt sah zu ihm hoch. »Was ist so komisch?«

»Es ist nur ein Gefühl, aber ich glaube, wir müssen woandershin.«

»Wie?« Ich stand ebenfalls auf und sah ihn irritiert an.

»Er hat mit Sicherheit auch gedacht, dass wir ihn im Central Park suchen würden«, erklärte er mir. »Die meisten vergessen, dass es in Manhattan noch weitere Grünanlagen gibt. Komm, wir müssen zur Straße!«

Ohne eine weitere Erklärung folgte ich ihm aus dem Park. Kurz darauf stiegen wir ins Taxi.

»Wohin?«, fragte der Fahrer und blickte zu uns nach hinten.

Jadens Augen flammten auf. »In den Botanical Garden.«

Nach einer kurzen Fahrt stiegen wir aus dem Taxi und schritten durch das weiße Eisentor. An der Informationstafel verschaffte ich mir einen groben Überblick. Immerhin hatte ich keine Ahnung, was mich hier überhaupt erwartete. Wasserfall, Waldstück, Rosengarten, japanischer Steingarten ... Die Liste war wirklich lang. Und überall konnte sich der Dreadlock-Typ versteckt haben. Wenn er überhaupt hier war.

Die nächsten Stunden durchquerten wir die verschiedenen Themenbereiche der Anlage. Irgendwann liefen wir auf einen kleinen Pavillon zu, von dem mehrere Wege abzweigten. Wir entschieden uns für den, der von duftenden Rosen umgeben war. Der kiesbedeckte Weg knisterte unter unseren Sohlen. Aus dem Augenwinkel sah ich zu Jaden, der wachsam die Umgebung inspizierte. Wir hatten in den vergangenen Stunden kaum ein Wort gewechselt. Dabei gab es so vieles, was ich ihn gern gefragt hätte. *Was sind deine Hobbies und was ist dein Lieblingsgericht? Wärst du wirklich gern Altenpfleger geworden, wenn du die Wahl gehabt hättest? Mit wem teilst du deine glücklichen Momente? Mit wem die schlechten? Was glaubst du, wäre aus uns geworden, hätte es den Unfall nicht gegeben? Wären wir noch immer beste Freunde oder mehr als das? Wären wir ein Pärchen, das händchenhaltend durch Parks wie diesen schlendert, oder eines, das alberne Selfies auf der Brooklyn Bridge schießt? Würden wir unsere Sonntage mit heißem Sex oder kuschelnd vor dem Fernseher verbringen?*

Meine Gedanken brachen auf mich ein. Ich fühlte mich in so vielen Hinsichten beraubt. Das Schicksal war unfair.

»Alles okay?« Jaden schaute mich von der Seite an. Gott, wie lange hatte er mich beobachtet?

»Natürlich. Mir ist nur ein Insekt ins Auge geflogen«, log ich und wischte mir die Tränen davon, die sich den Weg über mein Gesicht gebahnt hatten. Dann lächelte ich. Es musste so verkrampft aussehen, wie es sich anfühlte, denn Jaden hob fragend eine Augenbraue.

Und dann umfasste er plötzlich meine Hand und brachte mich behutsam dazu, stehenzubleiben. Ich starrte auf unsere Finger, die ineinander verkeilt waren, als wären sie genau dafür geschaffen.

Er hob mein Kinn sanft, aber bestimmt an. Mein Herz pochte schnell, als ich ihn anblickte. Das Licht in seinen Augen konnte meine Finsternis erhellen oder die Schatten größer werden lassen. Mich wärmen. Mich verbrennen.

Wie Sand versank ich in seinem Meer.

Sein Daumen strich über meine Unterlippe, verteilte die salzigen Tränen auf meinem Mund. Wann hatte ich wieder angefangen zu weinen? Oder hatte ich nicht aufgehört?

Langsam beugte er sich vor. Seine Nähe war seltsam tröstend. Als würde er den gleichen Schmerz fühlen, der mich quälte.

Ja, das Schicksal war unfair.

Ein Kindergeschrei unterbrach uns bei – was auch immer wir gerade getan hatten. Jaden löste seine Finger von meinen und trat einen Schritt zurück. Er fuhr sich durch sein schwarzes Haar, sah genauso verwirrt aus, wie ich mich fühlte. Anscheinend hatte er sich gerade von meinem Geheule mitreißen lassen.

Sein Blick streifte meinen, doch die Sanftheit darin war verschwunden. Zurück blieb eine Härte, die mich frösteln ließ. Bereute er es, mich getröstet zu haben?

»Wir sollten nachsehen, was los ist«, sagte er mit rauer Stimme. Benommen nickte ich und folgte ihm zu einer blühenden Rosenhecke.

»Mama! Mama! Guck mal«, rief ein kleiner Junge aufgeregt und zerrte an dem Rock seiner Mutter.

»Schon gut, Schatz, nicht so laut. Was ist denn?«

»Die Blumen.« Er deutete auf einen Strauch roter Rosen. Die Blüten waren so groß wie Honigmelonen.

»Das ist ja unglaublich«, staunte seine Mutter und näherte sich dem Strauch. »Die müssen wohl mit Gentechnik herangezüchtet worden sein. Normal ist das nicht.«

Jaden grinste mich an. »Siehst du, man muss nur die Augen und Ohren offenhalten.«

Am liebsten hätte ich ihm gesagt, dass wir eben genau das *nicht* getan hatten, aber ich schluckte es herunter.

»Du meinst, das ist das Werk des Kerls?« Ich räusperte mich, weil meine Stimme sich belegt anhörte. Jaden schien sich wieder vollkommen gefangen zu haben, während ich noch Augenblicke brauchen würde. Hatte er gerade wirklich meine Lippen berührt und meine Hand gehalten?

»Höchst wahrscheinlich. Oder hast du jemals so große Rosen gesehen?« Er deutete auf die Hecke und lächelte triumphierend. »Er muss seine Magie zwischendurch angewandt haben. Vielleicht aus Nervosität. Weit kann er nicht sein!«

Wir liefen zu der nächsten Hecke. Mit jedem Schritt drängte ich meine Gefühle zurück, sperrte sie weg. Jaden sollte nicht denken, dass mir das eben etwas bedeutet hätte. Genauso wie er es mich gerade spüren ließ. Ich konzentrierte mich wieder auf die Aufgabe, die vor uns lag.

Tatsächlich entdeckte ich am nächsten Strauch ebenfalls Rosen, die zu groß waren. Ein Glück, dass es bereits Abend war. Die Pflanzen hätten zu viel Aufsehen erregt, wenn hier Hochbetrieb herrschte.

Wir folgten den übergroßen Pflanzen wie Brotkrümeln durch die Anlage. »Meinst du nicht, dass es eine Falle ist? Warum sollte er sonst so viele Pflanzen zum Wachsen gebracht haben? Wirklich nur aus Nervosität?«

»Vielleicht ist es eine«, antwortete Jaden ruhig. »Uns bleibt nichts anderes übrig, als es herauszufinden.«

Die Spur führte zu einem riesigen Gewächshaus. Es bestand überwiegend aus Glas und weißem, mit Mustern verziertem Eisen. Es hatte die Form einer riesigen Kuppel und zwei längliche Gänge – ebenfalls aus Glas und Eisen – bildeten den Eingang. Davor befanden sich zwei kleine Teiche. Der verträumte Stil des Gewächshauses erinnerte an eine Zeit, in der die Könige der Menschen regiert hatten.

»Da drin wird er sein«, meinte Jaden und blieb vor dem Eingang stehen. Die Tür war verriegelt.

Verblüfft blinzelte ich mehrere Male. »Er lässt sich freiwillig einsperren?«

»Würdest du auch machen, wenn du weißt, dass du verfolgt wirst. Du verschanzt dich dort, wo du dich am sichersten fühlst.«

»Bei den Pflanzen ...«

Er nickte knapp und machte sich dann an der Tür zu schaffen.

»Sag nicht, dass du da reinwillst?!« Augenblicklich packte ich ihn am Arm und zwang ihn mich anzusehen. »Das ist ein verdammtes Gewächshaus und er ist ein Pflanzenmagier. Wir werden sterben, wenn wir dort reingehen!«

Jaden sah mich ungerührt an. »Was bleibt uns anderes übrig?«

»Vielleicht auf die anderen warten? Daran schon gedacht?«

»Sie werden nicht herkommen. Hätten sie uns helfen wollen, wären sie schon vor Stunden bei uns gewesen.« Er löste meine Hand von seinem Arm und widmete sich wieder dem Schloss. Keine Minute später hatte er die Tür geknackt. »Bleib draußen und überwache den Ausgang. Ich knöpfe mir den Typen allein vor.«

»Was?«, keuchte ich entsetzt. Hatte er mir nicht zugehört?!

»Es ist kurz vor 21:00 Uhr. Die Pforten für Besucher werden gleich geschlossen«, erklärte er und blickte zum orangefarbenen Himmel. »Wir haben nicht mehr lange Zeit, ansonsten müssen wir den Dreckskerl im Dunkeln jagen.«

Ich sah zum Gewächshaus, dann wieder zu Jaden. Schließlich seufzte ich geschlagen. »Na schön, aber ich komme mit. Allein ist es noch gefährlicher.«

Er schob die Augenbrauen zusammen. Ich konnte ihm ansehen, dass er mit sich rang. »Meinetwegen. Aber mach keine unnötigen Bewegungen, bleib auf dem Weg und verhalte dich ruhig. Pflanzenmagie wird durch Gesang ausgelöst. Und noch mal habe ich nicht vor in einem Kakteenbeet zu baden.«

Er hielt mir die Tür auf und zog sie leise hinter sich zu, als wir hindurchgegangen waren. Gemeinsam durchquerten wir den länglichen Gang, der von tropischen Sträuchern, Blumen und kleinen Bäumchen umringt war. Die Abendsonne tauchte die vielen Pflanzen in ein schummriges Licht. Ich überlegte gerade, welche Pflanze uns gefährlich werden könnte, wenn sie wuchs, als Jaden plötzlich stehen blieb. Beinahe wäre ich gegen seinen Rücken gelaufen.

»Ist er hier?«, flüsterte ich und sah über seine Schulter hinweg. Wir hatten das Herzstück des Gewächshauses erreicht.

Er nickte und gab mir mit seinem Finger ein Zeichen, still zu sein. Dann deutete er zu der Mitte der Kuppel, wo er ihn anscheinend vermutete.

Mein Puls beschleunigte sich bei jedem weiteren Schritt, den wir tiefer in das Gewächshaus traten. Auch hier gab es einige Pflanzen, die viel zu groß waren. Ich hatte zwar nie gut in Biologie aufgepasst, aber eine tellergroße Orchideenblüte kam mir dann doch seltsam vor.

Ein Rascheln kam aus einem der dichtbewachsenen Beete. Im nächsten Moment war Jaden auch schon in die Richtung verschwunden. *So viel dazu, auf dem Weg zu bleiben.*

Obwohl mich ein ungutes Gefühl beschlich, folgte ich ihm ins Dickicht. Mit klopfendem Herzen inspizierte ich die Umgebung, scannte jeden Busch, an dem wir vorbeikamen. Ein Plätschern war zu hören. Irgendwo ganz in der Nähe musste eine Teichanlage sein. Da war noch etwas ... Ein Knacken?

»Pass auf!«, rief Jaden und stieß mich zur Seite, als ein gewaltiges Palmenblatt auf mich zu schwang. Meine Haare flogen mir ins Gesicht, als das Blatt an mir vorbeipeitschte und stattdessen Jaden einige Meter nach hinten katapultierte. Heilige Scheiße.

Im selben Moment verlor ich das Gleichgewicht und konnte mich gerade so an einer Palme abstützen – was sich als fataler Fehler herausstellte, denn sogleich erfüllte ein Lied das Gewächshaus und eine der vielen Ranken löste sich von der Rinde. Wie eine Würgeschlange kletterte sie meinen Arm entlang. Augenblicklich war ich am Stamm fixiert. Mit der freien Hand griff ich nach meinem Messer, öffnete es mit meinem Mund und schnitt den Strang ab. Doch die nächsten Ranken waren bereits um meinen Arm geschlungen, kletterten meine Schulter entlang zu meinem Hals. Großer Gott! So schnell, wie sie wuchsen, konnte ich sie nicht durchtrennen!

Jaden wollte mir zu Hilfe eilen, wurde aber im nächsten Moment ruckartig von den Füßen gerissen und fiel mitten in das Beet. Sofort schlängelte sich die Kletterpflanze auch um seinen Körper, fixierte ihn am Boden.

»Fuck«, fluchte er und sah besorgt zu mir hoch. »Geht es dir gut, Poison?«

Ich nickte, obwohl ich nicht wusste, wie lange noch. Die Ranken wuchsen unnachgiebig. Sollten sie meinen Hals erreichen, würden sie mir die Luft zuschnüren. Das Messer rutschte mir aus der Hand. Schockiert sah ich zu Boden. Zeitgleich wurde die Melodie lauter. Ein Palmenblatt wurde zur Seite geschoben und dann trat der Dreadlock-Typ singend aus dem Unterholz. Auf seinem Gesicht lag ein Grinsen.

»Benutz eine Illusion«, rief ich Jaden zu. »Jetzt!«

Jadens Blick war starr auf den Kerl geheftet, doch dieser sang unbeeindruckt weiter. Bedeutete das, es klappte nicht?! Anscheinend war der Kerl gegen Jadens einfache Illusionen immun geworden. Vielleicht weil er sich vorhin aus einer befreit hatte? Jetzt waren wir wirklich geliefert.

»Bastard«, zischte Jaden, dessen Körper ebenfalls mit grünen Ranken bedeckt war. »Hör auf dein beschissenes Lied zu summen. Dann bin ich auch so gnädig dich nicht in den schlechtesten Horrorfilm zu sperren, der mir einfällt. Und glaub mir, ich kenne viele.«

Es war eine leere Drohung. Jaden musste ihn berühren, um einen Illu-Trip zu erschaffen.

Überraschenderweise verstummte der Dreadlock-Typ tatsächlich. Sofort hörten die Kletterpflanzen auf zu wachsen. Ich seufzte erleichtert auf. Ein Glück!

Der Kerl machte große Augen, ging einen Schritt nach vorn, dann noch einen. Der Grund dafür war aber nicht Jaden, sondern eine Gestalt, die neben ihm aus dem Gebüsch trat.

Ich hielt den Atem an, als Jamaal mit rauer, akzentvoller Stimme sagte: »Schluss jetzt, Nio.«

18. KAPITEL

»Prinz«, hauchte der Typ, der offenbar Nio hieß, und ging in die Hocke, als würde er auf einen Ritterschlag warten.

Jamaal kam mit der Anmut eines Königs auf uns zu. Er krempelte die Ärmel seiner royalblauen Tunika nach oben und befreite erst mich, dann Jaden aus den Schlingen. Nio hielt währenddessen unterwürfig seinen Kopf gesenkt.

»Du bist hergekommen«, schoss es aus mir heraus, während ich mir meine Strickjacke abklopfte und mein Messer aufhob.

Jamaal schenkte mir ein kleines Lächeln, doch seine ernste Miene überschattete augenblicklich wieder sein Gesicht, als er sich Nio zuwandte. »Wieso kämpft ihr gegeneinander?«

»Deine Stimme ist wunderschön, mein Prinz«, flüsterte Nio ehrfürchtig und richtete sich auf. »Dass ich den Klang jemals vernehmen darf, hätte ich mir niemals –«

»Das war nicht meine Frage!«, unterbrach er ihn. Also war es tatsächlich eine Seltenheit, dass Jamaal sprach. Mir war auch sofort klar wieso. Bei jedem gesagten Wort wuchsen die Pflanzen um uns. Und zwar jede einzelne im Gewächshaus.

Nio zeigte auf Jaden und mich. »Die zwei sind bei mir eingebrochen und haben mich verfolgt. Ich habe mich nur gewehrt.«

Ich schnaubte. »Wir sind sicher nicht bei dir eingebrochen. Es ist die Wohnung von Francesco«, stellte ich klar. »Was hast *du* also dort gemacht?«

»Geht euch nichts an!«, antwortete er bissig.

»Beantworte ihre Frage«, befahl Jamaal und die Pflanzen wuchsen erneut in einem Tempo, das nicht gesund sein konnte. Gott, wenn er noch mehr sprach, würden sie die Glasfronten sprengen!

»Beruhige dich«, ermahnte ich Jamaal. Er drehte sich zu mir um, als ich ihn leicht an der Schulter berührte.

»Sie hat recht. Du solltest nicht sprechen«, unterstützte Jaden mich und machte eine vielsagende Bewegung mit seiner Hand. »Die Pflanzen sind dank diesem Vollidioten schon groß genug.«

Jamaal warf Nio einen strengen Blick zu und strich mit einer harten Geste über seinen Kinnbart. »Wenn ich noch mehr spreche, mache ich dich für das Ausmaß verantwortlich. Also beantworte die Fragen, die man dir stellt!« Er gab ein letztes leises Knurren von sich und war dann wieder derselbe verschlossene Krieger, den ich bislang kennengelernt hatte. Mir fiel ein Stein vom Herzen, als ich sah, wie die Pflanzen aufhörten zu wachsen.

»Es tut mir leid, mein Prinz«, entschuldigte sich Nio sofort und wandte sich Jaden und mir zu. »Ich lebe in dem Apartment. Francesco und ich sind Mitbewohner.«

»Mitbewohner? Es gibt dort nur ein Schlafzimmer«, warf Jaden ein und entfernte die letzte abgetrennte Ranke von seiner Schulter. »Ich habe mich dort umgesehen. Es sah nicht aus, als würde er mit jemanden zusammenleben.«

Nio zuckte mit den Achseln. »Es ist aber so. Er lässt mich auf seinem Sofa pennen, weil ich mir eine eigene Wohnung nicht leisten kann. Und jetzt würde ich gern gehen.«

»Nicht so schnell.« Jaden versperrte ihm den Weg. »Wir haben noch weitere Fragen an dich.«

»Ich werde euch aber keine Antworten mehr liefern. Außer natürlich, mein Prinz wünscht es.« Sein Blick ging zögerlich zu Jamaal, der ihm den stummen Befehl gab zu sprechen. Nio seufzte leise und führte uns zu der plätschernden Teichanlage, in der blühende Seerosen und Wasserlilien schwammen. Ihre Blätter hatten die Größe von gespannten Regenschirmen und verdeckten fast vollständig die dunkle, geheimnisvolle Wasseroberfläche.

Nio setzte sich im Schneidersitz auf die nassen Steinplatten und kramte etwas aus seiner Jogginghose. Ein Stück Papier, Tabak und … Gras. Baute sich der Typ gerade ernsthaft einen Joint? Der hatte ja Nerven! Wenigstens sah es so aus, als würde er nicht wieder abhauen wollen.

»Na gut, fragt, was ihr fragen wollt. Ihr habt den Prinzen gehört.«

»Wieso bist du vor uns geflohen?«, wollte ich wissen und setzte mich neben Jamaal auf die Bank, die sich an der Teichanlage befand. Eine Befragung im Stehen versprühte sicherlich mehr Autorität, aber ich konnte mich kaum noch auf den Beinen halten. Jetzt, wo das Adrenalin langsam aus meinem Körper verschwand, spürte ich jeden einzelnen Muskel in meinen Oberschenkeln. Jaden dagegen sah überhaupt nicht erschöpft aus. Er lehnte mit dem Rücken am Geländer, das die Teichanlage umzäunte, und verschränkte die Arme vor seiner Brust. Mit finsterem Blick starrte er auf Nio herab.

»Ihr seid in meine Bude eingebrochen und habt euch als Pflanze und Staubsauger getarnt. Meint ihr nicht, ihr würdet genauso schnell das Weite suchen wie ich?« Nio zerkleinerte das Gras in seiner Hand. »Wer weiß, ob ihr nicht der Grund seid, warum Francesco verschwunden ist.«

Mein Bauch zog sich zusammen. »Also ist er verschwunden?«

Er hielt einen Moment inne. »Seit mehreren Wochen. Er kam eines Tages nicht mehr nach Hause.«

Ich schluckte schwer. Wie sollte ich das nur Niki erklären? Vor dem Telefonat graute es mir jetzt schon.

»Weißt du, was passiert ist?«, schaltete sich Jaden ein, als ich mehrere Sekunden kein Wort herausgebrachte.

»Leider nicht. Ich kam abends nach Hause und da war er schon weg.« Er schloss die Augen. »Und um eure unausgesprochene Frage zu beantworten: Ich weiß nicht, wo er ist.«

»Also hast du keine Ahnung, warum dein Freund untergetaucht ist oder vor wem er Angst haben könnte?«

Er öffnete wieder seine Augen und sah Jaden unverwandt an. »Ich sagte doch schon, nein. Aber er hatte eine Brieffreundin. Vielleicht weiß sie etwas.«

Ich hielt geschockt den Atem an. Nein. Nein. Nein. Wieso wusste er davon? Mein Blick glitt zu Jaden, der mich fragend ansah. Ich befürchtete, dass er in meinem Gesicht die Panik ablesen konnte.

Gut, Nio wusste, dass Francesco eine Brieffreundin hatte. *Es schließt rein gar nichts auf Niki,* versuchte ich meine aufgewühlten Gedanken zu beruhigen. Und

Francesco war hoffentlich nicht so blöd gewesen, es seinem Mitbewohner zu erzählen. Im Ernst, der Kerl sah null vertrauenswürdig aus. Bestimmt dröhnte er sich täglich die Birne zu. Er kriegte es ja noch nicht einmal auf die Reihe, die Post aus dem Briefkasten zu räumen. Trotzdem sollte ich schleunigst das Gespräch in eine andere Richtung lenken. Ich öffnete den Mund, um das Thema zu wechseln, doch Jaden vereitelte meinen Versuch, als er die Frage stellte, die ich unter allen Umständen hatte vermeiden wollen.

»Eine Brieffreundin? Und wer soll das sein?«

Er sah mich nicht an, doch auf seinem Gesicht braute sich ein Gewitter zusammen. Ahnte er etwas?

Am liebsten wäre ich aufgesprungen, um Nio im Teich zu versenken. Nur damit er nicht auf die Frage antwortete. Meine Finger krampften um meine Handschuhe. *Bitte sag nicht ihren Namen. Bitte sag nicht –*

»Ich glaube, die Kleine heißt Nikita. Sie wurde vom Anführer der Silbernen Waage aufgenommen.«

Meine Gesichtszüge entgleisten mir. Die Bombe war geplatzt. Und wie sie geplatzt war.

Die Gewitterwolken auf Jadens Zügen hatten sich in einen tosenden Sturm verwandelt. Wie in Zeitlupe sah er mich an. Auf seinem Mund lag ein eiskaltes Lächeln, während seine Augen mich förmlich verbrannten. »Stimmt das, was er sagt?«

Seine Frage lag wie eine geladene Pistole mitten auf meiner Brust. Ich war nicht in der Lage zu verhindern, dass er abdrückte. Nein, mit der Antwort, die jetzt über meine Lippen kam, betätigte ich sogar selbst den Abzug. Leugnen würde alles nur schlimmer machen, das wusste ich.

»Er sagt die Wahrheit«, gab ich kleinlaut zu. »Niki und Francesco waren Brieffreunde. Aber sie weiß auch nicht, wo er hin ist. Oder wieso.«

Sein zorniger Blick verwandelte sich in pure Fassungslosigkeit. Und dann in etwas, das noch schlimmer war: Enttäuschung.

Ich ertrug den Ausdruck nicht länger, also starrte ich zu den blühenden Seerosen. Einen Moment herrschte eiserne Stille. Nur das Plätschern des Wassers war zu hören.

Nio gab einen verblüfften Laut von sich. »Du weißt über die Beziehung also auch Bescheid? Dann zähle ich eins und eins zusammen. Du bist die Giftmagierin, die bei ihr im Haus wohnt.«

»Du weißt ja ziemlich gut Bescheid«, antwortete Jaden für mich. Er sah immer noch aus, als wollte er mich am liebsten im Teich versenken. Er war verdammt sauer auf mich. Gott, das würde noch eine Riesendiskussion geben, so viel stand fest. Es war schlimm genug, dass er noch etwas gegen Niki und mich in der Hand hatte. Aber Jamaal war nun ebenfalls eingeweiht. Und wer wusste schon, wem die Plaudertasche im Schneidersitz noch alles davon erzählt hatte. Auf dieses Vergehen stand die Todesstrafe. Für beide. Nicht mal Matthew könnte es abwenden, wenn es zum Prozess käme.

»Wem hast du alles davon erzählt?«, wollte er von Nio wissen, ohne seine zornigen Augen von mir zu nehmen. Sein Tonfall war wie eine gewetzte Klinge.

»Ihr seid die Ersten.«

»Dann behalte es auch weiterhin für dich. Wir wollen der Freundin deines verschwundenen Freundes keinen Schaden zufügen, oder?«

»Sicher.« Nio schüttelte in aller Ruhe die Gras-Tabak-Mischung auf das Papier. So als würde er die Spannung gar nicht spüren, die in der Luft lag. Oder als würde sie ihn schlichtweg nicht interessieren. Jaden warf mir einen letzten finsteren Wir-sprechen-uns-später-Blick zu, bevor er sich vom Geländer löste und vor Nio stehen blieb. »Könnte es denn jemand auf ihn abgesehen haben?«, wollte er von ihm wissen.

Nio hörte einen Moment auf seinen Joint zu bauen und schob seine Dreadlocks lässig hinter die Schultern. »Keine Ahnung, Mann. Er hatte keine wirklichen Feinde. Hier in Manhattan halten wir zusammen. Klar gibt es einige Magier, die etwas seltsam sind. Ich meine, wir sind ja alle hier, weil wir etwas verbrochen haben.«

»Was hast du verbrochen?«

Nio grinste breit. »Ich habe mit meiner Magie Bauern bei ihrer Ernte geholfen und mich als Schamane ausgegeben. Die Leute kamen zu mir, damit ich ihnen beim Anbau ihrer Reisfelder half, indem ich ihnen meinen *Segen* aussprach.« Er lachte. »Mein Clan fand das nicht so witzig. Schließlich wurde der Beruf schon vor langer Zeit aus unserem Tätigkeitsfeld gestrichen. Zu gefährlich, die Menschen könnten von uns erfahren, bla, bla, bla. Aber ich habe echt viel Kohle verdient und einfach gehofft, dass es nicht rauskommt. Na ja, Ende vom Lied: Ein Hunter schleifte mich zum Magischen Gericht. Man ließ mir die Wahl. Entweder hier leben oder meine Magie verlieren. Glaubt mir, bevor ich meine Gabe verliere, sterbe ich lieber.«

»Und was ist mit Francesco? Was hat er verbrochen?«, fragte ich vorsichtig. Niki hatte es mir nie sagen wollen, doch jetzt musste ich es wissen.

»Er hat einen Magier von meinem Clan ermordet.«

Ich verzog das Gesicht. Mord? Meine Vermutung hatte sich also bestätigt. Francesco hatte damals etwas Schlimmes getan.

»Er hat jemanden von *deinem* Clan umgebracht? Und ihr seid trotzdem befreundet?«, fragte Jaden mit hochgezogener Augenbraue. »Ich dachte, ihr Magier vom Gelben Ginkgo seid nachtragende Arschlöcher.«

»Sind wir auch, aber er tat es aus Notwehr. Derjenige, den er umgebracht hat, griff als erstes an. Clan-Kämpfe. Es gibt sie häufiger, als die Oberen zugeben wollen.« Er sah kurz zu Jamaal, um sich für seine Aussage zu entschuldigen.

»Und hier hat er keine Feinde? Keiner von deinem Clan, der sich an ihm rächen will?«

»Nicht dass ich wüsste. Aber er ist auch nicht immer ehrlich. Ein paar Tage vor seinem Verschwinden fragte ich ihn, ob etwas nicht stimme, weil er ständig aus seinem Fenster sah und sich sogar in seiner Wohnung in einen Wolf verwandelte. Er ging nicht mal mehr ins Clamps.«

»Clamps?«, fragte ich verwirrt. »Was ist das Clamps?«

»Eine besondere Bar im Financial District. Francesco ging fast jedes Wochenende dorthin.« Er machte eine kleine Pause. »Denk nichts Falsches von ihm. Er war nicht auf Bettgeschichten aus, sondern saß meistens an der Bar, um abzuschalten. Ihm ging das Leben hier in Manhattan mehr auf den Sack als mir.« Er leckte über das halb zusammengerollte Papier und verschloss seine Tüte anschließend. Das Verlangen, den Typen über Drogen aufzuklären, überkam mich kurz. Aber ich beließ es bei einem abfälligen Blick.

»Hat er dort Freundschaften geschlossen? Irgendjemand, dem er sich vielleicht anvertraut hat?«, fragte Jaden.

»Keine Ahnung. Er war beliebt, aber ziemlich verschlossen. Und wenn er nicht mal seiner Freundin oder mir etwas erzählt hat …« Er grübelte einen Moment vor sich hin und klemmte sich den Joint hinters Ohr. »Vielleicht doch. Er hat sich da mit einem rothaarigen Kerl gut verstanden, der am Tresen arbeitet. Aber fragt mich nicht, wie er heißt.« Er richtete sich auf und klopfte sich den Dreck von der Jogginghose. »Ist die Fragestunde zu Ende? Kann ich gehen? Dieser Tag war echt beschissen und ich habe verfluchten Kohldampf.«

Jaden nickte knapp. »Von mir aus. Wir haben alles, was wir brauchen.«

»Ich habe nicht dich um Erlaubnis gebeten«, sagte er und drehte sich dann zu Jamaal um, der sich mittlerweile von der Bank erhoben hatte. »Prinz. Hast du alle Informationen, die du benötigst? Darf ich gehen?«

Jamaal gebärdete etwas, woraufhin Nio eifrig nickte.

»Nein, natürlich werde ich niemandem von dem heutigen Tag erzählen, das schwöre ich. Das hier bleibt unter uns.«

Jamaal machte noch eine Geste mit seiner Hand und daraufhin verbeugte sich Nio tief vor ihm. »Vielen Dank, mein Prinz. Ich werde mich jetzt zurückziehen.«

»Was?« Ich starrte Jamaal fassungslos an. »Du willst ihn laufen lassen? Einfach so, obwohl er hier so ein Chaos angerichtet hat?« Als Antwort nickte er knapp.

Nio ging an uns vorbei, hielt aber kurz inne. »Findet meinen Freund. Ich zähle auf euch«, flüsterte er, bevor er durch den langen Gang verschwand, aus dem wir gekommen waren.

Ich sah ihm hinterher, bevor mein Blick durch das Gewächshaus schweifte. »Was machen wir mit diesem Problem hier? Wir können nicht einfach verschwinden. Schaut euch mal um! Abgesehen davon, dass es außerhalb des Gewächshauses auch schon riesige Blumen gibt, die wir beseitigen müssen, ist das hier eine Katastrophe! Wir werden Tage brauchen, das alles abzusägen und zu entsorgen. Und wie sollen wir das dem Personal erklären?«

»Ich kümmere mich darum«, sagte Jamaal plötzlich und wandte sich von uns ab. »Ihr könnt zurück zum Apartment gehen.«

Ich starrte verwirrt auf seinen kräftigen Rücken. »Und wie willst du das anstellen?«

Jamaal setzte sich wortlos zwischen zwei Palmen auf den Boden. Dann fing er an zu singen. Es knackte und raschelte. Wie in Zeitraffer schrumpften die Palmen, wurden kleiner und kehrten schließlich in ihre Ursprungsform zurück. Auch die anderen Pflanzen schrumpften, als wären sie niemals überdimensional groß gewesen.

»Er kann die Magie wieder rückgängig machen?«, rutschte mir die Frage heraus. Zuerst glaubte ich, Jaden würde mir nicht antworten, weil er immer noch verdammt wütend war. Dann rang er sich doch dazu durch.

»Jamaal kann Pflanzen enorm wachsen, aber auch wieder schrumpfen lassen. Es gibt nur einen weiteren Magier, der das beherrscht – seine Mutter, Clanoberhaupt des Gelben Ginkgos.«

Erstaunt sah ich Jamaal weiter zu, wie er mit seiner Gabe das Gewächshaus in Ordnung brachte. Das Lied, das er sang, war wunderschön. Zugleich erfüllte es mich mit endloser Traurigkeit.

Meine Mutter und mein Vater waren auch in der Lage gewesen, das Gift aus dem Körper zu ziehen, so wie Jamaal die Magie aus den Pflanzen ziehen konnte. Es war im Grunde nichts anderes. Ob ich auch dazu imstande war? Ich hasste mich dafür, dass ich mir diese Frage gestellt hatte, denn ich kannte die Antwort bereits. Wenn es so wäre, hätte Jaden noch eine Schwester.

19. KAPITEL

»Wo habt ihr euch denn rumgetrieben?« Amber saß auf dem Sofa und lackierte sich die Fußnägel. Die künstlichen Flammen des Kamins tänzelten über ihr Gesicht, als sie zu uns aufsah. »Ihr seht aus, als hättet ihr im Garten gearbeitet und mit Matsch gespielt.« Sie rümpfte die Nase. »Und ihr stinkt. Geht duschen!«

»Wenn du auf dein Handy geguckt hättest, wüsstest du, wo wir waren«, erwiderte Jaden trocken und verschwand, ohne ihre Antwort abzuwarten, in der Küche.

Amber sah ihm mit hochgezogener Augenbraue hinterher, bevor sie sich wieder ihren Nägeln widmete. »Wow, da hat aber jemand schlechte Laune.«

Die hatte er definitiv. Dass es nicht an ihr lag, sondern an mir, wollte ich ihr nicht erklären. Die gesamte Heimfahrt hatte er kein Wort mit mir gewechselt und wütend aus dem Fenster gestarrt. Na ja, wenigstens hatte er kein anderes Taxi genommen.

»Jamaal war der Einzige, der uns geholfen hat«, erklärte ich ruhig. »Wieso hast du nicht auf meine SMS reagiert?«

»Eine SMS?« Sie schielte zu ihrem Handy, das neben ihr auf dem Sofa lag. »Stimmt. Ich habe gesehen, dass du geschrieben hast. Aber weil sie von dir kam, habe ich die Nachricht erst gar nicht geöffnet, sorry.«

Ich seufzte entgeistert. War klar, dass man von Amber keine Hilfe erwarten konnte. »Wo sind die anderen?«

»Du meinst Iwan und den höflichen Kater? Die sind beide noch unterwegs. Warum fragst du? Möchtest du dich bei ihnen auch ausheulen, dass sie dir nicht zu Hilfe geeilt sind?«

Ich schüttelte wortlos den Kopf und machte mich auf den Weg in die obere Etage. Ich hatte heute keine Kraft mehr, mich mit ihr anzulegen. Die Verfolgungsjagd, der Kampf und die Befragung waren anstrengend genug gewesen.

Im Badezimmer angekommen befreite ich mich von meinen dreckigen Klamotten und stellte mich unter die Dusche. Ein Seufzen entwich mir, als das Wasser meine durchgefrorene Haut wärmte. Ich konnte mich nicht daran erinnern, wann ich zuletzt eine Dusche so sehr genossen hatte.

Nach einer gefühlten Ewigkeit verließ ich mit meiner dreckigen Wäsche unter dem Arm das Bad. Der Gang war dunkel, doch das schummrige Licht des Badezimmers schien auf eine allzu vertraute Gestalt, die an der gegenüberliegenden Wand lehnte. Mein Herzschlag beschleunigte sich. Ich hatte nicht erwartet ihn heute noch mal zu sehen. Eigentlich wollte ich nur noch ins Bett und mich ausruhen. Doch so wie es aussah, war mir das nicht vergönnt.

Ich überprüfte den Sitz des Handtuchs, das um meinen Körper geschlungen war, und straffte die nackten Schultern. »Wenn du ins Bad willst, es ist jetzt frei.«

Sein Kiefer malmte, bevor er ein abfälliges Schnauben von sich gab. »Du hast mich angelogen.«

»Sagt der Richtige!«, fauchte ich zurück und war selbst überrascht, wie viel Energie mir die heiße Dusche verliehen hatte. »Du hast mich doch genauso angelogen! Was ist mit deiner Tante? Alles eine verfluchte Lüge!«

»Hat dir das Iwan erzählt?« Als ich nicht antwortete, lachte er kalt. »Hätte ich mir denken können. Aber meine Lüge bringt mich nicht um, Poison. Sie hat nur dafür gesorgt, dass man mir keine mitleidigen Blicke zuwirft. Deine Lüge bringt dich vors Magische Gericht. Und Niki erhält die –«

Weiter kam er nicht, denn ich warf die Dreckwäsche auf den Boden, überwand die Distanz zwischen uns und presste ihm die Hand auf den Mund.

»Nicht so laut!«, fluchte ich aufgebracht. »Amber könnte dich hören! Schlimm genug, dass du und Jamaal davon wisst!«

Er gab ein abfälliges Geräusch von sich, was mich noch wütender machte. »Denkst du etwa, ich finde in Ordnung, was sie tut? Ich habe versucht es ihr auszureden, aber sie liebt ihn, verflucht noch mal!« Ich erhöhte den Druck meiner Hand auf seinem Mund und näherte mich seinem Gesicht. »Und weil ich sie wie eine Schwester liebe, akzeptiere ich es. Ich muss! Was bleibt mir auch anderes übrig, verdammt?«

Wieder schnaubte er abfällig. Einen Moment funkelten wir uns wütend an. Die Luft knisterte vor Spannung.

Dann spürte ich sein Lächeln unter meinem Handschuh, während er langsam seinen Blick senkte. Irritiert sah ich ebenfalls nach unten. Meine nassen Haare klebten an meiner Haut. Sein Blick folgte den Tropfen, die sich von meinen Haarspitzen lösten und zwischen meine Brüste glitten. Er gab ein genüssliches Seufzen von sich, das mir augenblicklich ein heißes Prickeln bescherte. Hitze schoss mir ins Gesicht, während sich mein Brustkorb immer schwerer hob und senkte.

Wann ... war die Stimmung umgeschwungen? Von wütend zu erregt. Von kalt zu heiß. Er bewaffnete mich. Er entwaffnete mich. Und das in einer Geschwindigkeit, die meine Knie weich werden ließ. Schlagartig wurde mir bewusst, dass ich ihn nur mit einem Handtuch bekleidet an die Wand presste. Ich zog meine Hand zurück, als hätte ich mich an ihm verbrannt. Denn genau so fühlte es sich an. Ich brannte. Überall.

Ich wollte einen Schritt zurückweichen, doch er umfasste spielerisch meine Taille und drehte mich herum. Jetzt war er es, der mich gegen die Wand drückte. Seine Augen waren genauso dunkel vor Verlangen wie meine.

Ich legte meine Hände auf seine Brust, um ihn von mir wegzustoßen. Um ihn an mich ranzuziehen. Ich wusste es nicht. In meinem Kopf herrschte Krieg.

Er berührte die empfindliche Stelle zwischen meinem Hals und meiner Schulter, strich zärtlich eine nasse Strähne zurück. Ein kleines Stöhnen entwich mir, was ihm nicht entging. Seine Lippen verformten sich zu einem gefährlichen Lächeln.

Ja, er wusste genau, wie mein Körper auf ihn reagierte. Ich musste mich daran erinnern, dass er mich hasste. Wahrscheinlich gehörte alles zu einem abgekarteten Spiel. Er wollte, dass ich mich in ihn verliebte. Wollte, dass ich mich zu ihm hingezogen fühlte. Um mir dann mein Herz zu zerschmettern, wenn der richtige Zeitpunkt gekommen war. Aber vielleicht war es auch schon zu spät. Vielleicht war ich bereits verloren.

Langsam fuhren seine Fingerspitzen am Rand meines Handtuchs entlang, zogen eine heiße Spur über meine Haut. Dabei streifte er meine Brustwarze unter dem Handtuch, die sich lustvoll zusammenzog. Ich biss mir auf die Unterlippe und presste mich fester gegen die Wand, weil ich ansonsten den Halt verloren hätte. Gott, das hier konnte zu allem führen. Es war falsch, aber auch so verflucht aufregend.

Sein Finger spielten jetzt mit dem Handtuchknoten zwischen meinen Brüsten. Er sah mir dabei tief in die Augen, wartete darauf, dass ich ihn endlich wegschubste, während ich darauf wartete, dass er endlich den Knoten öffnete.

Doch weder er noch ich taten das, was wir uns wünschten. Stattdessen ließ er von dem Knoten ab und umfasste meine Hand, die in sein Shirt gekrallt war. Sein Daumen massierte in kreisenden Bewegungen meinen Handrücken, schob den Stoff meines Handschuhs über meine Haut. Dann stoppte er.

»Also hatte ich recht«, raunte er erregt, doch das Lächeln auf seinem Mund war verschwunden.

»Womit?«, stammelte ich heiser.

»Dass du deine Handschuhe nicht mehr abnimmst.«

Ich blinzelte mehrmals, bis seine Worte zu mir durchgedrungen waren. Atemlos vor Wut und Erregung entriss ich ihm meine Hand und schlüpfte unter seinem Arm hindurch. »Das geht dich nichts an!«, keuchte ich und sammelte meine Wäsche vom Boden auf. Abstand. Ich brauchte Abstand.

Er verschränkte die Arme ineinander. »Und ob mich das was angeht. Wie willst du deine Gabe verwenden, wenn du die Teile andauernd trägst? Sogar unter der Dusche?«

Ich griff nach meinem BH und hielt ihn Jaden mit zuckersüßem Lächeln entgegen. »Ich habe völlig nackt geduscht, wenn du es unbedingt wissen möchtest.«

Er betrachtete mit hochgezogener Augenbraue den schwarzen Spitzenstoff, bevor er seinen Blick wieder auf mich richtete. »Wie lange geht das schon so?«, fragte er, ohne auf meine Provokation einzugehen. Als ich nicht antwortete, lachte er trocken. »Weißt du überhaupt noch, wie du deine Magie benutzt?«

»Natürlich weiß ich noch, wie es geht. Aber ich verwende meine Kraft nur noch bei den Sitzungen mit Matthew, um Gegengifte herzustellen.«

Er sah mich ernst an. »Sie haben dir also verboten deine Magie außerhalb des Labors zu benutzen? Solche verdammten –«

»Nein«, unterbrach ich ihn und drückte meine Wäsche enger an meinen Körper. »Ich darf sie benutzen. Aber ich will nicht mehr. Mir wäre es lieber, sie hätten mich von ihr befreit.«

»Dann bist du wohl die erste Magierin, die sich das wünscht.« Jaden schnaubte abfällig. »Und wie willst du dich ohne Magie verteidigen? Ich dachte, du weißt, was du tust.«

»Tut mir leid, dass ich das vergessen habe zu erwähnen. Hättest du mich sonst nicht dabeihaben wollen?« Meine Worte trieften vor Spott.

»Sicher nicht.« Er ging an mir vorbei. Bevor er die Badezimmertür zuknallte, sah er mir fest in die Augen. »Pack lieber deine Sachen und fahr nach Hause. Manhattan ist kein Ort für Schwächlinge.«

Mir entwich ein leiser frustrierter Schrei. Wütend drückte ich meinen Mittelfinger gegen die geschlossene Tür. So ein Idiot! Ich würde nicht den Schwanz einziehen. Das konnte er vergessen!

***

»Endlich gehst du ans Telefon.« Nikis Stimme klang vorwurfsvoll, fast schon beleidigt. »Du kannst dir gar nicht vorstellen, was für Sorgen ich mir gemacht habe! Seit zwei Tagen habe ich nichts mehr von dir gehört.«

Ich setzte mich auf eine freie Parkbank und verzog schuldbewusst das Gesicht. »Tut mir leid, wir hatten viel um die Ohren und ich hatte das Handy nicht bei mir.«

»Dann nimm es ab jetzt mit.« Niki seufzte leise. »Und nun zu dem, was ich herausgefunden habe. Ich habe einen Typen auf den Aufnahmen entdeckt, der mir bekannt vorkam. Also bin ich in das Archiv vom Magischen Gerichts eingebrochen und habe nach seiner Akte gesucht. Und Tada! Er heißt –«

»Phantom«, fiel ich ihr ins Wort.

»Was? Du weißt es bereits?«

»Sagen wir mal so, ich habe nicht nur ihn, sondern auch seine Bärengestalt kennengelernt.«

Niki kreischte kurz auf. »O Gott, geht es dir gut?«

»Mir schon, aber Phantom hat sich selbst ...« Ich beendete den Satz nicht, weil Niki es auch so verstand. »Er war auf jeden Fall nicht der Serienkiller, nur der Dieb, der das Schachbrett gestohlen hat.«

»Also war alles umsonst?«, murrte sie. Ich konnte förmlich sehen, wie sie ihren Kopf schüttelte und die rosa Strähnen wild herumflogen. Sofern sie noch rosa waren. Niki wechselte fast wöchentlich ihre Haarfarbe.

»Warst du schon bei Francesco?«, fragte sie plötzlich.

Ich verzog den Mund. Jetzt wurde es unangenehm. Und zwar richtig. Ich hatte mich den ganzen Tag gefragt, wie ich es Niki am schonendsten beibringen sollte. Augen zu und durch.

»Wir waren in seiner Wohnung, aber er war nicht dort. Nio, sein Mitbewohner, hat uns erzählt, dass Francesco schon seit ... drei Wochen ... verschwunden sei.«

Letzteres brachte ich kaum über die Lippen. Auf der anderen Seite der Leitung wurde es totenstill. Mehrere Sekunden sagte Niki kein Wort. Ich glaubte sogar, dass sie die Luft anhielt.

»Ich hatte es befürchtet«, flüsterte sie nach weiteren Sekunden leise. Jegliche Fröhlichkeit war aus ihrer Stimme gewichen. »Er hat sich so lange nicht gemeldet.«

Ich lehnte mich auf der Parkbank nach hinten und beobachtete mehrere Jogger dabei, wie sie an mir vorbeiliefen. Niki tat mir unfassbar leid. Ich konnte mich nicht erinnern, sie je so traurig erlebt zu haben. Allein deshalb musste ich ihren verschwundenen Freund finden. Komme, was wolle!

»Wir werden uns am Freitagabend im Clamps umsehen. Wenn Nio recht hat, könnten wir dort vielleicht einen Hinweis auf seinen Aufenthaltsort erhalten.« Ich wollte ihr wenigstens etwas Mut zusprechen.

»Hoffentlich.« Nikis Stimme war nur noch ein Flüstern.

»Ich finde ihn! Versprochen!« Kurz überlegte ich ihr von der Sache mit den unerklärlichen Selbstmorden zu erzählen, oder von Jaden, der mich vollkommen durcheinanderbrachte. Doch ich entschied mich dagegen. Niki war gerade ein Häufchen Elend und ich wollte sie nicht noch mehr belasten.

Als ich das Handy in die Tasche gleiten ließ, saß ich noch einen Moment auf der Bank. Ich hatte Niki verschwiegen, dass Jaden und ich seit gestern Abend nicht mehr miteinander gesprochen hatten. Er war allein unterwegs und hatte mir klar gemacht, dass er mich nicht mehr dabeihaben wollte. Unsere Zusammenarbeit war offiziell beendet. Ein Kloß bildete sich in meinem Hals, den ich runterschluckte. Ich würde auch ohne ihn ins Clamps gehen. Ich war nicht auf seine Hilfe angewiesen und auf demselben Stand wie er. Jedenfalls die Informationen betreffend. Ich würde mein Versprechen einhalten. Ich würde Francesco finden!

Als ich mir gerade einen Plan zurechtschmieden wollte, breitete sich ein Schatten über mir aus. Perplex sah ich nach oben und erstarrte. Iwan stand vor mir und lächelte mich an. Panik breitete sich in mir aus. Hatte er mich telefonieren sehen? Mich vielleicht sogar belauscht?

Er hielt ein Käsebrötchen in der Hand, in das er genüsslich hineinbiss. »Was machst du hier allein auf einer Parkbank?«, wollte er mit vollem Mund wissen.

»Frische Luft schnappen. Einen klaren Kopf bekommen. So was in der Art«, log ich und streckte meine Beine aus. »Und du?«

»Das Gleiche«, lautete seine knappe Antwort, bevor er erneut von dem Brötchen abbiss. »Von Weitem sah es aus, als hättest du telefoniert.«

Improvisieren. Schnell. »Jaden hat angerufen«, antwortete ich mit ruhiger Stimme, obwohl mein Herz beängstigend schnell schlug. »Er wollte nur etwas wissen. Und jetzt sollte ich mich auch wieder auf den Weg zurück machen, bis später.« Ich erhob mich von der Parkbank, aber Iwan ließ sich nicht so einfach abschütteln. Er lief im Gleichschritt neben mir her. Das Sonnenlicht brachte das Rot in seinem Haar zum Leuchten.

»Gut, ich wollte auch gerade zurück. Dann können wir das Stück gemeinsam gehen.« Er knüllte seine Brötchentüte zu einem Ball und versenkte sie im Mülleimer. »Übrigens war das gerade eine Lüge von dir.«

Sofort versteifte ich mich. »Was war gelogen?«, fragte ich panisch. Gott, bitte nicht. Auf noch ein Problem konnte ich wirklich verzichten.

Doch mein Herzschlag beruhigte sich wieder, als er sagte: »Dass die Luft hier in Manhattan frisch sei. Ich habe mich anfangs sogar dreckig gefühlt, weil ich die ganzen Abgase nicht gewöhnt bin, die hier herumfliegen.«

Puh, ein Glück ... »Du kommst aus Russland, nicht wahr?«

Er nickte lächelnd. »Ich lebe in Sankt Petersburg. Was hat mich verraten?«

»Dein Akzent und das viele Fluchen auf Russisch.« Meine Antwort entlockte ihm ein Grinsen. »Abgesehen davon weiß ich, dass dort die Familie des Clanoberhaupts lebt. Und da du einer der Söhne bist ...«

»Hast du eins und eins zusammengezählt, verstehe.« Wir gingen an einer Frau vorbei, die mehrere Hunde Gassi führte. »Meine Heimat ist ganz anders als Manhattan«, erklärte er. »Die Luft ist klarer, die Bauwerke prunkvoller. Allein Schloss Peterhof und der Winterpalast sind atemberaubend schön.«

Den gesamten Weg erzählte er mir, wie sehr er seine Heimat liebte. Als wir vor den Stufen des Apartments stehen blieben, fing ich an zu lachen. »Vielleicht sollte ich dich dort besuchen kommen, so wie du von deiner Heimat schwärmst.«

Er schwieg. Einen Moment dachte ich, ich hätte so etwas wie Mitleid in seinem Blick gesehen, da war es aber auch schon wieder verschwunden. »Tu das, ich würde mich freuen.«

Warum glaubte ich ihm das nicht? Ich wollte ihn gerade fragen, ob ich ihm zu nahe getreten war, da hielt ein Wagen neben uns an. Das Fenster wurde heruntergelassen. Dann sah ich direkt in den Lauf einer Pistole.

20. KAPITEL

Ein Schuss zerriss die Luft. Augenblicklich sackte Iwan neben mir zusammen. Er krümmte sich vor Schmerzen, während sich sein Hemd am Bauch verfärbte.

»Iwa –« Weiter kam ich nicht, denn der nächste Schuss wurde abgegeben und traf mich ins Bein. Ich sank zu Boden. Der Schmerz war so gewaltig, dass ich einen Schrei ausstieß. Aber ich biss die Zähne zusammen und schleifte mich vor Iwan, versuchte ihn mit meinem Körper vor weiteren Kugeln zu schützen. Doch alles, was ich hörte, waren quietschende Räder auf heißem Asphalt. Mit schmerzverzerrtem Gesicht hob ich den Kopf, wollte das Nummernschild ausmachen, blinzelte mehrmals. Doch mein Sichtfeld war kurzzeitig verschwommen. Dann war das Auto weg. Verfluchte Scheiße!

Iwan atmete flach unter mir, war aber noch bei Bewusstsein. Ich presste meine Hände auf seine Wunde, versuchte die Blutung zu stoppen. Warmes Blut sickerte zwischen meinen Fingern hindurch und tränkte meine Handschuhe rot.

»Halte ... durch!«, stotterte ich atemlos und griff nach meinem Handy, das mir beinahe aus der Hand gerutscht wäre. Ich wählte die einzige Nummer, die mir in den Sinn kam.

»Iwan und ich wurden vor dem Apartment angeschossen und –«

Jaden legte auf, noch bevor ich den Satz beenden konnte. Dann wurde die Haustür aufgerissen und er sprang über die Stufen. Seine Lippen waren zu einer harten Linie verzogen, während er sich ein Bild von der Situation verschaffte. Iwan und ich auf dem Boden liegend, die Blutlache um uns herum. Die Menschen ... Gott, wir hatten Zuschauer.

Eine Passantin kam angerannt. Auch andere Leute wollten uns zu Hilfe eilen, doch sie blieben plötzlich stehen und gingen an uns vorbei, als wären wir Luft.

Ich wusste, das Jaden eine Illusion um uns gelegt hatte, um kein Aufsehen zu erregen. Er riss einen Jungen das Handy aus der Hand, der die Situation gefilmt hatte. Dann beugte er sich zu mir herunter und schob seine Hände unter meine Arme und Beine. Er drückte mich an seine Brust und trug mich die Stufen hinauf. Ich vergrub mein Gesicht in seiner Halsbeuge, versuchte mich auf ihn zu konzentrieren. Seinen sinnlichen Duft. Seine warme Haut. Sein schlagendes Herz. Auf alles, nur nicht auf den pochenden Schmerz in meinem Oberschenkel. Hinter uns lief Jamaal, der Iwan im Arm hielt.

»Gott, was ist passiert?« Ambers Stimme war hoch und schrill, als sie uns auf die Sofalandschaft legten.

»Sie wurden angeschossen«, knurrte Jaden und öffnete meine Hose, um sie leicht herunterzuziehen. Ich zog scharf die Luft ein, weil der Stoff über die Wunde schrappte.

Ich konnte nicht hinsehen, während sein prüfender Blick über meinen Oberschenkel glitt. »Sie hat nur einen Streifschuss«, rief er Amber zu, ohne seinen Blick von mir zu nehmen. »Iwan hat es schlimmer getroffen. Heil ihn zuerst!«

Sofort war Amber bei Iwan. Sie öffnete sein Hemd und untersuchte die Wunde. Dann glitt ihre Hand zu seinem Rücken. »Keine Austrittsstelle. Das Projektil muss noch in seinem Bauch stecken.« Sie umfasste sein Kinn und zwang ihn seine halb geschlossenen Lider auf sie zu richten. »Ich muss die Kugel herausholen, bevor ich meine Heilkraft einsetzen kann. Hörst du? Sonst bleibt sie im Körper stecken.«

Iwan nickte kaum merklich. »Tu … was du tun musst«, stöhnte er benommen. Gott, wenn sie sich nicht beeilte, würde er verbluten.

»Das kann jetzt kurz wehtun.«

Iwan schrie auf, als sie sich an seiner Wunde zu schaffen machte, um seine Kugel mit ihren bloßen Fingern herauszuholen. Ich musste wegschauen, weil ich den Anblick kaum ertrug. Aber ich bereute es sofort, als ich Jadens Gesichtsausdruck sah. Er war wütend. Verdammt wütend. Sein Kiefermuskel zuckte, seine Brauen waren zusammengeschoben und in seinen Augen tobte ein Sturm.

»Habt ihr den Schützen gesehen?«, erkundigte er sich kalt, während er meinen restlichen Körper auf Verletzungen absuchte.

Ich schluckte schwer. »Nein ... Es ging viel zu schnell. Da war das Auto, das neben uns hielt, dann fielen die Schüsse. Ich konnte nicht mal das Kennzeichen erkennen.«

Ich konnte ihm ansehen, wie er die Informationen verarbeitete und den Schützen am liebsten sofort in eine seiner schlimmsten Illusionen gesperrt hätte. Sein wütender Blick klärte sich auf, als ich vor Schmerzen zischend einatmete. Behutsam strich er eine Strähne aus meinem schweißnassen Gesicht und streichelte mit seinem Handrücken über meine Wange. Ich schloss die Augen, konzentrierte mich auf seine Berührung. Dann kitzelte sein Atem mein Ohr. »Öffne deine Augen«, flüsterte er. Verwirrt tat ich, was er von mir verlangte. Und erstarrte.

Ich befand mich nicht mehr im Wohnzimmer. Nein. Vor mir lag ein See. Darüber leuchteten tausend Sterne am Nachthimmel. Jeden einzelnen hatte Jaden dorthin gesetzt wie ein begnadeter Künstler.

Ich wusste, wo wir uns befanden. Im Hubbard Park in Montpelier. Wir waren hier ein paarmal zusammen gewesen.

Jaden stand am Ende des Stegs. Mit dem Rücken zu mir. Ich spürte keine Schmerzen in meinem Bein, als ich mich auf ihn zubewegte. Auch sonst war meine Kleidung sauber. Kein Blut. Nichts. Silbernes Mondlicht erhellte mir den Weg, während ich über das Gras lief und den Steg betrat.

»Eine Illusion?«, fragte ich und blieb hinter ihm stehen.

»Ich dachte, ein bisschen Ablenkung kann nicht schaden.« Die Härte aus seinen Zügen war verschwunden, als er sich zu mir umdrehte. »Fürchtest du dich?«

Ich schüttelte den Kopf. Es war die Wahrheit, ich hatte keine Angst. »Ich weiß, dass du mich nicht in ihr einsperren wirst.« Mein Blick glitt zu den Ahornbäumen, die den See umsäumten. Sie lagen im Dunkeln, trotzdem erhellten sie mein Herz. »Ich dachte, du kannst keine schönen Illusionen mehr erschaffen.«

»Das dachte ich auch.« Er folgte kurz meinem Blick, bevor er mich mit einem breiten Grinsen ansah. »Aber wenn du möchtest, könnte ich dich auch in einen *Scary Movie*-Teil –«

»Bitte nicht«, unterbrach ich ihn lachend. »Ich liebe die Filme zwar, aber ich möchte nicht in einem von ihnen mitspielen.« Ich berührte meinen Oberschenkel, wo sich die Wunde befinden musste. »Wieso spüre ich keine Schmerzen?«

Sein Grinsen verschwand. »Weil du einen Illu-Trip hast. Solange du hier bist, sind deine Schmerzen fort.«

Klang logisch. Langsam ließ ich meine Hand sinken. »Und du bist hier drin … und draußen?«

Er wusste, was ich damit meinte. Sein Blick verlief sich kurz auf der glitzernden Wasseroberfläche. »Amber hat gerade das Projektil aus Iwans Körper geholt. Jetzt heilt sie ihn. Jamaal muss ihn festhalten, weil er sich vor Schmerzen krümmt, während du aussiehst, als würdest du schlafen.« Ein kleines Schmunzeln erschien bei den letzten Worten auf seinen Lippen. Meine Wangen wurden warm, aber es war zu dunkel, als dass er es bemerken konnte.

Einen Moment sagte keiner von uns etwas. Nur das Rascheln der Ahornbäume war zu hören. Dann brach er das Schweigen. »Ich kann gehen, wenn du lieber allein sein willst.«

»Nein!«, schoss es aus mir heraus. Perplex griff ich nach seinem Arm. »Bleib. Bitte.«

Er sah zu meiner Hand, mit der ich ihn umklammerte. »Du wolltest wissen, warum ich gelogen habe.«

Langsam ließ ich seinen Arm los. Ich wusste, worauf er anspielte. Seine Tante. »Du sagtest, dass es darum ging, kein Mitleid zu bekommen.«

Er bedeutete mir mich zu setzen. Gemeinsam ließen wir uns am Steg nieder. Er sah zu den Sternen. Ich sah zu ihm.

»Meine Mutter starb damals bei einem Einsatz. Mein Vater ertrug es nicht. Anstatt sich um Madison und mich zu kümmern, sperrte er sich selbst in seine Illusionen.«

Mit einer Handbewegung malte er die Erinnerung in den Sternenhimmel.

Er hielt Madisons Hand, während ihr Vater sich im Wohnzimmer seinem Kummer hingab, sich in eine Illusion hüllte und ins Leere starrte.

Jaden seufzte neben mir. »Irgendwann kam er nicht mehr zurück. Ich fand ihn tot im Wohnzimmer. Da war ich sieben und Madison vier.«

Entsetzt schlug ich meine Hand vor den Mund, während er weitersprach. »Unsere Hütte lag im Wald. Es war Winter und in Litauen ist es zu dieser Jahreszeit bitterkalt. Trotzdem liefen wir davon, weg von dem Leichnam unseres Vaters. Man fand uns zwei Tage später im Schnee.«

Er machte eine weitere Handbewegung. Nur kurz war die Szene zu sehen, bevor der Sternenhimmel wieder über uns lag.

»Weil wir keine Verwandten hatten, wurden wir von Magiern unseres Clans herumgereicht. Wir waren keine einfachen Kinder und hatten ein beschissenes Trauma. Na ja, man entdeckte unser Talent. Und dann kamen wir auf eure Schule.«

Ich schluckte schwer und wusste nicht, was ich sagen sollte. Gott, Iwan hatte erzählt, dass etwas Schlimmes vorgefallen sein musste. Aber mit so etwas hatte ich nicht gerechnet.

Jaden stand auf. Ich tat es ihm gleich.

»Warum hast du mir das erzählt?«, flüsterte ich so leise, dass der Wind meine Worte beinahe verschluckte.

Er hob einen Mundwinkel. »Weil ich es dir schuldig bin. Für unsere gemeinsame Zeit, die wir hatten.«

Mein Atem stockte. Schuldig. Ich war ihm auch etwas schuldig. Ich hörte meinen rasenden Puls und holte tief Luft.

»Es tut mir leid, dass ich dir Madison genommen habe.« Es war das erste Mal, dass ich die Worte laut aussprach. Sie hatten so viele Jahre in mir festgehangen. Tränen sammelten sich in meinen Augen, rannen mir die Wangen entlang.

Jaden sagte nichts, streckte seine Hand nach mir aus. Wie im Park wischte er die Tränen davon, verteilte sie auf meinen Lippen. Sein Gesichtsausdruck war angespannt, konzentriert. Seine Hand legte sich auf meine nasse Wange. Und dann beugte er sich vor. Er stoppte kurz vor meinen Lippen. Und wartete.

Ich konnte in seinen Augen lesen, wie er mich anflehte. *Schubs mich weg. Tu es.*

Aber ich war nicht stark genug. Also schloss ich die Lider.

Es vergingen ein paar Sekunden. Mein Herz flatterte in meiner Brust. Es fühlte sich an, als wäre ich wieder dreizehn. Als wären wir Kinder, spielend unter dem Ahornbaum, während ich darauf wartete, dass er mich küsste.

Sein warmer Atem kitzelte meinen Mund. Und im nächsten Moment trafen seine Lippen auf meine.

Zärtlich bewegten wir unsere Münder. Als könnte der Augenblick jederzeit verfliegen und mit dem Wind davongetragen werden.

Unser Kuss schmeckte nach meinen salzigen Tränen. Nach Trauer. Sehnsucht und ... Abschied. Wieso fühlte sich unser erster Kuss nach einem Abschiedskuss an?

Er löste seine Lippen von meinen. Schwer atmend sahen wir uns an. Sein Blick war hart, seine Miene ausdruckslos. Und seine nächsten Worte rissen mir mein Herz aus der Brust.

»Der Kuss war eine alte Schuld, die jetzt beglichen ist.« Er löste seine Hand von meiner Wange. »Und das, was ich gestern gesagt habe, meinte ich ernst. Verschwinde aus Manhattan. Pack deine Sachen und geh zurück zu Niki.«

»Was?« Wut und Verzweiflung überkamen mich. »Aber –«

»Verschwinde, Poison. Ich will dich hier nicht mehr haben.« Er wandte sich ab und dann ... löste sich die Illusion schlagartig auf. Ich blinzelte benommen, als ich mich auf dem Sofa im Wohnzimmer wiederfand.

So ein mieser ... Amber drückte mich auf das Polster zurück, weil ich aufspringen wollte.

»Bleib liegen, ich bin noch nicht ganz fertig!«, zischte sie mich an. Erst jetzt bemerkte ich, dass ihre Hand auf meinem nackten Oberschenkel lag.

»Wo ist Jaden?«, fauchte ich. Der pochende Schmerz in meinem Bein war verklungen. Oder ich nahm ihn nicht mehr wahr.

»Er ist vor paar Minuten rausgegangen, meine Blutlache aufwischen«, antwortete Iwan auf der anderen Seite der Couch munter. Seine Haut war blutbeschmiert, doch die Wunde war verschwunden. Amber hatte ihn heilen können.

Eine weitere Erkenntnis traf mich. Jaden war nicht mal anwesend gewesen, als er mich geküsst hatte, sondern wischte Blut auf. BLUT. Gott, ich hätte ihn in den See schubsen sollen.

Ich berührte meine Lippen, als hätten seine wirklich darauf gelegen. Aber es war bloß eine Illusion gewesen. Eine letzte Schuld, die er zu begleichen hatte. Bitterkeit stieg in mir auf, während seine letzten Worte durch meinen Kopf hämmerten. *Ich will dich hier nicht mehr haben.*

***

Die Goldene Gouverneurin stand am nächsten Tag in unserem Wohnzimmer. Sie ließ ihren Blick mehrmals über die Sofalandschaft gleiten, auf der Iwan und ich saßen. Das Blut hatte unschöne Flecken auf den Polstern hinterlassen. Seufzend wandte sie sich uns zu. »Wie geht es euch?«

»Na ja, witzig war das nicht«, entgegnete Iwan spöttisch und hielt sich den Bauch, als gäbe es seine blutende Wunde noch.

Die Gouverneurin rang sichtlich um ihre Fassung. »Es ist unverzeihlich, was seit Monaten in meiner Stadt vorgeht.«

»Konnte man den Schützen schon identifizieren?«, fragte Jaden, der am freistehenden Kamin lehnte und das künstliche Feuer beobachtete. Wir hatten seit gestern kein Wort mehr miteinander gewechselt. Er behandelte mich wie Luft. Und ich war es leid, ihm klarzumachen, dass ich nicht von hier weggehen würde. Also ignorierte ich ihn ebenfalls. Na ja, so gut es ging jedenfalls, denn mein Blick glitt automatisch zu ihm herüber. Als wäre er ein verdammter Magnet, der mich anzog.

Die ganze Nacht hatte ich wegen ihm wachgelegen und über seine Worte und den Kuss nachgedacht. Er hatte ihn als eine Schuld angesehen. Bedeutete das, dass er wusste, was ich als Kind für ihn empfunden hatte? Dass ich auf seinen Kuss so sehnsüchtig gewartet hatte? Eine beglichene Schuld, mehr war das nicht für ihn. Während ich Schmetterlinge im Bauch hatte, hatte er keine. Gott, ich war so blöd gewesen. Und dass er mich in einer Illusion geküsst hatte, gipfelte die Sache noch. Ich schnaubte innerlich und funkelte ihn wütend an. Doch er sah nicht in meine Richtung. Natürlich nicht.

Die Goldene schüttelte ihren Kopf. »Leider nicht. Das Fahrzeug wurde als gestohlen gemeldet. Aber es ist nur eine Frage der Zeit, bis wir es finden.«

Iwan schnaubte abfällig. »Hoffentlich wird dieser Bastard gefunden. Ich wäre beinahe draufgegangen.«

»Glauben Sie denn, dass es der Killer war?«, fragte ich bissiger als beabsichtigt und trank einen Schluck Orangensaft.

Sie schüttelte erneut den Kopf. »Nein, ich denke nicht. Ansonsten wäre das eine ganz neue Herangehensweise. Der Täter hat sich nie in der Öffentlichkeit gezeigt. Schüsse fielen in der Vergangenheit auch keine, weder bei den Opfern noch bei den Goldenen Wächtern.« Sie ging durch den Raum und sah sich die Flammen im Kamin an. »Das bedeutet jedoch nicht, dass der Mörder nicht jederzeit die Spielregeln ändern kann. Bei Serienmördern kommt das zwar selten vor, da sie ihre eigenen festen Regeln befolgen, aber möglich wäre es natürlich tro –« Das Klingeln ihres Handys unterbrach sie.

Einen Moment verengten sich ihre Augen, als sie auf das Display starrte. Dann kam sie mit festen Schritten auf Iwan und mich zu und hielt mir das klingelnde Handy entgegen. »Hier ist jemand, der gern mit dir sprechen würde.«

»Mit mir?«, fragte ich irritiert, woraufhin sie kurz nickte.

Iwan lehnte sich zurück und verschränkte seine Hände hinter dem Kopf. »Ich dachte, Anrufe von außerhalb seien verboten.«

Die Gouverneurin warf ihm einen strengen Blick zu. »Es ist ein wichtiger Anruf und kommt von oberster Stelle. Da wird natürlich eine Ausnahme gemacht.«

Ich nahm den Anruf entgegen. »Hallo?«

»Emily?« Ich hörte Matthews Stimme, die so voller Sorge war, dass ich augenblicklich mein Gesicht verzog. »Gott sei Dank, es geht dir gut! Ich wurde davon unterrichtet, dass du angeschossen wurdest. Ich habe mir solche Sorgen gemacht!«

»Mir geht es gut«, erwiderte ich sofort, um ihm keine weiteren Sorgen zu bereiten. »Amber hat uns geheilt. Es ist nicht einmal eine Narbe zurückgeblieben.«

Er atmete erleichtert auf, bevor sich seine Stimme bei den nächsten Worten beinahe überschlug. »Du kommst selbstverständlich nach Hause! Ich möchte nicht, dass du dich weiterhin einer solchen Gefahr aussetzt. Wer weiß, was als Nächstes passiert? Ich könnte mir niemals verzeihen, sollte dir etwas zustoßen!«

»Nach Hause? Du willst mich zurück nach Hause holen?« Alle Blicke schossen zu mir. Selbst Jaden sah mich an. Seine grimmige Miene klärte sich auf. Klar, das würde ihm gelegen kommen, wenn ich von hier verschwinden würde.

»Es ist alles geregelt«, erklärte Matthew und lenkte meine Aufmerksamkeit auf das Gespräch zurück. »Die Goldene Königin entlässt dich aus der Aufgabe, den Mörder zu fassen.«

»Aber der Fall ist noch nicht aufgeklärt und –«

»Das ist egal!«, fiel er mir ins Wort. »Überlass den Rest den anderen aus deinem Team.«

Einen Moment stellte ich mir tatsächlich vor, wie es wäre, jetzt nach Hause zu gehen. Mit Niki Serienmarathons und Kochabende zu veranstalten. In meinem eigenen Bett zu schlafen. Keine nervige Amber, die mich anzickte, und kein Jaden, der mich auf die Palme brachte.

Und obwohl die Vorstellung so verlockend war, konnte ich nicht einwilligen. »Ich danke dir für deine Fürsorge, aber ich kann jetzt nicht nach Hause. Es tut mir leid.«

Jaden schnaubte laut über meine Entscheidung. Ich ignorierte ihn. Auch wenn er es nicht verstehen konnte, ich hatte hier noch etwas zu erledigen. Ich hatte Niki mein Wort gegeben, dass ich Francesco finden würde. Wenn ich jetzt ging, konnte ich dieses Versprechen nicht einhalten. Und ich wollte Nikis Gesicht nicht sehen, wenn sie dann einige Wochen später erfuhr, dass er tot aufgefunden worden war, obwohl es hätte verhindert werden können. Abgesehen davon *wollte* ich den Täter fassen. Er hatte so viele Unschuldige auf dem Gewissen. Und jetzt, wo ich so tief in diesem Fall steckte, konnte ich nicht einfach aufhören, konnte nicht einfach nach Hause fahren und so tun, als wäre alles okay.

»Das war keine Bitte, Emily«, sagte Matthew und klang mehr als aufgebracht.

»Du musst nach Hause kommen! Du wurdest angeschossen und beim nächsten Mal bist du vielleicht tot!«

»Wir sehen uns, wenn der Täter geschnappt ist.«

Er wollte noch etwas erwidern, doch ich würgte ihn ab. Ich gab der Goldenen Gouverneurin ihr Handy zurück. Keine Sekunde später klingelte es erneut. Diesmal nahm sie ab.

»Es tut mir leid, Matthew, aber Sie haben Emily gehört. Sie möchte nicht nach Hause, bevor der Fall abgeschlossen ist. Sie sollten das respektieren.«

Ich hörte Matthews Stimme bis hierhin. Er klang so wütend, dass es mir Angst machte. Auch Jadens dunkler Blick durchbohrte mich regelrecht.

»Nein, ich kann sie nicht zwingen. Und nein, ich überreiche ihr nicht noch einmal den Hörer. Sie hat ihre Entscheidung getroffen und die sollten Sie respektieren. Denn das machen gute Eltern, oder? Sie respektieren die Wünsche ihrer Kinder. Bestellen Sie der Königin einen schönen Gruß.« Mit diesen Worten legte sie auf.

Wow. Ich hatte noch nie jemanden erlebt, der so mit Matthew sprach. Gut, abgesehen von Jaden. Dankbar sah ich die Goldene Gouverneurin an und war noch immer überrascht, dass sie tatsächlich Partei für mich ergriffen hatte.

Matthew war wütend. Sehr wütend sogar. Ich wollte mir gar nicht vorstellen, wie viel Ärger ich mir mit dieser Entscheidung eingehandelt hatte.

»Danke«, flüsterte ich, als sie sich zum Gehen wandte.

Die Gouverneurin blieb stehen. Auf ihrem Mund lag ein Lächeln, als sie sagte: »Du hattest die Wahl und hast dich entschieden.«

21. KAPITEL

»Was soll das werden?«, fragte Jaden, als ich am Samstagabend aus dem Taxi stieg. Er trug einen schwarzen Anzug, der ihm so gut schmeichelte, dass mein Herz etwas schneller schlug. Doch ich zeigte ihm nicht, wie sehr mir gefiel, was ich sah.

»Wow, du ignorierst mich ja gar nicht mehr«, sagte ich mit zuckersüßer Stimme und drückte dem Taxifahrer einen Schein in die Hand. »Was für eine Ehre.«

Jaden hob eine Braue. »Das war nicht meine Frage, Poison. Was machst du hier?«

»Wonach sieht's aus? Ich gehe ins Clamps.« Ich schlug die Tür des Taxis zu und stapfte in High Heels an Jaden vorbei.

Er folgte mir. »Sicher nicht.«

»Gut, dass du das nicht zu entscheiden hast.«

»Stimmt. Dann wünsche ich dir viel Spaß.« Er wurde langsamer und blieb schließlich stehen. Irritiert von seiner plötzlichen Einsicht drehte ich mich zu ihm um. Er grinste mich an und schob einen Satz hinterher, der mich noch mehr verwirrte. »Wenn du es schaffst, den Eingang zu finden.«

Warum sollte ich ihn nicht finden? Ich stöckelte zu dem Gebäude, in dem ich den Club vermutete. Tatsächlich hatte ich keine Ahnung, wo er sich befand. Ich war Jaden in einem zweiten Taxi hinterhergefahren und hatte gehofft, ihm einfach ins Clamps folgen zu können. Aber der Sturkopf bewegte sich nicht von der Stelle, sondern beobachtete nur, wie ich von Hauseingang zu Hauseingang lief und die Schilder an der Wand durchlas. Kein Clamps. Wieso war der Club nicht ausgeschildert, verflucht?

»Brauchst du Hilfe?«, fragte Jaden hinter mir. Auf seinem Gesicht lag ein amüsierter Ausdruck.

Am liebsten hätte ich ihm meinen Mittelfinger gezeigt. Der Arsch wusste ganz genau, dass ich keinen Schimmer hatte, wo sich der Club befand. Widerwillig nickte ich. »Ich denke, du solltest vorgehen.«

»Wie gesagt, ich will dich nicht dabeihaben.«

»Und ich möchte auch nicht mit dir zusammenarbeiten«, zischte ich und hatte Mühe, meinen Ärger runterzuschlucken, der sich die letzten Tage in mir aufgestaut hatte. »Zeig mir einfach, wo der Club liegt. Dann gehen wir getrennte Wege. Ganz einfach.«

Er schnaubte und sah mit herablassendem Blick auf mich herunter. »Nein.«

Ich stieß einen frustrierten Schrei aus und blieb vor ihm stehen. »Warum nicht? Weil ich nicht aus Manhattan verschwinde, so wie du es gern hättest?« Ein tonloses Lachen kam über meine Lippen. »Ich muss Francesco finden, verstehst du? Und da drin sind vielleicht Antworten, die auch auf den Mörder schließen könnten.« Ich verzog das Gesicht. »Bitte, Jaden. Ich muss es für Niki tun. Ich muss.«

Seine grimmige Miene hellte sich etwas auf. Ich konnte ihm ansehen, wie er die nächsten Sekunden mit sich rang. Dann brach sein Widerstand. »Na schön, meinetwegen. Aber erreg kein Aufsehen und verhalte dich unauffällig.«

Erleichtert nickte ich und folgte ihm hundert Meter die Straße hinauf. Gut, da hätte ich lange suchen können! Wahrscheinlich war er mit Absicht so weit weg ausgestiegen, um mich zu verwirren. Und es hatte auch noch funktioniert.

Vor einem der höchsten Gebäude blieben wir stehen. Es war so riesig, dass mir allein beim Anblick die Knie weich wurden.

Wir betraten einen Eingangsbereich, in dem alles weiß war.

»Wohin möchten Sie?«, fragte die Frau vom Empfang. Sie war Mitte dreißig und an ihren Fingern steckten goldene Ringe.

Ich wollte gerade etwas erwidern, doch Jaden kam mir zuvor.

»Meine Freundin und ich möchten ins Clamps«, antwortete er, umfasste spielerisch meine Hüfte und drückte mich sanft an seine Brust.

Augenblicklich schlug mein verräterisches Herz schneller. Wütend funkelte ich ihn von unten an und überlegte, ob ich ihm meinen Ellbogen fest in die Seite rammen sollte. Aber wenn ich das tat, würde die Empfangsdame keinen von uns beiden hineinlassen. Also spielte ich mit und schmiegte mich an ihn. Dabei atmete ich seinen Duft ein und bereute es sofort. Er roch nach purer Verführung, nach nackter Haut auf dunklen Laken.

Die Empfangsdame betrachtete die Tätowierungen an unseren Handgelenken und kam hinter ihrem Tresen hervor. »Natürlich. Folgen Sie mir bitte.«

Vor einem Fahrstuhl blieben wir stehen. Jaden hielt mich immer noch im Arm. Sein Daumen streichelte sanft über meinen nackten Arm, zog Kreise auf meiner Haut, setzte mich in Flammen. Ich rang nach Atem und versuchte gegen das Gefühl anzukämpfen, das sich in mir ausbreitete. Lust. Ich stellte mir vor, wie er mich küsste. Stellte mir vor, wie er mit seinen Lippen meinen Hals entlangwanderte, mich gegen die Wand des Fahrstuhls drückte und ...

Die Fahrstuhltür öffnete sich mit einem Ping. Das Geräusch riss mich aus meiner Fantasie. Ich schluckte hart und versuchte meine Fassung wiederzuerlangen.

Gott! War ich verrückt? Verflucht? Von Dämonen besessen? Was war los mit mir? Eigentlich war ich sauer auf ihn und er auf mich! Trotzdem streichelte er meinen Arm und ich dachte an Sex? Das war doch nicht normal! Er war wie eine verdammte Droge. Und Drogen machten süchtig. Waren ungesund und konnten zum Tod führen, wenn man zu viel einnahm. Und ich war kurz davor, mir eine Überdosis zu verpassen, während Jaden so aussah, als würde ihn das alles nicht interessieren. Zum Glück würden wir uns gleich aus dem Weg gehen. Ich musste mich auf meine verdammte Aufgabe konzentrieren und nicht auf diesen Idioten, der mich geküsst hatte, während er Blut aufwischte. Darüber kam ich einfach nicht hinweg. Jaden betrachtete alles nur als ein Spiel. Wenn ich nicht aufpasste, gewann er. Alles. Meinen Körper. Meine zerstörte Seele. Und mein gebrochenes Herz. Das durfte nicht passieren.

Er hasst mich. Er hasst mich. Er hasst mich. Ich wiederholte die Worte in meinen Gedanken, während wir in den leeren Aufzug stiegen. Endlich ließ er meine Taille los. Ich stellte mich mit Absicht so weit von ihm weg, wie es der enge Fahrstuhl hergab. Sein Blick glitt fast schon gelangweilt über das kurze schwarze Kleid, das ich heute trug. Über meine gewellten Haare. Meinen roten Mund.

Mit gestrafften Schultern und erhobenem Kinn lächelte ich der Empfangsdame zu, die an der offenen Fahrstuhltür stand und uns viel Spaß wünschte. Sie hielt ihre Schlüsselkarte gegen eine Tafel und betätigte den obersten Knopf. Dann drehte sie sich um und ... Warte, Moment! Welchen Knopf hatte sie gedrückt?! Mir klappte der Mund auf. Oberstes ... Stockwerk ... O. Mein. Gott.

Bevor ich hinausspringen konnte, schlossen sich die Türen und der Fahrstuhl setzte sich in Bewegung. Ich presste mich gegen die Fahrstuhlwand. Meine Atmung beschleunigte sich.

»Poison?«, fragte Jaden besorgt. »Alles in Ordnung?«

Ich starrte den Knopf des Fahrstuhls an, starrte auf die Zahl, die aufleuchtete. 54.

»Wir fahren ganz nach oben?« Meine Stimme war ein Piepsen. Ich wusste nicht, wann ich zuletzt so viel Angst gehabt hatte. Gut, seit ich in Manhattan war, hatte es einige kuriose Momente gegeben. Aber das hier war anders. Es war die kleine Mauer, die ich zwischen mir und meiner Angst gezogen hatte, und genau diese bekam Risse. Nicht nur einen kleinen, nein, es fühlte sich an, als würde sie jeden Moment einstürzen. Je größer die Zahlen wurden, desto schneller atmete ich.

»Ich glaube, ich muss mich gleich übergeben«, gestand ich und stützte meine Hände auf den Oberschenkeln ab. Mein Gesicht wurde heiß und mein Herz raste so schnell, dass ich jede Sekunde mit einem Herzinfarkt rechnete. Und, Gott, Amber würde mir nicht helfen können.

»Okay, tief durchatmen«, sagte er mit sanfter Stimme. »Du musst dich beruhigen.«

»Ich versuche es ja. Es klappt nicht!«

Jaden betätigte den Notknopf. Der Fahrstuhl hielt an. Doch die Türen öffneten sich nicht.

»Leg die Hände über Kreuz auf deine Schultern.«

»Wie bitte?« Entsetzt starrte ich ihn an. Sah er nicht, dass ich gerade eine verdammte Panikattacke hatte?!

Als ich nicht reagierte, überwand er die Distanz zwischen uns und griff nach meinen Handgelenken. Behutsam überkreuzte er meine Arme und legte meine Hände auf meine Schultern. Dann umfasste er meinen Handrücken, schloss seine Finger um meine und klopfte gegen meine Schultern. Einmal. Zweimal. Dreimal.

»Einatmen, ausatmen«, befahl er ruhig und machte es vor, bis ich es ihm gleichtat.

Einige Sekunden vergingen. Vielleicht auch Minuten. Ich hatte kein Zeitgefühl mehr. Langsam beruhigte sich mein Puls. Jaden nahm seine Hände von meinen. Ich hörte nicht auf mir auf die Schultern zu klopfen und dabei langsam und gleichmäßig zu atmen.

»Immer wenn es dir nicht gut geht oder du Angst hast, überkreuze deine Arme und lege die Hände auf die Schultern. Dann klopfe mehrmals und atme dabei tief ein und aus. Das hört sich vielleicht dämlich an, aber es hilft.«

»Es hilft tatsächlich«, bestätigte ich und spürte, wie ich langsam wieder Luft bekam. »Woher kennst du diese Übung?«

»Von meiner Therapeutin. Es hat mir immer geholfen, als ich nicht weiterwusste und mich Panik überkam. Trauer. Wut. Einfach alles.«

Mein Herz bekam einen Stich. Jaden musste mir nicht erzählen, wann ihn diese Gefühle überkommen hatten. Ich wusste es auch so. Und schon wieder wurde ich daran erinnert, was für ein Monster ich war. Was für eine tödliche Kraft unter diesen dünnen Handschuhen schlummerte. Aber vielleicht war das auch meine Strafe. Niemals mit der Vergangenheit abschließen zu können.

Eine weibliche Stimme meldete sich. »Hallo? Wie ich sehe, ist der Fahrstuhl angehalten worden. Gibt es ein Problem?«

Jaden warf mir einen Schaffst-du-das-Blick zu. Ich nickte, bevor ich es mir anders überlegen konnte. Wir waren fast oben. Das letzte Stück würde ich auch noch schaffen.

»Nein, alles in Ordnung«, erwiderte Jaden. »Wir sind nur versehentlich dagegengekommen.«

Er betätigte erneut den Knopf und der Fahrstuhl setzte sich wieder in Bewegung. Ich versuchte nicht auf die steigenden Zahlen zu achten, während wir immer weiter nach oben fuhren. Im nächsten Moment öffnete sich auch schon die Tür. Gedämpftes Licht schummerte uns entgegen, als wir aus dem Fahrstuhl stiegen und den Club betraten.

Das Erste, das mir auffiel, waren die riesigen Glasfronten, die bis zur Decke reichten und den Blick auf die beleuchtete Skyline freigaben. Dunkelbraune Ledersessel und Sofas im Chesterfield-Design standen an massiven Holztischen, an denen Magier saßen und sich mit Drinks in den Händen ausgelassen unterhielten. Ich konnte weder jemanden entdecken, der tanzte, noch jemanden, der Magie anwendete. Unter einen magischen Club hatte ich mir definitiv etwas anderes vorgestellt. Irgendwie magischer.

Jaden legte die Hand auf meinen nackten Rücken. »Du siehst toll aus«, flüsterte er mir ins Ohr. Was? Bevor ich etwas erwidern konnte, ging er an mir vorbei und bahnte sich seinen Weg zu einem der Tische, an denen bereits Magier saßen. Beide Frauen hörten auf zu sprechen und sahen ihn einen Moment lang irritiert an. Aber dann passierte etwas, das meine Augenbrauen in die Höhe wandern ließ. Anstatt ihn abzuweisen, rutschten sie auseinander, damit er sich in ihre Mitte setzen konnte. Mit offenem Mund sah ich zu, wie er sich zwischen sie setzte und mit einer Handbewegung einen Kellner rief, um etwas zu trinken zu bestellen. Dann beugte er sich zu der blonden Magierin, um ihr etwas ins Ohr zu flüstern. Sie kicherte.

Ich biss die Zähne aufeinander und gab ein kleines Knurren von mir. So ein Arsch. Vergessen waren meine Panikattacke und das Feuer, das ich davor gespürt hatte. Jetzt war ich bloß angepisst. Konnte ja sein, dass das zu seinem Plan gehörte, um an Informationen zu kommen, aber auf mich wirkte es eher, als würde er gerade jemanden aufreißen wollen.

Ich zwang mich wegzusehen und steuerte auf die freistehende Bar zu, die sich weiter hinten vor der Glasfront befand. Sollte er doch machen, was er wollte. Was interessierte mich das? Ich nahm an einem Barhocker Platz und stellte meine Umhängetasche auf den glänzenden Tresen.

»Guten Abend«, sagte ein älterer Herr hinter der Bar und riss mich aus meinen Wutgedanken. Er war in den Fünfzigern und seine Tätowierung zeigte ein Ginkgoblatt. Seine Haarfarbe in diesem Licht zu erkennen war gar nicht so einfach. Doch es war definitiv kein Rot. Wäre auch zu schön gewesen.

»Brauchen Sie eine Karte oder wissen Sie schon, was Sie trinken möchten?«, fragte er höflich.

»Eine Virgin Colada, bitte«, antwortete ich und zwang mir ein Lächeln ab.

»Sehr gern.« Er begann den Drink zu mixen. Keine zwei Minuten später reichte er mir den fertigen Cocktail.

War es zu auffällig, nach seinem Kollegen zu fragen? Wenn er heute gar nicht im Dienst war, war diese Aktion sowieso reine Zeitverschwendung. Trotzdem wollte ich nicht sofort mit der Tür ins Haus fallen. Ich trank mehrere Schlucke von meinem Cocktail und schaute dabei aus dem Fenster. Von meinem Sitz aus hatte ich den perfekten Blick über die Skyline von Manhattan. Wie gebannt starrte ich auf die schimmernden Lichter. Einige davon bewegten sich, während andere einfach nur starr in die Nacht strahlten.

Manhattan war so lebendig. Wie ein pulsierendes Abenteuer. Und beinahe hätte mich meine Angst daran gehindert, diese wunderschöne Aussicht zu genießen. Seit dem Vorfall mit Madison war ich auf keinem Gebäude mehr gewesen, das höher als fünf Stockwerke war. Aber ich war mir sicher, dass ich nicht geheilt war. Nicht weil ich ein einziges Mal ein Hochhaus betreten hatte und bis nach oben gefahren war. Das war nur ein kleiner Sieg. Ich war immer noch eine Baustelle.

Ich strich über den Stoff meiner Handschuhe, der auf meiner Haut lag wie eine schwere Kette. Ob ich jemals in der Lage sein würde, auch diese Ängste zu überwinden? Vor meiner Magie oder davor, ohne Handschuhe zu sein? Je länger ich darüber nachdachte, desto trauriger wurde ich. Doch ich hatte auch ein wenig Hoffnung. Früher hätte ich mit Nein geantwortet und jetzt antwortete ich gar nicht mehr. Vielleicht würde ich beim nächsten Mal, wenn ich mir diese Frage stellte, ein Ja flüstern. Aber das wussten nur die Sterne. Oder diese vielen Lichter, die aussahen wie Sterne.

»Sieht schön aus, oder?«, fragte mich eine warme Stimme. Ich drehte mich ruckartig zur Bar um. Vor mir stand ein Mann, vielleicht Anfang dreißig, in derselben eleganten Aufmachung wie der Barkeeper zuvor. Mein Blick huschte sofort zu seinen Haaren, die er zu einem strengen Zopf zusammengebunden hatte. Mein Mund verzog sich zu einem triumphierenden Lächeln, als ich sah, dass sie rot waren. Bingo. Das war der Kerl, von dem Nio erzählt hatte. Mit ihm hatte Francesco vor seinem Verschwinden viel Kontakt gehabt.

»Kann ich noch einen haben?«, fragte ich und deutete auf mein leeres Cocktailglas.

»Klar, was war das? Eine Virgin Colada?«

Ich nickte und schlang die Beine übereinander. Dann beobachtete ich, wie er meinen Drink mixte.

»Arbeitest du schon lange hier?«, erkundigte ich mich, um ein lockeres Gespräch aufzubauen. Ich wollte ihn nicht sofort mit Fragen über Francesco bombardieren.

»Nicht länger als die meisten anderen. Das Clamps wurde vor drei Jahren eröffnet.« Er teilte eine Ananas in zwei Hälften, um eine Scheibe abzuschneiden und an den Rand meines Glases zu stecken. Drei Jahre erst. Das erklärte, warum alles noch so neu aussah.

»Ich habe dich und deine Begleitung noch nie hier gesehen«, sagte er und schob mir den Cocktail über den Tresen.

»Welche Begleitung? Ich bin allein hier.«

»Sieht der Kerl dort drüben anders.« Er deutete hinter mich.

Ich sah über die Schulter und bereute es sofort. Jadens Blick lag auf mir, während seine Hand auf dem Knie der linken Magierin ruhte. Mit der anderen Hand prostete er mir mit seinem Kupferbecher allen Ernstes zu. Am liebsten wäre ich aufgesprungen, um ihm seinen Drink in seine grinsende Visage zu schütten. Dann den seiner linken und seiner rechten Freundin, die an ihm hingen wie Klammeräffchen. Aber ich setzte bloß ein falsches Lächeln auf, prostete ihm ebenfalls zu und drehte mich wieder um. Nein, ich würde ihm nicht zeigen, wie eifersüchtig ich war. Wie sehr er mich verletzte. Diese Genugtuung würde ich ihm nicht geben.

»Keine Ahnung, wer das ist.« Ich wandte mich wieder dem Barkeeper zu und blendete den Idioten hinter mir aus. »Kannst du dich an jeden erinnern, der hier auftaucht?«

»Nein«, sagte er und wirkte dabei aufrichtig. »Aber *du* wärst mir aufgefallen. Es kommt nicht allzu oft vor, dass eine Giftmagierin bei uns sitzt.«

Überrascht blinzelte ich. »Woher weißt du, dass ich eine bin? Meine Tätowierung wird von meinem Handschuh verdeckt.«

»Ich habe eine gute Intuition. Vielleicht sollte ich mich im Glücksspiel probieren.« Er grinste mich an und stützte sich mit den Ellbogen auf dem Tresen ab. »Doch wenn ich ehrlich bin, haben dich deine Handschuhe verraten. Mir würde kein anderer Clan einfallen, der seine Hände verstecken müsste.«

»Ertappt«, sagte ich. »Kommen denn keine Giftmagier her?« Ich wusste, dass hier auch einige von ihnen eingesperrt waren. Begegnet war ich bislang aber keinem einzigen.

»Die sind meistens in den Clubs von Lower Manhattan unterwegs.« Er drehte sich um und holte eine Flasche aus dem beleuchteten Regal hinter sich.

»Was für Gäste kommen denn für gewöhnlich her?«, fragte ich.

Er stellte mehrere Gläser vor sich hin, um die nächsten Getränke zu mixen. »Na ja, von allen ist etwas dabei. Bloß eben selten jemand mit Gift.«

Ich rührte mit meinem Strohhalm in meinem Cocktail herum.

»Was hast du verbrochen?«, fragte er plötzlich. »Nein, warte, verrate es nicht. Du siehst aus, als hättest du jemanden ermordet.«

Meine Hand verkrampfte sich am Glas. »Steht mir das auf der Stirn geschrieben?«

»Nein, es steht in deinen Augen. Du siehst traurig aus. Hier kommen immer gebrochene Seelen her.« Er stellte die vollen Gläser auf ein Tablett, das im nächsten Moment eine Kellnerin entgegennahm. »Und jetzt frag, was du fragen möchtest. Denn das steht dir auf der Stirn geschrieben. Deinen Nicht-Begleiter kenne ich nämlich. Er ist der Hunter, der mich hier reingebracht hat.«

Argh. War ja klar, das Jaden ihn eingebuchtet hatte. »Gut, dann können wir ja mit dem Smalltalk aufhören.« Ich setzte mich aufrechter hin und faltete die Hände auf dem Tresen zusammen. »Ich möchte wissen, was du über einen gewissen Francesco weißt. Man erzählte mir, dass er fast jedes Wochenende hier gewesen sei und viel mit dir gesprochen habe.«

»Warum willst du das wissen?« Er griff nach einem Lappen, um die Arbeitsfläche zu wischen.

»Weil er seit mehreren Wochen verschwunden ist.«

Er stoppte in der Bewegung. Sein Mund verzog sich zu einer traurigen Linie. »Das erklärt, warum er so lange nicht hier war.«

»Also hat er dir nichts erzählt?«

Er warf den Lappen in die Ecke. »Francesco war allein hier und gesellte sich hin und wieder zu mir an die Bar. Wir sprachen viel miteinander, aber sein Herz hat er mir nie ausgeschüttet. Nicht einmal, als er vor einigen Wochen total besoffen war.«

Ich horchte auf. »Er hat sich volllaufen lassen?«

»Ja, an dem Abend habe ich ihn das letzte Mal gesehen.« Er deutete zum Fenster. »Er starrte wie du einfach nur auf die Skyline. Mit dem gleichen traurigen Gesichtsausdruck. Sophie musste ihn regelrecht aufbauen und hat ihn später ins Taxi gesetzt.«

»Sophie? Wer ist Sophie?«, fragte ich perplex.

»Meine Kollegin. Sie kellnert hier und hat sich ebenfalls oft mit Francesco unterhalten. Vielleicht weiß sie, wo er abgeblieben ist.«

»Ist sie heute hier?« Meine Stimme ging leicht nach oben. Das war ein Anhaltspunkt. Vielleicht wusste sie etwas über sein Verschwinden.

Er zuckte mit den Schultern. »Sie war die letzte Woche krankgeschrieben. Keine Ahnung, ob sie heute wieder gesund ist. Gesehen habe ich sie noch nicht. Aber das heißt nichts, ich bin schließlich auch eben erst zur Arbeit gekommen.« Er deutete auf eine Tür am Ende des Raumes. »Wenn, dann kellnert sie nebenan im Club.«

»Hinter der Tür befindet sich ein Club?« Jetzt war ich baff. Damit hatte ich nicht gerechnet.

»Ja, das hier ist nur die Bar vor dem Club. Man hört kaum was davon, weil sich dazwischen noch ein Flur befindet.«

Jetzt, wo er es aussprach, hörte ich tatsächlich einen leichten Bass, der nicht zu der Barmusik passte.

»Vielen Dank für das Gespräch«, sagte ich und legte ihm das Geld für die Drinks auf den Tisch. »Stimmt so.«

Ich wollte gerade aufstehen, da hörte ich ein lautes Räuspern. Irritiert sah ich den Barkeeper an.

»Da ich dir jetzt deine Fragen beantwortet habe«, meinte er und beugte sich vor, ohne das Geld zu beachten, »möchte ich, dass du etwas für mich tust.«

Wie bitte? Er wollte eine Gegenleistung? Nur schade für ihn, dass wir die vorher nicht verhandelt hatten. Ich wollte ihm gerade sagen, dass er das vergessen könne, da sah er mir tief in die Augen. Und für einen Moment waren seine blauen Iriden hypnotischer als die Skyline hinter ihm. »Hab ein bisschen Spaß«, flüsterte er, ohne seinen Blick von mir zu nehmen. »Mach, was du im tiefsten Herzen willst. Ohne Angst, Reue oder Hemmung. Lass dich von der Musik treiben.« Dann brach er den Blickkontakt ab.

Ich blinzelte mehrere Male und wollte gerade erwidern, dass ich im Dienst war, als plötzlich etwas zu mir durchdrang. Das leise Dröhnen der Musik, die aus dem Nebenzimmer kam. Es war wie ein Lockruf. Und er wurde immer lauter. Immer fordernder. Ich sprang auf und steuerte die Tür an, aus der die verführerische Musik kam. Ich wollte dorthin. Ich wollte tanzen. Nein, ich *musste* tanzen. Sofort.

Meine Absätze klackerten auf dem Boden, als ich die Bar verließ, durch den langen Flur schritt und den Club betrat.

Ich spürte, wie der Beat durch meinen Körper floss und meine Sinne anfingen zu schweben. Ich folgte meinem Instinkt und fragte mich, warum ich dies noch nie zuvor getan hatte. Wie von selbst bewegte ich mich auf die tobende Menge zu, die sich schwitzend und lachend auf der Tanzfläche zu dem Rhythmus bewegte.

Eine tätowierte Hand an meiner Hüfte hielt mich zurück.

»Poison, was wird das?«, fragte Jaden hinter mir.

Ich drehte mich um und grinste ihn an. Noch vor ein paar Minuten hatte ich ihn verteufelt, doch jetzt war alles anders. »Gut, dass du da bist. Lass uns tanzen.«

»Was?« Er sah mich an, als wäre ich total übergeschnappt.

»Wir müssen tanzen!«, wiederholte ich und zog an seinem Ärmel. Meine Stimme bebte vor Freude. »Jetzt. Sofort.«

Er hielt meine Hand fest. »Dafür haben wir keine Zeit.«

»Du Spaßbremse, wieso sollten wir keine Zeit haben? Unsere Zeit ist genau jetzt.«

Ich befreite mich aus seinem Griff und schlang stattdessen meine Arme um seinen Hals. Es war kein langsames Lied, doch ich wollte langsam tanzen. Also schmiegte ich mich an ihn und legte meine Wange an seine Brust. Sein Körper war hart und warm. »Du fühlst dich so gut an«, sagte ich und strich über seine Brust. »Und du siehst so gut aus. Viel zu gut.«

Er nahm mein Kinn zwischen seine Finger und kontrollierte meine Pupillen. »Du hast eindeutig getrunken.«

»Ich habe gar nichts getrunken, Dummerchen. Ich folge nur meinem Instinkt.«

Sein Blick ging zu der Tür, aus der wir gekommen waren. »Dieser miese –«

Jaden wollte fluchen, doch ich hielt ihm den Finger gegen die Lippen. Dann hauchte ich ihm einen Kuss auf seinen tätowierten Hals.

Er schob mich von sich weg und zog mich an den Rand der Tanzfläche. »Hör auf! Du bist nicht du selbst.«

Wovon redete er? Gott, ich war noch nie mehr ich selbst gewesen als in diesem Moment. Er hatte ja keine Ahnung.

Ich erkundete mit meinen Fingerspitzen seine Tätowierung, zog die dunklen Linien nach, so wie ich es die ganze Zeit gewollt hatte. Dann beugte ich mich vor und knabberte an seiner weichen Unterlippe. Und wieder schob er mich von sich weg. Gott. Langsam wurde das lästig.

»Bin ich wirklich so abstoßend, dass du mich nur in deiner Illusion küssen kannst?«

»Was?« Jaden ließ meine Schultern los. Seine Augen waren geweitet, der Mund leicht geöffnet. Aber mehr als dieses kleine dumme Wort brachte er nicht hervor. Natürlich nicht.

»Du hast mich schon richtig verstanden, Arsch!« Ich schlug ihn gegen seine harte Brust. »Du bist ein Feigling, Jaden Woods. Ein verfluchter Feigling. Siehst du nicht, wie ich wegen dir leide?« Ich schlug ein weiteres Mal fest zu. »Geh doch zurück zu deinen Weibern und lass mich weiter lei –«

Ein sinnliches Knurren brachte mich zum Schweigen. Im nächsten Moment presste er seine Lippen auf meine. Es war ein harter, fordernder Kuss, der mich benommen machte. Schwer atmend löste er seinen Mund von meinem.

Ich wartete darauf, dass er sich umdrehte und wegging. Stattdessen saugte er an meinem Hals, den ich ihm darbot. Ein Stöhnen entwich mir, als ich den Druck auf meiner Haut spürte, seine Zunge, die über meine empfindliche Stelle leckte. Dann waren seine Lippen wieder auf meinen, hungrig und wild. Unsere Küsse waren alles. Sie waren sinnlich und stürmisch, hart und weich. Sie waren unbeschreiblich. Als wären unsere Münder dafür gemacht, miteinander zu verschmelzen.

»Sag, dass ich aufhören soll«, hauchte er zwischen zwei Küssen. »Sag einfach, dass du es nicht möchtest.« Es hörte sich an wie ein Flehen, wie ein Hilferuf, bevor man wusste, dass man in den Abgrund stürzte. Aber ich war nicht diejenige, die ihn davor bewahrte. Ich war diejenige, die mit ihm fiel.

Ich schlang meine Arme um seinen Hals, wühlte mit meiner Hand durch seine schwarzen Haare. Er drückte mich gegen die Wand. Unsere Körper sprachen dieselbe Sprache. Wir wollten einander und keiner von uns beiden konnte das mehr leugnen. Er saugte an meinem Hals, küsste mein Schulterblatt, fuhr mit seinen Lippen die Kontur meiner Kieferknochen entlang. Ich wimmerte, konnte mich kaum noch beherrschen. Alles in mir brannte und leuchtete. Als würden tausend Lichter in mir glühen, die die Dunkelheit vertrieben, die mich so lange begleitet hatte.

Unsere Lippen fanden wieder zueinander. Meine Hände glitten unter sein Hemd, berührte seine nackte Haut, von der ich nicht genug bekam.

»Was tut ihr da?« Amber stand neben uns. Ich hätte sie gar nicht beachtet, hätte Jaden sich nicht von unserem Kuss gelöst. Er trat einen Schritt von mir weg, war genauso außer Atem wie ich.

»Gott, sagt nicht, ihr seid auf blauer Magie.«

Langsam bekam ich meine Kontrolle zurück. Es war, als würde ich aus einem Traum aufwachen. Um dann zu realisieren, dass alles echt war. Einfach ALLES. Mein Gesicht brannte. Gott, konnte ich mich bitte in Luft auflösen? Im Erdboden versinken? Irgendwas? Ich hatte ihn so lange provoziert, bis er mich endlich geküsst hatte. Verflucht, ich würde den Barkeeper umbringen, der mich in diese Lage gebracht hatte! Und wieso hatte uns ausgerechnet Amber erwischen müssen? Das würde ich mir ewig anhören können.

»Lass das unsere Sorge sein«, sagte Jaden und knöpfte sein Hemd zu, das ich geöffnet hatte. Bei Hekate, konnte dieser Abend noch peinlicher werden?

»Nehmt euch ein Zimmer, wenn ihr das nächste Mal übereinander herfallt wie Tiere.« Sie schüttelte sich angewidert. »Aber bitte nicht in unserem Apartment. Ich möchte nie wieder etwas davon sehen. Im Ernst, diese Bilder kriege ich nie mehr aus meinem Kopf.«

Beschämt schielte ich zu Jaden. Er wirkte wütend. Verständlich. Ich hatte ihn angesprungen wie ein läufiger Hund. Obwohl ich nicht sagen konnte, dass es mir nicht gefallen hatte. Gott, es war gut gewesen. Verdammt gut. Wie konnte etwas, das sich so gut anfühlte, so falsch sein?

»Warum bist du hier?«, fragte er und ließ eine Magierin vorbei, die ihren Oberkörper in einen Leoparden verwandelt hatte. Erst jetzt bemerkte ich, wie viele Magier um uns herum ihre Gabe entfesselt hatten. An mehreren Tischen seitlich der Tanzfläche blühten die schönsten Pflanzen und am Nebentisch saßen weitere Gestaltwandler, die sich in die unterschiedlichsten Tiere verwandelt hatten.

Amber lachte und ignorierte seine Frage. »Wisst ihr, was das Witzigste ist? Ihr zieht nicht mal die Aufmerksamkeit auf euch. Kein Schwein interessiert es, dass ihr euch gegenseitig auffresst.«

»Amber!«, ermahnte Jaden sie. »Warum bist du hier?«

Sie betrachtete ihre weißen Nägel. »Ich bin euch gefolgt.«

Jaden schnaubte. »Glaube ich dir nicht. Oder fandest du uns so entzückend, dass du uns erst nach mehreren Minuten unterbrechen wolltest?«

Ich versuchte nicht zu erröten, aber wahrscheinlich war das gar nicht mehr möglich. Mein Kopf glühte wie ein Feuerball.

»Erwischt. Das zwischen euch hätte ich mir keine Sekunde lang angetan, ohne euch auseinanderzuzerren.«

»Also?«

»Na schön, folgt mir.« Sie führte uns durch eine Metalltür in ein spärlich beleuchtetes Treppenhaus. Wir blieben vor den Stufen stehen, die auf das Dach führten. Die Tür war geöffnet und kalte Nachtluft drang von oben herunter. Ich brauchte dringend frische Luft, aber ich würde auf keinen Fall auf dieses Dach steigen. Zum Glück blieb Amber stehen und lehnte sich an das Treppengeländer. »Vor ein paar Tagen kam ein Magier vom Gelben Ginkgo auf mich zu. Er bat mich seine Freundin zu beschatten, weil sie sich auffällig verhalte.«

»Auffällig?«, harkte Jaden nach.

Amber nickte. »Sie sei ängstlich und verlasse das Haus nicht mehr ohne ein Pfefferspray in der Hand. Ich bin ihr heute in den Club gefolgt und jetzt habe ich sie wegen euch aus den Augen verloren.«

Jaden hob eine Augenbraue. »Wegen uns?«

»Ja, wegen euch. Es war wie ein Unfall, ich konnte nicht wegsehen.«

»Wie sieht sie aus? Wir helfen dir sie zu finden«, schlug ich vor, weil mich tatsächlich ein schlechtes Gewissen plagte.

Amber fuhr sich durch ihre blonden Locken. »Nicht nötig, ich schaffe das auch allein.«

»Sicher, aber mit unserer Hilfe geht es schneller«, bekräftigte Jaden meinen Vorschlag.

Sie dachte einen Moment darüber nach, bevor sie sich seufzend vom Geländer löste. »Wie ihr wollt. Sie trägt eine Kellneruniform. Ihr Name ist –«

»Sophie«, flüsterte ich schockiert.

»Ja, richtig.« Amber runzelte die Stirn. »Woher weißt du –?«

Weiter kam sie nicht. Denn plötzlich zerriss ein lauter Schrei die Luft.

22. KAPITEL

»Der Schrei kam von oben!«, rief Jaden und rannte die Stufen hinauf. Amber folgte ihm, doch ich blieb wie angewurzelt stehen. Meine Atmung beschleunigte sich, während ich wie gebannt auf die Treppe starrte, die vor mir lag. Ich musste aufs Dach gehen. Aufs ... Dach ... Ich lehnte mich an das Treppengeländer und spürte, wie mich eine weitere Panikattacke überrollte. Sofort überkreuzte ich meine Arme und klopfte mir mehrmals auf die Schultern, bis ich wieder gleichmäßig Luft bekam.

Ein weiterer Schrei drang von oben zu mir herunter. Ich schloss die Augen. Und als ich sie wieder öffnete, zwang ich mich Stufe für Stufe die Treppe hinauf, bis ich die offen stehende Tür erreichte. Mit zittrigen Beinen blieb ich im Türrahmen stehen. Ich hatte es tatsächlich hochgeschafft! Aber weiter als hierhin würde ich es nicht packen, ohne dass meine Beine unter mir nachgaben. Also blieb ich, wo ich war, und inspizierte von hier die Umgebung. Eine Kellnerin stand gefährlich nah am Rand des beleuchteten Dachs, während ein Mann einige Meter entfernt auf sie einredete. Hinter ihm standen Jaden und Amber, ansonsten war das Dach leer.

Die Frau musste Sophie sein. Gott, was hatte sie vor? Wollte sie springen?!

»Bleib weg von mir«, schrie sie, als der Mann sich einen Schritt auf sie zubewegte. »Es ist zu spät.«

Obwohl sie mindestens zehn Meter von mir entfernt waren, verstand ich jedes Wort. Der Mann blieb sofort stehen. »Komm weg vom Geländer, bitte, Schatz.«

Sie schüttelte heftig den Kopf. »Ich ... kann nicht.«

»Hör auf ihn. Alles wird gut.« Jaden übernahm das Reden. Langsam näherte er sich ihr. »Ich weiß nicht, warum du dich umbringen möchtest, aber tu es nicht. Es gibt eine Lösung.«

»Nein, die gibt es nicht. Niemand kann mich vor dem retten, was mich erwartet.« Sie warf etwas vor seine Füße. Jaden hob es auf. Ich konnte auch von Weitem erkennen, was es war. Eine Schachfigur. Der weiße Turm.

Schockiert blickte ich auf die Figur. Woher hatte sie die? Ich dachte, der Täter gebe sie den Opfern *nach* den Morden. Doch sie hatte diese bereits in der Hand. Bedeutete das, dass sie vorher wussten, dass sie sterben würden?

Mittlerweile stürmten auch weitere Gäste die Treppe hinauf, die auf das Geschrei aufmerksam geworden waren. Als sie an mir vorbeigehen wollten, schaute Jaden über die Schulter. Ein Blick reichte aus und sie verschwanden wieder nach unten. Anscheinend hatte er eine Illusion auf sie gelegt.

»Von wem hast du die?« Jaden hielt den Turm in die Höhe.

»Das weiß ich nicht«, antwortete Sophie mit zittriger Stimme. »Aber wir wissen doch alle, was sie bedeutet.«

»Wir werden dich beschützen«, ergriff Amber das Wort. Ihr Kleid wehte um ihre Beine. »Du musst nicht sterben.«

»Schatz, hör auf sie! Sie können dir helfen. Dich beschützen. Bitte.« Er hielt ihr seine Hand entgegen, näherte sich ihr wieder.

»Ich liebe dich«, sagte Sophie. Tränen rannen über ihr Gesicht, schimmerten auf ihren Wangen wie die Sterne über uns. »Aber niemand kann mir helfen.«

Noch bevor ihr Mann etwas erwidern konnte, drehte sie sich um und sprang in den dunklen Abgrund.

Geschockt schlug ich mir die Hand vor den Mund. Mein Verstand weigerte sich zu realisieren, was gerade passiert war. Sophie hatte sich vor unseren Augen in den Tod gestürzt und niemand hatte es verhindern können.

»Nein!«, schrie ihr Mann und rannte zu dem Platz, an dem sie gerade noch gestanden hatte. Er schaute runter und brach augenblicklich zusammen. Er schrie und weinte. Immer wieder schrie er ihren Namen in den Nachthimmel. Ich konnte das Szenario kaum ertragen.

Dann passierten mehrere Dinge gleichzeitig. Jaden stürmte an mir vorbei die Treppe hinunter, während Amber den Mann auf die Beine stellte und vom Abgrund wegführte, bevor er sich auch etwas antun würde. Die beiden kamen langsam auf mich zu, doch plötzlich blieb er stehen, als er Ambers Halskette entdeckte.

»Du bist die Magierin vom Weißen Achat!«, sagte er, als wäre ihm jetzt erst bewusst geworden, dass sie bei ihm war.

»Das bin ich, aber –«

»Dann kannst du sie heilen!« Er wirkte auf einmal überglücklich. »Du bringst mir meine Frau zurück.«

»Das geht nicht«, sagte sie und schluckte schwer. Ich hatte sie noch nie so geschockt erlebt.

»Warum nicht?«, brüllte er sie an. »Ich habe dich beauftragt sie zu heilen, falls ihr etwas zustoßen sollte! Also heil sie gefälligst!«

Amber sagte nichts, woraufhin er ein aggressives Knurren von sich gab. »Wenn du nicht gut genug bist, bring mir jemanden, der es ist! Jemanden, der das wieder in Ordnung bringt!«

»Ich bin eine der Besten. In mir fließt die Magie meiner Mutter, der Oberen meines Clans.«

»Wo liegt dann das Problem?«

»Ich kann niemanden heilen, der tot ist«, antwortete sie. Der Schock stand ihr ins Gesicht geschrieben. »Es gibt keine Kraft, die so groß ist, dass man einen Toten zum Leben erwecken kann. Tut mir leid.« Sie versuchte ihn zum Weitergehen zu animieren, doch er rührte sich mehr nicht von der Stelle. Stattdessen ballte er seine Fäuste.

»Lügnerin!«, schrie er. »Du bist eine Heilerin! Du kommst mit und belebst sie wieder!« Er packte sie an den Haaren, zerrte sie in meine Richtung.

»Lassen Sie mich los«, schrie Amber und versuchte sich aus seinem festen Griff zu befreien. Es gelang ihr nicht.

Ich wollte ihr zur Hilfe eilen, doch meine Beine gehorchten mir nicht. Verdammt!

»Du kommst mit und heilst sie«, wiederholte er apathisch. »Du bringst sie mir zurück. Und dann wird alles wieder gut.«

»Hören Sie doch zu! Es geht nicht!« Sie schlug gegen seinen Arm, doch es schien, als würde er es nicht mehr mitbekommen. Seine Augen waren wild vor Wahnsinn. Wie in Trance zerrte er Amber hinter sich her. Sie umfasste seine Hand, versuchte seine Finger von ihrem blonden Haar zu lösen.

»Lass sie los!«, schrie ich und schaffte es, zwei Schritte vorwärts zu gehen. Ich stellte mich in seinen Weg, doch er stieß mich einfach zur Seite, als wäre ich eine Tür, die er aufschlagen musste. Unsanft fiel ich zu Boden.

»Hilf mir!«, flehte Amber mit tränenden Augen, während er sie zum Ausgang schleifte. »Der Kerl hat sie nicht mehr alle!«

Verflucht, er würde sie die Treppe hinunterwerfen, wenn ich nichts unternahm! Schnell sah ich mich um und griff nach einer leeren Bierflasche, die jemand hatte liegenlassen. Dann sprang ich auf die Beine, machte einen Satz auf ihn zu und verpasste ihm einen Schlag auf den Hinterkopf.

Er taumelte ein Stückchen nach vorn und löste endlich seine Hand von Ambers Haaren. Diese fiel zu Boden und rang nach Atem, während er sich langsam zu uns umdrehte. In seinem Gesicht lag so viel Traurigkeit, dass ich augenblicklich Mitleid bekam.

»Versteh doch, sie soll meine Frau zurückholen.«

»Es geht aber nicht«, wiederholte ich ruhig. »Deine Frau ist tot und es gibt nichts, womit man sie wieder ins Leben holen kann. So schlimm es auch ist, du musst es akzeptieren.«

Er machte einen Schritt auf mich zu. Für einen Moment glaubte ich, dass er mich angreifen würde. Doch er sank vor mir auf die Knie und weinte so unerbittlich wie ein Kind. Sein Anblick versetzte mir einen Stich mitten ins Herz. So wie er hatte ich auch geweint. Viele Jahre um meine Eltern getrauert. Er würde über den Tod seiner Frau hinwegkommen. Irgendwann.

Ich half Amber auf die Beine. Sie schob ihren Träger über ihre Schulter und klopfte sich den Dreck von ihrem Kleid. Gemeinsam gingen wir die Treppe hinunter. Kurze Zeit später waren die Goldenen Wächter vor Ort, um Sophies Leichnam mitzunehmen. Das Clamps war geräumt worden. Wir hatten den Mann auf einen der Ledersessel gesetzt. Jaden fasste ihm an die Schulter. Sofort entspannte sich der Mann, als er in eine Illusion glitt. Er schloss die Augen und wirkte friedlich, war aber nicht in einem Dämmerzustand, wie es bei der Malerin und mir der Fall gewesen war.

»Wir haben ein paar Fragen an dich«, sagte Jaden. »Damit wir das nächste Opfer retten können, brauchen wir deine Hilfe.«

Der Mann nickte kaum merklich.

»Die Schachfigur. Von wem hat deine Frau sie bekommen?«

»Ich weiß es nicht«, antwortete er leise. »Vor einer Woche kam sie damit nach Hause. Angeblich hat sie sich in ihrem Wagen befunden.«

Jadens Miene wurde unergründlich. »Wieso seid ihr nicht zu den Goldenen Wächtern gegangen? Ihr wusstet doch, was die Schachfigur bedeutet.«

»Meine Frau tat es als einen dummen Streich ab. Ich musste ihr versprechen, niemandem davon zu erzählen.«

»Als einen Streich?«, fragte ich irritiert.

Der Mann schlug seine Lider auf. Mit einem Mal waren seine Augen wieder klar. Er hatte sich selbst aus der Illusion befreit, in die Jaden ihn gehüllt hatte.

»Sie sollen gehen!«, schrie er in unsere Richtung. »Ich will sie nicht sehen!«

Jaden sah zwischen uns hin und her. Dann zog er Amber und mich zur Seite. »Ihr geht jetzt besser. Ich rede allein mit ihm weiter.«

»Aber –«

»Kein Aber«, unterbrach er mich, bevor er sich umdrehte und wieder zu dem Mann ging, um die Befragung fortzusetzen.

Wortlos verließen Amber und ich das Clamps. Wir sprachen weder im Fahrstuhl miteinander noch als wir uns in das Taxi setzten. Es regnete wieder. Die Lichter der Stadt zogen an uns vorbei und vermischten sich mit den Regentropfen auf der Scheibe. Irgendwo aus der Ferne hörte ich die Sirene eines Krankenwagens. Ich wusste, dass er zu spät kam.

SCHACHFIGURENMÖRDER

Ich habe gesehen, wie das Miststück die Stockwerke hinuntergestürzt ist. Eigentlich wollte ich sie mit meinen eigenen Händen töten, ihr meine Klinge zwischen die Rippen jagen und zusehen, wie das Leben quälend langsam aus ihrem Körper weicht. Aber es ist alles anders gekommen. Sie war feige, hat ihr Leben beendet, bevor ich es tun konnte. Das Resultat bleibt jedoch dasselbe.

Der erste Turm ist gefallen. Jetzt fehlen nur noch die letzten drei Figuren. Obwohl es noch mehr Arschlöcher gibt, um die ich mich kümmern muss. Aber das sind nur noch kleine Fische in diesem riesigen Teich voller Dreck. Zuerst müssen die Haie sterben, bevor ich mich dem restlichen Abschaum widme.

Mein Blick schweift zu den verbleibenden Figuren auf dem Schachbrett. Lächelnd greife ich nach dem zweiten Turm, den ich meinem nächsten Opfer heute Nacht überreichen werde. Dann folgt die Dame. Und den König behalte ich mir für das große Finale vor.

Sie alle verdienen es, qualvoll zu sterben. Und ich bin so gnädig, ihnen das zu gewähren.

23. KAPITEL

Die Nacht war grauenvoll. Ich schlief einfach nicht ein, drehte mich von einer Position in die andere. Bein aus der Decke, wieder rein, Kissen umarmen, doch nicht. Es war zum Verrücktwerden. Die Bilder des Abends hatten sich in meine Gedanken gefressen. Meine Panikattacken. Sophies Sprung. Der durchgedrehte Mann. Und ... der Kuss. Das alles hatte ich in wenigen Stunden durchlebt und mitangesehen. Kein Wunder, dass ich keinen Schlaf fand. Ich war vollkommen hinüber!

Ich wälzte mich ein letztes Mal herum, bevor ich die Decke beiseiteschlug und aus dem Bett stieg. Mit der Handytaschenlampe machte ich mich auf den Weg in die Küche. Ich brauchte dringend ein Glas Wasser und etwas Bewegung, um auf andere Gedanken zu kommen.

Als ich mich der Küche näherte, fiel mein Blick auf Ambers Tür, die einen Spalt offen stand. Gedämpftes Licht drang aus ihrem Zimmer in das dunkle Wohnzimmer. Ein zaghaftes Schluchzen war zu hören. Weinte ... sie? Irritiert blieb ich stehen und starrte die Tür an. Anscheinend hatte der Abend sie ebenfalls mitgenommen. Kein Wunder, die Person, die sie beschützen sollte, hatte sich in den Tod gestürzt und ihr Mann hatte sie an den Haaren hinter sich hergezogen.

Ignoriere es, Emily, meldete sich eine kleine Stimme in meinem Kopf zu Wort. *Sie ist ein Miststück und nur weil sie zum ersten Mal Menschlichkeit zeigt, musst du sie nicht trösten. Geh einfach weiter. Kümmere dich nicht um sie.*

Ich wusste, dass ich auf die Stimme hören sollte. Andererseits konnte ich nicht so kalt sein, selbst wenn ich es im Nachhinein bereuen würde und sie mich anblaffte, was ich in ihrem Zimmer zu suchen hatte.

Seufzend näherte ich mich der Tür und lugte vorsichtig hindurch. Amber saß mit dem Rücken zu mir auf ihrem Kingsize-Bett. Und sie war nicht allein. Kräftige Arme waren um ihren Körper geschlungen und hielten sie, während sie sich an der breiten Brust ausweinte. Eine breite Brust, die diesmal nicht in einer bunten Tunika steckte, sondern nackt war. Amber und ... Jamaal? Meine Augen weiteten sich leicht. Eigentlich sollte es mich nicht überraschen. Es war offensichtlich, dass sie sich zu ihm hingezogen fühlte. Aber sich jemandem zu öffnen und so zerbrechlich zu zeigen, wie sie es gerade tat, war eine vollkommen andere Sache. Er war ihr Anker, der sie hielt. Der Anblick war so rührend, dass mir ganz schwer ums Herz wurde.

Jamaal streichelte behutsam ihren Rücken und drückte ihr einen Kuss auf den Scheitel. Seine Augen entdeckten mich.

Verdammt. Hitze schoss mir ins Gesicht. Warum war ich nicht weggegangen? Jetzt hatte er mich beim Starren erwischt. Ertappt verzog ich meinen Mund und wollte zur Entschuldigung ansetzen, doch er lächelte mich bloß an und gab mir damit zu verstehen, dass alles okay war.

Ich nickte dankbar und löste mich von der Tür, bevor Amber mich entdecken konnte und ein Gewitter losbrach. Ohne mir ein Glas Wasser zu nehmen, verschwand ich aus dem Wohnzimmer und stieß dabei fast einen Stuhl um. Ich betete, das Amber den Krach nicht gehört hatte, während ich in mein Bett stieg und endlich in den Schlaf glitt.

***

Fünf Stunden später wusste ich, dass meine Gebete nicht erhört worden waren. Amber platzte, ohne anzuklopfen, in mein Zimmer und riss die Vorhänge beiseite. Das grelle Tageslicht blendete mich. Fluchend zog ich die Decke über meinen Kopf, die sie mir im nächsten Moment wegzog.

»Was soll das?«, schimpfte ich, obwohl mir klar war, dass sie den Krach im Wohnzimmer gehört haben musste.

»Das war dafür, dass du mich gestern Nacht beobachtet hast«, bestätigte sie meine Vermutung mit zuckersüßer Stimme. Verschlafen gähnte ich und betrachtete Amber, als ich mich an das Licht gewöhnt hatte. Sie war perfekt gestylt, hatte ihre blonden Haare zu einem ordentlichen Dutt gesteckt und trug ein elegantes weißes Kostüm, mit dem sie locker auf der Gartenparty der Queen aufkreuzen könnte. Weder wirkte sie müde noch hatte sie Schwellungen unter ihren jadegrünen Augen. Nichts deutete darauf hin, dass sie sich an Jamaals Brust ausgeweint hatte.

»Das Wunder einer heißen Dusche, hübscher Kleidung und von Make-up«, beantwortete sie meine unausgesprochene Frage. »Solltest du vielleicht auch mal versuchen.«

Ich wollte gerade erwidern, dass sie mich mal könne, da legte sie sich neben mich aufs Bett und faltete ihre Hände vor ihren Bauch zusammen. Irritiert starrte ich sie an.

»Guck nicht so. In deinem mickrigen Zimmer befindet sich nicht mal ein Stuhl. Ich habe dir etwas zu sagen und keine Lust, das im Stehen zu erledigen.« Sie holte tief Luft. »Danke, dass du mir gestern im Clamps geholfen hast.«

Überrascht blinzelte ich. Ich hatte nicht erwartet, dass Amber sich bei mir bedanken würde. Irgendwie passte das nicht zu ihr. Doch ich konnte in ihrem Blick sehen, wie ernst sie es meinte. »Kein Problem«, erwiderte ich. »Der Kerl war durchgeknallt und hätte dich die ganzen Stockwerke an den Haaren hinuntergeschleift.«

»Mein Kopf tut immer noch weh.« Sie fasste sich an ihren Scheitel und ließ dann ihre Hand langsam wieder sinken. »Ich habe echt Mist gebaut. Ich hätte euch einweihen sollen. Aber ich dachte, ich schaffe es, auf sie aufzupassen. Und jetzt ist sie wegen mir tot.«

»Das stimmt nicht«, sagte ich und richtete mich auf dem Bett auf. »Sophie ist nicht deinetwegen gesprungen, sondern wegen der Spielfigur, die sie vom Täter erhalten hat.«

Amber schob ihre gezupften Brauen zusammen. »Sie hätte mir erzählen sollen, dass sie eine Schachfigur bekommen hat. Im Ernst, ich wäre mit ihr zur Goldenen Gouverneurin gefahren, die sie beschützt hätte.« Sie umfasste wütend die Bettdecke. »Die Goldenen hätten ihren Tod verhindert.«

Einen Moment schwiegen wir beide. Dann stupste ich sie aufmunternd von der Seite an. »Wir finden den Täter.«

»Ich hoffe.« Ihr Blick wanderte über mein Gesicht. »Dich hat der Abend auch ziemlich mitgenommen, oder?«

Ich verzog den Mund. »Es hat Erinnerungen geweckt.«

Amber verstand, worauf ich anspielte. »Hat das mit der Illusion zu tun, in die Madison dich gesteckt hat?«

Ich rieb über den Stoff meiner Handschuhe. Es kostete mich viel Überwindung zu antworten, trotzdem tat ich es. »Madison hat mich in ihrer Illusion auf ein Hochhaus gesperrt. Als sie mich hinuntergeschubst hat, habe ich nach ihrem Arm gegriffen. Die Vergiftung war ein Unfall.«

»So war das also«, sagte sie und schaute zur Decke. »Ich hatte keine Ahnung, in welche Illusion sie dich damals gesteckt hat, aber ich weiß noch, wie du geschrien hast.« Sie atmete hörbar aus. »Madison war meine beste Freundin, doch sie hätte das nicht mit dir tun dürfen.«

Wir blieben einen Moment still nebeneinander sitzen, während ich Ambers Worte verarbeitete. Es war lange her, dass ich mit jemand anderem als Matthew oder Niki über das Thema gesprochen hatte. Amber sah aus, als würde sie wirklich bedauern, was damals geschehen war. Dass sie Madison nicht abhalten konnte, mich in die Illusion zu sperren.

»Du und Jaden«, unterbrach sie plötzlich die Stille und meine traurige Erinnerung. »Euer Kuss gestern Abend –«

»Da gibt es nicht viel zu erzählen«, sagte ich hastig. Meine Wangen wurden warm. »Ich war auf blauer Magie und Jaden hat sich mitreißen lassen.« Und das war noch nett ausgedrückt. Ich hatte ihn so lange provoziert, bis er mich geküsst hatte. Aber das musste Amber nicht auch noch wissen. Schlimm genug, dass sie den Kuss überhaupt gesehen hatte.

Sie stieß ein Schnauben aus. »Blaue Magie hin oder her, jeder sieht, dass ihr noch nicht fertig miteinander seid. Selbst nach dem, was vorgefallen ist.«

»Und wenn schon. Ich habe seine Schwester ermordet. Das Einzige, das er für mich empfindet, ist Hass.«

»Danach sah es aber nicht aus.« Amber kam von meinem Bett hoch und richtete ihr Kostüm. »Du hast doch selbst gesagt, dass es ein Unfall gewesen sei. Vielleicht hat er dir verziehen?« Dann ging sie zur Tür und ließ mich mit meinen aufgewühlten Gedanken allein zurück.

***

Den gesamten Vormittag lang dachte ich über Ambers Worte nach. Hatte er mir wirklich verziehen? War das überhaupt möglich? Ich wusste, dass ich mit ihm darüber reden musste, über den Kuss im Clamps. Über alles. Aber ich war zu feige und ging ihm aus dem Weg. Zum Glück war das nicht allzu schwer, denn er war für mehrere Stunden nicht im Anwesen.

Als er am Nachmittag zurückkam, hatte sich die gesamte Truppe im Wohnzimmer versammelt. Ich setzte mich an das andere Ende der Sofalandschaft, um genügend Platz zwischen ihn und mich zu bringen. Ich wusste, dass ihm das nicht entging, denn sein Blick verfinsterte sich kurz.

»Wir müssen an einem Strang ziehen«, sagte er schließlich. »Jemand ist vor unseren Augen gestorben und wir konnten es nicht verhindern.«

»*Ihr* konntet es nicht verhindern«, korrigierte Iwan ihn und strich über das weiße Laken, das wir auf dem Sofa ausgebreitet hatten, um nicht auf unseren Blutflecken sitzen zu müssen. »Ich war nicht dort.«

Jaden knurrte. »Hör auf mit der Scheiße. Es gibt kein *Ihr*, hätte es niemals geben dürfen. Es sollte ein verfluchtes *Wir* sein. Wir können gemeinsam viel mehr erreichen und der, der anderer Meinung ist, sollte seine Sachen packen und verschwinden. Wir brauchen ein Team und keinen Wettstreit. Denn das haben wir bereits versucht und sind gescheitert.«

»Er hat recht«, stimmte Amber ihm zu. »Noch mal darf so etwas nicht passieren. Ich wusste, dass Sophie vielleicht in Gefahr schwebt, und hätte euch Bescheid geben können. Gemeinsam hätten wir ihren Tod vielleicht verhindern können.«

Iwans Blick verharrte einen Moment auf Amber, bevor er zurück zu Jaden glitt. Mit einer galanten Handbewegung lehnte er sich in das Polster. »Na schön. Dann erzähl uns von deinem *tollen* Plan.«

Jaden ignorierte den unterschwelligen Tonfall in Iwans Stimme. Ungerührt beugte er sich auf dem Sofa vor und sah jedem von uns fest in die Augen. Als er bei mir ankam, senkte ich mit klopfendem Herzen den Blick.

Du bist ein Feigling, Emily Corwell. Du kannst ihm nicht mal mehr in die Augen sehen.

»Wir sollten all unsere Informationen zusammentragen und endlich als Team agieren«, sagte er schließlich. Die anderen stimmten seinen Worten zu, während ich nur knapp nickte.

In der nächsten Stunde legte jeder offen, was er herausgefunden hatte. Jaden berichtete von der Verfolgungsjagd und ich schilderte den Vorfall im Spielzeugwarenladen. Amber erzählte davon, wie der Mann sie aufgesucht hatte und wie sie Sophie bis ins Clamps verfolgt hatte. Kaito hatte mit den Freunden der Opfer gesprochen und war Spuren nachgegangen, die ins Nichts geführt hatten. Jamaal tippte den Vorfall im Gewächshaus auf sein Handy, ohne dabei von Niki zu erzählen, und Iwan hatte sich die vergangenen Tatorte angesehen, aber auch nicht wirklich etwas herausfinden können.

Als wir eine kleine Pause einlegten, verschwand ich in der Küche, um mir ein Glas Wasser einzuschenken. Mein Kopf brummte von den vergangenen Stunden.

»Hast du einen Moment?«, fragte Jaden, der mir in die Küche gefolgt war. »Wir müssen reden.«

Das volle Glas fiel mir beinahe aus der Hand. Gott, das waren die Worte, die ich nicht hören wollte.

»Gerade ist es schlecht«, log ich und trank das Glas in einem Zug leer. Dann schob ich mich an ihm vorbei. »Ich werde kurz rausgehen, etwas frische Luft schnappen.«

Ich hörte, wie Jaden hinter mir herlief. »Ich werde dich begleiten.«

»Nicht nötig«, erwiderte ich hastig und schlüpfte in einem rekordverdächtigen Tempo in meine Schuhe. Ich wollte dieses Gespräch nicht. Er würde über den Kuss im Clamps sprechen wollen. Und dann würde er mir mein Herz ein zweites Mal brechen.

Aber Jaden ließ nicht locker. »Wir sollten uns wirklich über gestern Abend unterhalten, über –«

»Da gibt es nichts zu bereden«, fiel ich ihm ins Wort. Er sah mich gequält an, doch bevor er ein weiteres Wort an mich richten konnte, hastete ich zum

Ausgang. Ich war nicht bereit über Gefühle zu sprechen. Über uns. Er würde mich zerstören. Selbst wenn er mir verziehen hatte, wie Amber es vermutete, konnten wir niemals zusammen sein. Niemals.

Als ich die Haustür aufriss, blieb ich abrupt stehen. Am Ende der Treppe stand jemand am Geländer. Als er zu mir hochsah, blieb mir der Atem weg. Es war Francesco.

24. KAPITEL

Ich führte Francesco in das Wohnzimmer, nachdem Jaden ihm mit dem Stift die Erlaubnis erteilt hatte einzutreten. Alle Blicke schossen zu unserem Gast, der sich nun auf das Sofa setzte und schweigsam in die Runde winkte.

Er sah genauso aus wie auf den Fotos, die mir Niki gezeigt hatte – groß, athletisch, die schwarzen Haare zu einem kurzen Pferdeschwanz gebunden. Doch je länger ich ihn betrachtete, desto mehr fiel mir auf, wie mitgenommen er aussah. Dunkle Ringe befanden sich unter seinen karamellbraunen Augen, ein ungepflegter Bart war ihm gewachsen und seine Kleidung war schmutzig. Ich überreichte ihm ein Glas Wasser und setzte mich neben ihn auf das Sofa. Er nahm es dankbar entgegen und trank mehrere Schlucke.

»Wer bist du?«, brach Amber das Schweigen und musterte ihn.

»Ich gehöre dem Roten Drachen an. Mein Name ist Francesco.« Er schob seine langärmlige Jacke über sein schmutziges Handgelenk, um seine Clantätowierung zu offenbaren.

»Ist das der Kerl, den ihr gesucht habt?« Ambers Augen weiteten sich, als ich nickte. Vor einer halben Stunde hatte ich allen erzählt, dass er als vermisst galt. Das kleine Detail mit Niki hatte ich jedoch verschwiegen und war froh, dass weder Jaden noch Jamaal das Thema angesprochen hatten.

»Warum habt ihr ihn hereingelassen?«, keifte Kaito. Jedes Wort war mit Gift zersetzt. »Er hat hier nichts zu suchen!«

Verblüfft drehte ich meinen Kopf in seine Richtung. Er saß auf dem gegenüberliegenden Sofa neben Amber. Sein Gesichtsausdruck war so hart wie seine Worte. Wow. Ich hatte ihn bisher kein einziges Mal unhöflich erlebt. Doch jetzt konnte ich die Hitze seiner Wut beinahe spüren.

Jamaal sah besorgt zu Kaito. Ihm entging nicht, wie aufgebracht er war. Auch die anderen wirkten verwirrt. Vermutlich verstand niemand außer mir, warum er sich so benahm. Francesco war der Grund, warum seine Schwester verstoßen worden war. Verständlich, dass er ihn hasste. Und er würde ihn noch mehr hassen, wenn er wüsste, dass die beiden noch immer Kontakt hatten und ein Pärchen waren.

Francesco erwiderte nichts, aber ich hätte schwören können, dass sich seine Mundwinkel für eine Millisekunde hoben.

»Ich bin auch gespannt, was er hier will«, sagte Iwan. Er beugte sich vor und griff nach der Obstschale, die auf dem Tisch stand. Ohne seinen Blick zu heben, inspizierte er die Trauben. »Na los, spann uns nicht länger auf die Folter. Erzähl schon.«

Ich bedachte beide mit bösen Blicken, bevor ich mich wieder an Francesco wandte. »Nimm dir die Zeit, die du brauchst.«

»Schon gut«, entgegnete er und stellte das Glas auf den Tisch. »Ich bin nicht traumatisiert, nur erschöpft.«

»Erschöpft vom Untertauchen?« Jaden sah ihn eindringlich an. Er lehnte am Kamin und hatte seine Arme ineinander verschränkt. Sein Blick zuckte kurz zu mir und dann zurück zu ihm. »Wir waren in deiner Wohnung, du warst nicht dort.«

»Ich habe mich versteckt.«

»Vor wem?«

Francesco lachte. »Ist das nicht offensichtlich? Vor dem Bastard, der mich umbringen will.«

»Du sprichst von dem Serienkiller?«, fragte Iwan und steckte sich eine Traube in den Mund, die er für gut befunden hatte.

Francesco nickte und kramte etwas aus seiner Hosentasche. Sofort waren alle Blicke auf den Turm gerichtet, den er in der Hand hielt. Die goldenen und silbernen Details schimmerten im Licht, als er die Figur drehte.

Mir klappte der Mund auf. Also war er das nächste Ziel.

»Blyat«, fluchte Iwan, als er die Schachfigur entgegennahm und in seiner Hand wog. »Das Teil ist echt schwer.«

Amber steckte sich ebenfalls eine Traube in den Mund. »Der Kern besteht auch aus Bronze, du Schwachkopf. Natürlich wiegt sie etwas.« Sie hörte einen

Moment auf zu kauen und lächelte, als Jamaal den Turm ebenfalls in die Hand nahm und betrachtete. Sofort kamen mir Bilder der vergangenen Nacht in den Sinn, wie sie weinend in seinen Armen gelegen und er sie getröstet hatte. Schnell sah ich weg und widmete mich wieder Francesco zu. »Wie hast du die Figur bekommen?«

»Ich hab den Täter nicht gesehen, wenn das deine eigentliche Frage ist«, antwortete er trocken. Ich konnte mir ein Seufzen nicht verkneifen. Wäre auch zu schön gewesen, hätte er das Gesicht des Killers gesehen.

Auch Jaden seufzte frustriert. Seine Miene wurde ernst. »Erzähl uns, was passiert ist.«

Francesco stützte erschöpft die Ellbogen auf seinen Schenkeln ab und knetete seine schmutzigen Hände. »Ich habe mich beobachtet gefühlt. Es war bloß ein Gefühl, aber es war intensiv. Also habe ich meine Sachen geschnappt und bin weg. Das war vor drei Wochen.« Er sah von seinen Händen auf. Sein Blick glitt zu dem Turm, der wie eine tickende Zeitbombe auf dem Tisch stand. »Ich habe mich in meine Wolfsgestalt verwandelt und mich im Central Park versteckt. Doch ich kann den Wolf nicht ewig aufrechterhalten und muss mich zwischendurch zurückverwandeln. Meine Sachen habe ich deshalb in einem Müllbeutel im Park deponiert. Als ich mich heute Morgen wieder anziehen wollte, lag die Figur auf meiner Tüte. Und das lag dabei.«

Er reichte mir einen aufgeweichten Zettel. Doch ich konnte die zerlaufene Schrift entziffern, die darauf abgebildet war. »Sieben Tage«, las ich laut vor. »Bedeutet das …?«

Sein Blick wurde ernst. »Ich denke, ich habe noch eine Woche Zeit, bevor er mich holen kommt.«

Bei Hekate. Geschockt starrte ich den Zettel an. Das waren ganz neue Erkenntnisse, von denen nicht mal die MEE wusste. Aber jetzt ergab es Sinn, weshalb sich die Opfer in Hotelzimmern versteckten, wie es Natasha getan hatte. Sie wussten, dass der Täter sie am siebten Tag holen würde. Doch wieso war niemand zur MEE gegangen?

»Scheiße«, sprach Amber das aus, was allen im Kopf rumspukte – na ja, allen außer Kaito. Der funkelte Francesco nur wütend an. »Wenn das stimmt, haben wir noch sieben Tage Zeit, den Killer zu finden. Heute eingeschlossen.«

Francesco lachte bitter. »Richtig. Andernfalls kommt das Schwein mich holen.«

»Und du hast keine Ahnung, wer es sein kann? Konntest du keine Spur wittern?«, hakte ich weiter nach.

»Leider nicht. Es hat die ganze Nacht geregnet.«

Dieses verfluchte Wetter in New York! Ich sprang vom Sofa auf. »Wir sollten sofort der Goldenen Gouverneurin Bescheid geben. In ihrer Obhut ist er in Sicherheit.«

»Nein, bloß nicht«, schoss es aus Francesco heraus. »Auf keinen Fall dürfen die Goldenen eingeweiht werden!«

Ich runzelte irritiert die Stirn. »Warum nicht?«

»Weil ich ihnen nicht traue.«

Langsam setzte ich mich wieder aufs Sofa zurück, während ich seine Worte verdaute. Er vertraute den Goldenen nicht? Damit war er anscheinend nicht allein. Auch die anderen Opfer hatten sie nicht eingeweiht.

Bevor ich nachhaken konnte, fing Kaito an zu lachen, so als hätte er einen Witz gehört. Mehrere Sekunden vergingen, bevor er sich wieder einkriegte.

»Lügner. Du bist der Einzige, dem man nicht trauen kann.«

»Ihr könnt mir trauen«, erwiderte Francesco und lächelte schwach. »Ich weiß, dass wir unsere Differenzen hatten, aber das ist doch schon Jahre her.« Er hielt Kaito die Hand über den Tisch entgegen. »Lass uns das Kriegsbeil begraben.«

Kaito starrte abfällig auf die Hand, ohne sie zu ergreifen. »Wegen dir ist meine Schwester verbannt worden! So etwas verjährt nicht oder lässt sich vergessen.«

»Ich bin nicht mehr der von damals. Ich habe mich geändert.«

»Wenn man eine Tat sieht, kennt man zehn Taten. Gleich wie viel Zeit vergangen ist. Dir kann man nicht trauen.«

Francesco seufzte und ließ seine Hand sinken. »Immer diese klugscheißerischen Sprichworte.«

Kaito knurrte und schoss vom Sofa hoch. Seine Kleidung fiel zu Boden, als er sich in eine schneeweiße Katze verwandelte. Er sprang auf den Tisch und fauchte ihn an.

»Wirklich? Du möchtest in dieser Gestalt gegen mich kämpfen?« Francesco fletschte ebenfalls die Zähne. »Schicke keine Katze, um einen Wolf zu erlegen.«

»Schluss jetzt«, sagte Jaden und ging dazwischen. Jamaal half ihm, indem er Kaito vom Tisch hob und in seine Arme nahm. Kaito fauchte erneut, wehrte sich jedoch nicht gegen Jamaals Griff. Er schloss seine Katzenaugen und sah aus, als würde er meditieren. Und vielleicht war das auch besser so, bevor er Francesco die Augen auskratzte.

»Okay, da das jetzt geklärt ist«, sagte Jaden und setzte sich mit aufs Sofa, »sag uns, warum wir den Goldenen Wächtern nicht trauen sollen.«

»Weil es seltsam ist, dass sie den Täter noch nicht gefunden haben. So lange, wie sie bereits ermitteln. Irgendwie muss der Killer auch über die Brücke gelangt sein.«

»Du glaubst also nicht, dass es ein Häftling ist, sondern jemand von außerhalb sein muss?«, fragte ich geschockt. Daran hatte ich noch gar nicht gedacht.

Er nickte. »Es ist eine Vermutung. Doch nur die Goldenen Wächter können die Brücke unbeschadet passieren. Wenn es keiner von ihnen ist, gibt es nur wenige, die die Macht besitzen, andere Magier nach Manhattan zu bringen.«

»Die Goldene Gouverneurin«, murmelte ich fassungslos. Wenn er recht hatte, war das eine riesige Katastrophe.

»Es ist nur eine Vermutung«, sagte er. »Aber ich will auch kein Risiko eingehen. Und bei euch bin ich sicher.«

Amber hob eine schmale Braue. »Ach ja, bist du das?«

»Er hat nicht unrecht«, dachte Jaden laut nach. »Wir sind dem Täter einen Schritt voraus, wissen, dass Francesco sein nächstes Ziel ist. Und in unser Apartment kann der Täter nicht ohne meine Erlaubnis herein.« Er hielt den Stift in die Höhe, mit dem man auf die Armbänder schreiben konnte.

»Heißt so viel wie: Solange du den Stift bei dir hast und Francesco sich bei uns in der Wohnung aufhält, kann der Täter nicht zuschlagen«, fasste ich zusammen. Das hörte sich nach einem Lichtblick an. Dieses Mal konnten wir seine Pläne tatsächlich durchkreuzen!

»Wir bilden Teams«, fuhr Jaden mit fester Stimme fort. »Drei bleiben hier, drei verlassen das Haus.«

»Zwei, die hierbleiben, reichen doch aus«, warf Iwan ein. »Draußen ist es gefährlicher als in unserem Apartment.«

Jaden schüttelte den Kopf. »Dreierteams wären am klügsten. Wer weiß, ob der Täter nicht mit irgendeinem Trick doch ins Haus gelangt. Wir wissen ja nicht mal, welche Magie er besitzt. Und falls die Goldene Gouverneurin hinter allem steckt, hat diese einen Zugang. Die Barriere ist von ihr.«

»Na schön. Und wie sollen wir die Teams aufteilen?«

»Ich gehe nach draußen«, antwortete Jaden.

»Dann bleibe ich hier«, erwiderte ich sofort. Auf keinen Fall würde ich mit ihm ein Team bilden. Seine Nähe brachte mich mehr durcheinander, als mir lieb war. Und so müsste ich auch nicht über den Abend im Clamps sprechen.

Jaden hob eine Braue, erwiderte aber nichts darauf.

»Ich bleibe bei Emily.« Iwan stand auf und trat hinter mich an das Sofa heran. Lässig beugte er sich zu mir herunter und legte seinen Arm um meine Schultern. »Seit wir angeschossen wurden, haben wir eine besondere Verbindung.«

»Haben wir das?«, fragte ich mit hochgezogener Augenbraue.

»Natürlich. Solche Erlebnisse schweißen zusammen.«

Kaito fauchte, was die Aufmerksamkeit auf ihn lenkte. »Ich werde die ganze Zeit auf Patrouille sein. Ich habe nicht vor mit ihm unter einem Dach zu leben.«

»Also hilfst du uns?«, fragte ich vorsichtig, weil ich mir tatsächlich nicht sicher war, ob er bei der Sache mitmachen würde.

»Ich tue es, aber nicht für ihn«, fauchte er mit einem Kopfnicken in Francescos Richtung und sprang von Jamaals Schoß. »Ich mache es für die Opfer, die bereits ihr Leben lassen mussten.« Er zuckte mit dem Schwanz. »Und für die, die noch folgen werden, wenn wir ihn nicht aufhalten.«

»Ich kann dich hören«, erinnerte ihn Francesco.

Kaito fauchte und verschwand daraufhin durch das offene Fenster ins Freie. Anscheinend hielt er es keine Sekunde länger mit ihm aus.

Jamaal stellte sich zu Jaden, während Amber mich vom Sofa zog und meinen und Iwans Arm umschlang. »Dann sind die Teams ja gebildet«, sagte sie grinsend.

»Und wo soll er schlafen?«, fragte ich in die Runde.

»Er kann mein Zimmer haben«, antwortete Jaden trocken. »Ich werde mich hier sowieso nur kurz aufhalten.« Mit diesen Worten drehte er sich um und verschwand aus dem Wohnzimmer.

***

»Darf ich reinkommen?«, fragte ich Francesco eine Stunde später vor Jadens Zimmertür. »Falls nicht, ist es auch okay. Ich weiß ja, dass du gerade erst angekommen bist und –«

Er öffnete die Tür und lachte. »Klar, komm rein.«

Er rubbelte sich die Haare trocken, während ich ihm ins Zimmer folgte. Anscheinend war er gerade duschen gewesen.

Einen Moment starrte ich wie gebannt auf sein T-Shirt, das er sich übergezogen hatte. Darauf stand in Großbuchstaben das Wort *HANGRY*. Genau so ein T-Shirt hatte Jaden bei unserer ersten Begegnung getragen.

Francesco warf das Handtuch auf die Stuhllehne. »Das Shirt hat mir der Typ von der Schwarzen Witwe geborgt«, erklärte er, als er meinen Blick sah. »Kindisch, oder?«

»Nein, es ist witzig«, widersprach ich ihm und spürte das Kribbeln, das sich in meinem Magen ausbreitete wie Ameisen. Um mich auf andere Gedanken zu bringen, sah ich mich im Raum um. Das Zimmer war modern, jedoch ziemlich dunkel eingerichtet. Aber irgendwie passte der Stil zu Jaden.

Als ich mich umdrehte, saß Francesco auf der Bettkante. Er rutschte zur Seite und bedeutete mir mich auch zu setzen.

Vorsichtig nahm ich neben ihm Platz. Mit meinem Handschuh fuhr ich über den Seidenbezug der Bettwäsche. »Du weißt, wer ich bin, oder?«

»Natürlich«, antwortete er sofort. »Du bist Nikis kleine Schwester. Sie hat viel von dir in ihren Briefen erzählt.«

Ich schüttelte lächelnd den Kopf und wollte gerade fragen, was sie genau geschrieben hatte, als mein Blick auf seine Unterarme fiel. Das Lächeln auf meinen Lippen erstarb.

Er hatte Narben. Viele Narben, die vorhin durch seine lange Jacke verdeckt gewesen waren. Doch jetzt konnte ich die Linien erkennen, die sich auf seiner Haut befanden. Einige waren wulstig, andere nur ein verblasster Schimmer von dem, was ihm passiert war.

»In Manhattan geht es manchmal hart zur Sache«, erklärte er, als er meinen Blick sah.

»Ich wollte nicht starren«, sagte ich sofort und fühlte mich schlecht. »Tut mir leid.«

»Ach, schon okay.« Er strich über seinen vernarbten Unterarm. »Ich habe am ganzen Körper welche. Alle von Auseinandersetzungen mit anderen Magiern.«

Ich schluckte hart. »Hast du es den Goldenen gemeldet?«

Er lachte humorlos. »Die interessiert das doch gar nicht. Nur wenn Goldene Gesetze verstoßen werden, schreiten sie ein. Und dann erwartet uns Schlimmeres als ein paar Narben.«

Das klang übel. »Du meinst, sie sperren euch weg?«

»Schön wärs. Sie foltern und exekutieren uns.«

Meine Augen weiteten sich, als sich das Puzzle langsam zusammenfügte. »Du meinst, die Selbstmordserie ...?«

»Geht auf ihr Konto«, beendete er meinen Satz. Nun ergab alles einen Sinn. Die Goldenen spielten hier Gott. Und keiner von außerhalb schaltete sich ein, weil niemand davon wusste. Wenn ich hier rauskam, musste ich Matthew von den Zuständen erzählen. Die Goldene Gouverneurin würde sich mit Sicherheit vor dem Magischen Gericht verantworten müssen.

Ich sah immer noch auf die Narben, die wie eine Landkarte seinen Arm zeichneten. »Wieso bist du nie zu einem Heiler gegangen? Moment, ich könnte Amber fragen«, schlug ich vor.

»Nicht nötig«, antwortete er. »Das sind Narben, die zu mir gehören. Sie erinnern mich daran, dass das Leben hart ist.« Er hielt den Arm zum Fenster, drehte ihn im Licht der Abendsonne. »Manchmal glaube ich, dass Niki das einzig Positive ist, das ich in meinem Leben habe. Sie ist immer warm und voller Freude. Wie ein Sonnenstrahl.« Er griff nach dem Sonnenlicht, als wollte er es mit seinen bloßen Fingern einfangen. Dann ließ er seine Hand langsam sinken.

Einen Moment schwiegen wir, bevor ich das aussprach, was mir auf dem Herzen lag. »Ich hatte immer Bedenken wegen dir«, gab ich zu. »Niki hat immer von der großen Liebe gesprochen und ich konnte es nicht verstehen. Du bist schließlich der Grund für ihre Verbannung. Ein Krimineller. Und trotzdem liebt sie dich und geht für dich dieses Risiko ein.« Er wollte sich erklären, doch ich sprach weiter. »Ihr habt meinen Segen. Wohin auch immer das mit euch führen wird.«

»Danke«, hauchte er ehrfürchtig. »Aber du bist nicht hergekommen, um mir das mitzuteilen, oder?«

»Nicht nur«, gab ich zu und richtete mich leicht auf. »Weißt du, was für einen Grund der Serienmörder haben könnte, dich als sein nächstes Ziel auszuwählen?« Uns fehlten immer noch zu viele Informationen. Auch wenn wir im Vorteil waren, passten zu viele Puzzleteile nicht ins Bild.

Er schüttelte den Kopf. »Nein, leider nicht. Ich habe einiges in meiner Vergangenheit verbrochen, aber das haben alle, die hier landen.«

»Und Sophie? Mir wurde von dem Barkeeper im Clamps erzählt, dass du dich viel mit ihr unterhalten hast.«

Entsetzt sah er mich an. »Sie ist tot?«

Gott, ich hatte total vergessen, dass er gar nichts davon wusste. »Ja, leider. Sie hat sich gestern Nacht vom Dach gestürzt.« Ich ließ ihn meine Worte verdauen, bevor ich weitersprach. »Der Killer hat ihr auch einen Turm gegeben.«

»Verstehe«, murmelte er mit trauriger Stimme. »Sophie hat mich oft im Clamps bedient. Wir hatten ein paar nette Gespräche, aber das war's auch schon. Nichts Tiefgreifendes.«

»Vielleicht hat der Killer euch ja im Clamps beobachtet«, überlegte ich laut. »Es kann kein Zufall sein, dass ihr beide einen Turm erhalten habt.«

Sein trauriger Gesichtsausdruck verschwand. »Gut möglich. Vielleicht solltet ihr die Kameras checken.«

»Machen wir. Und du könntest eine Liste von Magiern erstellen, denen du dort öfters begegnet bist.«

Er nickte. »Was ist mit der Goldenen Gouverneurin?«

»Jaden und die anderen werden sie heimlich überwachen.«

»Ist gut«, sagte er, während ich mich vom Bett erhob. Ein Blick auf die Uhr entlockte mir ein Lächeln.

»Ich hab eine Überraschung für dich«, sagte ich und zog das vibrierende Handy aus der Tasche meines Hoodies. »Aber du musst versuchen so leise wie möglich zu sprechen. Die anderen sollen nicht erfahren, dass ich ein weiteres Telefon besitze und mit jemandem von außerhalb Kontakt habe.«

»Du meinst …?« Seine Augen fingen an zu strahlen, als ich ihm grinsend das Handy überreichte. Ich hörte Nikis Freudenschrei bis zu mir, als Francesco ein »Hallo« hauchte.

Lächelnd ging ich zur Tür. Die beiden hatten sich einiges zu erzählen und ich wollte ungern dabei stören.

***

Die darauffolgenden Tage verliefen relativ gleich ab. Francesco hatte eine Liste zusammengestellt, der wir nachgingen. Leider erfolglos. Es gab keine Parallelen, nichts, was uns weiterhalf.

Jaden hatte ich seitdem nicht mehr gesehen. Er war mit Kaito und Jamaal in Manhattan unterwegs und kam nur her, um auf dem Sofa zu schlafen. Und weil ich ihm nicht begegnen wollte, mied ich abends das Wohnzimmer.

Als ich mir am Nachmittag in der Küche ein Toast bestrich, erklang hinter mir ein Räuspern.

»Wie lange willst du mir noch aus dem Weg gehen, Poison?«

Ertappt wirbelte ich herum. Jaden lehnte mit verschränkten Armen an der Kücheninsel. Er trug ein dunkles Shirt, auf dem *Old's Cool* in weißen Buchstaben geschrieben stand.

»Wo kaufst du immer deine T-Shirts?«, fragte ich kopfschüttelnd und biss von meinem Toastbrot ab, das ich mit Nussnougatcreme bestrichen hatte.

»Lenk nicht vom Thema ab.«

Ich aß unbeirrt weiter, obwohl sich in mir Aufregung ausbreitete wie ausgelaufene Tinte auf einem Blatt Papier. »Ich sagte doch schon, dass ich dir nicht aus dem Weg gehe.«

Er hob eine Augenbraue, die so viel bedeutete wie *ernsthaft*?

Ich ignorierte ihn und verschlang genüsslich meinen Toast, wartete darauf, dass er sich umdrehte und aus der Küche verschwand. Aber so leicht wurde ich ihn heute nicht los.

»Na schön«, stöhnte ich geschlagen. »Ich gehe dir aus dem Weg, zufrieden?«

»Nicht wirklich«, antwortete er unnötigerweise auf meine Frage. Sein Gesichtsausdruck wirkte leicht gequält.

»Was machst du überhaupt hier?«, wollte ich wissen und stellte den Teller in die Spülmaschine. »Es ist mitten am Tag. Solltest du nicht nach dem Täter suchen?«

»Amber und ich haben getauscht, damit ich mich etwas ausruhen kann. Außerdem haben wir beide etwas zu klären.«

»Ich sagte doch schon, dass es nichts zu klären gibt.« Wie deutlich musste ich noch werden? Vielleicht sollte ich mir einen Zettel auf die Stirn kleben: *Bitte nicht ansprechen*. Nein, noch besser, ich lasse mir ein T-Shirt bedrucken.

»Doch, gibt es. Was im Clamps passiert ist –«

»War ein Ausrutscher«, beendete ich seinen Satz hastig und räumte weiteres Geschirr ein, das unachtsam auf der Kücheninsel stehen gelassen worden war. Seit Kaito und Jamaal tagsüber nicht mehr hier waren, sah die Küche übel aus. »Ich war auf blauer Magie, schon vergessen?«

Jaden schnaubte spöttisch. »Und im Park? Vor dem Badezimmer? In meiner Illusion? Ich kann die Liste weiterführen, Poison. Sie ist lang. Und da warst du nicht auf blauer Magie. Es ist einiges vorgefallen und wir sollten wirklich darüber reden.«

Fast wäre mir der Teller aus der Hand gerutscht. »Und was machen wir dagegen? Du möchtest reden, ich nicht.«

»Ich weiß etwas. Folg mir.«

Ich schaltete die Maschine ein. »Wohin?«

»Wirst du gleich sehen.« Er holte eine Gurke aus dem Kühlschrank und ging an mir vorbei. Irritiert starrte ich ihm nach und zögerte einen Moment, bevor ich ihm schließlich die Treppe hinunter in den Keller folgte. Ich war neugierig, weil ich wissen wollte, was er vorhatte. Und wenn er mich dadurch nicht mehr mit dem Thema nervte, umso besser.

Anstelle des Kinozimmers öffnete er die danebenliegende Tür. Das Licht schaltete sich ein. Vorsichtig betrat ich den Raum und wusste nicht, wohin ich als Erstes schauen sollte. Schwere Ledersessel befanden sich neben einer beeindruckenden Bar, hinter der sich Weinflaschen und andere alkoholische Getränke in einem beleuchteten Regal türmten. Rechts befand sich ein runder Tisch, dessen Tischplatte mit grünem Filz überspannt war. Eindeutig ein Pokertisch. Zwei Dartscheiben hingen an der Wand. Doch das alles war nicht das Herzstück des Zimmers.

Wie von selbst glitt mein Blick zu dem Billardtisch in der Mitte des Raumes. Das Tischtuch war weinrot, während der Rest aus dunklem, massivem Buchenholz bestand.

Ich folgte Jaden zur Bar. Bei jedem Schritt sanken meine Füße in dem dicken Teppich ein. Er bedeutete mir mich auf einen der Hocker zu setzen, während er hinter der Bar verschwand und uns etwas mixte. Keine Minute später hielt er zwei Drinks in der Hand und schob mir einen über den Tresen.

»Was ist das?«, wollte ich wissen und schnupperte an dem Getränk. Es roch nach scharfem Ingwer.

»Moscow Mule. Der beste, den du in Manhattan bekommen kannst.«

»Behauptet wer?«

»Ich.« Er grinste mich an. Sein Grübchen am Kinn kam zum Vorschein und für einen Moment konnte ich ihn nur wie blöd anstarren. Dann räusperte ich mich und nahm einen Schluck. Es schmeckte süßlich und eine Spur scharf, sodass meine Nase zu kribbeln begann.

»Schmeckt gut«, murmelte ich überrascht und nahm noch einen Schluck, bevor ich die Gurkenscheiben inspizierte, die er darin versenkt hatte. »Das hast du doch auch im Clamps getrunken.« Ich bemerkte meinen Fehler erst, als es zu spät war. Am liebsten hätte ich mich dafür geohrfeigt, dass ich ihn auf den Abend ansprach und ihm die Vorlage bot.

Seine Lippen verformten sich wieder zu einem Lächeln. »Stimmt, aber seiner war nicht so gut. Apropos Clamps ...«

Ich seufzte. »Glaubst du, Alkohol lockert meine Zunge?«

Er nahm selbst einen Schluck von seinem Getränk. »Nein, aber es macht dich vielleicht nicht mehr so treffsicher.«

Skeptisch verengte ich die Augen. »Was soll das heißen?«

Er kam hinter der Bar hervor und schnappte sich drei Dartpfeile, die in einem Behälter steckten. Dann stellte er sich vor eine der Scheiben, holte aus und traf ins Schwarze.

»Wir spielen«, sagte er und warf einen weiteren Pfeil. Er landete direkt neben dem anderen in dem kleinen roten Kreis, bevor auch der dritte sein Ziel perfekt traf.

»Spielen? Hast du einen Knall? Es ist nur noch einen Tag hin, bis der Killer zuschlägt.« Ich stand vom Barhocker auf und stampfte auf ihn zu. »Das wäre verantwortungslos!«

»Francesco schläft gerade. Iwan ist oben und passt auf.« Er ging zur Dartscheibe und sammelte die Pfeile ein. »Und du hast selbst gesagt, dass der Täter erst morgen zuschlagen wird. Also –«

»Sollten wir das nicht mit spielen vergeuden!«, beendete ich seinen Satz gewissenhaft.

»Ein bisschen Ablenkung würde uns guttun. Wenn es nur für ein paar Minuten ist. Pausen sind wichtig.«

Ganz unrecht hatte er nicht. Ich zögerte noch einen Moment, bis ich seufzend nachgab. »Okay, überredet«, murmelte ich. »Solange es kein Dart oder Schach ist, bin ich dabei.«

»Vom Schach habe ich auch genug. Was wäre stattdessen hiermit?« Er deutete auf den Billardtisch. »Pool?«

Ich versuchte eine gelassene Miene vorzutäuschen, während ich innerlich vor Freude hüpfte. Jaden würde keine Chance gegen mich haben. In den

Hamptons hatte ich oft gegen Matthew und Niki gespielt und fast immer gewonnen.

»Na schön. Wir spielen nur eine Runde.« Ich folgte ihm zum Billardtisch und strich über das weinrote Tuch. »Sind dir die Regeln vertraut?«

»Natürlich.« Jaden platzierte die Kugeln in der dreieckigen Schablone, die er hinter der Bar hervorgeholt hatte.

»Wenn ich gewinne, reden wir.« Er reichte mir einen Queue.

»Und wenn ich gewinne, tun wir so, als wäre das alles nie passiert.« Ich nahm den Queue entschlossen entgegen.

»Abgemacht.« Jaden ließ mir den Vortritt. »Du fängst an.«

Damit begann das Spiel. Die nächsten fünfzehn Minuten lochten wir eine Kugel nach der anderen ein. Für einen Moment vergaß ich all die Probleme um uns herum. Als wären wir zwei ganz normale Freunde, die zusammen spielten.

Aber meine anfängliche Euphorie löste sich schnell in Rauch auf. Jaden war gut. Sehr gut sogar. Als hätte er die letzten Jahre nichts anderen gemacht. Verflucht. Als er seinen Queue zum letzten Stoß ansetzte, hielt er einen Moment inne. Er blickte durch seine dichten Wimpern zu mir auf. Seine Lippen verformten sich zu einem umwerfenden Lächeln, während er meinen schockierten Gesichtsausdruck sah. Ohne mich aus den Augen zu lassen, holte er aus.

Mir klappte der Mund auf, als er tatsächlich die letzte Kugel versenkte. »Du hast eindeutig geschummelt«, stotterte ich fassungslos. »Du bist der König des Schummelns!«

Er richtete sich grinsend auf. »Und du bist immer noch so eine verdammt schlechte Verliererin, Poison.«

Ich konnte mir einen frustrierten Schrei nicht verkneifen. »Ich möchte eine Revanche. Sofort.«

Jaden schüttelte den Kopf, nahm mir den Queue ab und stellte ihn zu den anderen zurück. »Nur eine Runde. Das war deine Bedingung. Und weil ich gewonnen habe, reden wir jetzt.«

Ich ging zur Bar zurück und setzte mich auf einen Hocker. Jaden blieb am Billardtisch stehen, lehnte sich dagegen und umfasste mit seinen Händen das Holz. Ich war froh über den Abstand, den er mir damit schenkte. Aufgeregt zupfte ich am Stoff meiner Handschuhe herum, bevor ich nach dem Kupferbecher griff und einen großzügigen Schluck nahm. »Okay, reden wir, obwohl es nicht wirklich viel zu bereden gibt«, plapperte ich drauf los. »Ich war im Clamps nicht ich selbst. Als ich dich geküsst habe, stand ich unter der Magie des Barkeepers.« Ich ratterte die Worte herunter, die ich mir selbst die letzten Tage eingeredet hatte. Aber an Jadens Blick erkannte ich, dass er sich damit nicht zufriedengab.

Er legte den Kopf leicht schief. Eine schwarze Strähne fiel in seine Stirn, die ich am liebsten weggestrichen hätte. »Und was ist mit den anderen Malen, Poison? Es gab so viele Momente.« Er sah mich so eindringlich an, dass ich hart schlucken musste. »Deine Augen haben bereits ausgesprochen, was deine Lippen nicht sagen.«

Ich lachte heiser. »Und das wäre?«

»Dass du mich willst.« Er sagte es mit einer solchen Selbstverständlichkeit, dass mein Atem stockte. »Du willst mich, Poison. Willst meine Lippen auf deinem Mund. Meine Finger auf deiner Haut.« Er strich über das Holz und ich stellte mir vor, dass ich es war, die er berührte. Stellte mir vor, was er alles mit seinen Fingern anstellen konnte.

»Einbildung«, log ich heiser. Mehr als dieses kleine Wort brachte ich nicht mehr über die Lippen. Mein Brustkorb hob und senkte sich schneller. Schwerer. Ich trank den Cocktail in einem Zug leer, um das Verlangen zu löschen, das in mir brannte wie ein Feuersturm.

»Einbildung«, wiederholte er mit rauer Stimme. Ein gefährlicher Ausdruck trat in seine Augen. Dunkel, verführerisch und so anziehend, dass ich auf meinem Barhocker hin und her rutschte. Langsam kam er auf mich zu. Mein Herzschlag beschleunigte sich bei jedem Schritt. Und weil ich nicht wusste, was ich sonst tun sollte, fischte ich mir eine der beiden Gurkenscheiben aus meinem leeren Becher und knabberte darauf herum.

Jaden blieb so dicht vor mir stehen, dass meine Knie seine Jeanshose berührten. Er lehnte sich vor und stützte eine Hand neben mir auf dem Tresen ab. Mit der anderen berührte er meinen Arm, setzte meine Haut in Brand.

»Sag mir, dass dein Körper nicht in Flammen steht, wenn ich das tue«, raunte er mit dunkler Stimme und fuhr mit seinen Fingerspitzen mein Schlüsselbein entlang zu der empfindlichen Stelle zwischen Hals und Schulter.

Ein wohliger Schauer durchflutete mich. Schwer atmend schluckte ich die Gurke herunter und steckte mir die nächste Scheibe zwischen die Lippen, um nicht antworten zu müssen.

»Du glaubst, das rettet dich vor einer Antwort?« Seine Finger strichen über meine Kehle zu meinem Kinn hinauf, hoben es sanft, aber bestimmt an. Mein Atem stockte, als er sich entschlossen vorbeugte und an meiner Gurke knabberte.

Ich hörte auf zu kauen, während er immer mehr von der Gurke in seinen Mund nahm. Hitze breitete sich in mir aus. Der Abstand zwischen unseren Lippen verringerte sich, bis sie sich leicht streiften. Ich stöhnte. Gott, mir war nicht bewusst, wie erotisch die Susi-und-Strolch-Szene war.

Mein Mund teilte sich und er zog das restliche Gurkenstück langsam aus mir heraus. Ich starrte auf seine sinnlichen Lippen, starrte auf seinen Adamsapfel, der sich bewegte, als er die Gurke genüsslich herunterschluckte. Ich wusste, dass ich wegsehen sollte, dass es das Vernünftigste war. Doch ich konnte nicht.

Er leckte sich die Nässe von den Lippen, ohne seinen Blick von mir abzuwenden. Seine Augen durchbohrten mich. Ich ertrank in ihnen. In einem Meer aus zersplittertem Stein.

Dann traf ich eine Entscheidung. Er hasste mich, aber wollte meinen Körper. Und ich wollte ihn. Ob das richtig war? Definitiv nicht. Aber ich war nicht mehr imstande, mich weiter dagegen zu wehren. Sollten wir uns gegenseitig ausnutzen. Und so musste ich die Wahrheit nicht laut aussprechen. Denn so sehr ich es mir auch einreden wollte, bei mir war nicht nur Lust im Spiel. Nein, mein beschissenes Herz gehörte ihm. Selbst in den sechs Jahren, in denen ich ihn nicht sah, hatte es für ihn geschlagen. Es war kaputt, zerbrochen und voller Löcher. Aber es war seins.

Ich streckte meine Hand nach ihm aus, griff nach seinem Shirt und zog ihn an mich heran. Grinsend legte er seine Lippen auf meine. Es war ein sinnlicher Kuss, der mich benommen machte. Seine Zunge glitt in meinen Mund, spielte mit meiner, liebkoste sie.

Dann küsste er meine Kehle, saugte an meinem Hals. Ich legte meinen Kopf in den Nacken. Mehr. Ich wollte mehr. Wie von selbst öffnete ich meine Schenkel und zog ihn noch näher an mich heran. Ich stöhnte, als ich seine Härte an meinem Schoß spürte. Er wollte mich genauso sehr wie ich ihn.

Ich schob sein T-Shirt über seinen Kopf, tastete gierig über seinen trainierten Bauch und über jede Linie seiner Tätowierung. Das Gefühl seiner Haut unter meinen Handschuhen war unbeschreiblich. Und ich würde mir alles nehmen, was er mir zu geben hatte.

Unsere Lippen fanden wieder zueinander. Die Küsse wurden stürmischer, leidenschaftlicher. Er hob mich vom Hocker hoch und drückte mich gegen den Bartresen. Dann öffnete er meine Jeans und ging in die Hocke, um sie mir abzustreifen. Langsam glitt der Stoff über meine Haut zu Boden. Ich schob die Jeans mit meinen Füßen beiseite, während er die Innenseiten meiner Oberschenkel küsste. Sein Daumen wanderte an der Naht meines Slips entlang, ohne die heiße Stelle zwischen meinen Beinen zu berühren. Ich hielt es kaum noch aus, bewegte meine Hüfte, schob mich ihm etwas entgegen.

Seine Küsse auf meinem Oberschenkel wurden zu einem rauen Lachen. »So ungeduldig, Poison?«

»Bitte«, keuchte ich und umklammerte seine Schulter.

Mein Flehen entlockte ihm ein weiteres sinnliches Lachen. Dann schob er den Stoff meines Slips über meine Beine und berührte endlich meine empfindliche Stelle dazwischen.

Ich legte den Kopf zurück und stöhnte, während er über meine Mitte strich und den Druck erhöhte. Ein Knurren drang aus seiner Kehle, als er spürte, wie feucht ich war. Er umfasste meine Wade und stellte mein Bein auf seine Schulter. Sein Mund wanderte an der Innenseite meines Oberschenkels entlang und landete genau dort, wo ich ihn haben wollte.

Ich schloss die Augen und krallte mich in seinen Haaren fest, spürte seine raue Zunge, spürte seine Finger, die in mich eindrangen, mich liebkosten, mich schweben ließen. All mein Denken konzentrierte sich auf diese Empfindung. Ich wimmerte, stöhnte, konnte mich kaum noch auf den Beinen halten. Mein Körper wurde hart und weich zugleich.

Jaden richtete sich auf. Er küsste mich stürmischer. Ich schmeckte mich, schmeckte meine Lust in seinem Mund.

Er zog mir mein T-Shirt aus und öffnete meinen BH. Nun war ich bis auf meine Handschuhe vollkommen nackt, während er noch seine Jeans anhatte, die ihm lässig um die Hüfte lag. Seine Hände umfassten meinen Po, und im nächsten Moment hob er mich hoch.

»Was hast du vor?«, hauchte ich atemlos und schlang meine Beine um seine Taille und meine Arme um seinen Hals.

Er trug mich durch den Raum. »Ich werde dich jetzt nehmen«, raunte er geradeaus. »Das wollte ich, seit du aus dem Blumenladen gestöckelt kamst.«

Sein Blick war so hungrig vor Begierde, dass mich ein heißer Schauer durchflutete. Er setzte mich auf dem Pokertisch ab und hielt kurz inne. »Nur wenn du es auch willst, Poison.«

»Gott, ja«, schoss es aus mir heraus, was ihm ein raues Lachen entlockte.

Er zog ein Kondom aus seiner Hosentasche, bevor er Jeans samt Boxershorts über seinen Po schob und das Kondom abrollte. Dann fanden sich unsere Lippen erneut. Unser wilder Atem vermischte sich. Er spreizte meine Schenkel mit seinen Beinen und drückte mich sanft auf den Tisch. Ich biss mir ungeduldig auf die Unterlippe und schlang meine Beine um seinen Po, schob ihn enger an mich heran, hielt es kaum noch aus. Ich wollte ihn spüren.

Ein sinnliches Knurren drang aus seinem Mund. Und dann blieb mir die Luft weg, als er in mich eindrang. Erst mit langsamen Stößen, dann immer schneller. Intensiver. Wieder und wieder und wieder füllte er mich vollkommen aus. Als wären wir dafür gemacht, miteinander zu verschmelzen. Zwei Puzzleteile, die endlich zueinandergefunden hatten. Ich drückte meinen Rücken durch, legte meinen Kopf in den Nacken, spürte den kratzigen Überzug des Tisches auf meiner verschwitzten Haut. Ich nahm jede Sekunde wahr. Jedes Gefühl. Jede Berührung. Alles.

Meine Empfindungen spitzten sich bei jeder seiner Bewegungen weiter zu, bis mein Körper nur noch aus prickelnder Lust bestand. Stöhnend krallte ich mich in seine Muskeln, als er mir einen weiteren Höhepunkt schenkte.

»Fuck«, raunte er, während auch ihn ein Beben erschütterte. Seine Augen waren geschlossen, die Lippen leicht geöffnet, nach Atem ringend. Er sah wunderschön aus. Ich richtete mich auf und strich ihm eine nasse Strähne aus dem Gesicht.

Wir drückten unsere Stirnen gegeneinander, bis unser Atem sich langsam beruhigte. Dann zog er sich aus mir heraus und bedeckte meinen Hals mit zarten Küssen.

»Ich liebe dich.« Seine Worte huschten über meine Haut.

Ich erstarrte augenblicklich zu Eis. Es war wie ein Eimer kaltes Wasser. Das war falsch. Das war so falsch.

»Wie kannst du die Mörderin deiner Schwester lieben?«, fragte ich atemlos und schubste ihn von mir weg. Mit zittrigen Beinen stapfte ich an ihm vorbei und sammelte meine Kleidung auf.

Er warf das Kondom in den Mülleimer und schloss seine Hose. »Ana, ich –«

»Das war ein Fehler«, unterbrach ich ihn und schlüpfte in meine Jeanshose, bevor ich mir das T-Shirt überzog. »Das mit uns war ein Fehler.«

»Sag das nicht.« Er sah mich gequält an, war genauso außer Atem wie ich. Atemlos von unseren Küssen und den Orgasmen und gequält von den Worten, der Realität, vor der wir uns beide nicht verstecken konnten.

Er kam einen Schritt auf mich zu. Ich ging einen Schritt nach hinten.

»Das mit uns hat keine Zukunft«, sagte ich. »Ich bin gefährlich, ein Monster, und das können weder du noch ich ignorieren. Ich habe ein Leben auf dem Gewissen. Das Leben *deiner* Schwester. Das, was wir gemacht haben, war nicht richtig. Für uns gibt es kein Happy End. Niemals.«

Ich wollte mich umdrehen, doch Jaden hinderte mich daran. Ich starrte seine Hand an, die um mein Handgelenk lag. »Du musst mir zuhören. Bitte.«

»Lass mich los!«

»Nicht bevor du mich endlich ausreden lässt.«

»Es gibt nichts mehr zu bereden!« Ich entriss ihm meine Hand. Dabei zog er mir einen Handschuh aus. Ich fühlte mich nackt, doch wenn er glaubte, dass ich deshalb hierbleiben würde, hatte er sich getäuscht. Ich hatte mehr Handschuhe als Kleidung dabei. Sollte er ihn doch behalten! Ich drehte mich zur Tür, wollte nur noch weg.

»Ich muss dir etwas sagen«, rief er mir mit belegter Stimme hinterher. »Du hast sie nicht ermordet.«

Abrupt blieb ich stehen. Wie in Zeitlupe drehte ich mich um. »Was …?«

»Madison. Du hast sie nicht ermordet.«

25. KAPITEL

Du hast sie nicht ermordet.

Die Worte wollten nicht in meinen Kopf. Ich brauchte mehrere Sekunden, um zu begreifen, was er da von sich gegeben hatte. Als sie endlich zu mir durchgedrungen waren, starrte ich ihn fassungslos an. Und dann explodierte ich. »Bist du völlig übergeschnappt?!«, schrie ich aufgebracht. »Du kannst so etwas doch nicht einfach behaupten!« Meine Stimme überschlug sich. Mein Puls raste. Mein Herz raste. Meine Sinne rasten. Alles in mir brodelte vor Wut.

»Es ist keine Behauptung.« Jaden sah mich mit festem Blick an. »Ich meine es ernst, Poison.«

»Du meinst es ernst?« Ich schnappte nach Luft. »Du brauchst es nicht zu leugnen, nur damit du dich besser fühlst, weil du gerade die Mörderin deiner Schwester flachgelegt hast.« Ich schrie die Worte heraus, ballte die Hände zu Fäusten, bis es schmerzte. »Oder um deine beschissenen Gefühle mir gegenüber zu rechtfertigen. Es reicht, wenn ich dich liebe. Das ist schon schlimm genug.«

Er schnaubte bitter. »Das ist die beschissenste Liebeserklärung, die ich jemals gehört habe«, gab er zu, als würde das gerade irgendeine Rolle spielen. Doch er wirkte nicht überrascht von meinem Geständnis. Nein, er wusste genau, was ich für ihn empfand. Wahrscheinlich schon länger, als ich es selbst wusste. »Aber es ist die Wahrheit, Poison. Du hast sie nicht ermordet.«

»Sei still!«, schrie ich und kämpfte gegen meine Tränen an. »Ich habe deine Schwester vergiftet. Ich habe sie auf dem Boden liegen sehen. Habe gesehen, wie mein Gift durch ihre Adern geflossen ist. Sie ist auf dem Weg zum Labor gestorben.« Es laut auszusprechen war so schmerzhaft, dass ich kaum atmen konnte. Bilder der Vergangenheit preschten auf mich ein, legten sich wie kalte

Finger um meinen Hals und drückten mir die Kehle zu, erwürgten mich. Ich hielt mich am Billardtisch fest, um nicht umzukippen.

»Nein, ist sie nicht.« Jaden fuhr sich durch sein Haar, rang mit seinen Worten, als würden ihn auch Bilder der Vergangenheit heimsuchen. »Madison hat es ins Labor geschafft. Deine Eltern konnten ihr das Gift entziehen.«

»Du lügst!« Ich schüttelte unaufhörlich mit dem Kopf. Das musste ein schlechter Scherz sein! Ich wartete darauf, dass er anfing zu lachen, aber er tat es nicht. Sein Gesicht blieb ernst und seine Augen waren voller Traurigkeit.

»Es ist die Wahrheit. Deine Eltern konnten sie retten. Und dann kam die Explosion, die sie getötet –«

Weiter kam er nicht, denn ich machte drei Schritte auf ihn zu und feuerte ihm eine. Der Knall hallte von den Wänden wider. »Sei still. Sei still. Sei still.« Tränen liefen mir das Gesicht herunter, sammelten sich an meinem Kinn, versperrten mir die Sicht. »Hör auf so etwas zu behaupten.«

Doch Jaden dachte gar nicht daran, seinen Mund zu halten. »Es ist wahr, Poison! Deine Eltern konnten Madison heilen. Die Explosion hat sie getötet, nicht du!«

Das war zu viel. Ich holte erneut aus, doch er griff nach meinem Handgelenk, bevor ich ihn ein weiteres Mal treffen konnte. Ich versuchte mich zu befreien, doch schaffte es nicht. Jadens Griff war unnachgiebig. »Ich habe sie am Fenster gesehen, kurz vor der Explosion«, erklärte er atemlos. »Sie war lebendig und gesund! Lächelte mich an.«

Einen Moment kehrte Stille zwischen uns ein. »Meine Eltern konnten sie wirklich retten?« Meine Stimme war nur noch ein Flüstern. »Und du hast mich die ganze Zeit im Dunkeln gelassen, obwohl du es wusstest?« Meine Eltern hatten Madison heilen können. Sie war nicht an meinem Gift gestorben. Das änderte alles.

»Ich habe mir Vorwürfe gemacht und wurde als Mörderin abgestempelt, verdammt!« Ich schrie die Worte heraus, so wie meine Trauer, die mit einer solchen Gewalt an die Oberfläche kam, dass es mir die Kehle zuschnürte. Ich entriss ihm meine Hand und schlug ihm gegen die nackte Brust. »Ich habe eine verfluchte Angst vor meiner eigenen Magie entwickelt! Mich all die Jahre umsonst gehasst!« Ich boxte ihn ein weiteres Mal, während mir Tränen über die Wangen liefen. Ich legte meine Stirn gegen seine Brust und schlug wieder zu. Und wieder. Und wieder. So lange, bis ich nicht mehr konnte.

Jaden wehrte sich nicht gegen meine Schläge, ließ es zu. »Ich hätte es dir früher sagen sollen. Es tut mir leid.«

»Es tut dir leid? Du bist ein mieses Arschloch!« Und jetzt wurde mir auch etwas klar. »Hast du mich deshalb hierher mitgenommen? Um mir diese *Kleinigkeit* endlich zu beichten?«

»Nein«, flüsterte er. »Du bist hier, weil ich geschworen habe dich zu beschützen.«

Ich wusste, worauf er anspielte. Auf das Versprechen, das er mir damals gegeben hatte. Ich lachte bitter und wischte mir über das feuchte Gesicht. »Da waren wir Kinder, Jaden. Dumme, ahnungslose Kinder. Vor wem wolltest du mich überhaupt beschützen? Und das ausgerechnet hier in Manhattan?«

»Vor demjenigen, der Madison, deine Eltern und die anderen Magier deines Clans auf dem Gewissen hat.«

»Was?« Ich verlor den Halt unter den Füßen. Jaden fing mich auf, bevor ich zu Boden fallen konnte. Er schob seine Hände unter meine Arme und Beine und hob mich hoch. Ich wehrte mich nicht, als er mich durch den Raum trug und auf dem Ledersessel absetzte. In meinem Kopf drehte sich alles.

»Du gehst also auch von einem Anschlag aus?«, flüsterte ich, als ich meine Stimme wiedergefunden hatte.

Er setzte sich vor mir auf den Tisch und reichte mir meinen Handschuh, den ich mit zittrigen Fingern überzog. Langsam nickte er. »Irgendwer hat es auf den grünen Clan abgesehen. Es ist kein Geheimnis, dass deine Eltern Feinde hatten – den Weißen Achat, sogar ihre eigenen Leute haben sich zum Teil gegen sie gewandt. Und ein Gasleck in einer so modernen und neuen Einrichtung?«

»Unwahrscheinlich«, beantwortete ich seine Frage. Ich konnte mich noch daran erinnern, wie er mich im Auto zur Feier danach gefragt hatte. Er hatte wissen wollen, wie ich die Sache beurteilte. Anhand meiner Reaktion hatte er geahnt, dass auch ich nicht von einem Unfall ausging.

»Das sehe ich auch so. Zu viele Zufälle, als dass es nicht geplant gewesen sein konnte«, bestätigte er meinen Verdacht. »Doch das, was mich vollkommen stutzig macht, sind die Unterlagen über Madisons Tod.« Er machte eine kleine Pause, bevor er weitersprach. »Sie wurden gefälscht. In allen heißt es, dass sie bereits auf dem Weg ins Labor verstorben sei, doch ich war im Auto. Ich weiß, dass sie gelebt hat. Jemand wollte es nicht mit der Explosion in Zusammenhang bringen, warum auch immer.«

»Was?« Das waren ganz neue Erkenntnisse. Ich blinzelte mehrmals. »Hast du … mit jemanden darüber gesprochen?«

Er schüttelte den Kopf. »Nein, so dumm war ich nicht. Wer weiß, wer die Unterlagen manipuliert hat? Derjenige ist gründlich vorgegangen, hat alles vertuschen können.« Er stützte seine Arme auf seinen Schenkeln ab und knetete seine angespannten Hände. »Ich wusste, dass ich nur etwas herausfinden kann, wenn ich auf eigene Faust ermittle. Doch ich hatte eine Scheißangst, dass man dir auch etwas antun würde, Poison. Ich konnte dich nicht allein zurücklassen, ohne dich in Sicherheit zu wissen.« Er hob den Blick und sah mich gequält an. »Ich war während deiner Verhandlung in den Hamptons, habe vor dem Magischen Gericht gewartet, bis dein Urteil gefällt wurde. Glaub mir, wenn sie dir die Magie geraubt oder dich nach Manhattan gesteckt hätten, wäre ich in das Gericht gestürmt und hätte mich in jeden einzelnen Geist geschleust. Ich hätte dich da rausgeholt.« Sein Blick war so intensiv, dass es mir den Atem raubte. Jaden war vor dem Magischen Gericht gewesen? Er hatte sich Sorgen um mich gemacht, während ich geglaubt hatte, dass er mich hasste und mir den Tod wünschte. Bei Hekate, wie falsch ich mit allem gelegen hatte … Ich wollte etwas erwidern, doch Jaden sprach weiter.

»Als dein Freispruch kam und der Silberne dich aus Vermont brachte, um dir ein neues Zuhause zu schenken, war ich so erleichtert. Und da ich wusste, dass er dich als zweitmächtigster Magier beschützen würde, konnte ich mit den Nachforschungen beginnen. Ich bin zu der Königin, habe meinen verdammten Körper an sie verkauft, sie so oft gevögelt, bis sie mir den Wunsch erfüllte, mich frühzeitig in den Dienst der Hunter zu stellen.«

Er lächelte bitter, während ich schockiert meinen Mund öffnete, ohne etwas zu sagen. Sein Eingeständnis machte mich sprachlos. Er hatte sich sogar als Minderjähriger an die Königin verkauft, um schneller an Informationen zu gelangen. Und ich hatte ihn all die Jahre als meinen Racheengel angesehen, dabei war er alles andere als das. Er war mein Schutzengel.

Jaden entging nicht, wie schockiert ich war. Er hob einen Mundwinkel, bevor er mit ruhiger Stimme weitersprach. »Ich habe mich hochgearbeitet, bin besser geworden und kam an die Spitze der Hunter. Doch leider fand ich keine Informationen, die mich weiterbrachten. Alle Spuren verliefen im Sand. Dann kam die Woche der Feier. Ich war dort, weil die Königin mich bereits eingeweiht hatte, dass ich nach Manhattan sollte. Und ich hielt es nicht mehr aus, musste dich sehen. Mit dir sprechen. Doch als ich gesehen habe, wie einfach es ist, Matthew zu täuschen und sich als dein Leibwächter auszugeben, bin ich fast durchgedreht. Ich wollte dich nicht in den Hamptons wissen, während ich in Manhattan war. Ich war schon kurz davor, selbst nicht auf die Feier zu gehen, den Befehl der Königin zu missachten und bei dir zu bleiben. So lange Elias zu spielen wie nötig. Doch als du unbedingt auf die Feier wolltest, war es meine Gelegenheit, beides miteinander zu verbinden.« Er lächelte schwach. »Jetzt kennst du die Wahrheit, Poison. Und warum ich dich hergebracht habe. Ich hoffe, du kannst mir verzeihen.«

Die Wut in mir löste sich auf. Ich beugte mich vor, nahm sein Gesicht in meine Hände. »Du hättest es mir früher sagen sollen«, schimpfte ich unter Tränen. »Dass ich sie nicht ermordet habe und dass du mich nicht hasst. Dass du auf Spurensuche bist. Einfach alles.« Ich presste meine Stirn gegen seine. »Aber ich verzeihe dir, Jaden Woods. Ich verzeihe dir.«

Er zog mich in seine Arme, drückte mich an seine nackte Brust. Ich schloss die Augen, lauschte auf seinen Herzschlag. Dieser Moment war echt. Er war echt. Jaden küsste meinen Scheitel. Immer wieder, als könnte er selbst nicht fassen, dass er mir das alles gestanden hatte. Und dass ich trotzdem in seinen Armen lag. Wie oft hatte er sich wohl vorgestellt endlich reinen Tisch zu machen? All die Jahre hatte ihn das belastet. Ich war froh, dass er es mir endlich gestanden hatte. Auch wenn in meinem Kopf so viele neue Fragezeichen hinzugekommen waren. Wer hatte Madisons Unterlagen gefälscht? Und warum? Und wer hatte meine Eltern auf dem Gewissen?

Bevor ich weiter darüber nachdenken konnte, wurde die Tür aufgerissen. Der Knall ließ mich aufschrecken und auch Jadens Kopf schoss alarmiert in die Richtung.

Iwan kam mit schnellen Schritten auf uns zu. Für einen Moment sahen seine eisblauen Augen irritiert zwischen Jaden und mir hin und her. Verständlich. Jaden hielt mich oben ohne fest in seinen Armen, während ich mich verheult an ihn schmiegte.

»Alles ist in Ordnung«, sagte ich und wischte mir über das feuchte Gesicht, weil ich glaubte, Iwan hätte uns streiten gehört.

»Nichts ist in Ordnung«, erwiderte er atemlos. »Francesco ist verschwunden.«

26. KAPITEL

»Wie kann das sein?«, fragte Jaden aufgebracht, als wir die Stufen hinaufstürmten und im Treppenhaus stehen blieben. Er zog sich das Shirt über seinen Kopf. »Er kann sich doch nicht in Luft aufgelöst haben!«

Iwan hob die Schultern. »Keine Ahnung. Er muss aus dem Apartment gegangen sein, während ihr Sex hattet. Vielleicht hat ihm Emily zu laut gestöhnt.«

Mir verschlug es die Sprache. Sofort schoss mir Hitze in die Wangen. O mein Gott, das hatte er gehört? Wie peinlich! Mein Blick glitt zu Jaden, der nicht im Geringsten betroffen wirkte. Er hob eine Braue. »Meinst du das ernst?«

»Natürlich nicht. Ich wollte nur Emilys rote Wangen sehen«, gab er grinsend zu und stieß mich mit seinem Ellbogen in die Seite, was mich noch mehr erröten ließ. »Francesco muss Panik bekommen haben«, überlegte er laut. »Immerhin ist ein Wahnsinniger hinter ihm her.«

Keine zehn Minuten später klingelte es an der Tür. Amber und Jamaal stürmten herein. »Was ist passiert?«, wollte Amber wissen und hielt Iwan ihr Handy vor die Nase. »In deiner SMS stand nur: NOTFALL. Und dass wir sofort herkommen sollen.«

»Francesco ist verschwunden«, antwortete er knapp.

»Wie konnte das passieren?« Sie schnappte nach Luft und sah uns vorwurfsvoll an. »Ihr wart doch zu dritt hier?«

»Wir haben ihn kurz alleingelassen«, sagte ich und sah Iwan flehend an, nicht weiter darauf einzugehen. Zum Glück grinste er mich nur an und hielt seine blöde Klappe. Mein Gesicht glühte noch immer.

Amber sah mich fragend an, bevor sie laut aufseufzte. »Auch egal! Dann müssen wir ihn eben suchen gehen. Wenn er nicht schon längst tot ist.«

Jaden verschränkte seine Arme vor der Brust. »Heute ist erst der sechste Tag. Er müsste also noch am Leben sein, wenn der Killer seine eigene Regel nicht gebrochen hat.«

»Dann schau mal auf die Uhr«, erwiderte Amber spöttisch. »Wir haben es schon Nachmittag. Der halbe Tag ist rum! Bleibt also nicht mehr viel Zeit, bis der Killer die Jagd auf ihn eröffnet.«

»Dann müssen wir ihn eben schneller finden.« Jaden sah uns entschlossen an. »Wir teilen uns auf und gehen ihn suchen.«

»Sehe ich auch so«, gab Iwan zurück. »Zweierteams wären am sinnvollsten, falls es zum Kampf kommen sollte.« Er deutete mit einem Nicken auf mich. »Ich gehe mit Emily. Natürlich nur, wenn es für dich okay ist.«

Als ich nicht sofort antwortete, ließ er seine Augenbrauen auf und ab hüpfen, was nichts Gutes bedeuten konnte. »Außer du möchtest mit Jaden gehen, weil ihr beiden –«

»Nein, kein Problem«, unterbrach ich ihn hastig, bevor er den anderen etwas verraten konnte. Nicht nur weil es mir peinlich war, dass er mich gehört hatte, sondern weil mich auch ein verdammt schlechtes Gewissen plagte. Jaden und ich hatten Sex gehabt, uns gestritten, vertragen und ausgesprochen. Und wegen alldem hatten wir nicht auf Francesco aufgepasst.

Jaden warf ihm einen mahnenden Blick zu, was Iwan nicht im Geringsten störte. Er legte grinsend einen Arm um mich. »Abgemacht. Wir sind in einem Team.«

»Dann geht Amber mit mir.« Jaden löste seinen vernichtenden Blick von Iwan und trat neben Amber. Ich konnte ihr ansehen, dass sie lieber mit Jamaal gehen wollte, aber auch sie sagte nichts.

»Und wo ist der höfliche Kater?«, wollte sie stattdessen wissen und sah sich um. »Sagt nicht, dass er sein beklopptes Handy nicht dabeihat. Dann geht die Zweiergeschichte gar nicht auf!« Sie sah besorgt zu Jamaal, der sie anlächelte.

»Scheint so«, murmelte ich. »Aber muss nicht sowieso jemand beim Haus bleiben, falls Francesco zurückkommt?«

»Ich bleibe«, sagte Jamaal mit tiefer Stimme. Die Topfpflanzen reagierten sofort auf den Klang und wuchsen ein Stückchen in die Höhe.

Ambers Mund öffnete sich und schloss sich wieder. Anscheinend hatte sie ihn bisher noch nicht sprechen gehört. Sie sagte etwas zu ihm, doch ich verstand nicht, was es war, denn ich sprintete bereits die Treppe hinauf und hastete in mein Zimmer. Ich riss die Schublade mit meiner Unterwäsche auf, bis ich auf das Handy stieß. Sofort wählte ich Nikis Nummer, obwohl ich damit gegen ihre Regel verstieß. Aber ich brauchte sie jetzt und es ging schließlich um ihren Freund! Die Mailbox ging ran. Ich versuchte es ein weiteres Mal. Sie nahm wieder nicht ab. Verdammt! Dann mussten wir ihn ohne ihre Hilfe finden. Trotzdem steckte ich das Handy mit ein, falls sie zurückrufen sollte.

Ich rannte wieder die Treppe hinunter zu den anderen, die bereits draußen auf mich warteten. Jamaal nickte mir noch aufmunternd zu, bevor er die Haustür hinter mir schloss.

»Wir sollten breit suchen«, sagte Iwan mit verschränkten Armen. »Emily und ich übernehmen den nördlichen Bereich.«

Jaden nickte knapp. »Und wir den südlichen.«

Ein Taxi hielt neben uns, in das Amber stieg. Jaden blickte mir tief in die Augen. »Pass auf dich auf, Poison.«

»Du auch auf dich«, flüsterte ich.

Er lächelte mich noch einen Moment an, bevor er zu Iwan sah. Seine Miene verfinsterte sich schlagartig. Iwan hielt seinem vernichtenden Blick stand, ohne mit der Wimper zu zucken.

Ein letztes mahnendes Knurren drang aus Jadens Kehle, bevor er sich ins Taxi setzte. Wow, er hasste ihn wirklich. Ich würde mit ihm reden, wenn sich die Gelegenheit ergab. Vielleicht konnte ich zwischen den beiden die Wogen glätten.

Iwan rief uns ebenfalls ein Taxi. Keine fünfzehn Minuten später stiegen wir in Harlem aus. In diesem Teil von Manhattan war ich bisher noch nicht gewesen. Harlem war sauber, hatte breite Gehwege und im Gegensatz zu den anderen Stadtteilen waren die Gebäude hier niedriger gehalten.

Immer wieder suchte mein Blick die Umgebung ab, doch keine Spur von Francesco. Wir kamen an einer heruntergekommenen Einrichtung vorbei. Iwan blieb stehen.

»Was ist das für ein Ort?«, fragte ich und betrachtete das Gebäude. Die Hausfassade war abgebröckelt und mit Graffiti beschmiert, die vielen Fenster eingeschlagen.

»Eine ehemalige Schule.« Iwan ging zum Tor und umfasste die rostigen Stäbe, um sie zur Seite zu schieben. »Wir sollten hineingehen und nachsehen, ob er sich darin aufhält.«

Ich runzelte die Stirn. »Warum sollte er sich in einer einsturzgefährdeten Schule aufhalten?« Es gab weiß Gott sicherere Orte. Wenn ihn hier der Täter nicht umbrachte, dann ein herunterfallender Ziegel.

Er nahm mich am Handgelenk. »Na komm, mein Gefühl sagt mir, dass wir hier richtig sind.«

»Du benimmst dich seltsam«, sagte ich und entriss ihm meine Hand. »Wir sollten dort nicht reingehen.«

Er drehte sich zu mir um. Seine blauen Augen sahen mich so eindringlich an, dass ich mich wie gefangen fühlte.

»Was machst du da? Hör sofort auf!«, protestierte ich, als ich seine Magie spürte, die über meine Haut kroch und mir einen kalten Schauer bescherte.

Aber Iwan dachte nicht daran, den Blick von mir zu nehmen. »Du wirst jetzt mit reingehen, ohne Widerstand zu leisten.«

War er völlig übergeschnappt?! Seine Magie überrollte mich wie ein Expresszug. Ich kämpfte mit aller Macht dagegen an. Doch meine Beine hatten den Kampf bereits verloren. Wie ferngesteuert gingen sie in die Richtung der verwaisten Schule. Zwar hatte ich noch Kontrolle über meinen Geist, was ich als Sieg empfand, aber nicht über meinen Körper.

»Was soll das werden?«, fragte ich ihn aufgebracht. Wollte er wirklich um jeden Preis seinen Willen durchsetzen? Das war mehr als übertrieben!

»Das wirst du gleich sehen.« Er wurde schneller. Meine Beine ebenfalls. Als würden sie sich seinem Tempo anpassen. Ich versuchte erneut mich gegen die Magie aufzulehnen, doch es war zwecklos. Iwan war zu mächtig. Immer tiefer gingen wir in das heruntergekommene Gebäude hinein.

Diese Schule war einer dieser Lost Places, die man aus dem Fernsehen kannte – der Putz war von den Wänden heruntergekommen und kein einziges Glas befand sich mehr in den Fenstern, die man stellenweise mit Brettern hatte zumachen wollen. Ein Baum wuchs aus dem Boden heraus und ragte durch ein gigantisches Loch an der Decke, die zum Teil eingestürzt war und in Trümmern auf der unteren Etage lag. Dazwischen befanden sich Taubenkadaver im Dreck. Eine Gänsehaut erfasste mich. Angeekelt verzog ich das Gesicht, als sich meine Füße hindurchbewegten, als wäre es eine Blumenwiese und keine heruntergekommene Grabstädte.

Wir kamen an einem Zimmer vorbei, in dem nur noch die Überreste einer Tafel an einen Klassenraum erinnerten. Wie lange war diese Schule bereits geschlossen? So wie es hier aussah, mussten es mehrere Jahrzehnte sein. Wir betraten einen größeren Raum, der früher einmal ein Hörsaal gewesen sein musste. Mehrere verfallene Stühle standen in einer Reihe. Weiter hinten gab es eine kleine Bühne.

»Du kannst jetzt stehenbleiben«, sagte Iwan und meine Beine gehorchten auf der Stelle. Dann war die Magie verflogen.

»Ich bin keine Marionette«, sagte ich wütend. »Du kannst nicht einfach deine Magie missbrauchen, um mich in die Gebäude zu zerren, in die du gern gehen möchtest!«

Ich funkelte ihn an und erwartete eine Entschuldigung, einen Kniefall oder sonst etwas, doch nichts dergleichen passierte. Iwan sah mich noch nicht einmal an, als wäre es ihm scheißegal, was er gerade mit mir gemacht hatte.

Er hob die Hand und deutete nach vorn. »Sieh hin.«

Verwirrt folgte ich seiner Anweisung. Schritte hallten durch das Gemäuer. Jemand trat auf die Bühne. War es Francesco? Hatte er sich tatsächlich an diesen Ort zurückgezogen?

Einen Moment stieg Erleichterung in mir auf. Aber irgendetwas stimmte nicht. Das war nicht Francesco.

Mein Atem stockte. Nein … das konnte nicht …

Madison Woods lächelte mich an. »Hallo, Giftnatter.«

27. KAPITEL

Ich schlug mir die Hand vor den Mund, presste sie auf meine Lippen, zitterte am ganzen Körper. Wie gebannt starrte ich nach vorn, starrte auf Madisons glänzendes schwarzes Haar, das sie zu einem hohen Zopf gebunden hatte. Starrte in ihre betongrauen Augen, die denen von Jaden so verdammt ähnlich sahen. Starrte auf ihren athletischen Körper, der in einem hautengen dunklen Lederanzug steckte, als wäre sie die verfluchte Catwoman höchstpersönlich.

Heilige Scheiße. Vor mir stand eine erwachsene Version des zickigen Mädchens von damals. Das mussten Nachwirkungen von Iwans Magie sein. Eine Halluzination. Madison Woods war tot. Und, wie ich erst vor einigen Stunden erfahren hatte, nicht durch mein Gift, sondern durch die Explosion. Aber sie war tot.

Ich ließ meine Hand sinken und kniff meine Augen fest zusammen, um Madison aus meinem Kopf zu bekommen. Als ich sie nach mehreren rasenden Herzschlägen wieder öffnete, stand sie immer noch auf der Erhöhung.

»Du bist nicht echt«, sagte ich atemlos, schüttelte meinen Kopf. Wieder und wieder. »Du kannst nicht echt sein.«

»Natürlich bin ich das.« Sie warf ihren schwarzen Zopf über die Schulter und lächelte dabei so abfällig wie früher. »Hast du mich vermisst, Giftnatter?«

Meine Beine drohten unter mir nachzugeben, als so viele Gefühle auf mich einstürzten und mich unter sich begruben. Madison lebte. Sie lebte. »Wie ist das möglich? Wie kannst du am Leben sein?« Meine Worte überschlugen sich.

»Ich konnte mich vor der Explosion retten und bin untergetaucht.« Sie sprang von der Bühne. Staub wirbelte auf, als sie mit ihren kniehohen Lederstiefeln auf den Trümmern landete.

»Untergetaucht … weshalb? Jeder dachte, dass du tot …« Ich beendete den Satz nicht, denn mein Blick schoss zu Iwan, der neben mir stand und nicht im Geringsten überrascht wirkte. Seine große Liebe lebte und er verzog keine Miene. »Du wusstest es?«, schlussfolgerte ich fassungslos. »Du wusstest, dass sie lebt, und hast niemanden etwas gesagt.«

Er löste seinen Blick von Madison und sah zu mir. Seine Lippen verformten sich zu einem breiten Grinsen. »Sorry.«

Wie bitte?! Mir klappte der Mund auf. »*Sorry*?«, wiederholte ich entsetzt. »Ist das dein verfluchter Ernst? Du hättest es mir sagen müssen! Wer weiß noch davon?«

»Niemand. Er ist der Einzige und musste mir versprechen, es geheim zu halten«, antwortete Madison, als würde das alles erklären. Wütend starrte ich von ihm zu ihr. »Du hast ihn eingeweiht, aber nicht deinen eigenen Bruder?« Ich schnappte nach Luft. »Jaden denkt, du seist tot!«

Bei dem Klang seines Namens verzog sie ihre vollen Lippen zu einer schmerzvollen Linie. »Glaub ja nicht, dass es mir leichtgefallen ist, ihn zurückzulassen. Aber für das, was ich vorhatte, war es das Beste.« Sie holte etwas aus ihrem Dekolleté hervor. Ich war auf alles gefasst, doch nicht auf das, was sie zwischen Daumen und Zeigefinger geklemmt hatte. Eine Schachfigur. Die weiße Dame.

»Nein.« Mein Mund wurde trocken, das Schlucken tat mir weh. »Du bist es, die so viele ermordet hat. Du bist die Schachfigurenmörderin.«

Sie lächelte und warf die Dame in die Höhe. »Hat dir mein Spiel gefallen?«

»Das war kein Schach.« Ich ballte die Fäuste zusammen, bis es schmerzte. »Beim Schach kommt der Gegner auch zum Zug. Du hast allein gespielt und Leben geraubt!«

Sie lachte. »Ich spiele gern gegen die Regeln.«

»All die Unschuldigen, die du ermordet hast.« Ich rang nach Fassung. »Du bist ein Monster!«

»Keiner dieser Magier war unschuldig.« Sie lehnte sich mit dem Rücken gegen die Bühne. »Sie alle hatten es verdient zu sterben.«

Ich sah zu Iwan, der sich neben Madison gestellt hatte. »Und du hilfst ihr dabei? Bist du vollkommen übergeschnappt?«

Ein liebevolles Lächeln lag auf seinem Mund, als er ihre Taille umfasste und sie zu sich ranzog. Er drückte ihr einen Kuss auf die Wange. »Wir sind ein Team. Von Anfang an.«

Großer Gott. Iwan hatte uns alle getäuscht. Er hatte insgeheim für Madison gearbeitet, ihr Informationen zugespielt und den Anstoß gegeben, damit sich die Gruppe spaltete. Und jetzt hatte er mich von den anderen getrennt und hergelockt. Ich sah auf die Dame. Ich musste nicht eins und eins zusammenzählen, um zu wissen, für wen diese Figur bestimmt war. Panik breitete sich in mir aus, während ich die Puzzleteile langsam zusammenfügte. »Du warst das mit der Mauer, nicht wahr? Hast mich zu einer falschen Uhrzeit hinbestellt, damit ich pulverisiert werde.«

»Erwischt. Eigentlich ist das nicht meine Art, aber da sind mir die Sicherungen durchgebrannt, weil dich mein Bruder mit an Bord haben wollte.« Sie warf mir einen eifersüchtigen Blick zu. »Aber dir ist nichts passiert, weil er zur Stelle war. Er beschützt dich, das hat er schon immer getan.« Sie schnaubte und wirkte verletzt. Doch dann kroch ein spöttischer Ausdruck über ihr Gesicht. »Doch wenn wir schon dabei sind: Hast du meinen Regenschirm noch?«

Bei Hekate. »Das im Central Park warst auch du?«

»Überrascht dich das wirklich? Ich musste diesen Köter suchen, der sich dort vor mir versteckt hat. Und dann liefst du mir entgegen. Ich hätte dich schon dort umbringen können, wenn ich es gewollt hätte. Jedoch warst du nicht an der Reihe. Noch nicht. Das ändert sich heute.«

Ich lachte bitter. »Also möchtest du mich beseitigen, genau wie die anderen?«

»Richtig. Es ist zwar gegen die Regeln, da du meine Schachfigur erst heute bekommst und dieser Köter noch nicht tot ist, aber scheiß drauf. Für dich gibt es eine Spieländerung.« Sie holte ein Messer hervor und betrachtete die gebogene Klinge, mit der sie so viele Leben auf dem Gewissen hatte. »Du hast es nicht anders verdient.«

Mein Herz hämmerte heftig gegen meine Brust. »Weil ich dich damals vergiftet habe?«

Ihre Augen weiteten sich. »Du bist wirklich ahnungslos«, sagte sie überrascht und schüttelte den Kopf, als wäre ich das dümmste Wesen, das ihr je untergekommen war.

»Das habe ich doch gesagt, Babe«, mischte sich Iwan ein und betrachtete mich mit ernster Miene. »Sie weiß nichts.«

Ich hatte keine Ahnung, worüber sie sprachen, aber ich nutzte die Gelegenheit, um mir fieberhaft einen Plan zu überlegen. Die beiden waren keine fünf Meter von mir entfernt. Wenn ich jetzt wegrannte, würde Madison mich mit Sicherheit in eine Illusion sperren. Und um Hilfe schreien brachte auch nichts. Niemand würde mich hören.

Ich griff in meine Hosentasche und zückte das Messer.

Madison sah mich entgeistert an. »Ein Messerkampf? Wirklich? Nur schade, dass du dich dabei nicht bewegen wirst.«

Auf ihr Stichwort kroch Iwans Magie ein weiteres Mal unter meine Haut, als er sagte: »Bleib stehen und rühre dich nicht.« Mein Körper gehorchte von Neuem und ich erstarrte zu einer lebendigen Statue. Verdammt!

Madison kam langsam auf mich zu und blieb direkt vor mir stehen. Mein Herz raste in meiner Brust, während mich Wut und Angst gleichermaßen überrannten.

»Wirst du mich jetzt in eine Illusion werfen, so wie damals?«, spottete ich und versuchte mir nicht anmerken zu lassen, wie viel Schiss ich hatte. Wenn ich sterben sollte, dann mit erhobenem Haupt und gerichteter Krone.

Sie sah mich an, als hätte ich sie mitten ins Gesicht geschlagen. »Glaub mir, nichts wäre mir lieber als das. Aber ich werde dich mit meiner Klinge aufschlitzen. Oder vielleicht mit deiner eigenen? Wie wäre es?« Sie steckte ihr Messer in die Gürteltasche zurück und nahm mir stattdessen meins ab, das ich in meiner Hand umklammert hielt.

Ihre Augen weiteten sich, als sie die Klinge mit den Kirschblüten betrachtete. Angewidert sah sie zwischen mir und dem Messer hin und her. »Hast du den Verstand verloren?«, fauchte sie mich an und warf das Taschenmesser auf den Boden, trat drauf, als würde sie eine Zigarette ausmachen. »Wie tief musst du sinken?«

Okay, Moment. Was? Fassungslos starrte ich sie an. »Ist das dein Ernst? Du fragst mich, ob ich den Verstand verloren habe? Ich?« Ich lachte so laut, dass mir die Bauchmuskeln wehtaten. »Du bist doch die Verrückte von uns beiden. Und jetzt darf ich mich nicht einmal wehren, wenn du mich aufschlitzen willst?«

Sie rümpfte angewidert ihre Nase, wollte etwas sagen, doch dann erstarrte sie. Ihr Blick lag auf etwas, das sich hinter mir befand. Ich konnte meinen Kopf nicht drehen, weil Iwans Magie es nicht zuließ. Anhand ihrer entgleisten Gesichtszüge ahnte ich jedoch, wer zu uns gestoßen war.

Schwere Schritte näherten sich mir von hinten und im nächsten Moment trat Jaden an meine Seite. Er war stocksteif, sah seine Schwester an, als wäre sie eine Außerirdische. Alles, nur nicht seine Schwester.

»Du lebst.« Er presste die Worte heraus, als würden sie ihm körperliche Schmerzen bereiten. Ich wollte ihn warnen, doch kein Ton drang aus meinem Mund. Ich versuchte es erneut. Wieder nichts. Lag es an Iwans Magie oder an meinem Schock?

»Überraschung«, piepste sie und umarmte ihn stürmisch, so als hätte sie nicht gerade vorgehabt mich umzubringen. »Ich habe dich ja so vermisst, Bruderherz«, plapperte sie wild drauf los. »Obwohl ich mich frage, was du hier machst.«

Er legte seine Hände um ihre Schultern, als wollte er die Umarmung erwidern. Aber dann stieß er sie von sich weg. »Das fragst du mich? Nach all den Jahren, in denen du mich verarscht hast, ist das deine Frage an *mich*?«

»Jaden. Es tut mir leid!« Madison schloss ihren Mund und in ihren grauen Augen lag tatsächlich so etwas wie Bedauern.

»Es tut dir leid?« Er lachte kalt. »Ein Wort hätte genügt, mehr nicht. Nur ein Wort, dass du noch am Leben bist. Aber du hast mir gar nichts gegeben. Hast mich trauern lassen.«

»Ich weiß, du bist mein Bruder, du hättest es erfahren sollen. Aber das ging nicht. Ich habe nur Iwan –«

»Du hast diesem Pisser Bescheid gegeben, aber nicht mir?«

Sie sah ihn flehend an. »Bitte, Jaden, es tut mir leid. Versteh doch, ich habe dich nur beschützen wollen. Dein Leben wäre sonst in Gefahr gewesen, wenn ich zu dir gegangen wäre. Ich musste bei Iwan untertauchen.«

»Du hast sogar bei ihm gewohnt?« Als sie nickte, schnaubte er verachtend.

»Sie hatte es gut bei mir«, mischte sich Iwan ein und kam auf uns zu, blieb bei Madison stehen. »Verdammt gut sogar.«

»Ach ja?« Jaden war kurz davor zu explodieren. Er wandte sich wieder seiner Schwester zu. »Und warum musstest du untertauchen? Was machst du überhaupt hier?«

»Das kann ich dir nicht sagen.«

Endlich gewann ich den Kampf um meine Stimme zurück. »Pass auf, Jaden, sie ist die Mörderin! Sie wollte mich umbringen.«

»Stimmt das?« Wut kroch über sein Gesicht. Seine Augen waren dunkel vor Zorn, als er sich schützend zwischen uns stellte.

Sie antwortete nicht, machte einen Schritt auf ihn zu.

Jaden hob die Hand. »Komm näher und du landest in einer Illusion, die du nie mehr vergessen wirst.«

»Du drohst mir? Ich bin deine Schwester.«

»Meine Schwester ist vor sechs Jahren gestorben.«

Sie blieb stehen. »Jaden, bitte!«

Als er nicht auf ihr Flehen reagierte, seufzte sie beleidigt. »Hättest du nicht nur Augen für die Giftnatter gehabt, hättest du mich auf der Feier gesehen. Ich stand während der Rede der Königin direkt neben ihr. Aber sie hat dir ja schon immer die Sinne vernebelt.«

Was? Ich ratterte den Abend herunter. Jaden und ich hatten uns ein Guck-Duell geliefert, neben mir hatten ein Leibwächter gestanden und ... eine Bedienstete, die meine Hand gehalten hatte. Das war Madison gewesen?

Großer Gott. Ich war wirklich ahnungslos gewesen. Sie hatte sogar mit mir gesprochen und ich hatte nichts bemerkt.

Jaden ignorierte die Vorwürfe seiner Schwester und drehte sich zu mir, suchte meinen Körper nach Verletzungen ab. »Geht es dir gut, Poison?«

Ich musste ihm nicht erklären, dass Iwans Magie auf mir lag. Er erkannte es an meiner stocksteifen Haltung und den geweiteten Pupillen.

»Ich habe der Giftnatter nichts getan. Also hör auf mich zu ignorieren!«, schnaubte Madison eifersüchtig. »Bitte!«

»Aber dein kleines Helferlein.« Jadens Kiefer malmten, als sein Blick zu Iwan glitt. »Nimm deine Magie von ihr.«

Iwan grinste provozierend. »Ich denke nicht dran.«

Jaden gab ein lautes Knurren von sich. Dann explodierte er. Mit drei Sätzen war er bei Iwan, packte ihn am Arm und sperrte ihn in eine Illusion. Iwan schrie auf und sank zu Boden. Gleichzeitig bekam ich die Kontrolle über meinen Körper zurück. Erschöpft rang ich nach Atem.

»Sag mir, was passiert ist.« Er funkelte Madison wütend an, während Iwan aufschrie und sich auf dem Boden wälzte. »Ich lasse ihn da drin verrecken.« Jeder Muskel war zum Zerreißen angespannt. Seine Adern traten aus seinem Arm hervor, als er eine Faust ballte. »Ich lasse ihn sterben, Madison.«

»Du bluffst«, hauchte sie, während Iwan immer lauter schrie.

Jaden hob einen Mundwinkel. »Finde es lieber nicht heraus. Ich bin heute nicht zum Scherzen aufgelegt, *Schwester*.«

Sekunden verstrichen. Iwan schrie so laut, dass ich es kaum ertrug. Madison starrte zwischen ihm und Jaden hin und her.

»Du ... meinst es ernst.« Plötzlich breitete sich Panik in ihr aus, die eiskalte Maske fiel von ihren Zügen. Sofort ging sie in die Hocke, berührte Iwans zitternden Körper.

»Bitte hör auf«, flehte sie Jaden an. Angst stand in ihren grauen Augen. Sie blinzelte Tränen weg. »Bitte!«

»Nur wenn du mir sagst, was zum Teufel in dich gefahren ist. Warum du von den Toten wiederauferstehst und in einem Lederanzug Magier ermordest.«

Sie rang mit sich, drückte Iwans Hand. »Ich zeige es euch ja schon. Aber hol ihn da endlich raus!«

»Zeigen? Was willst du uns zeigen?«, fragte Jaden misstrauisch, ohne auf ihre Bitte einzugehen.

»Meine Erinnerung«, antwortete sie hastig. »Du musst mir aber dabei helfen, einen Illu-Trip zu erzeugen.«

Er schnaubte spöttisch. »Als ob ich darauf hereinfalle.«

»Du kannst euch jederzeit daraus befreien«, versicherte sie ihm und sah wieder zu Iwan, der immer noch wie am Spieß schrie. »Es ist schließlich zum größten Teil deine Magie.«

»Warum soll ich dir überhaupt helfen?«, wollte er wissen.

»Weil ich zu schwach bin, verdammt.« Sie rang mit sich. Ihr fielen die nächsten Worte sichtlich schwer. »Ich habe kaum noch Magie in mir. Was glaubst du denn, weshalb ich sie alle mit einem Messer umgebracht habe statt mit einer Illusion? Oder wie ich durch die Magische Wand gekommen bin? Sie erkennt mich nicht mal mehr als Magierin an!«

»Was?«, schoss es aus Jaden und mir gleichzeitig heraus. Er sah seine Schwester ungläubig an. »So etwas ist unmöglich.«

»Nein, ist es nicht, und wenn du wissen willst, was passiert ist und warum ich das alles tue, solltest du Iwan endlich aus deiner Illusion holen, bevor er einen Herzinfarkt erleidet!«

»Ich glaube, sie sagt die Wahrheit«, mischte ich mich ein. »Ansonsten wäre ich längst in einer Illusion.«

Jaden zögerte einen Moment, bevor er knurrend seine Magie von Iwan nahm. Dieser riss seine Augen weit auf und keuchte.

»Blyat! Hast du den Verstand verloren?«, fluchte er entsetzt und tastete seinen Körper ab, als würden ihm Organe fehlen.

Jaden ignorierte ihn und sah Madison an. »Ich habe deinen Drecksfreund aus der Illusion geholt. Und jetzt zeigst du uns, was hier eigentlich los ist. Warum du als Serienkillerin aufkreuzt und Magier abschlachtest. Warum du all die Jahre untergetaucht bist, ohne ein Lebenszeichen von dir zu geben. Erzähl es uns. Alles.«

Sie biss sich auf die Unterlippe und flüsterte Iwan etwas ins Ohr, woraufhin er sich langsam beruhigte. Dann gab sie ihm einen Kuss auf die Stirn und stand anschließend auf.

»Wirf dein Messer weg«, befahl Jaden ihr, als sie sich zu uns begeben wollte.

Augenrollend tat sie, was er von ihr verlangte, und kickte das Messer zu Iwan, der noch immer schweißgebadet am Boden lag. »Gott, du traust mir ja wirklich nicht.«

Er hob einen Mundwinkel. »Kein bisschen.«

Sie schnaubte verletzt, kam aber auf uns zu. »Um alles zu verstehen, werde ich euch meine Erinnerung von dem Tag zeigen, als die ganze Scheiße angefangen hat.« Sie griff nach unseren Händen. Ihr eiskalter Blick durchbohrte mich. »Der Tag, an dem du mich vergiftet hast.«

28. KAPITEL

Madison, sechs Jahre zuvor

Blinzelnd öffnete ich meine Augen. Helles Licht schien durch die Fenster, Vögel zwitscherten fröhlich und die Luft roch nach Sommer und ... Desinfektionsmittel.

Wo zum Teufel war ich? Irritiert blickte ich mich um. Ich lag zugedeckt auf einer harten Liege in einem ... Labor? Zumindest standen auf den Metallschränken seltsame Instrumente und Gefäße herum, die mehr als gruselig aussahen. Was zur Hölle machte ich hier?

Ich verzog das Gesicht, als ein stechender Schmerz durch meinen Kopf jagte. Mein ganzer Körper fühlte sich schwer an. Es war, als hätte ich etwas verloren. Einen Teil von mir.

Die Tür öffnete sich und eine Frau in einem weißen Kittel trat an meine Liege. In ihrer Brusttasche steckten mehrere Kugelschreiber und um ihren Hals baumelte ein Stethoskop.

»Du bist endlich aufgewacht, wie schön!« Sie setzte sich auf einen kleinen Hocker. »Weißt du noch, was passiert ist?«

Ich starrte sie einen Moment lang an. Die Frau war wirklich hübsch, hatte dunkelblondes Haar und ein warmes Lächeln. Langsam schüttelte ich den Kopf. »Ich weiß nicht einmal, wie ich heiße«, gab ich zu und fasste mir an die Stirn. Vielleicht hatte ich eine Gehirnerschütterung?

»Das ist nicht schlimm«, erwiderte sie mit einer angenehmen, ruhigen Stimme, mit der sie Hörbücher hätte einsprechen können. »Dein Name ist Madison Woods. Du befindest dich im Montpelier-Institut. Und ich bin Mrs Corwell, die Mutter von Anastasia, deiner Klassenkameradin. Wir sind uns schon öfters in der Schule begegnet. Erinnerst du dich?«

Erneut schüttelte ich den Kopf, während ich versuchte die Puzzleteile zusammenzufügen, die vor mir lagen. Es war, als wären die Stücke, die mein Leben, meine Erinnerung und alles andere ausmachten, einfach verloren gegangen.

Mrs Corwell tätschelte mitfühlend meinen Handrücken. Erst jetzt fiel mir auf, dass mein Arm verbunden war. »Das ist normal«, flüsterte sie. Das Gift greift nicht nur deinen Körper und deine Magie an, sondern auch deine Erinnerung.«

»Meine ... Magie ...?« Wovon sprach sie, verflucht? Gott, ich musste in einer verdammten Irrenanstalt gelandet sein!

»Mein Mann wird gleich hier sein. Er ist geübter darin, Anas Magie aus deinem Körper zu holen. Aber aus dem lebensbedrohlichen Zustand bist du zum Glück heraus.«

Ich starrte sie mit offenem Mund an. Die Frau war völlig verrückt! Ich warf die Decke zurück und wollte aus dem Bett steigen, doch meine Beine bewegten sich keinen Zentimeter.

»Meine Beine«, krächzte ich. »Was ist mit meinen Beinen?«

Mrs Corwell verzog mitfühlend ihren Mund. »Du hast eine sehr starke Menge des Giftes abbekommen. Die Lähmung wird noch ein paar Tage anhalten, bevor du deinen Körper wieder vollständig bewegen kannst.«

Bevor ich sie fragen konnte, was zum Teufel hier vor sich ging, klopfte es energisch gegen die Zimmertür. Im nächsten Moment kamen vier Männer herein. Der erste hatte langes weißblondes Haar und eine schmale Statur, trug einen Anzug und eine runde Brille, die er mehrmals nach hinten schob. Er erinnerte mich an einen Praktikanten, doch sein Blick scannte wachsam den Raum, als könnte in jeder Ecke eine Gefahr lauern. Dabei sah er mich viel zu lange an, als wäre ich das Problem, das beseitigt werden musste.

Hinter ihm erschien ein dickerer Kerl, ebenfalls in Anzug und Lackschuhen. Eine kleine Tätowierung blitzte unter seinem gestreiften Hemdärmel hervor. Eine Blume? Ich hob eine Augenbraue. Der Mann wirkte wie ein russischer Mafiosi. Wieso ließ sich so jemand eine Blume tätowieren?

Auf seiner Nase saß eine getönte Sonnenbrille, die seinen Blick verbarg. Aber ich hätte schwören können, dass auch seine volle Aufmerksamkeit mir galt. Er stellte sich neben die Tür und faltete seine Hände vor seinen Körper zusammen.

Der nächste Mann trat durch die Tür. Er war angezogen wie die beiden Kerle davor, doch bei ihm saß der Anzug nicht annähernd so gut. Der Stoff spannte sich an Armen, Schultern und auf seiner aufgepumpten Brust, sodass ich befürchtete gleich einen Knopf ausweichen zu müssen. Als mein Blick auf sein Gesicht fiel, kroch mir ein kalter Schauer über den Rücken. Eine wulstige Narbe, die wie Stacheldraht ausgefranst war, verlief vom Haaransatz über das Augenlid bis zu seinem Mundwinkel. Wer auch immer ihm das zugefügt hatte, sah mit Sicherheit noch übler aus – wenn derjenige überhaupt noch am Leben war. Bei diesem Kerl konnte ich mir vorstellen, dass er den Kopf seines Angreifers einfach mit seinen übergroßen Händen zerquetscht hatte wie eine Melone.

Er stellte sich mittig in den Raum und verschränkte seine Arme. Auch sein Blick fiel auf mich – obwohl das eine Auge mich nur starr ansah. Ich brauchte einen Atemzug, um zu kapieren, dass es aus Glas war. Fuck, war er gruselig. Auch sein Grinsen war widerwärtig. Doch er war nicht der gefährlichste von ihnen. Nein, denn der Mann, der als letztes das Zimmer betrat, versprühte eine Aura, die mich erstarren ließ. Er war groß, vielleicht Mitte vierzig und trug eine Robe, die bis zum Boden reichte. Silberne Fäden durchzogen den dunklen Stoff und formten auf seiner Brust eine Waage. Er war allem Anschein nach der Anführer dieser Truppe, denn die anderen hatten einen wachsamen Blick auf ihn.

»Was macht ihr hier?«, wollte Mrs Corwell wissen und wandte sich direkt an ihn. Sie wirkte kein bisschen verunsichert oder verängstigt. Sie stand vom Hocker auf und hob ihr Kinn in die Höhe, als wäre sie die Königin und alle anderen nichts als Untertanen. »Ich dachte, ich hätte mich beim letzten Mal klar ausgedrückt, Matthew. Du und deine Männer seid hier nicht mehr willkommen!«

»Es ist auch schön, dich zu sehen, meine Teure.« Er verbeugte sich leicht vor ihr. »Eigentlich hatten wir vor euch in ein paar Tagen einen Besuch abzustatten, aber wegen des Ereignisses heute mussten wir es vorverlegen.«

Kleine Fältchen bildeten sich um seine Augen, während er mich ansah, als wäre ich das Ereignis, von dem er sprach.

Mrs Corwell lachte bitter. »Natürlich. Und wie seid ihr hereingekommen? Wir haben den Sicherheitscode geändert.«

»Das haben wir bemerkt. Deshalb haben wir den Hintereingang genommen. Der war nicht einmal abgeschlossen.« Er schnalzte mit der Zunge, als wäre das ein Vergehen, für das man belangt werden konnte. Der weißblonde Praktikant kicherte und die anderen beiden nickten zustimmend.

Mrs Corwell wollte noch etwas sagen, doch Matthew brachte sie aus dem Konzept, als er sich plötzlich in Bewegung setzte und direkt auf mich zukam. Seine lange Robe raschelte bei jedem Schritt, den er machte. Dann setzte er sich auf die Kante meiner Liege und nahm mein Kinn in seine Hände, drehte mein Gesicht zu sich.

Mein Herz schlug heftig in meiner Brust und egal wie sehr ich ihn wegschubsen wollte, meine Hände rührten sich keinen Millimeter. Fühlte sich so Angst an?

»Du bist so schön wie deine Mutter«, hauchte er mir so leise entgegen, dass nur ich es hören konnte.

Perplex blinzelte ich. Meine Mutter? Er kannte sie? Woher? Ich versuchte mich an ihr Gesicht zu erinnern, doch da war nichts. Ich hatte keine Erinnerung an sie.

Hatte meine Mutter wirklich etwas mit diesem Mann zu schaffen? Warum? Sein Griff wurde fester, als er bemerkte, dass meine Gedanken abschweiften.

Dieser Mann hatte etwas Einschüchterndes an sich. Etwas Gefährliches. Anders als bei den Männern davor, die wegen ihres Aussehens Angst versprühten, tat er es von innen heraus. Die Art, wie er einen ansah … Das Lächeln auf seinen Lippen war sanft, sein Blick gütig. Doch das war nur Fassade. Denn da war etwas, das mir das Gefühl gab, rennen zu müssen. So weit, wie ich konnte, nur weg von ihm. Weg von seinem stechenden Blick und diesen eisigen blauen Augen, die bis in die tiefsten Abgründe meiner Seele schauen konnten.

»Das Gift wurde noch nicht vollständig aus ihrem Körper entfernt«, erklärte Mrs Corwell ihm widerwillig. »Ich habe lediglich die Vorarbeit geleistet. Mein Mann wird sich ihrer gleich annehmen. Es ist also alles unter Kontrolle.«

Er ließ mich so abrupt los, als hätte er sich verbrannt. Er seufzte laut und entfernte sich langsam von mir. »Ich denke, das wird nicht nötig sein.«

»Warum nicht?«

Matthew schlenderte langsam zum Fenster, zog einen Vorhang nach dem anderen zu. »Weil wir sie leider töten müssen.«

Töten? Mir blieb der Mund offen stehen. Meinte er das ernst? Ich wartete auf das Lachen, aber es kam nicht. Die Männer nickten zustimmend. Der Glasaugen-Mann ließ bereits freudig seine Finger knacken, während der Kerl mit der Sonnenbrille immer breiter grinste, bis er aussah wie die Katze aus *Alice im Wunderland*.

Mrs Corwell sah genauso entsetzt aus wie ich. »Das könnt ihr nicht machen! Sie weiß von nichts!«

»Du weißt genauso gut wie ich, dass das nicht stimmt. Das Gift war zu kurz in ihrem Kreislauf. Wenn sie jetzt ihre Kraft zurückerlangt, wird sie sich an alles erinnern«, erklärte er sachlich, als würde es gerade nicht um mein Leben gehen. »Ich will kein Risiko eingehen. Es steht zu viel auf dem Spiel.«

»Dann geben wir ihr ihre Magie nicht zurück! Wir können ihr irgendwo ein neues Leben beschaffen und –«

Matthew riss den letzten Vorhang zu. Der Stoff verschluckte das Sonnenlicht und tauchte den Raum in ein Schattenmeer. Aber es war keine völlige Finsternis. Ich konnte noch immer die boshaften Fratzen der Männer sehen.

»Ihr Bruder wartet vor dem Institut. Glaubst du nicht, dass er sie finden wird?«

»Bitte«, flehte Mrs Corwell. »Sie ist doch noch ein Kind!«

»Es ist nicht meine Schuld«, sagte er unberührt. »Dank deiner Tochter stecken wir in dieser Misere. Wenn sie sie nicht vergiftet hätte, wäre alles fein. Aber so ... Das Mädchen stellt eine zu große Bedrohung dar. Sie gefährdet alles. Unsere geliebte Königin wird derselben Meinung sein, wenn sie davon erfährt. Wenn ich das Mädchen nicht töte, wird sie es in Auftrag geben. So oder so. Sie muss sterben.«

Verwirrt sah ich zwischen den beiden hin und her. Ich verstand überhaupt nichts mehr. Königin? Magie? Gift? Und anscheinend meinten sie das alles ernst. Todernst, wenn ich deshalb sterben sollte.

»Nein!« Mrs Corwell stellte sich vor mich, breitete ihre Arme aus. »Das Mädchen wird nicht ermordet! Und unser Gift werden wir dir auch nicht mehr geben! Wir haben das alles lang genug erduldet. Mein Mann und ich haben dir bereits vor Wochen gesagt, dass wir aussteigen!«

Matthew seufzte wieder. »Ich habe befürchtet, dass du das sagst. Doch wenn du jetzt zur Seite trittst und dich uns wieder anschließt, verzeihen wir dir deinen Ungehorsam. Für deinen Mann kommt allerdings jede Hilfe zu spät.« Er sah den blonden Praktikanten an, der daraufhin die Zimmertür öffnete und nach wenigen Sekunden jemanden hinter sich hereinzog. Einen leblosen Körper. Blutverschmiert.

Mrs Corwell stand reglos da. Ich glaubte sogar, dass sie aufgehört hatte zu atmen. Alles, was sie tat, war die Leiche anzustarren, die mehrere Meter entfernt auf dem Boden lag. Und ich musste nicht eins und eins zusammenzählen, um zu kapieren, dass es ihr Mann war. Ich verzog angewidert den Mund. Man hatte ihm den Bauch aufgeschlitzt wie einem Tier. Und mir war klar, dass ich gleich genauso enden würde. Ich wartete darauf, dass sich Angst in mir ausbreitete, mir den Atem raubte, mich erzittern ließ. Irgendetwas, das normale Menschen in so einer Situation empfinden würden. Doch da war nichts. Warum fühlte ich nichts außer Wut? Wut wegen dem, was Matthew dem Mann von Mrs Corwell angetan hatte.

Einen Moment wurde es ruhig im Raum. Wie die gefährliche Stille vor einem verheerenden Sturm. Dann spreizte Mrs Corwell die Finger und sprintete auf Matthew zu. Doch sie erreichte ihn nicht rechtzeitig, denn der Glasaugen-Mann kriegte sie an den Armen zu fassen. Er hielt ihre Hände in die Höhe, als wären sie an einer Kette gebunden.

»Ich muss das wohl als Nein deuten. Sehr schade«, sagte Matthew und wirkte betroffen. Seufzend ging er auf sie zu.

»Du mieses Schwein! Du hast gesagt, dass es keine Probleme geben wird! Dass du uns aussteigen lässt!« Sie schrie ihm die Worte entgegen. »Stattdessen hast du ihn ermordet!«

Matthew betrachtete das Messer in seiner Hand. Blut schimmerte auf der Klinge und tauchte die Kirschblüten darauf in ein leuchtendes Rot. Ich verzog das Gesicht. Kirschblüten, im Ernst? Makabrer ging es kaum.

»Er wollte unser Angebot nicht annehmen und blieb bei seiner Entscheidung. Was hätten wir denn sonst tun sollen?«

»Und jetzt möchtest du mich auch töten?« Sie lachte bitter und zerrte an ihren Händen, doch der Glasaugen-Mann gab nicht nach. »Meinst du nicht, dass es den anderen Magiern auffällt, wenn hier auf einmal drei Leichen liegen?«

»Drei? Wir haben mehr als nur drei getötet.« Ohne Vorwarnung rammte er ihr das Taschenmesser zwischen die Rippen. Quälend langsam drückte er es tiefer in ihr Fleisch. Mrs Corwell schrie auf, doch er hielt ihr den Mund mit der anderen Hand zu. »Für deine Tochter wird gesorgt sein«, hauchte er. »Ich werde sie bei mir aufnehmen und ihr ein neues Zuhause schenken. Du kannst also beruhigt sterben.«

Mit diesen Worten zog er das Messer aus ihr heraus und gab dem Glasaugen-Mann ein Zeichen. »Wir verschwinden.«

Fuck, was zur Hölle war gerade passiert? Ich starrte mit geweiteten Augen auf Mrs Corwell, die keuchend zu Boden sank. Ihr weißer Kittel färbte sich leuchtend rot.

»Aber sie ist noch nicht tot«, gab der Glasaugen-Mann zurück und stieß Mrs Corwell in die Rippe. Sie schrie erneut auf.

»Das wird sie in wenigen Augenblicken sein.« Matthew wischte das Blut von der Klinge. An der Tür wandte er sich dem Kerl mit der Sonnenbrille zu. »Jurij, kümmere dich um das Mädchen. Du hast zehn Minuten, bevor der Laden in die Luft fliegt. Der Rest folgt mir nach draußen.«

Er verschwand aus dem Zimmer. Die anderen folgten ihm. Nur Jurij blieb wie befohlen zurück. Er stieß sich von der Wand ab und blieb vor meiner Liege stehen. Die getönte Sonnenbrille schob er von seiner Nase. »Du hast gehört, was mein Boss möchte. Für gewöhnlich töte ich keine Kinder, aber Befehl ist

Befehl.« Er legte mir ein Messer auf die Bettdecke. »Ich will, dass du dich jetzt mit diesem Messer selbst erdolchst. Tust du das für mich?«

Was? »Wenn du glaubst, dass ich das tue, bist du noch dämlicher, als du aussiehst«, zischte ich. Ich starrte ihn wütend an, was ein Fehler war. Denn im nächsten Moment überkam mich ein widerwärtiges Gefühl. Es kroch unter meine Haut, direkt in meine Hände, die wie von selbst zum Dolch griffen. Was passierte hier?!

»Braves Mädchen.« Er sah zu dem Dolch, den ich mit beiden Händen umschloss. Seine Lippen kräuselten sich vor Vorfreude. »Worauf wartest du? Stich zu! Wir haben nicht ewig Zeit. Die Bomben gehen gleich in die Luft und dann möchte ich ungern hier sein. Das verstehst du sicherlich.«

»Fick dich«, spuckte ich ihm die Worte entgegen, während ich mit aller Kraft versuchte meinen Körper wieder unter Kontrolle zu bekommen. Der Kerl musste meinen Geist manipuliert haben oder so eine Scheiße!

»Du wehrst dich gegen meinen Befehl?« Er pfiff anerkennend. »Aber wie stark wird dein Wille noch sein, wenn ich dir etwas offenbare?« Er nahm eine meiner Haarsträhnen in seine Hand. »Vor einigen Jahren bin ich in Matthews Dienste getreten. Sein erster Befehl an mich war, das Gift einem Hunter zu spritzen. Er suchte mir eine schwarzhaarige Schönheit aus. Leider habe ich ihr zu viel verabreicht und sie ist elendig krepiert.« Er ließ meine Strähne los.

Ich lächelte kalt. »Eine nette Geschichte, die mir ziemlich am Arsch vorbeigeht.«

»So jung und schon so gefühllos«, hauchte er. »Geht es dir denn auch am Arsch vorbei, wenn ich sage, dass es deine Mutter war, die ich ermordet habe?«

»Was?!« Ich lockerte kurz meinen Griff und das Messer rutschte mehrere Zentimeter vor meine Brust.

»Dachte ich mir doch, dass es dich nicht kaltlässt.«

Meine Atmung beschleunigte sich. Ich erinnerte mich nicht an meine Mutter. Ich wusste nicht einmal, wie sie aussah. Aber verflucht, dieses Schwein hatte sie umgebracht. Voller Hass sah ich ihn an und lehnte mich noch mehr gegen seine Gehirnwäsche auf. »Ich bringe dich um! Euch alle!«

Er lachte. »Das wird nicht passieren. Du verschaffst dir gerade nur ein paar Sekunden mehr Lebenszeit. Zu wenig, um dich an uns zu rächen.«

»Manchmal reichen Sekunden aus.« Die Worte kamen nicht von mir. Erschrocken sah ich hinter Jurij, der ebenfalls herumwirbelte. Dann passierten mehrere Dinge gleichzeitig.

Mrs Corwell packte ihn am Bein. Jurij schrie auf, taumelte zur Seite und fiel auf das Ende meiner Liege. Wie ein Ertrinkender hielt er sich an meiner Decke fest, um nicht auf den Boden zu fallen. Augenblicklich gewann ich die Kontrolle zurück, während er dabei war, sie vollkommen zu verlieren. Ich ließ den Dolch los, der auf meine Brust fiel.

»Du hast mich vergiftet«, schrie Jurij und versuchte aufzustehen, doch seine Beine gaben unter ihm nach.

»Sie leben«, sagte ich atemlos. Mrs Corwell lächelte mir zu. Ich konnte ihr ansehen, wie viel Kraft ihr das abverlangte.

»Nicht mehr lange. Erst stirbst du und dann das Drecksweib auf dem Boden.« Jurij hievte sich mit seinen Armen in meine Richtung. Doch bevor er seine großen Hände um meinen Hals legen konnte, griff ich nach dem Dolch und stach zu.

Seine Augen weiteten sich, während er erstickende Laute von sich gab. Das Messer steckte direkt in seiner Brust. Ich hatte meine Hände fest darum geschlossen, beugte mich zu ihm. »Ich sollte doch zustechen, oder?«, flüsterte ich ohne Reue und so kalt, dass selbst mich meine Worte überraschten. »Schmor in der Höhle, Arschloch.« Dann zog ich das Messer wieder heraus. Jurij kippte zu Boden.

Ich rollte mich von der Liege, weil meine Beine immer noch gelähmt waren. Auf dem Boden zog ich mich mit meinen Armen zu Mrs Corwell. Sie hustete Blut, als ich sie erreichte.

»Ich muss Hilfe holen. Sie sind schwer verletzt«, sagte ich. Mein Blick wanderte über ihren blutigen Kittel.

»Nein«, sagte sie schwer atmend. »Ich sterbe, daran kann man nichts mehr ändern. Aber ich will dir …«, sie hustete erneut, »helfen. Ich brauche deinen Arm.«

»Meinen Arm?«

»Ich kann dir nichts erklären. Vertrau … mir einfach. Es wird nur kurz wehtun.« Sofort umfasste sie mein Handgelenk und drückte zu. Ihre Fingernägel bohrten sich in meine Haut. Mir blieb die Luft weg. Ich spürte, wie sie etwas aus meinem Körper zog. Etwas, das sich in mir eingenistet hatte wie ein Virus. Der Prozess war quälend langsam und so schmerzhaft, dass ich beinahe in Ohnmacht fiel.

Mrs Corwell schrie auf, als empfände sie dabei die gleichen Schmerzen wie ich. Doch dann sah ich ihre Wunde. Das viele Blut, das sich bereits auf dem Boden verteilte. Ich konnte sehen, wie das Leben aus ihrem Körper wich, während sie ihre letzte Energie an mich verschenkte. Der Druck um mein Handgelenk wurde weniger. Dann fiel ihre Hand zu Boden. Sie war tot.

In meinem Hals bildete sich ein Kloß, während ich ihren Leichnam betrachtete. Meine Finger zitterten, als ich ihr eine Strähne aus dem Gesicht strich und ihre Lider schloss. »Ruhe in Frieden, verrückte, tapfere Lady.«

Ich kroch von ihr weg und presste mich gegen die Wand. Meine Erinnerungen kehrten schlagartig zurück. Doch meine Magie war so schwach, dass ich sie kaum fühlte. Heilige Scheiße!

Ich konnte nicht weiter darüber nachdenken, denn ich hörte etwas. Schritte näherten sich dem Zimmer. Fuck, kamen sie zurück? Hatten sie mitbekommen, dass ich noch am Leben war? Einer von ihnen war ein Gestaltwandler. Wenn er mich gehört hatte, war das mein Ende. Ich konnte meine Beine nicht bewegen und war zu schwach, um einen Illu-Trip zu erzeugen.

Die Tür öffnete sich. Flinke Schritte gingen durch den Raum. Als die Person sich zu mir drehte, fiel mir ein Stein vom Herzen. »Iwan«, sagte ich erleichtert.

»Yobannye passatizhi, was ist hier passiert? Bist du verletzt?« Mit wenigen Schritten war er bei mir und nahm mein Gesicht in seine Hand, überdeckte mich mit stürmischen Küssen, bevor er zu den beiden Leichen sah.

»Ana hat mich vergiftet und mir damit meine Magie geraubt«, erklärte ich atemlos. »Matthew und seine Leibwachen wollten deshalb meinen Tod, damit ihr Geheimnis nicht ans Licht kommt. Und Anas Mutter wollte mich beschützen und wurde erstochen und ihr Vater –«

»Beruhig dich«, unterbrach er mich mit sanfter Stimme, als wäre um uns herum nicht ein riesiges Chaos. Er streichelte behutsam meinen Hinterkopf. »Es gibt noch mehr Leichen in den Gängen. Wir müssen die MEE anrufen.«

»Nein!«, erwiderte ich heftig. »Wir wissen nicht, wem wir vertrauen können. Matthew sprach von der Königin und –« Die Worte des Gestaltwandlers schossen mir in den Sinn. In der nächsten Sekunde schob ich Iwan von mir. »Fuck, hier fliegt gleich alles in die Luft!«

»Yobannoe dno!«, fluchte er und nahm mich in seine Arme. »Wir müssen hier sofort raus!«

»Nicht durch den Vordereingang!«, rief ich, als wir das Zimmer verließen und den Flur entlangjagten. »Wenn sie uns sehen, sind wir tot.«

Er rannte auf den Hintereingang zu. »Das bist du sowieso; wenn die Goldene Königin und der Silberne Clan dich tot sehen wollen, wirst du es auch sein. Außer sie glauben wirklich, du seist tot.«

»Untertauchen«, sagten wir gleichzeitig.

»Dein Bruder steht vor der Tür. Er hat mich nicht bemerkt, als ich mich hereingeschlichen habe.«

»Er darf uns nicht sehen. Wir würden sein Leben gefährden!«

Ich schloss die Augen und kratzte die wenigen Überbleibsel meiner Magie zusammen. Sie war so schwach, dass ich mich zusammenreißen musste, nicht auf der Stelle loszuschreien. Aber wenigstens war sie da. Ein winziger Teil. Ich hoffte, dass dieser ausreichen würde für den Plan, den ich mir gerade zurechtgelegt hatte.

Ich holte tief Luft und schickte meinen Bruder in eine Illusion, wie ich am Fenster stand und ihm zulächelte. Er musste glauben, dass ich in den Flammen umgekommen war. Alles andere würde ihn in Gefahr bringen!

Als wir das Freie erreichten und der Knall ertönte, fokussierte ich mich auf das Band, das es schon immer zwischen uns gegeben hatte. Es war stark und fest, schimmerte in den schönsten Tönen und den tiefsten Nuancen. Es war das Band unserer Geschwisterliebe. Es war alles, was mir blieb. Alles, was es schon immer gegeben hatte. Das Einzige, woran ich mich hatte klammern können, als die Welt um mich herum zerbrochen war.

Ich streichelte darüber. Ein letztes Mal. Dann holte ich zitternd Atem und kappte die Illusion und unsere Verbindung.

Leb wohl, Bruder.

29. KAPITEL

Mein Kopf schmerzte unerträglich, als ich wieder zu mir kam. So wie mein Herz, das in tausend Einzelteile zerfallen war.

»Matthew hat … Er hat meine Eltern …« Ich vergrub meine Finger in den Trümmern. Tränen schossen mir in die Augen. »Das kann nicht echt sein. Du lügst!«

»Ich wünschte, es wäre so.« Madisons Blick veränderte sich. Ich konnte tatsächlich so etwas wie Mitgefühl auf ihren Zügen ausmachen, als sie zu mir heruntersah. Und auch Iwan sah mich traurig an. Sein Dauergrinsen war verschwunden.

»Ich war da«, bestätigte er. »Ich habe die Leichen gesehen. Das viele Blut. Deine Eltern wurden ermordet. So wie die anderen Magier, die sich in dem Gebäude befunden haben.«

»Nein …«

Madison lehnte sich gegen Iwan, der seine Arme um sie schlang. »Du hast meine Vergangenheit gesehen. Wenn du mir nicht glaubst, frag meinen Bruder. Er kann das bestätigen.«

Mein Kopf schoss zu Jaden. Er war neben mir auf seine Knie gesunken, starrte ins Leere. All seine Farbe war aus seinem Gesicht gewichen. »Das war echt.«

Nein! Nein! Nein! Ein Abgrund tat sich in mir auf, zerriss mich, zerriss alles in mir. Matthew hatte meine Eltern ermordet. Kaltblütig. Hatte mich bei sich aufgenommen, als wäre er ein Held in glänzender Rüstung. Hatte mir ein Zuhause geschenkt. Mich aufgebaut, als ich traurig war. Er hatte mir eine Familie vorgespielt, obwohl er es war, der mir meine genommen hatte. So viele Jahre hatte ich bei dem Mörder meiner Eltern gelebt und es nicht bemerkt. Und das alles, um an mein Gift zu kommen.

»Ich dachte, du wärst bei ihm sicher«, flüsterte Jaden. »Dass er dich beschützen würde, während ich den Schuldigen suche. Dabei war er es, der deine Eltern ermordet hat. Und meine Mutter …« Er schloss die Augen und brüllte seinen Schmerz und die Wut heraus, die über ihn hereinbrachen wie ein Hurrikan. Er fiel nach vorn und ballte die Hand zu Faust. Staub wirbelte auf, als er in die Trümmer schlug.

Tränen rannen mir über das Gesicht. Nicht nur ich hatte jemanden verloren. Seine Mutter war auch ermordet worden.

»Verstehst du jetzt, warum ich das tun musste?«, flüsterte Madison und blickte traurig zu Jaden. Ich konnte ihr ansehen, wie sie mit ihm litt. Wie sie ihn am liebsten in die Arme gezogen hätte, um ihn zu trösten. Doch sie tat es nicht. Sechs lange Jahre lagen zwischen den beiden wie ein Ozean. Ein Ozean voller Lügen und Geheimnisse. Sie lehnte ihren Kopf an Iwans Schulter, als sie langsam weitersprach. »Ich habe all die Jahre bei Iwan gelebt, trainiert, um dieses beschissene Netzwerk zu zerstören.« Sie lächelte kalt. »Glaubt mir, es war nicht einfach, jedes einzelne Arschloch ausfindig zu machen, das mit drin steckt. Als wir die Liste endlich vervollständigt hatten, begann ich meinen Rachezug hier in Manhattan. Außerhalb gibt es zwar auch noch genügend Arschlöcher, aber irgendwo musste ich ja anfangen.

Ich beauftragte Phantom mir das Schachbrett zu besorgen. Ich gab jedem die Chance, sich zu stellen. Sieben Tage. Aber alle waren treu ergeben, versteckten sich bloß wie Ratten in den Löchern. Matthew holte niemanden aus Manhattan. Er ließ sie alle sterben.« Sie verzog ihr Gesicht. »Er weiß immer noch nicht, wer ich bin, und glaubt, ich sei ein Häftling. Ein Fehler, wie er bald feststellen wird. Er hat unsere Mütter auf dem Gewissen. Damit wird er nicht durchkommen.«

Wie von selbst blickte ich zu dem Taschenmesser, das neben mir im Dreck lag. Das Messer, mit dem Matthew meine Mutter erstochen hatte. Meine Atmung setzte aus.

»Dieser Bastard hat es dir gegeben, nicht wahr?«, fragte Madison kopfschüttelnd, als sie meinen entsetzten Blick sah. »Er hat dir die Mordwaffe gegeben. Das ist so ekelhaft.«

Sie löste sich von Iwan und hob das Taschenmesser auf, betrachtete die

Kirschblüten. »Ich mochte deine Mutter«, gab sie zu. »Sie hatte so etwas nicht verdient.«

Als wäre Jaden aus einer Trance erwacht, sprang er auf die Beine und stellte sich schützend vor mich, während Iwan dasselbe für Madison tat.

»Gib mir das Messer«, befahl Jaden ihr.

»Wie bitte?«

»Du hast mich verstanden. Gib es mir.«

»Beruhig dich, ich werde ihr nichts mehr tun«, sagte sie, klappte das Messer zusammen und überreichte es ihm. »Sie ist ein Opfer, so wie wir alle. Auch wenn sie der Giftzahn der Organisation ist, war sie doch ahnungslos. Das habe ich mittlerweile verstanden.«

Einige Sekunden vergingen. In mir fühlte sich alles tot an. Wie betäubt. Als hätte mein Körper aus Selbstschutz alle Gefühle in Watte gehüllt. Selbst als Jaden mir aufhalf und mich in seine starken Arme schloss, spürte ich nichts. Er streichelte sanft meinen Rücken, während ich mein Gesicht in seiner Brust vergrub. Niemand sagte etwas, doch in meinem Kopf war es laut. Ein Satz wiederholte sich. Immer und immer wieder. Mal flüsternd. Mal schreiend. Mal wütend und mal traurig. *Matthew ist der Mörder meiner Eltern.*

Ich krallte mich an Jaden fest, während bittere Tränen über mein Gesicht rannen und sich in sein T-Shirt sogen. Ich wusste nicht, wie lange wir so dastanden. Ich hatte kein Zeitgefühl mehr.

Irgendwann löste ich mich von ihm und sah Madison an, die uns schweigend beobachtet hatte. Ich schluckte den Kloß in meinem Hals herunter, versuchte meine Gedanken zu sortieren, die sich drehten wie ein Karussell. »Wozu brauchen sie mein Gift?«

»Du verstehst es immer noch nicht?« Madison seufzte laut. »Die Silbernen sind gewöhnliche Menschen. Sie benötigen dein Gift, um so zu tun, als seien sie Magier.«

»Was?« Mein Mund öffnete und schloss sich wieder.

»Machtgeile Menschen, die Magier spielen«, bestätigte Iwan angewidert. »Sie sichern so der Königsfamilie seit dem Krieg vor 500 Jahren die Herrschaft. Alles ein ausgeklügelter Plan, der seit einem halben Jahrtausend funktioniert.«

Also war die Geschichte mit den Silbernen, die von Hekate geschickt worden waren, erfunden. Alles ... war eine Lüge.

Jaden schluckte schwer. »Lass mich raten, du hast die Königin erpresst, damit wir alle hierhergebracht werden.«

Sie nickte und streichelte Iwans Brust. »Ich wollte ihn in meiner Nähe haben, falls ich Hilfe bei den letzten Morden benötige. Und damit es nicht auffällt, habe ich aus jedem Clan ein Mitglied herberufen lassen. Und ich wollte dich wiedersehen.« Den letzten Satz sagte sie fast gequält.

Jaden schnaubte bitter über das Geständnis seiner Schwester. Er war noch immer wütend auf sie.

»Nein.« Ich schüttelte den Kopf und ging einen Schritt nach hinten. »Das kann alles nicht stimmen. Das ist zu viel ...«

»Du glaubst es immer noch nicht? Dann geh in den Keller und öffne die Tür am Ende des Ganges.« Madison zeigte auf das Treppenhaus. »Überzeug dich selbst.«

Sofort setzte ich mich in Bewegung, blieb aber kurz stehen, als Iwan pfiff. »Die hier wirst du brauchen«, sagte er und warf mir eine Taschenlampe zu. Ich fing sie auf und stürmte los.

»Warte«, rief Jaden mir nach. Doch ich konnte nicht anhalten, nicht einmal langsamer werden. Was auch immer dort unten auf mich wartete, würde mir Gewissheit bringen.

Jaden folgte mir ins Treppenhaus. Die Stufen waren teilweise weggebrochen, doch wir schafften es, unversehrt unten anzukommen. Es war stockduster. Ich knipste die Taschenlampe an, während wir uns an Trümmern und alten Möbeln vorbeischoben, die man hier zurückgelassen hatte.

»Das muss der Raum sein«, flüsterte ich atemlos und leuchtete die einzige Tür an, die noch intakt war.

Jaden umfasste die Türklinke und drückte sie nach unten. Gemeinsam gingen wir hinein. Mit der Taschenlampe leuchtete ich in den dunklen Kellerraum. Er war nicht ganz so heruntergekommen wie der Rest des Gebäudes.

»Was ist das für ein Ort?«, wollte er wissen.

»Eine Art Labor«, antwortete ich und leuchtete auf die Klapptische, auf denen mehrere Werkzeuge und Reagenzgläser lagen. Es war provisorisch eingerichtet, als hätte jemand schnell das Zeug hergeschafft. Ich entdeckte einen kleinen Kühlschrank, der an einen Generator angeschlossen war und tatsächlich lief.

Mich beschlich ein ungutes Gefühl. Ich öffnete ihn und entdeckte mehrere Ampullen, gefüllt mit glasklaren Flüssigkeiten. Sie hatten keine Beschriftungen. Großer Gott.

Meine Hände zitterten, als ich die Taschenlampe abstellte und eine Ampulle in die Hand nahm. Der Deckel ploppte geräuschvoll auf, als ich ihn entfernte. Dann führte ich das Gefäß langsam an meine Lippen.

»Bist du verrückt?!« Jaden umklammerte meinen Arm, sah mich an, als wäre ich völlig übergeschnappt. »Du kannst das Zeug doch nicht einfach trinken!«

»Es muss mein Gift sein.«

»Und wenn es das nicht ist?«

»Mir wird nichts passieren«, erklärte ich mit heiserer Stimme. »Selbst wenn es nicht mein Gift ist. Ich bin gegen jedes Toxin immun.«

Jaden hielt mich immer noch fest. »Das ist eine Scheißidee!«

»Vertrau mir, bitte«, flehte ich ihn an. »Es ist unsere einzige Chance, Gewissheit zu erhalten, ob Madison recht hat.« Und die brauchte ich so sehr. Klarheit.

Er ließ die Worte sickern. Ihm fiel es schwer, meiner Bitte nachzukommen. Schließlich ließ er mein Handgelenk los und nahm die Taschenlampe vom Tisch, um mir besseres Licht zu geben. Dankbar sah ich ihn an und führte die Ampulle an meine Lippen. Dann kippte ich mir die Flüssigkeit in den Mund und schluckte sie wie einen Shot herunter.

Ein bitterer Geschmack breitete sich in meinem Mund aus, glitt mir die Kehle herunter. Mit jedem Herzschlag, der verging, spürte ich es intensiver, spürte meine Magie in jeder Faser meines Seins.

Zitternd ließ ich die leere Ampulle zu Boden fallen. Sie zerbrach. So wie mein Leben. Madison hatte die Wahrheit gesagt. Es war mein Gift.

»Gott, Ana!« Jaden umfasste mein Gesicht.

»Mir geht es gut«, beruhigte ich ihn. »Aber Madison hat nicht gelogen. Das ist mein Gift.« Ich setzte mich auf den Stuhl, weil meine Knie unter mir nachzugeben drohten.

»Also ist es wirklich wahr.« Seine Brauen schoben sich zusammen, bevor er sanft meine Schulter drückte. »Bleib hier sitzen. Ruh dich aus, während ich mich weiter umsehe.«

Ich starrte in die Dunkelheit. Lügen. So viele Lügen. Die vergangenen sechs Jahre hatte ich das Gift produziert, im Glauben, damit Gegenmittel herzustellen. Dabei hatten Matthew und seine Leute es für ihre Zwecke missbraucht. Ich erinnerte mich an das, was er bei der Feier getan hatte. Er musste sich das Gift auf seine Hände geschmiert haben, um Nancy Fass ihrer Magie zu berauben.

»Hier ist eine Matratze. Anscheinend hat hier jemand gelebt«, rief Jaden mir zu. »Und ... Scheiße!«

»Was ist?« Mein Blick schoss dorthin, wo er das Licht draufhielt. Jemand lag auf dem Boden. Es war die Goldene Gouverneurin. Ihr Blick war starr, die Kleidung zerfetzt und ihr Brustkorb aufgerissen.

Jaden beugte sich zu ihr hinunter und fühlte ihren Puls. Als er mit dem Kopf schüttelte, bildete sich ein Kloß in meinem Hals. »Hat ... das Madison getan?«

Wieder schüttelte er den Kopf. »Nein, die Gouverneurin wurde von einem Gestaltwandler getötet. Siehst du die Kratzspuren?« Er deutete auf den zerfetzten Körper.

»Francesco«, stotterte ich. »Wahrscheinlich ist das hier sein kleines Versteck und die Goldene hat es gefunden.«

Plötzlich erklangen mehrere Schritte über uns. Putz regnete von der Decke. »Was passiert da oben?«

Jaden sah hoch. Sein Körper spannte sich an. »Ich habe keine Ahnung. Aber wir sollten schnell verschwinden.«

Mein Handy vibrierte. Niki! Sofort nahm ich ab.

»Du solltest mich doch nicht anrufen!«, schimpfte sie. »Ich melde mich bei dir und –«

»Du musst weg«, unterbrach ich sie panisch. »Verschwinde!«

»Was?«

Ich ratterte die Kurzfassung so schnell herunter, wie ich konnte. Wer weiß, wie viel Zeit uns noch blieb! »Matthew ist nicht der, für den er sich ausgibt. Er ist ein Mensch, der Magie mithilfe meines Giftes lähmt.«

»Was zum –?!«

»Er hat meine Eltern getötet und Jadens Mutter. Francesco steckt auch mit drin. Es sieht danach aus, dass er die Goldene Gouverneurin getötet hat. Ihre Leiche liegt hier zerfetzt vor mir. Ich weiß nicht, wer noch alles involviert ist. Auf jeden Fall die Goldene Königin! Also vertraue niemanden, pack deine Sachen und verschwinde aus –«

Ein Schuss hallte durch das Labor. Dann noch einer.

Die Taschenlampe fiel zu Boden. Jaden sank neben mir zusammen. Das Handy glitt mir aus der Hand.

»Jaden«, schrie ich panisch, doch er antwortete nicht. Blut quoll aus einer Wunde an seiner Schulter. Nein. Nein. Nein.

Mein Kopf schoss in die Richtung, aus der die Schüsse gekommen waren. Das Letzte, was ich sah, war Francesco mit gezogener Waffe. Dann drückte er ab.

30. KAPITEL

Ich erwachte in meinem Labor. Mein Kopf dröhnte, als wäre ein Truck darüber gebrettert. Langsam kehrten die letzten Momente zurück, bevor ich das Bewusstsein verloren hatte.

»Jaden!«, schrie ich. Sofort schoss ich von der Liege hoch und blickte direkt in Matthews blaue Augen. Er saß neben mir auf einem Stuhl und lächelte mich an.

»Du Bastard!« Ich wollte ihm meine Faust ins Gesicht rammen, doch die Handschellen um meine Handgelenke hinderten mich daran. Er hatte mich an das Heizungsrohr gekettet.

Matthew legte den Kopf leicht schräg. »Hallo, Kleines. Endlich bist du aufgewacht.«

Ich knurrte aufgebracht. »Spar dir die Worte und sag mir, was mit Jaden ist. Ist er ...?« Meine Stimme versagte.

»Keine Sorge, dein Freund ist am Leben. Er ist vielleicht etwas mitgenommen, aber er lebt.«

»Du mieser ...« Ich spuckte ihm ins Gesicht.

»Ich weiß, dass du wütend bist. Und das verstehe ich.« Matthew zückte ein Taschentuch und wischte sich die Spucke von der Wange. »Francesco hat mir erzählt, dass Madison von den Toten auferstanden ist und dir alles erklärt hat.«

Ich lachte bitter. »Dieses Labor, die vielen Sitzungen. Es gab nie Gegengifte, stimmt's?«

»Natürlich gab es die. Man braucht immer einen Funken Wahrheit in einer Lüge, um seine Verbrechen ungestört verüben zu können.« Er verstaute das Taschentuch in seiner Hosentasche und schlug die Beine übereinander. »Deine Eltern wussten, was passiert, als sie dich in die Welt gesetzt haben. Sie wussten, dass du genauso zur Organisation gehören wirst wie sie.«

»Sprich nicht von ihnen«, fauchte ich. »Du hast sie getötet!«

»Was blieb mir auch anderes übrig? Sie wollten aussteigen, uns den Rücken zukehren. Hätten sie sich nicht wiedersetzt, wären sie noch am Leben.« Matthew seufzte laut, als täte es ihm wirklich leid. Doch ich wusste, dass das alles eine Fassade war. Er war ein eiskalter Killer.

Ich sah ihn angewidert an. »Du bist krank!«

Er streckte seine Hand nach mir aus und strich mir eine Strähne hinters Ohr. Mir wurde übel. »Siehst du denn nicht, wie wichtig die Sache ist? Wie wichtig du bist? Das Gift deiner Familie wird schon seit Anbeginn für den Frieden unserer Clans verwendet. Ohne die gefürchtete Silberne Waage würden sie sich gegenseitig abschlachten und die Menschen angreifen. Sie unterjochen, versklaven und töten.«

»Das ist kein Frieden«, knurrte ich. »Bloß eine Lüge! Und wenn du glaubst, dass ich dir weiterhin mein Gift gebe, hast du dich getäuscht!«

Er zog seine Hand zurück und wirkte bekümmert. »Schade, ich hatte gehofft, du verstehst es. Dann müssen wir dich wohl dazu zwingen. Du lässt uns leider keine andere Wahl.«

»Mich zwingen? Wie wollt ihr das anstellen?«, fauchte ich und raschelte mit den Handschellen. »Wollt ihr mich für immer hier einsperren, bis ich klein beigebe?«

»Wenn es sein muss.« Er betrachtete mich traurig. Als wäre ich ein Spielzeug, das nicht mehr funktionierte. »Aber für die nächste Zeit benötigen wir dein Gift nicht. Unsere Vorräte sind noch ausreichend aufgefüllt. Du hast also genug Zeit, zur Besinnung zu kommen.«

»Darauf kannst du lange warten!«

Sein schmalen Lippen bildeten ein kleines Lächeln. »Das wird sich zeigen, meine Kleine. Wir sprechen uns in ein paar Tagen wieder. Mal sehen, wie deine Antwort dann lautet.« Er erhob sich von dem Stuhl und richtete seine lange Robe. »Jetzt werde ich dich leider verlassen müssen. Dein Freund wartet unten im Keller auf mich.«

War klar, dass sie Jaden gefangen hielten. Ich rüttelte an den Handschellen. »Ich schwöre, wenn du ihm ein Haar krümmst, dann –«

»Schon gut«, unterbrach er mich. »Ich werde ihn nicht töten. Noch nicht. Wir brauchen schließlich einen Schuldigen für die Morde.«

»Du willst ihn dafür verantwortlich machen?« Ich rang fassungslos nach Atem. »Das kannst du nicht machen.«

»Da liegst du falsch. Ich kann. Und ich werde.« Er sah auf seine Armbanduhr, die ich ihm letztes Jahr zu Weihnachten geschenkt hatte. Angeekelt verzog ich das Gesicht. »Aber vorher muss ich ein paar Probleme aus der Welt schaffen.«

»Halt, warte!«, rief ich verzweifelt, als er sich umdrehte und zur Tür ging. »Warte, du mieses Schwein!«

Die Tür fiel ins Schloss. Ich schrie ihm hinterher, schrie so lange, bis meine Stimme heiser wurde. Fluchte. Schimpfte. Flehte. Aber er kam nicht zurück.

Erschöpft lehnte ich mich gegen die kalte Wand. Matthew war völlig durchgeknallt! Ich musste hier irgendwie raus und ihn aufhalten, bevor es zu spät war.

Ich versuchte meine aufgewühlten Gedanken zu sortieren, die Panik herunterzuwürgen, die sich in mir ausbreitete wie Gift. Jadens Atemtechnik kam mir in den Sinn. Sofort wendete ich sie an, auch wenn ich mir Dank der Handschellen nicht auf die Schultern klopfen konnte, brachte es etwas. Meine hektische Atmung wurde langsamer, beruhigte sich allmählich.

Plötzlich öffnete sich die Tür. Ich machte mich darauf gefasst, dass Matthew zurückgekehrt war, doch stattdessen schob sich ein rosafarbener Haarschopf durch die Tür.

»O mein Gott, Niki«, flüsterte ich.

Im nächsten Moment war sie bei mir und nahm mich fest in ihre Arme. »Ein Glück, dir geht es gut!« Sie vergrub ihr Gesicht in meinen Haaren und schluchzte.

Tränen stiegen mir in die Augen. »Was machst du noch hier? Du solltest doch verschwinden!«

»Als ob ich dich alleinlassen würde!«, antwortete sie fast schon vorwurfsvoll und löste sich aus der Umarmung. Als sie die Handschellen sah, rümpfte sie ihre Stupsnase. »Man hat dich angekettet wie einen Hund?«

»Matthew hat noch ganz anderes mit mir vor«, flüsterte ich. »Er will mich dazu zwingen, für ihn zu arbeiten.«

»Wie Jesse Pinkman aus Breaking Bad?«

Als ich nickte, fluchte sie. »Scheiße.«

»Das kannst du laut sagen.« Ich sah zur Tür, dann wieder zu ihr. »Woher wusstest du, wo man mich gefangen hält?«

Sie setzte sich neben mich auf die Liege. »Nachdem die Schüsse ertönten und ich ... seine Stimme hörte, lief das Gespräch weiter.« Ihre Stimme versagte für einen Moment, während in ihrem Blick so viel Traurigkeit lag, dass mir augenblicklich schwer ums Herz wurde. Ihre große Liebe war nicht derjenige, für den er sich ausgegeben hatte. »Ich hörte, wie er jemandem befahl, euch aus Manhattan zum Magischen Gericht zu bringen«, erzählte sie weiter. »Ich habe mich in diesem Gebäude versteckt und auf euch gewartet.«

»Wie lange bin ich schon hier?«

»Drei Tage.«

Bei Hekate. So lange war ich weggetreten gewesen? »Hast du mit jemandem sprechen können?«

Sie schüttelte den Kopf. »Ich wusste nicht, wem ich noch vertrauen kann. Also bin ich untergetaucht und habe auf den passenden Moment gewartet, dir zu Hilfe zu eilen.«

Einen Moment kehrte Stille zwischen uns ein. »Es tut mir leid wegen –«

»Schon gut«, fiel sie mir ins Wort, als wollte sie seinen Namen nicht hören. Es nicht wahrhaben, dass er Matthews Handlanger war. »Wir sollten keine Zeit mehr verlieren und dich hier herausholen!« Sie zog an meinen Handschellen. Doch sie sprangen nicht auf. »Verdammte Dinger.«

Okay. Einen Plan. Wir brauchten einen Plan. Ich grübelte vor mich hin. »Am besten, du verwandelst deine Hände in Pranken und machst die Ketten kaputt.«

»Alles klar, das kriege ich hin, kein Problem.« Sie schloss die Augen und machte einen angestrengten Gesichtsausdruck. Ihre Brauen schoben sich energisch zusammen, während sie sich fest auf die Zähne biss.

»Und?«, fragte sie, ohne die Lider zu öffnen. »Hat es geklappt?«

Ich sah zu ihren Händen. »Irgendwie nein ...«

Sie öffnete die Augen. »Verdammt!«

»Versuch es noch einmal.«

Wieder strengte sie sich an, aber nicht ein Finger verwandelte sich. Lediglich ihre Ohren wurden zu denen einer Katze.

»Ich ... schaffe es nicht«, stotterte sie panisch. »Ich bin zu aufgeregt.«

»Okay, kein Problem«, versuchte ich sie und mich zu beruhigen. »Wir kriegen das schon irgendwie anders hin.«

»Kein Problem? Das ist ein Riesenproblem!« Sie fuchtelte wild mit ihrem Armen herum. »Wer weiß, wie viel Zeit uns noch bleibt. Hier wimmelt es von Matthews Anhängern und seine Leibwächter sind ebenfalls anwesend.«

Das klang verdammt mies. »Dann schau in den Schränken nach, ob du dort etwas Hilfreiches findest«, überlegte ich laut und fühlte mich wie Jack aus Titanic. »Vielleicht liegt dort etwas, mit dem du meine Ketten durchtrennen kannst!«

Niki brauchte einen Moment, bis meine Worte zu ihr durchsickerten. »Okay, Schubladen!« Sie rannte zu meinem Schreibtisch, wühlte in ihm herum, riss ein Fach nach dem anderen auf. Dann wendete sie sich dem Metallschrank zu. Die Reagenzgläser klirrten, als sie weitere Schubladen aufriss und durchging. Immer wieder hielt sie etwas in die Höhe, das ich mit einem »Nein« kommentierte.

»Da muss doch irgendetwas –« Sie verstummte mitten im Satz. Plötzlich zuckte ihr Katzenohr hin und her.

Ich wollte gerade fragen, was sie gehört hatte, als plötzlich die Tür aufflog und Francesco im Türrahmen stand.

»Hallo, Mädels.«

31. KAPITEL

Francesco grinste breit. »Ich wusste doch, das ich etwas gehört habe.«

»Erwischt«, sagte Niki mit gespielter Fröhlichkeit in ihrer Stimme. Aber ich konnte ihr ansehen, wie nervös sie war. Das entging auch ihm nicht, denn sein Grinsen wurde breiter.

»Liebling, du hättest doch Bescheid sagen können, dass du noch in der Stadt bist! Ich habe überall nach dir gesucht.«

»Es sollte eine Überraschung sein«, antwortete sie und ging um den Tisch herum, um sich vor mich zu stellen.

Sein Grinsen verschwand. »Ich freue mich wirklich dich zu sehen. Nach all den Jahren.« Ein trauriger Ausdruck lag auf seinen Zügen, als er sie betrachtete. Seufzend löste er sich vom Türrahmen und trat einen Schritt in den Raum hinein. »Doch ich frage mich, was du *hier* machst?«

Niki knetete nervös ihre Hände. »Emily besuchen?«

»Und ich dachte, du bist wegen mir hier.« Er schnaubte leise und machte einen weiteren Schritt auf uns zu.

Niki rührte sich nicht von der Stelle. »Komm nicht näher«, sagte sie schließlich. Ich konnte ihr ansehen, wie schwer ihr diese Worte fielen. Natürlich. Sie liebte ihn. Und wäre das alles nicht passiert, würde sie ihm jetzt weinend um den Hals fallen. Doch nun war alles anders.

Er blieb tatsächlich stehen. »Also hatte ich mit meiner Vermutung recht. Du weißt über alles Bescheid?«

»Was genau meinst du?«, fragte sie bissig. »Dass du für Matthew arbeitest, mich all die Jahre belogen hast und ein mieses Arschloch bist?«

Er sah sie traurig an. »Versteh doch, Matthew hat mich einen Monat lang im Keller dieses Gebäudes festgehalten und gequält.« Er strich über seine vernarbten Arme. »Er hat mich vor die Wahl gestellt. Entweder ich gehe nach Manhattan und werde Teil seiner Organisation oder er tötet mich.«

Ein kalter Schauer jagte mir über den Rücken. Matthew hatte ihn gefoltert, bis er eingeknickt war. Dasselbe hatte er wohl auch mit mir vor.

»Deswegen hat es so lang gedauert, bis eine Entscheidung gefallen ist.« Niki schluckte. »Ich hatte ja keine Ahnung.«

»Wie auch?« Francesco lächelte schwach. »Nicht einmal die Clanführer ahnen, was sich hier in Southampton oder in Manhattan abspielt. Sie befolgen brav die Regeln, ohne etwas zu hinterfragen und ihr Hirn einzuschalten.«

Plötzlich traf mich eine Erkenntnis. Meine Augenbrauen schossen in die Höhe. »Die Selbstmordserie in Manhattan –«

»Geht auf unsere Kappe«, beendete er meinen Satz. »Wir testen verschiedene Dosierungen und Kombinationen deines Giftes mit anderen Toxinen an den Häftlingen aus. Nach den Experimenten schaffen wir die Leichen fort.«

Angewidert verzog ich den Mund. Deshalb war mein Gift in Manhattan. »Und wieso hast du die Goldene Gouverneurin getötet? Ich habe ihre zerfetzte Leiche gesehen.«

»Weil sie gegen mich ermittelt hat. Nachdem ich auf euch geschossen hatte, war sie mir auf den Fersen. Sie ist mir bis zu meinem Versteck gefolgt. Ich musste sie umbringen.«

Moment, was? Geschockt starrte ich ihn an. »Also warst du der Schütze, der auf Iwan und mich geschossen hat?«

Er nickte. »Matthew hat mich beauftragt dir einen Streifschuss zu verpassen. Er brauchte einen Grund, dich nach Hause zu holen, ohne dass die anderen Clans Verdacht schöpfen. Aber du hast einfach abgelehnt.« Er legte seinen Kopf in den Nacken und lachte.

Meine Augen weiteten sich. Nun passte alles ins Bild. Matthew hatte es inszeniert. Ich erinnerte mich daran, wie wütend er am Telefon gewesen war, als ich Nein gesagt hatte.

Niki rang nach Atem. »Du hättest es nicht tun dürfen!«

»Was genau von meinen ganzen Taten, Liebling?«

»Einfach alles.«

Francesco sah sie verzweifelt an. »Verstehst du nicht, Matthew hat dich sogar bei sich aufgenommen. Er sagte, es liege allein in meiner Hand, wie er mit dir umgeht. Ich hatte keine andere Wahl.« Er sah zur offenen Tür. »Und jetzt musst du mit mir kommen.«

Sie schnaubte. »Damit Matthew mich umbringen kann? Nein danke!«

»Er weiß nicht, dass du eingeweiht bist. Er vermutet es zwar, weil du untergetaucht bist, aber ich habe ihm nichts gesagt.«

»Warum nicht?«

»Liegt das nicht auf der Hand? Du bedeutest mir alles.«

»Wenn das stimmt, dann lass Emily und mich gehen.«

Er verzog das Gesicht zu einer gequälten Fratze. »Das geht nicht. Für sie kommt jede Hilfe zu spät. Doch dich kann ich retten. Ich schleuse dich hier raus und wir beginnen ein neues Leben, weg von all dem Dreck. Das hast du dir doch immer gewünscht, weißt du nicht mehr?«

»Während Emily gefoltert und weggesperrt wird?«

»Was mit ihr passiert, entscheidet Matthew. Aber ja, darauf wird es wohl hinauslaufen.« Er deutete mit einem knappen Nicken auf mich. »Uns läuft die Zeit davon. Du musst dich entscheiden. Sie oder ich.«

Einen Moment wurde es still. Nur das Kratzen meiner Kette war zu hören. Er stellte sie vor die Wahl. Und ich sah, wie sie zitterte.

»Geh mit ihm«, sagte ich leise. »Es ist das Beste.«

Niki drehte sich langsam zu mir um. »Was?«

Ich lächelte sie sanft an. »Geh einfach. Na los!«

Francesco nickte zustimmend. »Hör auf deine Freundin.«

Ihre Unterlippe zitterte. Langsam drehte sie sich zu ihm um. Es dauerte einen Moment, bis sie die richtigen Worte fand. »Ich liebe dich. Das habe ich von der ersten Sekunde an, als wir uns trafen«, flüsterte sie mit bebender Stimme. »Aber Emily liebe ich wie meine Schwester. Ich werde nicht gehen.«

Nein ... Sprachlos sah ich sie an, während mir erneut Tränen in die Augen stiegen. Sie war dumm. So verdammt dumm.

Francesco knurrte. »So machst du also mit mir Schluss? Nach allem, was wir zusammen durchgestanden haben? All den Jahren des Versteckspiels und der heimlichen Briefe?« Sein Knurren ging in ein bitteres Lachen über. »Und was hast du jetzt vor? Du kannst dich doch gar nicht richtig verwandeln. Gegen mich hast du keine Chance.«

»Ich habe mich entschieden, Francesco. Ich bleibe hier.«

Er schloss die Augen und rammte seine Faust wütend gegen die Wand. »Dann hast du dich für den Tod entschieden.«

In der nächsten Sekunde verwandelte er sich in einen Werwolf mit spitzen Zähnen und scharfen Krallen. Parallel verformten sich Nikis Beine, wurden schmaler und länger. Sie kickte die Schuhe beiseite, die ihr zu groß geworden waren. In ihrem Gesicht bildeten sich schwarze Linien.

Panisch zerrte ich an den Handschellen. Was sollte ich tun? Ich konnte gefesselt überhaupt nichts ausrichten! Und nach Hilfe schreien würde keinen Sinn ergeben, denn die, die hereilen würden, wären auf Francescos Seite.

»Deine Gepardengestalt?«, sagte Francesco überrascht. »Nicht schlecht, aber dennoch nutzlos, wenn du nicht vollständig verwandelt bist.«

Er kam langsam auf sie zu. Jeder Schritt war präzise und durchdacht. Ein Raubtier, das zum Angriff bereit war.

Panisch verfolgte ich ihren tödlichen Tanz. »Lass sie in Ruhe«, flehte ich ihn an. »Du liebst sie doch.«

Er ignorierte mich, sprang über den Tisch und holte aus. Niki duckte sich unter dem Schlag hindurch. Auch die nächsten Schläge gingen ins Leere. Mein Herz raste, während sie weiteren Hieben auswich, indem sie einen Schritt zur Seite machte oder sich wegdrehte. Schließlich verpasste sie ihm einen Tritt und schaffte es mehrere Meter weit, bevor er sie an den rosafarbenen Haaren packte. Er warf sie über den Schreibtisch. Papier wirbelte durch die Luft, verteilte sich auf dem Boden. Keuchend kam sie auf die Beine.

»Niki«, schrie ich, doch sie hob eine Hand.

»Mir geht es gut.«

»Noch«, erwiderte Francesco knurrend. Wieder näherte er sich ihr. Sie ging einen Schritt zurück. Er einen auf sie zu. Er drängte sie in die Ecke.

Nein. Nein. Nein. Ich musste etwas tun! Musste ihr helfen!

Panisch sah ich mich um. Ich entdeckte ein Reagenzglas auf der Ablage neben mir. Sofort versuchte ich danach zu greifen, aber die Handschellen verhinderten es. Ich rüttelte noch mal heftig daran, doch sie gaben keinen Zentimeter nach. Verflucht! Ich sah wieder zu Niki. Sie stieß jetzt mit ihrem Rücken gegen die Wand. Seine Krallen schlitzten neben ihr die Tapete auf. Sofort folgte ein weiterer Hieb seiner Klauen und dieses Mal kriegte er sie zu fassen. Er verletzte sie am Arm. Blut spritzte aus der langen Wunde. Niki schrie vor Schmerzen auf. Großer Gott.

Hektisch stülpte ich meinen Sneaker von meinem Fuß und balancierte ihn auf meinen Zehen. Dann winkelte ich mein Bein an und kickte ihn auf Francesco. Er zuckte zusammen, als ich ihn am Rücken traf.

»Du«, knurrte er und drehte sich nach mir um. Das kurze Ablenkungsmanöver reichte aus, damit Niki sich aus der Ecke befreien konnte, in die er sie gedrängt hatte. Schwer atmend rannte sie zu mir und stellte sich schützend vor mich.

Mit drei Schritten war er bei ihr und packte sie am Hals. Sie keuchte und schlug um sich, als er ihr die Luft abdrückte. Doch er ließ nicht locker. Sein Griff verstärkte sich um ihre Kehle.

»Lass sie los!«, flehte ich unter Tränen. Aber in seinen Augen loderte die Mordlust. Er würde sie umbringen. Nikis Widerstand wurde weniger. Ihr Röcheln leiser. »Niki! Nein!«

Plötzlich hallte ein Fauchen durch das Labor. Im nächsten Moment wurde Francesco nach hinten geschleudert.

Niki fiel zu Boden und rang nach Atem. Sie lebte. Gott sei Dank! Als ich aufsah, stand ein riesiger weißer Tiger über Francesco. Er drückte ihn mit einer Pfote zu Boden. »Ergib dich oder du musst sterben«, stellte er ihn vor die Wahl.

Als Antwort knurrte Francesco ihn an und versuchte nach seiner Kehle zu schnappen, aber der Tiger war schneller. Er zerfetzte Francescos Luftröhre mit nur einem Biss.

Francesco verwandelte sich augenblicklich zurück. Blut quoll aus seiner offenen Wunde am Hals. Er war ... tot.

Der Tiger sah noch einen Moment Francescos Leichnam an, bevor er über ihn stieg und sich Niki und mir näherte. Sein weißes Fell war mit Blut besudelt.

»Kaito«, hustete Niki und rieb sich den Hals. Auf ihrer Haut waren rote Würgemale. »Du hast mich gerettet.«

»Kaito?«, sagte ich überrascht. »Ich ... ich wusste gar nicht, dass du dich in einen Tiger verwandeln kannst.«

Er schüttelte seinen kräftigen Körper. »Zu bestimmten Zeiten kann eine Katze zum Tiger werden.«

»Du und deine Sprichwörter«, flüsterte Niki und hievte sich auf die Beine. »Das wird sich wohl niemals ändern, was?« Stille kehrte ein, während die beiden sich einfach nur ansahen. Sie hatten sich jahrelang nicht gesehen. Deswegen tat es mir umso mehr leid, dass ich sie in solch einem Moment unterbrechen musste. »Ich möchte eure kleine Familienzusammenkunft nur ungern stören, aber gerade ist echt kein passender Zeitpunkt dafür.«

Die beiden lösten ihre Blicke voneinander. Kaito riss mit seiner Kralle den Schlüsselbund von Francescos Hose und schob ihn über den Boden zu Niki herüber. Mit zitternden Fingern probierte sie mehrere Schlüssel aus, bis einer endlich einrastete.

Ich sprang von der Liege und rieb mir die schmerzenden Handgelenke. Die Handschellen hatten meine Haut wund gescheuert und dunkle Striemen hinterlassen.

Niki drehte sich um und ging auf Francescos Leichnam zu. Mir brach es fast das Herz, als sie sich zu ihm beugte und ihm einen Kuss auf die Stirn hauchte. »Ich verzeihe dir.«

32. KAPITEL

Kaitos Tigeraugen weiteten sich, als Niki und ich ihm die nächsten fünf Minuten alles erzählten, was geschehen war. Über den Silbernen Clan, Madison und mein Gift.

»Heilige Hekate«, fluchte er.

»Das kannst du laut sagen, Bruderherz.« Niki verzog den Mund, als ich Alkohol über ihre Wunde kippte, um sie zu desinfizieren. Wir hatten uns im gegenüberliegenden Aktenzimmer verschanzt. Kaito war noch immer in seiner Tigergestalt und lauschte, ob sich Wachen näherten. Bislang war niemand zu uns gestoßen, aber das konnte sich jederzeit ändern. Spätestens wenn man nach mir sah oder Francesco vermisste.

»Wie hast du uns überhaupt gefunden?«, fragte Niki ihren Bruder mit angestrengtem Atem.

»Ich bin deiner Spur gefolgt«, gab er zu und ließ dabei seine riesigen Zähne aufblitzen. »Als wir hörten, dass der Täter geschnappt und der Fall aufgeklärt worden sei, wurden wir alle zurück in die Hamptons beordert. Von Emily und Jaden fehlte jede Spur. Man sagte uns, dass sie bereits früher abgereist seien. Das hat mich misstrauisch gemacht.

Als ich mich zu eurem Haus begeben habe, wart ihr beide nicht dort. Deshalb habe ich mich auf die Suche gemacht.«

»Du bist ein Genie«, sagte ich und legte einen Verband um Nikis Verletzung. »Ohne dich wäre Niki jetzt ...« Ich sprach den Satz nicht zu Ende. Meine Finger krampften sich um den Stoff. Francesco hätte sie umgebracht. Er hatte sie geliebt und hätte es trotzdem getan, wäre Kaito nicht eingeschritten.

Kaito versteifte sich. Mit traurigen Augen sah er seine Schwester an. »Tut mir leid, dass ich ihn töten musste.«

»Schon okay«, antwortete sie leise, streckte ihren gesunden Arm nach ihm aus und berührte sanft seine Schnauze. »Du hast ihm die Wahl gelassen und er hat sich entschieden.«

Mein Herz wurde schwer. Ich wusste, wie sehr sein Tod sie mitnahm. Sie würde noch eine lange Zeit mit dieser Wunde leben. Vielleicht für immer.

Doch im Moment schluckte sie ihre Trauer herunter, gab ihr keinen Raum. »Was machen wir jetzt?«, wollte sie wissen.

»Wir sollten verschwinden, bevor uns die Wachen entdecken«, antwortete Kaito. »Ich bin durch ein offenes Fenster in das Gebäude gelangt. Wir könnten von dort aus verschwinden.«

»Das Gebäude wurde nicht zusätzlich mit Magie gesichert?« Ich blinzelte überrascht. Ich hatte angenommen, Matthew hätte einen Schutzzauber um das Gericht ziehen lassen.

Er schüttelte den Kopf. Dabei bewegte sich sein weißes Fell. »Es ist schutzlos. Abgesehen von den Wachen, die sich vor und in dem Gebäude aufhalten. Also lasst uns aufbrechen.«

»Nein!« Ich schüttelte heftig den Kopf. »Ich werde nicht ohne Jaden gehen. Er wird im Keller festgehalten.« Ich sah die beiden an. »Aber verschwindet ihr bitte von hier. Schleicht euch raus, solange ihr die Chance dazu habt.«

»Bist du übergeschnappt?« Niki sah mich mit großen Augen an. »Sie werden dich finden!«

»Aber sie werden mich nicht töten«, entgegnete ich. »Selbst wenn sie mich entdecken. Sie brauchen mich lebendig.«

Niki sah nicht überzeugt aus. »Sie werden dich aber sofort wieder wegsperren. Abgesehen davon wirst du es niemals in den Keller schaffen. Überall wimmelt es von Wachen. Ich höre ihre Schritte in der unteren Etage. Es sind mindestens fünfzehn. Wenn nicht mehr.«

»Ich schaffe das schon irgendwie. Ich muss!«

Sie schnaubte, doch dann flackerte ein Feuer in ihren Augen auf. »Lass Kaito und mich dein Ablenkungsmanöver sein.«

»Bist du völlig verrückt geworden?«, fragte ich fassungslos.

Sie lächelte. »Wir werden ein bisschen für Chaos sorgen, während du Jaden befreist.« Sie sah zu ihrem Bruder. »Kannst du deine Tigerform noch etwas aufrechterhalten?«

»Ein paar Minuten vielleicht, aber keine volle Stunde.«

»Reicht dir das?«, fragte sie mich.

»Ihr würdet das wirklich für mich tun?«

»Natürlich.« Sie stieg auf Kaitos Rücken und hielt sich an seinem Fell fest. »Für dich würde ich alles tun.«

Tränen stiegen mir in die Augen. »Ich trete eurem Vater in den Arsch, dass er dich verbannt hat. Du bist das mutigste Mädchen, das ich kenne.«

Sie grinste. »Ich nehme dich beim Wort. Wehe, du machst einen Rückzieher.«

Ich drückte ihre Hand und sah dann zu Kaito. »Und für dich ist es auch in Ordnung?«

Kaito lächelte. »Wenn der Baum den Wald verlässt und allein steht, ist er dem Wind stärker ausgesetzt. Wir helfen dir.«

»Du und deine Sprichwörter«, sagte ich und sah die beiden dankbar an. »Ich danke euch.«

Niki streichelte Kaitos Fell. »Na dann, lasst die Party beginnen. Wir treffen uns am Ausgang. Beeil dich!«

Das war Kaitos Stichwort. Mit einem Tempo, das meine Haare aufwirbeln ließ, setzte er sich in Bewegung. Er rannte aus der Tür den dunklen Gang entlang. Dann ertönten Schreie.

»Ein Gestaltwandler«, brüllte jemand. »Fangt ihn!«

Mit Francescos Schlüsselbund rannte ich den Gang entlang. An der Ecke blieb ich stehen und lugte nach unten. Tatsächlich war das Untergeschoss mit mehreren Wachen besetzt. Kaito rannte wie ein Irrer umher und verschwand im großen Saal. Die Wachen lösten sich von ihren Posten und liefen ihm hinterher. Das war meine Chance! Ich eilte die Stufen hinunter in das Erdgeschoss und schließlich in den Keller.

Das Kellergewölbe war genauso gruselig, wie ich es in Erinnerung hatte – kahle Steinwände, flackernde Lichter und Möbel, die aus einem anderen Jahrhundert hätten stammen können.

Ich schluckte meine Angst herunter und rannte den Keller entlang, bog dreimal links und zweimal rechts ab, kam an unzähligen Türen vorbei, hinter dem sich weiß Gott was verbarg. Zum Glück kannte ich das unterirdische Gewölbe noch von meiner Anhörung und wusste, wo Gefangene untergebracht wurden. Ansonsten hätte ich mich bereits zehnmal verlaufen.

Mir begegneten keine Wachen. Anscheinend hatte man genügend Abstand zwischen Jaden und andere Magier bringen wollen, damit er sie nicht in eine Illusion ziehen konnte. Trotzdem kam es mir seltsam vor. Fast wie eine stille Einladung.

Ich ignorierte das ungute Gefühl und rannte weiter. Mir blieb nicht viel Zeit, bis Kaito sich zurückverwandeln würde. Als ich im hinteren Teil des Gewölbes ankam, sah ich in die Zellen hinein, die zum Teil in Dunkelheit gehüllt waren. Deckenhohe Gitterstäbe trennten die einzelnen Abteile voneinander.

»Jaden, wo bist du?«, flüsterte ich leise. Die Beleuchtung war so schwach, dass ich kaum etwas erkennen konnte. Doch in den Zellen bewegte sich nichts. Sie waren leer.

Mein Bauch zog sich vor Panik fest zusammen und ich lehnte mich gegen eine Zelle, bevor meine Beine unter mir nachgeben konnten. Matthew musste gelogen haben. Er hatte Jaden niemals in den Keller gebracht. Oder ihn bereits wegbringen lassen. Nur wohin? Hinter einen der vielen Türen? Oder war er gar nicht mehr in diesem Gebäude? Oder hatte er ihn –

Einen weiteren Gedanken konnte ich nicht fassen, denn plötzlich zog mich etwas gegen die Gitterstäbe. Ich keuchte, als sich kräftige Finger um meinen Hals legten und mir die Luft zum Atmen nahmen. Ich erkannte die tätowierten Hände.

»Ich bin es, Emily«, keuchte ich und versuchte mich von Jadens Griff zu befreien. Er ließ nicht locker.

Ich verzog mein Gesicht, presste meine Finger unter seine. Mit den letzten Worten, die ich über die Lippen bringen konnte, stöhnte ich: »Jaden ... hör auf ... bitte.«

»Poison?« Es klang, als hätte er mich jetzt erst erkannt. Der Druck um meine Kehle verschwand. Erleichternd rang ich nach Atem.

»Verdammt, Poison.« Das Sprechen fiel ihm schwer. Und als ich mich umdrehte, wusste ich auch wieso. Jaden war übel zugerichtet worden. Sein linkes Auge war geschwollen, seine Lippe aufgeplatzt und das T-Shirt hing in Fetzen an ihm herab. Blutergüsse in allen Stadien färbten seine Haut.

»Was haben sie dir angetan?«, hauchte ich entsetzt. Es waren bloß drei Tage vergangen, doch Jaden sah aus, als hätte man ihn wochenlang misshandelt.

»Matthew und seine Helferlein haben mich hier eingesperrt.« Er setzte sich auf den Steinboden, weil ihm das Stehen schwerfiel. »Sie wollten ein paar Informationen von mir haben. Wo sich meine Schwester aufhält. Wer alles über sie Bescheid weiß. Als ich ihnen nichts sagte, wurden sie etwas böse.« Er lächelte, was ihm sichtlich wehtat.

»Etwas böse? Dass du noch scherzen kannst«, sagte ich kopfschüttelnd und seufzte erleichtert. Ich war so froh, dass ich ihn gefunden hatte. Dass er noch am Leben war. Jetzt musste ich ihn nur hier rauskriegen!

Hastig holte ich Francescos Schlüsselbund hervor und probierte hektisch ein paar der Schlüssel aus. Jaden lehnte währenddessen an der Zellenwand und schloss die Augen. Er brauchte dringend ärztliche Behandlung.

Der erste Schlüssel passte nicht. Auch der zweite wollte nicht ins Schloss gleiten. Meine Finger zitterten so stark, dass mir der Schlüsselbund aus der Hand fiel. Als ich ihn aufheben wollte, erstarrte ich mitten in der Bewegung. Chung lächelte mich an. Bevor ich reagieren konnte, packte er meine Arme und fixierte mich.

»Lass mich sofort los!«, schimpfte ich und verpasste ihm einen Tritt in sein Schienbein. Chung lachte bloß.

»Emily. Dich habe ich hier unten nicht erwartet«, hallte Matthews Stimme durch das Kellergeschoss. Er stand an der Tür und kam langsam auf mich zu. »Eigentlich habe ich mit seiner Schwester gerechnet. Aber wie es aussieht, hast du dich von deinen Handschellen befreit.«

Deshalb waren keine Wachen hier unten. Und kein Schutzschild um das Gebäude gelegt worden. Es war eine Falle. Für Madison.

»Jaden, sperr sie in eine Illusion! Na los!«, rief ich ihm zu, doch er antwortete nicht.

Matthew seufzte laut. »Dein Freund kann dich gerade nicht hören. Er hat wohl das Bewusstsein verloren.«

Mein Blick schoss zu Jaden, der tatsächlich reglos am Boden lag. Chung verstärkte seinen Griff, als ich mich erneut befreien wollte.

»Du Monster!«, schrie ich. »Ihr habt ihn gefoltert!«

»Uns blieb nichts anderes übrig. Er war zu unkooperativ«, antwortete Matthew sachlich. Er trat an die Zelle heran und schloss sie auf. »Er wollte uns einfach nichts verraten.«

Chung brummte neben mir. »Er schwieg. Selbst als ich ihn mit meinen Fäusten bearbeitete. Er schrie nicht einmal.«

Ein wütendes Knurren drang aus meiner Kehle. Er lachte nur.

»Bringt die beiden in den Saal«, befahl Matthew und machte zwei weiteren Magiern Platz, die Jaden an seinen Armen packten und auf die Beine stellten. Er war immer noch weggetreten. Verflucht!

»Nein«, schrie ich, strampelte und wehrte mich.

»Sei lieber kooperativer«, sagte Matthew, packte mein Gesicht und zwang mich ihn anzusehen. »Schließlich wartet Niki im Saal auf dich. Und du möchtest doch nicht, dass ihr etwas passiert?«

Mir entglitten alle Gesichtszüge. Nein. Sie hatten es nicht geschafft? »Du würdest ihr nichts tun«, stammelte ich.

»Finde es lieber nicht heraus.« Matthew sah mich mit festem Blick an, bis ich meinen Widerstand verzweifelt aufgab.

»Gut so.« Er drehte sich um und ging voraus. Chung schleifte mich hinter ihm her, genau wie die anderen Magier Jaden trugen. Sie hatten Mühe, ihn die Treppe hinaufzubekommen.

Als wir im Großen Saal ankamen, riss ich schockiert meine Augen auf. Kaito verteidigte seine Schwester. Fauchend stand er vor ihr, beschützte sie mit seinem Körper, während Legolas und weitere Männer mit Schusswaffen auf ihn zielten. Gott, sie würden ihn erschießen! An seinem Maul klebte frisches Blut. Dann fiel ein Schuss und traf ihn an der Schulter. Er keuchte, hielt sich aber noch auf den Beinen.

»Aufhören!«, flehte ich Matthew an, als Legolas einen weiteren Schuss abfeuerte. Kaito verwandelte sich fauchend zurück. Niki fing ihn auf, bevor er zu Boden fallen konnte.

Sofort waren die Wachen bei ihnen und fesselten sie.

»Es tut mir leid«, rief Niki mir zu, bevor Legolas ihren Mund knebelte und sie auf die Knie zerrte.

»Was hast du mit ihnen vor?«, keifte ich Matthew an.

»Ich bin mir noch nicht sicher. Aber wahrscheinlich müssen sie sterben. Schließlich kennen sie unser Geheimnis.«

Großer Gott. »Das kannst du nicht machen!«

»Und ob ich das kann.« Er machte eine ausschweifende Geste. »Sieh dich um, ich habe noch weitaus Schlimmeres getan.«

Ich folgte seiner Anweisung. Schockiert sah ich auf das Massaker, das sich zu unserer Rechten befand und zuvor von seinen Leuten verdeckt gewesen war. Mehrere Magier lagen reglos auf der Erde. Ihr Blut tränkte den Boden, tauchte ihn in schimmerndes Rot. Eine Frau stach aus ihnen hervor. Eine Frau, die aussah wie Kleopatra. Ihre Haare verdeckten ihr Gesicht, doch ich ahnte, wer sie war.

Bei Hekate. »Ist das …?«

»Die Goldene Königin«, bestätigte Matthew meine Vermutung mit sachlichem Tonfall. »Und ein paar ihrer treuen Anhänger, die sie heute hierherbegleitet haben.«

Chung kicherte. »Legolas und ich haben uns richtig ausgepowert«, gab er zu. Angewidert verzog ich das Gesicht. War klar, dass das ihr Werk war. Doch wieso?

»Ich dachte, ihr seid Partner«, hauchte ich schockiert.

»Das waren wir auch. Aber sie war mir schon lange ein Dorn im Auge. Und dann ist sie mir in den Rücken gefallen und hat dich nach Manhattan geschickt.« Er schüttelte den Kopf, als wäre das ein Vergehen, für das sie mit ihrem Leben bezahlt hatte. »Und jetzt, wo ich einen Schuldigen habe, kann ich sogar ihren Mord vertuschen. Denn jemand, der es über Monate schafft, in Manhattan zu morden, schafft es auch mühelos, die Königin zu töten.« Er stieß mit seinem Fuß gegen Jadens Bein, der bewusstlos auf dem Boden lag.

»Siehst du, es ist alles perfekt geplant. In zwei Stunden werden wir seinen Ausbruch melden und auch, dass wir ihn bereits zur Strecke bringen konnten, nachdem er die Königin ermordet hatte.«

Heilige Scheiße. Das durfte ich nicht zulassen! In meinem Kopf suchte ich hektisch nach Lösungen. Ich ging so viele Szenarien durch, wie ich in den wenigen Augenblicken erdenken konnte. Dann verpasste ich Chung entschlossen eine Kopfnuss und befreite mich aus seinem Griff, wie er es mir damals beigebracht hatte. Dabei zog ich das Messer aus seiner Hosentasche und ging mehrere Schritte zurück. Als ich sah, was es für eine Klinge war, schnaubte ich.

»Erkennst du das Messer wieder?«, fragte Chung, der meinen Blick richtig deutete. Als Antwort knurrte ich.

Matthew legte den Kopf schräg. »Was hast du damit vor, Kleines? Willst du mich erstechen?« Er beugte sich lächelnd zu Jaden und zerrte an seinen Haaren. »Nähere dich mir und dein Freund ist tot. Genauso wie Niki und ihr Bruder, der sowieso gleich verbluten dürfte.«

Eigentlich hätte mich jetzt Angst durchfluten müssen, aber seltsamerweise war ich vollkommen gefasst. »Das Messer ist nicht für dich«, sagte ich so kalt und leer, wie ich mich fühlte. »Das Messer ist für mich. Du sagst selbst, dass ihr nur durch mein Gift so weit gekommen seid. Durch das Gift meiner Familie. Meiner Vorfahren.« Ich führte das Messer an meine Kehle. »Meine Familie ist tot. Ich bin die Letzte. Mit mir wird alles enden.«

»Was redest du für einen Quatsch?«, erwiderte Jaden mit schmerzverzerrter Stimme. Er war wieder zu Bewusstsein gekommen. Die Wachen um ihn herum reagierten sofort und fixierten ihn. »Leg das Messer weg, Poison.«

»Hör auf ihn«, sagte Matthew aufgebracht. »Leg das Messer weg und komm zu mir.« Der Wahnsinn sprach aus seinen Augen.

»Das werde ich«, erwiderte ich. »Sobald du sie alle gehen gelassen hast. Das ist meine Bedingung.«

»Das ist unmöglich.« Sein Blick wurde panisch, als ich die Klinge fester gegen meine Kehle drückte. Ich musste Druck auf ihn ausüben, ihm zeigen, wie ernst ich es meinte.

»Hör auf, Poison«, sagte Jaden. »Leg ... das Messer weg.«

»An deiner Stelle würde ich auf meinen Bruder hören.« Eine weibliche Stimme hallte durch den Saal. Alle Blicke schossen zu Madison, die wie eine Königin auf uns zuschritt. Ihr Lederanzug glänzte im Licht der Kronleuchter, als sie auf der gegenüberliegenden Seite von mir stehen blieb.

Matthew drehte sich zu ihr um. »Da bist du ja endlich. Ich hatte mich schon gefragt, wann du auftauchen würdest. Du hast uns monatelang ziemlich an der Nase herumgeführt.«

Sie lächelte herablassend und betrachtete ihre Klinge. »Ich habe mein Bestes gegeben. Und jetzt bin ich hier, um das größte Arschloch zu beseitigen.« Sie rümpfte ihre Nase, als ihr Blick von ihrer Klinge zu den Leichen glitt. »Die Königin hast du ja bereits für mich umgebracht.«

Die Männer erwachten aus ihrer Starre und zielten auf Madison. Doch Matthew hob eine Hand und gab ihnen damit zu verstehen, das Feuer noch nicht zu eröffnen.

Er sah zu Madisons Klinge. »Du willst dich also allein gegen mich stellen? Nur mit einem Karambit bewaffnet?«

»Ich glaube, da liegt ein Missverständnis vor.« Madison lächelte zuckersüß. »Ich bin nicht allein. Ich habe ein paar Freunde mitgebracht.«

Plötzlich stürmten Amber, Jamaal und Iwan durch die Tür. Riesiger Tumult brach aus, als sie ihre Magien entfesselten. Iwan befahl einer Wache nach der anderen sich gegenseitig anzugreifen. Sie richteten ihre Waffen aufeinander. Dann fielen Schüsse. Jamaal lieferte sich derweil Faustkämpfe.

Ich nutze die Chance und rannte zu Jaden, doch Matthew war schneller. Er packte ihn an den Haaren. Eine Spritze lag in seiner Hand. Eine Spritze mit meinem Gift.

»Nein«, schrien Madison und ich gleichzeitig. Sie war vor mir bei Matthew, doch ehe sie ihn überwältigen konnte, wurde sie von Chung abgefangen, der sie herumwirbelte und ihren Rücken aufschlitzte. Sie fiel zu Boden.

»Hiermit verurteile ich dich zum Tode«, sagte Matthew und setzte die Spritze an seinen Hals. »Verrecke an der Überdosis!« Im nächsten Moment rammte er ihm die Kanüle in die Haut. Im gleichen Moment erreichte ich

Matthew und warf mich mit gezückter Klinge auf ihn. Ein erstickter Laut war zu hören, als ich ihm das Kirschblüten-Messer in sein Herz rammte. Das Messer, mit dem er meine Mutter ermordet hatte.

Eine Träne rollte mir über die Wange, während er seinen letzten Atemzug tat und zu Boden sank.

Schachmatt.

33. KAPITEL

Perplex starrte ich auf Matthews Leichnam, der vor meinen Füßen lag. Ich blickte auf meine Hände, die heftig zitterten. Ich hatte jemanden umgebracht. Ich hatte ...

Ein Keuchen brachte mich aus dem Sog der Gedanken. Mein Kopf schoss zur Seite. O mein Gott, Jaden!

Ich sank neben ihm auf die Knie. Sein Gesicht war schmerzverzerrt, seine Atmung flach. Nein, nein, nein! Panisch sah ich auf die Stelle, die Matthew vergiftet hatte. Die Haut war geschwollen und dunkle Adern hatten sich um die Einstichstelle gebildet.

Er würde ... sterben. Die Erkenntnis schnürte mir die Kehle zu. Meine Gedanken überschlugen sich. Die einzige Chance war es, ihm das Gift zu entziehen. Aber ich hatte so etwas noch nie gemacht. Ein kleiner Fehler und ich würde ihm versehentlich noch mehr Gift injizieren.

Mein Herz schlug so schnell, dass ich kaum noch atmen konnte. Kaum noch denken. Nur am Rande bekam ich mit, wie weiter im Saal gekämpft wurde. Wie Jamaal sich auf Legolas warf, der Amber angreifen wollte. Wie Iwan Chung befahl sich die Kehle durchzuschneiden. Und er willenlos gehorchte.

Madison schleifte sich zu uns. Ihre Wunde blutete unaufhörlich. Entsetzt starrte sie ihren Bruder an, der jetzt heftig zitterte. »Du musst das Gift aus seinem Körper ziehen«, befahl sie mir unter Tränen. »Mach das gut, was du bei mir versäumt hast. Rette ihn! Na los!«

Augenblicklich überkam mich eine Panikattacke. Mein Puls raste, während ich wie eine Ertrinkende nach Luft schnappte. Ich ... ich konnte das nicht tun. Ich war nicht so weit. Ich würde ihn nur noch mehr verletzen. Ich –

Ein Schlag traf mich auf die Wange, durchbrach die Angst, die von mir

Besitz ergriffen hatte. Madisons Brustkorb hob und senkte sich schnell. Ihre Hand schwebte vor mir.

»Reiß dich zusammen!«, befahl sie keuchend. Als ich nicht reagierte, holte sie aus und schlug mir erneut auf die Wange. »Willst du, dass er stirbt? Denn das tut er, wenn du dich nicht sofort zusammenreißt! Er stirbt!«

Ihre Worte waren wie ein Weckruf. Iwan nahm sie in die Arme.

»Lass mich runter«, schrie sie, doch er hielt sie fest.

»Du musst dich heilen lassen, sofort«, sagte er mit einem Tonfall, der keine Widerrede erlaubte. »Emily schafft das schon!« Er sah über seine Schulter zu mir. »Ich gebe Jamaal Bescheid. Er wird für Rückendeckung sorgen!«

Dann verschwand er durch das Getümmel zu Amber. Wenige Sekunden später war Jamaal bei uns. In der Hand hielt er Samen, die er zu einem Kreis um Jaden und mich zog.

»Ich weiß, dass du es schaffst«, sagte er. Die Samen vibrierten unter dem Klang seiner Stimme. »Vertrau auf deine Kraft. Vertrau auf deine Magie. Wir übernehmen den Rest.«

Mit jedem Wort wuchs das Gestrüpp um Jaden und mich dichter zusammen, bis uns eine Dornenhecke umhüllte und vor der Außenwelt abschirmte. Die Dornen berührten uns nicht, hatten sich zu einer schützenden Kuppel geschlossen. Und plötzlich war ich ohne Angst. Ich wusste, was ich zu tun hatte.

Wie von selbst zog ich die Handschuhe aus, schob meine Finger unter Jadens T-Shirt direkt auf sein Herz. Es schlug schwach. Aber es schlug. Ich holte tief Luft. Und dann bohrte ich meine Fingernägel in seine Haut. Das Gift, das in ihm war, vibrierte unter meiner Berührung. Ich konnte meine Magie spüren, sie kräuselte und bewegte sich.

Ich atmete tief ein. Und aus. Meine Magie fand ihren Weg zu mir zurück. Wie ein Magnet zog ich sie aus seinem Körper.

Jaden verkrampfte sich, bog seinen Rücken durch, drehte seinen Kopf hin und her. Er schrie, keuchte, fluchte, während ich ihn unerbittlich von dem Gift befreite.

Als er sich heftiger bewegte, warf ich mich rittlings auf ihn und drückte ihn mit aller Kraft zu Boden.

Sekunden verstrichen. Langsam wurde sein Widerstand weniger und seine Atmung beruhigte sich allmählich. Das Gift floss nicht länger durch seinen Körper, aber Jaden rührte sich jetzt nicht mehr. Mein Herz blieb stehen. Dann riss er seine Augen auf und starrte mich an.

»Verdammt«, fluchte er hustend.

»Jaden!« Ich beugte mich vor und presste meine Stirn an seine. Tränen liefen mir die Wangen herunter, bedeckten sein Gesicht. »Du lebst! Verdammt, du lebst!«

»Dank dir. Du hast mich gerettet!« Er drückte seine Lippen auf meine, bevor er sich keuchend von mir löste. »Eigentlich würde ich mich ja freuen, dass du auf mir liegst, aber gerade ...«

»O Gott, natürlich.« Sofort stieg ich von ihm herunter. Jaden hatte überall Verletzungen, die ihm Matthew und seine Leute zugefügt hatten. Er war verdammt mitgenommen.

»Hast du deine Magie wieder?«, wollte ich wissen und half ihm sich aufzusetzen. Als Antwort warf er mich in eine fünf-Sekunden-Illusion. Erleichtert atmete ich auf. Ich hatte es tatsächlich geschafft. Und es hatte funktioniert. Das freudige Gefühl verschwand, als ich hinter unserer Dornenhecke Schüsse hörte. Jemand schrie. Noch ein Schrei. Dann wurde es still.

»Wir müssen den anderen helfen«, sagte Jaden angestrengt.

Wie aufs Stichwort erfüllte ein lieblicher Gesang den Saal. Die Dornenhecke löste sich auf, schrumpfte und verwandelte sich zurück in winzige Samen. Noch bevor Jaden aufstehen konnte, fiel ihm Madison um den Hals, presste ihn an sich. Amber hatte ihre Verletzung heilen können.

»Nicht so stürmisch«, sagte er mit zugekniffenem Auge, erwiderte aber ihre Umarmung. Ich war froh, dass er sie nicht abwies. Auch wenn sie schlimme Dinge getan hatte, war sie dennoch seine Schwester. Und er liebte sie.

Madison löste sich erst nach etlichen Sekunden von ihm. »Ich hatte eine Scheißangst, dass sie es nicht packt.«

»Ich kann dich hören«, sagte ich augenrollend, was ihr ein Lächeln entlockte. Ich war dankbar, dass sie mir geholfen hatte aus meiner Panikattacke zu kommen. Auch wenn ihre Methode nicht gerade zimperlich gewesen war, hatte sie funktioniert.

Gemeinsam stellten wir Jaden auf die Beine. Ich schob meine Hand um seine Hüfte und stützte ihn.

»Ist es vorbei?«, fragte ich und verschaffte mir einen Überblick. Die Kämpfe hatten aufgehört, der Saal glich einem Schlachtfeld. Nichts erinnerte mehr an den prunkvollen Gerichtssaal. So viele Leichen ... Es war ein makabrer Anblick, doch keiner meiner Freunde war unter ihnen. Ich atmete erleichtert auf, aber der Schock saß mir noch tief in den Knochen. Mein Blick schweifte über Legolas' weißblonden Haarschopf, über Chungs kräftigen Körper und Matthews starren Blick. Sie alle lagen leblos auf dem Boden.

Amber heilte gerade Nikis Verletzungen. »Beweg dich nicht so viel«, zischte sie Niki an, die ihren Arm mehrmals wegzog.

»Aber das tut voll weh«, jammerte sie, woraufhin Amber mit den Augen rollte. Aber auf ihrem Mund lag ein Lächeln.

Kaito hatte sich ein Tischtuch um seine Hüften geschlungen, weil er die ganze Zeit nackt gekämpft hatte. Auch seine Schusswunden hatte Amber bereits heilen können.

Ich zuckte zusammen, als es hinter der Flügeltür laut wurde. Jemand hämmerte energisch dagegen.

»Da kommt wohl Verstärkung«, sagte Iwan, der seinen Arm um Madison gelegt hatte.

»Nein, es sind Goldene Wächter«, sagte Kaito und winkelte seine Katzenohren an. »Sie müssen den Krach von draußen gehört haben und hergeeilt sein. Ihrer Unterhaltung nach zu urteilen haben sie keine Ahnung, was hier vor sich geht.«

»Natürlich nicht«, erwiderte Madison spöttisch. »Alle, die etwas darüber wussten, sind tot.« Sie machte eine ausschweifende Geste über das Schlachtfeld.

Die Geräusche vor der Tür wurden lauter. Das Hämmern intensiver. »Hört gut zu, uns bleibt nicht viel Zeit«, sagte Madison und sah jedem von uns fest in die Augen. »Es darf nie jemand von diesem Tag erfahren. Die Menschen wären in großer Gefahr. Wenn herauskäme, dass die Silberne Waage die Magier jahrhundertelang belogen hat, würden sie Rache an den Menschen nehmen wollen.«

Iwan stimmte Madison zu. »Alle, die eingeweiht waren, sind tot. Die restlichen Magier der Goldenen Krone sind unwissend.« Er sah mich an. »Ebenso würden du und der gesamte Grüne Efeu in die Schussbahn geraten, weil das Gift aus eurem Clan stammt. Die anderen würden euch meucheln.«

»Ihr habt recht«, entgegnete ich. »Es würde zum Krieg zwischen den Clans kommen. Das müssen wir verhindern!«

Ich wollte mir nicht ausmalen, was es bedeuten würde, wenn ein magischer Krieg ausbrach. Nicht nur zwischen den Clans, sondern auch mit den Menschen. Horrorbilder von zerbombten Großstädten und Massengräbern schossen mir durch den Kopf. Jaden verstärkte seinen Griff um meine Taille, als wüsste er genau, was ich mir gerade ausmalte.

»Wir werden niemandem davon erzählen.« Niki hielt ihre Hand in die Mitte. Dann legte jeder seine Hand auf ihre. Kaito. Jamaal. Amber. Iwan. Madison. Jaden. Zum Schluss ich. Es war ein Pakt, der alles bedeutete. Ein Pakt für die Ewigkeit.

Wir lösten unsere Hände voneinander. Madison sah mich an und band sich ihren zerrupften Pferdeschwanz neu zusammen. »Jetzt, wo du weißt, dass du deine Magie aus den Körpern ziehen kannst – vielleicht fliegst du als gute Fee um die Welt und gibst den betroffenen Magiern ihre Kräfte zurück?«

Ich ließ ihre Worte auf mich wirken. Das war keine schlechte Idee. Ich konnte tatsächlich mit meiner Gabe helfen und die Fehler der Vergangenheit wiedergutmachen.

Die Tür flog auf. Zwei Goldene Wächter platzten herein. Schockiert sahen sie sich um.

»Was ist hier passiert?«, stotterte der eine. »Wer ist dafür verantwortlich?«

»Ich.« Madison reckte ihr Kinn in die Höhe. »Ich bin die Serienmörderin. Jeder Tod geht auf mein Konto.«

»Die Goldene Königin? Matthew? Du hast sie alle –?«

»Ermordet. Alle. Kein Erbarmen.«

Ich sah sie verwirrt an. Was hatte sie vor? Machte sie sich gerade für all das verantwortlich? Ein Teil der Morde ging zwar wirklich auf ihr Konto, aber nicht alle. Ich wollte etwas sagen, doch Jaden drückte mich enger an sich.

Vertrau ihr, sagte sein Blick, obwohl ich ihm ansehen konnte, wie schwer es ihm fiel, selbst nicht einzugreifen. Auch die anderen sagten nichts, schwiegen.

»Sind das deine Komplizen?« Die eine Wache zeigte auf uns.

»Die? Gott, nein.« Sie lachte herablassend. »Die Schwachköpfe waren nur zur falschen Zeit am falschen Ort.« Sie fasste sich an die Brust. »Ein Glück, dass ihr gekommen seid, sonst hätte ich sie auch noch ermordet.«

Der linke Wächter hielt eine goldene Handschelle in der Hand. »Wir müssen dich festnehmen!«

Sie lachte. »Um mich wem vorzuführen? Es sind alle tot, die über mich urteilen könnten. Ich schlage vor, ihr sucht euch eine neue Regierung. Die Monarchie ist damit abgeschafft.«

»Was? Halt!«

Sie verbeugte sich. Und als sie aufsah, zwinkerte sie uns zu. »Fangt mich, wenn ihr könnt.« Mit diesen Worten stieg sie über die Leichen hinweg und ging zum Ausgang.

»Darauf kannst du dich verlassen«, rief Jaden ihr hinterher. Auf seinen Lippen lag ein befreites, aber auch bitteres Lächeln. Er hatte seine Schwester wieder. Auch wenn sie sich gerade als Märtyrerin hinstellte und damit zur Zielscheibe einer ganzen Magiergesellschaft wurde.

»Wo ist sie hin?«, rief eine der Wachen und sah sich panisch um. Madison ging an den Männern vorbei und winkte uns zum Abschied ein letztes Mal zu. Iwan folgte ihr.

Keiner hielt die beiden auf. Anscheinend hatte Madison es geschafft, die Wachen in eine Illusion zu hüllen. Eine Illusion, von der ich dieses Mal kein Teil war.

EPILOG

Ich sah das Mädchen an, das mich damals angefleht hatte, ihr zu helfen. Jetzt würde ich meinen Fehler wiedergutmachen.

Nancy Fass lag eingerollt in ihrem Bett, schlief tief und fest. Kurz öffnete sie die Augen, als ich meine Fingernägel in ihren Unterarm bohrte und mein Gift aus ihrem Körper zog. Die Magier nannten es das Schlafsyndrom. Weil die Magie zurückkehrte, während man schlief. Dass sie eigentlich in Ohnmacht fielen und nicht schliefen, wusste niemand. Auch nicht, dass ich dahintersteckte und wie eine gute Fee von Haustür zu Haustür flog. Ich hatte vor, jeden Einzelnen aufzusuchen, dessen Magie durch mein Gift gelähmt worden war. Jaden begleitete mich dabei, stand mir zur Seite.

Ich stieg aus dem offenen Fenster in die Nacht. Jaden wartete im Geländewagen auf mich. »Hat alles geklappt?«

Ich nickte und schloss die Tür. Morgen früh würde das Mädchen aufwachen und ihre Magie zurückhaben. Leider nicht ihr Gedächtnis, das blieb für immer verloren. Mein Gift war zu lang in ihrem Körper gewesen. Doch in dieser Hinsicht erwies sich Amber als hilfreich. Ihre Leute holten die Magier ab und brachten sie in eine der vielen Praxen, die sie weltweit führten. Amber nahm dann den nächsten Flug dorthin und erklärte ihnen ihr neues Leben als Magier.

»Ich habe Amber auch schon geschrieben, dass ihre Leute Nancy abholen kommen können.« Ich legte das Handy auf die Mittelkonsole und ließ mich erschöpft in den Sitz sinken. Mein Gift aus den Körpern der Magier zu ziehen war immer noch verflucht anstrengend. Vielleicht würde sich das ändern, wenn ich erst mal geübter darin war. Schließlich stand ich erst am Anfang meiner Wiedergutmachungsmission.

Jaden startete den Motor. »Bestimmt begleitet Jamaal sie.«

Ich nickte grinsend. Die beiden waren zu einem echten Power-Pärchen mutiert. Und tatsächlich hatte Amber ihrer Mutter die Meinung gegeigt, nachdem sie ihr verboten hatte mit Jamaal zusammen zu sein. »Mal sehen, was für Augen sie macht, sobald wir verlobt sind«, hatte sie in ihrer aufmüpfigen Art verkündet.

Tatsächlich wäre das eine Sensation. Es war zwar nicht selten, dass Magier anderer Clans zusammen waren, heirateten und Kinder bekamen, aber noch nie hatte es eine Heirat zwischen zwei Kindern verschiedener Clanoberhäupter gegeben. Doch wer wusste schon, was nun alles möglich war, nachdem die Königin und der gesamte Silberne Clan gestürzt worden waren. Die restliche Königsfamilie war am Leben, wurde aber von den verbliebenen Clans überstimmt. Seitdem wurde eine neue Regierung gebildet. Gemeinsam. Demokratisch. Madison hatte recht gehabt – die Monarchie war abgeschafft worden.

Apropos Madison. »Gibt es Neuigkeiten von deiner Schwester?«, fragte ich und schnallte mich an. Madison war seit ihrem vermeintlichen Anschlag auf die Königin Staatsfeind Nummer eins und die meistgesuchte Verbrecherin weltweit. Monatelang suchte man nach ihr. Vergeblich.

Jaden parkte aus und fuhr auf die dunkle Straße. »Nein. Du weißt ja, wie gut sie sich verstecken kann.«

O ja, das wusste ich nur zu gut. Und Madison war keine Person, die sich oft meldete. Niki dagegen rief mich jeden zweiten Tag an und erzählte mir den neuesten Tratsch. Momentan war sie bei Kaito in Südkorea und machte Seoul unsicher. Auch wenn ihr Vater sie noch immer nicht akzeptierte, hielt nun wenigstens ihr Bruder zu ihr.

»Wohin fahren wir eigentlich?«, fragte ich, als Jaden auf den Highway bog.

Er beschleunigte den Wagen und sah kurz zu mir. »Nächstes Ziel ist unsere alte Heimat, Montpelier.«

»Wer erwartet uns denn dort?« Ich ging die Liste durch, die ich mir von den Opfern zusammengestellt hatte, blätterte die vielen Seiten durch. »Ich finde niemanden in Montpelier.«

Jaden lächelte verschmitzt. »Wart's ab.«

***

»Wann kann ich die Augenbinde abnehmen?«, fragte ich nervös, während Jaden mich über eine Wiese führte. Weiches Gras kitzelte meine Füße, die in offenen Sandalen steckten.

Jaden hielt meine Taille, kontrollierte jeden meiner Schritte. »Wir sind gleich da«, flüsterte er mir ins Ohr.

Ich spürte seinen Atem auf meiner Haut, ehe er meinen Nacken küsste. Eine wohliger Schauer überkam mich. Es war beeindruckend, was für eine Wirkung er auf mich hatte. Ob ich jemals genug von ihm bekommen würde?

Nach weiteren Schritten blieben wir stehen. »Setz dich«, sagte er sanft. Er ließ mich behutsam auf den Boden sinken.

»Darf ich die Augenbinde jetzt abnehmen?«

»Warte einen kleinen ...« Ich hörte etwas klimpern. Etliche Sekunden verstrichen. »Okay, du darfst jetzt gucken.«

Ich öffnete den Knoten der Augenbinde und blinzelte mehrmals, bevor ich mich an das Licht gewöhnt hatte. Um uns herum blühten die Ahornbäume in einem satten Gelbton. Es war zu schön, um wahr zu sein. Und an seinem verschmitzten Lächeln erkannte ich, dass ich recht hatte. Es war eine Illusion. Sie war süß und salzig. Und ich würde keine Angst haben, sie niemals mehr verlassen zu können.

Jaden saß gegenüber von mir im Gras. Zwischen uns lag ein Schachbrett. Dann erkannte ich, wo wir uns befanden. In dem kleinen Wäldchen unter meinem Lieblingsbaum.

»Warum sind wir hier?«, fragte ich verwirrt.

»Um unsere erste Begegnung nachzustellen.« Er grinste mich an. »Ich möchte dir einen Neuanfang schenken.«

»Das ist doch albern«, protestierte ich. »Was soll das bringen? Man kann die Vergangenheit nicht ändern oder rückgängig machen.« Ich verschränkte die Arme ineinander. »Was geschehen ist, ist geschehen.«

»Da hast du recht, aber«, er reihte die Figuren auf, »man kann sich dazu entscheiden, von vorn zu beginnen.«

Als er die letzte Spielfigur auf das Feld setzte, hielt er mir seine Hand entgegen. »Wofür entscheidest du dich?«

Ich blickte seine Hand an. Sekunden verstrichen. Herzschläge vergingen. Ich ließ die vergangenen Jahre Revue passieren. Konnte ich das? Einfach von vorn beginnen? Akzeptieren, wer ich war? Und was geschehen war?

Langsam blickte ich hoch, direkt in seine betongrauen Augen. Jadens Blick war wärmer als jeder Tag im Sommer.

Ich atmete tief ein. Ohne Angst. Ohne Furcht. Dann ergriff ich seine Hand. »Mein Name ist Anastasia, schön dich kennenzulernen.«

ENDE

DANK

Was soll ich sagen? Diese Geschichte war eine Achterbahnfahrt. Es gab Momente, die so einfach waren wie das Atmen, und Momente, in denen ich nicht mehr daran geglaubt habe, jemals das Wort »Ende« unter das Manuskript zu setzen. In denen ich gezweifelt und gekämpft habe, mich gefragt habe, ob ich dieser wundervollen Geschichte gerecht werde. Aber vielleicht gehört das manchmal dazu. Nicht aufzugeben und weiterzumachen, bis man sein Ziel erreicht hat. Bis man lächelnd sagt: Ich habe es geschafft.

Meine großartige Familie und meine wundervollen Freunde – ich habe euch in den letzten Monaten so oft versetzen müssen und trotzdem habt ihr mir das nicht übel genommen. Kein einziges Mal. Danke. Danke. Danke.

Laura Cardea und Luisa Strunk alias meine Power-Freundinnen – unsere superlangen Sprachnachrichten haben mir so viel gegeben! Ihr habt mir zugehört, mich motiviert und meinen Kopf entwirrt, wenn ich irgendwo festhing. Danke!

Carolin Diefenbach alias meine tolle Lektorin – unsere Zusammenarbeit ist ein Traum. Deine Anmerkungen haben nicht nur meiner Geschichte unheimlich viel gebracht, sondern auch mir als Autorin. Danke, dass du auch an späten Abenden und Wochenenden ein offenes Ohr für mich hast.

Pia Cailleau – du hast an die Geschichte geglaubt und mir die Zeit gegeben, die ich gebraucht habe, um sie zu erzählen. Danke vom Herzen!

Und zuletzt: tausend Dank an jeden Einzelnen von euch, der Anas und Jadens Geschichte gelesen hat. Ihr seid wundervoll!

DAS HERZ EINER HEXE

Samantha Blake
BAYOU PRIESTESS. DIE VOODOO-PRINZESSIN VON NEW ORLEANS
ISBN 978-3-551-30293-9
Softcover
Auch als E-Book erhältlich

Die junge Voodoo-Priesterin Rosie lebt im Bayou, den unzugänglichen Sümpfen von New Orleans. Dort bereitet sie sich seit Jahren auf ihr Schicksal vor, eines Tages das magische Erbe ihrer Familie weiterzuführen. Doch als sich Rosies Wege mit denen des mysteriösen Morrison kreuzen, gerät ihr beschauliches Leben in Aufruhr.

Christina M. Fischer
DURCH MAGIE ERWACHT (DIE MAGIE-REIHE 1)
ISBN 978-3-551-30113-0
Softcover
Auch als E-Book erhältlich

Mel hat bis jetzt vermieden, ihren Hexenmeister mit den Augen einer Raubkatze aufzusuchen. Ash gilt als unnachgiebig und unnahbar. Nun muss sie ihm beichten, dass sich ihr Drachenei in Flammen aufgelöst hat und eine Phönixkönigin aus der Asche auferstanden ist. Gemeinsam suchen sie nach dem gefährlichen Feuerwesen. Und Mel lernt ganz neue Seiten an Ash kennen.

Verena Bachmann
THE WITCH QUEEN. ENTFESSELTE MAGIE
ISBN 978-3-551-30311-0
Softcover
Auch als E-Book erhältlich

Hexe Enju will nach ihrer Arbeit in der Bar nur eins: ins Bett. Doch durch eine Verschiebung der Magie landet sie im Viertel der Totenbeschwörer. Dort ist etwas Grausames geschehen, für das sie plötzlich verantwortlich gemacht wird. Um ihre Unschuld zu beweisen, muss sie mit dem attraktiven Anführer der Beasts zusammenarbeiten.

WWW.IMPRESSBOOKS.DE

Impress
Die Macht der Gefühle

Wir produzieren nachhaltig
- Klimaneutrales Produkt
- Papiere aus nachhaltigen und kontrollierten Quellen
- Hergestellt in Europa

FSC
www.fsc.org
MIX
Papier aus verantwortungsvollen Quellen
FSC® C083411

Impress
Ein Imprint der Carlsen Verlag GmbH
April 2022

Lektorat: Carolin Diefenbach
Umschlagbild: shutterstock.com: © Gun / © Trybex / © Artyustudio / © Bourbon-88 / Greens87 / © Weerachai / © Khamfu / © Olenia / © VerisStudio / © ONNO10 / © Aphelleon / © shekaka / © Pan_Da / © KHIUS / © djero.adlibeshe / freepixel.com: © rawpixel
Umschlaggestaltung: M.D. Hirt
ISBN 978-3-551-30494-0
www.impressbooks.de